U0163994

中國古代文學史

先秦、魏晉南北朝

1

主　編

馬積高、黃　鈞

本冊執筆

饒東原、葉幼明
李生龍、郭建勛

顧　問

姜亮夫

修訂版前言

自本世紀初，林傳甲（字歸雲，公元 1877～1921 年，福建閩縣人）、黃人（字慕庵，公元 1886～1913 年，江蘇常熟人）分別開始編寫《中國文學史》，迄今近百年以來，國人編寫出版的本國文學通史，估計當在二百部左右。這些文學史著作，雖精、粗、因、創的程度不一，大都能適應當時的某種需要並爲後出者提供了借鑒；但亦隨著時間的推移而逐步縮小其價値。這原因就在於：古代文學並非圖解民族史或社會史的文獻，它永遠不會如同其他歷史資料那樣成爲過去。正如英國詩人艾略特（公元 1888～1965 年）所說的：「從荷馬以來的整個歐洲文學都是同時並存著的，並且構成一個同時並存的秩序。」（《傳統與個人天才》）我們也可以說：從《詩經》以來的整個中國文學也是同時並存著的。在不同的歷史時期，讀者、批評家和研究者對它們的看法是不盡相同的，解釋、批評和鑒賞和過程，一直都在不斷地更新著。一部文學史除了對前人的研究成果加以概括和總結之外，還必須反映出當代人對古代文學研究的最新收穫和最高成就。這也就是文學史需要不斷地重構和改寫的最主要原因。

近一個時期，我國思想界、學術界空前活躍。各種新科學方法的吸收與運用，把中國文學史的研究推進到一個新階段。舊的研究課題深入了，新的研究課題不斷出現，隨著各種新理論、新思潮的湧入，各種交叉學科的發展所呈現的文學史與相關學科知識的相互滲透，以及由此帶來的理論思維與研究方法的新變化，使中國文學史研究領域得到前所未有的擴展，對整個文學史從微觀到宏觀的許多問題都有了新的突破。然而，國內大多數高校文科採用的教材仍是六十年代初期出版的那兩部在當時頗具權威性的文學史。作爲產生於一定歷史階段的學術著作，這兩部文學史確實產生過積極的影響。但隨著時間的推移，它們的學術缺陷已經愈來愈明顯。因此，編寫一部新的具有民族特色和時代特色的文學通史教材，已經成爲現實需求和時代呼聲，也是高校教學之急需。

同人等長期從事高校古代文學教學工作，深知一部教材對於教學任務的完成是至關重要的。因此，不揣才識淺陋，於一九九二年編寫了這套《中國古代文學史》（上、中、下）。同年五月在湖南文藝出版社出版並向全國發行。四年多來，承蒙各地高校文科廣大師生厚愛，競相採用作爲教材，四年之間，印行四次。在使用過程中，廣大師生和讀者也向我們提出不少批評和建議，對書中的一些錯誤和不夠完善之處提出一些修改意見。根據這些意見，我們對全書作了一次認眞的修訂。今特將修訂版首先交由台灣萬卷樓圖書有限公司用繁體字編排出版發行（分爲1、2、3、4冊）。

重編中國文學史是一項極其繁難艱鉅的工程，我們所作的努力僅僅是一種試探，目的在於爲一部適應二十一世紀新形勢需要的嶄新的中國古代文學史的誕生作出我們力所能及的貢獻。在編寫過程中，我們遇到了很多問題，其中有些是帶全局性的和有爭議的，對此，我們力求表明自己的觀點和態度，以體現本書的特色。這些問題主要有：

㈠理論架構

六十年代國人編寫的文學史多以社會學爲主架構。近些年來，批評界對此頗多微辭，並提出以人爲本體或以文學爲本體的理論以取代。我們認爲，這兩者都有其偏頗。文學作品所表現的，既不是一個純粹客觀的對象世界，也不是一個純粹主觀的表現世界，而應該是這兩者的相互滲透、相互交融，融主客觀爲一體的審美世界。把如此豐富紛繁的中國文學史，納入單一的理論架構之中，總會顯得有些枘鑿。理論架構在文學史中又具體表現爲對文學作品評價的尺度和標準，僅僅以人性論或反映論作爲褒貶的唯一的思想標準，事實上也是很難行得通的，這勢必導致顧此失彼、輕重失宜之弊。因爲，在中國文學史上，既有著漢樂府、杜詩、元白新樂府，以及元明清大部分戲曲和小說這類偏重客觀，主要反映社會、人生的作品，也有著屈賦、陶詩、唐代「三李」詩，以及大部分宋詞和元明散曲這類偏重主觀，主要表現自我、抒寫人性的作品；它們各具特色，各有千秋，共同組成一部完整而又豐富的中國文學史。儘管我們可以根據其深刻程度和藝術高低給以不同評價，卻不能因其表現對象的差異而妄加軒輊。針對不同性質的作品採用不同的評價標準，力求將文學本體、人性本體和社會本體熔匯爲一個整體乃是本書在理論上的一種探索。

㈡史論關係

正確處理史與論，即材料與觀點的關係，乃是編寫文學史首先要解決的問題之一。如果把本世紀國人編寫文學史的歷史分爲前後兩期，則前期（五十年代以前）的一些文學史大多重視材料的搜集排比，作家作品的考訂辨正，較少注意理論方面的歸納闡述。後期（五十年代以來）的一些文學史則把觀點的鮮明性和理論的原則性擺在首位，因而提出「以論帶史」的口號，即在某些政治原則指導下去甄別、遴選有關材料。這種做法頗易滑入「以論代史」的泥坑。我們堅持論從史出、寓論於史、史論結合的原則，力求所有的分析和結論都建立在堅實可靠的材料或事實的基礎之上。因爲，作爲一部學術著作，材料或事實是第一性的，而分析和論證則屬於第二性的。占有充分而又可靠的大量材料，應該是寫好文學史的基礎。爲了做到這一點，我們除拿出比以往的某些文學史更多的篇幅來敍述作家情況及作品情況，介紹文學發展包括文體流變的具體過程之外，還以章末附註的方式擴大知識領域，補充列入大量的雖不屬於教學大綱規定範圍以內，但教者有必要涉及到的資料、背景、研究信息和科研動態，藉以減輕教者翻檢之勞，有利於提高教學質量。

㈢文學發展的原因

闡明文學發展的眞正原因，應該是體現一部文學史深度的地方。促進古代文學發展、演進的原因很多，大體上可以分爲外部因素（如政治、經濟、文化、宗教等因素的影響）和內部因素（如作家師承、流派影響、風格相互因襲、文學樣式、體裁的制約、題材模式的發展、創作方法的變化等等）。六十年代以來一度盛行的文學史觀注意於文學史和社會史的關係，構築了社會背景→作家生平思想→作品思想藝術這樣一個結構框架，將文學史從廣義的歷史系統中抽繹出來，幾乎成了社會史的附庸。這種帶有庸俗社會學傾向的模式愈來愈受到人們的非議。因此，加强對文學發展內部因素，即自身原因的發掘和闡述，乃是我們在本書中的努力方向。我們特別加强對文學形式本身發展的敍述。文學形式絕不是一個純形式問題，它與民族文化的歷史、審美觀念的變遷，以及語言的發展密切相關。文學正是憑藉文學形式這一載體而顯示其存在，故文學的發展常導致文體的衍變。只有通過從詩文（包括神話、傳說、史傳等）到逐漸產生賦、小說、戲曲的演化進程以及各種文體自身的衍變過程，才能勾勒出中國古代文學自身發展的歷史。

㈣文學發展的階段性和王朝體系

本世紀所出版的約兩百部文學通史，大部分都是按照王朝的更迭來劃分章節的。儘管有過一段時期，「打倒王朝體系」成爲相當流行的口號，但完全不顧及王朝體系，另行劃分中國文學發展的階段性，並以此來編寫文學史，迄今尚未見到多少公認的成果。這原因就在於：封建王朝的更迭往往是各種社會矛盾相互鬥爭、相互制約的結果，因而成爲政治、經濟、文化發展進程中一些自然段落，它必然給這些朝代的文學帶來若干特色。這正如前人所說的「一代有一代之所勝」（焦循《易餘籥錄》）、「一代有一代之文學」（王國維《宋元戲曲考》）因此本書仍採用王朝更迭順序劃分編章的體制，依次分爲先秦文學、秦漢文學、魏晉南北朝文學、隋唐五代文學、宋遼金文學、元代文學、明代文學和清代文學等八編。爲了保持全書編章體制的統一，避免王朝順序與社會形態並列，第八編清代文學一直寫到辛亥革命爲止。

㈤歷史觀和當代意識

作爲一部文學史，一方面要總結、繼承前人的研究成果，另方面又要站在時代的高度去審視、反觀兩千多年來中國文學的發展，這都是毋庸置疑的。問題在於：怎樣才能使這兩者統一起來。我們的體會是，運用當代意識絕不意味著要用今人的思想和藝術水平要求古人，而只是站在時代的高度去總結前人研究成果，這實際上也是運用歷史的觀點和美學的觀點給古代作家、作品一個恰如其份的評價，目的在於確定它們在整個中國文學史上的地位。

在本書編寫過程中，我們儘可能更廣泛地吸收以往的研究成果。對於那些流傳已久並得到公認的古人重要看法和結論，本書一般採用引原文並註明出處的方法。對於現當代研究者的有關論述和重要見解，我們也儘可能地加以採納。但由於所見不廣，遺珠之憾，在所難免。爲了避免行文累贅，本書所吸收的當代學者的看法，一般未註明出處，謹在這裡說明並向這些研究者表示感謝！

由於我們的水平有限，編寫倉卒，這次雖經修訂，改正了不少明顯的錯誤，但不夠完善或疏漏之處一定不少，希望廣大讀者，特別是高校同行們和同學們不吝指正。

編者　一九九六年九月於湖南長沙

第一篇

先秦文學

（上古～公元前221年）

概　說

「先秦」這個概念，是指秦統一六國（公元前221年）以前的歷史進程，它的上限沒有明顯的界定，大致包括我國原始社會、奴隸社會和封建社會初期三個歷史階段。先秦文學就是指這一漫長歷史進程的文學。

(一)原始社會文化和文學的起源

中華民族的歷史源遠流長，依據原始人羣、母系氏族以及父系氏族的文化遺存證實，至遲五十萬年以前，遠古人類便已勞動、生息、繁衍在中國的土地上。古書裡保留的關於遠古的許多傳說，如：有巢氏「構木爲巢，以避羣害」，燧人氏「鑽木取火，以化腥臊」（見《韓非子・五蠹》），伏羲氏「作結繩而爲網罟，以佃以漁」，神農氏「斫木爲耜，輮木爲耒」（見《周易・繫辭下》）等，大約都是從原始人羣到母系氏族社會的進程中遠古人類所留下的影子。關於黃帝、顓頊、帝嚳、唐堯、虞舜的傳說，大約反映了四五千年前父系氏族的面貌，堯舜禪讓，可能是當時推舉部落聯盟首領的情形。儒家依靠這些傳說，稱頌當時是「天下爲公」的「大同」社會①。在漫長的原始社會裡，人們以極簡陋的工具從事勞動，獲取生活資料，同時也開始創造人類最初的遠古文化。在已被發現的遠古社會遺存中，最具代表性的是產生於距今五千多年前母系氏族社會末期，以彩陶爲代表的「仰韶文化」和距今四千多年前父系氏族社會時期，以黑陶爲代表的

「龍山文化」②。這兩種文化的遺存中，我們除發現有大量石刀、石鏟等生產工具外，還發現了當時占重要地位的手工業品——種類繁多的陶器，並顯示出由最初的純粹手作到後來實行輪作技術的進程。由「彩陶」到「黑陶」，設計和製作愈來愈精美，既有實用價值，也有審美價值。陶器上面的各種植物花紋和幾何圖案、飛禽走獸的圖畫，無疑是遠古人類在長期採集、種植以及狩獵活動中對自然仔細觀察的結果。由此可知，人類最初的審美意識和藝術內容是與他們的勞動生活結合在一起的。

原始人類既然創造了遠古文化，其中當然包括了反映原始人類精神生活的文學，只是由於年代久遠，當時沒有文字記載，這類原始的文學大都亡佚，流傳至今的只有散見於古代典籍中的少量原始歌謠和神話。原始歌謠產生於原始人類的生產勞動過程中，是爲了協調勞動動作、鼓舞勞動情緒隨口唱出來的，它算是最早出現的文學樣式。同時，在原始社會裡，由於生產力低下，人們對周圍的自然現象還不能作出科學的解釋，在自然災害面前感到束手無策，因而便以幻想的形式來解釋自然和表達他們征服自然、支配自然的願望，這樣就產生了神話。可見，原始歌謠和神話與當時的現實生活是緊密結合在一起的。我們還可推測到：由於原始人類的羣居生活和集體勞動，決定它的文學藝術活動一般都是集體的；又由於那時既沒有文字，也沒有社會分工，文學就只有口頭創作，沒有書面創作；只有文學和其他藝術，如詩歌和音樂、舞蹈互相結合的形式，沒有單純的文學作品獨立存在；由於原始文學是適應勞動的需要而產生的，故往往帶有某種功利觀點；當時社會還沒有分裂爲對立的階級，所以那時的文學一般只存在與自然鬥爭的內容，沒有階級性內容。集體性、口頭性、綜合性、功利性，便是原始文學的特點。

㈡夏、商時期文化與文學的萌芽

夏禹傳位於啓，建立夏朝（公元前 21～前 16 世紀），一般認爲中國歷史從夏朝起開始了奴隸社會的進程，也就是儒家所指的由「大同」進入到了「天下爲家」的「小康」社會③。

文字的發明創造是人類文明進化的重要標誌，夏代有無文字，文字情況如何，有待於古代文物的進一步發掘和研究，因而至今我們對夏代的社會面貌還了解得不甚淸楚。今存有關夏代的許多記載，包括少量的詩歌、謠諺和散文，都應是後來依據傳說記錄下來的。

成湯滅夏，建立商朝（公元前 16～前 11 世紀），這是我國古代奴隸制大發展的時期。

商代已經有了文字。據安陽殷墟出土的甲骨卜辭證實，其中甲骨文已有三千五百個左右，說明至遲在商代後期，我國漢字已基本成熟。周人追述：「惟殷先人，有册有典。」（《尙書・周書・多士》）今存《商書》中的《盤庚》，應當就是這類典册中的一種。商代遺留下來的文獻是我國古代最早的可靠史料。依據這些史料，我們認識到商代社會有這樣一些特點：

1、殷的先世是游牧部放，畜牧業很發達。

殷中葉以後用牧畜進入到農業生產，《盤庚》屢次提到農事，如「若農服田力穡，乃亦有秋」，「不服田畝，越其罔有黍稷」等等；甲骨文有「禾」、「黍」、「稻」、「麥」、「稷」、「粟」等字，證明殷人的農業生產已經發展起來。

2、殷人大量製作和使用靑銅器，成爲一個時代乃至整個奴隸制社會的重要特徵。

殷墟武官村出土的司母戊方鼎，重八百七十五公斤，是我國現有出土文物中最大的靑銅器。器物製作精巧，表面鑄有花紋，顯示了商代高度的工藝水平。

3、殷奴隸主對待奴隸極其殘酷，除了用作生產和交易外，還可任意殺害，充作生殉、殺殉、殺祭等等，近來出土的殷墓葬，有的殉葬者竟達數十百人之多。

4、殷人信奉鬼神，「巫風」盛行，統治者事無鉅細，都得卜問鬼神以預測吉凶禍福，從事這種活動的人員便是巫和史。他們通過卜卦代鬼神發言，凡繇兆、祝辭、神告、占卜的紀錄及國君的講話、文告等，無不寫成書面語，或刻於甲骨，或書於典冊，這些就是殷墟中的甲骨卜辭、《易經》中的卦、爻辭和《尚書》中的殷商文告等。

商代的文學還處於萌芽階段，甲骨卜辭、《易經》及《商書》三種文獻中保留了商代的一些歌謠和散文。《商書・湯誓》所引「時日曷喪？予及汝皆亡！」相傳爲夏代末年人民詛咒夏桀的歌謠，值得珍視。《易經》卦爻辭中保留了一些韻語，近似於當時的歌謠。甲骨卜辭和《易經》中的卦、爻辭，爲形式簡短的散文，多方面反映了當時的社會生活和風俗習慣。《商書》中的《盤庚》，記述了商王盤庚遷殷時對衆民的幾次講話，語氣帶有感情，使用了一些生動的比喻，有一定的文學性。以上這些典籍中的記言或記事文字，只能算是散文的萌芽。

㈢周代社會的性質和演變

公元前十一世紀，武王伐紂滅商，建立了強盛的奴隸制國家周，定都鎬京（今陝西西安市附近），史稱西周（公元前 11～前 771 年）。

西周保留下來的典籍和出土文物較商代更多，因而我們對西周社會的認識較爲淸楚。西周前期，社會比較安定，出現過「成康之治」的短暫太平局面。自懿王以後，周室漸衰，外患漸起，特別是厲王、幽王肆行貪暴，致使人民怨恨，貴族離心，中間雖有宣王中興，也不能挽救頹局。自武王伐紂至幽王被犬戎所殺、西周滅亡爲止，歷時近三百年。

西周初年，傳說周公制禮作樂，無論政治、經濟、文化諸方面都創造了比商代更爲完備的制度：

1、分封制。

周初曾大規模地封侯建國（見《左傳》僖公二十四年）。周王把土地和奴隸分封給諸侯，叫做「建國」；諸侯再把部分土地和奴隸賜給卿大夫，叫做「立家」。相傳武王、周公、成王先後建置七十一國，其中武王兄弟十五人，同姓四十人，還有一部分異姓諸侯，如武王弟康叔被封於衞，周公長子伯禽被封於魯，太公望被封於齊，召公奭長子被封於燕，成王弟唐叔虞被封於晉等，這些同姓和異姓的諸侯起著拱衞周王的作用。

2、嫡長制，即宗法制。

這是貴族內部世襲的一種原則，即用「大宗」和「小宗」把貴族層層加以區別。周王自稱爲「天子」，爲天下之共主，是天下「大宗」。王位由嫡長子繼承，庶子們受封爲諸侯或卿大夫，他們對周王而言，是「小宗」。諸侯在其封國內又爲「大宗」，其君位由嫡長子繼承，庶子們再分封爲卿大夫，對諸侯國君而言則爲「小宗」，而卿大夫在其本宗族則又爲各分支的「大宗」。這種世襲辦法與商代的「兄終弟及」是有所區別的。

3、井田制。

孟子說的「方里而井，井九百畝，其中爲公田，八家皆私百畝，同養公田」（《孟子·滕文公上》），可能是一種想像。不過，西周的耕地已有了準確的計畝和比較完整的灌溉及道路系統，處於灌溉溝洫和道路中間的方塊田便是井田。劃分井田主要是爲了便於計算俸祿和產量。

4 、禮樂制。

「樂者爲同，禮者爲異。」（《禮記・樂記》）禮樂制規定了君臣、父子、兄弟、夫婦、朋友之間的種種關係，體現了奴隸主貴族的等級和特權。孔子說過；「周監於二代，郁郁乎文哉！」（《論語・八佾》）表明西周的禮樂典章制度是相當完備的。

從平王東遷洛邑至秦統一六國的五百多年間（公元前 770～前 221 年），史稱東周。東周又分春秋和戰國兩段，中間以周元王即位（公元前 476 年）爲戰國之始。春秋戰國時期，一般認爲是由奴隸制過渡到封建制的社會遽變時期。這個時期西周的許多制度都遭到破壞，無論是經濟、政治、文化思想諸方面都發生了很大的變化：

1 、井田制遭到破壞，出現了土地私有制。

春秋時期，由於使用鐵器和牛耕，井田以外的荒地得到了大量開墾。本來的井田爲國有化的公田，而這些新墾地便成了私田。開墾愈廣，私田愈多，甚至私田上的收穫超過了公田。面對這種新的形勢，當時的統治者不得不改變原來的剝削形式，即變原來的貢稅、力役形式爲按畝徵稅的稅畝形式。這一形式的最初出現，便是魯宣公十五年（公元前 594 年）魯國的「初稅畝」，它標誌著我國私有土地從此取得了合法地位，成爲奴隸制向封建制轉化的重要特徵④。

2 、權力下移。

王室衰微，政在諸侯；公室衰微，政在大夫。這是春秋戰國時期政治鬥爭的普遍趨勢。西周時，「普天之下，莫非王土；率土之濱，莫非王臣。」（《詩經・小雅・北山》）「禮樂征伐自天子出」，天子有至高無上的權力。到春秋時期，諸侯一個個强大起來，如齊桓、晋文竟成爲號令天下的霸主；就一國而言，大夫的勢力也愈來愈大，以致後來出現魯「三分公室」、「田氏代齊」、「三家分晉」的局面，形成「禮樂征伐自諸侯出」、「禮樂征伐自大夫出」的形勢。戰國時期，諸侯兼併更爲激烈，戰爭頻繁，周天子已成爲這些國家的附庸。諸侯國內，各自實行改革，如：吳起爲楚悼王變法，取消已傳三世的封君爵祿及疏遠公族的特權；商鞅爲秦孝公變法，設立縣制，奬勵耕戰，廢除世襲特權。這些改革，標明分封制的逐步衰亡，新興封建國家的逐步確立。

3、文化思想方面的巨大變化。

一方面是由原來的尊天事鬼變爲重視人事，重視民的作用。西周早期是神權與君權相結合，兩種至高無上的權力統治一切。天帝是宇宙萬物的主宰，世間治亂興衰、吉凶禍福都由他決定，而能敬德保民的受命天子則代表天帝的意志具體統治人間。當時，人們對天帝和天子是一片贊頌：「敬之敬之，天維顯思。」（《詩經・周頌・敬之》）「儀行文王，萬邦作孚。」（《大雅・文王》）至西周厲、幽之際，人們不獨不贊頌，反而發出「不弔昊天」、「上帝板板」的怨言，並通過怨天指桑罵槐地詛咒天子了。

至春秋戰國時期，人們觀念裡的神權和君權更加失去權威。在天道與人事二者間，逐漸重視人事；在君主與平民間，逐漸重視平民。一般較有見識的政治家、思想家已看到迷信天道鬼神的無益和爭取人民的重要。例如子產認爲「天道遠，人道邇」，主張不毀鄉校，反對禆灶禳火；晏子預知人民歸向陳（田）氏，反對禳祭彗星；老子講「貴以賤爲本，高以下爲基」；孔子講「愛人」、「泛愛衆」；子夏講「四海之內皆兄弟」；墨子講「兼愛」；許行講「與民並耕」；孟子講「民貴君輕」。這些重視人事、重視人民的觀點，對於敬天事鬼的意識形態是一個較大的突破。

另一方面是「士」階層的迅速發展。「士」本來是周朝社會介於貴族與平民之間的一個階層，他們對上可以交通王侯，對下與平民保持著一定的聯繫。這個階層之所以能得到發展，與當時學術下移有著密切關係。本來在周初社會裡，「學在官府」，只有貴族享受文化和教育，而在社會大變動中，一部分沒落貴族淪爲士人，因此他們的文化知識也隨之帶到下層。他們通過講學和其他活動來傳播文化，從而造就了愈來愈多有知識的士人。像孔子、墨子等人的教學活動都起到了這樣的作用。同時，由於士人的作用愈來愈顯露出來，引起統治者的重視，形成了爭相養士的風氣。像有名的戰國四公子門下的食客竟多至三千人，雞鳴狗盜之徒，抱關賣漿者流莫不賓禮。在這麼一個龐大的士人階層中，湧現出大批的政治家、思想家及其他學者，他們代表不同階級、階層和社會集團的利益宣傳自己的觀點和主張，從而形成了戰國「百家爭鳴」的學術繁榮局面。當時比較有影響的、具有代表性的學派，班固在《漢書・藝文志》裡概括爲「九流十家」，主要的有儒家、墨家、道家、法家，還有陰陽家、名家、縱橫家、農家、雜家及小說家。戰國時期的歷史散文和諸子散文便是在這樣的社會背景中產生的。

㈣周代文學的特點

在周代八百年的歷史中，文學的發展大體分成兩個階段：

1、西周和春秋時期的文學

這個時期以詩歌的成就最突出。從西周初年到春秋中葉的五百年間，是四言詩發展的黃金時代。周代的統治者爲了制禮作樂和考察民情的需要，通過採詩和獻詩的方式，搜集並整理了我國古代第一部詩歌總集《詩經》。《詩經》的內容十分豐富，特別是其中的民歌，題材廣泛，諸如人民反對剝削壓迫、不滿戰爭徭役、揭露統治者的醜惡，還有婚姻戀愛以及生產勞動等多方面社會生活都有所反映。《詩經》的藝術成就也很高，如比興的手法、整齊的章句、優美生動的語言、自然的韻律，都是前所未有的。它的進步思想和藝術成就，開創了我國古代文學的寫實傳統，給後世文學以極大的影響。就四言詩來說，《詩經》一出現便形成了一座高峯，幾乎前不見古人，後不見來者。它既標誌著四言詩的開創，也標誌著四言詩的完成，以後無論民歌還是文人詩的四言，就其總體而言，都不曾超越過它。

這時期的散文主要有文告體散文《周書》、編年體歷史散文《春秋》、語錄體散文《論語》，除了以上三部書外，還有鑄在銅器上的西周銘文等。《尚書》是一部古代文告和講演錄的綜合集子，包括《虞書》、《夏書》、《商書》、《周書》四部分。《虞書》和《夏書》，只能視爲後人追記，《商書》中有部分屬於當時文獻，而《周書》則可全部視爲西周至春秋時期文告的眞實記錄，語言與《盤庚》一樣，詰屈聱牙。《春秋》是孔子依據魯史編寫的一部編年史大綱，它對春秋時期各國歷史作了簡要記載，是研究春秋歷史的重要資料。《論語》是孔子言行以及孔子同其弟子們對話的記錄。《春秋》和《論語》的記事記言，語言都簡明平淺，不像《周書》那樣古奧難懂。《詩經》、《尚書》、《易經》、《春秋》和漢儒纂輯的《禮記》被後代認定爲儒家的經典著作，合稱「五經」，在中國文化思想史上產生過巨大影響。

2、戰國時期的文學

這個時期散文獲得大豐收，出現了成熟的歷史散文和諸子哲理散文。同時，詩歌繼《詩經》之後，又出現了新的詩歌形式「楚辭」。

春秋戰國時期，社會發生遽變。春秋初期有一百多個諸侯國，至春秋末期剩下十來個國家，至戰國時期，就只有七雄爭鬥了。國家的興衰存亡，引起人們的關注，如何總結歷史經驗爲現實鬥爭服務，是擺在史學家面前的一項重大課題。因此，繼《尚書》、《春秋》之後，創作了別開生面的歷史散文。這方面的著作主要有《左傳》、《國語》和《戰國策》三部典籍。《春秋》還只是極簡略的編年史綱，而《左傳》則是一部內容豐富、詳細的編年史書，它描寫了許多複雜的戰爭場面和栩栩如生的歷史人物，具有很強的文學性。《國語》和《戰國策》是分國記載當時諸侯各國大事的史書。尤其是《戰國策》，記錄當時策士們的活動和言談，語言絢麗多彩，善於夸飾和渲染，較《左傳》更具文學意味。以上歷史散文的發展，說明敍事散文已進入到成熟階段。

諸子散文有《墨子》、《孟子》、《莊子》、《荀子》、《韓非子》等重要著作，乃是戰國百家爭鳴的直接成果。由於當時一些士人學者們的社會經歷、政治主張以及思想性格的不同，他們的散文作品的表現手法和語言風格也各異。如《孟子》犀利，《莊子》恣肆，《荀子》渾厚，《韓非子》峻峭，呈現出各種姿態。如果就論說文的形成過程看，從《論語》起，大致可以分爲三個階段：《論語》還只是簡短的講話記錄，屬於語錄體階段，《墨子》、《孟子》和《莊子》，大都有了長段的對話和議論，爲語錄體向成熟的論說文過渡的階段，《荀子》、《韓非子》等則有論題，有中心，並善於論證說理，達到了論說文的成熟階段。

地處江漢流域的楚國，有著自己悠久的歷史和文化傳統，自春秋開始，又逐步與中原文化融合，使楚國文化愈來愈得到發展。正是在南北文化合流的土壤裡哺育了偉大詩人屈原和新的詩體楚辭。屈原是這個時代最偉大的藝術天才，是第一個以從事詩歌創作著名的作家。他創作的楚辭，使自《詩經》以後沉寂了三百年的詩壇又恢復了生機，奇文鬱起，在我國詩歌史上揭開了新的一頁。屈原堅持理想，憎恨邪惡，崇尚高潔，以畢生精力爲振興楚國而奮鬥。他熾烈的愛國感情和執著的求索精神，加上古代神話和南方楚地民歌的哺育，熔鑄成光輝的詩篇，開創了我國詩歌的浪漫傳統。

㈤先秦文學總的特色

先秦文學處於我國古代文學發展的奠基階段。其中的古代神話、詩歌和散文，都取得了很大成就，並對後代文學的發展產生了深遠的影響。

1、產生於原始時期的古代神話揭開了我國文學史的第一頁，是我國古代文學的源頭。

由於年代久遠，記載簡略，保留下來的數量不及古希臘神話，然而僅就留存的神話來看，仍然反映了古代原始人類的生活和願望，神話中表現的原始人類的熱情和毅力以及不畏強暴、不怕犧牲的英雄氣概，神話提供的素材以及表現出的豐富想像和誇張手法，對於我們的民族性格和古代文學的形成及發展，都起到了積極作用，故而成爲中國文學中的珍品。

2、先秦詩歌由二言的古歌謠到四言的《詩經》到雜言的楚辭，顯示出發展的軌迹。

《詩經》和楚辭一旦出現就形成了高峯，取得了輝煌成就。《詩經》是四言詩的開創和完成，楚辭則成爲騷體的典範，二者都是無法超越的。《詩經》和楚辭形成的「風騷」傳統，是我國古代詩歌最有價值的遺產，一直被秦以後歷代作家作爲學習的典範。

3、先秦散文中還缺少獨立的純文學作品，文學是與歷史、哲學結合在一起的。

先秦散文重在實用，故歷史散文是總結興衰存亡的歷史經驗和教訓以供當時的統治者借鑒，諸子散文是以歷史和現實爲依據，闡明自己的主張以干世主。但爲了使他們的著述和言論具有很強的說服力，就必須把文章和說辭組織得嚴密一些，敍述得生動一些，這就爲散文帶來了一定的文學因素。這些文學因素包括：

首先是大量使用比喻和寓言。先秦散文無論記事還是說理，比喻皆被廣泛使用以增强文章的形象性。《戰國策》、《孟子》、《莊子》、《韓非子》等書都使用了較多的寓言來說理。故章學誠說：「戰國之文，深於比興，即其深於取象者也。」（《文史通義．易教下》）。

其次是有較生動的情節，特別是一些以記事爲主的歷史散文更其如此。如《左傳》、《國語》和《戰國策》中的不少篇章，皆描寫細致，情節生動。諸子散文中的不少寓言也具備情節性。

再次，語言呈現多種姿態。先秦散文除了詰屈聱牙的周誥殷盤外，大都字順意明，有的古樸簡約，有的恣肆鋪張，有的含蓄委婉，有的明朗率直，呈現各種風格。同時，散文中雜有韻語，特別是諸子的論說文章，常常是韻散並用。如《老子》、《莊子》、《荀子》、《韓非子》，常以韻語表現一篇之警策。

最後，先秦不少散文都能表現出强烈的感情色彩。作者的愛憎往往在敍事或議論中流露出來，孟子、莊子的文章就是此中的代表。正是以上這些文學因素的存在，才使得先秦散文具有相當的藝術魅力。中國後世散文家之所以以先秦爲楷模，中國古代散文在其發展演進過程中之所以屢屢出現回顧與復古現象，其原因正在於：站在民族文化的源頭和高峯，先秦諸子和先秦歷史散文作家，無論在思想上和藝術上都顯示了開拓者的大家風範。

4、先秦文學對後世各類文體的孕育。

北齊顏之推指出：「夫文章者，原出五經：詔命策檄，生於《書》者也；序述論議，生於《易》者也；歌詠賦頌，生於《詩》者也；祭祀哀誄，生於《禮》者也；書奏箴銘，生於《春秋》者也。」

(《顏氏家訓・文章篇》)他把文體的孕育盡歸之於「五經」，這帶有片面性。但是，從先秦文學的總體來看，後世的各種文體，在先秦或已產生，或已萌芽，則是事實。如詩歌方面，就反映的方式看，敍事詩、抒情詩、哲理詩，在《詩經》、楚辭中已經產生；就形式看，除了四言、騷體被推到極盛外，五言、七言也在孕育中。散文方面，記事文、論說文已經成熟，人物傳記已有了初步輪廓，諸如奏議、哀祭、小說也能找到它的淵源。至於寓言則已成洋洋大觀的局面。賦體已有宋玉諸賦和荀賦，加上楚辭的影響，進一步得到發展。正如章學誠說的：「至戰國而後世之文體備。」(《文史通義・詩教上》)

總之，我們可以肯定地說，先秦文學是我國文學史上光輝燦爛的第一頁，它爲我國兩千多年古代文學的健康發展打下了堅實的基礎。

附　註

①《禮記・禮運》載：「大道之行也，天下爲公，選賢與能，講信修睦。故人不獨親其親，不獨子其子，使老有所終，壯有所用，幼有所長，矜寡孤獨廢疾者皆有所養。男有分，女有歸。貨惡其棄於地也，不必藏於己。力惡其不出於身也，不必爲己。是故謀閉而不興，盜竊亂賊而不作，故外戶而不閉，是謂大同。」這種理想社會曾爲許多人所嚮往。清末康有爲著《大同書》，將大同說和儒家公羊學派的三世說結合起來，提出他的大同理想，認爲：「大同之世，天下爲公，無有階級，一切平等。」

②仰韶文化，爲我國新石器時代的一種文化，距今約五千年。公元1921年首次發現於河南省澠池縣仰韶村，故名。這種文化分布於陝西、河南、山西、河北南部以及甘肅東部一帶的廣大地區。生產工具有打製及磨製石器和骨器。經濟生活以農業爲主，漁獵和採集

爲輔。屬母系氏族公社的繁榮期。由於它的遺物以彩陶爲主要特徵，故又稱「彩陶文化」。

龍山文化，爲我國新石器時代晚期的一種文化，距今約四千多年。公元 1928 年首次發現於山東省章丘縣龍山鎮的城子崖，故名。龍山文化分布更廣，西起陝西，東至海濱，北達遼東半島，南到江蘇，包括以黃河中下游爲中心的廣大地區。生產工具有很發達的磨製石器，經濟生活以農業爲主，並有較發達的畜牧業。屬父系氏族公社時期。沿海地區的龍山文化中有一種薄而有光澤的黑陶，故又稱「黑陶文化」。

③《禮記・禮運》載：「今大道既隱，天下爲家，各親其親，各子其子。貨力爲己，大人世及以爲禮，城郭溝池以爲固，禮義以爲紀，以正君臣，以篤父子，以睦兄弟，以和夫婦，以設制度，以立田里，以賢勇知。以功爲己，故謀用是作，而兵由此起。……是謂小康。」儒家認爲禹、湯、文、武、周公之治即爲小康，小康社會需要「禮義」作爲綱紀，以維護社會制度和秩序。

④我國奴隸制向封建制轉化始於何時，何時是封建社會的開始，歷史學家存在不同看法。范文瀾依據西周典籍和地下發掘所得的材料，認爲初期封建社會始於西周（《中國通史簡編・緒言》修訂本第一編）。郭沫若則認爲春秋與戰國之交爲兩種社會交替的界定，同時很重視《春秋》魯宣公十五年（公元前 594 年）關於魯國「初稅畝」的記載，認爲這表明當時魯國正式宣布廢除井田制，承認私田的合法性而一律取稅，標誌著封建制度的開始（《中國史稿》第一册）。此外還有秦代封建說、西漢封建說、晉魏南北朝封建說等等，此處對於歷史背景的敍述，採取郭沫若說。

第一章　上古文學

第一節　文學的起源與原始歌謠

(一)文學的起源

早在文字出現以前，文學就誕生了。最早的文學便是古老的歌謠和神話，特別是原始歌謠的出現，足以說明文學起源的情況。

根據大量歷史資料，證明文學藝術起源於人類的生產勞動。原始人在勞動過程中，由於筋力的張弛的工具運用的配合，自然地發出呼聲。這種呼聲具有一定的高低和間歇，在一定場合，或者重複而無變化，或者變化而有規律，於是就產生了節奏。這種簡單的節奏，就是詩歌韻律的起源。《淮南子・道應訓》說：「今夫舉大木者，前呼『邪許』，後亦應之，此舉重勸力之歌也。」說明「邪許」是人們集體勞動時，一倡一和，藉以減輕疲勞、協調動作的一種呼聲。又《禮記》的《曲禮》和《檀弓》都有「鄰有喪，舂不相」的記載。「相」是送杵聲，在正常情況下，舂碓是有送杵聲的，與「邪許」相近。以上皆說明勞動和文學藝術有著密切的關係，並說明文學藝術的起源與人類的生產勞動是分不開的。魯迅在論述詩歌的起源時說：

人類是在未有文字之前，就有了創作的，可惜沒有人記下，

> 也沒有法子記下。我們的祖先的原始人，原是連話也不會說的，為了共同勞作，必須發表意見，才漸漸的練出複雜的聲音來。假如那時大家擡木頭，都覺得吃力了，卻想不到發表。其中有一個叫道「杭育杭育」，那麼這就是創作。……倘若用什麼記號留存了下來，這就是文學；他當然就是作家，也是文學家，是「杭育杭育」派。（《且介亭雜文·門外文談》）

隨著人類思維和語言能力的發展與提高，在這些呼聲的間歇中添上有意義的詞語，便形成了正式的詩歌。如傳說夏禹時塗山氏女所唱的「候人兮猗」（《呂氏春秋·音初篇》），歌詞便有了明確的意義；後來《詩經》的「于嗟麟兮」、「猗嗟昌兮」（見《麟之趾》、《猗嗟》等），都可以理解爲原始歌謠形式的遺留。可見，當初無意義的勞動呼聲，一旦被有意義的詞語所代替，或者與有意義的詞語相結合，就是詩歌起源和形成的過程。

詩歌既然是如此產生和形成，因而它最初只在口頭流傳，並常與原始的音樂·舞蹈結合在一起。後來有了文字，才逐漸有人把它記錄下來。《呂氏春秋·古樂篇》說：「昔葛天氏之樂，三人操牛尾，投足以歌八闋：一曰載民，二曰玄鳥，三曰遂草木，四曰奮五穀，五曰敬天常，六曰達帝功，七曰依地德，八曰總禽獸之極。」《河圖玉版》說：「古越俗祭防風神，奏防風古樂。截竹長三尺，吹之如嗥，三人被髮而舞。」兩書所介紹的古樂都有歌、有樂、有舞。葛天氏之樂歌還有八闋，每闋有中心內容，可以想見，一定有不少歌詞，可惜沒有傳下來。但是，這兩則記載足以說明原始的文學藝術中的歌、樂、舞是三位一體的。

原始人的文學藝術活動，本是一種生產行爲的重演，或者是勞動過程的回憶。原始歌謠是勞動內容的韻語描繪，原始音樂是勞動音響的再現，原始舞蹈是對某種勞動生產動作的模仿和某一勞動過程的重演。這些勞動的重演和回憶，無疑表現了原始人生產意識的延續和生活慾望的擴大，因而自然包含有熱烈追求功利的目的。正如普列漢諾夫所說：「勞動先於藝術。總之，人最初是從功利觀點來觀察事物和現象，只是後來才站到審美的觀點上看待它們。」如果不把握這個思想，「那末我們一點也不懂得原始藝術的歷史。」（見《論藝術》）

㈡原始歌謠

我國原始歌謠保留下來的爲數極少。傳說的所謂堯舜時代的歌謠，如《擊壤歌》、《康衢謠》、《卿雲歌》、《南風歌》等①，皆爲後人僞託，不可信。古籍中保留的只有極少量的質樸歌謠，比較接近原始的形態。如見於《吳越春秋》的《彈歌》便是可貴的例子：

斷竹，續竹，飛土，逐宍。（宍，古肉字）

這首短歌相傳爲黃帝時的作品，固不可信，但是從其內容和形式看，無疑是一首古老的獵歌。它描寫了砍竹、接竹製造狩獵工具以及用彈丸追捕獵物的整個過程。同時，二言的句式，一韻到底的韻律，顯示了四言詩之前可能有個二言詩的發展階段。

《彈歌》是寫實的，而《禮記・郊特牲》所錄相傳爲伊耆氏（指神農氏或帝堯）時代的《蜡辭》②，則是理想主義的了。

土，反其宅；水，歸其壑！
昆蟲，毋作；草木，歸其澤！

這是原始歌謠中的另一類型，即對自然界的「咒語」。當時大水泛濫，土地被淹沒，昆蟲爲害，草木叢生，威脅到原始人類的生存。因而他們在原始宗教意識的支配下，企圖利用語言的力量來指揮自然，改變自然，使之服從自己的意志。正如高爾基所論述的：這乃是「用『咒文』和『咒語』的手段來影響自發的害人的自然現象。」「它表明人們是多麼深刻地相信自己語言的力量，而這種信念之所以產生，是因爲組織人們的相互關係和勞動過程的語言，具有明顯的和十分現實的用處。他們甚至企圖用『咒語』去影響神。」（《論文學》）與此相類，《山海經・大荒北經》也記載了驅逐旱神——魃的咒語。這類咒語式的詩歌，無疑也是原始人類爲解決與自然鬥爭的矛盾所產生的一種主觀願望，一種幼稚的幻想。

第二節　古代神話

(一)神話的產生

遠在創造和使用語言的初期，萬物有靈、物我不分的神話思維就是人類全部精神活動，並一直延續到文明時代開始以後。神話「是對宇宙之謎作出的最初解答。它企圖找出萬物的起始和原因。因此，神話似乎不僅是幻想的產物，而且還是人類最好求知欲的產物」（恩斯特・卡西爾《語言與藝術》）。原始神話乃是被認知的客體在萬物有靈的主體心理上的投影。原始社會生產力極其低下，原始人對許多自然現象如暴風驟雨、電閃雷鳴、旱流金石、洪水滔天等感到可怖，對天地山川的形成、人類的出現、日月的運行等無法解釋。他們把這些自然現象視爲與自己一樣的生命物而加以崇拜，這就產生了原始的宗教觀念③。在人們不斷勞動和認識的過程中，人們的思維能力不斷得到發展，而且求生存的慾望促使他們勇敢地探索，開始表現出征服自然的强烈願望，但這種願望只能通過幻想來滿足，於是就產生了神話。這時，他們一方面把各種自然現象人格化，塑造成神的形象，儘管這些神有的善良，有的兇惡。在大多數情況下，總是讓兇惡屈從於善良，服從人類的意志；一方面又依據人類改造自然的經驗和願望，塑造出傳說中的英雄，讓他們征服自然，拯救人類；同時，原始人類還幻想人能夠變成異人異物，直接超越自然力的約束，獲得更大的自由。由於這許多幼稚的想像，就構成了關於自然神、英雄神和異人異物的神話故事。可見，神話是原始社會人類處於生產力低下時期的產物，是通過幻想征服自然力的產物。當然，隨著社會進入文明時代，人們認識水平提高，對於自然力有了初步認識，或者掌握了適應它的手段之後，產生神話的土壤便不復存在了。「任何神話都是用想像以征服自然力，支配自然力，把自然力加以形象化；因而，隨著這些自然力之實際上被支配，神話也就消失了。」（《馬克思恩格斯選集》第2卷113頁）

㈡古代神話的發展

中國古代神話是在漫長的原始社會中形成的，並伴隨漫長的歷史進程不斷創造和發展，打上了原始社會文化演進的烙印。我國早期不少的神話是以歌頌女性爲中心內容的，如女媧造人、補天，精衞塡海，羲和生日，常羲生月等，這都是母系氏族社會存在的反映。到了父系氏族社會，神話就開始以歌頌男性的神或神性的英雄爲中心內容了，如夸父逐日，羿射十日，鯀禹治水等。同時，伴隨著部落、部族及聯合部族的出現，帶來了部落或部族之間的爭戰，就出現了許多關於爭戰的神話，如共工與蚩尤之戰，黃帝與蚩尤之戰以及黃帝集團與炎帝集團間爭戰的神話。當原始社會解體，開始進入到階級社會的時期，神話中又有了被統治者反抗統治者的內容，因而塑造出反抗神的英雄形象，如刑天反抗天帝，雖被砍頭，還「以乳為目，以臍為口，操干戚以舞」（《山海經・海外西經》）。這種寧死不屈、死而不已的鬥爭，正反映了人民大衆對統治秩序的挑戰。

神話是原始人的口頭創作，由於當時尚無文字，僅憑口耳相傳，故而散失不少。後來雖有了文字，但由於中國古代的一些學者大都重實際而不重玄想，對神話不重視，故被記錄下來的神話數量不多。今存《山海經》、《穆天子傳》、《楚辭》、《淮南子》等算是保存神話較多的典籍，特別是《山海經》④中的神話資料最為豐富。我國古代典籍上保留的神話大致可以分為兩類，一類屬於與自然作鬥爭的，一類屬於社會鬥爭的。在與自然作鬥爭的神話中，又有表現為探索性的和征服性的兩種情況。像《女媧補天》、《共工怒觸不周山》、《夸父逐日》都屬於探索大自然奧祕的神話。

> 往古之時，四極廢，九州裂；天不兼覆，地不周載。火爁炎而不滅，水浩洋而不息；猛獸食顓民，鷙鳥攫老弱。於是女媧煉五色石以補蒼天，斷鼇足以立四極，殺黑龍以濟冀州，積蘆灰以止淫水。蒼天補，四極正；淫水涸，冀州平；狡蟲死，顓民生。（《淮南子・覽冥訓》）

女媧是母系氏族社會的一位女性英雄，在面臨世界毀滅的緊急關頭，她勇敢地煉石補天，扶正了天地，消滅了災害，拯救了人類。這個神話說明現實世界是怎麼形成的，體現了原始人探索的意圖。女媧不僅再創了世界，還創造了人類。東漢應劭《風俗通義》載：「俗說天地開闢，未有人民，女媧摶黃土為人。劇務，力不暇供，乃引繩絙於泥中，舉以為人。故富貴者黃土人也；貧賤凡庸者，絙人也。」（引自《太平御覽》）這個神話以繩絙造人來解釋人類的起源，的確表現了原始人的認識水平。不過結尾卻把階級社會的富貴與貧賤也歸結爲女媧所造，顯係後人附會。

下面兩則神話亦反映先民對自然奧妙的探索：

> 昔者共工與顓頊爭為帝，怒而觸不周之山，天柱折，地維絕。天傾西北，故日月星辰移焉；地不滿東南，故水潦塵埃歸焉。（《淮南子．天文訓》）

> 夸父與日逐走，入日。渴，欲得飲，飲於河、渭；河、渭不足，北飲大澤，未至，道渴而死。棄其杖，化為鄧林。（《山海經．海外北經》）

前者是原始人對於天地覆載、日月星辰西行、江河東流等自然現象所作的解釋；後者反映原始人對太陽東出西落的現象不理解而艱苦探求，塑造了一個敢於與日競走、英勇獻身的夸父形象。

原始人與自然鬥爭，不僅表現了探索精神，還表現於征服自然力的大膽幻想。如《羿射十日》、《鯀禹治水》就是這類神話的優秀代表。

> 逮至堯之時，十日並出，焦禾稼，殺草木，而民無所食；猰貐、鑿齒、九嬰、大風、封豨、修蛇，皆為民害。堯乃使羿誅鑿齒於疇華之野，殺九嬰於凶水之上，繳大風於青邱之澤，上射十日而下殺猰貐，斷修蛇於洞庭，禽封豨於桑林。萬民皆喜，置堯以為天子。（《淮南子．本經訓》）

> 洪水滔天，鯀竊帝之息壤以堙洪水，不待帝命。帝命祝融殺鯀於羽郊。鯀復生禹，帝乃命禹卒布土以定九州。（《山海經．海內經》）

原始農耕時代，旱災和水災是人們最關心的事情，這兩則神話就反映了他們抗旱、治水的強烈願望。原始人想像旱災的發生是因爲天上有十個太陽，同時毒蛇猛獸也威脅人類生存，所以他們創造出一個造福於人類的英雄——羿來爲民除害，表現了原始人戰勝自然的堅定信念。羿是個非常有名的神話人物，許多典籍都記載了他的事迹。《山海經・海內經》說：「帝俊賜羿彤弓素矰，以扶下國，羿是始去恤下地之百艱。」屈原《天問》也有「羿焉彃日」的話。鯀禹治水也是有名的神話。鯀竊息壤爲民除害，觸犯了上帝的權威，以致犧牲了性命。但他仍不屈服，又生出禹來繼承他的遺志，終於消除了水患。《國語・晋語八》記載：「昔者鯀違帝命，殛之於羽山，化爲黃熊，以入於羽淵。」屈原《離騷》也說：「鯀婞直以亡身兮，終然殀乎羽之野。」看來鯀是一位具有反抗性格的神靈。至於禹的治水，後來的傳說尤多，《詩經》、《楚辭》及諸子中多有記載⑤。父子兩代都是治水英雄，爲人類作出了卓越的貢獻，在他們身上無疑集中了原始人類征服自然的經驗和智慧。

在我國古代神話故事中，還有少數反映社會鬥爭的神話，《黃帝擒蚩尤》便是有名的例子。

> 蚩尤作兵伐黃帝，黃帝乃令應龍攻之冀州之野。應龍畜水，蚩尤請風伯、雨師縱大風雨。黃帝乃下天女曰魃，雨止，遂殺蚩尤。（《山海經・大荒北經》）

另據《太平御覽》卷七十九引《龍魚河圖》記載：「蚩尤兄弟八十一人，並獸身人語，銅頭鐵額，食沙石子。造立兵仗，刀戟大弩，威振天下。」相傳蚩尤是古代黎族的領袖。那時黎族是南方人數多、地域廣的一個强大部族，號稱「九黎」。神話故事把這場戰爭描繪得驚心動魄，很富藝術想像，說明我國古代氏族社會中南方部族和中原部族產生過激烈的戰爭。

㈢古代神話的特點

從古籍保留的許多神話資料來看，我國古代神話（本章所述，主要指漢民族神話）從內容涉及的廣度來說，是豐富多彩的，但大都比較零散、甚至是片斷的記載，沒有像古希臘那樣發展爲一個神的家族和神的系統。

我國神話的另一個特點是：除有關女媧、后羿、共工、刑天、鯀禹的少數神話外，其餘大多屬於早期神話。人物變形的神話較多，神的形象多以半人半獸的姿態出現。如雷神爲「龍頭人身」，水神共工「人面、蛇身、朱髮」（《山海經》）。因此，神的自然屬性强而社會屬性弱，神性多而人性少。

中國神話的第三個特點則是：帶有神話色彩的英雄傳說，如后羿、神禹、女媧遠比單純的神話，即關於自然力的神化，諸如日神、月神、雷神、河伯之類更爲重要，更爲發達。這類英雄傳說很容易被歷史化和世俗化，從而失去其幻想的光輝。在我國古代，甚至某些自然神也被歷史傳說中的人所取代，如洛神、宓妃爲伏羲之女，湘君、湘夫人爲舜之二妃，她們取代了洛水和湘江的水神，因而更加强了神話的古史化或神話與歷史傳說相結合的傾向。

我國神話的第四個特點是：同農業生產有關的神話比較突出，如上述射日、治水、補天的神話都反映農業勞動者同水旱、猛獸作鬥爭的思想。

形成我國古代神話上述特點的原因是由於我國處於半封閉的大陸性地理環境，中原地區較早就進入了農業社會，因而造成閉塞、孤立感和强烈的自我意識，性格內向，重實際而黜玄想，使得神話的發展受到制約。其次是從周以來重人輕神的思想得到統治者的重視，故我國古代雖然長期存在巫、史兩部分文化，但負責神、人交通的巫，地位卻日趨低下，因此同神話有關的巫文化得不到發展，而史官文化則居於主導地位，把巫文化的一部分也吸收過去，這正是促成神話古史化的歷史背景。春秋晚期，繼承史官文化的儒家學派興起，孔子「不語怪、力、亂、神」，某些神話更被賦予合乎生活實際的解釋而失去神話本來的面貌，如「黃帝三百年」、「黃帝四面」、「夔一足」等⑥，本富神話色彩，經過孔子作合乎常理的解釋，就不成其爲神話了。

㈣古代神話的價值

古代神話代表了原始人類特有的意識形態，它通過幻想的形式，反映那個時代人類的生活和理想。它所表現出的樂觀進取精神，無論對於當時還是後世的人，都起著推動和鼓舞作用。它作爲原始社會人類意識的最初記錄，對於研究原始社會的歷史，有極其重要的價值。古代神話在我國文學史上寫下了光輝燦爛的第一頁，它塑造的中華民族童年時期的英勇形象，至今還保持著「永久的魅力」；它豐富的素材，多爲後世作家所取用，它神奇的幻想、生動的情節以及誇張的藝術手法等多方面的成就，都深刻地影響了後世作家。例如詩歌方面，屈原、陶淵明、李白、李賀、蘇軾等人的創作，無不從神話中吸取營養；小說、戲曲方面，魏晋的志怪，唐宋的傳奇，以及宋元以後的許多小說戲曲，不僅繼承了神話的浪漫精神，而且吸取了神話的素材和藝術經驗。中國古代的神話傳說，正是中國古代文學藝術的最早源頭。

附　註

①《擊壤歌》：「日出而作，日入而息，鑿井而飲，耕田而食。帝力於

我何有哉！」據傳為堯時八十老人所歌，始見於皇甫謐《帝王世紀》。《康衢謠》：「立我蒸民，莫非爾極；不識不知，順帝之則。」相傳為堯時童謠，始見於《列子・仲尼篇》。《卿雲歌》：「卿雲爛兮，糾縵縵兮；日月光華，旦復旦兮。」相傳為舜所歌，始見於伏勝《尚書大傳》。《南風歌》：「南風之薰兮，可以解吾民之慍兮；南風之時兮，可以阜吾民之財兮。」相傳為舜所作，見於《孔子家語・辯樂解》。

②伊耆氏：古帝稱號，或謂帝堯。蜡辭：蜡祭祝辭。古時每於歲十二月感謝神的福祐，舉行祭神之禮，稱為「蜡」。

③先有原始宗教觀念的產生，後來才有神話的出現。「按照原始社會精神文化的發展程序，原始人類是先有了朦朧的宗教觀念，由這種朦朧的宗教觀念漸漸產生一批基本上還是物的形軀的原始宗教的神，然後才有把原始宗教的神擬人化，賦予人的性格和意志、表達人的希望與欲求的所謂神話出現。神話裡由於有了人的因素，因而就有別於單純由於感到自己軟弱無力和畏懼而產生的原始宗教。當神話開始出現的時候，就和宗教有了一定程度的分歧，雖然它本身也推動、更被後來的統治者利用來推動過宗教的發展。」（袁珂《神話論文集・神話的起源及其與宗教的關係》）

④《山海經》：先秦古籍。主要記述古代地理、物產、神話、巫術、宗教等，還涉及古史、醫藥、民俗、民族等方面的內容，具有多方面的學術價值。《山海經》全書 18 篇，三萬一千多字。其中五藏山經 5 篇、海外經 4 篇、海內經 4 篇、大荒經 4 篇、又海內經 1 篇。《漢書・藝文志》作 13 篇，沒有把大荒經、海內經計入。這部書過去傳為禹、益所作，現代多數學者認為，它成書非一時，作者也非一人。大約是從戰國初年到漢代初年楚和巴蜀地方的人所作，到西漢劉秀（歆）校書時才合編在一起。劉秀《上〈山海經〉表》說：它「內別五方之山，外分八方之海，紀其珍寶奇物，異方之所生，水

土草木禽獸昆蟲麟鳳之所止，禎祥之所隱，及四海之外，絕域之國，殊類之人」。其中保留了大量的原始神話和原始宗教的材料，特別是研究古代神話至爲重要的典籍。

⑤關於禹的記載見於《詩經》的如：「信彼南山，維禹甸之。」（《信南山》）「豐水東注，維禹之績。」（《文王有聲》）「奕奕梁山，維禹甸之。」（《韓奕》）「洪水芒芒，禹敷下土方。」（《長發》）「奄有下土，纘禹之緒。」（《閟宮》）見於《楚辭》的如：「纂就前緒，遂成考功？何續初繼業，而厥謀不同？」（《天問》）見於諸子的如：「禹疏九河」，「禹八年於外，三過其門而不入」（《孟子・滕文公上》）；「禹有功，抑下鴻，辟除民害逐共工。北決九河，通十二渚疏三江。」（《荀子・成相》）等，這許多記載都與禹治水的神話有關。

⑥《大戴禮記・五帝德篇》載：「宰我問於孔子曰：『昔者予聞諸榮伊令：黃帝三百年。請問：『黃帝者，人耶？抑非人耶？何以至於三百年乎？』……孔子曰：『……生而民得其利百年，死而民畏其神百年，亡而民用其教百年：故曰三百年。』」《太平御覽》卷 79 引《尸子》：「子貢曰：『古者黃帝四面，信乎？』孔子曰：『黃帝取合己者四人，使治四方，不計而耦，不約而成，此之謂四面。』」《韓非子・外儲說左下》載：「魯哀公問於孔子曰：『吾聞夔一足，信乎？』曰：『夔，人也。何故一足？彼其無他異，而獨通於聲。堯曰：夔一而足矣。使爲樂正。故君子曰：夔有一，足。非一足也。』」

第二章　詩經

第一節　關於《詩經》

《詩經》為我國古代最早的詩歌總集，它收集了上自西周初年（公元前 11 世紀）下迄春秋中葉（公元前 6 世紀）約五百年間的詩歌三百零五篇，另在小雅中有六篇「笙詩」①，只存篇名。《詩經》在先秦通稱為《詩》或《詩三百》，《莊子・天運》始以《詩》與《書》、《禮》、《樂》、《易》、《春秋》並稱「六經」，西漢置五經博士，《詩》為五經之一，成為官定的經典。因而，至西漢始出現《詩經》之名②。但後來文人著書仍以《詩》為稱。

㈠《詩經》的組成

《詩經》由風、雅、頌三部分組成。「風」分為周南、召南、邶、鄘、衛、王、鄭、齊、魏、唐、秦、陳、檜、曹、豳十五國風，一百六十篇。「雅」一百零五篇，其中大雅三十一篇，小雅七十四篇。「頌」四十篇，其中周頌三十一篇，魯頌四篇，商頌五篇。《詩經》中的詩，都是配樂的歌詞，故風、雅、頌三類應是以音樂為標準區分的，它們原是音樂曲調名稱③。宋鄭樵說：「風土之音曰風，朝廷之音曰雅，宗廟之音曰頌。」（《通志・總序》）「風」是各地的民間曲調，「雅」是周王畿所在地的曲調（「大雅」、「小雅」也可能是音樂上的區別，朱熹認為：小雅乃「燕饗之樂」，大雅乃「會朝之樂」），「頌」是用於宗廟祭祀配合舞蹈的曲調。後來音樂失傳，只剩下歌詞，便以它們作爲詩類的名稱。

㈡《詩經》的作者及產生時間和地域

《詩經》各篇的作者，依詩中提到的，如《小雅・節南山》爲家父所作，《巷伯》爲寺人孟子所作，《大雅・嵩高》、《烝民》爲尹吉甫所作，《魯頌・閟宮》爲奚斯所作。此外見於先秦典籍記載的，如《鄘風・載馳》爲許穆夫人所作（《左傳》閔公二年），《小雅・常棣》爲召穆公所作（《左傳》僖公二十四年），《大雅・文王》爲周公所作（《呂氏春秋・古樂》）等，但是《詩經》大多數詩篇的作者都無法查考④。

《詩經》產生的時間，一般認爲：《周頌》、《大雅》和《國風》中的《檜風》、《豳風》多爲西周作品，《小雅》中多數是西周後期和東周初期之作，《魯頌》、《商頌》⑤和《國風》其他部分全都產生於春秋時期。三百零五篇中，最早的詩當以《大雅》中《生民》、《公劉》及《文王》等篇爲代表，大約產生於西周之前或西周初年，《豳風》中《東山》、《破斧》也是西周初年的作品。最晚的詩當推《陳風・株林》，事關陳靈公，《左傳》宣公十年（公元前 599 年）有其記載。故《詩經》產生的時代，應包括從公元前十一世紀到公元前七世紀的五百餘年。《詩經》產生的地域十分遼闊。以十五國風而言，它遍布黃河中下游流域及江漢地區，包括今陝西、山西、山東、河南、河北、湖北等省的全部或一部分，超出了當時的中原範圍⑥。可見，《詩經》是衆多作者在廣大地域上進行創作並經歷漫長時間形成的文化積澱，它必然蘊含著豐富的社會內容。

㈢《詩經》的採集和整理

《詩經》中有很多民歌，也有出自貴族的作品。這些詩篇所以能夠集中起來，一般認爲有兩條渠道。一是採詩。據《漢書・食貨志》載：「孟春之月，羣居者將散，行人振木鐸徇於路以採詩，獻之太師，比其音律，以聞於天子。」周王朝設有專門採詩的「行人」，他們四出收集民歌，以供朝廷考察民情風俗、政治得失，所謂「王者所以觀風俗、知得失、自考正也」。一是獻詩。據《國語・周語》載：「天子聽政，使公卿至於列士獻詩。」《晋語》也載：「古之王者，使工誦諫於朝，在列者獻詩。」周朝有獻詩的制度，規定公卿大夫在特定場合給天子獻詩，以便了解下情和考察政治得失。《詩經》中除了「頌詩」可能是專門製作的外，風詩和雅詩則是通過「採詩」和「獻詩」集中起來的。「採詩」是《詩經》民歌的來源，「獻詩」主要是《詩經》貴族詩歌的來源。

《詩經》的成集，司馬遷認爲是孔子删訂的。他說：「古詩三千餘篇，及至孔子，去其重，取可施於禮義……三百五篇，孔子皆弦歌之，以求合《韶》、《武》、《雅》、《頌》之音。」（《史記・孔子世家》）孔子「删詩」之說，從唐孔穎達、宋朱熹到清代的一些學者都以爲不可信，因爲如果删去了十分之九的詩，則古籍中所見的逸詩不應如此寥寥⑦；又「詩三百」之名已爲孔子習用，也說明在孔子之前就成書了。特別是吳公子季札到魯國觀周樂的史實（《左傳》襄公二十九年），證明當時《詩經》已有定本，其編次且與今本基本一致，而當時孔子還只有八歲。孔子自己只說過「誦詩三百」，「吾自衞返魯，然而樂正，雅頌各得其所」，並沒有提到删詩的事。後世學者一般認爲，眞正整理《詩經》的人，應該是周王朝的太師和樂工。《墨子・公孟》載：「誦詩三百，歌詩三百，弦詩三百，舞詩三百。」詩歌與音樂、舞蹈有密切關係。那麼，將收集的詩篇「獻之太師，比其音律」的時候，太師和樂工自然要將歌詞（包括韻律在內）作一番潤色整理，每集中一批新的詩歌又要整理一次⑧。因此，《詩經》上下五百年間的詩篇整理成集，是經過多人多次完成的。

㈣《詩經》的傳承

《詩經》的流傳時間很早。春秋時代部分詩篇已廣爲流傳，特別是外交場合，往住引詩言志，「酬酢以爲賓榮，吐納而成身文」（《文心雕龍・明詩》），成爲不可少的交際工具。春秋末期，孔子很重視《詩經》，他說：「不學詩，無以言。」（《論語・季氏》）「小子何莫學夫詩？詩，可以興，可以觀，可以羣，可以怨。邇之事父，遠之事君。多識於鳥獸草木之名。」（《論語・陽貨》）戰國時代，《詩經》已成爲儒家學派尊崇的典籍，如孟子、荀子都慣於引詩作爲立論的依據。在秦代，典籍遭到焚毀，《詩經》通過學者口頭傳授才得以保存下來。

漢代傳詩的有魯、齊、韓、毛四家。由於傳授的淵源和秉承的師說不同，四家對詩義的解釋有異，所傳詩的正文亦有所不同。魯詩爲漢初魯人申培所傳，文帝時立爲博士；齊詩爲漢初齊人轅固所傳，景帝時立爲博士；韓詩爲漢初燕人韓嬰所傳，文帝時立爲博士；毛詩爲秦漢時魯人毛亨和漢初趙人毛萇相承以傳，平帝時曾一度立爲學官（見《漢書・儒林傳贊》）。齊詩、魯詩、韓詩合稱「三家詩」，屬今文經學⑨。毛詩偏於訓詁釋義，毛氏說詩，史實多聯繫《左傳》，訓詁多同於《爾雅》，屬於古文經學⑩。漢代統治者大都重視經今文派，經古文派受到壓抑，後來經東漢末經學家鄭玄作《毛詩傳箋》，毛詩才得以興盛。從此治三家詩者逐漸減少，齊詩亡於三國，魯詩亡於西晉，韓詩傳至南宋後亦亡，僅存《韓詩外傳》六卷，而毛詩獨傳。今有毛萇所傳毛亨著《詩詁訓傳》（簡稱《毛傳》）三十卷，魏晉後與鄭玄箋注（通稱《鄭箋》）二十卷並行，歷來爲說《詩》者所重視，唐孔穎達《毛詩正義》四十卷即依據毛傳鄭箋爲詩義作疏解。毛詩中每篇詩前都有指出詩義及作詩背景的序文，一般只有幾句，唯首篇《關雎》之前有一段較長的文字，除首尾各數語爲提示《關雎》的意旨外，中間一大段文字論述了詩歌的形成和社會功能，並有「六義」⑪、「變風變雅」⑫、「四始」⑬等提法，是一篇重要的詩論。後世稱這段文字爲「詩大序」，稱《關雎》首尾數語及其他各篇序文爲「小序」。詩序的作者，據《後漢書・儒林傳》記載，認爲大序、小序皆東漢衛宏所作⑭。今人多從此說。

《詩經》既被尊爲儒家經典，故對它的研究也被帶上經學色彩。漢代和宋代是研究儒家經典的兩個重要時期，被後人稱爲「漢學」和「宋學」。漢學注重訓詁及名物制度的解釋，對後人探討詩義很有幫助，但漢人常以禮教說詩，有時未免穿鑿附會，毛傳、鄭箋即其代表。鄭箋在以禮教說詩方面尤較突出。「宋學」注重義理，對漢唐舊說特別是對「詩序」提出懷疑和否定，這是可取的，但是也存在憑空臆斷的缺點，且仍多封建禮教觀念。朱熹《詩集傳》二十卷算是其中成就較高的一種。清代乾、嘉以來，「漢學」復興。清代學者憑著文字、音韻、訓詁等方面的深厚功力，在解詩方面取得了重要成果，姚際恆《詩經通論》十八卷、馬瑞辰《毛詩傳箋通釋》三十一卷，陳奐《詩毛氏傳疏》三十卷、方玉潤《詩經原始》十八卷等，都是較有價值的著作。同時，由於輯佚之風興起，對「三家詩」的輯佚整理也取得了較好成績，王先謙《詩三家義集疏》是較完備的一種。晚近學者，總結前人的研究成果，排除漢、宋門戶之見，進一步從文學、史學、社會學等角度闡發詩義，特別是本世紀以來，許多學者運用近代科學方法，將《詩經》研究推進到一個新的階段。

第二節　國風

《國風》保存了不少民歌。這些民歌原來都是勞動人民集體的口頭創作，在寫定過程中，雖可能經過潤色，但仍具有濃厚的民歌風味，是《詩經》中的珍品。這些民歌廣泛地反映了當時人民的勞動和生活，表達了他們的要求願望和苦樂悲歡，因而具有豐富的思想內容。

㈠反映人民大衆苦於剝削壓迫的詩篇

由於當時剝削壓迫的普遍存在，階級矛盾的加劇，勞苦大衆逐步覺醒，他們開始認識到自身的價值，從而表現出對統治階級不滿，以至發出憤怒的控訴，如《七月》、《伐檀》、《碩鼠》等篇就是這方面內容的代表作。

《豳風・七月》是西周初年的作品，在中國文學史上，它最早反映人民的苦難，開創了這類主題。詩篇描繪了三千年前勞苦大衆一年到頭的生產和生活情況。他們從事繁重的體力勞動，男人從開春到冬季農事完畢還得不到休息，繼續從事於打獵、練武、鑿冰等笨重勞動；婦女除了採桑、採蘩、培桑、養蠶之外，還得績麻、紡織、染色，亦無休息。他們的生活也極其粗劣：「無衣無褐，何以卒歲！」「穹窒熏鼠，塞向墐戶，嗟我婦子，曰爲改歲，入此室處。」「七月食瓜，八月斷壺，九月叔苴，采荼薪樗，食我農夫。」詩篇的這些描繪，傳達了勞動者啼飢號寒的聲音。同時，詩篇還客觀揭示了他們悲慘命運的根源乃在於剝削壓迫的存在：最漂亮的絲綢獻出「爲公子裳」，最好的獸皮只能「爲公子裘」，最大的野獸獻給奴隸主。在歲終還得帶著禮品去祝福他們「萬壽無疆」。婦女們還多一重憂懼：「女心傷悲，殆及公子同歸。」這些都客觀地揭示了階級對立的情況。

《魏風》的《伐檀》、《碩鼠》則是《七月》主題的深化。

《伐檀》寫勞動者對統治者不勞而獲的不滿，他們質問：「不稼不穡，胡取禾三百廛兮？不狩不獵，胡瞻爾庭有縣貆兮？」表現出勞動成果應該歸勞動者所有這一嶄新的價值觀念，這不能不說是一種新的覺醒。《碩鼠》把統治者詛咒爲田老鼠以揭示其貪婪可惡的本性。如果說，《伐檀》表現了勞苦人民勞而當獲的價值觀念，那麼《碩鼠》則進一步要求實現這種價值觀念，進而企圖解開統治者的束縛去尋找「樂土」，流露出我國勞動者最早的「烏托邦」思想。

(二)反映人民苦於戰爭和徭役的詩篇

統治階級除了直接對人民進行殘酷壓榨外，還經常强迫人民當兵服役，戰爭和徭役給人民帶來的痛苦在《國風》中亦得到了充分反映。《邶風・式微》寫了役人當黃昏來臨之時，仍在霧露中幹活。《魏風・陟岵》寫役人思念親人，以至登上高崗遙望，彷彿聽到了父母兄長的嘆息和叮嚀。《唐風・鴇羽》則進一步揭露了徭役致使生產荒廢、父母無依的現實，役人只好向天呼叫：「悠悠蒼天，曷其有極！」《豳風・東山》更是一篇征人訴苦的傑作。詩篇通過對東征戰士在歸途中的感受的敍述，揭露了戰爭帶給人民的苦難，表達了他們對和平生活的渴望。全詩四章，每章均冠以「我徂東山」四句，形成環境氣氛，奠定悲苦的心理基礎。其第二章寫道：

果蠃之實，亦施于宇。伊威在室，蠨蛸在户。町畽鹿場，熠燿宵行。不可畏也？伊可懷也。

這是征人在歸途中對家鄉荒涼的設想。幾年的戰爭，男子都出征了，禾黍不藝，室空無人。荒涼的景象與對家鄉的愛併在一起，構成征人心理上的矛盾。但征人想到這種可畏的情景，更加觸發對家鄉的懷念。所以清人吳闓生說：「思家之情從可畏處明之，乃加倍寫法。」（《詩義會通》）詩篇沒有直接詛咒戰爭，但是，征人思歸心情的表露，無不是對戰爭的詛咒。

《國風》關於戰爭題材的詩篇，除了反映人民反戰情緒的篇目之外，也有支持正義戰爭的詩篇，如《秦風・無衣》表現了人民同仇敵愾的精神。班固說：「山西、天水、隴西、安定、北地處勢迫近羌胡，民俗修習戰備，高上勇力鞍馬騎射。故秦詩曰：『王於興師，修我甲兵，與子皆行。』其風聲氣俗，自古而然，今之歌謠慷慨，風流猶存耳。」（《漢書・趙充國辛慶忌傳》）正是這種尚武的民俗傳統，培育了當地人民的愛國熱情和英雄主義精神。

外有羈旅之苦，內必有思婦之怨。《衛風・伯兮》和《王風・君子于役》便是兩篇思婦的怨詞。《伯兮》寫妻子對丈夫的思念之苦，步步加深，以致最後不得不用忘憂草來解除痛苦。《君子于役》寫一個山村女子面對雞棲、羊牛歸的黃昏景象，觸發了對征夫的思念。此外，《周南・卷耳》、《召南・殷其雷》也是思婦之詞。以上這些思婦詞，從一個側面揭露現實生活，也有其深刻的社會意義。

㈢反映愛情生活和婚姻問題的詩篇

這類題材在《國風》中數量最多，內容也最豐富，有熱戀的歡樂，有失戀的痛苦，有婚後的和諧，也有棄婦的泣訴。特別是其中的戀歌，千姿百態，最富情采。如《衛風・木瓜》、《邶風・靜女》、《王風・采葛》、《鄭風・狡童》和《褰裳》等，儘管有歡樂，也有痛苦，總的格調則是明朗歡快的，說明當時男女相愛尚比較自由。至於《鄘風・柏舟》、《鄭風・將仲子》兩篇就大不一樣了。《柏舟》寫一個女子愛上了一個蕭灑英俊的青年，發誓不嫁別人，可是遭到母親的反對，以致發出「母也天只！不諒人只！」的埋怨。《將仲子》寫一女子愛上了名叫仲子的青年，卻勸仲子不要上她家來，因爲怕引起父母、兄長和外人的議論。兩詩的主人公，儘管前者堅强，後者軟弱，但其純眞的愛情已經與家長制和傳統勢力的約束形成了一種帶有悲劇性的衝突。

《國風》民歌也有反映婚後生活的詩篇。如《唐風・綢繆》、《齊風・東方之日》、《鄭風・女曰雞鳴》皆表現婚後的喜悅。但是，更值得重視的是一些反映女子不幸命運的棄婦詩。如《衞風・氓》、《邶風・谷風》即這類詩歌的代表。《氓》的女主人公控訴了她丈夫「二三其德」的行爲，陳述了自己的不幸遭遇。她在第三章總結教訓說：

> 桑之未落，其葉沃若。于嗟鳩兮，無食桑葚。于嗟女兮，無與女耽。士之耽兮，猶可說也。女之耽兮，不可說也。

說明女子在婚姻方面不能與男子享有同等的權利，更應持愼重態度。《谷風》的女主人公則認識到她丈夫當初只是想藉自己的勞力來對付窮苦生活，一旦生活好轉，便被拋棄：「宴爾新婚，以我御窮」，「旣生旣育，比予于毒」。古代婦女婚姻不幸的原因，除了受制於家長制和某些傳統觀念之外，還受到夫權制的約束，男性或喜新厭舊，或榨取勞力，都是造成婦女婚姻悲劇的更爲直接的原因。

這類婚戀題材的詩篇，過去長期遭到一些儒者的歪曲。有人不承認它們是愛情詩，而牽强地解釋爲政治諷諭詩。像《詩序》把

《周南・關雎》這首戀歌曲解為表現「后妃之德」，把《鄭風》中的《有女同車》、《山有扶蘇》、《蘀兮》、《狡童》等戀歌說成是批評鄭昭公的。另一些人雖承認其為愛情詩，卻對詩篇和作者大加貶斥。朱熹就把這類詩斥之為「男女淫佚詩」、「淫奔者之辭」。朱熹評論《鄭風》時說：「鄭衛之樂，皆為淫聲。然以詩考之：衛詩三十有九（包括邶、鄘、衛），而淫奔之詩才四之一，鄭詩二十有一，而淫奔之詩已不翅七之五。衛猶為男悅女之詞，而鄭皆為女惑男之語。衛人猶多刺譏懲創之意，而鄭人幾於蕩然無復羞愧悔悟之萌。是則鄭聲之淫，有甚於衛矣。」（《詩集傳》）孔子曾說：「放鄭聲，遠佞人。」漢人說：「鄭衛之音，亂世之音也。」「桑間濮上之音，亡國之音也。」（《禮記・樂記》）孔子和《禮記》評論時還僅就音樂而言，而朱熹則連歌辭一道否定了。

㈣反映勞動生活的詩篇

《國風》中民歌的作者不少屬於勞苦人民，勞動的情景自然容易進入詩歌，如《伐檀》、《七月》，即他們勞動生活的寫照。此外，也有反映勞動者在勞動中喜悅心情的詩篇。如《周南・芣苢》就是古代婦女在田野採集車前子時所唱的歌。詩篇文字簡潔，節奏明快，再現了當時勞動的情景，傳達了勞動時的歡快氣氛，方玉潤曾評曰：「讀者試平心靜氣涵詠此詩，恍聽田家婦女，三三五五，於平原曠野、風和日麗中，羣歌互答，餘音裊裊，若遠若近，忽斷忽續，不知情之何以移，而神之何以曠。」（《詩經原始》）又如《魏風・十畝之間》：

十畝之間兮，桑者閑閑兮，行與子還兮！
十畝之外兮，桑者泄泄兮，行與子逝兮！

在一片廣闊的桑林裡，一羣採桑女勞動結束了，她們互相呼喚，相約結伴同行，一路走出桑林。採桑女們在桑林中的和樂氣氛和採桑後的輕鬆愉快在詩篇裡得到了恰當的表現。

㈤揭露統治者荒淫殘暴的詩篇

如《鄘風・相鼠》首章說：

相鼠有皮，人而無儀。人而無儀，不死何為？

詩篇對統治者極為蔑視，把他們看作連老鼠都不如，從諷刺中表現了人民品格的高尚和自豪的心理。又如《鄘風・牆有茨》首章說：

牆有茨，不可埽也。中冓之言，不可道也。所可道也，言之醜也。

詩篇諷刺了貴族官闈內的醜事，詩人對這件事欲言又止的態度，更能引起人們探究的興趣，從而達到揭露和諷刺的效果。屬於同一主題的，還有《邶風・新臺》、《齊風・南山》、《陳風・株林》等篇，它們分別揭露了衛宣公、齊襄公、陳靈公的荒淫無恥。衛宣公把兒媳婦占為己有，《新臺》詩中將他比作癩蝦蟆，齊襄公淫其妹，《南山》詩中就將他比作一隻雄狐狸。

除了揭露統治者荒淫無恥之外，有的詩還揭露了暴君的殘酷，如《秦風・黃鳥》就是寫秦國三良殉葬的事：

交交黃鳥，止于棘。誰從穆公？子車奄息。維此奄息，百夫之特。臨其穴，惴惴其慄。彼蒼者天！殲我良人。如可贖兮，人百其身。

據《左傳》文公六年記載：「秦伯任好卒，以子車氏之三子：奄息、仲行、鍼虎爲殉，皆秦之良也。國人哀之，爲之賦《黃鳥》。」可見實有其事。詩中描寫殉葬者「臨其穴，惴惴其慄」的驚恐之狀，的確慘不忍睹。此詩表現了秦人對「三良」的惋惜和對暴君的憎恨。

《國風》除了民間歌謠之外，也有不少出自貴族之手的詩篇。如《鄘風・載馳》爲許穆夫人作，她爲挽救衞國的危亂而奔走求援，表現了强烈的愛國精神。《召南・小星》和《邶風・北門》表現了下級官吏對勞逸不均的憤慨不平。《鄭風・大叔于田》贊美一個貴族武士在田獵時表現的勇敢和射御技術。《秦風・權輿》及《唐風・山有樞》則反映了沒落貴族的哀嘆和人生哲學。這說明《國風》的思想傾向還是比較複雜的。

第三節　雅頌

雅詩大部分是上層社會舉行各種典禮和宴會演唱的樂歌，頌詩全是周天子或諸侯用於祭祖祭天時所演唱的樂歌，這兩部分詩歌的內容，總的說來不如風詩那樣的豐富多彩，但它卻從另一個角度比較眞實地反映了周代社會生活的某些側面，具有不可忽視的社會意義和歷史價值。《雅》《頌》的主要內容有以下幾類：

㈠周民族史詩

《大雅》中的《生民》、《公劉》、《緜》、《皇矣》、《大明》等篇，系統地追述了周族的萌生、發展以至最後滅商建國的全過程，是研究周族史的重要資料。《生民》敍述周始祖后稷的誕生、開創農業並在邰地建立家業的歷史，充滿了周人的自豪感。特別是首三章關於后稷誕生的描寫，帶有濃厚的神話色彩。后稷之母姜嫄因踩到天帝的足迹而懷孕，後來臨產又非常順利。后稷出生後，姜嫄認爲不祥而將他拋棄：

誕寘之隘巷，牛羊腓字之。誕寘之平林，會伐平林。誕寘之寒冰，鳥覆翼之。鳥乃去矣，后稷呱矣。實覃實訏，厥聲載路。

后稷被拋到小巷裡，遇上牛羊哺育；被拋到森林裡，得到伐木人的救助；被拋到寒冰上，鳥張開翅膀來保護他。這種被棄而不死之靈異，目的在於說明一個偉大人物降生的不平凡。果然，後來后稷表現了驚人的智慧和本領，他天生會種莊稼，終於以一個農業開創者的身分成爲氏族領袖。這一故事，留有母系氏族社會向父系氏族社會轉化的影子，也體現了周人以農立國的特點。《公劉》描寫后稷三世孫公劉由邰遷豳，並在豳地率領周人開墾荒地、營建居室的情形。公劉在豳地發現了「京」這塊好地方，就在這裡把周人安置下來：「京師之野，于時處處，于時廬旅，于時言言，于時語語。」一片歡聲笑語，喜氣洋洋。《緜》是寫公劉九世孫古公亶父（周人尊爲太王）因受戎狄逼迫遷都岐下、艱苦創業的情況。據《史記・周本紀》記載，這次遷徙規模很大：「舉國扶老攜弱，盡歸古公於岐下。」古公在岐山之南發現一片名叫「周原」的肥沃土地，「周原膴膴，堇荼如飴」，便率領周人在這裡定居下來，從此便自稱「周人」了。《皇矣》敍述從古公到他的孫子周文王的史事。先寫古公開闢岐山、打退昆夷，次寫王季繼續發展，最後寫文王伐密伐崇，安定四方。《大明》從王季娶太任而生文王說起，繼寫文王受命並得佳偶太姒而生武王，最後寫武王誓師牧野伐商，終於成爲天下共主。

從《生民》到《大明》五篇，比較完整地勾畫出周人興起、創業和建國的歷史。前三篇寫后稷、公劉、古公亶父的事迹，周人把他們塑造成英雄人物，還賦予一定的靈異神奇的色彩，很有文學意味。後二篇主要敍述文王、武王的功績，有濃厚的承天受命思想，描寫亦不及前三篇。不過，這五篇乃是我們今天能見到的關於周人發展的最早史料，司馬遷寫《史記・周本紀》就採用了這些史實。

㈡諷諭詩

西周自穆王以後，特別是厲、幽之際，「民靡有黎，具禍以燼」（《大雅・桑柔》），國土淪喪，「日蹙國百里」（《大雅・召旻》），弄得民多怨言，貴族離心。貴族文人對這種嚴峻的形勢十分擔憂，因而寫了大量諷諭詩希圖對統治者起到勸諫作用。

信讒棄賢是當時政治腐敗的重要標誌，雅頌中，特別是小雅中很多詩篇對進讒和信讒作了揭露和批判。《巧言》指出讒言是禍亂之根。在上位的人信讒禍亂就會擴大，不信讒禍亂就會消亡。並且對進讒者表示鄙棄：「蛇蛇碩言，出自口矣！巧言如簧，顏之厚矣！」《巷伯》對進讒者進一步加以詛咒：

> 彼譖人者，誰適與謀？取彼譖人，投畀豺虎。豺虎不食，投畀有北。有北不受，投畀有昊。

作者要把進讒者或者送給豺虎去吃，或者放逐到荒遠的北方，或者交給老天爺去處理，以表示深惡痛絕。讒人得志，賢人自然遭殃，他們好像臨深履薄，惴惴不安地過日子，如《小雅・小宛》之末章：

> 溫溫恭人，如集于木。惴惴小心，如臨于谷。戰戰兢兢，如履薄冰。

其他如《小雅・小旻》、《正月》也揭露了類似的情況。是棄賢聽讒，還是親賢遠佞，一直是封建時代士大夫文人關心的問題，然而早在西周時期就在詩歌中開創了這一主題。這是很有意義的。

當政者聽讒棄賢，必然會造成由於良莠不辨所帶來的勞逸不均和待遇不公等現象，連一般官吏也不免深受其苦。《小雅・北山》對此作了充分揭露：

> 或燕燕居息，或盡瘁事國。或息偃在牀，或不已于行。
> 或不知叫號，或慘慘劬勞。或棲遲偃仰，或王事鞅掌。
> 或湛樂飲酒，或慘慘畏咎。或出入風議，或靡事不為。

有的躺在家裡，有的在外奔波；有的飲酒作樂，有的擔心獲罪。通過兩兩對比，對勞逸不均的現象作了充分暴露。另如《小雅・緜蠻》也表現了同一主題。同時，這種待遇不公的情況，也在地區種族之間顯示出來，如《小雅・大東》就反映了周代統治者對東方各地（殷、奄諸族）的殘酷掠奪以及東人與西人待遇的明顯差異，表現了詩人對於東人所受虐待的不平。

統治階級的腐敗也表現在生活方面：《小雅・湛露》指責貴族們「厭厭夜飲，不醉無歸」，《小雅・魚麗》更描寫了他們筵席的豐盛和講究。在《小雅・賓之初筵》裡，還具體描寫了貴族飲宴的場面。他們在飲宴開始時，還顯得彬彬有禮，而酒醉之後，便醜態百出。《大雅・蕩》也對狂飲作了揭露：「天不湎爾以酒，不義從式。既愆爾止，靡明靡晦，式號式呼，俾晝作夜。」這種狂飲敗德的情況，正是貴族腐敗和國勢陵遲的反映。

腐敗黑暗現象的出現，與執政者有密切關係，因而有些文人敢於秉筆直書，追究當政者直至最高統治者的責任。如《小雅．十月之交》除了「豔妻」暗指褒姒外，還一連點了七個大臣的名。《大雅．瞻卬》揭露幽王時政治混亂的情況，其第二章寫道：

> 人有土田，女反有之。人有民人，女覆奪之。此宜無罪，女反收之。彼宜有罪，女覆說之。

土田民人任意掠奪，刑罰任意施行，倒行逆施，正是國家將亡的象徵。

雅詩中的諷諭詩，雖大都爲傷時憫亂、對統治者進行勸戒的作品，但它是從統治階級營壘中爆發出的不平之聲，能使人們認清當時的政治危機以及黑暗的內幕，具有認識價值。

㈢農事詩

農事詩《國風》中有，雅頌貴族詩中涉及農事者也不鮮見。周人的興起以農業爲奠基，後來的發展壯大皆與農業有密切關係，故周人向來都重視農業，重視農民的勞動。周公告戒成王要「先知稼穡之艱難」（《尚書．無逸》），故貴族詩裡出現有涉及農業的篇章也是很自然的，如《小雅》中的《楚茨》、《信南山》、《甫田》、《大田》，《周頌》中的《臣工》、《噫嘻》、《豐年》、《載芟》、《良耜》等一批詩篇，都反映了當時的農業生產及豐收饗神的情況。《噫嘻》載明在三十里廣闊的田野上，有成千上萬的農奴在勞動，規模之大可以想見。又如《大田》第三章：「有渰萋萋，興雨祁祁。雨我公田，遂及我私。彼有不穫穉，此有不斂穧，彼有遺秉，此有滯穗，伊寡婦之利。」風調雨順，公田私田都有收成，還讓孤寡無依的人得到好處，富有生活氣息。又如《良耜》敍述了耕地、播種、送飯、鋤草、作物茂盛、收穫及祭祀等事，農事的全過程都反映到詩裡了。這些出自貴族之手的農事詩，偏於敍事，目的在於慶豐收、饗神明，其中極少反映農夫的苦痛，聽不到農夫的嗟嘆和哀號，相反，呈現出「農夫之慶」，喜氣洋洋的氣氛。這就是貴族農事詩與民歌農事詩的不同之處。

雅詩和頌詩除以上三類外，還有一些有價值的作品，或敍人倫，或言哲理，或表戰功，或頌政事，都有值得借鑒的內容。至於那些純粹歌功頌德、祭祖祭天的頌詩，屬於廟堂文學，除了可供治史者參考外，就沒有什麼價值了。

此外，雅詩中還有不少反映勞動人民生活的作品，如《小雅・采薇》寫戰士們一方面嚮往和平生活，對離鄉背井、久役不歸有所不滿，一方面又深明大義，認爲一切痛苦都是玁狁造成的，表現了一定的愛國熱情。這與《東山》對待戰爭的態度是不同的。他如《小雅》的《苕之華》、《何草不黃》揭露了統治階級奴役人民、剝削人民的罪惡，表達了人民的憤慨、亦屬雅詩中的佳作。

第四節　《詩經》的藝術成就

作爲我國最古老的詩歌總集《詩經》，已流傳了二千五百年之久，它之所以能流傳至今，重要原因之一在於它具有不朽的藝術魅力，因而成爲後代詩人學習、仿效的對象。

㈠形象地反映生活，開創寫實傳統

《詩經》的許多作品眞實而形象地反映了那個時代，開創了我國古代詩歌中的寫實傳統，堪稱爲周代社會的一面鏡子。特別是其中的民歌作者，本身大多是從事農牧業生產的勞動者，他們「飢者歌其食，勞者歌其事」（何休《春秋公羊傳》宣公十五年解詁），「男女相與詠歌，各言其情」（朱熹《詩集傳序》）。他們寫自己的勞動和生活，表現自己的思想願望和苦樂悲歡，這些觸景生情、情由衷發的詩篇，都能如實描寫，沒有絲毫矯揉造作之態和粉飾雕琢之弊，形成了樸素、自然的藝術風格。《詩經》中的政治諷諭詩，敢於揭開內幕，指斥時弊，且能表達出作者鮮明的憎惡或哀傷之情，從一個側面眞實地反映了當時的現實。

形象地表現生活，是文學的共同要求。《詩經》的一些優秀篇章，大多能塑造出極爲鮮明、生動的形象，把生活中人物的某些特點再現在作品裡。如《邶風，靜女》的「愛而不見，搔首踟躕」，《齊風・東方未明》的「東方未明，顚倒衣裳」，動態描寫都十分逼眞傳神。《鄘風・柏舟》的「髧彼兩髦，實維我儀」，《鄭風・出其東門》的「縞衣綦巾，聊樂我員」，都描寫了主人公所愛對象的模樣：前者寫髮式——兩邊垂著齊眉髮；後者寫衣飾——白色的上衣，淡綠色的頭巾。這些外貌描寫也具形象性。至於《詩經》中的一些敘事詩，如《衞風・氓》、《邶風・谷風》中的主人公，更是具有初步的性格特徵，爲後來敘事性文學作品的形象塑造提供了一個基礎。

㈡確立賦、比、興的表現手法

《詩大序》已提出「六義」之說，其中的風、雅、頌一般認爲是詩的類型，而賦、比、興則被認爲是詩的表現手法。對於賦、比、興的解釋很多。據宋代朱熹的解釋：「賦者，敷陳其事而直言之者也。」「比者，以彼物比此物也。」「興者，先言他物以引起所詠之詞也。」（《詩集傳》中《關雎》、《葛覃》、《螽斯》注）解釋簡明扼要，比較流行。「賦」有鋪敍和直言之意，指直接敍述描寫的手法。「比」，就是以更具體形象而又比較熟悉、易於理解的事物來打比喩。「興」有起興的意思，乃是借助其他事物作為詩歌發端，以引起所歌詠的內容。賦、比、興的概括，突出了《詩經》藝術手法的基本特徵。

1、賦

「賦」在《雅》、《頌》裡用得最多，《國風》中也不少。謝榛說：「予考之《三百篇》：賦七百二十；興三百七十；比，一百一十。」（《四溟詩話》）「賦」之所以成為一種主要表現方法，是因為它直接說出詩的本事，揭示詩的內容，對寫景、敍事、抒情都很適用。如《國風》中《靜女》、《褰裳》、《狡童》、《將仲子》等短小的戀歌都用賦寫成，顯得明快生動。《國風》中篇幅較長的《七月》、《東山》等敍事性强的作品，也用賦寫成。《小雅》中《無羊》則是用賦寫成的一首優美、生動的牧歌。其二、三章寫得尤好：

> 或降于阿，或飲于池，或寢或訛。爾牧來思，何蓑何笠，或負其餱。三十維物，爾牲則具。
>
> 爾牧來思，以薪以蒸，以雌以雄。爾羊來思，矜矜兢兢，不騫不崩。麾之以肱，畢來既升。

兩章對牛羊和牧人的描繪，不獨具有形象性，而且很有生活氣息。方玉潤說：「人物雜寫，錯落得妙，是一幅羣牧圖。」（《詩經原始》）

2、比

「比」在《詩經》中用得也很普遍。劉勰解釋說：「且何謂為比？蓋寫物以附意，揚言以切事者也。」（《文心雕龍・比興》）即通過比喻以突出被比事物的本質和表達作者一定的思想感情。如《碩鼠》以貪婪的老鼠比喻剝削者，《新臺》把亂倫的衞宣公比作醜陋的癩蝦蟆。這些比喻既貼切又突出了被比對象的本質，鮮明地表達了作者的憎惡之感。比喻還可用來刻畫人物，如《衞風・

碩人》描寫衞莊公夫人的容貌：

> 手如柔荑，膚如凝脂，領如蝤蠐，齒如瓠犀，螓首蛾眉，巧笑倩兮！美目盼兮！

描寫了她的手、膚、頸、齒、額、眉、眼和笑貌。除了末二句是用賦外，都是用比喻，或明喻，或暗喻，經過刻畫，衞莊公夫人的美貌便更鮮明了。對一個女子的外貌作如此細膩的描寫，這是中國文學史上的第一次。《詩經》中比喻還可用來描寫較抽象的對象，使之形象化。如《王風・黍離》寫一個人的憂思之重為「中心如醉」、「中心如噎」；《小雅・小旻》寫作者的危懼之感為「如臨深淵，如履薄冰」；又如《邶風・柏舟》寫一個女子矢志不移的心情：「我心匪石，不可轉也；我心匪席，不可卷也。威儀棣棣，不可選也。」用匪石、匪席表示自己決不隨人擺布的堅強意志。比喻的精闢，有賴於對客觀事物作細致的觀察和發揮豐富的想像。如《大東》之末章：「維南有箕，不可以簸揚。維北有斗，不可以挹酒漿。維南有箕，載翕其舌。維北有斗，西柄之揭。」連天上的箕星、斗星也似乎站在西人一邊向東人索取，的確是別開生面的奇想。以上這些靈活多樣的比喻，在很大程度上增强了詩歌的表現力。

3 、**興**

「興」，朱熹謂指「先言他物以引起所詠之詞」（《詩集傳序》），即由於詩人觸景生情，先用一兩句話描寫周圍的景物，作為一篇或一章的開端，然後再敍述主要內容。它對全詩常可以起到聯想、象徵和烘托氣氛的作用。如《關雎》的首章：「關關雎鳩，在河之洲、窈窕淑女，君子好逑。」成雙結對的王雎在水洲上和鳴，自然令人聯想到愛情和婚姻的事。又如《周南・桃夭》的首章：「桃之夭夭，灼灼其華。之子于歸，宜其室家。」初開的桃花，光彩奪目，用它來象徵新婚女子的美貌十分恰當。《詩經》中還有用飛鳥起興以烘托氣氛的，如《邶風・燕燕》：「燕燕于飛，差池其羽。之子于歸，遠送于野。瞻望弗及，泣涕如雨。」寫女子出嫁，儘管送者胸懷悲切，而燕子雙飛的景色仍然烘托出喜慶的氣氛。《小雅・鴻雁》寫徭役，則以「鴻雁于飛，肅肅其羽」來烘托役人心中的淒涼之苦。以上諸例皆爲正面起興，《小雅・苕之華》則從反面起興：

苕之華，芸其黃矣。心之憂矣，維其傷矣！
苕之華，其葉青青。知我如此，不如無生！
牂羊墳首，三星在罶。人可以食，鮮可以飽！

詩人面對盛開的凌霄花，嘆息年荒歲飢，活著不如死了的好，凌霄花起了從反面烘托的作用，這叫做反興。

賦、比、興是《詩經》的三種基本藝術手法。「賦直而興微，比顯而興隱。」（《毛詩正義》）賦重在直接表現詩篇的內容，比、興則必須通過形象化的手段反映出詩篇的內容，因而比、興手法的成功運用，使《詩經》大大增添了含蓄、形象的藝術美。從《詩經》開始，比興手法成了中國詩歌史上重要的藝術傳統。

㈢《詩經》的景物描寫

景物描寫在《詩經》中相當突出，也是一種重要的藝術手法。特別是在賦和興的寫法中，往往通過景物描寫創造出許多情景交融的境界。例如《王風・君子于役》首章：

君子于役，不知其期，曷至哉！雞棲于塒，日之夕矣，羊牛下來。君子于役，如之何勿思！

妻子思念久役的丈夫歸來，她盼來一個黃昏又一個黃昏，都失望了。在雞進籠，羊牛歸家的山村晚景的強烈反襯下，使思婦更添許多愁緒。睹物興思，實景眞情。又如《小雅・采薇》之末章，寫征人在歸途的心情：

昔我往矣，楊柳依依。今我來思，雨雪霏霏。行道遲遲，載渴載飢。我心傷悲，莫如我哀！

昔日出征，楊柳呈依依之狀，烘托征人依戀難捨之情；今我歸來，飛雪正紛紛揚揚，烘托征人歸途之苦。方玉潤說：「末乃言歸途景物，並回憶來時風光，不禁黯然神傷。」（《詩經原始》）首四句晋謝玄看作三百篇中的最佳句。清初王夫之則認爲這是「以樂景寫哀，以哀景寫樂，一倍增其哀樂。」（《薑齋詩話》卷一）《詩經》中有的詩篇還有全章寫景的情況：

葛之覃兮，施于中谷，維葉萋萋。黃鳥于飛，集于灌木，其鳴喈喈。（《周南・葛覃》）

鳳凰鳴矣，于彼高岡。梧桐生矣，于彼朝陽。菶菶萋萋，雝雝喈喈。（《大雅・卷阿》）

《葛覃》以葛藤蔓延、黃鳥鳴叫的景象興起女子的歸寧之情，《卷阿》以鳳凰和鳴、梧桐茂生的景象烘托周王的賢士濟濟。兩詩的景物描寫都富有生機，優美動人，與詩篇的本事相得，突現了人物活動的環境氣氛。《詩經》的景物描寫，或寓情於景，或借景抒情，創造了不少情景交融的境界，它在我國詩歌史上雖然還只是個開端，卻爲後來的景物描寫積累了豐富的藝術經驗。

㈣《詩經》的章句形式

1、《詩經》的章句形式，一般都以回環複沓爲其特色。

《詩經》各篇大都分章，除《周頌》三十一篇、《商頌》三篇不分章之外，每篇少則二章，多至十六章。分章的詩篇，特別是民歌，各章句數、字數基本相等，因而形成了整齊、匀稱的形式美。同時，由於入樂的需要，各章只換少數字詞，同樣的字句反複出現，回環複沓，能充分發揮抒情表意的作用，收到迴旋跌宕的藝術效果。如《芣苢》各章只換幾個動詞，婦女集體採集車前子由少到多的過程及歡快的氣氛就充分表現出來。又如《召南・殷其雷》：

> 殷其雷，在南山之陽。何斯違斯？莫敢或遑。振振君子，歸哉歸哉！
>
> 殷其雷，在南山之側。何斯違斯？莫敢遑息。振振君子，歸哉歸哉！
>
> 殷其雷，在南山之下。何斯違斯？莫敢遑處。振振君子，歸哉歸哉！

雷聲大作，丈夫不歸，妻子在家坐立不安。各章只換兩個字，意思並沒有加深，可是反複詠歌，環境氣氛及妻子對丈夫擔心的心情便得到了充分渲染。

2、整齊而又靈活多變是《詩經》句式的特點。

《詩經》是以四言爲主的詩體。由古歌謠的二言到《詩經》的四言，是人類社會生活日益複雜、人類自身思維能力及語言表達能力逐漸加强的結果。四言爲二拍，內容的含量比二言要大，在五言、七言詩興起之前，四言是最有生命力的一種詩體。《詩經》既有整齊的四言形式，又有靈活多變的雜言形式。如《邶風・式微》包括二言、三言、四言、五言四種句式，《伐檀》包括四言、五言、六言、七言、八言五種句式。「式微」是《詩經》中最短的句子之一，「胡瞻爾庭有縣貆兮」則是《詩經》中最長的句子之一。從二言到八言，詩人依據抒情表意的需要靈活選用，錯落有致。唐人成伯嶼說：「三百篇選語大抵四言，而時雜二、三、五、六、七、八言。意已明不病其短，旨未暢則無嫌于長。短非蹇也，長非冗也。」（《毛詩指說》）這種以四言爲主而又不受字數限制的形式，由於句型多樣，成爲後來多種詩體的淵源。

㈤《詩經》的語言特色

《詩經》中民歌是古代人民觸物興感、隨口唱出的歌，日常的生活內容，里巷歌謠的自然韻律，因物賦形，因情成詠，不假雕琢，因而其語言具有生動、準確、樸素、自然而富有韻律美的特點。雅頌中的許多優秀文人詩受民歌影響，也具有這一特點。這些特點主要體現在用詞和用韻兩方面。

1、用詞方面

孔子認爲讀《詩經》可以「多識于鳥獸草木之名」，說明名詞用得很多。《詩經》動詞表義也很細，有人作過統計，僅表手動作的就有五十多個詞。形容詞更是豐富，特別是用來狀物擬聲的疊詞大量出現，使詩歌增加許多形象色彩。如「關關」、「喈喈」、「雝雝」、「嚶嚶」寫鳥鳴；「萋萋」、「莫莫」、「菁菁」、「蓁蓁」寫葉茂；「忡忡」、「惙惙」、「悄悄」、「殷殷」寫心憂。無論具體的還是抽象的，經過疊詞描繪，色彩都更爲鮮明。陳奐《詩毛氏傳疏》彙集的疊詞就有四百五十個左右。此外，雙聲疊韻詞也不少，如「參差」、「玄黃」、「踟躕」、「邂逅」爲雙聲，「窈窕」、「崔嵬」、「虺隤」、「逍遙」爲疊韻。以上這些疊詞和雙聲疊韻詞的使用，除了增强詩歌的表現力之外，還能促使聲調優美和諧和富有節奏感。劉勰在《文心雕龍・物色》中說：「灼灼狀桃花之鮮，依依盡楊柳之貌，杲杲爲出日之容，瀌瀌擬雨雪之狀，喈喈逐黃鳥之聲，喓喓學草蟲之韻。皎日嘒星，一言窮理；參差沃若，兩字窮形。並以少總多，情貌無遺矣。」正確概括了《詩經》詞彙的特點。

2、用韻方面

《詩經》大都是有韻的，只有《周頌》存在極少數無韻的詩章。《詩經》用韻大致有偶句韻、首句入韻的偶句韻、句句有韻三種情況。如《周南・卷耳》首章：「采采卷耳，不盈頃筐。嗟我懷人，寘彼周行。」爲偶句韻。《關雎》：「關關雎鳩，在河之洲。窈窕淑女，君子好逑。」爲首句入韻的偶句韻。以上兩種爲後來詩歌用韻的基本形式。《相鼠》：「相鼠有皮，人而無儀。人而無儀，不死何爲？」爲句句有韻。以上三例都是一韻到底，但是《詩經》換韻的也不少。在一章之內有兩韻的或兩韻以上的，如《式微》每章兩韻，《氓》第三章三韻，《七月》第四章四韻，第七章五韻。就全篇看，每章都換韻，沒有全篇一韻到底的。以上說明《詩經》用韻是比較自由的。

第五節　《詩經》對後代文學的影響

《詩經》是中國文學的光輝起點。它的出現，標誌著中國古代詩歌特別是抒情詩，在三千年以前就開始步入成熟的階段。它的思想藝術成就，在文學史上有多方面的開創，產生了深遠的影響。

㈠開闢了以詩歌抒情和寫實的創作道路

《詩經》民歌和文人詩中的優秀詩篇都來源於生活，來源於現實，推動後代作家把注意力投向現實，關心國家命運和民生疾苦，並把這些現實內容眞實地反映到作品中來。屈原詩歌的兼善風雅、漢樂府的「緣事而發」、建安詩歌的「風骨」精神，直到杜甫的「別裁僞體親風雅」、白居易的「唯歌生民病」，都與《詩經》的寫實精神一脈相承。每當文學創作出現脫離現實的傾向時，進步文人便以恢復風雅相號召，這就使我國古代文學總是沿著抒情和反映現實的道路前進。

㈡確定了民間文學在文學史上的地位

民間文學推動作家文學不斷變革，並在某個時期對作家文學起到拯衰救弊的作用，這是自《詩經》以後在文學史上多次得到證實的。《詩經》本身的兩部分文學就存在這種關係，《詩經》民歌對貴族詩歌的影響非常明顯。例如「毋逝我梁，毋發我笱。我躬不閱，遑恤我後。」四句，旣見之於《邶風・谷風》，又見之於《小雅・小弁》，很明顯，後者是向前者學來的。一種新的文學體裁也總是先在民間醞釀，然後引起作家的重視模仿，才得以發揚光大。文學史上凡有成就的作家，總是善於從民間文學中汲取營養，從而掀起新的創作高潮和革新運動。

㈢《詩經》在體裁、表現手法、語言方面的影響

體裁方面，《詩經》民歌抒情詩多，又有少量敍事詩和說理詩（如《唐風・蟋蟀》），貴族和文人多敍事詩，也有說理（如《小雅・鶴鳴》）和抒情因素較强的詩篇，中國古代詩歌中抒情、敍事、說理三種常見的體裁都可推源於《詩經》。但是，《詩經》這三

種體裁中，以抒情詩成就最高，它吸引後人學習和創作，出現了大量優秀作品，因而抒情性強成爲中國古代詩歌的重要特色。與這一特色相關，《詩經》開創的比興也成了中國古代詩歌的傳統手法。如屈原「依詩制騷，諷兼比興」，朱自清認爲「詠史、遊仙、艷情、詠物」無非比興。比興有助於增强詩歌的形象性和含蓄性，提高藝術感染力，從而成爲中國古代詩歌中最具有民族特色的表現手法。

語言方面，中國詩歌的偶句用韻，既參差又整齊，形成優美的韻律，這也是《詩經》的開創。特別是《詩經》詞彙最有生命力，經過二千五百多年，一直到今天仍有很大一部分詞句存活在口語和書面語中，如「尸位素餐」、「秋水伊人」、「高高在上」、「懲前毖後」等，已成爲常用的成語。這不僅說明《詩經》語言的豐富凝練，也說明它對我國民族語言的發展作出了極大貢獻。

《詩經》的影響還越出中國的國界走向世界。日本、朝鮮、越南等國很早就傳入漢文版《詩經》。從十八世紀開始，又出現法文、德文、英文、俄文等《詩經》的全譯本或選譯本，成爲世界人民的精神財富。

附　註

①笙詩：指小雅存目的《由庚》、《崇丘》、《由儀》、《南陔》、《白華》、《華黍》六篇。此六篇皆爲用笙演奏的通用樂章名，本來沒有歌詞。朱熹說：「按《儀禮・鄉飲酒》及《燕禮》，前樂既畢，皆間歌《魚麗》，笙《由庚》；歌《南有嘉魚》，笙《崇丘》；歌《南山有臺》，笙《由儀》。間，代也。言一歌一吹也。然則此六者，蓋一時之詩，而皆爲燕饗賓客上下通用之樂。」又說：「（《鄉飲酒禮》鼓瑟而歌《鹿鳴》、《四牡》、《皇皇者華》，然後笙入于堂下，磬南北面立，樂《南陔》、《白華》、《華黍》。《燕禮》亦鼓瑟歌《鹿鳴》、《四牡》、《皇

華》，然後笙入立于縣中，奏《南陔》、《白華》、《華黍》。《南陔》以下（按指六篇笙詩），今無以考其名篇之義，然曰笙、曰樂、曰奏，而不言歌，則有聲而無詞明矣。」（分別見《詩集傳》中《魚麗》、《華黍》注）不過，傳統說法認爲，這六篇是用笙伴奏的詩篇，本有歌詞，後來亡佚了。

②「詩經」一名的出現，始見於《史記・儒林列傳》，其中有「申公獨以詩經爲訓以教」的記載。

③關於風、雅、頌的名稱，歷來有不同的解釋。《毛詩序》說：「風，風也，教也；風以動之，教以化之。」「雅者，正也，言王政之所由廢興也。政有小大，故有小雅焉，有大雅焉。頌者，美盛德之形容，以其成功告於神明者也。」朱熹說：「風者，民俗歌謠之詩也。謂之風者，以其被上之化以有言，而其言又足以感人，如物因風之動以有聲，而其聲又足以動物也。」「雅者，正也，正樂之歌也。」「頌者，宗廟之樂歌。」（分別見《詩集傳》的風、雅、頌注）清惠周惕說：「大小雅當以音樂別之，不以政之大小論也，如律有大小呂。」（《詩說》）阮元認爲「頌」、「容」古音一聲之轉，「容」即「舞容」，「三頌各章皆是舞容，故稱爲頌，若元以後戲曲，歌者舞者與樂器全動作也。」（《揅經室集・釋頌》）近人王國維進一步認爲「頌之聲較風雅爲緩」，因而多不分章（《觀堂集林・說周頌》）。

④除上述各篇外，《詩小序》還對以下各篇提出了作者：風詩中《綠衣》、《燕燕》、《日月》、《終風》均爲衛莊姜作。《式微》、《旄丘》，黎侯之臣作。《泉水》、《竹竿》，衛女作。《柏舟》，共姜作。《河廣》，宋襄公母作。《渭陽》，秦康公作。《七月》、《鴟鴞》，周公作。小雅中《何人斯》，蘇公作。《賓之初筵》，衛武公作。大雅中《公劉》、《泂酌》、《卷阿》，均爲召康公作。《民勞》、《常武》、《蕩》均召穆公作。《抑》，衛武公作。《桑柔》，芮伯作。《雲漢》，仍叔

作。《韓奕》、《江漢》，尹吉甫作。《板》、《瞻卬》、《召旻》，均爲凡伯作。魯頌中《駉》，史克作。此外尚有許多篇，《詩序》以爲是「國人」作，「大夫」作，「君子」作的。但這些意見多屬臆度與誤解，缺乏有力的證明，故宋以後的學者多不從。

⑤《商頌》原爲十二篇，今本《詩經》只有5篇。《商頌・那》小序說：「祀成湯也。微子至于戴公，其間禮樂廢壞，有正考甫者，得《商頌》12篇于周之太師，以《那》爲首。」《國語・魯語》載閔馬父的話：「正考父（通甫）校商之名頌十二篇于周之太師，以《那》爲首。」《毛詩正義》解釋這段話說，校，是校正舛謬，《商頌》五篇本是商朝作品，宋戴公時，正考父只是就周太師校正訛誤而已（宋戴公當周宣王之世，周太師，指周宣王時的太師）。而《史記・宋世家》卻說，宋襄公時，大夫正考父爲贊美宋襄公，於是追述契、湯、高宗、殷所以興，作《商頌》。裴駰《史記集解》也引《韓詩章句》之說，認爲《商頌》五篇都是正考父所作，與《國語》所說不同。近代學者王國維等多從《史記》和《韓詩》之說，認爲是正考父爲贊美宋襄而作，所謂《商頌》，實即《宋頌》(《觀堂集林・說商頌》)。

⑥具體而言：十五國風中《周南》舊說指東周時南國民歌，南國泛指周都洛邑以南直到江漢一帶地區。《召南》之召在岐山之南，爲周初召公奭之采邑，其間所採民間歌謠，稱爲《召南》。《召南・江有汜》有句：「江有沱。」《箋》：「岷山道江，東別爲沱。」故《召南》亦包括長江上游地區歌謠（據清方玉潤《詩經原始》卷二《國風・召南》）。豳、王，均非諸侯國名。豳指周人的最早發祥地之一豳地，即今陝西旬邑、邠縣一帶。王，指周平王東遷後國都洛邑一帶，即今河南洛陽及孟縣地區。邶、鄘，均爲西周初國名。周武王克商，分商都朝歌以北爲邶，南爲鄘，東爲衞。邶以封紂子武庚；鄘，周武王以之封蔡叔（一說管叔）；衞，周武王以之封康叔。武王死，武庚與管蔡發動叛亂，周公東征平叛後，乃盡以邶、鄘之地

封康叔。故邶、鄘二風亦與衞風同。其餘鄭風、齊風、魏風、唐風、秦風、陳風、檜風、曹風，都是出於這些諸侯國的詩歌。

⑦先秦古籍常見引「詩」，其中有些是 305 篇以外的，前人稱它們爲「逸詩」。如《商頌》原來有 12 篇，今本《詩經》只收 5 篇。今傳本還有許多闕句的情況，如《小雅・沔水》共三章，前二章每章皆八句，而第三章只有六句，朱熹疑脫二句；《周頌・維清》僅有四句，朱熹疑有脫文。先秦古籍所引「詩」句，如《荀子・王霸》所引「如霜雪之將將，如日月之光明。爲之則存，不爲則亡」，《臣道》所引「國有大命，不可以告人，妨其躬身」等，均不見今本《詩經》。又如《左傳》莊公二十二年引詩：「翹翹車乘，招我以弓。豈不欲往？畏我友朋」，成公九年引詩：「雖有絲麻，無棄菅蒯；雖有姬姜，無棄蕉萃。」等，亦不見今本《詩經》。其他如《國語》、《論語》的引詩也有這種情況。不過，這些「逸詩」總數並不很多。清代郝懿行《郝氏遺書》中有《詩經拾遺》一卷，輯逸較爲完備。

⑧春秋前期累見引詩的情況：見於《左傳》的，如桓公六年鄭太子忽引詩「自求多福」（《文王》），莊公二十二年陳公子完引詩「翹翹車乘」（《漢廣》），僖公五年晋士蔿引詩「懷德惟寧」（《板》），僖公二十三年秦穆公賦《六月》，僖公三十三年胥臣引詩「采葑采菲」（《谷風》）。見於《國語》的，如晋語四楚成王引詩「彼其之子，不遂其媾」（《候人》等。這些詩能夠廣泛流傳，而且成爲彼此理解的交際用語，如果各個時期沒有分批整理的通行本，是不堪設想的。

⑨今文經學係經學中研究今文經籍的一個流派。今文經，指漢代學者所傳述的儒家經典，用當時通行的文字（即隸書）記錄，大都沒有先秦的古文舊本，而由戰國以來學者師徒或父子口耳傳授，到漢初以後才陸續一一寫成定本。如《尚書》出於伏生，《禮》出於高堂生，《詩》則出於魯人申培。漢武帝時採納董仲舒、公孫弘的建議，表彰儒家經典，建立經學博士，所用者均爲今文經籍。今文學派著重發

揮經文大義，以鞏固封建的「大一統」爲中心，並竭力把經學與神學聯繫起來，以至後來發展爲讖緯神學。

⑩古文經學：經學中研究古文經籍的一個流派。古文經，指秦以前用古文（六國時通行的古籀文）書寫，而由漢代學者讀出並加以訓釋的儒家經典。漢代發現的古籍出自孔壁和民間。據傳，武帝末，魯共王劉餘壞孔子宅，得《古文尚書》、《禮記》、《論語》和《孝經》等，凡數十篇，屬於古文經籍，（見《漢書・藝文志》）。古文經籍在漢代沒有受到官方重視，沒有爲之立博士，或者立而後廢，直至鄭玄以後古文經學才壓倒今文經學。

⑪六義：《毛詩序》：「詩有六義焉：一曰風，二曰賦，三曰比，四曰興，五曰雅，六曰頌。」其說本於《周禮・春官・太師》：「教六詩：曰風、曰賦、曰比、曰興、曰雅、曰頌。」到了唐代，便有了新的理解。如孔穎達《詩大序》注：「風、雅、頌者，詩篇之異體；賦、比、興者，詩文之異辭耳。」（《毛詩正義》）又如賈公彥云：「按詩上下惟有風、雅、頌是詩之名也，但就三者之中有賦、比、興，故總謂之六詩也。」（《周禮・春官・太師》注疏）

⑫變風變雅：變，指時世由盛變衰，政綱大壞。鄭玄《詩譜》說：「故孔子錄懿王、夷王時詩訖于陳靈公淫亂之事，謂之變風變雅。」認爲在國風中，邶風以下十三國風爲變風，小雅中《六月》以後，大雅中《民勞》以後的詩爲變雅。其實這一部分風詩和雅詩中間，也有西周初年的詩和贊美詩。這種分法不符實際。

⑬四始：《史記・孔子世家》：「《關雎》之亂，以爲風始；《鹿鳴》爲小雅始；《文王》爲大雅始；《清廟》爲頌始。」《毛詩序》可能是因襲《史記》。陳奐《詩毛氏傳疏》認爲這裡是總論全詩，風、大小雅、頌，皆以文王詩爲始：「《關雎》風始，《鹿鳴》小雅始，《文王》大雅始，《清廟》頌始。」

⑭關於《詩序》的作者，歷來衆說紛紜。鄭玄認爲「大序」爲子夏作，

「小序」子夏、毛公合作。魏晉至唐初多承此說。唐初所修《隋書・經籍志》云子夏作，毛公、衞宏加以潤色。韓愈以爲乃「漢代儒生……借子夏以自重」。王安石認爲係詩人自製。程頤則以爲「小序」是國史舊文，「大序」出於孔子。而鄭樵認爲《詩序》爲「村野妄人」所作。此中較爲可從的是劉宋時范曄《後漢書・儒林傳》提出《詩序》爲東漢初年衞宏所作。其明言：「（衞）宏從（謝）曼卿受學，因作《毛詩序》，善得風雅之旨，于今傳於世。」以後如朱熹及清代姚際恒、崔述、魏源、皮錫瑞等，均贊成此說。

第三章　歷史散文

第一節　散文的萌芽和發展

散文是具有廣泛實用性的文學形式，它的出現應該在文字產生之後。上世紀末在河南安陽殷墟出土的甲骨卜辭中，文字已有三千五百個左右，證明在殷代後期（約公元前 14～前 11 世紀）已經有了基本成熟的文字。但是，這只是我們目前能見到的最早的漢字，至於文字的起源，則可以上溯到六千年以前的原始社會。據考古學家研究，在西安半坡原始部落遺址出土的陶器上，刻有各種線條和符號，這些線條和符號可能就是當時的文字。文字如語言的產生一樣，應該是人們在勞動生活和社會交往中，長時期逐漸創造積累形成的。

甲骨卜辭是殷代王室占卜的紀錄。從破碎散亂的甲骨中，可以清理到一些紀錄較完整的句子。例如：

> 戊辰卜，及今夕雨？弗及今夕雨？癸卯卜，今日雨。其自西來雨？其自東來雨？其自北來雨？其自南來雨？（郭沫若《卜辭通纂》）

意思很幼稚，形式卻有點像詩歌。這是我們今天能見到的最早的簡短散文，可算是散文的萌芽。除甲骨文外，古代的鐘鼎彝器上也多刻有文字，稱爲銅器銘文或金文。商代銅器已有簡單銘文，周代銘文篇幅加長，記事內容大大擴展。從殷商到春秋，除甲骨卜辭和銅器銘文之外，散文方面還有《周易》、《尚書》、《春秋》三部重要著作流傳下來，它們乃是散文的初步發展。

《周易》

《周易》①共六十四卦，每卦由卦象、卦辭、爻辭三部分組成。這部書的性質，傳統的看法認爲是占卜之書。但是，從內容看，卦爻辭中包含了豐富的哲學思想和政治思想，每個卦的內容有中心，六十四卦形成一個完整的思想體系。這部書的作者和成書年代，說法不一，傳統的看法認爲是「文王拘而演周易」，產生於殷商之末；當代有學者認爲成書於西周後期。《周易》卦爻辭是較甲骨卜辭有所發展的簡短散文，記事生動，比喻形象，多用韻語，保留了不少成語、俗語和古歌謠。例如：

> 屯如，邅如，乘馬班如，匪寇，婚媾。女子貞不字，十年乃字。（《屯》「六二」）

> 乘馬班如，泣血漣如。（《屯》「上六」）

古代有搶婚的習俗，這是寫一次搶婚的情況，女子終於被迫成親，哭得眼中帶血。描述頗簡要。又如：「羝羊觸藩，不能退，不能遂。」（《大壯》「上六」）以公羊觸到籬笆，比喻人處於進退兩難的處境。再如「虎視眈眈」（《頤》「六四」）、「大人虎變」、「君子豹變」、「小人革面」（見《革》「九五」、「上六」）可能是當時的成語或者俗語，更加生動而形象。

《尚書》

我國史官建置很早，這與歷史散文的興起和發展有直接關係。班固說：「古之王者世有史官，君舉必書，所以愼言行、昭法式也。左史記言，右史記事，事爲《春秋》，言爲《尚書》，帝王靡不同之。」（《漢書・藝文志》）說明早期的歷史散文記言、記事是各有分工的。

《尚書》即上古之書，亦簡稱《書》，它被儒家尊爲經典，後世亦稱《書經》。自漢以來，《尚書》有今古文之分②。今存《尚書》五十八篇，其中三十三篇爲今古文所共有，其餘二十五篇應爲晋人僞造。《尚書》分《虞書》、《夏書》、《商書》、《周書》四部分，《虞書》和《夏書》爲後人根據傳說追記，不能視爲虞、夏時的史籍。

《商書》和《周書》是當時誓、命、訓、誥的彙編，有重要的史料價值；有的篇章記言也較生動，具有一定的文學價值。

《商書》中最可靠的乃是《盤庚》三篇，其內容是殷王盤庚遷殷前後的演說辭。在此之前，由於統治階級內部的紛爭及自然災害的威脅，經過數次遷都，弄得臣民「蕩析離居，罔有定極」，頗多怨言。盤庚爲了扭轉這種混亂局面，鞏固並擴大商的統治，決定動員臣民由奄（山東曲阜東）遷都於殷（河南安陽西北）。這三篇講話雖語言古奥，卻也能表達出盤庚講話時的語氣和感情。例如：「予若觀火，予亦拙謀，作乃逸。若網在綱，有條而不紊；若農服田，力穡乃亦有秋。」一連用三個比喻說明遷都的正確，告誡羣臣必須統一行動，才有好的效果。又例如：「汝曷弗告朕，而胥動以浮言，恐沈于衆！若火之燎于原，不可向邇，其猶可撲滅！」告誡羣臣不可用浮言惑衆，否則就會像大火燎原一樣，不可收拾，也用了比喻。這些來源於生活的比喻，生動貼切，很具形象性。

《周書》包括從周初到春秋前期的散文，事關周公的尤多。《周書》散文記言記事較前更清晰而有層次，文學因素也有所增加。例如：「牝雞無晨；牝雞之晨，惟家之索。」（《牧誓》）「人無于水監，當于民監。」（《酒誥》）這些都是古代俗語的引用。又如「無偏無黨，王道蕩蕩；無黨無偏，王道平平；無反無側，王道正直。」（《洪範》）這是詩歌式的韻文。同時，敘事成分也越來越多，如：「秋，大熟，未穫，天火雷電以風。禾盡偃，大木斯拔，邦人大恐。」（《金縢》）描寫一次風災的破壞，氣象逼眞。總的說來，《尚書》散文尚處於古代散文的初步發展階段，特別是時代久遠，又受到書寫工具的限制，因而有些地方艱澀難讀，故韓愈說：「周誥殷盤，詰屈聱牙。」（《進學解》）不過，古人爲了克服書寫的艱難和便於記誦，往往在用詞選語上注意錘煉，甚至雜以精警的韻語，這些好的傳統已在《尚書》中顯現出來，從而使我國散文形成了簡要洗練、便於記誦的特點。

《春秋》

《春秋》是孔子依據魯國史料編寫的一部史記。它以魯國十二公爲記事線索，上起魯隱公元年（公元前 722 年），中經桓、莊、閔、僖、文、宣、成、襄、昭、定十公，止於魯哀公十四年（公元前 481 年），簡要記載了二百四十二年間各國的史事。全書只一萬六千餘字，是我國最早的一部編年史綱要。它在漢代列爲五經之一，故亦稱《春秋經》。

《春秋》記事十分謹嚴，一般是以何年、何月、何日、何地、何人、發生何事、有何結果爲順序，有條不紊。選用詞語方面也很注意精審，像寫戰爭，就選用了伐、侵、襲、克、滅、取、殲等不同詞來表達，以表現作者對某次戰爭的性質及其結果的看法。《春秋》語言平淺、簡潔，有的一條只記一個字，如「螟」或

「飢」，表示發生了蟲災或飢荒；長的也只幾句話，如僖公十六年記：「春王正月，戊申朔，隕石于宋五；是月，六鷁退飛過宋都。」皆明白易懂，比起「詰屈聱牙」的《尚書》來大有不同。

第二節　《左傳》、《國語》

㈠《左傳》

《左傳》一書，司馬遷稱它爲《左氏春秋》，後來的經學家多認爲它是專門爲孔子《春秋》作闡釋的，故稱《春秋左氏傳》，簡稱《左傳》。與《春秋》有關並流傳下來的，還有公羊高所著《公羊傳》及穀梁赤所著《穀梁傳》③，連同《左傳》，後人合稱「春秋三傳」。《公羊傳》和《穀梁傳》是專爲闡釋《春秋》而作的，作者認爲《春秋》包含了孔子許多「微言大義」而大加發揮，頗多穿鑿附會之處；其於史實雖有補充，《穀梁傳》且有某些頗爲精彩的敍述，但語焉不詳者多。《左傳》則是一部雖與《春秋》相配合，而又自成體系的史書④，它也利用「春秋十二公」的世次作爲記事線索，上起魯隱公元年（公元前 722 年），下則止於魯哀公二十七年（公元前 468 年），記載了二百五十五年的史實，比《春秋》多十三年，爲我國第一部記事詳細而完整的編年史書。它廣泛地記載了春秋列國的政治、軍事、外交各方面的活動，其中有同於《春秋》而加以詳細敍述之處，也有超出《春秋》的所謂「無經之傳」，內容比《春秋》豐富得多，篇幅爲《春秋》的十倍（18 萬多字），無論史學價值和文學價值都超過《春秋》，也遠非《公羊》、《穀梁》二傳可比。

1、《左傳》的成書和流傳

《左傳》的作者和成書的年代，歷史上說法不一。司馬遷和班固都明確地記載《左傳》的作者是左丘明。六朝以前認爲這個左丘明就是《論語・公冶長》中孔子提到的左丘明：「巧言令色，足恭，左丘明恥之，丘亦恥之。匿怨而友其人，左丘明恥之，丘亦恥之。」但是，唐以後許多學者提出異議，認爲不可能是與孔子同時的左丘明。當今學者一般認爲《左傳》成書於戰國初年智伯滅亡之後，作者已無法考定⑤。

《左傳》與《春秋》最初是「別本單行」，各自成書。《漢書・藝文志》載《左氏傳》三十卷。至晋杜預才「分經之年與傳之年相附」，把三傳與《春秋》合在一起，成《春秋經傳集解》三十卷，這是現存最早的注本。至唐代孔穎達依據杜注作疏，成《春秋左傳注疏》六十卷，亦稱《春秋左傳正義》，收入《十三經注疏》中。淸代有顧炎武的《左傳杜注補正》、惠棟的《左傳補注》、洪亮吉的《春秋左傳詁》。另外淸初還有高士奇的《左傳紀事本末》對史實作了些補充、考訂和解釋，並於每篇末寫了史評。

2 、《左傳》的思想內容

《左傳》思想內容豐富，它忠於史實，反映了春秋時期進步的社會思潮，評人論事也體現了作者的進步觀點。這主要體現在以下三個方面：

第一、反映了春秋時期日益發展的民本思想

由於社會變革較快，民的作用愈來愈引起統治階層中一些有遠見的人的重視，因而「民惟邦本」的重民思想得到迅速發展，在神與民、君與民兩重關係上都有了新的認識。在神、民關係上，强調民的作用。例如《左傳》桓公六年記載了隨國賢臣季梁的名言：

夫民，神之主也。是以聖王先成民而後致力於神。

楚武王要伐隨，隨侯想憑藉「牲拴肥腯、粢盛豐備」盡力敬神的條件去應戰，而季梁則認爲要先完成對人民有利的事業，然後再去敬神才有效果，强調了成民比敬神還重要的觀點。又如《左傳》莊公三十二年記載了虢國太史嚚的話：

> 虢其亡乎！吾聞之，國將興，聽于民；將亡，聽于神。

虢君要太史嚚去祭神，太史嚚則認爲這是亡國的象徵，這就把聽於民與聽於神進一步對立起來了。

《左傳》在君、民關係上，也比較重視民的作用，認爲政治得失、戰爭勝敗都與民心向背有著密切的關係。例如《左傳》閔公二年記載了衞國被狄人所滅的事：

> 狄人伐衛。衛懿公好鶴，鶴有乘軒者。將戰，國人受甲者皆曰：「使鶴！鶴實有祿位，余焉能戰？」

由於甲士們態度消極，建立在黃河以北的衞國就在這次戰爭中被狄人滅掉了。這是一次玩物喪志以至失國的慘痛教訓，根源就在於失去了民心。又如魯昭公時，魯國大臣採取利民措施而取得了國政，而魯昭公卻因失去民心而被逐以至死於國外。這一事件引起當時各諸侯國的重視。宋樂祁評論說：「魯君失民矣，焉得逞其志？」（見昭公二十五年）晋史墨評論說：「季氏世修其勤，民忘君矣。雖死于外，其誰矜之！」（見昭公三十二年）說明民心向背的重要。正如陳大夫逢滑對陳懷公說的：「臣聞國之興也，視民如傷，是其福也；其亡也，以民爲草芥，是其禍也。」（哀公元年）這都是從社會變革中總結出的經驗教訓。諸如此類重視民心向背的民本思想，是當時一種進步的政治思想，而《左傳》的作者能把這些事迹記錄下來，無疑表現了作者肯定的傾向性。

第二、揭露統治階級內部勾心鬥角及其殘暴荒淫的本性

如《左傳》隱公元年記載了鄭莊公與其弟共叔段之間的明爭暗鬥。鄭莊公爲了消滅共叔段，縱容共叔段擴展勢力以至於準備篡國，待其罪行彰明昭著便一舉殲滅之。共叔段的貪得無厭，鄭莊公的虛僞陰險，都被暴露無遺。文公元年，記載了楚太子商臣弒其父成王的經過。僖公四年，記載了晉獻公夫人驪姬謀害太子申生及羣公子的事。這些內部的權勢之爭，即使是親骨肉關係也毫不留情。宣公二年，還記載了晉靈公不君的事：

> 晉靈公不君：厚斂以彫牆；從臺上彈人，而觀其辟丸也；宰夫胹熊蹯不熟，殺之，寘諸畚，使婦人載以過朝。

晉靈公這種荒淫殘暴的行爲，作者認爲不像個君主，以「不君」二字概括。陳靈公也是個荒淫無恥的君主，《左傳》在宣公九年、十年的記載中對他有所揭露：「陳靈公與孔寧、儀行父通于夏姬，皆衷其衵服以戲于朝。」「陳靈公與孔寧、儀行父飲酒于夏氏。公謂行父曰：徵舒似女。對曰：亦似君。」《左傳》裡像這類秉筆直書的史事尚不少，體現了作者「不隱惡」的精神。

第三、表彰了一些對國家有貢獻的人物

齊桓公、晉文公、楚莊王都是當時很有影響的君主；齊管仲、晏嬰，晉趙盾、叔向，鄭子產等人是有名的政治家，《左傳》都花了很多篇幅來記載他們的功業和言行。如襄公三十年，作者通過輿人之誦對鄭子產加以表彰：「我有子弟，子產誨之；我有田疇，子產殖之；子產而死，誰其嗣之？」除了以上部分名君名臣之外，《左傳》還記載了一些具有愛國思想的人物：如僖公三十

三年，記載了鄭商人弦高以機智犒師的辦法解救了本國的一場兵禍。定公四年載：楚申包胥如秦乞師，「立依于庭牆而哭，日夜不絕聲，勺飲不入口七日」，終於感動了秦哀公，出兵助楚擊退了吳國的入侵。

但是，《左傳》作者的思想基本上屬於儒家思想體系，他強調「禮」，他借「君子」對「禮」解釋說：「禮，經國家、定社稷、序民人、利後嗣者也。」（隱公十一年）從治國治民到評人論事，都以禮作爲準則。如認爲「君義、臣行、父慈、子孝、兄愛、弟敬」的倫理道德是符合禮的，而「賤妨貴、少陵長、遠間親、新間舊、小加大、淫破義」（均見《左傳》隱公三年）則是違禮的行爲，體現了很深的等級觀念。同時，《左傳》中天命鬼神、因果報應也記載得多，這些思想觀念的存在，固然有其時代的色彩，但也體現了《左傳》的進步思想和局限性是並存的。

3、《左傳》的藝術成就

《左傳》不僅有豐富的思想內容，具有重要的史料價值，而且從文學角度看，也是一部藝術成就很高的歷史散文著作。前人認爲「左氏艷而富」（范寧《穀梁傳序》），「左氏浮誇」（韓愈《進學解》），這正是《左傳》藝術性之所在。

《左傳》的藝術特色主要表現爲故事性強，這是《左傳》最主要的藝術成就。《左傳》記事，已善於對事件的曲折過程加以描繪，展示其開端、發展和結局。如莊公八年記連稱、管至父之亂：

> 齊侯使連稱、管至父戍葵丘，瓜時而往，曰：「及瓜而代。」期戍，公問不至。請代，弗許。故謀作亂。僖公之母弟曰夷仲年，生公孫無知，有寵於僖公，衣服禮秩如適。襄公絀之，二人因之以作亂。連稱有從妹在公宮，無寵，使間公，曰：「捷，吾以女為夫人。」

冬十二月，齊侯游于姑棼，遂田于貝丘。見大豕，從者曰：「公子彭生也。」公怒曰：「彭生敢見！」射之，豕人立而啼。公懼，隊于車，傷足喪屨。反，誅屨于徒人費。弗得，鞭之見血。走出，遇賊于門，劫而束之。費曰：「我奚御哉？」袒而示之背，信之。費請先入，伏公而出，鬥死于門中。石之紛如死于階下。遂入，殺孟陽于牀，曰：「非君也，不類。」見公之足于戶下，遂弒之，而立無知。

文中敍述連稱、管至父叛亂的原因以及描寫叛亂的過程，都曲折生動，特別是徒人費不計較齊侯的鞭打，當叛亂發動時，仍然機智地隱藏齊侯，自己身先鬥死，一片忠心。這些描寫都顯示了人物的內心活動。《左傳》除了寫事件的全過程之外，還愛寫一些偶然性的小故事以揭示事態發展的必然性，這些小故事也往往耐人尋味。如僖公三年記載：

齊侯與蔡姬乘舟于囿。蕩公，公懼，變色，禁之，不可。公怒，歸之。未絕之也，蔡人嫁之。

短短幾句，顯示了兩個人物的不同性格：蔡姬喜好戲謔的性格中略帶撒嬌的情味。齊桓公一怒之下把蔡姬遣送回娘家，可見他自恃王侯之尊不容冒犯。二言七句，音節急促，卻揭示了兩人不同的心態。這本是個偶然事件，但成了齊桓公侵蔡伐楚的前奏。又如宣公四年載：

楚人獻黿于鄭靈公。公子宋與子家將見，子公之食指動，以示子家曰：「他日我如此，必嘗異味。」及入，宰夫將解黿，相視而笑。公問之，子家以告。及食大夫黿，召子公而弗與也。子公怒，染指于鼎，嘗之而出。公怒，欲殺子公。

公子宋以為食指動，必有口福。而鄭靈公卻偏偏召食而不與，使矛盾激化，後來公子宋殺了鄭靈公。這也是個因偶然事件造成的意想不到的結局。以上這些例子，充分說明《左傳》的記載有故事化的特點。

《左傳》中的人物描寫儘管是片斷的，卻也寫得生動形象，不乏鮮明的性格特徵。如當晉先軫知道晉襄公放走了秦三帥之後，竟然怒氣沖沖地說：「武夫力而拘諸原，婦人暫而免諸國，隳軍實而長寇讎，亡無日矣！」最後還「不顧而唾」（僖公三十三年）。在國君面前竟敢如此無禮，正顯示了這位老臣高度的責任感和剛直不阿的性格。在「邲之戰」前，嬖人伍參極力想交戰，令尹孫叔敖則說：「昔歲入陳，今茲入鄭，不無事矣。不捷，參之肉其足食乎？」伍參說：「若事之捷，孫叔為無謀矣；不捷，參之肉將在晉軍，可得食乎？」（宣公十二年）孫叔敖的矜持自重，伍參的幽默詼諧，實在值得玩味。他如楚伯州犁的「上下其手」（襄公二十六年），魯哀公說的：「食言多矣，能無肥乎？」（哀公二十五年）皆委婉有致。《左傳》有的地方還顯示了人物成長的過程。如晉公子重耳最初是個只顧貪圖安逸、胸無大志的任性的貴公子，在十九年的流亡中，由於備嘗艱苦，增長了才幹，政治上逐漸成熟，最後竟成為中原有名的霸主。

《左傳》特別善於描寫戰爭。全書寫軍事行動四百多次，其中以晉楚城濮之戰（僖公二十八年）、秦晉殽之戰（僖公三十二、三十三年）、晉楚邲之戰（宣公十二年）、齊晉鞌之戰（成公二年）、晉楚鄢陵之戰（成公十六年）五大戰役最為出色。

《左傳》寫戰爭，一般著眼於戰爭的背景介紹和成敗的分析。諸如民心向背、實力對比、外交活動、戰術運用以及戰爭的後果等，都不惜筆墨。至於戰鬥場面的描寫一般著墨不多。因而在謀篇布局上，往往詳於戰前及戰後，而略於戰爭本身。如齊魯長勺之戰，全文僅二百二十二字，卻也完整地敍述了戰爭過程。戰前的準備，著重寫了人民的支持，即謂察獄之情，「可以一戰」；次寫戰爭場面，主要寫反擊和追擊的時機選擇；最後對戰爭取勝進行總結。曹劌卓越的政治見解和軍事才能得到充分展示。又如「城濮之戰」是春秋前期最大的一次戰爭，通過這次戰爭，晉文公終於達到了「取威定霸」的目的。全文完整地敍述了戰爭的始末，首寫晉楚雙方對戰爭的分析和布署，次寫在城濮的正面決戰，接著寫踐土之盟，天子策命晉文公爲霸主，末寫子玉的自殺，文公的欣喜。晉國在這次戰爭中所以能獲勝，除了兵力較強、上下團結之外，戰略戰術方面也占了優勢：通過私許復曹衞、退避三舍的辦法分化楚的盟軍，挫敗楚軍士氣：選擇對方薄弱環節進攻，先犯陳蔡，一舉擊潰楚右師；還僞裝逃跑，然後伏擊，一舉擊潰楚左師，從而取得整個戰局的勝利。楚的失敗，則主要由於君臣意見不一，楚成王不支持這次戰爭，使子玉陷於被動。同時，子玉也有點剛愎自用，在力量不足的條件下，爲了「間執讒慝之口」，孤注一擲，未免意氣用事。全文以戰爭過程爲線索，以分析勝敗原因爲重點展開敍述，結構謹嚴，較少枝蔓，人物描寫也比較鮮明。像晉文公急於求戰的焦慮，臨戰時的猶豫及聞子玉死的欣喜，晉軍大臣們的剛毅果決、老謀深算，子玉的剛强堅定、忠於楚國的責任感等等，文學趣味很濃。

《左傳》除著眼於戰爭過程的宏觀敍述之外，也有細致的具體場面的描繪。如鞌之戰寫齊晉雙方：

> 齊高固入晉師，桀石以投人，禽之而乘其車，繫桑本焉，以徇齊壘。曰：「欲勇者賈余餘勇！」……齊侯曰：「余姑翦滅此

而朝食！」不介馬而馳之。

郤克傷于矢，流血及屨，未絕鼓音，曰：「余病矣！」張侯曰：「自始合而矢貫余手及肘，余折以御，左輪朱殷，豈敢言病？吾子忍之！」緩曰：「自始合，苟有險，余必下推車，子豈識之？然子病矣！」張侯曰：「師之耳目，在吾旗鼓，進退從之。此車一人殿之，可以集事，若之何其以病敗君之大事也？擐甲執兵，固即死也；病未及死，吾子勉之！」左并轡，右援枹而鼓。馬逸不能止，師從之，齊師敗績。

這裡寫齊軍因驕狂輕敵致敗，晉軍以沈著頑强獲勝，是一段有聲有色的文章。原來郤克目眇，使齊時曾被齊頃公的母親蕭同叔子所笑，他發誓說：「所不此報，無能涉河！」他作爲主帥，又抱著報仇雪恥的憤激心情來作戰，所以血流至足也不絕鼓音。張侯和鄭丘緩也表現得非常頑强，特別是張侯自己受了傷，還左手並轡駕車，右手代郤克援枹而鼓，帶動大軍衝鋒陷陣，打敗了齊軍。這場緊張的戰鬥，的確寫得驚心動魄。

《左傳》還善於描寫行人辭令。春秋各國外交使節往返頻繁，他們爲了使自己的言辭發揮作用，除了充分尋找理由之外，還要講究辭令的修飾、陳述的先後以及語氣的緩急，從而活生生地表現出說話人的心理和感情。如燭之武說秦穆公，以秦晉利害衝突爲核心，首述若亡鄭只對晉有利，次言存鄭則對秦有利，繼而勾起對晉惠公忘恩負義的舊恨，最後說明晉必將在西邊侵秦。一番言辭打動了秦穆公，立即撤兵，挽救了鄭國（僖公三十年）。又如鄭子家以書告趙宣子說：「又曰：『鹿死不擇音。』小國之事大國也，德則其人也，不德則其鹿也。鋌而走險，急何能擇？」（文公十七年）也是至理眞情，委婉中表達出威武不能屈的意志，使晉人不敢妄動。又如城濮之戰中雙方在決戰前的一段對話：

> 子玉使鬬勃請戰，曰：「請與君之士戲，君馮軾而觀之，得臣與寓目焉。」晉侯使欒枝對曰：「寡君聞命矣。楚君之惠，未之敢忘，是以在此。為大夫退，其敢當君乎？既不獲命矣，敢煩大夫，謂二三子，戒爾車乘，敬爾君事，詰朝將見！」

這是雙方在劍拔弩張情況下的對話，一方請戰，一方表示應戰，但雙方的言辭語氣都相當委婉，反映了當時貴族士大夫在外交上彬彬有禮的風度。《左傳》記載的外交辭令，有的含蓄，有的幽默，有的委婉，有的强硬，大都不卑不亢，隨機應對，能揭示人物的心理，的確膾炙人口。

4 、《左傳》對後代的影響

《左傳》的史學和文學價值都很高。劉知幾稱《左傳》「文典而美」，「言簡而要」，「事詳而博」，正確地概括了《左傳》史學和文學兩方面的特色。《左傳》的史學成就表現爲鮮明的傾向性和富於文采的筆調，開創了歷史散文的優良傳統。司馬遷繼承這一傳統完成了亦史亦文的巨著《史記》。《左傳》的文學成就表現在無論寫人、敍事、說理，都生動精練，有聲有色，成爲後代散文家學習的典範。它豐富的史實情節，還爲以後的戲劇小說所取材。正是由於這些成就，所以歷來有許多人都愛讀《左傳》，研究《左傳》，晋人杜預自稱有「《左傳》癖」。宋人雖「支枕據鞍」都不忘《左傳》（陸游《楊夢錫集句杜詩序》），說明《左傳》的影響是巨大的。

㈡《國語》

《國語》是一部分國記錄的史書，爲我國古代第一部國別史。

它上起周穆王，下迄魯悼公，分記了周、魯、齊、晉、鄭、楚、吳、越八國的史事，共二十一卷。《左傳》偏重於記事，而《國語》則基本上是一部記言的史書。

《漢書・藝文志》載《國語》二十一篇。現存最早的注本，是三國時吳國韋昭的《國語解》二十一卷，其後有清代洪亮吉的《國語韋昭注疏》、汪遠孫《國語校注三種》、董增齡《國語正義》及近人徐元誥《國語集解》。

《國語》的作者不明。司馬遷說：「左丘失明，厥有《國語》。」（《報任安書》）由於《左傳》、《國語》兩書的作者都被認爲是左丘明，而且記事年代也大部分相合，故《左傳》又被稱爲「春秋內傳」，而《國語》則被稱爲「春秋外傳」⑥。但兩書的體例、組織結構和文章風格區別都很大，顯然非成於一人之手，至於《國語》本身，也可能不是一人之筆⑦。當今學者大多認定此書爲戰國時人依據春秋各國史籍編纂而成。

《國語》的思想比較駁雜。如《魯語》記孔子語含有儒家思想，《齊語》記管仲語則重霸術，《越語》寫范蠡崇尚陰柔、功成身退，帶有道家色彩。它隨所記對象不同而各有差異，沒有貫串全書的統一思想。然而，各種思想的出現，卻有助於思想史的探本求源。《國語》記事總體上不及《左傳》富瞻詳博，但有的部分卻比《左傳》記事詳細，如「驪姬之亂」就可以爲《左傳》作補充。又如《吳語》和《越語》記載吳越兩國鬥爭始末，也多爲《左傳》所不載。因而《國語》的史學價值仍然不能否定。

就文學價值看，《國語》亦不及《左傳》，但是有些片斷也寫得生動而思想又較深刻。如《周語》記載了周厲王監謗和被逐的重大歷史事件：厲王是西周後期的暴君，他任用榮夷公爲卿士，大肆搜刮民財。「國人」對厲王極度不滿，紛紛議論，厲王便派衛巫監視，有敢議論政事者殺之，國人不敢說話，「道路以目」。結果發生暴動，厲王被流放到彘。由監謗始，到被流放終，揭示了「防民之口，甚於防川」的歷史教訓。其他如公父文伯之母論勞逸（《魯語》下），比較正確地提出了對勞動的看法；叔向賀韓宣子憂貧（《晉語》八），提出了貧而積德可以長久、富必失德終至滅亡的見解。至於齊姜醉遣晉公子（《晉語》四），叔向諫殺豎襄（《晉語》八），叔向論繫援（《晉語》九），皆故事生動，語言幽默風趣，人物性格躍然紙上，堪稱妙筆。如叔向諫殺豎襄：

> 平公射鴳，不死。使豎襄搏之，失。公怒，拘將殺之。叔向聞之，夕，君告之。叔向曰：「君必殺之！昔吾先君唐叔，射兕于徒林，殪，以為大甲，以封于晉。今君嗣吾先君唐叔，射鴳不死，搏之不得，是揚吾君之恥者也！君其必速殺之，勿令遠聞！」君忸怩，乃趣赦之。

這裡寫晉平公射鴳不死，命閹人襄去抓又沒抓著，一怒之下，便要殺死閹人。叔向不是從正面勸諫，而是從反面諷刺，以突出平公殺人的無理，從而達到糾君之失的目的。文中平公的喜怒無常，叔向的機智善諫，都給人留下很深的印象。且能以極簡潔的語言表現人物性格，說明《國語》通過記言以寫人，也有其獨到之處。

第三節 《戰國策》

(一)《戰國策》的性質、作者和版本流傳

《戰國策》爲戰國史料的彙編。最初有《國策》、《國事》、《短長》、《事語》、《長書》、《修書》等名稱。西漢成帝時，劉向進行

整理，按東周、西周、秦、齊、楚、趙、魏、韓、燕、宋、衞、中山十二國次序，編訂爲三十三篇，共四百九十七章⑧，以其「游士所輔用之國，爲之策謀」，因取名爲《戰國策》。《戰國策》記事，上起智伯之亡，下迄戰國末年，共記載了二百四十年左右的史事，爲我國古代繼《國語》之後的第二部國別史。但是，它寫史不記年月，文章片片斷斷，缺乏系統性和完整性，這作爲史書在體例上是有缺陷的。

《戰國策》的作者，無法確定。《史記．田儋列傳》記載：「蒯通者，善爲長短說，論戰國之權變爲八十一首。」《漢書．蒯通傳》所載也大體相同。近人羅根澤據此認爲《戰國策》最初是蒯通寫成，後來劉向加以增補編次成爲流行本。當今多數學者認爲，此書可能是戰國末或秦漢間人雜採各國史料編成。它是反映戰國史事的主要史籍。司馬遷《史記》所記載戰國史事與《戰國策》相同，說明出於同一史料來源。不過，近年長沙馬王堆漢墓出土的帛書《戰國縱橫家書》⑨，司馬遷和劉向可能都沒有看到，《史記》和《戰國策》的部分史事還有待於帛書來訂正。

《戰國策》的注本和流傳。《漢書．藝文志》載《戰國策》三十三篇。東漢高誘爲《戰國策》作注。至北宋間，劉向整理的《戰國策》與高誘的注本均已殘佚，曾鞏校定其書，作了訂補。南宋初，姚宏在曾鞏校補的基礎上，刊印《戰國策》三十三卷，爲續注本。與姚本刊印的同時，鮑彪取曾氏本而改定原次序，作新注十卷。元吳師道補正鮑本謬漏，作《戰國策校注》十卷。一九七八年上海古籍出版社出版的含姚、鮑、吳諸人彙注之《戰國策》，並附有一九七三年馬王堆出土帛書《戰國策》釋文，資料最爲完備。

(二)《戰國策》的思想內容

戰國時期，諸侯兼併更爲激烈，各諸侯國都想「并天下，凌萬乘」。秦國以其「地勢形便」的獨特條件，通過變法走向興盛，並逐漸蠶食諸侯，企圖兼併天下。因此尊秦與反秦在很長的時期中成爲各國間鬥爭的主要內容。在這種形勢下，除使用武力外，各國間的外交活動也起到重要的作用，甚至是成敗的關鍵，故當時游士說客十分活躍，特別是以蘇秦、張儀爲代表的縱橫家，往往「扶急持傾，爲一切之權」，頗受各國君主的重視。《戰國策》主要記載了戰國時代以縱橫家爲主的游士說客的活動，包括他們的謀議和說辭。

《戰國策》的思想，不同於《左傳》和《國語》，突破了西周、春秋以來的某些傳統觀念，具有新的思想特徵。這包括：

第一，不講春秋時期的禮法信義，而重權謀譎詐。

例如《齊策五》蘇秦說齊閔王時有這樣一段話：

> 臣聞用兵而喜先天下者憂，約結而喜主怨者孤。夫後起者藉也，而遠怨者時也。是以聖人從事，必藉于權而務興于時。夫權藉者，萬物之率也；而時勢者，百事之長也。故無權藉、倍時勢而能事成者，寡矣。

蘇秦以爲在用兵時不要做首開戰端的人，在結約後不要做被埋怨指責的對象，從理論上肯定了權變和時勢的巨大作用。不顧禮法信義，一味地高詐力而貴順權，可說是一種新的政治觀。

第二，表現了「貴士」的思想。

戰國時期，政治活動之所以有生命力，主要是由於士人的參與。有些傑出的士人，往往能夠起到「轉危爲安，運亡爲存」的作用，像馮諼爲孟嘗君「鑿成三窟」，使孟嘗君擺脫了失去相位的窘境。又如《齊策四》中所記載的顏斶、王斗在齊宣王面前論述「趨勢」與「趨士」的問題，就表現了他們不平凡的膽識。其中王斗見齊宣王是這樣記載的：

> 先生王斗造門而欲見齊宣王，宣王使謁者延入。王斗曰：「斗趨見王為好勢，王趨見斗為好士，于王何如？」使者復還報，王曰：「先生徐之，寡人請從。」

宣王認識到「趨士」的名聲遠比士人「趨勢」爲好。再如燕昭王重郭隗的「致士之法」，亦在燕國產生了實效。這些記載都肯定了士人的作用，體現了「貴士」的思想。

第三，突出了士人追求個人名利的人生觀。

這方面蘇秦也是個典型例子，如《秦策一》載：蘇秦連橫說秦惠王失敗，狼狽而歸，家人十分冷淡，蘇秦乃發憤讀書：

> 乃夜發書，陳篋數十，得太公陰符之謀，伏而誦之，簡練以為揣摩。讀書欲睡，引錐自刺其股，血流至足。曰：「安有說人主不能出其金玉錦繡，取卿相之尊者乎？」

蘇秦發憤讀書的目的是爲了取得金玉錦繡和卿相高位，爲了實現個人的追求，他的政治主張也由原來的說秦連橫轉而說趙合縱了。此外，如蘇代（或謂蘇厲）利用東西周的矛盾，兩邊討好騙取重金（《周策》）；張儀發迹之前家裡貧窮，他利用楚懷王好色及南后、鄭袖好妒的心理，聲稱爲楚王薦鄭、周美女，亦得到雙方的贈金（《楚策三》）。這些策士的活動，不講個人的品德和節操，一切以個人利益爲轉移，如陳軫的朝秦暮楚，蘇秦的先連橫而後合縱，張儀被楚王認爲「不忠不信」，然而這些都無礙於他們的事業，而《戰國策》對他們都加以肯定。

第四，反映了一部分謀臣策士顧及國家安危，堅持正義，反

抗强暴的思想言行。

如觸讋說趙太后，要趙太后對兒子長安君不要溺愛，不可讓長安君過那種「位尊而無功，奉厚而無勞」的安逸生活，應該爲他計長遠，爲國立功。顯示了觸讋高遠的政治眼光（《趙策四》）。又如魯仲連義不帝秦的事迹。魯仲連大義凜然，在辛垣衍面前表示：假如讓秦稱帝，「則連有赴東海而死矣，吾不忍爲之民也」（《趙策三》）。又如：秦兵破趙長平後向趙索地，虞卿堅決反對割地求和，他說：「且秦，虎狼之國也，無禮義之心，其求無已，而王之地有盡。以有盡之地，給無已之求，其勢必無趙矣。」（同上）以上這些思想和言論，較之那些不顧國家安危只圖個人名利的游士說辭，是大相逕庭的。《戰國策》雖然有著基本相同的思想傾向，但所記不是一家之言，加上戰國時學術空氣自由，各家相互吸收和影響是必然的，因而造成思想較爲複雜和傾向性的不一致。

㈢《戰國策》的藝術特色

《戰國策》反映了游士說客的活動，當然也反映了游士說客的談風，這種談風體現在文章中就形成了《戰國策》一書所獨具的文風和藝術特色。

《戰國策》文風的突出特色是直言不諱。《左傳》中的行人辭令，一般比較委婉含蓄，講究辭令的修飾之美，而《戰國策》則由於當時的思想比較自由，很少約束，人們大多能暢所欲言，沒有多少隱諱，如蘇秦發迹時，說秦說趙，一敗一成。兩次回家，家人的態度一冷一熱。失意時返家，「妻不下紝，嫂不爲炊，父母不與言」。後來獲得成功路過家鄉時，情況就大不相同了：

父母聞之，清宮除道，張樂設飲，郊迎三十里。妻側目而

> 視，傾耳而聽。嫂虵行匍伏，四拜自跪而謝。蘇秦曰：「嫂何前倨而後卑也？」嫂曰：「以季子之位尊而多金。」蘇秦曰：「嗟乎！貧窮則父母不子，富貴則親戚畏懼，人生世上，勢位富貴，蓋可忽乎哉！」（《秦策一》）

兩相對比，蘇秦坦率地承認，追求勢位富貴乃是不可忽視的人生目的。

爲了聳人聽聞，游士的言詞具有誇張渲染和虛構的特點。如《秦策一》張儀說秦惠王，鋪陳當時形勢，提出了連横的戰略決策，並指出：

> 臣昧死望見大王，言所以舉破天下之從，舉趙亡韓，臣荊、魏，親齊、燕，以成伯王之名，朝四鄰諸侯之道。大王試聽其說，一舉而天下之從不破，趙不舉、韓不亡，荊、魏不臣，齊、燕不親，伯王之名不成，四鄰諸侯不朝，大王斬臣以徇于國，以主為謀不忠者。

在這種誇張而堅定的言詞中，寓有高遠的目光和强烈的感情，的確聳人聽聞。又如《魏策四》唐且劫秦王時對天子之怒與布衣之怒的描寫：秦王稱天子之怒是「伏尸百萬，流血千里」，唐且則以更犀利的言辭和緊迫的形勢壓倒秦王，稱布衣之怒是「伏尸二人，流血五步，天下縞素」，秦王只好「長跪而謝」，並承認：「寡人諭矣。夫韓、魏滅亡，而安陵以五十里之地存者，徒以有先生在也。」驚心動魄的場面，誇張渲染的語言，突出了唐且作爲布衣之士的英雄氣概。《戰國策》正是由於這類誇張和近乎虛構的筆墨，使自身失去了信史的作用，然而卻增加了歷史散文的文學色彩。

富有强烈的氣勢也是《戰國策》文章的重要特色。

如《秦策一》蘇秦開始見秦惠王的一段話：

> 蘇秦始將連橫，說秦惠王曰：「大王之國，西有巴、蜀、漢中之利，北有胡貉、代馬之用，南有巫山、黔中之限，東有肴、函之固。田肥美，民殷富，戰車萬乘，奮擊百萬，沃野千里，蓄積饒多，地勢形便，此所謂天府，天下之雄國也。以大王之賢，士民之眾，車騎之用，兵法之教，可以併諸侯，吞天下，稱帝而治。願大王少留意，臣請奏其效。」

蘇秦大肆鋪陳秦惠王具備了稱帝的條件，分別列舉了秦國險要的地理形勢、豐富的物產、衆多的士民以及精良的武備，通過排比句式詳加陳述出來，讀之確「如駿馬下注千丈坡」，文勢不可遏止。

《戰國策》的說辭還雜有大量比喻和寓言，從而使文章具有形象性。如《秦策三》應侯范雎說秦昭王的一段話：

> 應侯謂昭王曰：「亦聞恒思（地名）有神叢（神名）與？恒思有悍少年，請與叢博，曰：『吾勝叢，叢籍我神三日；不勝叢，叢困我。』乃左手為叢投，右手自為投，勝叢，叢籍其神三日。叢往求之，遂弗歸。五日而叢枯，七日而叢亡。今國者王之叢，勢者王之神。籍人以此，得無危乎？臣未嘗聞指大于臂，臂大于股，若有此，則病必甚矣。百人輿瓢而趨，不如一人持而走疾。百人誠輿瓢，瓢必裂。今秦國，華陽用之，穰侯用之，太后用之，王亦用之。不稱瓢為器，則已；稱瓢為器，國必裂矣。臣聞之也：『木實繁者枝必披，枝之披者傷其心。都大者危其國，臣強者危其主。』其令邑中自斗食以上，至尉、內史及王左右，

有非相國之人者乎？國無事則已；國有事，臣必聞見王獨立于庭也。臣竊為王恐，恐萬世之後有國者，非王子孫也。」

范雎指出了昭王權力分散的嚴重性。說辭中對問題的提出以及危害性的分析都通過寓言和比喻。神叢藉神不歸的寓言，說明昭王藉權難歸，百人輿瓢將裂，比喻權力分散有害於國家。「指大于臂，臂大于股」，都比得非常貼切，生動形象，是一篇很有說服力的說辭。《戰國策》的比喻，俯拾皆是，類似神叢藉權的寓言亦不鮮見，如江乙以狐假虎威說楚宣王（《楚策一》）、蘇代以鷸蚌相爭說趙惠王（《燕策二》）、蘇秦以桃梗和土偶諫孟嘗君（《齊策三》）、莊辛以蜻蛉、黃雀說楚襄王（《楚策四》）等，都入情入理，很有說服力。鄒忌更是以親身體驗的生活瑣事來啓發齊王，小中見大，使齊王醒悟受蒙蔽之深，不得不廣開言路，從而收到「戰勝於朝廷」的效果。鄒忌的體驗可能是眞的，但是形成故事作爲說服齊王的依據，則與寓言的作用相同。

《戰國策》是史家之筆兼策士之辭，不再像《左傳》、《國語》那樣如實地記言記事，而是沿用縱橫家的鋪張辭采和有意識的藝術加工虛構，更富有文學特色。有的篇目已逐步由寫事轉爲集中寫人，如《馮諼客孟嘗君》便已基本成爲馮諼的傳記。

㈣《戰國策》對後代文學的影響

《戰國策》對後代文學有很大的影響。漢初的散文家賈誼、晁錯和司馬遷都受到它的影響。司馬遷的《史記》曾引《戰國策》九十餘事，並且學習它的寫作技巧和語言風格，漢賦的筆法，和《戰國策》鋪張渲染的文風有著血緣關係。宋代蘇洵、蘇軾、蘇轍的散文也都明顯受到它的影響。

附　註

①《周易》也叫《易經》，我國古代具有哲學思想的占卜書。相傳係周人所作。內容包括「經」和「傳」兩個部分。「經」主要是 64 卦和 384 爻，各有卦辭和爻辭，舊傳伏義畫卦，文王作辭，似不可信。應該是不斷積累而成，形成時間當在西周。「傳」包括解釋卦辭和爻辭的七種文辭共 10 篇，也叫《十翼》，即《彖辭》上下、《象辭》上下、《繫辭》上下、《文言》、《序卦》、《說卦》、《雜卦》。舊傳爲孔子作，據近人研究，大抵係戰國末年或秦漢之際的作品（參見宋祚胤《周易經傳異同》）。

②《尚書》舊傳有百篇之多，經過秦代焚書以後，漢初由伏生傳出 29 篇，用當時隸書寫成，稱爲《今文尚書》。到武帝末，魯共王劉餘從孔壁中發現很多蝌蚪文字寫成的竹簡，叫作《古文尚書》。孔安國用當時通行的字體校讀了一遍，多出 16 篇。但是這種《古文尚書》未列於學官，不久便亡佚了。到東晋元帝時，有豫章內史梅賾，奏上孔安國作傳的《古文尚書》，較伏生增多 25 篇，又從伏生所傳諸篇中分出 5 篇，並序凡 59 篇，爲 46 卷。唐初諸儒依據此本修《尚書正義》（收入《十三經注疏》），成爲通行本。宋代學者首先懷疑流傳的《古文尚書》是僞書，像吳棫、朱熹便是辨僞工作的前驅。至清代學者閻若璩著《古文尚書疏證》，列舉了 128 條證據始成爲定案。證實其中《大禹謨》、《五子之歌》等 25 篇爲晚出的僞書。此外 33 篇中，學者們將《舜典》合於《堯典》，《益稷》合於《皋陶謨》，《盤庚》3 篇合爲 1 篇，《康王之誥》合於《顧命》，成爲 28 篇，認爲這才是古代本的篇數。清末吳汝綸曾經根據這 28 篇重加寫定，稱《尚書定本》。這 28 篇的篇次是：《堯典》、《皋陶謨》、《禹貢》、《甘誓》、《湯誓》、《盤庚》、《高宗肜日》、《西伯戡黎》、《微子》、《牧誓》、《洪範》、《金滕》、《大誥》、《康誥》、《酒誥》、《梓材》、《召誥》、

《洛誥》、《多士》、《無逸》、《君奭》、《多方》、《立政》、《顧命》、《費誓》、《呂刑》、《文侯之命》、《秦誓》。這些篇目，前人認爲是可靠的材料，但也並非完全沒有問題，如《堯典》、《禹貢》等篇，就決不是虞夏時書，必出於後人之手。

③關於《公羊傳》、《穀梁傳》的作者及時代向有不同說法，此採取通行說法。《漢書・藝文志》載：「《公羊傳》十一卷。公羊子，齊人。」又顏師古《漢書注》：「公羊子名高。」《漢書・藝文志》：「《穀梁傳》十一卷。穀梁子，魯人。」顏師古《漢書注》：「名喜」。但桓譚《新論》、應劭《風俗通義》皆作「穀梁赤」。馬宗霍《中國經學史》說：「據戴宏序：子夏傳（按指《春秋》）與公羊高。應劭又謂穀梁子名赤，亦子夏弟子。是公羊、穀梁之學並出子夏。然桓譚《新論》有言：左氏傳遭戰國寢廢，後百餘年，魯人穀梁赤爲春秋，殘略多所遺失。又有齊人公羊高，緣經文作傳，彌離其本事。據此，則公、穀二子，不得直受《春秋》於子夏。《漢書・藝文志》謂末世口說流行，故有公羊、穀梁、鄒、夾之傳。此云末世，正與《新論》合。」按桓譚、班固的意見，公羊、穀梁其人當在戰國末期或者秦漢之際。

④關於《左傳》不傳《春秋》，前人已有所認識。如《晋書・王接傳》：「《左氏》辭義贍富，自是一家書，不主爲經發。」宋黃震：「左氏依經作傳，實則自爲一書，甚至全年不及經文一字者有之，焉在其爲釋經哉？」（《黃氏日鈔》卷 31）

⑤關於《左傳》的作者，認爲係左丘明作者除《史記》外，尚有劉向《別錄》及《孔子家語・觀周篇》。後書言：「孔子將修《春秋》，與左丘明乘，如周，觀書於周史，歸而修《春秋》之經，丘明爲之傳，共爲表裡。」這一材料，未知何據。至於左丘明之姓氏，唐孔穎達認爲姓左名丘明（《春秋左氏傳序疏》）。清代朱彝尊認爲左丘爲複姓（《經義考》）。俞正燮又認爲姓丘名明，左是左氏之官（《癸巳論

稿・左丘明子孫姓氏論》）。懷疑《左傳》作者非左丘明者，唐代趙匡首先提出，清姚鼐也提出：「左氏之書，非出一人所成。」並進而根據劉向《別錄》：「左丘明授曾申，申授吳起，起授其子期……」提出此書作者可能就是吳起。而郭沫若則認爲《左傳》的作者「應該就是楚國的左氏倚相」（《青銅時代・述吳起》）。衆說紛紜，迄今尚無定論。但唐以後的一些學者大多認爲即是左丘明所作，亦非《論語》中所提到的左丘明，揣其語氣，此人應爲孔子的前輩。而《左傳》記事，卻晚於《春秋》，故應爲孔子的後輩。南宋鄭樵提出：「《左氏》終紀韓魏、智伯之事，雙舉趙襄子之謚，則是書之作，必在趙襄子既卒之後。若以爲丘明，自獲麟至襄子卒，已八十年矣；使丘明與孔子同時，不應孔子既沒七十有八年之後，丘明猶能著書。今《左氏》引之，此左氏爲六國人……」（《六經奧論》卷四《左氏非丘明辨》）今人楊伯峻《春秋左傳注・前言》因而推測：成書當在公元前 403 年魏斯爲侯以後，周安定王十三年（公元 389 元）以前。《左傳》之作者與孔子所稱的左丘明似應爲兩人。

⑥王充說：「《國語》，左氏之外傳也。左氏傳經，辭語尚略，故復選錄《國語》之辭以實。」（《論衡・案書篇》）

⑦清人崔述說：「《左傳》之文，年月井井，事多實錄。而《國語》荒唐誣妄，自相矛盾者甚多。《左傳》紀年簡潔，措詞亦多體要。而《國語》文詞支蔓，冗弱無骨，斷不出一人之手明甚。」又說：「《國語》周、魯多平衍，晋、楚多尖穎，吳、越多恣放，即《國語》非一人之所爲也。」（《洙泗考信錄・餘錄》）

⑧《戰國策》的分章，各種版本略有不同，南宋姚宏的續注本爲 486 章，鮑彪重定次序的新注本爲 494 章，1978 年上海古籍出版社整理出版的《戰國策》則分爲 497 章。

⑨《戰國縱橫家書》：1973 年底，長沙馬王堆三號漢墓中出土了大批帛書，《戰國縱橫家書》是其中的一種，而這個名稱是帛書整理小組

定的。全書共 27 章，325 行，11000 多字。其中 11 章的內容見於《戰國策》和《史記》，文字大體相同。另外 16 章，是久已失傳的佚書。把它們和《戰國策》、《史記》的有關篇章相對照，可以校正後者的一些錯誤。例如：今本《戰國策》把公元前三世紀的蘇秦，推到公元前四世紀末；把張儀、蘇秦的時序，改變為蘇秦、張儀。把五國伐秦錯成六國合縱，還推前了 45 年（即從公元前 288 年推至公元前 333 年）。帛書保存了蘇秦的書信和談話 14 章，可以糾正不少有關蘇秦的歷史記載。

第四章　諸子散文

第一節　《論語》、《墨子》

㈠論語

1 、《論語》的編定和流傳

《論語》一書是孔子及其門人言行的記錄。班固《漢書・藝文志》稱：「《論語》者，孔子應答弟子、時人及弟子相與言而接聞於夫子之語也。當時弟子各有所記，夫子既卒，門人相與輯而論纂，故謂之《論語》。」其說可信。《論語》的原始記錄當雜出衆手，後來才由弟子或再傳弟子編訂成集。最後成集大概已到了戰國初年。

《論語》在漢代有三種不同的本子，即《古論語》、《齊論語》、《魯論語》。《古論語》出孔子家壁中，其書爲古文，凡二十一篇。《齊論語》爲齊國學者所傳，凡二十二篇。以上二本早已亡佚。《魯論語》是魯國學者所傳，後經安昌侯張禹傳出而行於世。這就是流傳至今的《論語》。它是研究孔子思想的重要資料，在先秦散文發展史上也有一定的地位。

《論語》在漢代即被尊爲「經」，對我國古代思想、文化的影響甚大，故自漢以來爲它作傳注的很多，但漢人傳注皆已不存。今存最早而完整的通行本是魏何晏所注、宋邢昺作疏的《論語正義》二十卷，收在《十三經注疏》中。南宋著名理學家朱熹曾將《論語》、《孟子》及《禮記》中的《大學》、《中庸》定爲「四書」，並分別爲之作集注，合刊爲《四書集注》。元明以來，成爲士人參加科舉考試必考的典籍。清代學者注《論語》者亦多，代表作是劉寶楠的《論語正義》。

2、《論語》所記載的孔子的思想

孔子（公元前 551～前 479 年），名丘，字仲尼，春秋後期魯國陬邑（今山東曲阜）人。他出身於沒落的貴族家庭，年輕時作過一些技藝性的事。同時，接受了很好的文化教養，對「周禮」心嚮往之。他走入社會時，魯國統治階層內部矛盾重重，仕途難通，他作過中都宰、司空、司寇及攝相，前後只有三、四年時間。孔子大部分時間是用於周遊列國、聚徒講學及整理典籍，在文化思想和教育方面作出了卓越的貢獻。其生平事迹，主要見於《史記・孔子世家》，其言論則散見於戰國至漢初的文獻者頗多，但最可信者是《論語》中的記載。

孔子是儒家學派的開創者、偉大的思想家和教育家。作爲思想家的孔子，其學說的核心是「仁」，同時又很重視「禮」。所謂「禮」，乃是一種等級制度的規範。《論語》中出現「禮」字有七十五次。不過孔子說的「禮」，主要指「周禮」，即西周的典章制度。孔子生活於「禮壞樂崩」的時代，因此他以恢復西周的典章制度爲己任，這是孔子思想保守的一面。

孔子的所謂「仁」同「禮」是有聯繫的，他曾說：「克己復禮爲仁」，但他的「仁」卻包含有新的進步的內容。「仁」字在《論語》中出現一百零九次。孔子對「仁」的含義作了多方面的發揮，其中最簡單最基本的解釋是「愛人」。當然這種愛是有差等的，是由親及疏、由近及遠的，因而在孔子的理論體系中就有了「孝、悌」、「忠、恕」、「恭、寬、信、敏、惠」等不同的「愛人」內容，又有「己欲立而立人，己欲達而達人」、「己所不欲，勿施於人」的「愛人」原則。孔子想通過「仁」來緩和人們之間的矛盾，這實際上對周禮已有新突破。因爲儘管他的「愛人」有種種限制，但他承認廣大的奴隸也是人，反對用人來殉葬，甚至連俑殉也反對，曾說：「始作俑者，其無後乎？」（《孟子·梁惠王上》）所以可以說他講的「仁」，包含著「人的發現」的內容，表現了早期的人道主義。

孔子把「仁」用在政治上，就成了他的「德政」主張。他說：

為政以德，譬如北辰。居其所而眾星拱之。（《為政》）

認爲只要實行「德政」就能受到人民的擁戴，「博施於民而能濟衆」，是「德政」的最高標準。爲了實行「德政」，他反對過重的聚斂。弟子冉求爲季氏聚斂，孔子痛斥他：「非吾徒也。小子鳴鼓而攻之可也。」（《先進》）爲了實行「德政」孔子還反對使用武力，提出「修文德」、「來遠人」的主張：

> 丘也聞有國有家者，不患寡而患不均，不患貧而患不安。蓋均無貧，和無寡，安無傾。夫如是，故遠人不服，則修文德以來之；既來之，則安之。（《季氏》）

這段話，觀點鮮明，感情略帶憤慨，可算作一篇短小的帶抒情性的政論。

孔子作爲教育家，在我國教育史上更有著傑出的貢獻。他的弟子三千，賢人七十二，較之以前的「學在官府」的確起到了普及文化的作用。他一生「學而不厭，誨人不倦」。在學習上强調持「知之爲知之，不知爲不知」、「多聞闕疑」、「不恥下問」

的踏實態度。在教學方法上提倡啓發式，「不憤不啓」，「不悱不發」。還主張「因材施教」，即依據學生的特長進行教學，因此，他教出了許多異能之士。孔子還注意到每個弟子的性格特徵，而施以不同的教育。《先進》中有這樣一段記載：

> 子路問：「聞斯行諸？」子曰：「有父兄在，如之何其聞斯行之？」冉有問：「聞斯行諸？」子曰：「聞斯行之。」

他的弟子公西華感到迷惑，問孔子爲何回答不同，孔子曰：「求也退，故進之；由也兼人，故退之。」意思是冉求過於謙退，所以鼓勵他有所聞而付諸實行，子路想壓倒別人，所以就要用有父兄在，弟子需要秉命而行來加以限制。孔子就是這樣因人而異，採用不同的辦法進行誘導。

3、《論語》的文學性

《論語》爲語錄體散文，主要記言，雖然大都篇幅不長，但也具有一定的文學性，有些章節的文學色彩還頗濃。

《論語》在描寫孔子與弟子們的對話，往往體現孔子的聲容笑貌，具有形象性。如《陽貨》有這樣一章：

> 子之武城，聞弦歌之聲。夫子莞爾而笑曰：「割雞焉用牛刀？」子游對曰：「昔者偃（即子游）也聞諸夫子曰：『君子學道則愛人，小人學道則易使也。』」子曰：「二三子！偃之言是也，前言戲之耳。」

孔子的詼諧，子游的篤信師說，師生之間親密融和的氣氛都躍然紙上。

孔子的語言多用比喻，很富生活氣息和哲理意識。如：「歲寒然後知松柏之後彫也！」（《子罕》）「三軍可奪帥也，匹夫不可奪志也！」（《子罕》）「子在川上曰：『逝者如斯夫，不舍晝夜！』」（《子罕》）文字雖短，卻蘊含著一種深刻的人生體驗，能引起人們多方面的思考，因而成爲格言。

《論語》的語言簡潔流暢，富有感情色彩。所用皆常用文言詞語，但溫文爾雅，含蓄有致，反映出孔子莊嚴和易、循循善誘的風格。所記雖多爲師生間平日討論的言論，語氣、詞調力求逼眞，而文法謹嚴，絕無枝蔓，因而是後世學習文言文句法的典範。

㈡《墨子》

1、墨翟其人和《墨子》的編定

《墨子》一書是墨子及墨家學派言論的總彙。其中大部分是墨子講學、由弟子記錄整理而成，也有一部分是墨子後學的著作。

墨子，即墨翟（公元約前468～約前376年），戰國初年魯人，也有說是宋人或楚人。墨子是墨家學派的創始人。據說，他最初學儒者之業，受孔子之術。後來覺得儒家的禮過於煩擾，厚葬耗費財物，致使百姓貧困，而守喪的時間也太長，旣傷身體，又妨礙生計。所以後來棄儒學，自創墨家學派。從他一生的活動和思想看，應該說代表了小生產者「農與工肆之人」的利益。

據《漢書・藝文志》記載，《墨子》共爲七十一篇，今存五十三篇。《墨子》保存了不少古字，訛奪錯亂也較多。淸代畢沅爲之校注，其後孫詒讓吸取各家研究成果，撰《墨子閒詁》，爲較詳備的注本。

2、《墨子》的思想內容

戰國時期，墨學與儒學都是「顯學」（《韓非子・顯學》）。墨子的學說主要包含在《墨子》的「十論」當中，這「十論」即尚賢、尚同、兼愛、非攻、節用、節葬、非樂、非命、天志、明鬼。他這十種主張是針對不同的國君進言的。《墨子・魯問》中這樣記載：

> 凡入國必擇務而從事焉。國家昏亂，則語之尚賢、尚同；國家貧，則語之節用、節葬；國家憙音湛湎，則語之非樂、非命；國家淫僻無禮，則語之尊天、事鬼；國家務奪侵凌，則語之兼愛、非攻。

這「十論」中，尚賢、尚同、兼愛、非攻爲政治思想。墨子反對攻伐，主張人類普遍相愛。要做到相愛，又必須是賢人當政，而且逐級上同（統一）於天子，最後上同於「天」的意志。節用、節葬、非樂爲經濟思想。墨子有感於當時的王公大人生活奢侈，憙音湛湎、厚葬久喪，消耗的都是民力和財用，亦無利於「富貧、衆寡、定危、理亂」，這恰好是當時勞動者崇尚節儉的反映。非命、天志、明鬼是哲學思想。在對待天命、鬼神方面，孔子是尊天信命遠鬼神，而墨子則是尊天非命信鬼神。墨子認爲天和鬼神都是有意志的，都是能賞善罰惡、賜福降禍的，想藉此說服王公大人改惡行善。

墨子的中心主張是「兼愛」和「非攻」。所謂「非攻」，就是反對攻人之國，認爲「強凌弱，衆暴寡」是一種虧人以自利的最大的不義行爲。墨子認爲要使人不虧人以自利，就必須「兼愛」。儒家主張「愛有差等」，而墨家則主張「愛無差等」。具體地說，「兼愛」就是對待別人如同對待自己一樣，「視人之國，若視其國；視人之家，若視其家；視人之身，若視其身。」（《兼愛》中）這樣，天下自然會達到太平。墨子除了創立學說之外，還富有實踐精神。孟子說「墨子摩頂放踵，利天下爲之」。

他有一個由弟子三百人組成的堅强團體，專門幫助一些弱小的國家守城備戰。墨子的學說對當時的統治者有所揭露，他的行動也起到一些扶危持傾的作用。但是，總的來說，他的學說是脫離社會發展趨勢的，到了漢代便無人治墨了。

3、《墨子》的藝術特色

墨子是先秦諸子中首開論辯風氣的作家。他的散文有自己的特色：

首先是十分重視論辯的邏輯性。如《非攻上》的中心是反對侵略戰爭，但文章卻從「入人園圃，竊其桃李」的不義行爲寫起，進而舉攘人犬豕雞豚、竊人牛馬諸例，然後揭示出統治者所發動的掠奪戰爭與前所舉各種偷盜行爲乃同一性質，都是「虧人自利」，而且是「虧人愈多，其不仁茲甚，罪益厚」。文章爲了進一步暴露侵略戰爭的罪行，又舉殺人爲例：「殺一人，謂之不義，必有一死罪矣；若以此說往，殺十人，十重不義，必有十死罪矣；殺百人，百重不義，必有百死罪矣。」那麼大爲不義的攻人之國，其死罪之深重可想而知了。可見墨子在論證問題時，是先從每個人都能認識到的具體事例和淺顯的道理出發，由淺入深，由近及遠地逐步推論，進而作出令人信服的結論。這種論證方法標誌諸子散文已由語錄體開始向論說文轉化，並爲論說文的發展奠定了邏輯推理的基礎。

除了善於邏輯推理之外，墨子的文章還極重論證依據，提出了「三表」原則。即《非命上》所載：「有本之者，有原之者，有用之者。」就是論證問題要有三個方面的根據。「本之者」指古代的文獻，「原之者」指百姓之見聞，「用之者」指政治實踐的效驗。從歷史和實際中找論據是對的，墨子大多數文章的論據都是以此爲準。然而，有些歷史記載不一定可靠，有些所謂實際也可能是假象，倘不加分析，也會得出不正確的結論。如墨子認爲古書上記載了鬼神，百姓也傳聞有鬼神，而且還有過鬼神賞善罰惡的傳聞，因而結論是鬼神實有，這就是爲假象所迷誤了。

墨子既然尙儉非樂，發爲文章便文如其人，不重辭采和修飾，形成了質樸無華的文章風格。但是，由於墨子善用比喻和事例來說理，文章也不乏生動之趣。在篇幅方面，與《論語》比較，它不再是片言隻語的記錄，初步形成了首尾完整的長篇大論，篇幅大大擴展了。

第二節　《孟子》

㈠孟軻其人和《孟子》的編定

《孟子》共七篇，二百五十八章，主要記載孟子的言論和活動。據《史記・孟子荀卿列傳》載：「退而與萬章之徒序詩書，述仲尼之意，作《孟子》七篇①。」可見《孟子》一書是孟子在門人參加下親手編訂的。

孟子（公元約前 372～前 289 年），即孟軻，鄒（今山東鄒縣）人。他受業於孔子之孫孔伋的門人，是繼孔子之後儒家學派最有權威的人物，後世以孔、孟並稱。孟子爲了行道，曾游事於齊宣王、梁惠王，由於他的學說「迂遠而闊於事情」，只是一度被齊宣王尊爲客卿，從沒有得到重用。

《漢書・藝文志》載有《孟子》十一篇。最早的注本是東漢趙岐《孟子章句》十四卷，以解釋文句爲主，爲後來各家注本所宗。南宋朱熹把《孟子》列爲「四書」之一，並撰《孟子集注》，後世頗爲流行。清焦循《孟子正義》以趙岐注爲基礎，集清代考訂訓釋之大成，至爲詳備。

㈡《孟子》的思想內容

孟子的政治主張是「仁政」，這與孔子所提出的「德政」是一脈相承的。孟子關於「仁政」有很多論述，其基本內容是「制民之產」、「省刑罰，薄稅斂」等等。據《孟子‧梁惠王上》記載：

> 王如施仁政于民，省刑罰，薄稅斂，深耕易耨，壯者以暇日修其孝悌忠信，入以事其父兄，出以事其長上，可使制梃以撻秦楚之堅甲利兵矣。……故曰仁者無敵。

是說只要統治者省刑薄賦，爲人民提供安居樂業的條件，人民就能爲國家效力，從而達到天下大治。孟子的「仁政」主張有兩方面的理論根據，即其政治理論是民本論，其哲學理論是性善論。

孟子認識到了人民的重要性，他把君與民加以對比，認爲「民爲貴，社稷次之，君爲輕」（《盡心下》）。從這種「民貴君輕」的思想出發，他揭露了「庖有肥肉，廄有肥馬；民有飢色，野有餓莩」（《梁惠王上》）的悲慘現實，並對暴君發出聲討：「殘賊之人，謂之一夫，聞誅一夫紂矣，未聞弒君也。」（《梁惠王下》）他還主張「與民同樂」，爭取民心。他認爲「得天下有道，得其民斯得天下矣；得其民有道，得其心斯得其民矣；得其心有道，所欲與之聚之，所惡勿施爾也。」（《離婁上》）體現了封建時代進步思想家的戰略眼光。我國古代的民本思想，孟子可謂將之發展到了頂峯。但是，孟子仍然是從如何鞏固封建制度的立場來强調民本的，因而它仍然是一種統治階級的意識形態。

「性善論」也是孟子的重要主張。孟子認爲「人皆有不忍人之心」，同時認爲「惻隱之心」、「羞惡之心」、「辭讓之心」、「是非之心」，分別爲「仁」、「義」、「禮」、「智」的「四端」，皆與生俱來，人人都有（《公孫丑上》）。但在實際生活中，人們卻不是都講什麼仁、義、禮、智的。對此，孟子解釋爲「庶民去之，君子存之」（《離婁下》）。可見孟子的性善論是把封建貴族的道德永恆化、普遍化，實質上仍然只有君子性善，而小人性惡。不過，孟子旣然在理論上把人性善作爲全稱的命題提了出來，它對於鼓勵人們追求道德的自我完善還是有一定積極意義的。

民本論和性善論是孟子仁政主張的兩根理論支柱：從民本論出發，統治階級必須推行仁政；從性善論出發，統治階級可能推行仁政。也就是說，民本論說明了行仁政的必要性，性善論說明了行仁政的可能性。孟子的仁政主張是建立在必要性和可能性的基礎之上的。

㈢《孟子》的藝術成就

孟子的散文具有鮮明的藝術特色。孟子散文在辯論中產生，雖爲對話體，但卻粗具論說文的特徵。孟子好辯，當他的弟子公都子問他：「外人皆稱夫子好辯，敢問何也？」孟子說：「予豈好辯哉？予不得已也。」（《滕文公下》）他以辟楊墨爲己任②，有一種强烈的社會使命感，所以不得不辯。爲此，他很重視客觀實際，調查對方的情況，然後確定論據和論辯方法，經過縝密推理，以達到預期的目標。如《滕文公上》孟子與陳相的辯論便非常成功。他首先注意傾聽陳相的評述，了解到許行的主張是「賢者與民並耕而食，饔飧而治」，隨即進行有意識的詢問，又了解到許行也戴素冠、用釜甑燒飯、用鐵器耕田，而這些都是用粟交換來的。然後才開始反問，使陳相不得不承認：「百工之事固不可耕且爲也。」不知不覺地落入孟子彀中。這話旣使許行「並耕」

的主張不攻自破，又爲孟子提出「有大人之事，有小人之事」的論點作了鋪墊。在辯論中援用對方的話爲自己的論據，是最有說服力的。這段對話已初步構成論點明確、論據充分、首尾完整的駁論性論說文。這樣的文章，不獨在《論語》之上，也在《墨子》之上。

孟子散文富有氣勢而筆鋒犀利。這也是在論辯中形成的文風。孟子在周遊列國中雖未得官，但命運比孔子要好，往往是「後車數十乘，從者數百人，以傳食于諸侯」(《滕文公下》)，很有排場；他爲人挺拔，「說大人，則藐之，勿視其巍巍然」(《盡心下》)，即令在王公大人面前也不失尊嚴；他善養「浩然之氣」，有一往直前的氣概；在語言形式上又多用排比，像萬炮連發，使對方無力招架。基於以上這些因素，孟子的散文就帶有强烈的感情而富有氣勢，筆鋒往往刺痛對方。如「齊桓晋文」一章（《梁惠王上》）問齊宣王之所大欲，「曰：爲肥甘不足于口與？輕暖不足于體與？抑爲彩色不足視于目與？聲音不足聽于耳與？便嬖不足使令于前與？王之諸臣皆足以供之，而王豈爲是哉？」齊宣王否定了上面這些。於是孟子緊接著採用「排中律」，非此即彼，直接把宣王求霸的野心和盤托出，然後因勢利導，趁機宣揚只有行仁政，才能王天下的政治主張，使齊宣王完全落入孟子的思路之中。又如同篇「孟子見梁襄王」一章：

孟子見梁襄王，出，語人曰：「望之不似人君，就之而不見所畏焉。卒然問曰：『天下惡乎定？』吾對曰：『定于一。』『孰能一之？』對曰：『不嗜殺人者能一之。』『孰能與之？』對曰：『天下莫不與也。王知夫苗乎？七八月之間旱，則苗槁矣。天油然作雲，沛然下雨，則苗浡然興之矣。其如是，孰能禦之？今夫天下之人牧，未有不嗜殺人者也；如有不嗜殺人者，則天下之民皆引領而望之矣。誠如是也，民歸之，由水之就下，沛然誰能禦之？』」

孟子以「不嗜殺人」的人君才能統一天下的見解來回答梁襄王的貿然詢問；同時又提出天下的人君「未有不嗜殺人者」，這自然包括梁襄王在內，實際上把梁襄王擺到了統一天下的障礙的地位。有的國君被孟子犀利的言辭逼得無路可走時，只好「顧左右而言他」（《梁惠王下》）。這都足以說明孟子感情強烈、文筆犀利的特點。

孟子還善於表現人物心理。如「齊桓晋文」章對齊宣王的敍述並不多，但就其少量的言談舉止的描寫，也足以表現宣王的心理變化。齊宣王本是熱衷於「霸道」，由於孟子採取了回避態度，他不得已而聽孟子介紹「王道」。他跟著孟子的話題轉換，問「德何如則可以王矣？」「若寡人者可以保民乎哉？」均屬虛與委蛇。經過孟子層層誘導，宣王逐漸由淡漠轉到關心，由被動轉到主動，乃至甘願接受孟子的開導。「王笑曰」、「王說曰」、「願夫子輔吾志，明以教我」等等，淸楚而形象地表現了這種心理變化。

孟子善用比喻和寓言以增強論辯的說服力。孟子的比喻層出不窮，有的只有一句話，如「挾太山以超北海」、「爲長者折枝」、「緣木求魚」等；有的講一個小情節，如「五十步笑百步」，「日攘一雞」。更有文學價値的是寓言的使用。如《離婁下》載「齊人有一妻一妾」：

齊人有一妻一妾而處室者，其良人出，則必饜酒肉而後反。其妻問所與飲食者，則盡富貴也。其妻告其妾曰：「良人出，則必饜酒肉而後反；問其與飲食者，盡富貴也，而未嘗有顯者來，

> 吾將瞷良人之所之也。」蚤起，施從良人之所之，遍國中無與立談者。卒之東郭墦間，之祭者乞其餘；不足，又顧而之他，此其為饜足之道也。其妻歸，告其妾，曰：「良人者，所仰望而終身也，今若此。」與其妾訕其良人，而相泣于中庭，而良人未之知也，施施從外來，驕其妻妾。
>
> 由君子觀之，則人之所以求富貴利達者，其妻妾不羞也，而不相泣者，幾希矣。

這個故事用以諷刺那些鑽營富貴利達的無恥之徒，的確是尖銳辛辣，而又有幽默情趣。故事情節曲折，特別是對「齊人」的描繪，維妙維肖。明人所撰傳奇《東郭記》就是以這個故事爲題材。他如「揠苗助長」等也屬寓言故事。

《孟子》在漢代即開始受到重視，唐以後，由於韓愈及宋代理學家的表彰，孟子的地位更加提高，被定爲孔子道統的繼承人，《孟子》也因此在宋代被尊爲「經」。其對散文創作的影響，亦隨著韓柳歐蘇等古文家的鼓吹而日益擴大，被視爲古文的一種典範，幾乎所有的散文作家都注意向《孟子》學習。

第三節 《老子》、《莊子》

(一)《老子》

道家學派的代表人物是老子和莊子。老子即老聃，又名李耳，楚國人。任東周王室柱下史，管理圖書典籍的史官。當與孔子同時，是道家學派的開創者。孔子著重講「人道」，而老子則著重講「天道」。他的傑出貢獻在於開創了中國古代哲學本體論的學說。

《老子》一書，相傳爲老聃所作。但從書中的思想內容及涉及的一些問題和文風等方面來看，不少學者都推定應是戰國時期的作品，但基本上保存了老子本人的主要思想。今本《老子》，又名《道德經》，約五千言，斷爲八十一章，大都是韻文，是用韻文寫成的一部哲理詩。語言特別精練，多排比對偶和比喻，其中許多論述都成了俗語、格言。如「知人者智，自知者明」、「大方無隅，大器晚成」、「禍兮福之所倚，福兮禍之所伏」、「輕諾必寡信，多易必多難」、「爲之于未有，治之于未亂」、「千里之行，始于足下」等等，都是從實踐中總結出的經驗，且具有樸素的辯證法。

老子舊注甚多，魏王弼《老子注》二卷，最爲通行。清魏源《老子本義》釋義詳審。長沙馬王堆出土的西漢帛書《老子》甲乙種（有闕文）是我們能見到的最早原文。

(二)《莊子》

1、莊周其人和《莊子》的編定

《莊子》一書，是莊子及其後學的文集，道家的經典之一。據《漢書・藝文志》著錄《莊子》五十二篇，今存三十三篇，其中包括內篇七篇，外篇十五篇，雜篇十一篇。傳統的看法認爲，內篇是莊子的作品，外篇和雜篇則兼有莊子門人及其後學之作，甚至還可能摻入了其他學派的章節。

莊子（約前 369～前 286 年），即莊周，繼老子之後道家學派的重要學者，先秦傑出的散文家。宋國蒙（今河南商丘）人，與梁惠王、齊宣王同時，曾任漆園吏。楚威王聞其賢，聘以爲相，不就，窮困終生。他的生平行事，略見於《史記・老子韓非列傳》及《莊子》的有關記載。

《莊子》一書雖早已流傳，但在漢代不及《老子》受到重視。自三國時何晏、阮籍、嵇康等出，此書才盛行，注解者漸多。晉郭象《莊子注》爲現存最早的注本③。唐玄宗尊莊周爲「南華眞人」，奉《莊子》爲「南華眞經」，成玄英承郭注作《南華眞經注疏》。宋代褚伯秀《南華眞經義海纂微》，明代焦竑《莊子翼》，清代郭慶藩《莊子集釋》、王先謙《莊子集解》，分別爲各時期注《莊》的代表作。

2 、《莊子》的思想內容

莊子的思想淵源於老子而有所發展。他生活在戰國中期，當時各諸侯國已先後進入到封建社會，他常以憤激、刻薄的態度來揭露社會弊端，然而處在這種歷史潮流中，又感到無力抗爭，終於採取了消極逃避的態度。他把智慧、文明看成是社會動亂的原因，主張「絕聖棄智」，把社會理想寄託於「愚而樸」的蒙昧時代。莊子繼承了老子的本體論，認爲「道」是宇宙的總根源，天地萬物都由「道」產生出來。但是，莊子哲學思想的主要特徵是他的相對主義，即「齊物論」。

莊子認爲：認識對象的性質是相對的，所謂貴賤、大小、有無、是非的判斷之所以不同，是由於人們採用的標準不同。莊子說：「自其異者視之，肝膽楚越也；自其同者視之，萬物皆一也。」（《德充符》）莊子抓住事物相對性的一面，把它誇大、絕對化之後，進而取消認識對象質的規定性，最後引導出認識上的不可知論。莊子宣揚「齊物論」的目的在於貶低百家爭鳴，否定儒、墨的是非之辯，認爲這不過是「彼亦一是非，此亦一是非」，「是亦一無窮，非亦一無窮」（《齊物論》）的無謂爭吵。這實際也是在評量是非，只是是非觀不同罷了。

莊子的處世態度表現爲安命守分、隨俗從流。他說：「知其不可奈何而安之若命，德之至也。」「彼且爲嬰兒，亦與之爲嬰兒；彼且爲無町畦，亦與之爲無町畦；彼且爲無崖，亦與之爲無崖。達之入于無疵。」（《人間世》）把隨命運擺布作爲最高的品德，並在隨俗從流中進而玩世不恭。莊子的人生哲學，一方面宣揚如何養生、全身，追求「無用之用」等；一方面又宣揚人生如夢、樂死惡生，甚至視死之樂超過了人君南面之樂。爲了擺脫現實的束縛和苦悶，他還倡導精神超脫，主張徹底摒除世俗名利地位之心，入於精神自由的「逍遙」之境。莊子這種思想顯然是對現實社會的一種否定，是處於「當今之世，僅免刑焉」境遇中的一種變態心理。

莊子思想的積極面主要表現在兩個方面：

一是對現實具有強烈的批判精神。

他揭露黑暗，說：「今世殊死者相枕也，桁楊者相推也，刑戮者相望也。」（《在宥》）他罵諸侯爲竊國大盜，說：「竊鉤者誅，竊國者爲諸侯，諸侯之門而仁義存焉。」（《胠篋》）這種憤世嫉俗的態度，對後世進步文人產生過積極影響。

一是在認識領域有某些開拓性。

莊子有些觀點起到了開拓思路的作用。如在空間方面，莊子認爲毫末不足以定爲最細的標準，天地不算最大的極限。在時間方面，莊子認爲彭祖不算長壽的典型，而殤子也不算短命的代表。又如是非觀方面，莊子認爲「因其所然而然之，則萬物莫不然；因其所非而非之，則萬物莫不非」（《秋水》），已經認識到看問題的角度不同，得出的結論也就不同了。莊子這些相對論的觀點，儘管其歸宿是相對主義，但也包含了辯證法的因素，標誌古人的認識水平達到了新的高度。

3、《莊子》的藝術成就

《莊子》既是一部闡述道家思想的學術論著，也是一部傑出的文學著作。《莊子》散文最突出的特色是對寓言的大量運用。《寓言》篇指出，一部《莊子》寓言占十分之九。莊子認爲世人都「沈濁」，不可同他們「莊語」，因而「以卮言爲曼衍，以重言爲眞，以寓言爲廣」（《天下》），即通過「寓言」、「重言」、「卮言」三種方式來表達他的思想。這裡所說的「寓言」，包括一些神話式的幻想故事，也包括通常借事物寓言的故事；「重言」是借用某些歷史故事和古人的話；「卮言」是指隨機應變的直接辯論。「言」雖分而爲三，實際上都是「藉外論之」，借他事他物或寓有深意的話來表達作者關於宇宙、人生的哲理，因而都帶有寓言的性質。

《莊子》寓言在諸子中是很獨特的。其他子書的寓言多爲歷史傳說和民間故事的引用，並且只在議論中插入短小的故事以資譬喻和論證。而《莊子》的寓言則絕大多數爲作者虛構。其中的一些神話故事有的在他書中有原型，有的則可能是作者杜撰。即使是歷史人物如子產、孔子、顏回等，大都面目全非；更多的人物行事，則連歷史的影子也沒有。至於以擬人化手法塑造的生物、無生物乃至抽象概念凝成的形象，如蛙、鱉、風、雲、髑髏、罔兩、無足、知和等，都栩栩如生。《莊子》的這些寓言，確能做到「寓眞於誕，寓實於玄，於此見寓言之妙」（劉熙載《藝概》）。《莊子》的作者還善於把這些虛構的寓言擴展成篇，將作者的議論寓於故事人物的言談中。如《人間世》、《德充符》中的孔子問顏回、魯哀公論道，《秋水》中的北海若對河伯論道，《盜跖》中盜跖對孔子的訓斥等，都是「作人姓名，使相與語，是寄辭於其人」（劉向《別錄》）。這些類似小說的寓言，虛構了人物形象與故事情節，有行動、對話、肖像、表情的描繪，「其論一人寫一事，有原有委，鬚眉畢張，無不躍躍欲出」（林雲銘《莊子因》）。而與《墨子》、《孟子》中接近於實錄的一些對話式語錄大不相同。這應該是中國文學史上自覺地運用虛構手段塑造形象的開端。例如：

北冥有魚，其名為鯤。鯤之大，不知其幾千里也。化而為鳥，其名為鵬。鵬之背，不知其幾千里也。怒而飛，其翼若垂天之雲。是鳥也，海運則將徙於南冥。南冥者，天池也。齊諧者，志怪者也。諧之言曰：鵬之徙於南冥也，水擊三千里，摶扶搖而上者九萬里，去以六月息者也。（《逍遙遊》）

有國於蝸之左角者曰觸氏，有國於蝸之右角者曰蠻氏，時相與爭地而戰，伏尸數萬，逐北旬有五日而後反。（《則陽》）

大而至於幾千里的鯤鵬變化，小而至於蝸角上的兩國相爭，或以小爲大，或以大爲小，任憑作者筆端驅使，變幻奇詭，莫不驚世駭俗。特別是大鵬形象一經塑造，歷代文人經常引用，具有無限的生命力。他如「莊周夢蝶」（《齊物論》）、「鑿破渾沌」（《應帝王》）、「莊子枕髑髏」（《至樂》）、「紀渻子養鬥雞」（《達生》）等，都是「意出塵外，怪生筆端」（劉熙載《藝概．文概》）的富有浪漫情調和幻想色彩的寓言。

《莊子》無論寓言還是直接論述，都善於對客觀事物（包括人）作細致的描繪，收到栩栩如生的藝術效果。如《徐无鬼》中寫「莊子送葬」一段：

莊子送葬，過惠子之墓，顧謂從者曰：「郢人堊慢其鼻端，若蠅翼，使匠石斫之。匠石運斤成風，聽而斫之，盡堊而鼻不傷，郢人立不失容。宋元君聞之，召匠石曰：『嘗試為寡人為之。』匠石曰：『臣則嘗能斫之，雖然，臣之質死久矣。』自夫子之死也，吾無以為質矣，吾無與言之矣。」

莊子引用「匠石斫堊」這個故事，說明他和惠子情投意合以及惠子死後他所感到的寂寞淒涼。其中匠石運斤成風、郢人立不變色的神態，描寫得極其生動。又如任公子釣魚，當大魚吞鉤陷沒，「鶩揚而奮鬐，白波若山，海水震蕩，聲侔鬼神，憚赫千里」（《外物》），雄奇壯偉的景象，繪聲繪色。他如《人間世》的「商丘大木」、《說劍》中「天子之劍」的描繪，都能盡得形象之妙。《莊子》所以善於「刻雕衆形」，除了作者對客觀事物作過細致的觀察外，還在於辭彙豐富。如《齊物論》中南郭子綦談「地籟」一段：

> 夫大塊噫氣，其名為風。是唯無作，作則萬竅怒號，而獨不聞之翏翏乎？山陵之畏佳，大木百圍之竅穴，似鼻，似口，似耳，似枅，似圈，似臼，似洼者，似污者；激者，謞者，叱者，吸者，叫者，譹者，宎者，咬者。前者唱于而隨者唱喁。泠風則小和，飄風則大和，厲風濟，則眾竅為虛。而獨不見之調調之刁刁乎？

用衆多的詞彙描寫竅穴的各種形狀，描寫不同竅穴在風中發出的不同聲響，皆體物入微，形聲畢肖，後來宋玉寫《風賦》，無疑受到它的啓發。

劉辰翁曾說，莊子之文，「不隨人觀物，故自有所見」。因此，能因事譬喻，隨物賦形，成爲《莊子》散文的另一特色。例如，《胠篋》所論述的中心是「絕聖棄知」，但通篇都是放在一個比喻的框架內來立論和論證。開篇從防盜寫起：

> 將為胠篋、探囊、發匱之盜而為守備，則必攝緘縢、固扃鐍，此世俗之所謂知也。然而巨盜至，則負匱、揭篋、擔囊而趨，唯恐緘縢、扃鐍之不固也。然則鄉之所謂知者，不乃為大盜

積者也？

爲防小盜而表現出的智慧，卻幫了大盜的忙。用它來說明聖人發明的「聖知之法」，同樣也幫了竊國諸侯的忙。這就把天下大亂歸過於聖人，從而得出「聖人不死，大盜不止」的結論。在這一比喻框架內，還包含有「盜跖論道」的寓言，以及「唇竭則齒寒，魯酒薄而邯鄲圍」、「谷虛而川竭，丘夷而淵實」等比喻，使一篇抽象的論說文也具有藝術感染力。又如《齊物論》：「未成乎心而有是非，是今日適越而昔至也。」比喻無成心而有是非是絕沒有的事。「有成與虧，故昭氏之鼓琴也；無成與虧，故昭氏之不鼓琴也。」說明有爲則有損，無爲則無損的道理。「見卵而求時夜，見彈而求鴞炙。」比喻急於求見成效之不當。又如，形容仁義只是治國的一時權宜之計，則謂「仁義，先王之蘧廬也」（《天運》）。形容人生短促，則用「若白駒之過隙，忽然而已」（《知北遊》）。如此種種，俯拾皆是，作者隨手拈來，運用自始。章學誠說：「戰國之文，深於比興，即其深於取象者也。」（《文史通義・詩教上》）《莊子》之文，尤其如此。

《莊子》散文，無論是直接論述，還是使用寓言，作者或愛或憎，或褒或貶，嘻笑怒罵，感情往往流露於筆端，使不少文章帶有抒情的特色。如「夫道，覆載萬物者也，洋洋乎大哉！」（《天地》）這是對道的歌頌。「舊國舊都，望之暢然，雖使丘陵草木之緡，入之者十九，猶之暢然。」（《則陽》）這是比喻人眞性發現的暢快，然而卻道出了作者懷戀舊國舊都的體驗。「山林與！皋壤與！使我欣欣然而樂與！樂未畢也，哀又繼之。哀樂之來，吾不能禦，其去弗能止。悲夫，世人直爲物逆旅耳！」（《知北遊》）這是感嘆世人哀樂不離於胸次。然而，由於《莊子》的作者強烈的批判精神，其感情在寓言裡表現得更爲激烈。例如：「曹商使秦」把曹商對富貴的鑽營視爲舐痔之術（《列禦寇》）；「儒以詩禮發冢」揭露儒家的虛僞卑下，把詩禮作爲盜墓竊珠的依據（《外物》），都包含作者辛辣的諷刺。再如《秋水》中的「惠子相梁」一段：

> 惠子相梁，莊子往見之。或謂惠子曰：「莊子來，欲代子相。」於是惠子恐，搜於國中三日三夜。莊子往見之，曰：「南方有鳥，其名為鵷鶵，子知之乎？夫鵷鶵，發於南海而飛於北海，非梧桐不止，非練實不食，非醴泉不飲，於是鴟得腐鼠，鵷鶵過之，仰而視之曰：『嚇！』今子欲以子之梁國而嚇我邪？」

莊子與惠子是好友，也絕不會去奪惠子的相位，惠子也絕不會爲此而驚恐若是，可見這只能是個寓言。不過，寓言中還套有寓言。這種「喻後出喻，喻中設喻，不啻峽雲層起，海市幻生」（宣穎《南華經解》）的寫法，正體現了莊子散文的特色。喻中設喻，正是爲了使思想加深。貓頭鷹得腐鼠，以爲高潔的鳳凰會去爭奪，怒氣沖沖地「嚇」了一聲。只此一「嚇」，便畢現了貓頭鷹的神態和心理，前人贊評道：「世道交情，觀此可發一笑。莊生直爲千古寫出，鄙夫患失之態只以一字形之，妙哉！」（《莊子翼・秋水副墨》）諷刺之中帶有詼諧幽默，包含莊子敝屣功名、鄙棄利祿的思想。《莊子》散文千變萬化，總離不開作者的自我表現，大椿、蝴蝶、澤雉、櫟社樹、連叔、接輿、庖丁等，都具有莊周的性格，體現了莊周的某種精神狀態。

老子認爲「道法自然」，莊子認爲「天地有大美而不言」。道家學派崇尚自然美，故而《莊子》的文章也具有自然美的特色。《莊子》本善於雕刻衆形，引類譬喻，富於詞采，但讀之又令人感到自然天成而不露雕琢痕迹。所以劉熙載說：《莊子》「縹緲奇變，乃如風行水上，自然成文。」（《藝概・文概》）這種自然成文的特色，體現在文章結構上，則是需行即行，欲止輒止，無任何程式。墨子講究邏輯推理，孟子圍繞一個中心進行辯論，荀、韓更以邏輯嚴密取勝，而莊子則主要是訴諸多層次的寓言形象，以形象感人。《莊子》許多由寓言組成的篇章，有的沒有貫串全篇的線索，有的雖有線索，也潛伏至深，蹤迹難尋。所以林西仲評爲「絖中線引，草裡蛇眠」（《莊子因・逍遙遊評》）。同時，《莊子》屬於荊楚文化體系。荊楚文化與中原文化相比，多信巫鬼而尚玄虛，且較少儒家傳統思想的約束，特別是莊子對於賢聖帝王、鄒魯搢紳先生嘻笑怒罵，無所顧忌，這就使《莊子》充滿神奇怪誕的幻想，表現出強烈的批判精神，多用「謬悠之說，荒唐之言，無端崖之詞」，形成汪洋恣肆的文風。如《逍遙遊》、《齊物論》、《秋水》等都是層層推進，勝義疊出，淋漓酣暢。《莊子》的語言也顯得離奇曲折，氣勢縱橫，豐富多采，而又靈活流暢。

《莊子》散文在先秦諸子中文學成就是最高的。魯迅說：莊子「著書十餘萬言，大抵寓言。人物土地，皆空言無事實，而其文則汪洋辟闔，儀態萬方，晚周諸子之作，莫能先也。」（《漢文學史綱要》）

第四節　《荀子》、《韓非子》

(一)《荀子》

1、荀況其人和《荀子》的編定

《荀子》一書，三十二篇，大部分爲荀子自己所作。《大略》、《有坐》等最後六篇，疑爲門人弟子所記。

荀子，即荀況，當時人尊稱爲荀卿，亦稱孫卿，趙國人。他的生卒年難於確考。他一生的主要活動大約在趙惠文王元年（公元前 298 年）到趙悼襄王七年（公元前 238 年）的六十年間。他曾遊學齊國稷下，齊襄王時被奉爲最有聲望的學者，三次擔任祭酒。其間又曾歸趙聘於秦，去齊適楚。楚相春申君黃歇曾兩次任他爲蘭陵令。終老於蘭陵。其生平事迹略見於《史記・孟子荀卿列傳》。

《漢書・藝文志》載《孫卿子》三十三篇。《荀子》的重要注本有唐代楊倞《荀子注》二十卷、清代王先謙《荀子集解》和近人梁啓雄《荀子簡釋》。

2 、《荀子》的思想內容

荀子是戰國後期儒家學派的大師。《韓非子・顯學》曾列爲儒家八派之一。《荀子・非十二子》對包括儒家在內的各家都有所非議，所以韓愈說他「大醇而小疵」，不是純粹的儒家。說明荀子生當戰國後期，對其他學派有所批判，也有所吸收，從而建立了自己的思想體系。荀子的思想最傑出的是在自然觀方面，他專門寫了《天論》論述天人關係，表現了唯物的觀點：

> 天行有常，不為堯存，不為桀亡。應之以治則吉，應之以亂則凶。彊本而節用，則天不能貧；養備而動時，則天不能病；循道而不貳，則天不能禍。故水旱不能使之饑，寒暑不能使之疾；袄怪不能使之凶。本荒而用侈，則天不能使之富；養略而動罕，則天不能使之全；倍道而妄行，則天不能使之吉。故水旱未至而饑，寒暑未薄而疾，袄怪未至而凶。受時與治世同，而殃禍與治世異，不可以怨天，其道然也。故明於天人之分，則可謂至人矣。

認爲天是不以人的意志爲轉移的客觀存在，有它固有的運行規律。社會的治亂決定於人爲，與天沒有關係。《天論》又提出「制天命」的觀點：「大天而思之，孰與物畜而制之！從天而頌之，孰與制天命而用之！望時而待之，孰與應時而使之！因物而多之，孰與聘能而化之！思物而物之，孰與理物而勿失之也！」認爲人類不應消極順應自然，而應發揮主觀能動作用去利用和改造自然，使之爲人類服務。這種「天人相分」和「制天命而用之」的觀點，在當時是有進步意義的。

在人性問題上，孟子是「性善論」，荀子則寫了《性惡》，提出「性惡」的觀點與之相對抗。荀子說：「人之性惡，其善者僞也。」雖然人性善或者人性惡，都沒有充分的科學依據，但是荀子從人性惡出發，强調人的後天努力，重視教育和環境影響對人的道德觀念形成的作用，提出「化性起僞」的主張，這也是傾向唯物論的。

在認識論上，荀子指出「形具而神生」（《天論》），「凡以知，人之性也；可以知，物之理也」（《解蔽》）。認爲人的精神活動依賴於人的物質形體，並肯定人是具有認識能力的，客觀事物也是可以被認識的。又說：「所以知之在人者，謂之知；知有所合謂之智。所以能之在人者，謂之能；能有所合謂之能。」（《正名》）認爲知識和才能都是有待於與客觀事物相接觸產生的，因而提出了「知之不若行之」（《儒效》）的傑出論斷。

在政治思想上，他既主張尊王道，擧賢能，又主張法後王④，行極權。他對「禮」作了新的解釋，他說：「禮者，法之大分，類之綱紀也。」（《勸學》）這種既隆禮又重法，禮法融合、王霸並重的思想，很適應後來封建統治的需要。

3、《荀子》的藝術特色

荀子散文最突出的特點，是形成了成熟的論說文。荀子如孟子一樣，也喜好辯論。他認爲「君子必辯」（《非相》），有一種扶正祛邪的責任感。他的文章大都有明確的標題，有統率全篇的中心論點，有充實的論據，從而歸納出預先作好的結論，首尾結構比較完整，打破了孟子、莊子對話體的框架，不以寓言形象取勝，而以抽象說理見長。荀子尤善於寫駁論。如《性惡》批判了孟子的「性善論」，《樂論》批判了墨子的「非樂」主張，既有自己的立論，又抓住對方的觀點進行辯駁，進一步加强自己的立論。

其次，荀子文章善用排偶式的句法，形成氣勢雄渾的風格。如《解蔽》指出各種蔽因：「欲爲蔽，惡爲蔽，始爲蔽，終爲蔽，遠爲蔽，近爲蔽，博爲蔽，淺爲蔽，古爲蔽，今爲蔽。凡萬物異則莫不相爲蔽，此心術之公患也。」認爲只看到事物的一面，就會造成認識上的片面和局限。行文已是極盡鋪陳。又如《勸學》中提到：

> 吾嘗終日而思矣，不如須臾之所學也；吾嘗跂而望矣，不如登高之博見也。登高而招，臂非加長也，而見者遠；順風而呼，聲非加疾也，而聞者彰。假輿馬者，非利足也，而致千里；假舟檝者，非能水也，而絕江河。君子生非異也，善假於物也。

文意在於强調學習的功能。這段話除了結尾二句作總收外，分成三組，每組都是排比，兩兩相對，極顯章法之整齊，讀來自然有一種感人的氣勢。通過排比形成的長篇大論，也自然具有雄渾的特色。

荀子也善用比喻，具有詞彙豐富的特點。如《勸學》一篇。就用了六十多個比喻，有的全段連珠串玉，基本上由比喻構成。其他篇雖然不如《勸學》這麼突出，但是也不爲鮮見。在詞彙方面，如《非十二子》形容「士君子之容」與「學者之嵬容」，「儼然，壯然，祺然，蕼然，恢恢然，廣廣然」，一連用了二十九個形容詞，為先秦其他諸子書中所未見。又如《儒效》描繪聖人的心態，用了「井井兮」、「嚴嚴兮」等十個形容詞，把聖人抽象的精神面貌具體化了。

荀子論說文的代表作是《勸學》、《王制》、《天論》、《解蔽》等篇，尤其值得注意的是《天論》和《解蔽》，各有一段對戰國諸子的評論，如「老子有見於詘，無見於信」（《天論》），「莊子蔽於天而不知人」（《解蔽》），皆高度概括地指出其得失，成為學術史上有價值的資料。

荀子除了論說文之外，還寫過賦和詩。《漢書・藝文志》載荀賦十篇，現存《賦》五篇，末附《佹詩》。賦中描寫了禮、知、雲、蠶、箴五種事物的性質情狀，為四言韻語的問答體。這是中國文學史上最早或較早以賦命名的作品，但它與後來鋪張揚厲的賦體有異，「遁詞以隱意，譎譬以指事」，帶有謎語的色彩。另外，還有一篇仿民歌寫成的《成相》，是以「三三七、四四三」為節奏的六句四韻體，內容是總結歷史盛衰成敗的經驗教訓，形式上開創了一種新文體，清人盧文弨認為《成相》是彈詞之祖。

㈡《韓非子》

1、韓非其人和《韓非子》的編定

《韓非子》，韓非的著作集。《漢書・藝文志》載五十五篇，與流傳本篇數相同，其中大部分為韓非所著，少數篇當為後學所輯錄。

韓非（公元？～前233年）。他與李斯同在荀子門下求學，李斯自以為不及韓非。韓非口吃，不善辭令，屢上書韓王，提出富國強兵、修明法度的主張，韓王不能用，退而著書十餘萬言。不久，他的著作傳到秦國，秦王見到《孤憤》、《五蠹》之篇，大加贊賞，說：「嗟乎，寡人得見此人與之遊，死不恨矣！」於是，秦派兵急攻韓，以求韓非。秦始皇十四年（公元前 233 年），韓非入秦。李斯、姚賈怕韓非得到重用，向秦王進讒，把韓非拘囚下獄，自殺於獄中。韓非事迹見於《史記・老子韓非列傳》。

《韓非子》注本中較完備的有清代王先愼《韓非子集解》、近人梁啓雄《韓非子淺解》、陳奇猷《韓非子集釋》，都有較大的參考價值。

2 、《韓非子》的思想內容

韓非是先秦法家的集大成者，他的法治思想批判和綜合了商鞅的「法」、申不害的「術」和愼到的「勢」，從而建立了完整的法治思想體系。韓非在批判吸收他們三家的基礎上，對法、術、勢三者作了明晰而完備的解釋。他說：「法者，憲令著於官府，刑罰必於民心，賞存乎愼法，而罰加乎奸令者也。」（《韓非子・定法》）法令是當權者制訂的，是臣民們遵守的，循法要賞，違法要罰。同時還包括執法要堅決，所謂「法不阿貴，繩不撓曲」，「刑過不避大臣，賞善不遺匹夫」（《有度》）。關於「術」，他說：「術者，因任而授官，循名而責實，操殺生之柄，課羣臣之能者也，此人主之所執也。」（《定法》）「術」就是君主駕馭臣子的手段，法要明，術則要隱，如：「去好去惡，羣臣見素。」（《二柄》）「明主觀人，不使人觀己。」（《觀行》）韓非很贊賞愼到的「勢」，他說：「民固服於勢，勢誠易以服人，故仲尼反爲臣而哀公顧爲君。仲尼非懷其義，服其勢也。」（《五蠹》）「善任勢者國安，不知因其勢者國危。」（《奸劫弑臣》）說明權勢對於人君來說，非常重要。韓非從「性惡論」出發，批判儒家的「仁政」，强調法令、手段、權勢對於人君的重要性，主張把一切權力集中於君主一人之手，實行極權主義，以適應地主階級中央集權制的政治需要。

進化的歷史觀是韓非法治主張的理論基礎。先秦思想家，特別是儒、法兩個學派的歷史觀是有所不同的。一般說來，儒家强調社會歷史的一貫性，認爲變化緩慢，因多於革；而法家則認爲社會是發展變化的，古今有所不同。韓非直接繼承了前輩法家如商鞅等的社會歷史觀，認爲社會發展有上古、中古、近古之別，各時期的特點和需要是不相同的。他提出：「上古競於道德，中世逐於智謀，當今爭於氣力。」（《五蠹》）既然當今是「爭於氣力」，那麼實行法治就是勢所必然的了。這種歷史觀爲他的政治觀提供了理論依據。

3、《韓非子》的藝術特色

《韓非子》中的多數文章是比《荀子》更爲成熟的論說文。它不僅每篇有論題，有中心論點，有翔實的論據；而且說理嚴密透徹，邏輯性强；同時內容宏富，篇幅大大加長，如《五蠹》長達七千字，旁徵博引，縱論古今，很有氣勢。《亡徵》分析國家致亡之道多達四十七條。他如《顯學》、《說難》、《孤憤》、《十過》等，也都是觀察細密、剖析入微之作。在論辯方法上，有立論，有駁論，在闡述一個重要論點時，韓非經常用類似歸納的方法，即先舉論據，再作論證，最後作出合於邏輯的結論。

其次，《韓非子》中也大量使用寓言作爲論據，這些寓言不少帶有諷刺或批判意義。但其性質和使用方法與《莊子》中的寓言略有不同，《莊子》寓言不少馳騁奇想，充滿神異色彩，而《韓非子》中的寓言一般比較平實，多半是一些歷史傳說、民俗故事。如《南郭吹竽》、《鄭人買履》、《買櫝還珠》、《郢書燕說》等，都是膾炙人口的寓言故事。如《郢書燕說》一則：

郢人有遺燕相國書者，夜書，火不明，因謂持燭者曰：「舉燭！」而誤書「舉燭」。舉燭，非書意也。燕相受書而說之，曰：「舉燭者，尚明也；尚明也者，舉賢而任之。」燕相白王，王大悅，國以治。治則治矣，非書意也。今世學者，多似此類。

寓言諷刺了當時學者引用前賢遺言往往斷章取義，穿鑿附會。《韓非子》引用寓言故事，往往前有論述的本事，後有寓言的主旨，把寓言和論述融成有機整體。不過，這些寓言又都有完整的結構，可以獨立成篇，因而後人引用這些寓言時可以超出韓非運用時的意圖。《韓非子》中的寓言故事，少量散見於諸篇，大量的則集中於《說林上下》、《內外儲說》諸篇中。

《韓非子》中的文章，風格犀利、峻峭。因爲他看一切問題都從「性惡論」出發，認爲人的行爲無不是性惡的表現，故而行文中不留情面，不避隱私，對待所有的社會問題都能作赤裸裸地暴露。如堯舜本已成了儒家崇拜的偶像，特別是他們的「禪讓」更被傳爲「公天下」的典範。而《五蠹》中卻作了相反的評論：「夫古之讓天子者，是去監門之養而離臣虜之勞也，故傳天下不足多也。」所謂堯舜禪讓也不過是一種利己主義的表現，從而剝掉了儒家聖人的面紗。又如《備內》：

人主之患，在於信人。信人則制於人。人臣之於其君，非有骨肉之親也，縛於勢而不得不事也。故為人臣者，窺覘其君心也，無須臾之休；而人主怠慠處其上，此世所以有劫君弒主也。

儒家認爲「君臣有義」，韓非認爲君臣只有利害關係，所以作人君的對臣子不能有所信任。所謂「君以計畜臣，臣以計事君，君臣之交，計也。」（《飾邪》）君臣之間，都是爾虞我詐的關係。如果拋開問題普遍性的提法，卻也反映了統治階級中的部分眞實情況。像以上這類把問題作徹底暴露的寫法，就是犀利峻峭文風之所在。

附　註

①《漢書・藝文志》著錄「孟子十一篇」，與《史記》作七篇不同。趙岐《孟子題辭》指出「著書七篇」，「又有外書四篇；《性善辯》、《文說》、《孝經》、《爲政》，其文不能弘深，不與內篇相似，似非孟子本眞，後世依放而托之者也。」據此可知《漢書・藝文志》十一篇包括外書四篇之數。因係僞書，趙岐章句未注，久已亡佚。今本《孟子》七篇，與《史記》所述篇數相同。

②楊，指楊朱（約公元前 395～前 335 年），亦稱楊子，或陽子朱，戰國初期著名哲學家。魏國人，其生平事迹不詳。他沒有留下著述，關於他的史料散見於《孟子》、《莊子》、《韓非子》、《呂氏春秋》等書中，僞書《列子》裡有《楊朱篇》。據傳，楊朱反對墨子的「兼愛」和儒家的倫理思想，主張「貴生重己」、「全性葆眞」，孟子說他「拔一毛而利天下不爲也」。楊、墨的學說，在戰國前期很流行，孟子對他們展開了批判：「聖王不作，諸侯放恣，處士橫議，楊朱、墨翟之言盈天下。天下之言不歸楊，則歸墨。楊氏爲我，是無君也；墨氏兼愛，是無父也。無父無君，是禽獸也。」（《孟子・滕文公下》）

③流傳的郭象《莊子注》有向秀、郭象合注之說。《世說新語・文學》云：「初，注《莊子》者數十家，莫能究其旨要。向秀於舊注外爲解義，妙析奇致，大暢玄風。唯《秋水》、《至樂》二篇未竟而秀卒。秀子幼，義遂零落，然猶有別本。郭象者，爲人薄行，有俊才，見秀義不傳於世，遂竊以爲己注。乃自注《秋水》、《至樂》二篇，又易《馬蹄》一篇，其餘衆篇，或定點文句而已。後秀義別本出，故今有向、郭二《莊》，其義一也。」

④關於「法後王」：荀子認爲先王之法，時間久遠，未必適應於當世，故提出「法後王」的主張：「欲觀聖王之迹，則於其粲然者

矣，後王是也。彼後王者，天下之君也。捨後王而道上古，譬之是猶捨己之君，而事人之君也。」（《荀子・非相》）並且批評「法先王」論者是「呼先王以欺愚者」（《儒效》）。但是荀子「後王」的概念包含了較長歷史時期的君主，其基本觀點仍是面向三代：「王者之制：道不過三代，法不貳後王。道過三代謂之蕩，法貳後王謂之不雅。衣服有制，官室有度，人徒有數，喪祭械用皆有等宜。聲則凡非雅聲者舉廢，色則凡非舊文者舉息，械用則凡非舊器者舉毀——夫是之謂復古，是王者之制也。」（《王制》）又說：「欲觀千歲則數今日，欲知億萬則審一二，欲知上世則審周道，欲知周道則審其人所貴君子。」（《非相》）可見，重點還是落到「周道」，落到文、武身上，因爲「文武之道同伏羲」（《非相》）。郭沫若曾指出，荀子的法後王與孟子的尊先王毫無區別：「所謂先王者，因先於梁惠、齊宣，故謂之先；所謂後王者，因後於神農、黃帝，故謂之後」（《十批判書》）。

第五章　屈原與楚辭

第一節　關於楚辭

㈠「楚辭」的定名和編定

「楚辭」是指興起於戰國時期，以屈原爲代表所創作的詩歌樣式，它具有楚國鮮明的地方色彩，是繼《詩經》以後出現的一種新詩體。宋黃伯思說：「蓋屈宋諸騷，皆書楚語，作楚聲，紀楚地，名楚物，故可謂之『楚辭』。」（《校定楚辭序》，見《宋文鑒》卷九十二）「楚辭」一名最初見於西漢武帝時。司馬遷《史記．張湯傳》稱：「買臣以『楚辭』與助俱幸侍中，爲太中大夫，用事。」漢成帝時，劉向整理古文獻，把屈原、宋玉的作品和漢代人仿寫的作品彙編成集，稱爲《楚辭》。「辭」即文詞之意，故也寫作「楚詞」。從此，「楚辭」既是一部詩歌總集的名稱，也是一種文學體制的名稱。

「楚辭」在漢代又被稱作「賦」。如司馬遷稱屈原「乃作《懷沙》之賦」（《史記．屈原賈生列傳》）。又班固云：「大儒孫卿及楚臣屈原，離讒憂國，皆作賦以風，咸有惻隱古詩之義。」（《漢書．藝文志．詩賦略》）故屈原之作，後人亦稱屈賦。賦是「不歌而誦」（《漢書．藝文志》）的意思。後人多以賦尚鋪陳，故又說「賦者，鋪也。」（劉勰《文心雕龍．詮賦》）但漢人所謂辭賦，兼有衆體。今傳《楚辭》一書，其中就既有《九歌》、《離騷》

等騷體（它源於楚歌），又有《天問》那樣以四言為主的詩體（《招魂》、《橘頌》雖有「兮」字句，實亦此類），還有《卜居》、《漁父》那樣散韻結合的文體。漢代文體特別發達，成為辭賦的主流，故後人又有將辭、賦分為兩體的，即把其中以抒情為主、形式同於或近於詩歌者稱為辭或騷，而把近於文而有韻者稱為賦。這種區分大概始於齊梁（梁《昭明文選》中有賦、辭、騷三體）。後人則或合或分，迄無定論。但先秦的楚辭主要是同於或近於詩的抒情之作，散文體則較少。所以，我們仍可以說它是當時的一種新體詩。

㈡楚辭與《詩經》的不同之處

楚辭既為《詩經》之後的一種新詩體，它與《詩經》相比，具有很大的不同：

從創作方法看：《詩經》主要反映中原地區的風土民情和社會生活，開創了詩歌史上以寫實為主的創作傳統，是我國早期中原文化的代表；楚辭則富有鮮明的南方地方色彩，在風俗習慣、自然景色以及地理名物等方面的描寫，無不帶有楚地的特徵，成為南方文化的代表。由於楚辭作者想像豐富，長於抒情，從而開創了詩歌史上浪漫的傳統。

從表現手法看：《詩經》多用比、興手法以增强詩歌的形象性；楚辭除了繼承《詩經》的比興手法外，還進一步把比興發展為象徵手法，使詩歌蘊含更為豐富。

從句式和篇章結構看：楚辭擴展了《詩經》的四言形式，形成以六七言句式為主、參差自由的新句式，大大增强了詩句的表現力。特別是大都以「兮」字或「些」字作為語氣詞，這成為楚辭體的重要標誌。《詩經》為了合樂的需要，篇下分章，篇幅一般較為短小；楚辭則除《九歌》可能合樂外，其餘大都「不歌而誦」，無合樂要求，因而篇下不分章，且結構一般較宏大，特別是出現了像《離騷》這樣的宏篇鉅制，可以充分表現作者回環曲折的感情。

從作者和作品風格看：《詩經》特別是其中的《國風》，大多爲集體創作的民歌，雖經文人加工，仍保留了民歌的風貌，風格樸素自然；而楚辭則多爲文人創作，且在我國文學史上第一次出現像屈原這樣傑出的詩人，其作品鋪張誇飾，講求辭藻華麗，形成一種「弘博麗雅」的風格。

㈢楚辭產生的淵源

楚辭的產生有其複雜的社會和文化淵源：

一是當時語言的發展變化。戰國時期是古代社會發生劇烈變革的時期。新事物不斷出現，語言的表達也隨之發展，楚辭比之以四言爲主的《詩經》，詩句增長，且變化較自由，可以容納更多的雙音詞和多音詞，表達更爲細致複雜的思想感情。這自然也是楚辭產生的一個原因。

但是，更爲主要的原因在於：楚辭淵源於楚國固有的文化傳統，與南方文化有著密切的關係。楚國是一個具有悠久歷史的古老國家，有自己的文化傳統。這些文化傳統對楚辭影響最深的，首先是楚聲和楚歌。楚聲的特色如何？不得其傳，不過楚國確實存在有特色的地方音樂。如春秋中期楚樂官鍾儀被俘，他所奏之樂，中原人認爲是「南音」（《左傳》成公九年）。這「南音」便是楚地的音樂。戰國時代，楚地特有的樂曲如「涉江」、「采菱」、「勞商」、「薤露」、「陽春」、「白雪」等名稱，均可見於楚辭。楚辭中的「亂」、「倡」等名稱，也是楚聲留下的痕迹。這都說明楚辭與楚地音樂有一定的關係。至於楚辭受楚地民歌的影響，則是十分明顯的。古籍上保存的一些屈原以前的民歌，如見於《孟子·離婁上》的《孺子歌》及見於《說苑·善說》的《越人歌》，都成爲楚辭體的先導：

> 浪滄之水清兮，可以濯我纓。浪滄之水濁兮，可以濯我足。

> 今夕何夕兮，搴洲中流？今日何日兮，得與王子同舟？蒙羞被好兮，不訾詬恥。心幾煩而不絕兮，知得王子。山有木兮木有枝，心說君兮君不知！

這些南方民歌隔句句尾都用語助詞「兮」，成了楚辭的基本形式。

其次，楚地巫風對楚辭也有明顯影響。「楚人信巫鬼，重淫祀」（《漢書·地理志》），其祭神的場面、氣氛，祭歌中的豐富幻想及其浪漫特色，都在楚辭部分作品中體現出來。屈原的《九歌》至少有一部分（如《湘君》、《湘夫人》、《山鬼》等）當是以楚地民間祭歌爲基礎進行創作的，《離騷》中的靈氛、巫咸的出現，亦當與巫風有關。

楚辭的產生，也與當時南北兩種文化的相互交融、中原文化的影響和滲透有著密切的關係。屈原作品中所引用的歷史故事和神話傳說，不少屬於中原文化的範疇。屈原詩中大量採用比興手法，更是直接繼承和發揚了《詩經》的傳統。另外，戰國時代散文的勃興，特別是縱橫家游士說客們鋪張詞采的說辭，無論從篇章、氣勢、句式、詞采諸方面，都對楚辭的形成和發展產生了影響。屈原既有深厚的南方本土文化修養，又有中原文化修養，正是在這南北文化合流的基礎上，才創作出新的詩歌體裁——楚辭。

第二節　屈原的生平及其作品

㈠屈原的生平

屈原，名平，字原，出身於楚國貴族，與楚王同姓（羋姓，屈、昭、景三氏都屬王族），傳爲湖北丹陽秭歸人。大約生於楚宣王三十年（公元前 340 年），卒於楚頃襄王二十一年（公元前 278 年）前後①。屈原所處的時代爲戰國中後期。當時七國紛爭，兼併激烈。其中秦國和楚國是舉足輕重的國家。張儀說：「凡天下强國，非秦而楚，非楚而秦。」（《史記・張儀傳》）蘇秦說：「從合則楚王，橫成則秦帝。」（《戰國策・楚策》）顯然，如果楚國堅持合縱路線是可以與秦國抗衡的。但是，楚懷王和頃襄王父子處於舊貴族勢力的包圍之中，使楚國內政外交上都處於被動地位，特別是在與秦的鬥爭中，節節失利。這說明屈原生活的時期，正是楚國由盛變衰的關鍵時期。

屈原的事迹見於《史記・屈原賈生列傳》。據本傳記載：懷王早年，屈原曾被信任，擔任「左徒」之職②，他「入則與王圖議國事，以出號令；出則接遇賓客，應對諸侯。王甚任之」。但在一次因草擬憲令與上官大夫產生矛盾之後，屈原被懷王疏遠，以至被流放於漢北③。此時，秦惠王見有隙可乘，就派張儀到楚挑撥楚齊關係。張儀許懷王商於之地六百里，使絕齊交。懷王旣絕齊，又不得地，怒而攻秦，結果喪師失地。此後，屈原可能復被懷王起用過，他仍然堅持聯齊抗秦的主張：當張儀再次來楚逃走後，屈原使齊方返，諫王說：「何不殺張儀？」後來秦昭王約定懷王在武關會面，屈原說：「秦虎狼之國，不可信，不如毋行！」由於懷王稚子子蘭勸王行，結果王入武關，秦伏兵絕其後，終於死在秦國。

頃襄王即位，子蘭爲令尹。因懷王入武關以至客死於秦之事，屈原及楚人曾對子蘭有所不滿，子蘭便叫上官大夫在頃襄王前讒毀屈原，屈原又被遷徙到江南。他在江南渡過了大約十年的流放生涯。依據《哀郢》和《涉江》兩詩提供的路線④，他由郢都出發，途經武昌、洞庭，逆沅水而上到過辰陽、溆浦。後可能又順沅水而下到了湘水。然後自沈汨羅江，傳說時間是五月初五日。

屈原的沉江是一種以死明志的行爲，也是對楚國腐朽的統治集團的抗議。儘管這種行爲對當時瀕於傾頹的楚朝廷無濟於事，但屈原的形象和精神，卻是高山仰止、千古生輝的。我國民俗於五月初五日（端午節）賽龍舟、食角黍（粽子），傳說即因屈原沈江而起，是爲了哀悼和紀念屈原。此雖屬於附會（參考聞一多《端午考》），然亦見人民對屈原的敬慕和懷念。

㈡屈原的作品

屈原作品的注本。最早爲楚辭作注的是劉安，其注未傳⑤。現存最早的當推王逸的《楚辭章句》十七卷，王逸所定屬於屈原的作品爲二十五篇：《離騷》、《九歌》（11 篇）、《九章》（9 篇）、《天問》、《遠遊》、《卜居》、《漁父》，而將《招魂》定爲宋玉之作。漢代以後，不斷有人對屈原作品進行甄別。現代的楚辭研究者多認爲《遠遊》、《卜居》、《漁父》三篇非屈原本人所作，而《招魂》卻屬於屈原的作品。這樣，屈原的作品總共是二十三篇⑥。這二十三篇作品大致可以分爲三類：

第一類是政治抒情詩，有《離騷》、《九章》。

第二類是藉祭歌以抒情的詩，有《九歌》、《招魂》。

第三類是偏於哲理的抒情詩，有《天問》一篇。

漢以後，屈原作品及楚辭的注本很多，較有代表性的有宋洪興祖《楚辭補注》十七卷（與王逸《章句》並行）、朱熹《楚辭集注》八卷、清王夫之《楚辭通釋》十四卷、蔣驥《山帶閣注楚辭》六卷、戴震《屈原賦注》十卷等，近人則有姜亮夫《屈原賦校注》、劉永濟《屈賦通箋》及游國恩主編的《離騷纂義》、《天問纂義》等。至於研究屈原及楚辭的論著就更多，並因此形成了楚辭學。

第三節　《離騷》

㈠《離騷》的命名及涵義

《離騷》爲屈原的代表作。它既是詩人思想、品格的直接體現，也是詩人藝術才能和風格的集中反映。全詩三百七十三句，二千四百九十字，爲我國古代最長的政治抒情詩。王逸《楚辭章句》題作《離騷經》，也有人稱之爲《離騷賦》，或簡稱《騷》，或舉《離騷》作爲屈原全部作品的總稱。在文學史上常以「風」、「騷」並稱，用「風」來概括《詩經》，用「騷」來概括《楚辭》。

《離騷》篇名的涵義是「遭憂」的意思⑦，它應是詩人於懷王在位被疏或者被放期間的作品⑧。司馬遷在《史記・屈原賈生列傳》中引劉安《離騷傳》說：「屈平疾王聽之不聰也，讒諂之蔽明也，邪曲之害公也，方正之不容也，故憂愁幽思而作《離騷》。」又說：「屈平正道直行，竭忠盡智以事其君，讒人間之，可謂窮矣。信而見疑，忠而被謗，能無怨乎？屈平之作《離騷》，蓋自怨生也。」說明了《離騷》的創作緣由。可見，屈原的「憂愁幽思」和怨憤，是和楚國的政治形勢緊密聯繫在一起的。

《離騷》就是詩人根據楚國的政治現實和自己的不平遭遇，創作的一首政治抒情詩。由於詩中曲折盡情地抒寫了詩人的身世、思想和境遇，因此也被視爲屈原生活歷程的形象記錄，稱它爲詩人的自敍傳。

㈡《離騷》的思想內容

《離騷》的思想內容極其豐富。它的內容結構大略可分爲三部分⑨。

頭一部分詩人介紹了自己的世系、出生、德才兼善的條件以及爲楚王「導夫先路」的抱負和理想，回溯了自己在改革弊政過程中受讒被疏的遭遇。同時，通過理性審視，認識到遭讒被謗乃在於自己品質的超異和政治道路的不同，因而詩人決意堅持節操和理想，表現了「九死未悔」的堅定信念。

中間部分是詩人對未來所走道路的探索。在黨人得勢的形勢下，詩人有悔於過去所走的道路，因而設想：或者回車復路，退隱獨善；或者聽從女嬃，隨俗從流。然而經過重華陳辭對自己過去的鬥爭進行反省和質正，又打消了這些念頭（「覽余初其猶未悔」）。於是，詩人通過上下求索、三度求女，打算在楚國再度追求，爭取楚王的信任。然而，這一切努力都失敗了。

最後部分是在追求不得之後，轉而請靈氛占卜、巫咸降神，詢問出路，從中反映了去國自疏和懷戀故土的思想矛盾，而在升騰遠遊之中，「忽臨睨夫舊鄉」，終於不忍心離開自己的故國舊鄉，決心面對現實，以生命殉自己的理想。

前一部分是詩人對往事的追憶，偏重於抒寫現實；後兩部分是詩人對未來的探索，偏重於馳騁想像，表現了詩人退隱獨善、隨俗從流、出國求合三個思想曲折，並展現了重華陳辭、上下求索、遠逝自疏三個神遊境界。

《離騷》豐富的內容和深刻的思想，總的說來，可以概括爲以下三個方面：

詩人向重華陳辭，總結古帝王的成敗，認爲他們的成功乃在

於「舉賢而授能兮，循繩墨而不頗」，可知舉賢授能、修明法度，便是詩人「美政」理想的具體內容。所謂「舉賢授能」，就是要把德才兼備的人選拔上來當政，以打破舊貴族壟斷政權的局面。詩中援引史事說明「舉賢授能」的必要：「說操築於傅岩兮，武丁用而不疑；呂望之鼓刀兮，遭周文而得舉；寧戚之謳歌兮，齊桓聞以該輔。」傅說、呂望、寧戚原來都是地位低下而有才能的人，後來都爲各自的君主完成了傑出的事業。詩人大力宣揚他們，表明詩人反對「世卿世祿」，贊成從社會下層選拔人才來治理國家。所謂修明法度，就是把國家的治理納入到法制的軌道上來，這在封建國家開始確立的戰國時期，尤其具有重要的意義。詩人在篇中通過對黨人的批判，表明了自己堅持法制的觀點：「固時俗之工巧兮，偭規矩而改錯；背繩墨以追曲兮，競周容以爲度。」詩人反覆揭露的「世溷濁而不分兮，好蔽美而嫉妒」，「世溷濁而嫉賢兮，好蔽美而稱惡」的種種黑暗現象，都是與沒有一定法度相關的。詩人晚期的《惜往日》也談到了「明法度之嫌疑」，以及一些下層人物理想的遇合，說明《離騷》的舉賢授能和修明法度是詩人一貫的政治主張。

「路曼曼其修遠兮，吾將上下而求索。」爲理想的實務而努力探索，表現出英勇獻身的精神，是《離騷》的另一思想特色。詩人的一生是在理想與現實的矛盾中度過的。他以改革圖强爲己任，可是卻得不到理解和支持：「怨靈修之浩蕩兮，終不察夫民心；衆女嫉余之蛾眉兮，謠諑謂余以善淫。」楚王不信任他，黨人更是造謠中傷。詩人面對如此嚴峻的政治環境，並沒有屈服，一直堅持鬥爭。他一方面嚴厲批判黨人，誘掖楚王：「惟夫黨人之偷樂兮，路幽昧以險隘。」「荃不察余之中情兮，反信讒而齌怒。」一方面嚴厲剖析自己，克服思想上的動搖，如歸隱、從流、出國種種。他把堅持高潔、堅持理想看得重於生命，詩篇多處提到：「雖不周于今之人兮，願依彭咸之遺則。」「亦余心之所善兮，雖九死其猶未悔。」「伏淸白以死直兮，固前聖之所厚。」「雖體解吾猶未變兮，豈余心之可懲！」前人有的對此類以死明志的表白，認爲是不知命、露才揚己、狷狹之志⑩，其實這種憎惡黑暗、嫉惡如仇以及爲實現理想而獻身的精神，正是詩人可貴的思想品格。

「豈余身之憚殃兮，恐皇輿之敗績。」詩人一生堅持理想，並爲此而與黑暗勢力進行鬥爭，目的就是爲了振興楚國，這本身就體現了深厚的愛國感情。詩篇的愛國感情表現得更突出的還在於對楚國故鄉舊土的眷戀，至死也不願離開她。詩篇抒寫詩人出國思想的形成及幻滅的過程，就淸楚說明了這一點。詩人考慮出國遠走，他先問靈氛，靈氛建議他：「勉遠逝而無狐疑兮，孰求美而釋女？何所獨無芳草兮，爾何懷乎故宇？」他再問巫咸，巫咸勸他「勉升降以上下兮，求矩矱之所同。」並要他抓緊時間，趁早離去：「恐鵜鴂之先鳴兮，使夫百草爲之不芳。」於是，詩人又再聯繫現實，認識到繽紛變易、時俗流從的形勢，比以前更爲黑暗，這才決定去國，「及余飾之方壯兮，周流觀乎上下。」詩人一問靈氛，再問巫咸，三自思考，表明了對待去國的愼重態度；啓程前瓊枝玉屑、龍馬瑤車的準備是那麼周全，說明去國的決心；宏壯的儀仗、煊赫的排場以及騰升太空以後的「奏九歌而舞韶」，說明了去國途中的順心如意。這一切似乎都表明：詩人去國求合的決心是堅定的。可是，一當見到故國舊鄉的刹那間，他的去國之思在深厚的愛國熱情面前很快就煙消雲散了：「陟升皇之赫曦兮，忽臨睨乎舊鄉；僕夫悲余馬懷兮，蜷局顧而不行。」物尤如此，人何以堪！就在這去留的思想鬥爭中，表現了詩人熾烈的愛國感情。其實，詩人所處的戰國時代，一般士人信奉的處世原則是「士爲知己者死」，合則留，不合則去，「朝秦暮楚」在當時本是件尋常的事。屈原卻與時俗截然不同，他不獨把自己的理想和熱情深深埋藏在楚國的土壤裡，而且在實際鬥爭中不惜以生命來殉自己的理想，與楚國共命運，這在先秦是絕其少見的。因此屈原成了我國古代偉大的愛國詩人。當然，詩人的愛國與忠君是結合在一起的，他一方面「恐皇輿之敗績」，一方面是「夫唯靈修之故也」。詩人之所以把楚國和楚王視爲一體，還由於詩人出身貴族，與楚王是同宗，故「不能傳舍其國，行路其君」（張德純《離騷節解》），盡忠楚國和楚王更是一種義不容辭的責任。因此，詩人的愛國思想必然帶有古代人物難於突破的局限性。

總之，詩人在這首長詩裡，依據自己在政治鬥爭中的深切感受，以理想與現實的矛盾衝突爲中心，揭露並批判了楚國的黑暗現實，表現了詩人進步的政治理想及深厚的愛國感情。這三方面的結合，構成了《離騷》的思想特色。

㈢《離騷》的藝術成就

《離騷》在藝術方面的成就也是十分突出的。

首先表現在塑造了一個高潔的抒情主人公，即詩人的自我形象。司馬遷說：屈原「其志潔，故其稱物芳；其行廉，故死而不容自疏。濯淖汚泥之中，蟬蛻於濁穢，以浮游塵埃之外，不獲世之滋垢，皭然泥而不滓者也。推此志也，雖與日月爭光可也。」（《史記・本傳》）可以看作是《離騷》中詩人自我形象特質的扼要概括。所謂「高潔」，是指詩人進步的政治理想和深厚的愛國感情。他把這種理想和感情通過披花戴草、食英飲露外化爲一個高潔的形象：飲的是木蘭花的露水，吃的是秋菊的落英，穿的是荷葉製作的上衣和荷花製作的裙子，頭上戴著高聳的帽子，腰間繫著用秋蘭串成的佩帶，手裡還握著去皮不死的木蘭枝和經冬不枯的宿莽草。詩人正是以這種外化的高潔美來顯現其內質的高潔美的。所謂「行廉」，當包括詩人對理想的執著追求，對楚國的苦苦眷戀，對黨人的無情鞭撻和對楚王的忠言直諫，不隱遁，不從流，不出國，矢志在黑暗王朝中孤軍奮戰，最後不得不以「從彭咸之所居」作爲自己的歸宿。如果說悲劇的含義是指美好的事物被摧毀，讓人們憎恨黑暗和邪惡，那麼，詩人這一悲劇性的結局則表明，他的自我形象除了具備高潔美之外，又具有悲劇美的特色。

《離騷》的另一特色是大量使用比喻和象徵手法。詩人繼承《詩經》的比興傳統，在詩篇中大量使用比喻和由比喻發展而成的象徵手法，以構成豐富而絢麗多彩的意象。正如王逸所說的：「《離騷》之文，依《詩》取興，引類譬喻。故善鳥香草，以配忠貞；惡禽臭物，以比讒佞；靈修美人，以媲於君；宓妃佚女，以譬賢臣；虬龍鸞鳳，以托君子；飄風雲霓，以爲小人。」（《楚辭章句・離騷序》）這種寫法已不是簡單的修辭手段，而是把比喻和象徵寓於整體的構思之中。如詩人自喻高潔，則餐菊飲露；欲遇明君，則託於婚約；欲求賢臣，則三求下女。其他如以駕車比喻治理國家，以規矩繩墨比喻國家法度，一些抽象的意識德性被外化爲生動的形象。《離騷》的這許多意象，大約可以概括爲三種類型：一是人的意象羣，二是物的意象羣，三是神的意象羣。而每一類意象羣內除了某些中性事物之外，又有正反對立的兩組，它們分別表現詩人肯定或否定的意向和鮮明的愛憎，所以比喻和象徵大多帶有詩人濃厚的感情色彩。這些比喻和象徵的廣泛運用，與《詩經》比較，已是大有發展。《詩經》的比喻大都比較單純，喻體與本體一般都還是分別存在的事物；《離騷》的喻體與本體則已經融合爲一個統一的整體，因而具有象徵的性質。《詩經》中的比興往往在一首詩中只有局部意義，《離騷》則在長篇鉅製中通過一系列的意象構成具有整體意義的符號結構，以表現它豐富的內容。

《離騷》還有一個藝術特點是大量運用歷史故事、神話傳說以及一些幻想情節，使詩中一些抽象意念形象化。作爲一首抒情詩，詩人並沒有採用一般常用的、在《詩經》中已經出現了的借景抒情的手法，而是大量使用借事以言情、通過具體情節以抒情的手法。例如，詩中用回車復路的情節以表現詩人退隱自全的意識，用女媭勸告以表現詩人隨俗沉浮的考慮，用重華陳辭以寫出詩人的自警自勵，用三度求女以代表詩人對理想的執著追求。當戀國與去國的衝突在詩人內心鬱結難分之時，便假靈氛占卜、巫咸降神以表達。當現實的情況已使得詩人完全絕望，他既不能拯救國家的危亡，也得不到朝廷的支持，決心離開祖國時，就用大擺車駕遨遊太空來表現。當愛國的熱情最後還是戰勝了去國的意向時，則借助於僕悲馬懷來抒寫自己對楚國的苦戀。《離騷》的第二、三部分，詩人正是通過生動的故事情節來表現自己的心理活動，所以能產生如此感人的藝術效果。

《離騷》雖爲抒情詩，但其中夾有不少敍事和議論的成分，結構嚴密，抒情線索清楚，也是它的特色。此外，《離騷》的句式以六、七言爲主，間或有少至三言、多至十言的句子。通篇分上下句，上句句尾用「兮」字。大多數句子開頭往往冠上一個單音詞自成音節，與《詩經》及後來的律句有所不同。句中並配以「之」、「于」、「而」、「以」、「其」等虛字協調音節，有散文化趨勢。《離騷》隔句用韻，每四句一換韻。句中又多使用雙聲疊韻詞，使節奏和諧，音調優美。《離騷》詞彙豐富，而且大量使用楚地方言詞彙，如「汨」、「羌」、「侘傺」、「閶闔」等，形容詞的使用，諸如「總總」、「岌岌」、「蜿蜿」等皆可循聲而得其貌。

《離騷》在藝術上取得的高度成就，與它豐富深刻的思想內容完美地結合在一起，使之成爲中國文學史上光照千古的作品，對後世產生了深遠影響。魯迅譽之爲「逸響偉辭，卓絕一世」（《漢文學史綱要》），給予了崇高的評價。

第四節　屈原的其他作品

㈠《九歌》

1、《九歌》的組成

《九歌》是依據神話故事及當世流傳的一些巫覡祭歌寫成的一組抒情詩。從它的內容和情調看，可能是屈原早年的作品。《九歌》係沿用古曲之名。《離騷》中有「啓九辯與九歌兮」，《天問》、《山海經》均有類似的說法。證明「九歌」是夏啓時的樂曲。九者數之極，故《九歌》不限於九篇，而是十一篇。除最後的《禮魂》依王夫之說是送神曲之外，前十篇都是一篇寫一個神：《東皇太一》寫天之尊神，《雲中君》寫雲神，《湘君》與《湘夫人》寫湘水配偶神，《大司命》寫主壽命之神，《少司命》寫主子嗣之神，《東君》寫太陽神，《河伯》寫河神，《山鬼》寫山神，《國殤》是悼念陣亡將士之魂，即寫人鬼。

2、《九歌》的主題

《九歌》大致有三類主題：

一是對自然神明的贊頌。如《東皇太一》、《雲中君》、《東君》。它們莊嚴富麗的情調，與《詩經》頌詩相似，但比頌詩寫得生動美麗而富有情致。例如《東君》把太陽神描寫爲人類光明的象徵：

> 暾將出兮東方，照吾檻兮扶桑。撫余馬兮安驅，夜皎皎兮既明。駕龍輈兮乘雷，載雲旗兮委蛇。長太息兮將上，心低徊兮顧懷。

太陽神一出，整個世界都光明了。它雄偉壯麗，頗有氣勢，這正是對旭日東昇圖景的描摹。接著還寫出了太陽神除暴安良的性格：「青雲衣兮白霓裳，舉長矢兮射天狼。」傳說天狼星主掠奪，太陽神以它特有的威力爲人民祛災降福，反映了人民的美好願望。

一是寫神與神戀愛的詩篇。例如《湘君》、《湘夫人》、《山鬼》等篇。湘君、湘夫人是一對配偶神，山鬼是一位女山神，她們也如凡人一樣，想通過主動追求以獲得自由幸福的愛情。她們的感情始終是那麼强烈而眞摯：當其滿懷希望時，是那樣纏綿悱惻，神動心移；當其失望時，又是那樣憂鬱苦悶，淒涼冷落。有感情上的訴說，有理性上的探求，其悲歡離合與現實完全一樣。詩人正是立足於現實，把人世間愛情遭受挫折時的悲傷情調融注到詩篇裡，讓這些神靈也飽嘗人間失戀的痛苦，使人們從神靈身上看到自身的不幸，因而縮短了神與人之間的感情距離。

還有一類較爲特殊的主題便是《國殤》。《國殤》是一首哀悼爲國犧牲的將士的輓歌，它通過戰鬥場面的描寫，熱烈贊揚了楚人英勇獻身、視死如歸的精神。這首詩的特異之處在於作者把它擺在一次敗仗的背景之下來描寫，整個場面顯得英勇悲壯，毫無淒涼氣氛。聯繫當時楚、秦間多次戰爭，楚國節節失利的情況來看，詩歌似有其現實的根據。但這首詩之所以特別感人，主要在於詩人在其中傾注了强烈的愛國激情。詩篇贊美的壯士，旣體現了人民的英勇獻身精神，也體現了詩人自己的思想和性格：「首身離兮心不懲」與「雖體解吾猶未變兮」並無二致。

3、《九歌》的藝術成就

《九歌》總的格調是自然、明朗而壯麗。就是少數帶有感傷情調的篇章（如《湘君》、《湘夫人》及《山鬼》），也不像《離騷》那樣愁緒深沈，低徊婉轉。它通過神話傳說的選用和民間祭歌的提煉，熔鑄詩人自己的思想感情，加上詩人豐富的想像和自然優美的語言表達，使詩篇具有濃厚的浪漫色彩。它的藝術成就最突出的是兩個方面：

一是神、人交融的描繪。《九歌》描繪的是神，有神的活動環境、神的車駕儀仗、神的服飾、神的特異功能。但是又有人的感情，人的欲望和追求，歡樂和痛苦。如《山鬼》中山鬼這個形象的刻畫，就具有人神交融的特點。山鬼初次出現，詩篇是這樣描繪的：「若有人兮山之阿，被薜荔兮帶女羅，既含睇兮又宜笑。」由開始的若隱若現，逐步看清身上的裝飾，最後連眼神笑貌也看得清清楚楚，由遠而近，由晦而顯。她的隱隱約約，顯示出神的特徵；而她的「含睇宜笑」，又證明她具有人的性格。後面對山鬼由希望到失望的心理變化，也描繪得很細膩。這就使山鬼成了一位神人兼美的奇特形象。

一是善於寫景，往往能形成情景交融的意境。《九歌》善於把周圍景物、環境氣氛、人物容貌動作的描繪和內心感情的抒寫十分完美地統一起來。例如《湘夫人》一開始就寫道：

> 帝子降兮北渚，目眇眇兮愁予。嫋嫋兮秋風，洞庭波兮木葉下。

詩人以樸素自然的語言，描繪清秋的洞庭景色，構成了一個美妙而略帶憂愁的意境。本來湘君久候湘夫人不至，已有了幾分悵惘，又加上這洞庭秋色的感染，就更加重了湘君的悵惘之情。因而成爲後人傳誦的佳句。又《山鬼》：「雷塡塡兮雨冥冥，猿啾啾兮狖夜鳴。風颯颯兮木蕭蕭，思公子兮徒離憂。」在這風雨交作、雷響猿鳴的夜晚，山鬼期待的戀人始終未來，她當時是一種什麼滋味，可以想見。其寫景抒情，亦屬佳句。

㈡《九章》

1、《九章》的組成及其寫作時間

《九章》爲九篇作品的總名，當是西漢劉向編輯《楚辭》時所加。朱熹說：「屈原既放，思君念國，隨事感觸，輒形於聲。後人輯之，得其九章，合爲一卷，非必出於一時之言也。」（《楚辭集注》）其言甚是。《橘頌》當是屈原早期之作。詩人以歲寒不凋的橘樹的特性，來比喻自己受命不遷、橫而不流的品質和精神。篇中情調開朗樂觀，無抑鬱悲憤之感，且句式主要爲四言，說明楚辭這種體裁還在形成中。《惜誦》敍述在政治上遭受打擊的始末以及自己對待現實的態度，與《離騷》前半篇的內容基本相似，應是詩人在懷王時被疏以後的作品。《抽思》是詩人被流放漢北時所作，故詩中有「有鳥自南兮，來集漢北」的敍述。其餘六篇都是詩人在頃襄王時被流放江南所作。其中《哀郢》爲頃襄王二十一年（公元前 278 年）郢都被秦攻破後作，詩人久放的痛苦和對祖國危亡的憂慮，在詩中得到深刻反映。《涉江》的寫作時間緊承《哀郢》，是詩人溯江西行，入於湖湘至於溆浦時作。《懷沙》、《惜往日》都是屈原自沈以前不久的作品。後者有「不畢辭而赴淵兮，恐壅君之不識」之句，很可能是赴淵前的絕命詞。《思美人》、《悲回風》疑爲再放中的作品，寫作的具體時間尚難於確定。

2、《九章》的思想內容

《九章》都是政治抒情詩，思想內容大都與《離騷》相同，也是抒發詩人憂國憂時的苦悶，表現其不同流俗、堅貞不屈的性格。其中除《橘頌》外，都是結合流放中的境遇來寫的，因而在某些方面寫得較爲具體，更多現實的描寫，也更直接地抒寫了他的悲憤之情。如《抽思》及《哀郢》兩篇，就把詩人的愛國感情表現得更爲鮮明。《抽思》就這樣表白：

望孟夏之短夜兮，何晦明之若歲！惟郢路之遼遠兮，魂一夕而九逝。曾不知路之曲直兮，南指月與列星。願徑逝而未得兮，魂識路之營營。

詩人身處漢北，心卻長留郢都。或魂回夢繞、或南望月星，寫得眞摯動人。特別是《哀郢》一篇，回顧當初被迫離郢的情景：「出國門而軫懷」，「望長楸而太息」，「顧龍門而不見」，「背夏浦而西思」，最後則「登大墳以遠望」，詩人走在放逐江南的征途上，由近而遠，「嗚咽徘徊，欲行又止」（蔣驥《山帶閣注楚辭》）。甚至在度過了九年的流放生活之後，詩人這種戀郢的心情仍沒有淡薄，《哀郢》的亂辭有這樣的話：

曼余目以流觀兮，冀壹反之何時！鳥飛反故鄉兮，狐死必首丘。信非吾罪而棄逐兮，何日夜而忘之！

此時秦已破郢，楚東遷於陳。但詩人仍對郢都念念不忘，詩人懷戀的不只是楚朝廷，而是「哀州土之平樂兮，悲江介之遺風」，他的視野已擴展到整個楚國，包括楚國的國土、人民以及古老的文化傳統。

《九章》對詩人那種堅持高潔、誓與黑暗勢力不兩立的精神，也表現得較具體。如《涉江》：「余幼好此奇服兮，年既老而不衰。帶長鋏之陸離兮，冠切雲之崔嵬。被明月兮珮寶璐。」以奇異的服飾象徵品格的高潔，與《離騷》一致，但「年既老而不衰」，則又給人以新的感受。該篇又說：「鸞鳥鳳皇，日以遠兮。燕雀烏鵲，巢堂壇兮。露申辛夷，死林薄兮。腥臊並御，芳不得薄兮。」揭露現實中賢愚顚倒、美醜易位。這種意思在《離騷》中亦屢見，但此處用短促的語句尖銳地提出來，詩人對黑暗現實的憎恨和絕望的心情就更爲鮮明了。同篇中又說：「與前世而皆然兮，吾又何怨乎今之人！」他似乎已由怨到不怨，而以達觀的態度處之，實際上這是一種更爲憤激的情緒，是對現實絕望的表現。這在赴淵前寫的《懷沙》及《惜往日》兩篇中同樣表露出來。

3 、《九章》的藝術特色

《九章》的藝術特色，主要表現在强烈的政治性與濃郁的抒情性的完美結合，這與《離騷》亦基本一致。但是，《九章》的幻想誇張手法用得較少，主要是用直接傾瀉和反複吟詠的方法來表現其奔放的激情。正如朱熹說，「大抵多直致無潤色」，因而《九章》比《離騷》具有更强的現實性。例如《哀郢》、《涉江》兩篇中淸晰地敍述了詩人流放的路線，在敍述中抒發自己的激情，這對於了解詩人流放的行蹤提供了可貴的記錄。

㈢《天問》

《天問》全詩三百七十多句，一千五百餘字，爲屈原作品中的第二首長詩。這是一篇非常奇特的作品，無論內容形式，還是呈現出的格調，都與屈原其他作品不同。它以詩的形式從開頭到結尾一連提出了一百七十多個具體問題。其中包括宇宙的形成、天地的開闢、日月的運行以及關於遠古人類的神話傳說和朝代興亡的歷史等自然和社會各方面的內容。如開篇就發問：

曰：遂古之初，誰傳道之？上下未形，何由考之？冥昭瞢暗，誰能極之？馮翼惟像，何以識之？

這裡的詰難，表示詩人對宇宙形成的種種傳說的懷疑。又如：「簡狄在臺，嚳何宜？玄鳥致貽，女何喜？」「稷維元子，帝何竺之？投之於冰上，鳥何燠之？」這是對商人、周人始祖出生傳說的懷疑。又如：「師望在肆，昌何識？鼓刀揚聲，后何喜？」「天命反側，何罰何佑？齊桓九會，卒然身殺！」這是對文王任用姜尚的原因和對稱霸一時的齊桓公結局悲慘進行詰難。從自然到人事，從神話傳說到歷史，詩人都要尋根究底，用理性加以審判，說明他對於傳統觀念的懷疑和動搖，表現了作者淵博的學識、深沈的思考，也表現了他大膽懷疑和批判的精神。這應該是作者經歷過無數痛苦折磨之後產生的一種精神昇華。

《天問》在語言運用上與《楚辭》的其他篇章不盡相同，通篇不用「兮」、「些」之類的語尾助詞。句式以四言爲主，間雜以三、五、六、七言，大致四句一節，每節一韻，節奏、音韻自然協調。又有「何」、「胡」、「焉」、「孰」等疑問詞交替使用，因而儘管通篇發問，讀來卻圓轉活脫。所以前人評論說：「或長言，或短言，或錯綜，或對偶，或一事而累累反復，或數事而熔成一片。其文或隋險，或澹宕，或佶倔，或流利，諸法備盡，可謂極文章之變態。」（俞樾《評點楚辭》引孫鑛語）這構成了《天問》的藝術特色。

《天問》的寫作時間尚無法確定。王逸認爲作於頃襄王之世屈原再放之後⑪，當今有學者認爲有作於懷王之世的可能性。從詩篇的內容看，《離騷》還把文王從屠肆中舉用姜尚作爲美談引用，而《天問》對文王憑鼓刀即能認識姜尚已表示懷疑。《離騷》還存在「皇天無私阿兮」的天命論，而《天問》則斥責「天命反側」，詩人的天命論已經幻滅了。因而，《天問》的寫作似應成於《離騷》之後。

㈣《招魂》

《招魂》是一篇很有特色的作品，它的作者歷來說法不一。司馬遷認爲是屈原，而王逸則認爲是宋玉。但從其內容看，可能是屈原流放於江南時，根據民間習俗寫的一篇招魂詞。歷來尚有屈原爲懷王招魂和爲自己招魂二說，較難判定。但從作品中對建築、陳設的描寫來看，爲懷王招魂之說較符合作品內容。

《招魂》首尾是序言和亂辭，中間的招魂詞是全篇的主體。招魂詞又分兩部分，即「外陳四方之惡」與「內崇楚國之美」。這一段以極殷切而深情的口吻，勸誡靈魂不要到上下四方去，因爲天有虎豹，地有土伯，東有長人，西有赤蟻，南有雄虺，北有增冰，到處都是險境，只有楚國才是最美好的地方，可以作爲最後的歸宿。這裡熔進了詩人深厚的愛國感情。結尾的「亂曰」有更強烈的抒情性：

> 朱明承夜兮時不可以淹，皋蘭被徑兮斯路漸。湛湛江水兮上有楓，目極千里兮傷春心。魂兮歸來哀江南！

詩人感到日夜更替，時光易逝，天涯芳草已掩沒了歸路。春光雖明媚，適足以添愁增恨，從而抒發了對祖國和自己命運的無限哀思。

《招魂》在構思和藝術方法上也有其特點：

一是想像豐富。採用楚地巫覡招魂的形式，吸取大量古代神話素材，構成一個個奇特的境界，使本篇具有濃厚的浪漫色彩。

二是對地理和環境進行鋪敍，並具有各自的特點。招魂詞對上下四方都挨次寫到，各方有各方的地理特徵，並多與自然實況相符。對楚國宮廷的建築、飲食、歌舞，無不鋪陳，極力表現其富麗豪奢的特色，且辭藻華美繁富。這些鋪陳的寫法，成爲漢賦的先導。

三是用了「些」這種語尾助詞。「些」與「兮」同是楚地方言語詞，而「些」則又是巫覡禁咒句尾的語詞。沈括曰：「今夔、峽、湖、湘及南北江獠人，凡禁咒句尾皆稱『些』，乃楚人舊俗。」（《夢溪筆談》）

第五節　屈原在文學史上的地位和影響

屈原是我國文學史上第一位偉大的愛國詩人，也是詩歌領域浪漫傳統的開創者。他還開創了詩歌由民間集體創作到作家個人創作的新時代。屈原詩歌的獨創性在於以楚地民歌爲基礎創造了嶄新的文學體裁——騷體，寫出了《離騷》這樣光照日月的名篇，展示出我國詩歌史上第一個豐滿而具有鮮明性格的抒情主人公形象。這些在詩歌史上都是空前的，對我國文學的發展產生了巨大而深遠的影響。

屈原對後世影響最深的，首先是他的愛國思想感情和高潔的品格。千百年來，在反抗強暴、伸張正義、維護祖國利益和尊嚴的鬥爭中，人們總是以屈原爲榜樣，從他那裡獲得鼓舞進取的力量。屈原的精神和品格熔鑄成的激動人心的詩篇，哺育了一代又一代進步作家。漢初賈誼被謫遷長沙，路過汨羅，寫了《弔屈原賦》，引屈原爲知己，學習屈原的創作精神對當時黑暗的現實作了揭露和鞭撻。司馬遷在《史記》中爲屈原立傳，贊揚屈原「正道直行」、爲人廉潔的品格和不與「黨人」妥協的鬥爭精神。從《報任安書》還可以知道，司馬遷在受宮刑後以巨大的毅力完成了

《史記》，也從屈原那裡吸取了精神力量。所以魯迅稱許《史記》一書為「無韻之離騷」（《漢文學史綱要》）。唐代偉大詩人李白和杜甫，都景慕屈原的為人，推崇屈原的詩篇。李白說：「屈平詞賦懸日月，楚王臺榭空山丘。」（《江上吟》）肯定了屈原的永世長存。李白蔑視權貴、敢於反抗的性格，無疑與屈原是一致的。特別是李白詩歌的浪漫精神，明顯屬於對屈原創作傳統的繼承和發展。杜甫一生窮愁，卻關心民生疾苦，這也是屈原精神的發揚。他一直到晚年，仍然堅持藝術上的不斷追求，他說：「竊攀屈宋宜方駕，恐與齊梁作後塵。」（《戲為六絕句》）把達到屈原的成就當作自己終身奮鬥的目標。即令現代，屈原及其作品仍然有巨大影響。魯迅給屈原作品以很高的評價，他稱贊屈原的作品「逸響偉辭，卓絕一世」，「其影響於後來之文章，乃甚或在三百篇以上」（《漢文學史綱要》）。

屈原的藝術成就的影響也是巨大的。劉勰《文心雕龍・辨騷》十分精當地評價了屈原的藝術成就所產生的廣泛影響：

> 故其敘情怨，則鬱伊而易感；述離居，則愴快而難懷；論山水，則循聲而得貌；言節候，則披文而見時。是以枚、賈追風以入麗，馬、揚沿波而得奇；其衣被詞人，非一代也。

說明屈原的詩篇，從內容到風格都是後人學習的典範。屈原的廣泛影響體現在以下三個方面：

第一，繼《詩經》之後，開創了重幻想的浪漫傳統，從而豐富了我國文學的藝術表現力。自屈原的作品問世以後，「風」「騷」並稱，被認為是我國古代詩歌的典範和評論詩歌的最高準則。

第二，發展了《詩經》的表現手法。《詩經》的比興用得很多，但是大都比較單純，往往是一首詩中的片斷，比興本身還是獨立的客體，沒有與主體融合。屈原則把作品中的比興主客體融合爲一個整體，把物與我、情與景融合起來，形成一系列獨立的意象，在詩歌中起著重要的象徵、寄寓作用。這種「寄情於物」，「托物以諷」的表現手法，對我國古代詩歌創作有極大影響。

第三，屈原創造的楚辭體（騷體）作爲一種新的文學樣式，在文學史上也產生了重大影響。這種影響有兩個方面：漢賦的產生，直接受騷體的影響；詩歌由四言演化爲五七言的過程中，楚辭以其長短參差的雜言形式，打破了《詩經》四言的定型化，從而爲五、七言詩的出現鋪平了道路。

屈原不僅以其偉大的思想品格與藝術成就在我國文學史乃至文化思想史上占有重要地位，而且他在世界文學史上的地位也足與荷馬、但丁等第一流的詩人相比，並以其特有的富於中國特色的思想風格和抒情藝術爲人類的文學傳統增添了光彩。這一點已隨著中外文化交流的開展和我國在世界上影響的擴大而逐漸爲世界各國所認識。他的作品在日本的傳播較早。唐時中國文化大量傳入日本，其奈良、平安兩朝盛行《文選》，該書即收有屈原的主要作品；又日僧遍照金剛（公元 774～835 年）所著《文鏡祕府論》多次提到「屈宋」、「風騷」，亦可見屈原已爲日本學者所了解。近代以來，日本學者研究屈原的更多。西方各國對屈原的了解較遲。然一八五二年在維也納已有《離騷》的德文譯本發表，以後法、英、義、俄等國的譯文亦陸續出現。一九五四年世界和平理事會決定以屈原爲當年紀念的世界四大文化名人之一，屈原的影響更擴大了。

第六節　宋玉

在屈原以後，先秦的楚辭作家有宋玉、唐勒、景差等人。但唐勒、景差的作品大多未能流傳下來，留有作品的僅宋玉一人，故前人以「屈宋」並稱。

(一)宋玉的生平和作品

宋玉的生平不詳，據他的有關作品看，可能是楚襄王朝失職的一位貧士。王逸說他是屈原的弟子，未詳所據。《史記・屈原賈生列傳》只說：「屈原既死之後，楚有宋玉、唐勒、景差之徒者，皆好辭而以賦見稱。然皆祖屈原之從容辭令，終莫敢直諫。」宋玉等人大概只是屈原的後學。唐勒賦《漢書・藝文志》載四篇，已佚。一九七二年山東銀雀山漢墓出土竹簡中有唐勒對楚王問的賦體殘文一篇，可能即漢初所傳唐勒賦之遺。景差作品今已無存。

宋玉的作品，據《漢書・藝文志》載有賦十六篇，其篇目已不可考。後世所傳署名為宋玉之作的：《楚辭章句》有《招魂》、《九辯》；《文選》有《風賦》、《高唐賦》、《神女賦》、《登徒子好色賦》、《對楚王問》；《古文苑》有《笛賦》、《大言賦》、《小言賦》、《諷賦》、《釣賦》、《舞賦》。其中《招魂》多數學者認為是屈原之作，餘十二篇，只有《九辯》可肯定為宋玉之作。其他各篇近人看法不一，有的人認為概屬後人所託，有的人以為除《笛》、《舞》二賦外皆基本上可信，有人則認為只有《風賦》、《高唐賦》、《神女賦》、《登徒子好色賦》當為宋玉之作。考慮到這幾篇賦與《楚辭》中所收傳為屈原之作的《卜居》、《漁父》均為賦中韻散結合之體，而山東銀雀山漢墓（考古學家將之定為漢初之墓）發現的唐勒賦殘篇與這些賦體制風格相近，即使屬於依託，也當爲先秦之作，故仍係於宋玉名下。

㈡《九辯》

《九辯》是在屈原《離騷》影響下寫成的一篇騷體。「九辯」之名，正如「九歌」一樣，是流傳於楚地的古樂曲名稱。王夫之《楚辭通釋》說：「辯，猶遍也，一闋謂之一遍。蓋亦效夏啓《九辯》之名，紹古體爲新裁，可以被之管弦。其詞激宕淋漓，異於風雅，蓋楚聲也。」

《九辯》是一首感情眞摯的抒情詩。全詩共二百五十多句，主要敍述了作者作爲一個失職的貧士，受到朝廷羣小的排擠，以至流離他鄉，過著貧苦、孤淒的生活。「坎廩兮貧士失職而志不平」一句是作品感情抒發的中心，與《離騷》在內容上有相通之處。作者對當時朝廷羣小當權和楚王不辨賢愚作了一定揭露，也流露了一定的憤慨。例如：

> 豈不鬱陶而思君兮？君之門以九重。猛犬狺狺而迎吠兮，關梁閉而不通。

> 何時俗之工巧兮，背繩墨而改錯！卻騏驥而不乘兮，策駑駘而取路。

但整個說來，詩人缺乏屈原那種「存君興國」的政治抱負和理想，也缺乏屈原疾惡如仇的鬥爭精神。詩人反復詠嘆的是個人的懷才不遇以及個人的處窮而守高：

> 食不媮而為飽兮，衣不苟而為溫。竊慕詩人之遺風兮，願托

志乎素餐。蹇充倔而無端兮，泊莽莽而無垠。無衣裘以御冬兮，恐溘死不得見乎陽春。

這與屈原把個人命運與楚國命運聯繫起來的廓大胸懷比較，就有所不及了。

《九辯》在藝術上也有某些獨創性。孫鑛說：「《九辯》已變屈子文法，加以參差錯落而多峻急之氣。」（孫批《文選》）劉熙載說：「《騷》之抑遏蔽掩，蓋有得於《詩》、《書》之隱約。自宋玉《九辯》已不能繼，以才穎漸露故也。」（《藝概》）他們都指出了《九辯》同屈賦在語言風格和描寫方法上的差異。具體地說，《九辯》已明顯地參用了散文句法，運以散文氣勢，描寫也更爲具體。如首段：

悲哉秋之為氣也！蕭瑟兮草木搖落而變衰。憭慄兮若在遠行，登山臨水兮送將歸。泬寥兮天高而氣清，寂寥兮收潦而水清。憯悽增欷兮，薄寒之中人。愴怳懭悢兮，去故而就新。坎廩兮貧士失職而志不平，廓落兮羈旅而無友生。惆悵兮而私自憐。燕翩翩其辭歸兮，蟬寂漠而無聲。雁廱廱而南遊兮，鵾雞啁哳而悲鳴。獨申旦而不寐兮，哀蟋蟀之宵征。時亹亹而過中兮，蹇淹留而無成。

以散文式的感嘆句開頭，後面接著是騷體，「兮」字的使用非常靈活，或每句都用，或隔句一用，或在句中，或在句末。句子的長短亦隨意變化，服從感情起伏的需要。特別是以典型的秋景及遠行送別來表現悲秋的情懷，蕭瑟的秋景與詩人惆悵幽怨的哀情交織在一起，達到和諧的統一，形成一種悲的基調和悲的境界，使舊時代的知識分子產生共鳴，許多人重複這個「悲秋」的主題。魯迅說：「雖馳神逞想不如《離騷》，而淒怨之情，實爲獨絕。」（《漢文學史綱要》）扼要地說明了這篇作品的地位和影響。

㈢《風賦》

《風賦》既是一篇詠物賦，又是一篇寓言賦。作者把風分爲「大王之風」與「庶人之風」，用以揭露當時王公貴族與普通人生活的對立，這在當時是一種頗有特色的藝術構思。《風賦》在描寫方面也體現了很高的藝術技巧，如對「大王之風」的描寫：

> 夫風生于地，起于青蘋之末。侵淫谿谷，盛怒于土囊之口。緣泰山之阿，舞于松柏之下。飄忽淜滂，激颺熛怒。耾耾雷聲，迴穴錯迕。蹷石伐木，梢殺林莽。至其將衰也，被麗披離，衝孔動楗。眴煥粲爛，離散轉移。故其清涼雄風，則飄舉升降。乘凌高城，入于深宮。邸華葉而振氣，徘徊於桂椒之間，翱翔於於激水之上，將擊芙蓉之精，獵蕙草，離秦衡，概新夷，被荑楊，迴穴衝陵，蕭條衆芳。然後倘佯中庭，北上玉堂。躋于羅帷，經于洞房。乃得為大王之風也。

這段文字對風的飄舉迴環一連用了三十六個動詞（包括形容詞作動詞用）進行描繪，可以說曲盡其態。最值得注意的，還在於散韻並用的句式。《風賦》是一篇文賦，它以散文作爲框架，句式有散有整，長短交錯，並間以用韻，如下、怒、迕、莽爲韻，又楊、芳、堂、房爲韻，交錯的句式，與自由的韻式結合在一起，是諸子散文中常見的。章學誠謂古賦家者流「出入戰國諸子」，就文賦一體看，誠然如此。

《高唐賦》、《神女賦》雖不及《風賦》描繪的生動，但在結構、描寫方法和句法上都富於變化。特別是語言變化尤多，有散文句，有楚歌韻語，也有四言、三言韻語，交錯運用，而以散文氣勢駕馭之，形成一種高下急徐交錯出現的聲調美，充分反映出戰國後期各種文體的交互影響，同時也是宋玉敢於創新的一種表現。這說明宋玉《風賦》、《高唐》、《神女》等篇，在由楚辭轉化爲散體大賦的過程中，起到了承前啓後的作用。

附　註

①關於屈原的生卒年，史書上沒有記載，後世學者有多種說法。這裡採用郭沫若說（《屈原研究》）。關於生年，主要依據《離騷》「攝提貞于孟陬兮，惟庚寅吾以降」兩句加以考證。另外尚有生於楚威王元年（公元前 339 年，浦江淸提出）、楚宣王二十七年至三十年之間（公元前 343～前 340 年，游國恩提出）、楚威王五年（公元前 335 年，林庚提出）等說法。關於卒年看法亦有不同，有卒於楚襄王二十二年（公元前 277 年，游國恩提出）、楚襄王二年（公元前 296 年，林庚提出）、楚襄王十年以前（公元前 289 年以前，陸侃如提出）等說法。

②《史記·屈原賈生列傳》載：「屈原者，名平，楚之同姓也，爲楚懷王左徒。」王逸《離騷》序說：「屈原與楚同姓，仕於懷王，爲三閭大夫。三閭之職，掌王族三姓，曰昭、屈、景。屈原序其譜屬，率其賢良，以厲國士。」說明屈原在任左徒之前，曾任過三閭大夫。唯其如此，洪興祖在《漁父》「子非三閭大夫與」一句下注明：「謂其故職。」說明屈原三閭大夫一職，非被疏後所任。

③屈原是一次流放，還是兩次流放，是由於司馬遷在《屈原賈生列傳》中敍述欠明晰所致。據《抽思》「有鳥自南兮，來集漢北」之句，屈原於懷王後期被流放於漢北是可信的。故今從游國恩兩次流放之說：「屈原之放，前後凡兩次：一在楚懷王朝，一在頃襄王朝。懷

王時放於漢北，頃襄王時放於江南。漢北之放蓋嘗召回；江南之遷一往不返。考之史籍，參之《楚辭》，前後經歷固不爽也。按《史記・屈原賈生傳》於原之被讒見疏以後，既曰：『屈平既絀』，又曰『雖放流，睠顧楚國，繫心懷王，不忘欲反』，此即懷王朝初放之事也。傳又稱頃襄王繼位，以其弟子蘭爲令尹。屈平嫉其勸懷王入秦而不反也，子蘭聞之，使上官大夫短屈平於頃襄王，頃襄王怒而遷之。其下即接敍屈原至於江濱云云，此即再放之事也。傳文敍次未明，頗致後人疑誤。惟《新序・節士篇》述此最明晰可據。」（《楚辭論文集》）。

④屈原於頃襄王時被流放於江南，由於《哀郢》、《涉江》所敍，有了較爲清晰的路線。然而，《哀郢》所敍的流放終點在哪裡，疑莫能明。《哀郢》有「當陵陽之焉至兮」一句，其中的「陵陽」，洪興祖作地名，以爲「前漢丹陽郡」，此說得到清人王夫之、蔣驥、林西仲等人的支持。今人姜亮夫說：「陵陽，王夫之以爲今宣城。按《漢書》丹陽郡陵陽縣是也。以陵陽山而名，在今安徽東南青陽縣南六十里，去大江南約百里，而在廬之北。陵陽山在今縣南。」此說可供參考。

⑤據《漢書・淮南衡山濟北王傳》：「初，安入朝，獻所作《內篇》，新出，上愛祕之。使爲《離騷傳》，旦受詔，日食時上。」又《文心雕龍・辨騷》說：「昔漢武愛《騷》而淮南作《傳》，以爲《國風》好色而不淫，《小雅》怨誹而不亂，若《離騷》者，可謂兼之。蟬蛻穢濁之中，浮游塵埃之外，皭然涅而不緇，雖與日月爭光可也。」劉安對《離騷》的評論，最早見於《史記・屈原賈生列傳》。

⑥《漢書・藝文志》載屈原賦 25 篇。王逸《楚辭章句》確定《離騷》、《九歌》（11 篇）、《天問》、《九章》（9 篇）、《遠遊》、《卜居》、《漁父》實 25 篇之數，洪興祖及朱熹皆宗之。清代以前大致謹守 25 篇之數。其主要分歧在於《招魂》、《九辯》等篇的作者。近代學者，郭

沫若認爲《離騷》、《天問》、《招魂》、《九歌》、《九章》爲屈原作；《遠遊》、《漁父》、《卜居》非屈原作（《屈原研究》）。游國恩基本同意郭說，但認爲《遠遊》亦爲屈原之作。姜亮夫除同意王逸所定 25 篇外，還認爲《招魂》、《大招》都是屈原作品（《中國歷代著名文學家評傳》第 1 卷）。另外《九章》中的《惜誦》、《思美人》、《惜往日》、《悲回風》4 篇亦有不同看法。今從郭說。

⑦《離騷》命名之義，自漢以來，說法不一。司馬遷說：「離騷者，猶離憂也。」（《史記・屈原賈生列傳》）。以「憂」釋「騷」，而「離」字未解。班固說：「離猶遭也；騷，憂也。明己遭憂作辭也。」（《離騷贊序》）此以「離」爲「罹」，並解爲「遭」。稍後王逸則說：「離，別也；騷，愁也。」（《楚辭章句》）漢以後學者，或主「遭憂而作」之說，如朱熹等；或主「離別之愁」之說，如蔣驥等。近現代的一些學者如游國恩等，根據《大招》「伏戲《駕辯》，楚《勞商》只」及王逸注「《駕辯》、《勞商》皆曲名也」，認爲「勞商」與「離騷」，均係雙聲字，「離騷」即「勞商」之轉音，因而推論《離騷》本楚國古樂曲名，其含義則相當於今語「牢騷」（游國恩《楚辭論文集》）。

⑧關於《離騷》的寫作時間，司馬遷《太史公自序》中說：「屈原放逐，著《離騷》。」（《報任安書》提法相似）但由於對屈原放逐，究竟是一次還是兩次，以及時間前後看法不一，對《離騷》之寫作年代也說法不一：有說作於懷王世被疏遠以後，有說作於頃襄王世被放逐以後，有說始作於懷王時而成於頃襄王初。今據姜亮夫「騷篇之成，在懷王入秦以前」的看法，從第一說，認定《離騷》是懷王時屈原被疏或者被放逐以後的作品。

⑨《離騷》的分段，當今學者略有分歧。姜亮夫分三大段，認爲自篇首至女嬃「申申其詈予」爲一段，主要寫小人讒害，君王不察。第二段用「就重華陳辭」開出下文，主要寫求賢以解救國家危亂。因爲

「荃蕙化而爲茅」，自己所教的冑子也不可靠，所以得求之天地四方。然而求之不得，乃順著遊蹤去到崑崙先人高陽之兆域，痛極而忽思，仍返故國，再求仕進，以觀後效，遂爾作結。（見《中國歷代著名文學家評傳》第一卷）游國恩認爲：全詩可分爲前後兩部分。從篇首到「豈余心之可懲」，爲前一部分，是詩人對以往歷史的回溯；從「女嬃之嬋媛兮」到篇末爲後一部分，描寫詩人對未來道路的探索。（《中國文學史》第一冊），劉大杰認爲全詩分三段，第一段敍述詩人高尙的品質和放逐的歷史，並追述古代的史事去批判當代楚國政治的危機。在第二段中，詩人織入了許多神話傳說的材料，以上天下地、入水登山的超現實的描寫，表達自己的願望和苦痛的心情。最後一段，因天門不開，陳志無路，詩人只好向靈氛、巫咸請示，準備到國外去，經過空中飛翔又回到故鄉，最後以生命來殉他的祖國。（《中國文學發展史》上卷）中國科學院文學研究所主編的文學史分八個部分，沒有分大段。以上諸說均言之成理，可供參考。我們依據詩篇脈絡，分爲三部分。前一部分是對以往經歷的回顧，後兩部分是對未來道路的探索。關鍵是第一、二部分的界定，當今有些學者把「悔相道之不察兮」段歸爲第一部分，認爲它是寫以往經歷。其實這段的退隱獨善與下面的隨俗沉浮一樣，都只是思想上的一種曲折和波動，並且經過就重華陳辭的理性思考，終於克服了這種波動，作出了「覽余初其猶未悔」的正面回答。從「悔」到「未悔」，明顯地表現了思想鬥爭的過程，脈絡十分淸楚。詹安泰《離騷箋疏》、馬茂元《楚辭選》均持此說。

⑩余觀漁父告屈原之語曰：「聖人不凝滯于物，而能與世推移。」又云：「衆人皆濁，何不淈其泥而揚其波；衆人皆醉，何不哺其糟而啜其釃。」此與孔子和而不同之言何異。使屈原能聽其說，安時處順，置得喪於度外，安知不在聖賢之域！而仕不得志，狷急褊躁，甘葬江魚之腹，知命者肯如是乎！故班固謂露才揚己，忿懟沉江。

劉勰謂依彭咸之遺則者，狷狹之志也。揚雄謂遇不遇命也，何必沉身哉！孟郊云：「三黜有愠色，即非賢哲模。」孫郃云：「道廢固命也，何事葬江魚。」皆貶之也。而張文潛獨以謂「楚國茫茫盡醉人，獨醒惟有一靈均。哺糟更使同流俗、漁父由來亦不仁。」（葛立方《韻語陽秋》卷八，轉引自《歷代詩話論作家》上冊）

⑪王逸《楚辭章句・天問序》云：「屈原放逐，憂心愁悴，彷徨山澤，經歷陵陸，嗟號昊旻，仰天嘆息。見楚有先王之廟及公卿祠堂，圖畫天地山川神靈、琦瑋僑佹及古賢聖怪物行事，周流罷倦，休息其下，仰見圖畫，因書其壁，呵而問之，以渫憤懣，舒瀉愁思。楚人哀惜屈原，因共論述，故其文義不次序云耳。」

第二篇

秦漢文學

（公元前221～189年）

概　說

㈠秦漢時期歷史的發展

秦代是我國歷史上第一個中央集權制的封建帝國，也是一個統治時間最短暫的封建王朝。它自秦始皇二十六年（公元前 221 年）統一中國，到漢元年（公元前 206 年）十月劉邦攻入咸陽，宣告秦王朝滅亡，只有十五年。秦王朝雖然短暫，但對中國歷史的發展影響巨大。隨著統一大帝國的建立，它進行了一系列的制度改革，如廢除分封制，建立郡縣制；實行「車同軌，書同文」，統一文字，統一法令，統一度量衡：這些對歷史的發展有進步作用。但秦王朝强調嚴刑峻法，實行殘暴統治，摧殘文化，焚書坑儒，又是文化史上的一場浩劫。因此，它在文化建設上極少建樹，文學更是一片空白，只留下秦始皇巡行時的幾塊石刻碑文，皆爲歌功頌德之作，形式爲四言韻文，沒有多少文學價值，只對後世碑誌文有過一點影響。秦代值得一提的只有李斯的散文。故下文概述文學現象時只集中於漢代。

漢代則是我國歷史上一個强大的封建大帝國，中間因王莽篡漢建立短暫的新朝（公元 9～23 年）分爲前後兩段：從漢元年（公元前 206 年）劉邦攻入咸陽，到漢孺子嬰居攝三年（公元 8 年）爲前漢（或稱西漢），都長安。從漢光武帝建武元年（公元 25 年）到漢獻帝延康元年（公元 220 年）曹丕代漢爲後漢（又稱東漢），都洛陽。漢代處於我國封建社會發展的上升階段，但也如所有封建王朝一樣，經歷了興起、發展、衰亡的過程。漢代歷史的發展可分爲五個階段。

一、西漢前期，即從漢高祖到漢景帝末年（公元前 206～141 年），這是漢帝國的恢復時期。經過秦末羣雄並起與楚漢之爭，經濟凋弊，民生困苦。漢初統治者政治上實行與民休息的政策，思想上推行黃老無爲思想，使生產很快得到恢復與發展，至景帝時就積累了相當雄厚的經濟實力。

二、西漢中期，歷武、昭、宣三代（公元前 140～前 49 年）共九十二年，是漢帝國的發展時期。漢武帝承襲祖宗遺業，四出經營，擊匈奴，通西域，開發西南夷，擴大了我國版圖；罷黜百家，獨尊儒術，實際奉行「霸王道雜之」的思想路線；制禮作樂，大搞文化建設，將漢帝國推向發展的頂峯。但他好大喜功，濫用民力，也使漢帝國陷入困境。武帝死，昭帝、宣帝又使經濟得到一定恢復，宣帝還有中興之稱。

三、西漢後期，即元、成、哀、平四世（公元前 48 年～公元 8 年），是漢帝國的衰微時期。這時豪强地主日益膨脹，土地兼併日益嚴重，思想上儒學占據絕對統治地位，王莽利用這個形勢篡漢爲新，不久又被綠林軍、赤眉軍所掀起的反抗烽火所摧垮。

四、東漢前期，即光武、明、章三代（公元 25～88 年），是漢帝國的復興時期。光武帝利用銅馬軍，掃蕩羣雄，統一全國，依靠豪强地主勢力，重建東漢王朝，採取了一些休養生息的政策，使經濟得到恢復，社會矛盾暫趨緩和。但豪强地主勢力沒有受到應有的壓制，思想上儒學更與讖緯神學結合而成爲占支配地位的思想，逐漸引起有識之士的不滿。

五、東漢中後期，即從和帝到漢末（公元 89～220 年），是漢帝國的衰亡時期。這時外戚、宦官相繼把持朝政，社會矛盾又日趨尖銳，終於釀成黃巾大起義。這次起義雖被地方軍閥鎮壓下去，但漢帝國也因此名存實亡。思想上儒學統治地位動搖，各種異端思想興起，終於導致曹魏代漢，宣告漢帝國滅亡。

(二)漢代文學的分期

漢代文學是我國文學繼先秦之後的第二個重要發展階段。它在先秦文學的基礎上獲得了新的發展。其發展階段與漢代社會的發展有聯繫，但由於文學還受到文化傳統、文化思想等的影響，因而又不盡相一致，大致可分爲四個時期。

一、西漢初年至武帝以前（公元前 206～141 年）。這時由於藩國存在，思想也比較自由，戰國百家爭鳴的餘風尚存，加以高祖戲儒簡學，文、景也不好辭賦，作家在中央宮廷尚無立足之地，他們主要活動於藩國，吳、梁、淮南三國是其活動中心。散文、詩歌、辭賦都是沿著戰國時期的風氣發展。

二、武帝至成帝（公元前 140～7 年）。這時由於藩國勢力削弱，儒學興起，武帝又興樂府，制禮作樂，作家也就逐漸向中央宮廷集中。樂府民歌得到收集，散體大賦極度繁榮，史傳文學發展到高峯，文學開始形成漢代獨有的特色，是漢代文學的繁榮時期。

三、西漢哀帝到東漢和帝（公元前 6 年～公元 105 年）。這時，文學受儒學的影響明顯加強，雍容典雅的文風取代了前期雄奇瑰麗的文風，模擬之風大盛，文學出現衰微的趨勢。

四、安帝到靈帝（公元 106～189 年）。這時黃老刑名法術之學開始擡頭，儒學一統的局面被打破，批判儒學、批判現實的作品出現了，各種新主題（言情、批判），新形式（五言詩、抒情小賦）產生，文學發展又呈現一派勃勃生機。

獻帝時期（公元 190～220 年），王室大權旁落，思想和文學都是魏晋風氣的先聲，文學史一般都將其歸屬魏晋文學。

㈢漢代文學發展的趨勢

漢代文學的發展，總體來說，具有如下趨勢。

第一，楚聲由楚地向全國普及，楚辭傳統得到發揚，成為漢代文學的主要精神，騷體成為文學創作的重要形式。

騷體本產生於楚國，具有明顯的地域性，與北方周「詩」不同，具有南方文學的明顯特色。漢高祖劉邦以楚人建立漢朝，其功臣多為楚人。「高祖樂楚聲」（《漢書・禮樂志》），他創作的《大風歌》、《鴻鵠歌》皆為楚歌。統治階層對楚文化的愛好與提倡，對漢代文學產生了深刻影響，一時楚歌、楚舞、楚聲遍及全國。唐山夫人所作《安世房中歌》是楚聲，朱買臣「以楚辭與（嚴）助俱幸」（《史記・酷吏列傳》），九江被公以能為楚辭被漢宣帝召見誦讀（《漢書・王褒傳》），楚聲在漢代頗受重視。魯迅《漢文學史綱》說：「故在文章，則楚漢之際，詩教已熄，民間多樂楚聲，劉邦以一亭長登帝位，其風遂亦被宮掖。蓋秦滅六國，四方怨恨，而楚尤發憤，誓雖三戶必亡秦，於是江湖激昂之士，遂以楚聲為尚。」正確地指出了漢代文學這一發展趨勢。

第二，文術由藩國向宮廷集中，文學之士也由藩國向宮廷集中，文學成為潤色鴻業、娛樂宮廷的重要工具。

漢高祖不喜儒術，文、景亦不好辭賦，文人學士在宮庭尚無立足之地。而諸侯王卻有傾心養士、致意文術者，其中最著名的有楚、吳、梁、淮南、河間五王。當時一些著名的學者文人，如申培、丁寬、韋孟、嚴忌、鄒陽、枚乘、大山、小山之徒，皆麕集於諸侯王門下，連著名辭賦家司馬相如也因「景帝不好辭賦，因病免，客遊梁」，「與諸生遊士居數歲」（《史記・司馬相如列傳》）。至漢武帝時期，由於諸侯王勢力衰落，中央集權統治加強；加以武帝好辭賦，喜《楚辭》，爲「潤色鴻業」，他廣泛招致文學之士，當時文人如董仲舒、公孫弘、嚴助、朱買臣、吾丘壽王、司馬相如、主父偃、徐樂、嚴安、東方朔、枚皋、膠倉、終軍、嚴葱奇、李延年之屬，全都集中到漢武帝宮廷，而藩國文術就衰落下去。尤其是養士之風的衰落，文學之士的服務對象已不能自由選擇，而只能爲最高封建統治者效力，成爲宮庭文學侍從，以便爲帝王制禮作樂、潤色鴻業。從此，中國文士不爲山林隱逸，則爲宮廷文學侍從，這是中國文士命運的根本轉變。

第三、文學的發展與儒學的變遷關係密切。

漢代儒學獨尊，但也不是自始至終都居統治地位，而是幾經變遷。漢代文學與儒學的這種變遷密切相關。

漢初黃老之學占統治地位。黃老崇尚無爲，排斥文學，對文學的影響是消極的。故當時作者寥寥。但這時以儒爲主吸收其他各家學說的新儒學也在形成。儒學重文采，這時給文學帶來一點生氣的，主要是儒家色彩較濃的人物，他們所繼承的傳統主要是楚辭，陸賈、賈誼、枚乘即其代表。

武、宣之世雖奉行「霸王道雜之」的思想，但儒學的影響仍在逐漸擴大。其文學思潮是重視《楚辭》傳統，也產生了一大批上承雅頌傳統以潤色鴻業的大賦和詩歌，這自然同漢武帝崇儒學、興禮樂有內在聯繫，但這個時期的文學尚未完全納入儒學的軌道。司馬遷的《史記》就「是非頗謬於聖人」，辭賦也「竟爲侈麗宏衍之詞，沒其諷諭之義」，帶有濃厚的縱橫氣息，而與雅頌精神相戾。這時的文人乃至帝王也不像正統儒家那樣，只強調文學的教化作用，而是注意到它的美感作用和娛樂作用。漢宣帝提倡辭賦，議者多以爲淫靡不急。漢宣帝公開宣布說：「不有博弈者乎？爲之猶賢乎已。辭賦大者與古詩同義，小者辯麗可喜。譬如女工有綺縠，音樂有鄭衞，今世俗猶皆以此虞說耳目。辭賦比之，尚有仁義風諭，鳥獸草木多聞之觀，賢於倡優博奕遠矣。」（《漢書・王褒傳》）這段話就肯定了辭賦娛悅耳目的作用。

元、成以後到東漢和帝，儒學才眞正占據統治地位。受此影響，文學更强調雅頌的美刺傳統，因而被禁錮在儒家的政治倫理道德的框架之中。這時，散文詩歌大都蘊藉典雅，無論抨擊朝政，或抒發個人不平，或是歌頌功德，都表現出雍容的儒者之風。間有寫得壯麗的，也遠不如司馬遷、司馬相如之作那樣氣勢磅礴。

安帝、順帝時期，儒學仍占支配地位，但聲勢已在跌落。至桓、靈之際，儒學的統治地位就動搖了。隨著政治文化思想的變化，文學思想也發生了重要變化：一是《楚辭》傳統又得到肯定與發揚。二是五言詩趨於成熟，產生了一批古詩，辭賦也出現抒情小賦。這些詩賦不僅開創了新的文學體裁，而且開拓了新的抒情領域，表現出與儒學不同的人生觀與情趣，如對生死的哲理思考，對享樂生活的追求，對純眞愛情的嚮往。文辭風格也更少宏偉氣象而多細膩描寫，表現出向魏晋文學過渡的傾向。

第四，由散趨駢，駢偶化的傾向日趨明顯。

駢偶作爲一種增加語言對稱美的修辭手法，先秦即已產生。但那時還只是作家偶一爲之，尚未刻意經營。《文心雕龍・麗辭》說：「唐虞之世，辭未極文，而皋陶贊云『罪疑惟輕，功疑惟重』，益陳謨云『滿招損，謙受益』。豈營麗辭？率然對爾。」到漢代，辭賦興盛起來。辭賦是繼詩三百篇之後最先興盛起來的純文學體裁，其特徵是「麗靡」。而漢人理解的麗靡，主要是「侈麗宏衍之辭」，也就是語言華麗。於是駢偶就成爲辭賦家刻意追求的修辭手法，在辭賦中較多出現。到東漢而日益嚴密，並率先出現駢賦。這股駢偶化風氣逐漸影響到散文，到西漢末，文章裡偶句成分增加，到東漢，文章駢偶風氣更盛，很多文章的句式就大體整齊，已是不太嚴格的駢文了。劉師培說：「若賈生作論，史遷報書，劉向、匡衡之獻疏，雖記事記言，昭書簡册，不欲操觚率爾，或加潤飾之功，然大抵皆單行之語，不雜駢驪之詞，或出語雄奇，或行文平實，咸能抑揚頓挫，以期語意之簡明。東京以降，論辯諸作，往往以單行之語，運排偶之詞，而奇偶相生，致文體迥殊於西漢。」又說：「西漢之時，雖屬韻文，而對偶之法未嚴。東漢之文，漸尚對偶。」（《論文雜記》）指出了從西漢到東漢文風的變化。

㈣秦漢文學各種體裁發展情況

漢代文學是先秦文學的繼承與發展。

辭賦自先秦時期在楚國發展起來之後，到漢代蔚爲大國，成了漢代最有特色的「一代之文學」。辭賦就其發展階段說，「秦世不文，頗有雜賦。」（《文心雕龍·詮賦》）秦及漢初是準備時期，西漢中葉是鼎盛時期，西漢末至東漢初是模擬時期，東漢中後期是轉變時期。就其形式說，有詩體賦，有騷體賦，有散體賦。就有其內容說，有義兼諷頌的娛樂宮庭之賦，有發憤抒情的賢人失志之賦。辭賦是漢代作家精力之所萃，無論主題的開拓，藝術經驗的積累都對後世產生過重大影響。

漢代散文保持和發展了先秦散文的繁榮局面。首先是漢代政論散文非常發達。其發展可以分爲四個階段：秦及西漢前期與中期的政論散文，繼承先秦散文的優良傳統，研究現實政治問題，文風縱橫馳騁，意氣風發，頗有戰國縱橫家氣息。西漢後期隨著今文經學統治地位的確立，政論文中充斥著陰陽災異之說，論證說理，引經據典，文風也變得雍容典雅。東漢前期的政論散文受讖緯神學的影響，一方面內容充斥迷信，形式日趨煩瑣；另一方面則批判讖緯，反對煩瑣，文風亦崇尚質樸，崇尚雍容儒雅。東漢後期的政論文作家目擊時艱，多指摘時弊，文風亦多激憤不平之氣。漢代著名政論文作家有賈誼、晁錯、桓寬、劉向、王符、仲長統等。

漢代的哲理散文受經學的影響，遠不及先秦諸子的聲勢與規模。但也出現了一些重要著作，如淮南王劉安《淮南子》、王充《論衡》就是漢代傑出的哲理散文專著。

先秦開創的歷史散文，到漢代，其主流發展成爲以歷史人物爲中心的傳記文學，產生了如《史記》、《漢書》等傑出的傳記文學作品。它的旁支則演變成爲雜史雜傳。這些雜史雜傳，或援用過去的史料及軼事以表現作者的觀點，如劉向《新序》、《說苑》；或依據史料及軼事加枝添葉，以構成小說的雛型，如趙曄《吳越春秋》、袁康《越絕書》。此外，還有馬第伯的《封禪儀記》，它也是史官的記錄，但重在山川遊歷，成爲後代遊記散文的濫觴。這些雜史大都文字通俗，記述生動，讀來賞心悅目，饒有趣味。

兩漢散文除上述三類之外，值得一提的還有書信體散文，如鄒陽《獄中上梁王書》、枚乘《上書諫吳王》、司馬遷《報任安書》、楊惲《報孫會宗書》、朱浮《與彭寵書》、李固《遺黃瓊書》，敍事說理，都滲透了作者强烈的感情，是漢代散文中的優秀之作。

漢代詩歌正在醞釀新的詩體，加之文人們大都把精力集中於辭賦創作，因而其作品數量遠不及辭賦散文，然而就其在文學史上的地位而言，則意義重大。漢代詩歌有樂府詩與文人詩兩大類。

漢代統治者爲郊祭天地，因此產生了《安世房中歌》、《郊祀歌》之類的文人樂府詩。這類樂府詩沿襲《詩經》的雅頌，歌功頌德，無甚可取，只是在形式上採用雜言，對雜言詩的形成有一定影響。漢武帝設立樂府，除制禮作樂以潤色鴻業之外，還採集民歌。這些民歌因由樂府機關收集保存，故稱樂府民歌。它以寫實的手法，多樣的形式，廣泛而深刻地反映了勞苦大衆的苦難生活和思想感情。它的精神哺育了建安一代詩人，也深遠地影響了我國詩歌的發展。

漢代文人詩基本上是沿襲《詩經》與《楚辭》的傳統，沒有什麼生氣。只是到東漢，才在五言樂府民歌的基礎上，產生文人五言詩。尤其到東漢末年產生了以《古詩十九首》爲代表的一批優秀的文人五言詩，標誌著文人五言詩的成熟，開拓了我國詩歌發展新的一頁，對我國詩歌發展產生過重大影響。

第一章　漢代辭賦

第一節　漢代辭賦的繁榮和特點

(一)辭賦的基本特徵

辭賦是我國古代文學中有著鮮明的民族特色的文體。賦的基本特徵，歷來比較權威的說法有兩種：

一、「不歌而誦謂之賦。」《漢書・藝文志》）

二、「賦者鋪也，鋪采摛文，體物寫志也。」（《文心雕龍・詮賦》）

這兩種解釋從不同角度說明了這種文體的特點。第一種解釋說明了賦體命名的由來。因為遠古時期，詩是入樂歌唱的。《詩經》裡的詩即皆可以弦、歌、頌、舞。到春秋時期，外交場合常賦詩言志。賦詩即誦詩。所賦的詩多為古詩，也有自作詩。到戰國時期，聘問歌詠不行於列國，賦詩言志的外交活動也被廢止，但還有人寫不入樂的詩。人們為了將它與入樂的詩相區別，就將這種不入樂的，即可誦不可歌的詩叫做賦。賦就由動詞變成了名詞。賦即由此得名。後來在發展過程中，賦形成了與詩不同的風格：一般說來，詩尚含蓄精煉，故篇幅大都短小；賦則尚鋪排宏麗，故篇幅大都較長。劉熙載《藝概・賦概》說：「賦別於詩者，詩辭情少而聲情多，賦聲情少而辭情多」，賦是「詩之鋪陳者」。①故第二種解釋正指明了賦在藝術風格上的特點。

漢代開始，一般辭賦連稱。辭也是一種文體。其特徵是描摹物狀，抒情寫志，故謂之「辭」②；它的代表作是屈原的《離騷》，故又稱「騷體」；它不入樂，只可不歌而誦，故又謂之賦。在這個意義上，辭與賦本爲一體而二名。後來，散體賦發展起來，取代騷體賦的地位。這種散體賦的藝術風格，不同於騷或辭；辭主抒情，而散體賦以體物爲主，以「極聲貌以窮文」爲其特徵；辭的句式爲騷體，而散體賦則是一種韻散結合的形式；辭依詩取興，引類譬喻，「發憤以抒情」是其主導傾向，而散體賦則直陳其事，體物多侈麗宏衍，以鋪張揚厲爲其旨歸；辭婉轉曲折，兼長風雅，散體賦則雕飾浮詞，堆砌名物。要言之，賦可以概括辭，而辭只是賦之一體，只有騷體賦可稱爲辭。

漢代辭賦從其體裁特點看，有三種基本形式：

1. 由《詩》三百篇演變而來的詩體賦。句式以四言爲主，隔句用韻，篇幅短小，形式與《詩經》相似。

2. 由楚民歌演變而來的騷體賦，形式與《楚辭》相同。

3. 由諸子問答體和遊士說辭演變而來的散體賦。它韻散結合，句式短則三言、四言，長則九言、十言，多假託兩個或多個人物，通過客主問答展開描寫，一般詞藻華美，篇幅宏大。

辭賦的結構大體可分爲三部分：序、本部、亂（或稱頌、系、重、訊、歌）。序是賦的附屬部分，許多賦有序。「序以建言，首引情本」（《文心雕龍・詮賦》），其作用是說明作賦的緣起，概述賦的主旨，一般用散文，也有間雜韻文的。本部是最能體現賦的特色的主體部分。它以韻語爲主，多羅列名物，堆砌詞藻，是作者馳騁才情的地方。亂是賦的結尾，王逸《楚辭章句》說：「亂者理也，所以發理詞旨，總撮其要也。」可見亂是篇末的總結。騷體賦多有亂。

賦還有「七」與「對問」體兩種形式。「七」就是用七段文字描寫七件事物，首加序曲以敍述緣起，句式韻散結合，以韻爲主，借客主問答連綴各段。對問體就是假設客人向作者提出質難，作者針對質難進行辯解以展開描寫，行文與散文相似，只是大體有韻而已。枚乘《七發》、東方朔《答客難》是其典型的代表作。

㈡漢代辭賦的繁榮

辭賦是漢代文學的主要形式，其創作十分繁榮。這種繁榮表現在：

1、作家作品衆多

據《漢書・藝文志》著錄，僅西漢一朝就有辭賦作家七十四人，辭賦作品九百四十一篇，加上《漢書》未著錄的③，共有作家八十六人，作品一千餘篇。東漢辭賦不見於文獻著錄，無由精確統計，估計作家作品也與西漢不相上下。可惜這些作品大都亡佚，今存者（包括殘缺）僅一百八十餘篇，不及原有的十分之一。

2、內容豐富多彩

漢代辭賦描寫了帝王貴族的宮廷生活，描繪了山川的壯麗，都市的繁榮，物產的豐富，歌頌了大一統的漢帝國無可比擬的氣魄與聲威。它也揭露了當時政治的腐敗，社會的黑暗，反映了文士失志的憤懣，勞苦大衆的疾苦，使讀者看到强大繁榮掩蓋下的封建下層社會的具體生活圖景。它還描寫了愛情婚姻問題，尤其是對宮廷貴族婦女生活的描寫，更是具有開拓的性質。

3、漢代文人創作的主要體裁

漢代詩歌，四言詩已經衰落，五言詩剛剛興起，文人詩不很發達。除散文之外，其他文學樣式尚未產生。只有辭賦是繼《詩》三百篇之後率先繁衍起來的純文學體裁。因此，漢代作家大都將其精力集中於辭賦創作，出現許多傑出的辭賦作家，如司馬相如、揚雄、班固、張衡、蔡邕等，使辭賦成爲漢代的「一代之文學」，這種局面也是後代文學史上所沒有的。

漢代辭賦的發展可以分爲準備、繁榮、模擬、轉變四個時期。

第二節　西漢初的辭賦

這個時期自漢高祖元年至漢武帝建元六年（公元前 206～前 135 年）共七十年，爲辭賦發展的準備時期。這時天下初定，統治者因日不暇給而無力顧及文學。加以高祖出身平民，鄙視儒生，文、景二帝皆不好辭賦。正如《文心雕龍・時序》篇所說：「爰至有漢，運接燔書，高祖尚武，戲儒簡學，雖禮律草創，《詩》、《書》未遑。……施及孝惠，迄於文景，經術頗興，而辭人勿用。賈誼抑而鄒枚沈，亦可知矣。」這時的辭賦家主要活動於藩國，而以原屬舊楚或鄰近舊楚的吳、梁、淮南三國爲中心，皇帝的宮廷尚無他們的立足之地。這時的辭賦，內容多抒發個人的身世感慨或抒寫得到藩國侯王優待的感激之情，有些還帶有濃厚的老莊色彩。形式多沿襲先秦時期的騷體賦與詩體賦，但正在發生變化。賈誼《鵩鳥賦》採用問答形式，已開「述客主以首引」的先例；枚乘《七發》正式採用客主問答展開描寫，大大擴展了先秦散體賦的規模，並寓諷諫於鋪敍之中，標誌著漢代散體大賦的正式形成。這個時期的辭賦作家當首推賈誼與枚乘。

㈠賈誼

賈誼（公元前 200～前 168 年），洛陽人。以廷尉吳公薦，文帝召爲博士，一年中超遷爲太中大夫，擬任以公卿之位。因被周勃等人所阻，出爲長沙王太傅，轉爲梁懷王太傅。懷王墮馬死，誼自傷爲傅無狀，憂鬱而死。他是漢初著名政論家、辭賦家。《弔屈原賦》、《鵩鳥賦》是賈誼辭賦的代表作。

《弔屈原賦》

《弔屈原賦》是賈誼謫往長沙、途經湘水時所作。由於賈誼與屈原有相同遭遇，其《弔屈原賦》與《離騷》一樣，表現了憤世嫉俗的感情。賈誼雖對屈原以身殉國表示不贊成，但對屈原的不幸遭遇則是深切同情的，對賢愚顛倒的社會提出了强烈的抗議。他說：

> 鸞鳳伏竄兮，鴟梟翱翔。闒茸尊顯兮，讒諛得志。賢聖逆曳兮，方正倒植。世謂隨夷為溷兮，謂跖蹻為廉。莫邪為鈍兮，鉛刀為銛。吁嗟默默，生之無故兮。斡棄周鼎，寶康瓠兮。騰駕罷牛，驂蹇驢兮。驥垂兩耳，服鹽車兮。章甫薦履，漸不可久兮。嗟苦先生，獨離此咎兮。

這實際是藉同情屈原來抒發他懷才不遇的牢騷。

《鵩鳥賦》

《鵩鳥賦》則作於謫居長沙之時，是他遭受打擊後的一種自我解脫。賦假設作者與鵩鳥的問答，先闡明天地萬物周流不息，吉凶禍福倚伏糾纏，死生壽夭難以預知的道理，繼而以莊老齊生死、等禍福的觀點來自我排遣，以曠達的形式進行心理上的自我調整，以求得內心的暫時平衡。漢代賢士失志之後，多不像屈原一樣「忿懟沈江」，而是以道家的齊物曠達或儒家的安貧樂道來自我排遣。此賦也不例外。因此，它形似詠物，實際是一首寄寓深刻的哲理賦。

(二)枚乘

枚乘（公元前？～前 140 年），字叔，淮陰人。曾爲吳王劉濞的郎中，以吳王有反謀，上書諫阻不聽，去吳適梁。吳楚反時，又上書吳王勸其息兵，以此知名。吳楚亂平，景帝召拜弘農都尉。他不願作郡吏，以病去官，復遊梁。梁孝王死，歸淮陰。武帝即位，以安車蒲輪徵召，以年高死於途中。據《漢書・藝文志》，枚乘共寫賦九篇，保存完整的只有《七發》④。

《七發》

《七發》是現存漢大賦中一篇奠基之作，用的是韻散結合的問答體，假設楚太子有疾，吳客往問，分析太子的病根乃是腐化享樂、安逸懶惰，言此病非藥石針灸之可醫，只有停止其「淹沈之樂，浩唐之心，遁佚之志」，才能治理。這顯然是針對當時貴族的腐朽生活而提出的諷諭勸戒。其中吳客對楚太子病因的分析是很中肯的：

> 今夫貴人之子，必宮居而閨處，內有保母，外有傅父，欲交無所。飲食則溫淳甘膬，脭醲肥厚；衣裳則雜遝曼煖，燂爍熱暑。雖有金石之堅，猶將銷鑠而挺解也，況其在筋骨之間乎哉！故曰縱耳目之欲，恣支體之安者，傷血脈之和。且夫出輿入輦，命曰蹷痿之機；洞房清宮，命曰寒熱之媒；皓齒蛾眉，命曰伐性之斧；甘脆肥膿，命曰腐腸之藥。今太子膚色靡曼，四支委隨，筋骨挺解，血脈淫濯，手足墮窳。越女侍前，齊姬奉後，往來游醼，縱恣於曲房隱間之中。此甘餐毒藥，戲猛獸之爪牙也。所從來者至深遠，淹滯永久而不廢，雖令扁鵲治內，巫咸治外，尚何

及哉！

這種尖銳的批評是一劑猛藥，對膏粱紈袴子弟有普遍的教育意義。吳客接著以音樂、飲食、車馬、遊觀、田獵、觀潮六事，由靜而動，由近而遠，逐步誘導太子改變生活方式。作者特別傾全力於田獵與觀潮兩事的鋪寫，認爲田獵可以驅除懶惰的習慣，觀潮有「發蒙解惑」的功效。但這些都未能引導太子改變志趣。最後提出向太子進方術之士，與太子「論天下之精微，理萬物之是非」，而太子即「涣乎若一聽聖人辯士之言，涊然出汗，霍然病已」。作者認爲：腐朽生活本身就是病態。這種生活方式導源於腐朽的思想作風。治這種病，只有用要言妙道武裝思想，改變思想作風。這是有深刻意義的。

《七發》在藝術上的特色是鋪陳。有些描寫還十分精彩。前舉一段對貴族子弟腐朽生活的描繪即極盡鋪陳之能事，接下所寫六事亦然。如「觀潮」一節形容潮水上漲的氣勢說：

> 其始起也，洪淋淋焉若白鷺之下翔；其少進也，浩浩溰溰，如素車白馬帷蓋之張；其波湧而雲亂，擾擾焉如三軍之騰裝；其旁作而奔起也，飄飄焉如輕車之勒兵。

這裡運用許多形象的比喻，將潮水的洶湧澎湃寫得驚心動魄。這種精彩的描寫不僅本身有重要審美價値，對以後的文學也產生有重要影響，首先是繼起的賦家多崇尚鋪陳，有些人還就其中所描寫的某一對象加以擴展，產生了一批專寫音樂、遊觀、田獵、山水、飲食、車馬等的賦，更有人仿其體式以七事相問答，形成了「七」體（有傅毅《七激》、崔駰《七依》、曹植《七啓》等一大批）；其流風所及，則散文家和詩人亦或用其法，用以開拓其描寫的境界或表現的藝術。

第三節　西漢中期辭賦

這個時期包括從漢武帝元光元年到漢成帝綏和元年（公元前134～前 8 年），共一百二十餘年，爲漢賦的鼎盛時期。這時，最高統治者大都提倡辭賦以潤色鴻業，漢武帝還是重要辭賦作家。《文心雕龍·時序》說：「逮孝武崇儒，潤色鴻業，禮樂爭輝，辭藻競騖。柏梁展朝讌之詩，金堤制恤民之詠，征枚乘以蒲輪，申主父以鼎食，擢公孫之對策，嘆兒寬之擬奏，買臣負薪而衣錦，相如滌器而被繡。於是史遷、壽王之徒，嚴終、枚皐之屬，應對固無方，篇章亦不匱，遺風餘采，莫與比盛。」《漢書·藝文志》所著錄西漢賦九百餘篇，其中十分之九是這個時期的作品。這時辭賦的特點是，「鋪采摛文，體物寫志」的散體大賦空前發達。內容多以描寫帝王宮廷生活爲中心，氣勢磅礴，詞采華麗。當然也有一些抒寫個人身世不平的賢人失志之賦，詩體賦、騷體賦也仍然是其重要體制，並產生了不少好作品。其另一特點是，文術由藩國向中央宮廷集中。由於吳楚七國之亂已平息，諸侯王勢力大大削弱，故藩國文術隨之衰落，辭賦作家都向中央宮廷集中，成爲宮廷文學侍從。這個時期傑出的辭賦作家有司馬相如、東方朔、王褒等。

㈠司馬相如

司馬相如（公元前 179～前 117 年），字長卿，蜀郡成都（今四川成都）人。少好擊劍讀書。景帝時入貲爲郎，爲武騎常侍。景帝不好辭賦，他稱病去官，客遊梁，作《子虛賦》。梁孝王死，歸成都。武帝讀《子虛賦》，深爲嘆賞，因得召見。又作《上林賦》以獻，武帝大喜，拜爲郎。後遷中郎將，奉使巴蜀。以受賄免官，復召爲郎，轉孝文園令。有消渴疾，病免，卒於家。

司馬相如共作辭賦二十九篇，今存六篇。其中最傑出的代表作是《子虛賦》、《上林賦》⑤。

《子虛賦》、《上林賦》

這兩篇賦雖非一時之作，但經作者修飾潤色，已貫串融合成了一個整體。《子虛賦》先借子虛之口，盛稱楚國雲夢之大，山川之美，物產之富，田獵歌舞之盛以傲視齊國。而烏有先生則批評子虛「不稱楚王之厚德，而盛推雲夢以爲高，奢言淫樂而顯侈靡」，是「彰君惡，傷私義」，未爲可取；更批評楚王的「遊戲之樂，苑囿之大」，不合諸侯之制；這已有貶抑諸侯王驕奢，勸導他們導守禮制的作用。《上林賦》復借亡是公的話，狠狠批評了子虛、烏有及楚王、齊王：

> 楚則失矣，而齊亦未為得也。夫使諸侯納貢者，非為財幣，所以述職也；封疆畫界者，非為守禦，所以禁淫也。今齊列為東藩，而外私肅慎，捐國踰限，越海而田，其於義固未可也。且二君之論，不務明君臣之義，正諸侯之禮，徒事爭於遊戲之樂，苑囿之大，欲以奢侈相勝，荒淫相越，此不可以揚名發譽，而適足以貶君自損也。

緊接著他極力誇耀天子上林苑的廣大，遊獵的壯觀，更有壓倒齊楚之勢，表明了諸侯之事的微不足道。這樣，作品就歌頌了大一統中央皇朝的無比强大，反映了中央皇朝對諸侯王分裂割據勢力的勝利，這種歌頌是有積極意義的。在賦的末尾，作者還讓天子「芒然而思」，認識到「此大奢侈」，「非所以爲繼嗣創業垂統」，於是「隤牆填塹」，「發倉廩以救貧窮，補不足，恤鰥寡，存孤獨，出德號，省刑罰，改制度，易服色，革正朔，與天下為更始」。作者用這種方式對封建統治者進行諷諫，勸導他們不要太窮奢極靡。這種諷諫雖有如揚雄說的「不免於勸」，但作者的用心還是好的。

這兩篇賦在藝術上的特色也是鋪敘，即在「體物」上下工夫，做到「極聲貌以窮文」。如《子虛賦》描寫雲夢澤，就以山為中心，四面展開描寫，其山則盤紆岪鬱：其土……其石……其東……其南……其高燥……其埤濕……其西……其中……其北……其樹……其上……其下……描寫某一事物則必將該事物盡量羅列。賦中描寫陰林中的樹就羅列有：楩柟豫章，桂椒木蘭，蘗離朱楊，樝梨梬栗，橘柚芬芳。以至賦中出現很多聯邊字而有似類書。這種描寫力求繁富，動輒千言。以大為美，成為大賦的共同特點。語言華美而有氣勢，也是這兩篇賦的特點之一。所謂語言華美，首先是大量堆砌形容詞，尤其是雙聲疊韻形容詞，使之音韻鏗鏘，以增加語言的音樂美。如《上林賦》中描寫山的一段說：

> 於是乎崇山矗矗，巃嵷崔巍，深林巨木，嶄巖嵾嵯。九嵕巀嶭，南山峨峨。巖陁甗錡，摧崣崛崎。振溪通谷，蹇產溝瀆，谽呀豁閜，阜陵別隝。崴磈嵔瘣，丘虛崛礨。隱轔鬱壘，登降施靡。

這種文字，今天來讀，只覺怪僻難識，但當時在宮廷裡誦讀是一定很悅耳動聽的。其次是較多使用駢偶句以增加語言的對稱美。如賦中描寫歌唱的一段說：

> 置酒乎顥天之臺，張樂乎膠葛之寓。撞千石之鍾，立萬石之

> 虞。建翠華之旗，樹靈鼉之鼓；奏陶唐氏之舞，聽葛天氏之歌；千人唱，萬人和。山陵為之震動，川谷為之蕩波。

這種句子排偶對稱，氣勢充沛，波瀾壯闊，增加了詞采的富麗。《子虛賦》、《上林賦》的出現，不僅奠定了「勸百諷一」的賦頌傳統，也確立了鋪張揚厲的大賦體制。

《長門賦》

《長門賦》是一篇與《子虛》、《上林》賦藝術風格完全不同的作品。此賦據《文選》所載之序，是司馬相如爲失寵的陳皇后所作。此說雖不甚可靠，但它是代失寵的妃嬪抒寫愁苦則無可置疑。賦以細膩的筆觸，描寫了一位失寵妃嬪在冷宮中從白天到黑夜，從佇立望幸到悲愁絕望的心理活動。作品按時間則前從朝暮總起，中間由晝陰到黃昏，到清夜，到待曙。按處所則前從離宮總起，中間由蘭臺、深宮，到正殿、曲臺，到空堂、洞房，次第井然地寫出那位望幸的妃嬪愁悶悲思的情緒變化。賦中那種用寫景來配合抒情，使情隨景而深化，從而細緻地刻畫出人物心理狀態的表現手法，那種以六言爲主，隔句用韻，大量使用「兮」字的騷體句式，如同一首優美的抒情詩。後世詩歌中宮怨的主題，就是由此賦發端的。

《哀二世賦》

《哀二世賦》是司馬相如侍從漢武帝過宜春宮（秦二世葬於此）時所獻。賦中哀嘆二世「持身不謹兮，亡國失勢；信讒不悟兮，宗廟絕滅」，當是爲武帝提供鑒戒。但所言頗淺陋，殊不足以動人，遠不及《子虛》、《上林》、《長門》之有特色。

司馬相如賦，今存者除上述四篇外，還有《大人賦》、《美人賦》。《大人賦》仿效屈原《遠遊》，《美人賦》仿效宋玉《登徒子好色賦》，成就均不高。

㈡東方朔

東方朔（公元前 154～前 93 年），字曼倩，平原厭次（今山東無棣東）人。武帝下詔天下擧方正賢良文學材力之士，他詣闕上書，武帝令其待詔公車，復待詔金馬門。他爲人詼諧，好調笑，武帝以俳優視之，不任以政事，「在左右詼啁而已」。他鬱鬱不得志，作有《七諫》、《答客難》、《非有先生論》等以抒發憤懣。

《答客難》

《答客難》是一篇對問體賦。賦設客主問答，先假託客人責難東方朔博聞辯智，卻位卑職小，以至「同胞之徒無所容居，其故何也」。接著寫作者的回答。他指出，當時士人的處境已大不同於戰國時期：「夫蘇秦張儀之時，周室大壞，諸侯不朝，力政爭權，相擒以兵，幷爲十二國，未有雌雄，得士者强，失士者亡，故說得行焉。」「今則不然。聖帝德流天下震慴，諸侯賓服，連四海之外以爲帶，安於覆盂，天下平均，合爲一家，動發擧事，猶運之掌，賢不肖何以異哉？」在封建專制統一政權之下，士人的出路遠不如戰國時期廣闊。尤其士人命運操縱在皇帝一人之手，「綏之則安，動之則苦，尊之則爲將，卑之則爲虜；抗之則在青雲之上，抑之則在深淵之下；用之則爲虎，不用則爲鼠」。這種由皇帝一人高下在心的用人政策，就是士人命運無常的原因。賦好像是在自我解嘲，實際上正是在抒發作者不得志的滿腹牢騷。這篇賦不僅抒發了賢士失志的憤懣，而且這種客主問答的形式，後世仿效者頗多，因而形成辭賦中對問一體，足見此賦影響之深遠。

㈢王褒

王褒，生卒年不詳，字子淵，蜀郡資中（今四川資陽）人。因益州刺史王襄推薦被徵召，受詔作《聖主得賢臣頌》，不久，擢爲諫大夫。後奉詔往益州祭祀，卒於道中。《漢志》著錄其有賦十六篇，今存《洞簫賦》、《九懷》、《碧雞頌》、《僮約》、《責鬚奴辭》等。

《洞簫賦》

《洞簫賦》是一篇描寫洞簫的詠物賦，不含任何託物言志之意。其意義在於它第一次對一種樂器的生產製作、演奏及其樂曲之美妙、藝術效果之動人作了細緻的描寫。描寫音樂，《詩經》、《楚辭》即已開始，但用整篇來描寫音樂，則自此賦始。從此繼作者紛起，描寫音樂舞蹈藝術成爲辭賦的重要題材。此賦句式以騷體爲主而雜以散文排比句，且多用「於是」、「故」、「或」、「若乃」、「其」、「是以」等虛詞提挈轉折，使之具有散文的氣勢。描寫上雖堆砌不少奇僻字，但描寫吹簫者的神情姿態，簫聲的高低變化及其感染力的强烈，都頗生動。如用「慈父之畜子」、「孝子之事父」來比擬簫聲，用「蟋蟀蚸蠖，蚑行喘息」來烘托簫聲的效果，都很別緻。

《僮約》

《僮約》也是王褒一篇有特色的賦體俳諧文。它敍述作者即王子淵以事至湔，住寡婦楊惠家，命家奴去沽酒，遭其拒絕。王子淵大怒，買下此奴，訂下契約，規定從「晨起早掃」到「夜半益芻」，整天不得休息；從家務到經營，一切都須去幹。而待遇則

「但當飯豆飲水，不得嗜酒」，而且「奴不聽數，當笞一百」。賦所描寫的可能是一個寓言，意在警告悍奴不得欺侮弱主，客觀上卻反映了漢代家奴的悲慘命運。賦用詼諧的接近口語的語言，描寫日常生活事件，屬戲謔性的文字，讀來卻輕鬆活潑，生動有趣。它是後世俳諧體俗賦的濫觴。

㈣淮南小山

這個時期值得一提的還有淮南小山的《招隱士》。

關於淮南小山，王逸《楚辭章句・招隱士序》說「小山之徒，閔傷屈原」，則淮南小山似是淮南羣臣中的某一人或某些人的筆名。王序又說「自八公之徒，咸慕其德，而歸其仁，各竭才智，著作篇章，分造辭賦，以類相從，故或稱小山，或稱大山，其義猶《詩》有《小雅》、《大雅》也」，則小山為辭賦的分類。由於文獻不足徵，只能存疑。《漢志》著錄淮南羣臣賦四十四篇，今唯存《招隱士》一首。

《招隱士》

關於《招隱士》的主旨，王逸《楚辭章句》以為是「小山之徒，閔傷屈原」，此純係附會。近人多以為是思念淮南王劉安而作，此說亦根據不足。賦中極力渲染隱居山林的患害之多且惡，勸導「王孫兮歸來，山中兮不可以久留」，明是呼喚岩穴之士來歸附劉安，為劉安招致天下俊偉之士張目，故以招隱士名篇。此賦藝術上是很成功的。它用短促的語句，描繪既清幽高潔又孤寂而恐怖的境界，以啓發隱士從山中歸來。這樣既不損害隱士的高潔，又否定了隱居之樂，構思十分巧妙。賦中極少直接抒情，而專門致力於形象的刻畫與氣氛的烘托，表現手法也富有特色。

第四節　西漢末至東漢初的辭賦

這個時期從西漢末至東漢和帝（公元前6年～105年）約一百一十年。這時辭賦創作仍很繁榮，但也帶有明顯的時代烙印。

第一，創作中模擬之風大盛。

當時除擬騷之作外，模擬散體大賦也蔚然成風。此風始於揚雄，「先是，蜀郡有司馬相如作賦甚弘麗溫雅，雄心壯之，每作賦，常擬之以爲式」（《漢書，揚雄傳》）。他模擬《子虛賦》、《上林賦》作《甘泉》、《河東》、《羽獵》、《長楊》四賦，模擬東方朔《答客難》作《解嘲》，模擬《離騷》作《太玄賦》。東漢此風更盛，一當有人寫出有點創造性的作品，即有人改頭換面模仿。這說明當時作家已缺乏激情與才情，只能跟在別人後面討生活。

第二，儒學的影響深化。

辭賦中所表現的思想都帶有明顯的儒學色彩。藝術上夸飾成分與堆砌奇僻字的現象減少，運用經典成語與引用歷史掌故的成分增多，典雅的風格取代了前期辭賦瑰麗的風格。

第三，適應政治的需要，出現了許多描寫京都的作品。

先是杜篤作《論都賦》，向光武帝建議返都長安。至明帝時，「西土耆老，咸懷怨思，冀上之眷顧」。於是，班固作《兩都賦》、崔駰作《反都賦》、傅毅作《洛都賦》、《論都賦》，爲遷都洛陽辯護。這場爭論給辭賦創作增加了新鮮內容，從此，京都就成爲辭賦的重要題材。這時著名的辭賦作家有揚雄、馮衍、杜篤、班彪、班固、崔駰、李尤、傅毅諸人，而以揚雄、班彪、班固等較爲傑出。

㈠揚雄

揚雄（公元前53年～公元18年），字子雲，蜀郡成都（今四川成都）人。少好學，喜辭賦。四十歲後始遊京師，大司馬車騎將軍王音薦以待詔，被喜好辭賦的漢成帝召入宮廷，侍從祭祀遊獵，除爲給事黃門郎，三世不徙官。王莽稱帝，轉爲大夫，校書天祿閣。受牽連而投閣自殺，未死，復召爲大夫，天鳳五年卒。《漢志》著錄有賦十二篇，今存《甘泉》、《河東》、《羽獵》、《長楊》、《反離騷》、《解嘲》、《解難》、《酒賦》、《逐貧賦》、《蜀都賦》、《太玄賦》及《覈靈賦》殘文。

《甘泉》等四賦

《甘泉》、《河東》、《羽獵》、《長楊》四賦是揚雄著名的大賦。它們都是針對漢成帝腐化奢侈的生活進行諷諭的。漢成帝是個腐朽的帝王，本不可救藥。當時揚雄新被召「待詔承明之庭」，尚有積極用世之心，故連進四賦以諷。揚雄大賦有模擬司馬相如賦的痕迹。但揚雄賦用意婉曲，詞多蘊藉。如《甘泉賦》描寫甘泉宮「乃上比於帝室紫宮，若曰此非人力所爲，儻鬼神可也」（《漢書·揚雄傳》），這種諷諫之意，讀者雖反覆諷詠，亦實難窺測。《羽獵》、《長楊》諷諭之意稍明顯，然藉古立言，文辭亦極婉曲，遠不似司馬相如賦之意氣風發，辭多雄肆，主旨明朗。這四篇賦藝術上也有創新。它們打破了大賦客主問答的陳規，《甘泉》、《河東》都以簡潔的敍述開篇，《羽獵賦》開頭雖有「或稱羲農」云云，似爲問答，而亦與設客主者不同。這顯係作者有意加以變化。又《甘泉賦》鋪敍處基本上用騷體，也別緻而不落俗套。

《逐貧賦》

揚雄較有特色的賦是《逐貧賦》。此賦假設作者與貧的問答展開描寫，反映了當時的賢士在物質生活上的窮困潦倒。作者這樣質問貧說：

> 人皆文繡，余褐不完；人皆稻粱，我獨藜飡。貧無寶玩，何以接歡？宗室之燕，為樂不槃。徒行負笈，出處易衣。身服百役，手足胼胝。或耘或耔，沾體露肌。朋友道絕，進宦凌遲。厥咎安在？職汝為之。

賦也反映了賢士安於貧賤以全身遠禍的思想。貧這樣回答道：

> 寒暑不忒，等壽神仙。桀跖不顧，貪類不干。人皆重蔽，予獨露居；人皆怵惕，予獨無虞。

這深刻地揭示了身處亂世的賢士求富與避禍的矛盾心理，爲研究漢代士人心態提供了具體材料。此賦將說理、抒情、描寫融合爲一，既很嚴肅，又很詼諧，構思新穎別緻，語言平易近人。對四言詩體賦和寓言賦的發展頗有影響。後來韓愈《送窮文》、柳宗元《乞巧文》都效仿此體，左思《白髮賦》也吸取其寫法。

㈡班彪

班彪（公元 3～54 年），字叔皮，扶風安陵（今陝西咸陽東）人。新漢之際，天下大亂。彪年二十，避難天水，依隗囂，著《王命論》以救時艱，而隗囂終不悟，乃至西河爲竇融從事，爲融畫策歸漢。建武十二年，融歸朝，光武乃舉彪爲茂才，拜徐令，以病免官。後爲司徒王況府屬官，終望都長。班彪辭賦今存四篇，但保存完整的僅《北征賦》一篇。

《北征賦》

《北征賦》是班彪辭賦的代表作，是他在更始時避難涼州，發長安至安定郡城時所作。賦反映了在社會動蕩時期賢士進取無門而只圖全身遠禍的悲哀：「余遭世之顛覆兮，罹塡塞之阨災。舊室滅以丘墟兮，曾不得乎少留。」「夫子固窮，遊藝文兮。樂之忘憂，惟聖賢兮。」表示他要遵守儒家安貧樂道的思想而自守不變的節操，說明這時儒學影響的加深。此賦是模仿劉歆《遂初賦》的寫法。劉歆（公元 ?～23 年），字子駿，成帝時爲黃門郎，曾因故被出爲五原太守。乃賦《遂初賦》，就沿途所經各地的史實抒發感慨，但多敘晉國六卿擅權、公室卑弱以至亡國的史實，以暗喻西漢末年外戚擅權、宗室被斥的時事。班彪《北征賦》也是就沿途所經各地的史實抒發感慨，而所寫史實則純是就所歷之地而言，無一個明確的抒情中心點。但劉歆賦文辭比較淺露，而此賦寫得典雅含蓄而有情韻，藝術上有一定成就，對後世述行賦的影響也比較大。

㈢班固

班固（公元 32～92 年），字孟堅，扶風安陵人。班彪之子，著名史學家、辭賦家。他與司馬相如、揚雄、張衡合稱漢賦四大家⑥。初爲蘭台令史，遷爲郎。和帝時，從大將軍竇憲出征匈奴，爲中護軍。憲敗，免官，爲仇人捕繫，死於獄中。其賦今存《兩都賦》、《幽通賦》、《典引》、《答賓戲》、《竹扇賦》及《終南山賦》、《覽海賦》、《耿恭守疏勒城賦》的殘篇。

《兩都賦》

《兩都賦》是班固辭賦的代表作，也是京都賦的名篇。此賦《漢書》本傳只作一篇，而《文選》則分作《西都賦》、《東都賦》兩篇，文字亦稍有出入。《文選》所載之《序》首先闡明了班固對賦的社會作用的看法。序稱：「賦者，古詩之流也。……或以抒下情而通諷諭，或以宣上德而盡忠孝，雍容揄揚，著於後嗣，抑亦雅頌之亞也。」班固明確肯定賦有諷與頌這兩種相反相成的作用，可以與雅頌媲美。與揚雄「勸百諷一」的評價不同，把賦的作用擡得很高。這反映了當時統治者企圖用賦來爲鞏固其政權服務的意向。

《序》還進而說明了班固寫作此賦的歷史背景和創作目的：「臣竊見海內清平，朝廷無事，京師脩宮室，浚城隍，起苑囿，以備制度。西土耆老咸懷怨思，冀上之睠顧，而盛稱長安舊制，有陋雒邑之議。故臣作《兩都賦》，以極衆人之所眩曜，折以今之法度。」這說明返都長安不利於政權的穩固。同時作者要藉此闡明關於建都立國的政治見解。這個目的就決定此賦的重點是頌揚東漢制度之美以反駁遷都長安之議。

賦中批評西漢建都立國的奢侈淫佚，目的還是反襯東漢光武帝與明帝建都立國制度的正確與偉大。賦假設西都賓與東都主人的論辯展開描寫，分西都與東都兩部分。先敍西都賓向東都主人誇耀西都形勢之險要，物產之富饒，宮殿之華麗，娛遊之壯觀。對西都的描寫頗盡誇張靡麗之能事，在炫耀中對西都的淫侈不時流露出微婉的諷刺。然後寫東都主人對西都賓的折辯。他首先批評西都賓誇耀西都是但知「矜夸館室，保界河山」，炫耀「後嗣之末造」，不懂「大漢之云爲」。接著他極力贊揚光武帝推翻王莽新朝，重建大漢帝國的功勞；「遂超大河，跨北嶽，立號高邑，建都河洛，……茂育羣生，恢復疆宇」，代表當時人民盼望安定的共同願望，完成了國家的統一大業。接著又贊揚漢明帝遵守禮制、勵精圖治所出現的國家强盛、四夷賓服的盛況：「目中夏而布德，瞰四裔而抗稜，西蕩河源，東澹海漘，北動幽崖，南耀朱垠，殊方別區，界絕而不鄰。自孝武之所不征，孝宣之所未臣，莫不陸讋水慄，奔走而來賓。」東漢光武帝與明帝時期，正是結束西漢末年的混亂局面，漢帝國重新走向强盛的時期，這種頌揚不爲過譽。最後，提出「王者無外」，表明建都洛陽的正確：

且夫僻界西戎，險阻四塞，修其防禦，孰與處乎土中，平夷洞達，萬方輻湊？秦嶺九嵕，涇渭之川，曷若四瀆五嶽，帶河泝洛，圖書之淵？建章甘泉，館御列仙，孰與靈臺明堂，統和天人？太液昆明，鳥獸之囿，曷若辟雍海流，道德之富？遊俠踰侈，犯義侵禮，孰與同履法度，翼翼濟濟也？子徒習秦阿房之造天，而不知京洛之有制也。

這就維護了東漢帝國現行的政治制度，說明了作者建都立國的政治主張。這在當時對穩定人心、鞏固國家根本有重大意義。爲完成這一主題，《東都賦》寫宮室則强調「奢不可踰，儉不能侈」，寫田獵也强調「必臨之以王制，考之以風雅」，一切作爲都符合儒家準則。《兩都賦》貶抑西漢後期帝王的奢侈豪華，頌揚東漢二帝典章制度的完美合度，其中雖含有爲東漢統治者提供鑒戒的意思，但頌揚是主要的。

此賦能「熔式經誥，方軌儒門」（《文心雕龍・體性》），以儒家經典爲準則，形成一種典雅的風格；賦中偶句增加，散行減少，開創駢儷的風氣；各段鋪排，筆力遒勁，銜接亦甚緊湊，於典麗中透出剛勁之氣。孫鑛說：此「賦祖《子虛》、《上林》，少加充拓，比之子雲精刻少遜。然骨法遒緊，猶有古樸風氣，局段自高。後來平子、太沖雖競出工麗，恐無此筆力。」（《文選集評》引）

第五節　東漢中後期辭賦

這個時期從東漢安帝至建安之前約八十年，是漢代辭賦發展的轉變時期。此時，辭賦創作模擬之風仍然很盛，但已有明顯變化。儒學對辭賦的影響已經削弱，還產生了言情賦，如張衡《定情賦》、蔡邕《檢逸賦》、《協和婚賦》，甚至還有蔡邕《青衣賦》這種打破門第觀念而與婢妾言情之賦。以描寫宮廷生活爲主的散體大賦明顯減少，而抨擊朝政腐敗、揭露現實黑暗的作品增多。散體大賦有名的只有張衡《二京賦》與《南都賦》，而像邊讓《章華臺賦》、趙壹《刺世疾邪賦》、蔡邕《述行賦》等則較多地湧現出來。詠物賦的範圍也有所擴大，已由宮廷及士大夫案頭室內之物，擴展到其他與生活有關的事物。這說明辭賦已逐漸走出宮廷，而成爲描寫文士生活，用以愉悅文人自我的藝術。由於政治黑暗，文人開始厭惡官場而嚮往隱逸，出現了描寫田園隱居之樂的作品。此時辭賦中駢偶化的傾向更有所發展，產生了張衡《歸田賦》之類描寫田園隱居之樂的比較成熟的駢賦。以上情況表明，辭賦正在改變漢賦的傳統作風，而向魏晋之風轉變。這時著名的辭賦作家爲張衡、趙壹、蔡邕等。

㈠張衡

張衡（公元 78～139 年），字平子，南陽西鄂（今河南南陽）人。少善屬文，又精天文曆算，是傑出的科學家、文學家。

安帝時徵拜郎中，再遷爲太史令，後遷侍中。永和初，出爲河間相，徵拜尚書，永和四年卒。其賦今存《二京賦》、《南都賦》、《思玄賦》、《應閒》、《歸田賦》、《髑髏賦》、《冢賦》等十四篇。

《二京賦》

《二京賦》是張衡著名的代表作。《後漢書・張衡傳》題作《二京賦》，《文選》則分爲《西京賦》、《東京賦》兩篇。《後漢書》本傳說：「永元中，舉孝廉，不行；連辟公府，不就。時天下承平日久，自王侯以下莫不逾侈。衡乃擬班固《兩都》，作《二京賦》，因以諷諫。精思附會，十年乃成。」據此，知此賦作於其未出仕之時，其目的是諷諭當時「莫不逾侈」的奢侈之風。賦假設憑虛公子與安處先生的對答展開描寫，先寫憑虛公子誇耀西京，接著寫安處先生答以東京制度之美。

《二京賦》是模擬班固的《兩都賦》，但並非完全剽襲，而是務求「出於其上」。雖都以東西京爲描寫對象，但《二京賦》的描寫更鋪張揚厲，成爲京都大賦的「長篇之極軌」。此賦重在諷諫當時統治者的奢侈逾制，警告他們，「夫水所以載舟，亦所以覆舟」，不可「好勦民以媮樂，忘民怨之爲仇也；好殫物以窮寵，忽下叛而生憂也」。這是針對當時現實而發。《二京賦》對東西京文物制度的描述也比較詳備，如百戲大儺，都市商賈，遊俠辯士，爲後世研究漢代的文化史、經濟史提供了寶貴資料。其刻畫之生動，形容之盡致，語言之鋪張揚厲、整飭駢偶，都表現出張衡的藝術創造。不過，就全賦而言，模擬之迹終太明顯，藝術獨創性尚覺不足；又務爲典雅麗密，故修整有餘，而氣勢不壯。較之前人所作，皆未能及。

《歸田賦》

張衡富有開創性的作品是《歸田賦》。《文選》李善注說：「《歸田賦》者，張衡仕不得志，欲歸於田，因作此賦。」當是他晚年的作品。當時順帝幼弱，宦官把持朝政。他們結黨營私，賄賂公行，肆其殘虐。張衡在朝廷和地方任職時，曾屢次上書伸張正義，終恐爲宦官所讒害，遂有「懷土」之思，以求獨善其身。此賦即是抒寫他這種感情。賦一開篇就交代他歸田的原因：「諒天道之微昧，追漁父以同嬉。」接著細寫歸田的逸樂：在「仲春令月，時和氣清」之時，他「龍吟方澤，虎嘯山丘」，縱心物外，榮辱不知，何等安逸！賦以雅煉清新的語言，抒寫自己不滿黑暗現實，情願歸返田園、從事著述的心情，頗具詩情畫意。它是我國文學史上第一篇以描寫田園隱居樂趣爲主題的優秀作品，兩漢時抒情小賦多用騷體，體物的大賦則多散韻結合、駢散結合的文賦，而此賦則是一篇基本上用駢語寫成的抒情小賦，在體制上是一種創新，爲以後的駢賦發展開拓了道路，在我國賦史上有重要地位。

㈡趙壹

趙壹，生卒年不詳，字元叔，漢陽西縣（今甘肅天水）人。他恃才傲物，爲鄉里所擯，多次犯罪幾死，而終不屈服。靈帝光和元年（公元 178 年），爲郡上計吏到京師，爲司徒袁逢、河南尹羊陟所賞識。歸後，州郡爭致禮命，公府累次辟召，皆不就，終於家。其賦今存《窮鳥賦》、《刺世疾邪賦》等三篇。

《刺世疾邪賦》

《刺世疾邪賦》是東漢末年抒情小賦的名篇。它尖銳地揭露和批判了當時統治階級的腐朽，道德風尚的敗壞，邪惡奸佞的得勢，權門豪貴的不法，正直賢能的被壓抑，鮮明地表現了作者憤世嫉俗、正直耿介的性格和强烈的反抗精神。賦中寫道：

> 於茲迄今，情偽萬方：佞諂日熾，剛克消亡；舐痔結駟，正色徒行；嫗㛂名勢，撫拍豪強；偃蹇反俗，立致咎殃；捷懾逐物，日富月昌；渾然同惑，孰溫孰涼？邪夫顯進，直士幽藏。原斯瘼之攸興，實執政之匪賢。女謁掩其視聽兮，近習秉其威權。所好則鑽皮出其毛羽，所惡則洗垢求其瘢痕。雖欲竭誠而盡忠，路絕險而靡緣。九重既不可啟，又羣吠之狺狺。安危亡於旦夕，肆嗜欲於目前。奚異涉海之失柂，坐積薪而待燃！

對現實政治問題的認識和反映能如此深刻，在當時甚至後世都極爲少見。藝術上，它像精練的政論，文字剛勁質樸，說理尖刻透闢，寓抒情於議論，描寫生動，比喻新穎，有詩的情致。用兩首五言詩作結，也頗別緻。故此賦雖小，在文學史上卻有極重要的地位。

㈢蔡邕

蔡邕（公元 132～192 年），字伯喈，陳留圉（今河南杞縣南）人。少博學，好辭章、數術、天文，妙操音律。中常侍徐璜、左悺聞邕善鼓琴，即迎合桓帝嗜好，敕陳留太守督促發遣，邕行至偃師，稱疾而歸。靈帝建寧三年（公元 170 年），始應司徒橋玄辟召。後爲河平長、郎中，遷議郎。熹平六年（公元 177 年），得罪中常侍王甫之弟王智，遂亡命江海，遠至吳會，積十二年。董卓入洛陽，召置祭酒，甚見敬重，累遷至左中郎將。後董卓被殺，邕亦被捕，死於獄中。他是漢代辭賦的殿軍，有賦十五篇，《述行賦》、《青衣賦》是其代表作。

《述行賦》

《述行賦》作於漢桓帝延熹二年（公元 159 年）。由於宦官徐璜、左悺「以余能鼓琴，白朝廷，敕陳留太守發遣。余到偃師，病不前，得歸。心憤此事，遂托所過，述而成賦」。此賦與劉歆《遂初賦》、班彪《北征賦》寫法大體相近，而思想內容則更加沈摯。首段述行弔古，所選史實多偏重伸張正義，斥責邪惡，意在借古喻今。其中穿插描寫沿途氣候風物，情景相生，文情更加生動。最末一段中，作者將人民生活的困苦與統治者的荒淫奢侈作鮮明對比，表現了作者對統治者的譴責，對人民命運的關注。魯迅說：「蔡邕，選家大抵只取他的碑文，使讀者僅覺得他是典重文章的作手，必須看見《蔡中郎集》裡的《述行賦》，那些『窮變巧於臺榭兮，民露處而寢濕。委嘉穀於禽獸兮，下糠粃而無粒』的句子，才明白他並非單單的老學究，也是有血性的人，明白那時的情形，明白他確有取死之道。」（《且介亭雜文二集・題未定草㈥》）這是很深刻的評價。

《青衣賦》

《青衣賦》更是一篇有叛逆思想的作品。青衣，指婢妾。賦對這位青衣的容貌和心靈的美作了熱情的贊揚：

> 都冶武媚，卓鑠多姿。精慧小心，趨事如飛。中饋裁割，莫能雙追。關雎之潔，不陷邪非。察其所履，世之鮮希。宜作夫人，為眾女師。

尤其是描寫了作者與這位青衣之間純眞的愛情，以及作者對她的眞摯的思念：

> 曚冒曚冒，思不可排。停停溝側，噭噭表衣。我思遠逝，爾思來追。明月昭昭，當我戶扉。條風狎獵，吹予牀帷。河上逍遙，徙倚庭階。南瞻井柳，仰察斗機。非彼牛女，隔於河維。思爾念爾，惄焉且飢。

在封建等級觀念和封建等級制度極端嚴格的時代，這種描寫是十分大膽，也是難能可貴的。這是東漢末年儒學統治開始動搖，人們思想初步獲得解放的表現。從中的確可以看到，蔡邕並非拘泥封建禮法的老學究，而是一位敢於打破陳規舊習的有血性的人。

㈣禰衡

這時值得一提的還有禰衡的《鸚鵡賦》。

禰衡（公元 173～198 年），字正平，平原般（今山東臨邑東北）人。他才高志大，憤世疾俗。孔融薦之於朝，因擊鼓罵曹，曹操不能容，遣送劉表。表亦不能容，轉送江夏太守黃祖，因觸怒黃祖被殺，死時年僅二十六歲。其賦今存《鸚鵡賦》一首。

《鸚鵡賦》

此賦是一篇有寄託的詠物賦，作於江夏黃祖幕中。序稱，黃祖太子射大會賓客，有獻鸚鵡者，衡受命作此賦。作品描寫的是鸚鵡傾訴衷腸：「嗟祿命之衰薄，奚遭時之險巇？豈言語以階亂，將不密以致危？」抒發的則是作者自己的身世之悲與憂生之痛，是當時有志之士在動亂社會現實中寄人籬下、仰人鼻息的苦悶。作品所表達的感情雖過於低沈，有向主子搖尾乞憐之意而缺乏剛强不屈的骨氣。但深刻地表現了那個時期士人的悲慘命運。

作品將鸚鵡高度擬人化，達到了物我爲一的境界。

第六節　漢賦的歷史地位與影響

辭賦是繼《詩經》、《楚辭》之後產生的純文學體裁，是漢代作家精力之所萃。因此，對我國文學的發展，它擔負了承先啓後的任務。漢賦在文學史上的地位與影響，有下述幾個方面。

第一，漢賦開拓和擴展了中國文學許多傳統的主題與題材。

如寫山水始於枚乘《七發》中的《觀潮》，述行始於劉歆的《遂初賦》，寫田園隱居始於張衡《歸田賦》，記遊始於班彪《覽海賦》、杜篤《祓禊賦》，宮怨始於司馬相如的《長門賦》，宮殿室宇始於劉歆、揚雄的《甘泉賦》，亭臺樓閣始於邊讓的《章華臺賦》，概述一個地區的文物制度、生活習俗始於揚雄的《蜀都賦》、班固的《兩都賦》。此外，如田獵、歌舞、詠物等，雖或始於《詩經》，或始於《楚辭》，漢賦亦加以擴展，使之成爲令人矚目的題材。

第二，文學描寫由簡單到複雜、由概括到細膩的這一演進的趨勢，也由於漢賦的興盛而得到重大發展。

在「體物」上下工夫，力求形似，是漢賦的特點。如寫田獵，《詩・小雅・車攻》頗負盛名，然不過「蕭蕭馬鳴，悠悠旆旌」數句較爲形象，與枚乘《七發》相比較，已顯得簡樸，與《子虛》、《上林》、《長楊》、《羽獵》相比較，就更是黯然失色。如寫音樂歌舞，《詩・邶・簡兮》亦只有「有力如虎，執轡如組」有點形象性，而王褒《洞簫賦》、傅毅《舞賦》已能曲盡音樂和舞姿的變化。其他如寫宮殿，寫海潮，寫人物心理變化，其描寫之精確細膩，手法之曲折多變，其構思之精密，形容之入微，也遠非前人之所能及，並遠駕乎同一時期的詩文之上。這些都對我國文學的發展作出了不可磨滅的貢獻，給後世作家提供了寶貴的藝術經驗，對推動我國文學發展起了重要作用。

第三，漢賦對中國文學語言的發展也作出了重大貢獻。

我國的語言大體是由以單音詞爲主到逐漸增加雙音詞的演變過程。漢賦在這一演進過程中起了重要作用。許多雙音詞，特別是雙音節形容詞，多首先出現於辭賦中，然後推廣到詩文。漢賦堆垛較多的形容詞，尤其是雙聲疊韻形容詞，造成臃腫堆砌，是其缺點。但它們新引進的雙聲疊韻形容詞也不是全無意義，如「扶疏」、「發越」、「唼喋」、「牢落」、「蓷蔘」（即蕭森）等，這類形容詞反覆出現於後世詩文，對豐富文學語言起了一定作用。爲了追求語言華美，漢賦中較多地運用駢偶句，以增加語言的對稱美，這對中國文學語言駢偶化的發展發揮了重大作用。賦是雅文學，追求語言華美是其重要特色。但文學語言的口語化、通俗化也出現於漢賦。王褒的《僮約》，除反映了家奴所受的種種非人待遇，可與《詩・豳・七月》相比擬之外，還是一篇口語化的通俗賦，是中國俗文學的重要篇章。

漢賦是有缺點的。反映的生活面不夠寬，較少反映勞動人民受剝削壓迫的痛苦生活，行文過於鋪張揚厲，描寫有些程式化，甚至有互相模擬抄襲的惡習，語言也過於雕琢堆垛。但這些缺點與其成就相較是次要的，不足以掩蓋其在文學史上的地位與影響。

附　註

①賦與詩在體裁方面有許多交叉：如《楚辭》，既可單獨稱之爲「楚辭體」或「騷體」，它同時又是詩之一體，也是賦之一體。屈原既是偉大詩人，也是偉大辭賦作家。其作品至今仍有人稱之爲「屈賦」。漢梁鴻《適吳詩》、晋諶方生《秋夜詩》，陳元龍《歷代賦彙》就題曰《適吳賦》、《秋夜賦》並收入該書。蕭慤《春賦》，明馮惟敏《詩

紀》和今人逯欽立《先秦漢魏南北朝詩》均題作《春日曲水詩》而收入書中。如此等等，不一而足。

②按：辭的本字當為詞。《說文》：「詞，意內而言外也。從司言。」段玉裁注云：「有是意於內，因有是言於外，謂之詞。……詞與辛部之辭，其義迥別。辭者說也，從𤔔辛，𤔔辛猶理罪，謂文辭足以排難解紛也。然則辭謂篇章也。詞者意內而言外，從司言，此謂摹繪物狀及發聲語助之文字也。」故凡描摹物狀，抒寫情志的文字，字皆當作詞，辭是詞的假借字。故劉師培說：「凡古籍『言辭』、『文辭』諸字，古字莫不作詞，特秦漢以降，誤詞為辭耳。」（《論文雜記》）《周易・繫辭》之《釋文》說：「辭，說也。辭，本作詞。」《周禮・大行人》「諭言語，協辭命」，鄭注：「故書『協辭命』作『協詞命』。」《詩・大雅・板》「辭之輯矣」，《說文》引作「詞之輯矣」，皆辭當為詞之明證。

③《漢書・藝文志》未著錄而今天尚存的辭賦作家作品有：劉勝《文木賦》，羊勝《屏風賦》，公孫詭《文鹿賦》，路喬如《鶴賦》，董仲舒《士不遇賦》，息夫躬《絕命辭》，崔篆《慰志賦》，東方朔《答客難》、《七諫》，班婕妤《自悼賦》、《搗素賦》，鄒陽《幾賦》、《酒賦》，劉歆《遂初賦》、《燈賦》、《甘泉賦》，計作家11人，作品16篇。加上「枚皋賦一百二十篇」之外，「其尤嫚戲不可讀者尚數十篇」（《漢書・枚皋傳》），則西漢辭賦當有作家86人，作品1000餘篇。

④關於《七發》的命名，《文心雕龍・雜文》說：「及枚乘摛艷，首製《七發》，腴辭雲構，夸麗風駭。蓋七竅所發，發乎嗜欲，始邪末正，所以戒膏粱之子也。」而《文選》李善注則說：「《七發》者，說七事以起發太子也，猶《楚辭・七諫》之流。」按：當以李說近是。又俞樾《文體通釋》曰：「古人之詞，少則曰一，多則曰九，半則曰五，小半曰三，大半曰七。是以枚乘《七發》，至七而止，屈原《九歌》，至九而終。不然，《七發》何以不六，《九歌》何不八乎？若欲

學其實，則《管子》有《七臣七主》篇，可以釋七。」亦可供參考。

⑤《子虛》、《上林》二賦，《史記》、《漢書》的司馬相如傳均作一篇。但傳中說司馬相如遊梁時「乃著《子虛》之賦」，漢武帝召見時又「請爲《天子遊獵賦》」。至《文選》始分爲《子虛賦》與《上林賦》二篇，故有人懷疑今存之《子虛賦》、《上林賦》即武帝召見時所獻的《天子遊獵賦》。

⑥漢賦四大家：最早將司馬相如、揚雄、班固、張衡並提的爲劉熙載。他在《藝概・賦概》中說：「馬、揚則諷諫爲多，至於班、張，則揄揚之意勝，諷諫之義鮮矣。」陳去病在《辭賦學綱要》第十章《東漢上・班張》中也說：「東漢以還，能承相如、子雲之傳，俾其風流餘韻綿綿延延，弗之失墜者，厥爲班固與張衡二人。」此已指明馬、揚、班、張爲漢賦之大家。正式提出漢賦四大家者爲劉大杰。他在《中國文學發展史》第三章《漢賦的發展及其流變》中說：「在賦史上，前人總是把西漢的司馬相如、揚雄，東漢的班固、張衡，稱爲漢賦中的四大家。」

第二章　漢代政論哲理散文和書信

第一節　漢代政論哲理散文的特色

漢代的政論哲理散文在先秦諸子散文的基礎上獲得了新的發展。無論從內容的豐富，形式的完備，風格的多樣，語言的變化來看，都有新的發展。兩漢政論哲理散文與歷史散文一樣，都是後世散文的典範。

密切反映和研究現實，服從現實政治的需要，是漢代政論哲理散文的突出特點。除了那些煩瑣的章句之學與荒謬的讖緯神學之外，漢代政論哲理散文都是緊密與現實政治思想鬥爭相結合的。政論家們或深入研究現實的政治問題，為鞏固政權向統治者提出積極的建議，如賈誼、晁錯；或指出現實政治的種種弊端，喚起當權者注意以改良吏治，如劉向、谷永；或批判封建統治者宣揚的神學迷信，以宣傳唯物主義的觀點，如桓譚、王充；或揭露現實政治的黑暗腐敗，以證明其必將招致的滅亡命運，如王符、仲長統。這些文章在當時的政治思想鬥爭中大都起過積極作用，今天讀來還覺得虎虎有生氣。先秦諸子散文的優良傳統是積極研究現實問題，或探討宇宙人生的奧祕，或研究治國安民的辦法。漢代優秀的政論哲理散文就是這一優良傳統的繼承與發展。

篇章結構嚴密完整，議論文完全成熟，是漢代政論哲理散文的又一特點。先秦諸子散文是我國說理散文的形成時期，其說理的方式還不夠成熟。到漢代，除了個別的擬古之作，如揚雄的

《法言》、《太玄》之外，文章的結構都很嚴密完整。一篇論文，有論點，有論據，論證的過程也是嚴密的邏輯推理，不再是那種語錄式的或故事式的東西。所以漢代是我國議論文完全成熟的時期。因爲議論文以抽象的邏輯推理爲主，不再用寓言或故事說理，形象的描寫相對減少，不像先秦諸子那樣擅長比興，深於取象，議論文已純粹成爲政治家、哲學家宣傳其政治主張、哲學觀點的工具，文學性也就不如先秦諸子了。文學和哲學已出現分流的趨勢。

語言日趨駢偶，是漢代政論哲理散文的又一特點。駢偶首先是在辭賦中發展起來的，而這股語言駢偶之風首先波及的是政論哲理散文。因爲漢代的抒情、寫景散文剛剛興起，如馬第伯《封禪儀記》、秦嘉《與妻徐淑書》這種抒情寫景的散文還爲數不多。而駢偶於敍寫故事又不方便，只有政論哲理散文有其用武之地。這種風氣濫觴於王褒、揚雄，發展於班固、張衡，至漢末蔡邕、仲長統則已成爲主導傾向。如仲長統《理亂篇》就用了不少偶句，對仗大體工整，已是不太嚴格的駢文了。

第二節　秦代及西漢前、中期的政論哲理散文

㈠秦代的政論文

秦代爲時短暫，文學上成就不多。略可一提的是政論散文。李斯的政論散文確實取得了一定的成就，因而成了從先秦諸子散文到漢代政論散文的一種過渡。

李斯

李斯（公元前 ？～208 年），楚上蔡（今屬河南）人。從荀

卿學。入秦初爲呂不韋舍人，輔佐秦始皇統一天下，官至丞相，爲趙高誣殺。他在秦統一之前寫的《諫逐客書》是一篇名作，作於秦王十年（公元前 237 年）。時李斯爲客卿，適值韓人鄭國入秦爲間諜被發覺，於是宗室大臣皆言秦王曰：「諸侯人來事秦者，祇爲其主遊間秦耳，請一切逐客。」李斯亦在被逐之列，乃上此書，歷敍客之有助於秦，力陳逐客之失。秦王乃除逐客之令，復李斯官。此文議論馳騁，氣勢奔放，排比鋪陳，富於文采，是一篇趨向駢偶化的政論文。淸李兆洛把它作爲「駢體初祖」而收入《駢體文抄》一書中，對漢代以後散文的發展有一定影響。此外，秦石刻文字亦多出其手，還有《焚書奏議》、《督責書》等，也議論縱橫，只是或爲摧殘文化，或爲苟合取容，內容無甚可取而已。

㈡西漢前，中期的政論哲理散文

西漢前、中期是從漢高祖元年到漢宣帝黃龍元年（公元前 206～前 49 年），共一百五十七年。這時的政論哲理散文多繼承先秦諸子散文的傳統，內容多聯繫亡秦的歷史教訓，研究現實的政治狀況，向統治者提出鞏固封建統治的長治久安之術。文風上多縱橫馳騁，有戰國遊士說詞之風。即使不是縱橫之士，也受此風氣影響，如賈誼傳儒學，晁錯習管商，而文章皆「疏直激切」，無所顧忌，仍有先秦文章的風格。漢武帝罷黜百家，獨尊儒術，漢朝的思想文化政策發生了變化，朝廷又設立樂府，重用文人，武帝愛好辭賦，重視文治，這些都曾影響到文風的變化。但是儒學的獨尊地位剛剛確立，一時風氣難以盡變，加上漢武帝又「內多欲而外施仁義」（《史記・汲鄭列傳》），其尊儒也不徹底，漢宣帝更聲稱「漢家自有制度，本以霸王道雜之」（《漢書・元帝紀》），故這個時期即使宮廷侍從之臣乃多縱橫家一流人物，如《漢書・嚴助傳》中所列入的「朱買臣、吾丘壽王、司馬相如、主父偃、徐樂、嚴安、東方朔、枚皋、膠倉、終軍、嚴葱奇等」，其中便有縱橫家。因此，這時的文章仍然注意總結亡秦的教訓，對現實政治提出尖銳批評，而不怕觸犯時諱。如主父偃、徐樂、嚴安的文風仍帶有戰國縱橫之氣。與西漢初期相較，文風尚無根本的改變。西漢前、中期比較傑出的散文作家有陸賈、賈誼、賈山、晁錯、鄒陽、劉安、嚴助、朱買臣、吳丘壽王、主父偃、徐樂、嚴安、桓寬等。

賈誼

賈誼，西漢初年著名的政論家，其著名政論文有《過秦論》①、《陳政事疏》（一題作《治安策》）、《論積貯疏》等，《漢志》著錄「賈誼五十八篇」，隋唐志皆作《新書》十卷。今存《新書》十卷，已非原書之舊，《四庫提要》云：「原本散佚，好事者因取本傳所有諸篇，離析其文，各爲標目，以足五十八篇之數，故餖飣至此。其書不全眞，亦不全僞。」

賈誼的政論文兼有戰國縱橫家的文風特點，善於在歷史事實的强烈對比中分析利害衝突，在描寫的鋪張渲染中造成充沛氣勢，議論說理毫無顧忌，行文暢達，語言犀利，富於文采。

賈誼的代表作《過秦論》，爲了渲染秦國的聲威，就極力誇張六國合縱抗秦的盛況：「嘗以十倍之地，百萬之衆，叩關而攻秦」，而其結果則是秦人「追亡逐北，伏尸百萬，流血漂櫓」，「秦無亡矢遺鏃之費，而天下諸侯已困矣」。但這個「威震四海」的王朝，卻被「率罷散之卒，將數百之衆」的陳涉「奮臂大呼」，即土崩瓦解。在這種渲染對比之中總結出亡秦的教訓：「仁義不施，而攻守之勢異也」，就極爲有力。

賈誼的另一篇作品《陳政事疏》，文章一開始就指出：「臣竊惟事勢，可爲痛哭者一，可爲流涕者二，可爲長太息者六。若其他背理而傷道者，難遍以疏舉。進言者皆曰天下已安已治矣，臣獨以爲未也。曰安且治者，非愚則諛，皆非事實知治亂之體者也。夫抱火厝之積薪之下而寢其上，火未及燃，因謂之安，方今之勢，何以異此！」經這一番怵目驚心的陳述，然後逐一分析現實政治存在的問題，提出解決的辦法。出言大膽，直率熱忱，既反映了這時國家强盛，統治者尚能容許切直之言，也表現了作者積極熱情、直率敢言的精神。

魯迅在《漢文學史綱》中，說賈誼、晁錯「其文皆疏直激切，盡所欲言」，「皆爲西漢鴻文，沾溉後人，其澤甚遠」，不爲過譽。

晁錯

晁錯（公元前 200?～154 年），穎川（今河南禹縣）人。少學申商刑名於張恢。文帝時，以文學爲太常掌故，奉命從濟南伏生受《尚書》，遷博士，拜太子家令，舉賢良文學，對策高第。景帝即位，遷御史大夫，請削藩，於是吳楚七國反，以誅錯爲名，遂被景帝以朝衣冠斬於東市。

他的著名政論文有《賢良文學對策》、《言兵事疏》、《論貴粟疏》、《守邊勸農疏》等②。其論文切實中肯，邏輯嚴密，條理清晰，語言明白曉暢，體現了作者對現實社會的深刻觀察和匡救時弊的政治熱情。

在《論貴粟疏》中，晁錯一方面寫農民「春不得避風塵，夏不得避暑熱，秋不得避陰雨，冬不得避寒凍，四時之間，亡日休息」，「尚復被水旱之災，急政暴賦，賦斂不時」，「於是有賣田宅、鬻子孫以償債者矣」。而富商大賈「男不耕耘，女不蠶織，衣必文采，食必粱肉」，他們「因其富厚，交通王侯，力過吏勢」。在這種具體而强烈的對比之下，指出現實政治的不合理：「今法律賤商人，商人已富貴矣；尊農夫，農夫已貧賤矣。故俗之所貴，主之所賤也；吏之所卑，法之所尊也。上下相反，好惡乖迕，而欲國富法立，不可得也。」從而提出「入粟拜爵」的主張以解決農業的出路。這種議論，切中時弊，這種主張，切合實際。尤其是《言兵事疏》，分析「匈奴之長技三，中國之長技五」，提出以己之長攻敵之短。《守邊備塞疏》提出於「要害之處」，「設立城邑」，厚其利祿，使民父子相保，實行寓兵於農的辦法。分析非常深刻，措施亦切實可行，比賈誼的「試以臣爲屬國之官以主匈奴」，「必繫單于之頸而制其命」的大話實在得多。所以魯迅說：「以二人之論匈奴相較，則可見賈生之言，乃頗疏闊，不能與鼂錯之深識爲倫比矣。」（《漢文學史綱》）

此外，賈山的《至言》，總結亡秦的教訓，引證古人古事，反覆申說，文章激昂慷慨，頗似戰國遊士談說之詞。

主父偃

主父偃（公元？～127年），齊國臨淄（今山東人淄博）。學長短縱橫術，晚學《易》、《春秋》、百家之言。武帝元光元年（公元前134年），上書言事，任郎中，歲中四遷，至中大夫。他提出削弱諸侯王勢力的「推恩法」，主張抑制豪強兼併，建議置朔方郡以抗擊匈奴，皆爲武帝採納。元朔二年（公元前127年）拜爲齊相，迫齊王自殺，以此得罪族滅。他上書「所言九事，其八事爲律令，一事諫伐匈奴」（《漢書》本傳）。同時「上書言世務」的還有徐樂、嚴安。他們的文章今存者皆爲上武帝書一篇，其共同特點是總結亡秦的歷史教訓，指出當時政治存在的問題，言詞懇直激切，無所顧忌，與賈誼、鼂錯一樣，表現出對漢王朝的耿耿丹心，文章亦頗具戰國縱橫馳騁之氣。

劉安

這時的政論哲理散文最值得注意的是劉安的《淮南子》。

劉安，淮南厲王劉長之子，武帝之叔父，以漢文帝十六年（公元前 164 年）襲封淮南王，漢武帝元朔六年（公元 前 123 年）以謀反被發覺自殺。史載：「淮南王安爲人好書鼓琴，不喜弋獵狗馬馳騁，亦欲以行陰德拊循百姓，流名譽。招致賓客方術之士數千人，作爲《內書》二十篇。」《內書》即《淮南子》，亦名《淮南鴻烈》，乃劉安與其門客集體編著。《漢志》著錄列爲雜家，高誘《淮南鴻烈解序》論述其思想藝術之特點說：「其旨近《老子》，淡泊無爲，蹈虛守靜，出入經道。言其大也，則燾天載地，說其細也，則淪於無垠；及古今治亂存亡禍福，世間詭異瑰奇之事。其義也著，其文也富，物事之類，無所不載，然其大較歸之於道。」這說明，其思想雖雜有儒墨名法陰陽，而以道家爲主，與漢武帝「獨尊儒術」是相對立的。其文風「詭異瑰奇」，具有先秦諸子，特別是《莊子》文章的風格。而其瑰麗鋪陳又具有散體大賦的特點。如《原道訓》描寫道的性質說：

> 夫道者，覆天載地，廓四方，柝八極，高不可際，深不可測，包裹天地，稟受無形。原流泉浡，沖而徐盈；混混滑滑，濁而徐清。故植之而塞於天地，横之而彌于四海，施之無窮而無所朝夕。舒之幎於六合，卷之不盈於一握。約而能張，幽而能明，弱而能強，柔而能剛。横四維而含陰陽，紘宇宙而章三光。甚淖而滒，甚纖而微。山以之高，淵以之深，獸以之走，鳥以之飛，日月以之明，星曆以之行，麟以之遊，鳳以之翔。

這種文章，其汪洋恣肆，頗似《莊子》；其鋪張揚厲，雜以疏密不等之韻，則似漢賦。這就是《淮南子》的風格，與漢初的文風極爲相似。

桓寬

桓寬的《鹽鐵論》也是一部有獨特風格的書。

桓寬，字次公，汝南（今河南上蔡）人，生卒年不詳。宣帝時舉爲郎，後任廬江太守丞。《鹽鐵論》是根據漢昭帝始元六年（公元前 81 年）鹽鐵會議的紀錄整理而成的政論集。這一年，漢昭帝徵集賢良文學六十餘人至長安，「問以民所疾苦」，並讓他們跟御史大夫桑弘羊及丞相田千秋討論漢武帝時實行的鹽鐵官營、酒類專賣等政策，實際涉及當時的一系列對內對外的方針大政。至宣帝時，桓寬根據這次會議的紀錄，「推衍鹽鐵之義，增廣條目，極其論難，著數萬言」（《漢書・公孫田劉傳贊》），撰《鹽鐵論》六十篇，內容涉及當時政治、經濟、軍事、文化各個方面，在一定程度上反映了當時的社會面貌。形式上，全書採用對話體，以賢良文學爲一方，以御史大夫、丞相爲一方，彼此詰難，相互駁斥，逐步深入，展開爭論，有從容不迫的說理，有尖銳激烈的爭辯，生動地反映了會議的激烈鬥爭，在漢代散文中獨具一格，有創新意義。文字簡潔鋒利，渾樸質實，能傳達出當時出場人物的情緒和神態。如：

> 大夫曰：作世明主，憂勞萬人，思念北邊之未安，故使使者舉賢良文學高第，詳延有道之士，將欲觀殊議異策，虛心傾耳以聽，庶幾云得。諸生無能出奇計，遠圖匈奴安邊境之策，明枯竹，守空言，不知趨舍之宜，時世之變，議論無所依，如膝癢而搔背，辯訟公門之下，訩訩不可勝聽，如品即口以成事。此豈明主所欲聞哉？

文學曰：諸生對冊，殊路同歸，指在於崇禮義，退財利，復往古之道，匡當世之失，莫不云太平雖未盡，可亶用宜略有可行者焉。執事闇於明禮，而喻於利末，沮事隳議，計慮籌策，以故至今未決。非儒無成事，公卿欲成也。（《利議》第二十七）

這種互相指責的唇槍舌戰，忠實地反映了會議上鬥爭之激烈。

第三節　西漢後期的政論哲理散文

這個時期從漢元帝初元元年（公元前 48 年），直至新莽地皇四年（公元 23 年），共七十餘年。元帝「好儒術文辭，頗改宣帝之政」（《漢書・匡衡傳》）。這時經董仲舒改造的以陰陽災異爲中心內容的新儒學——今文經學占有統治地位。受新儒學影響，這時的政論哲理散文內容上無不充斥著陰陽災異之說。政論家講天人相與，災異譴告，主要是講人君不可違天行事。其中主要雖是爲漢王朝的長治久安進行說教，但也包含有政論家們利用這種神學迷信，揭露現實社會的腐敗黑暗，以打擊邪惡、維護正義的因素。寫作上則引經據典，尤其是引用《詩經》的詩句作爲理論依據，「以《春秋》斷獄，以《三百篇》當諫書」，成爲一時風尚。文風也變前期的瑰麗奇偉、縱橫排闔爲雍容典雅。這種文風在前一時期即已開始，董仲舒（公元前 179～前 104 年，著有《春秋繁霜》八十二篇，《舉賢良對策》三篇）是其創始者，他以天人感應來論證封建統治的合理性和時政得失，其文風亦直樸平易，雍容典雅，與漢初嚴峻鋪排的風格有別。承襲這種文風較爲著名的有劉向和谷永。

劉向

劉向（公元前 77?～前 6 年？），本名更生，字子政，沛（今屬江蘇）人，楚元王劉交四世孫。歷仕宣帝、元帝、成帝三朝，曾任諫大夫、光祿大夫、給事中、中壘校尉等職。曾奉命整理古籍，校閱羣書，在學術文化上有很大貢獻，先秦不少典籍如《戰國策》等，都經過他的整理。他是西漢末著名的兼通經、史、天文的經學家。他的哲理散文有《洪範五行傳》及任校書之職時寫的目錄學著作《別錄》。

漢元帝時，外戚宦官弄權，皇室衰微，國政日非，劉向屢次上書言事，其奏疏中多利用自然災異來附會當時政治，彈劾宦官外戚，揭露小人當權、政治混亂的狀況。如周堪、張猛大見信任，宦官弘恭、石顯數譖毀。劉向懼其傾危，乃上封事，說：

> 今陛下開三代之業，招文學之士，優遊寬容，使得並進。今賢不肖渾殽，白黑不分，邪正雜糅，忠讒並進。章交公車，人滿北軍，朝臣舛午，膠戾乖剌，更相讒愬，轉相是非。傳授增加，文書紛糾，前後錯繆，毀譽渾亂。所以營或耳目，感移心意，不可勝載。分曹為黨，往往羣朋，將同心以陷正臣。正臣進者，治之表也；正臣陷者，亂之機也。乘治亂之機，未知孰任，而災異數見，此臣所以寒心者也。

這裡講陰陽災異就是爲揭露小人弄權、政治腐敗服務的，體現了當時文風的特點。他的文章也有不講陰陽災異的，如其著名奏疏《諫起昌陵疏》就是如此。他的文章說理暢達，從容不迫，於舒緩平易之中表現出深沈懇切的感情，顯示出儒者的風度。

他的《別錄》是校讎古書的學術論著，已佚，僅存殘篇，從中可窺見作者對每部書的學術源流、思想傾向的評述及校刊經過，具有一定的學術價值。

劉向以後，其繼承並發展其文風者，還有京房、匡衡、谷永等人。

谷永

谷永，字子雲，生卒年不詳，長安（今陝西西安）人。少爲長安小史，元帝建昭中舉爲太常丞，成帝時舉方正直言，對策上第，累官至大司農。谷永數上疏言得失，奏疏中充斥著陰陽災異之說。他雖黨於王氏，有時也敢直言。如元延元年（西元前 12 年）上的《**災異對**》，就這樣揭露人民的災難與統治者的凶惡：

> 今年蠶麥咸惡，百川沸騰，江河溢決，大水泛濫郡國十五有餘。比年喪稼，時過無宿麥，百姓失業流散。羣輩守關，大異較炳如彼；水災浩浩，黎庶窮困如此。宜損常稅，小自潤之時。而有司奏請加賦，甚繆經義，逆於民心，布怨趨禍之道也。

文中還說「天下乃天下人之天下，非一人之天下也」，這在封建皇權已經確立的時代，敢於這樣說話，是比較大膽的。

鮑宣

利用陰陽災異來揭露時弊而比較尖銳深刻的，還有一位政論文作者鮑宣。

鮑宣，字子都，渤海高城（今河北鹽山東北）人。好學明經，哀帝時爲豫州牧，徵爲諫大夫，後拜司隸。王莽秉政，宣不趨附，以事逮之入獄，自殺。他對哀帝寵信外戚子弟及幸臣董賢，諫諍甚切。他在《**上書諫哀帝**》中說：

> 凡民有七亡：陰陽不和，水旱為災，一亡也；縣官重責，更賦租稅，二亡也；貪吏並公，受取不已，三亡也；豪強大姓，蠶食亡厭，四亡也；苛吏徭役，失農桑時，五亡也；部落鼓鳴，男女遮列，六亡也；盜賊劫略，取民財物，七亡也。七亡尚可，又有七死：酷吏毆殺，一死也；治獄深刻，二死也；冤陷亡辜，三死也；盜賊橫發，四死也；怨讎相殘，五死也；歲惡飢餓，六死也；時氣疾疫，七死也。民有七亡而無一得，欲望國安，誠難；民有七死而無一生，欲望刑措，誠難。此非公卿守相貪殘成化之所致邪？

其言雖少文而多實。其揭露之深刻，在中國散文史上，也是少見的。

第四節　東漢前期的政論哲理散文

這個時期從漢光武帝建武元年至漢章帝章和二年（公元 25～88 年）共六十餘年。這時，伴隨西漢陰陽五行化的今文經學而興起的讖緯神學盛行於世。這種學說有兩個特點：其一爲煩瑣。他們解說經義，支離曼衍，一經的經說多者達百餘萬言，少亦有數十萬言，故當時有人評之爲「章句小儒，破碎大道」。其一爲迷信。他們製造了一個談神怪、立新說的孔子，集合一切古來相傳和自造的經說和妖妄言辭，僞指爲孔子所寫的書，這些書就稱爲緯書或祕經。這種讖緯之學是東漢的主要意識形態，其政治地位比經學更高。這種意識形態當然遭到一些有識之士的批判與反對。這時，古文經學也已開始興起。古文經學的一個特點是「通訓詁」、「學大義」，「不爲章句」，即所謂「通人惡煩，羞學章句」。東漢主要古文經學家如桓譚、班固、王充、賈逵、許慎、馬融、鄭玄等人都博通羣經。古文經學的另一特點是反對讖緯。桓譚、尹敏、王充、張衡、荀爽、荀悅都斥責讖緯，說它不合經義，非孔子所作。特別是王充，更著書反對讖緯，是東漢最著名的思想家。這個時期的優秀政論哲理散文，內容上提倡古文經學，批判讖緯之說；文風亦有復古的傾向。此風從西漢末即已開始，首見劉歆（公元前？～23年，著有《七略》），他曾著文公開反「今學」，復「古學」的文章，文風也不像董仲舒以來一些儒者之文那樣引經據典，溫文爾雅，而是寫得相當隨便，暢所欲言，無所依傍，頗似漢初賈誼、晁錯的文風。

與劉歆同時而倡導復古的還有揚雄。他仿《論語》作《法言》，仿《周易》作《太玄》，表述他對社會、政治、哲學等方面的思想。他提倡復古，反對今文經學。其內容與風格，與那些講天人感應、災異譴告的文章是不同的。其語言樸茂，氣勢流暢，缺點是過於古奧。

東漢第一個公開反對讖緯之學的則是桓譚。繼桓譚之後，反對神學迷信最力的政論哲理散文作家是王充。

桓譚

桓譚（約公元前23～50年），字君山，沛國相（今安徽宿縣符離集）人。《後漢書》本傳稱其「博學多通，徧習五經，皆詁訓大義，不爲章句。能文章，尤好古學，數從劉歆、揚雄辯析疑異。性嗜倡樂，簡易不修威儀，而憙非毀俗儒，由是多見排抵。」成帝時爲郎，光武帝即位，徵待詔，極言讖之非經，出爲六安丞，道病卒。著作有《新論》二十五篇，記當世言事。此書久佚，清孫馮翼、嚴可均皆有輯本。此外，《後漢書》本傳還載其《陳時政疏》和《抑讖重賞疏》。

他的文章內容廣泛。嚴可均稱《新論》輯佚本爲「其尊王賤霸，非圖讖，無仙道，綜核古今，偭縷得失，以及儀象典章，人文樂律，精華略具，則雖謂此書未嘗佚失可也」。其奏疏也涉及任用賢能、法禁、重農抑商、輕爵重賞等問題，尤其是對圖讖作了尖銳的批評：「今諸巧慧小才伎數之人，增益圖書，矯稱讖記，以欺惑貪邪，詿誤人主，焉可不抑遠之哉！」其語言樸實質直，通俗淺近，不似揚雄之古奧，然思想內容雖然新穎，文采卻顯得不足。

王充

王充（公元 27～97? 年），字仲任，會稽上虞（今屬浙江）人。出身「細族孤門」，曾作郡功曹、州從事等小官，自免還家，漢和帝永元中病卒於家。《後漢書》本傳稱其「師事扶風馬融，好博覽而不守章句」，「博通衆流百家之言」，「充好論說，始若詭異，終有理實，以爲俗儒守文，多失其眞，乃閉門潛思，絕弔慶之禮」，專意著述。其著作很多③，多已亡佚，今存者唯《論衡》八十五篇（其中《招致》一篇有錄無書）。

《論衡》的第一個特點是「疾虛妄」，深刻地批判了以「天人感應」爲核心的讖緯迷信。王充繼承和發展了古代唯物主義思想，認爲世界是由物質性的「氣」所構成，「人死而精氣滅」，不能爲鬼；天也不是有意志有目的的神，否定了「災異譴告」、「祥瑞」等荒誕說法。他說：「世俗所患，患言事增其實；著文垂辭，辭出溢其眞。」（《藝增》）他作《論衡》就是批評這種失眞的虛妄之言。

《論衡》的第二個特點是論述範圍非常廣泛。八十四篇文章，涉及了歷史與現實，政治與思想的各個方面：《自然》、《物勢》諸篇說明他的宇宙觀；《變虛》、《異虛》、《感虛》、《福虛》、《禍虛》、《寒溫》、《變動》諸篇批判了天人感應說；《講瑞》、《指瑞》

諸篇批判了祥瑞思想；《問孔》、《刺孟》、《儒增》諸篇批判了儒書中的虛妄成分；《死僞》、《紀妖》、《訂鬼》、《難歲》諸篇批判了迷信觀念。《論衡》所討論所批判的範圍非常廣泛，但集中點是批判圖讖。論述如此深刻，在漢代是少見的。

《論衡》的第三個特點是論證全面，徵引廣博。作者每論述一個問題，總是不厭其煩地上下古今，事實理論，反覆論證，信筆所之。故行文舒緩，說理透闢，富有說服力量。

《論衡》的第四個特點是語言淺近通俗。王充反對虛美之文，認爲「口則務在明言，筆則務在露文」（《自紀》），「夫筆著者，欲其易曉而難爲，不貴難知而易造；口論務解分而可聽，不務深迂而難睹」（《自紀》）。他的文章正貫徹了他的這一主張。

他的文章也有缺點。一是過於繁複，《四庫提要》就說它「反復詰難，頗傷費辭」。當時即有人批評王充「所作新書，出萬言，繁不省」。其二是過於樸質無華。語言幾乎如村夫野語，缺乏文采。當時也有人批評說：「今新書既在論譬，說俗爲戾，又不美好，於觀不快。」從桓譚到王充，重質而不尚文，是文章發展的一種極端現象，是對讖緯之書以華美的言詞文飾其迷信虛妄的一種反動，不全是王充的個人文風問題。

第五節　東漢後期的政論哲理散文

這個時期從漢和帝永元元年到漢靈帝中平六年（公元 89～189 年），共一百年。這時政治日趨腐敗，神學化的今文經學逐漸遭人唾棄，「舉大義」的古文經學得以大興，各種異端思想相繼出現，由通儒而趨通脫，成爲時尚。這時的散文作家目擊時艱，已不暇如王充那樣從容不迫地考證虛實，而是尖銳地指摘時弊，評論政治得失，提出救弊扶危的主張，文多憤激不平之氣。

語言日趨駢偶也是這時散文的發展趨勢。著名政論哲理散文作家有王充、崔寔、荀悅、仲長統等。

王符

王符，字信節，生卒年不詳，安定臨涇（今甘肅鎮原）人。以庶出爲鄉人所賤，加以耿介不同於俗，遊宦不得升遷，於是憤而隱居著述，終身不仕。他對當時政治不滿，《後漢書》本傳稱其「志意蘊憤，乃隱居著書三十餘篇，以譏當世得失，不欲章顯其書，故號曰《潛夫論》。其指訐時短，討謫物情，足以觀見當時風政」。今存《潛夫論》十卷，三十六篇，大多是討論治國安民之術的政治論文，少數涉及哲學問題。他對當時社會政治的批判是廣泛而尖銳的。他歷數當時經濟、政治及社會風氣等方面本末倒置、名實相違的情形，指出此「皆衰世之務」，並引用許多歷史教訓來警告統治者。他把社會禍亂的根源歸咎於當權者的昏暗不明，嚮往賢能治國，明君尊賢任能，信忠納諫。他結合自己的身世，針對「富者乘其財力，貴者阻其勢要」的現實，提出「君子未必富貴，小人未必貧賤」的命題，要求當權者「論士必定於志行，毀譽必參於效驗」，建議採取考功、明選等措施來改革吏治。他反覆强調「國以民爲基，貴以賤爲本」（《救邊》），即使談天命，也說「天以民爲心，民之所欲，天必從之」，强調統治者要重視民心的向背。他强調要崇本抑末，重視發展農桑，愛惜民力。他特別重視邊遠地區的防禦和建設，批判內遷郡邊人民的錯誤。他批判迷信卜筮、交際勢利等不良社會風氣。這些批判皆切中時弊。汪繼培《潛夫論箋自序》稱其「精習經術，而達於當世之務，其言用人行政諸大端，皆按切時勢，令今可行，不爲卓絕詭激之論」；其思想體系則「折中孔子，而復涉獵於申商刑名韓子雜說，未爲醇儒」，可見其思想已雜有法家成分。他的文章是非明確，內容切實，說理透闢，指斥尖銳；且引經據典，縱橫而論，犀利尖刻；語多排偶，表現了東漢後期政論哲理散文駢偶化的趨勢。如《論榮》篇說：

> 所謂賢人君子者，非必高位厚祿、富貴榮華之謂也。此則君子之所宜有，而非其所以為君子者也。所謂小人者，非必貧賤凍餒困辱阨窮之謂也。此則小人之所宜處，而非其所以為小人者也。奚以明之哉？夫桀紂者，夏殷之君王也。崇侯惡來，天子之三公也。而猶不免於小人者，以其心行惡也。伯夷叔齊，餓夫也。傅說胥靡，而井臼處虜也，然世猶以為君子者，以為志節美也。故論士苟定於志行，勿以遭命；則雖有天下不足以為重，無所用不足以為輕，處隸圉不足以為恥，撫四海不足以為榮，況乎其未能相縣若此者哉！故曰寵位不足以尊我，而卑賤不足以卑己。夫令譽從我興，而二命自天降之。《詩》云：「天實為之，謂之何哉！」故君子未必富貴，小人未必貧賤。

這段文章引證歷史和典籍來論證「君子未必富貴，小人未必貧賤」，批評「俗士之論」，運用排偶的語言，侃侃而談，將道理說得十分透闢，正體現了王符文章的風格。

崔寔

崔寔，生卒年不詳，字子眞，一名台，字元始，涿郡安平（今屬河北）人。桓帝初爲郎，後拜議郎，與邊韶、延篤等著作東觀，出爲五原太守，徵拜議郎，復與諸儒博士雜定五經，拜遼東太守。母卒歸葬，服竟，召拜尚書。以世方阻亂，稱疾不視事，免歸。漢靈帝建寧中卒。《後漢書》本傳稱其「明於政體，吏才有餘，論當世便事數十條，名曰《政論》，指切時要，言辯而確，當世稱之」。其書久佚，嚴可均《全後漢文》輯得一卷，稱「其書成於守遼東後」。

從其輯本來看，崔寔對當時社會的各種弊端指露相當深刻尖銳。他指摘時弊說：「今使列肆賣侈功，商賈鬻僭服，百工作淫器，民見可欲，不能不買，賈人之列，戶蹈僭侈矣。故王政一傾，普天率土，莫不奢僭」，「此則天下之患一也」；「躬耕者少，末作者衆」，以致「財鬱蓄而不盡出，百姓窮匱而爲奸寇，是以倉廩空而囹圄實」，「斯則天下之患二也」；「法度既墮，輿服無限，婢妾皆戴瑱揥之飾，而被織文之衣，乃送終之家，亦大無法度，至用輻梓黃腸，多藏寶貨，饗牛作倡，高墳大寢，是可忍也，孰不可忍也！而俗人多之」，「此天下之患三也」。這種條分縷析，頗似賈誼的《陳政事疏》。他針對當時的混亂現實，提出：「今既不能純法八代，故宜參以霸政，則宜重賞深罰以御之，明著法術以檢之。」（以上均見《全後漢文》四十六卷崔寔《政論》）故《隋書・經籍志》將《政論》歸入法家類。這就透露出當時刑名法術之學正在興起的信息。其文章語言樸質而略帶駢偶，感情激憤而又深沈，充滿憂時病俗的鬱鬱不平之氣，正代表了當時政論文的特色。

荀悅

荀悅（公元148～209年），字仲豫，潁川潁陰（今河南許昌）人。漢靈帝時，宦官用權，士多退避窮處。悅乃託疾隱居，時人莫之識。初辟鎮東將軍曹操府，遷黃門侍郎，累遷祕書監、侍中。《後漢書》本傳稱，「時政移曹氏，天子恭己而已。悅志在獻替，而謀無所用，乃作《申鑒》五篇，其所論辯，通見政體」。《申鑒》五篇（五卷）今存，是荀悅的政論集。他在《政體》篇中說：

或曰：聖王以天下為樂。曰：否，聖王以天下為憂，天下以聖王為樂。凡主以天下為樂，天下以凡主為憂。聖王屈己以申天下之樂，凡主伸己以屈天下之憂。申天下之樂，故樂亦報之；屈天下之憂，故憂亦及之，天下之道也。

治世所貴乎位者三：一曰達道於天下，二曰達惠於民，三曰達德於身。衰世所貴乎位者三：一曰以貴高人，二曰以富奉身，三曰以報肆心。治世之位，真位也。衰世之位，則生災矣。苟高人則必損之，災也。苟奉身則必遺之，災也。苟肆心則必否之，災也。

從上引諸條可以看到荀悅《申鑒》有三個特點：

其一，他的思想比較接近於醇儒，少雜有刑名黃老之術。

其二，他多從正面提出應如何治國理民，很少指責時政的弊端。

其三，文字古樸省淨，語氣和平舒緩，形式似語錄，傾向復古。

所以明王鏊《申鑒序》說：「悅每有獻替，而意有未盡，此《申鑒》所爲作者，蓋有志於經世也……其論政體，無賈誼之經制而近於醇，無劉向之憤激而長於諷，其《雜言》等篇頗似揚雄《法言》。」《申鑒》的內容和文章風格在漢末是獨具一格的。

仲長統

仲長統（公元 180～220 年）④，字公理，山陽高平（今山東微山縣西北）人。《後漢書》本傳稱其「性俶儻，敢直言，不務小節，默語無常，時人或謂之狂生。每州郡命召，輒稱疾不就」。尚書令荀彧舉爲尚書郎，後參丞相曹操軍事，死時年僅四十一歲。他「每論說古今及時俗行事，恒發憤嘆息，因著論名曰

《昌言》，凡三十四篇，十餘萬言」（《後漢書》本傳）。《昌言》全書已佚，嚴可均《全後漢文》從《後漢書》本傳、《羣書治要》、《意林》等書中輯得兩卷，一萬餘字。從其輯本來看，仲長統對當時社會的種種黑暗，諸如政治腐敗，讖緯迷信橫行，外戚宦官專權，都作了深刻的揭露與批判。他揭露豪强地主的奢侈橫行：

> 豪人之室，連棟數百，膏田滿野，奴婢千羣，徒附萬計。船車賈販，周於四方；廢居積貯，滿於都城。琦賂寶貨，巨室不能容；馬牛羊豕，山谷不能受。妖童美妾，填乎綺室；倡謳妓樂，列乎深堂。賓客待見而不敢去，車騎交錯而不敢進。三牲之肉，臭而不可食；清醇之酎，敗而不可飲。睇盼則人從其目之所視，喜怒則人隨其心之所慮。此皆公侯之廣樂，君長之厚實也。（《全後漢文》卷八十八《昌言．理亂篇》）

因此，他主張變革，主張嚴刑峻法：

> 至於革命之期運，非征伐用兵，則不能定其業；奸宄成羣，非嚴刑峻法，則不能破其黨。時勢不同，所用之數，亦宜異也（《昌言》下）

可見其思想是傾向於法治的。故《隋志》將《昌言》列入雜家。他的文章文辭流暢，條理分明，感情激憤，行文以單行之氣運排偶之辭，氣勢充沛，與王符的文風近。嚴可均《全後漢文》稱其「闓陳善道，指抲時弊，剴切之忱，踔厲震盪之氣，有不容摩滅者，繆熙伯方之董、賈、劉、揚，非過譽也」，是中肯的評價。

第六節　書信體散文

正如兩漢的政治哲理散文導源於先秦的諸子散文一樣，兩漢的書信也是先秦書信體散文的發展。但先秦的書信如《左傳》所載鄭子家《遺趙宣子書》、鄭子產《遺范宣子書》、晋叔向《遺鄭子產書》，《戰國策》所載魯仲連《遺燕將書》、荀卿《與楚春申君書》及《史記》所載李斯《諫逐客書》等，主要是陳述政治方面的意見，與春秋時列國使者往來的辭令和戰國遊士的說辭相似，抒情的成份很少，可以說是政論文的旁支。只有個別篇章如《國策》所載樂毅《報燕惠王書》，才有較多的抒情成分。今存兩漢的書信仍多與政治相關，但抒情的因素擴展了，有些已基本上或完全是個人的抒情之作，具備了陸機所云「函綿邈於尺素，吐滂沛乎寸心」（《文賦》）的特點，成為魏晋以後抒情性的書信的先導，對我國抒情散文的形成起著重要的作用。

㈠自陳積悃或規勸對方的書信

兩漢書信的抒情，往往著眼於兩個角度：一是自陳積悃，一是規勸對方。前者著名的有鄒陽《獄中上梁王書》、司馬遷《報任安書》、楊惲《報孫會宗書》等，後者則有枚乘的兩封《上書諫吳王》、朱浮《與彭寵書》、李固《與黃瓊書》等。這些書信的內容雖大都牽涉到某種政治上的問題，有所評議、抗爭或諷諭，但都能以強烈感情加以貫串。故在寫法上，往往熔敍事、議論、抒情為一爐，抒情與議論尤不可分；議論多帶抒情色彩，抒情則寄寓著對事物的讚嘆或否定。例如：漢文帝時鄒陽投奔梁孝王劉武門下，因才高寡合，遭人忌妒進讒，被下獄。他在獄中上書自明，曰：

臣聞：忠無不報，信不見疑。臣常以為然，徒虛語耳！昔者荊軻慕燕丹之義，白虹貫日，太子畏之；衛先生為秦畫長平之事，太白食昴，昭王疑之。夫精誠變天地，而信不諭兩主，豈不哀哉！今臣盡忠竭誠，畢議願知，左右不明，卒從吏訊，為世所疑。是使荊軻、衛先生復起，而燕、秦不寤也。願大王孰察之。

這一段意在說明「信而見疑，忠而被謗」，引事反復申述，加以慨嘆，作者憤懣之情，即在其中了。梁王讀過此信之後，鄒陽即被放出，足以說明此書之效果。《報任安書》更是寫得慷慨悲涼，淋漓盡致；司馬遷把自己的半生遭遇、苦難、牢騷和不平，以及種種難言之隱，和盤托出。强烈的感情色彩，洋溢全篇。

在規勸對方的書信中，也有一些表現出濃厚的感情色彩，如朱浮《與彭寵書》。朱浮爲幽州牧，彭寵爲漁陽太守，二人因事結怨。彭寵自負功高，對漢光武帝未能加封而心懷不滿。乃發兵攻打朱浮，並欲叛漢自立。朱浮寫信規勸，說：

朝廷之於伯通（彭寵字伯通），恩亦厚矣，委以大郡，任以威武，事有柱石之寄，情同子孫之親。匹夫媵母，尚能致命一餐，豈有身帶三綬、職典大邦，而不顧恩義、生心外叛者乎！伯通與吏民語，何以為顏？行步拜起，何以為容？坐臥念之，何以為心？引鏡窺景，何以施眉目？舉厝建功，何以為人？惜乎！棄休令之佳名，造梟鴟之逆謀；捐傳世之慶祚，招破敗之重災；高論堯舜之道，不忍桀紂之性。生為世笑，死為愚鬼，不亦哀乎！

這一段雖不免夾雜個人意氣，但仍然不失辭嚴義正；指斥彭寵逆謀，針針見血；那種强烈的蔑視之情，形成一種咄咄逼人之勢。

㈡互陳思念的書信

東漢末年，秦嘉及其妻徐淑相互間兩次來往書信，抒情成份更為濃鬱。儘管這些書信也與秦嘉的從政有關，但主要是抒寫夫妻間相互思念的感情。這幾封書信更接近於後世比較嚴格的抒情散文。

秦嘉，字士會，隴西（今屬甘肅）人。桓帝時，為上郡椽。歲終為郡計簿使赴洛陽。其妻徐淑，因病住娘家，未能隨行。秦嘉曾寫書派車迎接，其書曰：

> 不能養志，當給郡使，隨俗順時，僶俛當去，知所苦故爾。未有瘳損，想念悒悒，勞心無已。當涉遠路，趨走風塵，非志所慕，慘慘少樂。又計往還，將彌時節；念發同怨，意有遲遲。欲暫相見，有所屬托。今遣車往，想必自力。

信中設想旅途之孤寂，行期之漫長，故而急欲與妻子相見，「有所屬托」。從中抒寫出對妻子的思念，情致纏綿，十分感人。

徐淑收信後，隨即寫了回信，說：

> 知屈珪璋，應奉藏使，策名王府，觀國之光。雖失高素皓然之業，亦是仲尼執鞭之操也。自初承問，心願東還。迫疾惟宜，抱嘆而已。日月已盡，行有伴例。想嚴莊已辦，發邁在近。誰謂宋遠，企予望之。室邇人遐，我勞如何！深谷逶迤，而君是涉；高山岩岩，而君是越，斯亦難矣。長路悠悠，而君是踐；冰霜慘烈，而君是履。身非形影，何得動而輒俱？體非比目，何得同而不離？於是詠萱草之喻，以消兩家之思；割今者之恨，以待將來之歡。今適樂土，悠遊京邑，觀王都之壯麗，察天下之珍妙，得

無目玩意移，往而不能出耶！

這封信更加纏綿宛轉，情深意厚。徐淑雖因病不能前來相見遠送，但她的思念之情，卻伴隨著其夫越山涉谷，優遊京邑。作者以女性所特有的那種細緻心理，設想旅途中一切艱難險阻。夫妻間體貼入微之情，表達得極爲眞切。信中提到因病而不得不「割今者之恨，以待將來之歡」，想以將來的歡聚，來安慰眼前的睽離。但這一願望，卻終於落空。秦嘉到洛陽後，被任爲黃門郎，不久即病卒於津亭鄉，二人此後再也沒能相見。秦嘉死後，徐淑拒絕兄長的規勸，毀形不嫁。不久以哀慟過甚，亦卒。這一對恩愛夫妻和他們的悲劇命運，引起後世不少文人的追思。

附　註

①《過秦論》最早見於《史記・秦始皇本紀》的「太史公曰」，本只作一篇，並且將現存的下篇放在最前，將今存的上篇與中篇依次放在下篇之後。至《文選》始將其分爲上、中、下三篇。其實三篇本是一篇文章的三個段落，分論秦始皇、秦二世、秦王子嬰之過，指出秦始皇之過是「仁義不施」，秦二世之過是「因而不改，暴虐以重禍」，秦王子嬰之過是「孤立無親，危弱無輔」而又不知「守險塞而軍，高壘無戰，閉關據厄，荷戟而守之」。總之，「三主惑而終身不悟，亡，不亦宜乎！」

②《論貴粟疏》與《守邊勸農疏》，原本爲一篇。《漢書・晁錯傳》於《守邊勸農疏》前云：「錯復言守邊備塞、勸農力本當世急務二事」，這兩篇奏疏正言此二事。《漢書》將《守邊備塞》一事載於《晁錯傳》，而將「勸農力本」一事題曰《論貴粟》以載於《食貨志》，因而成爲兩篇。

③王充的著作，據《論衡・自紀篇》，有：「志俗人之寡恩，故閒居作

《譏俗》、《節義》十二篇」；「充既疾俗情，作《譏俗》之書。又閔人君之政，徒欲治人，不得其宜，不曉其務，愁精苦思，不睹所趨，故作《政務》之書；又傷僞書俗文，多不實誠，故爲《論衡》之書」；「以爲昔古之事，所言近是，信之入骨，不可自解，故作《實論》」；「歷數冉冉，庚辛域際，雖懼終徂，愚猶沛沛，乃作《養性》之書，凡十六篇」。今僅存《論衡》85 篇，餘皆佚。

④仲長統，就其生平活動時間說，比建安七子均晚。但他的《昌言》與王符《潛夫論》、崔寔《政論》等書性質相近。故姑且附於此。因其文已歸於東漢末，故其詩亦歸入《漢代文人詩》一章而不入建安詩，以求統一。

第三章　司馬遷《史記》與漢代歷史散文

第一節　漢代歷史散文的發展趨勢

漢代散文主要有兩大品類：一爲政論哲理散文，一爲歷史散文。漢代歷史散文在先秦歷史散文的基礎上，獲得了新的長足的發展。而且，它的發展趨向與政論哲理散文不同。漢代政論哲理散文較先秦諸子散文，其文學性不斷減弱；而漢代歷史散文較先秦歷史散文，其文學性却有所增强，因而產生了《史記》、《漢書》等一批既有高度史學價值，也有高度文學價值的巨著，成爲後代難於企及的高峯。

㈠傳記文學的成熟

我國古代的統治者一向重視歷史，重視歷史經驗的總結，故歷史散文一直得以持續發展。而且記載歷史，從一開始就有一個突出特點，即重視歷史人物的「言」和「事」。但是從現存的兩部比較早的歷史書《尚書》和《春秋》來看，他們記的「言」只是當時統治者對其政策和措施的簡要說明，記的「事」也只是歷史大事的簡要提綱，看不到歷史人物的具體生動的活動。而且「事爲《春秋》，言爲《尚書》」，把「言」和「事」分別記錄，把許多生動的歷史事件割裂開來，更無法展現歷史人物具體的面貌。因此談不上有多少文學價值。

史傳文學發展到《左傳》、《國語》產生了一個飛躍，它們將

「言」和「事」結合起來寫，把歷史事件故事化，而且有些故事寫得栩栩如生，有聲有色，文學因素大大增強了。但它們還是以記言記事爲中心，人物只是做爲某一歷史事件的附屬而出現，寫作目的還是記述事件，而不是刻畫人物。至《戰國策》開始改變《左傳》、《國語》以記事記言爲中心的寫法，轉而以人物爲描寫的中心。《戰國策》全書四百九十餘章，有許多章節都是以一個歷史人物爲中心的，而且寫得活靈活現，入木三分。但是，它每一章多是寫某個歷史人物的一個生活片斷。因此，《戰國策》還只是一些人物速寫，沒有展現出歷史人物一生的完整的精神面貌和性格特點。

司馬遷的《史記》則不但以歷史人物爲中心，而且將某一歷史人物一生的事迹集中在一起，通過給歷史人物寫傳記的辦法來寫歷史。這樣，它就有可能更充分地刻畫人物性格，較集中地寫出人物一生的命運和特點。《史記》全書一百三十篇，除十表八書之外，其餘一百多篇都是以歷史人物爲中心描寫對象的，多數篇章都是具體生動的人物傳記，寫出了許多栩栩如生的歷史人物。《史記》的出現標誌著我國傳記文學這種文學體裁的成熟。

㈡文史分流的趨勢開始出現

史傳文學自先秦開始發展，到司馬遷的《史記》，達到了一個全新的高度。《史記》那些生動鮮明的歷史人物形象，那些曲折緊張的歷史故事，那種參差錯落的文學語言，成爲後世散文的典範，魯迅譽之爲「史家之絕唱，無韻之《離騷》」（《漢文學史綱》）。自此，作家們要寫歷史人物傳記，都感到有些難乎爲繼。於是，文學家就將其注意力集中去開發新的描寫領域，而將歷史讓給歷史家去研究。歷史家們撰寫歷史著作，也將主要精力集中於史料的收集、史實的考核，而不再顧及歷史人物藝術形象的塑造。班固的《漢書》就開始呈現出這種傾向。《漢書》對歷史資料的收集、考核與記載比《史記》精確詳實，班固就曾譏刺《史記》「至於采經摭傳，分散數家之言，甚多疏略，或有抵牾」（《漢書・司馬遷傳贊》），但其文學價值則不如《史記》，而此後的歷朝正史在文學上的成就又遠在《漢書》之下，這些都是公認的事實。

㈢雜史正式從子書與正史中分離出來

先秦歷史散文，除《尚書》、《春秋》、《左傳》、《國語》、《戰國策》之外，不少子書均記載歷史故事。如《韓非子》就有《說林》、內外《儲說》，至於《晏子春秋》、《呂氏春秋》則幾乎全是由一些歷史故事組成。這些書的基本性質仍屬子書，其中所記載的歷史故事也是思想家們用以說明某些道理，他們收集這些故事，不是記史，而是說理。但它們已有逐漸從子書中分離出來，而成爲一種獨立的文學類別——雜史。這種子書性質的歷史故事集，漢代仍然存在。比較著名的如韓嬰的《韓詩外傳》屬經部詩類著作，劉向的《說苑》、《新序》，屬子部儒家類著作，而其基本內容則爲歷史故事的輯錄。另外如趙曄的《吳越春秋》、袁康的《越絕書》、劉向的《列女傳》，它們或記春秋末年吳越爭霸的歷史，或專記歷代婦女的事迹，其中雖雜有某些神話或民間傳說，但它們仍屬於史部，而又與正史不同，形成了史書中的雜史雜傳一類。這種雜史成爲後世歷史小說的萌芽形式，對後世的文學的發展影響巨大。

這就是漢代歷史散文發展的大體趨勢。

第二節　司馬遷的生平和著作

㈠司馬遷的生平

司馬遷，字子長，馮翊夏陽（今陝西韓城）人，生於漢景帝中元五年（公元前 145 年）①。幼年「耕牧河山之陽」，在家鄉度過。其父司馬談在漢武帝建元年間做了太史令，司馬遷即隨其父遷至長安茂陵顯武里。十歲就學習古文字，隨後又向當時的經學大師董仲舒學習《公羊春秋》，向孔安國學習古文《尚書》，打下了淵博的學識基礎。漢武帝元封元年（公元前 110 年）其父病逝。元封三年（公元前 108 年）司馬遷繼任太史令。太初元年（公元前 104 年）受命主持制訂「太初曆」，並正式動手寫作《史記》。天漢三年（公元前 98 年）因李陵事下獄受腐刑。太始元年（公元前 96 年）遇赦出獄，任中書令。太始四年（前 93 年），《史記》的寫作基本完成②。以後事迹不詳，大概死於漢武帝末年或漢昭帝初年。據王國維《太史公行年考》推斷，司馬遷一生行迹當「與武帝相終始」。

司馬遷的生平活動中跟他寫作《史記》關係極為密切的有三個方面。

第一，家世與家庭。

「司馬氏世典周史」，他的祖先世為周王朝史官，司馬遷即出生於這個史官世家。其父司馬談是一位學識淵博的學者，在漢武帝元朔（公元 前 128～前 123 年）年間，曾寫過一篇重要論文《論六家要指》。在這篇論文中，司馬談將春秋戰國以來「蜂起並作」的「百家之學」，第一次用陰陽、儒、墨、名、法、道六家加以概括，表現出他對先秦諸子的精深研究。同時，這篇文章作於漢武帝正式宣布「罷黜百家，獨尊儒術」之後，卻對陰陽等前五家都有所批判，指出儒家的缺點是「博而寡要，勞而少功」，而對道家則作了全面的肯定，認爲它兼具五家之長而沒有五家之短。這對司馬遷的思想和治學態度是有影響的。

另外，司馬談在任太史令時，就曾想修一部史書來論載「海內一統，明主賢君忠臣死義之士」的事迹，他未能如願就賫志以歿了。他臨死時鄭重地囑托司馬遷「無忘吾所欲論著」。司馬遷也流著淚說：「小子不敏，請悉論先人所次舊聞，弗敢闕。」後來，司馬遷發憤著述，李陵之禍以後他也「隱忍苟活」，動力之一就是其父的遺囑。

第二，中青年時期的漫遊。

司馬遷一生有幾次大的遊歷。

第一次是漢武帝元朔三年（公元前 126 年）司馬遷二十歲的時候。這次遊歷，他赴長沙，觀屈原所自沈淵處，考察了屈原放逐的有關事迹；他浮沅湘，窺九嶷，調查了虞舜南巡的傳說；他南登廬山，上會稽，探禹穴，考察了大禹治水的傳說；他上姑蘇，望五湖，適壽春，觀春申君故城宮室，了解了春申君的有關事迹；他到淮陰，考察了韓信葬母的墓地；北涉汶泗，講業齊魯之都，參觀了孔子的廟堂、車服禮器和諸生習禮的情況；他困厄鄱薛彭城，適豐沛，收集了關於孟嘗君及楚漢之爭的許多故事；他適大梁之墟，調查了所謂夷門和魏公子無忌的一些事迹。這次遊歷，足迹遍及大江南北、河南、山東等許多地區，收集了大量的歷史資料，爲他後來撰寫《五帝本紀》、《夏本紀》、《孔子世家》、《越王句踐世家》、《屈原列傳》、《魏公子列傳》和秦漢之際許多人物的傳記作了重要準備。

第二次遊歷是漢武帝元鼎六年（公元前 111 年）。他「奉使西征巴蜀以南，南略邛（今四川邛崍）、筰（今四川漢源境內）、昆明」，即奉命巡視四川和雲南邊境一帶。這些地區是我國少數民族聚居的地區。司馬遷這次出遊，爲他後來撰寫《西南夷列傳》和《貨殖列傳》收集了不少資料。

第三次是漢武帝元封元年（公元前 110 年），他扈從漢武帝出巡。先從漢武帝登封泰山，參加封禪大典，東巡海上，至碣石，經遼西，歷北部邊境，至九原，歸甘泉，考察了東部、北部許多地區，爲他後來撰寫《封禪書》、《秦始皇本紀》、《蒙恬列傳》等創造了條件。

此外，他還好幾次扈從漢武帝出巡，西登崆峒，北過涿鹿，負薪塞河，足迹幾遍全國。所到之處，他考察風土人情，參觀名勝古迹，訪問耆老故舊。擴大了視野，增益了知識，收集了大量的歷史故事和文物史料，了解了人民的實際生活。這一切對他政治見解的形成和豐富《史記》一書的內容都有重大影響。

第三，遭李陵之禍。

李陵是西漢名將飛將軍李廣的孫子。天漢二年（公元 前 99 年），爲配合貳師將軍李廣利出征匈奴，李陵率領步兵五千深入匈奴腹地，兵敗被俘，投降匈奴。司馬遷根據他平時對李陵的了解，認爲李陵並非眞心投降，只是想找機會報答漢朝。當漢武帝召問司馬遷對李陵的看法時，司馬遷「即以此旨，推言陵功」，觸怒了漢武帝，被認爲是「沮貳師而爲李陵遊說」，將其下獄治罪。司馬遷因無錢贖罪，又沒有人搭救他，因此在天漢三年（公元 前 98 年）受了宮刑。出獄後雖官至中書令，「尊寵任職事」，但這是宦官擔任的職務，司馬遷認爲屈辱了士節、受到了奇恥大辱而鬱鬱寡歡。只是因爲《史記》的創作尚未完成而「隱忍苟活」著。這是司馬遷一生中的重大事件，對司馬遷的生活、思想產生巨大影響，使他由一個「廁下大夫之列」的太史令，變爲一個「身殘處穢」的「閨閣之臣」。他從自身的不幸遭遇，更認清了漢武帝的偏私以及當時政治的黑暗，世態的炎涼；更認清了他自己社會地位的卑微以及理想和現實之間的矛盾；更看到「立德」、「立功」的不可能。這促使他在思想上發生了一個很大的轉變，由「絕賓客之知，忘室家之業」，轉變到「隨俗浮沈，與時俯仰，以通其狂惑」；由「務一心營職以求親媚於主上」，轉變到下決心不與當權者合作以求名於將來。「草創未就，惜其不成，是以就極刑而無慍色」，恥辱變成了動力，更加集中精力寫作《史記》，使《史記》成爲他的「發憤」之作。

㈡司馬遷的著作

司馬遷最著名的著作是《史記》。除《史記》外，今存者尚有《報任安書》及《悲士不遇賦》。

《史記》

《史記》之名，司馬遷在《太史公自序》中自稱爲《太史公書》。漢儒多沿用此稱，故《漢書・藝文志》列《太史公書》於「春秋類」。而《漢書・楊惲傳》稱爲《太史公記》，《風俗通義・正失》篇又稱之爲《太史記》，但漢人無稱之爲《史記》者。錢大昕《廿二史考異》說：「《史記》之名疑出魏晋以後。」如葛洪《西京雜記》卷四說：「司馬遷發憤作《史記》百三十篇，先達稱爲良史之才。」就不稱《太史公書》，而稱《史記》。《史記》也就由一般史籍的通稱而成爲此書的專稱。

《史記》凡百三十篇。而《漢書・司馬遷傳》稱「十篇缺，有錄無書」，但未列舉所缺篇目。《漢書・司馬遷傳》注及《史記・太史公自序・集解》並引張晏說：「遷沒之後，亡《景紀》、《武紀》、《禮書》、《樂書》、《律書》、《漢興已來將相年表》、《日者列傳》、《三王世家》、《龜策列傳》、《傅靳蒯成列傳》。」張晏提出的這些亡缺篇目③，未說明其依據的材料來源。而今本《史記》百三十篇俱存，只有《武帝本紀》是抄錄《封禪書》而成。《史記》有無亡缺？亡缺何篇？迄今尚無定論。

《史記》原文只有 526,500 字，而今本《史記》則有 555,600 多字，比原來多出二萬九千多字，肯定有人作過增補④。補《史記》的人，有姓名可考者只有褚少孫一人。褚少孫，潁川人，元、成間博士。他補了十篇，即《三代世表》、《建元以來侯者年表》、《陳涉世家》、《外戚世家》、《梁孝王世家》、《三王世家》、《田叔列傳》、《滑稽列傳》、《日者列傳》、《龜策列傳》。凡他所補文字之前均冠以「褚先生曰」以說明其增補意圖及史料來源。凡未冠「褚先生曰」者，其補者爲誰，已無從考訂。

《史記》從東漢起就有人爲之作注。今存者有南朝宋裴駰《史記集解》八十卷，唐司馬貞《史記索隱》三十卷，唐張守節《史記正義》三十卷。這三家注原本單行，到北宋時才將三家注分列於《史記》正文之下，合爲一編，成爲《史記》最通行的本子。近世日本人瀧川龜太郎撰《史記會注考證》一書，取淸代學者有關考證八十四種、日本學者有關注解十八種彙編而成，搜羅很廣，用功頗深，是一部有重要價值的注釋本。

《報任安書》

《報任安書》是司馬遷太始四年（公元前 93 年）寫給他的朋友任安的一封信⑤。從信中，我們看到一個正直的、想要有所作爲的知識分子在那個社會中的可悲命運。因此，這封信實際上是對當時那種不合理社會的控訴書。信自首至尾以任安來信中的「推賢進士」之責爲線索組成，但「推賢進士」實際上只不過是一根導火線，而其中心是「抒憤懣」。文章由「推賢進士」引出作者「身殘處穢」的處境和悲憤，由這種處境和悲憤追溯到爲李陵辯護而致禍的緣由，再引出忍辱受詬、努力著書立說的意願，最後又歸結到自己的處境和悲憤，表示無力再「推賢進士」，以照應前文。文章如滔滔江水，層層推進，形成一個有機的整體。既對來書提出的責難作了回答，又重點抒發了含冤受屈、忍辱受詬的悲憤心情。文中有敍事，有議論，都飽和著作者的感情。他藉向朋友寫信的機會，長歌當哭，盡情抒發了他內心的積鬱。這種強烈的感情，使讀者能從中感受到司馬遷整個的精神境界：正直不阿，光明磊落，意志堅強，且富有感情，從而受到強烈的藝術感染。因此，這封信既是研究司馬遷其人的重要資料，又是一篇情文並茂的優美散文。

《悲士不遇賦》

《悲士不遇賦》是司馬遷晚年的作品，是一首詠懷之作。賦中揭露了「美惡難分」的黑暗現實，感嘆自己「生不逢辰」，表達了作者不能「沒世無聞」，而要「朝聞夕死」的決心。從賦中，我們看到了一位飽經憂患，感慨深沈，而又堅持眞理，不甘寂寞的倔強的老人形象。

第三節 《史記》的思想內容及其史學價值

《史記》首先是一部偉大的歷史著作，是我國封建正史——二十四史之首，對我國史學有重大影響。

㈠創造了正史典範——紀傳體

《史記》是我國第一部紀傳體通史，它記載了從傳說中的黃帝到漢武帝太初年間大約三千年的歷史。它在整理和記載歷史資料時，既不是採用如《春秋》、《左傳》那樣的編年體，也不是採用如

《國語》、《戰國策》那樣的國別體，而是採用以歷史人物爲中心，通過爲歷史人物寫傳記來寫歷史的紀傳體。全書一百三十篇，由十二本紀、十表、八書、三十世家、七十列傳等五個部分組成。「本紀」記載歷代帝王的政迹，是全書敍事的提綱；「表」是各個歷史時期的簡要大事記，是全書敍事的聯絡和補充；「書」是關於天文、曆法、水利、經濟、文化等方面的專門史；「世家」主要記述貴族侯王的歷史；「列傳」則是各種不同類型、不同階層的人物的傳記（少數列傳記外國史和少數民族史）。這五種體例，以本紀爲綱，互相配合，體制嚴密，旣反映出幾千年錯綜複雜的歷史面貌，又刻畫出一批栩栩如生的歷史人物形象，開我國紀傳體封建正史的先河。

自《史記》開始的二十四史，各體的名稱和數目的多少雖有變更，但通過用紀、傳寫歷史人物來反映歷史面貌的體制始終未變。這是司馬遷創造的一種記載歷史的新體例，這種發凡起例之功，歷來爲人們所稱道。淸趙翼在《廿二史箚記》中說：「司馬遷參酌古今，發凡起例，創爲全史，本紀以序帝王，世家以記侯國，十表以繫時事，八書以詳制度，列傳以志人物，然後一代君臣政事，賢否得失，總彙於一編之中。自此例一定，歷代作史者遂不能出其範圍，信史家之極則也。」

㈡建立了大一統的歷史概念

我們中華民族，在漫長的原始社會，是由許多原始部落慢慢融合而成，並非出於同一祖先。至商周時期，還處於分封割據狀態，雖有天子，但他只能管轄王畿。《史記》之前的一些歷史書記載歷史，在政治上無一個明確的中心。《尚書》雖分虞、夏、商、周書，但如周書，把周王朝的文告和《費誓》、《秦誓》⑥等諸侯文告並列，無尊卑之分。春秋時有百國春秋，周春秋與諸侯春秋居於並列地位，《春秋》、《左傳》都是以魯君在位時間爲線索來編年的。《國語》中的《周語》與魯、齊、晋、楚、鄭、吳、越諸國國語並列，《戰國策》的《東周策》、《西周策》與秦、齊、楚諸策並列，看不到周王朝居於獨尊的地位。到《史記》就不同了。《史記》稱天子的傳記爲本紀，諸侯的傳記爲世家，《五帝本紀》將黃帝、顓頊、帝嚳、堯、舜作爲全國的政治中心，《夏本紀》、《殷本紀》、《周本紀》、《秦本紀》、《秦始皇本紀》等，將各朝代的天子作爲全國的政治中心，而將各諸侯國的歷史稱爲世家，表明他們的地位不能與天子並列。

《史記》將歷代帝王作爲全國的政治中心，建立起歷史的統一觀，這樣從歷史觀上將全國統一起來，爲大一統的漢帝國的存在找到了歷史根據。不僅如此，司馬遷認爲各朝代的天子都出自同一祖先——黃帝。帝顓頊是「黃帝之孫而昌意之子」；帝嚳是「黃帝之曾孫」；帝堯是帝嚳之子，「帝嚳娶陳鋒氏女，生放勳」；帝舜是帝顓頊的七世孫；「禹之父曰鯀，鯀之父曰帝顓頊，顓頊之父曰昌意，昌意之父曰黃帝」，夏禹王也是黃帝的後代；「殷契，母曰簡狄，有娀氏之女，爲帝嚳次妃」，契爲商代遠祖，商代帝王也是黃帝的後代；「周后稷，名棄，其母有邰氏女，曰姜原，姜原爲帝嚳元妃」，后稷是周代始祖，周代帝王也是黃帝的後代；「秦之先，帝顓頊之苗裔」，秦王朝也是黃帝的後代。不僅歷代帝王是黃帝的苗裔，而且許多少數民族也與黃帝有血緣關係。匈奴，其先祖是「夏后氏之苗裔」；勾吳與中國之虞爲兄弟；越王勾踐，其先是「禹之苗裔，而夏后帝少康之庶子也」；「楚之先祖出自帝顓頊高陽」，其苗裔爲滇王；南越王尉佗，「眞定人也，姓趙氏」；閩越王無諸及越東海王搖，「其先皆越王勾踐之後也」。這樣一來，五帝三王，秦漢帝王，春秋以來列國諸侯，四方民族，無不是黃帝子孫，又將中華民族從血統上統一起來了。「黃帝子孫」（加上「教民稼穡」的炎帝神農氏，又稱「炎黃子孫」），成爲幾千年來中華民族凝聚力的中心口號，激勵無數志士仁人爲中華民族的繁榮昌盛而奮鬥。這一民族統一觀念就基於《史記》。

當然，大一統的思想不始於司馬遷，大約在戰國中期就已形成。孟子、荀子、韓非子等思想家都宣傳過這種思想，而且已將大一統思想引進了歷史研究。五德終始說，春秋公羊學，雖然有歷史循環論的唯心色彩，但都企圖用大一統的理論來解釋歷史發展，研究歷史規律。《帝系姓》更從血統上找出了以黃帝爲首的五帝三王的血緣關係，形成了黃帝是我們民族始祖的觀念。司馬遷繼承了這種大一統的思想，用以作爲考察歷史發展的指導思想，從而又系統地發展了這一理論，形成了《史記》獨具的大一統歷史觀，它從幾千年的歷史中找出大一統的中心，把人們從精神上、心理上統一起來，這是《史記》對史學的偉大貢獻。

㈢展現進步的歷史觀和政治觀

司馬遷和他的父親司馬談，父子兩代人，花了幾十年時間，研究了他們所能見到的歷史資料。司馬遷還利用遊歷和扈從的機會，收集和訂正了許多歷史資料，對這些資料進行了創造性的整理，寫成《史記》一書，保存了大量的尤其是秦漢時期的史料，成爲研究這個時期歷史的重要文獻，其功不可磨滅，歷來獲得好評。班固說：「自劉向、揚雄博極羣書，皆稱遷有良史之材，服其善序事理，辯而不華，質而不俚，其文直，其事核，不虛美，不隱惡，故謂之實錄。」（《漢書・司馬遷傳》）可見評價之高。

司馬遷寫《史記》，其目的據他自己說是：「亦欲以究天人之際，通古今之變，成一家之言。」（《報任安書》）所謂「究天人之際」，就是要用「天人相分」從歷史人物的客觀活動中分析歷史上成敗得失的原因，總結有益的歷史教訓，反對用「天人合一」、「君權神授」的觀點來研究歷史。《史記》一書中雖然沒有完全掃除「天命論」的思想，但在很多篇章裡批判了相信「天命」的觀點。在《項羽本紀》中，指出項羽失敗的原因是「背關懷楚，放逐義帝而自立」，是「自矜功伐，奮其私智而不師古。謂霸王之業，欲以力征經營天下」，即在政治上、軍事上犯了一系列錯誤，而項羽「身死東城，尚不覺寤。而不自責，過矣。乃引『天亡我，非用兵之罪也』，豈不謬哉！」在《伯夷列傳》中，對「天道無親，常與善人」，提出了大膽的懷疑；在《封禪書》中，對漢武帝迷信神仙方士，追求長生久視，從而鬧出許多笑話，進行了尖銳的嘲諷和批判。《史記》一書，採取以歷史人物爲中心，從歷史人物的客觀活動中來分析他們成功失敗的原因，正是他這種唯物觀點的具體表現。

所謂「通古今之變」，就是要用發展進化的觀點來研究歷史，他要「原始察終，見盛觀衰」，「以稽其成敗興壞之理」，從歷史的發展演變中來尋找歷代王朝興衰成敗的原因，肯定歷史上各種變革的進步作用，反對用「天不變，道亦不變」的形而上學的觀點來看待歷史。

司馬遷對歷史上的改革多採取頌揚的態度。吳起在楚國變法，「明法審令，捐不急之官，廢公族疏遠者，以撫養戰鬥之士」，打擊舊貴族勢力，實現了富國强兵。司馬遷讚揚其政績說：「於是南平百越，北并陳蔡，卻三晋，西伐秦，諸侯患楚之彊。」（《孫子吳起列傳》）商鞅在秦國變法，司馬遷稱讚說：「居五年，秦人富彊」，「行之十年，秦民大說，道不拾遺，山無盜賊，家給人足，民勇於公戰，怯於私鬥。鄉邑大治。」（《商君列傳》）他頌揚李斯「以輔始皇，卒成帝業」，其功業可與「周召列矣」（《李斯列傳》）。司馬遷在個人感情上雖不喜歡他們嚴刑重罰，「刻暴少恩」，但對他們變法的政績是肯定的，因爲他們的變革促進了歷史的前進。在《六國年表序》中，司馬遷說：「戰國之權變亦有頗可采者，何必上古。秦取天下多暴，然世異變，成功大。傳曰『法後王』，何也？以其近己而俗變相類，議卑而易行也。學者牽於所聞，見秦在帝位日淺，不察其終始，因舉而笑之，不敢道，此與以耳食無異。悲夫。」這裡，司馬遷對秦始皇統一中國的成功，表示了由衷的讚許，對學者不敢肯定秦始皇的統一功績提出了批評，就是他這種進步歷史觀的具體表現。

所謂「成一家之言」，就是要通過寫一部歷史著作，來表達他的歷史見解，表達他的社會政治理想。司馬遷說他寫《史記》是效法孔子作《春秋》。孔子爲什麼作《春秋》呢？那是爲了「上明三王之道，下辨人事之紀」，「垂空文以斷禮義，當一王之法」（《太史公自序》），即通過對歷史的褒貶來表達孔子未能實現的政治理想。司馬遷寫《史記》也是爲了這個目的。他跟其父司馬談一樣，嚮往的是西漢初年實行的「淸靜無爲」的黃老政治。他就是根據這個標準對歷史人物進行褒貶的。他對漢文帝輕徭薄賦，躬行節儉，重用民力，「除誹謗，去肉刑，賞賜長老，收恤孤獨，以育羣生」，作了熱情的歌頌。（《孝文本紀》）對呂太后在宮廷鬥爭中陰狠毒辣作了揭露批判，但又稱讚她說：「孝惠皇帝、高后之時，黎民得離戰國之苦，君臣俱欲休息乎無爲，故惠帝垂拱，高后女主稱制，政不出房戶，天下晏然。刑罰罕用，罪人是希。民務稼穡，衣食滋殖。」（《呂后本紀》）曹參爲齊相，其治用「貴淸靜而民自定」的黃老之術，後爲漢丞相，也一守蕭何之法，相安無事。司馬遷讚揚說：「參爲漢相國，淸靜極言合道。然百姓離秦之酷，後參與休息無爲，故天下俱稱其美矣。」（《曹相國世家》）司馬遷還對奉公守法的循吏和「治官理民，好淸靜」的汲黯進行了歌頌，並說：「奉職循理，亦可以爲治，何必威嚴哉？」（《循吏列傳》）從這種淸靜無爲的政治理想出發，司馬遷對嚴刑重罰以殘害人民，搜括民膏以困苦人民的殘暴統治者，如夏桀王、商紂王、周厲王、周幽王、秦始皇、秦二世進行了鞭撻和否定。他對法家人物的嚴刑峻法、不施恩德，提出了尖銳批評，他說商鞅是「天資刻薄人」，批評吳起「刻暴少恩」，指出李斯「阿順苟合，嚴威酷刑」，「不務明政以補主上之缺」。

尤其難能可貴的是，司馬遷對漢武帝政治上的「多欲」也進行了批判。他借汲黯之口批評漢武帝「罷黜百家，獨尊儒術」是「內多欲而外施仁義」（《汲鄭列傳》），他批評漢武帝的鹽、鐵、鑄錢三業官營和楊可告緡是最下等的與民爭利的措施，他批評漢武帝的開邊戰爭是濫用民力，以至弄得全國「蕭然煩費」，民不聊生（《平準書》），他批評漢武帝重用酷吏，嚴刑巧法以濫施淫威。在《酷吏列傳》中，司馬遷更對酷吏們凶殘嗜殺、曲承旨意、羅織罪名而置他人於死地的殘暴本性作了深刻揭露，「上所欲擠者，因而陷之；上所欲釋者，久繫待問，而微見其冤狀」，並指出：「自溫舒等以惡爲治，而郡守、都尉、諸侯二千石欲爲治者，其治大抵盡放溫舒。而吏民益輕犯法，盜賊滋起」，從而導致烽煙四起，就是這種殘暴統治的結果。

正因爲司馬遷反對嚴刑重罰，主張淸靜無爲，所以凡反對暴政、反抗强權的歷史人物，司馬遷都給予熱情歌頌。他對歷史上的湯放桀、武王伐紂作了大力肯定。尤其熱情頌揚了陳涉、吳廣領導的反暴秦的鬥爭，「桀紂失其道而湯武作，周失其道而《春秋》作，秦失其政而陳涉發迹，諸侯作難，風起雲蒸，卒亡秦族。天下之端，自涉發難。」（《太史公自序》），對陳涉在反暴秦鬥爭中的首難之功給予了很高的評價。司馬遷對發生於漢武帝時期各地的武裝反抗，雖然仍稱之爲「盜」，但他肯定這些反抗是漢武帝的文網太密所導致的，承認了「官逼民反」的合理性。司馬遷還以飽滿的熱情寫了《項羽本紀》，因爲項羽也是一個「乘勢起隴畝之中」的一往直前地摧毀暴秦統治的英雄人物。

因爲司馬遷憎恨暴政，所以歷史上一些反抗强暴的志士，也成爲他歌頌的對象。在《刺客列傳》中，他寫了曹沫劫齊桓公，專諸刺吳王僚，豫讓刺趙襄子，聶政刺韓相俠累，荊軻刺秦王政。司馬遷對他們視死如歸、勇敢無畏的反抗强暴的行爲作了繪聲繪色、激動人心的描寫。在漫長的封建黑暗統治之下，刺客們自我犧牲、反抗强暴的俠義行爲，在一定程度上打擊了封建統治者的氣焰，表現了人民的意願和希望。司馬遷刻畫這些人物，讚美他們的行爲，正好表現了司馬遷對封建强暴者的不滿。在《遊俠列傳》中，司馬遷歌頌了一些救人之急、解人之難的俠義之士。朱家「振人不瞻，先從貧賤始」，郭解「振人之命，不矜其功」，司馬遷稱頌他們說：「今遊俠，其行雖不軌於正義，然其言必信，其行必果，已諾必誠，不愛其軀，赴士之阸困，旣已存亡死生矣，而不矜其能，羞伐其德，蓋亦有足多者焉。」意思是說，遊俠的行爲雖不符合封建法規，但他們能犧牲自我以救人厄困，而且成功之後，不誇耀、不望報，這種精神表達了封建社會下層人們要求擺脫被侮辱、被損害的處境的强烈願望。司馬遷歌頌他們，正是他反抗强暴的政治理想的表現。

司馬遷「清靜無爲」的政治理想，還包括選賢任能的內容。他在《楚元王世家》中說：「國之將興，必有禎祥，君子用而小人退。國之將亡，賢人隱，亂臣貴。」在《匈奴列傳》中又說：「堯雖賢，興事業不成，得禹而九州寧。且欲興聖統，唯在擇任將相哉！唯在擇任將相哉！」可見其對賢能政治的重視。正因爲如此，所以在《史記》中，司馬遷對歷史上那些維護國家利益的賢臣艮將進行了熱情的歌頌。藺相如機智勇敢地折服秦王，而且在與廉頗的矛盾中能從「先國家之急而後私仇」出發容忍退讓；廉頗在認識了藺相如容忍退讓的動機之後，能負荊請罪，勇於認錯；兩人團結合作，在當時尖銳激烈的秦趙鬥爭中，維護了趙國的利益和尊嚴。司馬遷對他們的高貴品質和在秦趙鬥爭中發揮的巨大作用，作了充分的肯定。在《魏公子列傳》中，司馬遷親切地用了一百四十七個「公子」，敍述了信陵君魏無忌「仁而下士」的故事，他「自迎夷門侯生」，「與博徒賣漿者遊」，終於得到遊士、門客的幫助，抵禦了秦國的侵略，存趙救魏，威震天下。在《李將軍列傳》中，司馬遷以十分景仰的心情，寫了飛將軍李廣的生平事迹。記述了他在抗擊匈奴的戰爭中的光輝戰績，有聲有色地描寫了他超凡絕倫的勇敢，使匈奴聞之喪膽的聲威，以及廉潔奉公和愛護士卒的優艮作風。還以同情的筆調描寫了李廣受統治集團的排擠壓抑，最後落得「引刀自剄」的悲慘結局，從而揭露了當時統治集團壓抑賢能的不合理現象。

司馬遷就是這樣通過對歷史人物的抑揚褒貶，寄寓著他的政治理想和愛憎感情。這種抑揚褒貶，和當時統治集團的看法是不大一致的，的確是司馬遷的「一家之言」。班固父子批評司馬遷「是非頗謬於聖人」。正顯示出司馬遷的思想高出於當時那些正統的思想家和學者。這正是我們應予以充分肯定的。

㈣寫出某些歷史人物不同的悲劇結局

司馬遷筆下的歷史人物不僅帶有濃厚的傳奇色彩，而且多帶有深沈的悲劇色彩。即算是司馬遷鄙夷的人物，他們雖經紅極一時或不可一世，但其結局也多充滿著悲劇氣氛。他們有的義氣塡膺，視死如歸而自覺走向悲劇結局，如豫讓、荊軻、聶政、侯嬴。有的「信而見疑，忠而被謗」，以導致悲劇結局，如屈原、伍員、韓非、晁錯。有的「才懷隨和，行若由夷」而不遇時，以導致悲劇結局，如孔子、孟子、李將軍。有的氣貫長虹，叱吒風雲，因本人的缺點弱點而導致悲劇結局，如項羽、陳涉。有的一生志得意滿，但不免「一旦魂斷，宮車晚出」，而抱恨無窮，成爲事與願違的悲劇結局，如秦始皇、漢武帝。有的功成名就，而顧戀祿位以至威震人主而導致悲劇結局，如商鞅、李斯、韓信、彭越。司馬遷筆下的人物，大都壯偉而悲涼，雄豪而索寞，呈現出悲壯美的藝術特色。這種藝術特色，跟司馬遷的個人遭際和時代有關，也跟他「愛奇」這種審美趣味有關。

總之，《史記》開創了紀傳體這種新的史學體例，表現了司馬遷歌頌大一統的進步歷史觀，以「不虛美，不隱惡」的公正態度記載了西漢初年和漢以前大量的歷史事件和歷史人物，表現了司馬遷進步的政治理想。因此，《史記》是一部前無古人的歷史鉅著，是後世進步史學家所追蹤的楷模，在我國史學史上占有開創性的地位。

第四節　《史記》的文學成就及其影響

《史記》不僅建立了我國紀傳體的史學模式，也開創了我國的傳記文學的新體製，是我國第一部傳記文學總集。《史記》的本紀、世家、列傳中所描寫的一系列的歷史人物，如同一軸歷史人物畫卷，生動地展現了廣闊的社會生活，不僅表現了司馬遷對歷史的高度的概括力和卓越的見識，也表現了司馬遷卓越的審美能力和傑出的藝術才能。

㈠塑造一大批栩栩如生的歷史人物形象

《史記》的文學成就突出地表現在塑造了許多栩栩如生的歷史

人物的藝術形象。司馬遷爲了寫好歷史人物，在歷史題材的提煉和組織、人物性格的描寫等方面都積累了豐富的經驗，表現了他獨特的審美觀念和審美趣味。

1 、選擇典型事件以突出人物性格

司馬遷寫人物最善於抓住人物一生中最有典型意義的事件和行動，加以細膩描寫，以突出人物主要的性格特徵。一個人一生幾十年，經歷的事件非常多，性格也往往是多方面的。司馬遷對歷史人物絕不是有事必錄，而是選擇他一生中最有意義的事件以突現他某一方面的特點。

如《項羽本紀》寫項羽的一生，除頭一段寫了他起義前的幾件小事之外，突出寫他參加反暴秦鬥爭的八年歷史。這八年歷史又分兩個階段，前三年（公元前 209～前 207 年）寫他率領義軍推翻暴秦的戰鬥歷程，後五年（公元前 206～前 202 年）寫他在楚漢戰爭中由强變弱、被劉邦戰敗的經過。這八年之中，又突出寫他三件大事：鉅鹿之戰、鴻門宴和垓下之圍。鉅鹿之戰寫他叱吒風雲，勇冠三軍，摧毀秦軍主力，成爲反秦鬥爭中衆望所歸的英雄人物；鴻門宴寫他天眞坦率，優柔不忍，以至輕縱敵手，養虎貽患的坦蕩胸懷；垓下之圍寫他慷慨別姬，勇敢突圍，斬將刈旗，所向披靡的英雄氣概和單憑個人之勇，終於陷入四面楚歌，因而不得不引劍自刎的悲劇結局。通過這三個場面，突出他喑鳴叱吒，勇武過人，直率磊落而又剛愎自用，善於鬥力而不善於鬥智的性格特點。

又如《魏公子列傳》，救趙存魏是信陵君一生中的重大事件，司馬遷卻沒有過多地寫他在這一事件中的政治軍事活動，而把重點放在敬迎侯生，竊符救趙，「從博徒賣漿者遊」幾個故事。通過這幾個故事，突出他仁而下士，勇於改過，守信重義，急人之難的性格特點。

又如《廉頗藺相如列傳》，主要選擇了「完璧歸趙」、「澠池會」和「廉藺交歡」三個故事，突出藺相如在秦趙鬥爭中爲維護趙國尊嚴而勇敢機智地和秦王鬥爭的英勇行爲，「先國家之急而後私仇」的高貴品質，以及廉頗勇於改過的精神。這是司馬遷提煉歷史題材、刻畫人物性格所使用的主要方法。有時一個人物所經歷的屬於同一性質的事件太多，司馬遷就採用概述與特寫相結合的辦法，用概述介紹人物的某些經歷和總的特點，使讀者形成一個總的印象；又用特寫詳細描寫某些特定場面，使讀者形成具體印象，寫出活生生的具體的人。

如《李將軍列傳》，李廣從漢文帝十四年（公元前 166 年）以「良家子從軍擊胡」，到漢武帝元朔四年（公元前 119 年）被誣自殺，歷時四十餘年，與匈奴大小七十餘戰。司馬遷只概述他在文、景、武三朝的仕宦經歷，爲人用兵的總的特點以及他不得封侯的迷惘，卻選擇三個具體的戰鬥場面和最後被誣自殺的情況作詳細描寫，突出他英勇善戰、臨危不懼的將帥之才和統治集團排擠壓抑他的實況。通過這些概述和特寫，突出李廣的英勇善戰和統治集團壓抑賢才的不合理，點面結合，形象鮮明突出。

2、借助「互見法」以調節歷史眞實與人物性格的矛盾

歷史人物的生平性格情況複雜，往往既有優點，也有缺點。全面介紹，影響人物性格的突出；略去一面，則影響歷史的眞實。爲了解決這一矛盾，司馬遷巧妙地運用互見法來調節二者的關係，使之完整統一。互見法是將一人的某些事迹分散到其他傳記中敍述，以便在主傳中塑造完整的人物形象的描寫方法。如《項羽本紀》集中筆墨敍述鉅鹿之戰、鴻門宴和垓下之圍三個關鍵的歷史事件，突出項羽喑嗚叱吒、英勇善戰的英雄性格，而項羽在政治、軍事方面犯的一系列錯誤，甚至個性中殘暴嗜殺的一面，在本傳中只是輕描淡寫，一筆帶過，或略而不載，卻分散在

《高祖本紀》、《陳丞相世家》、《淮陰侯列傳》等篇中補敍出來。又如《魏公子列傳》，司馬遷滿懷熱情地塑造了一個禮賢下士、維護正義的政治家形象，魏公子仁而下士、急人之難，形象高大，可以說是個完人。但是《范睢列傳》中卻補敍了魏公子畏秦而不納魏齊的虛飾情態，受到了侯嬴的批評，本傳中則隻字不提。這樣做，既忠於歷史的眞實，又不損害人物形象的完整，兩全其美，冶文史於一爐，表現了司馬遷卓越的藝術才華。

3、通過生活瑣事以展現人物風範

以歷史人物爲中心來組織歷史題材，選擇人物一生中的典型事件來塑造人物形象，通過歷史人物的塑造以反映紛紜複雜的歷史面貌，這是司馬遷處理歷史事件和歷史人物的關係經常採用的方法。但司馬遷有時也描寫一些似乎離主要事件較遠的瑣事，這些描寫看似閒筆，無關宏旨，卻在展現人物性格上起著重要的作用。這種瑣事的描寫在《史記》中是很多的。如《酷吏列傳》寫張湯兒時的故事：

> 其父為長安丞，出，湯為兒，守舍。還，而鼠盜肉，其父怒笞湯。湯掘窟，得盜鼠及餘肉。劾鼠掠治，傳爰書，訊鞫論報。並取鼠與肉，具獄磔堂下。其父見之，視其文辭，如老獄吏。大驚，遂使書獄。

這雖是兒時遊戲，卻生動地顯示出張湯那「老獄吏」般的氣質和殘酷的性格，對張湯思想性格的描寫有極大的渲染作用。又如《陳涉世家》，一開始寫的那個陳涉「嘗與人傭耕，輟耕之壟」的小故事，寫出陳涉胸懷大志，不安貧賤，又很自負而輕視別人。這就揭示了陳涉後來首舉義旗號召反秦而爲王，後又忘舊情殺同伴的行爲的思想基礎。這些小故事對寫歷史來說或許並非必要，對寫人物來說，卻有助於形象的鮮明豐滿。

有些篇章全由一些生活瑣事組成，卻小中見大，揭示出重要主題。《萬石張叔列傳》，寫萬石君父子五人無他能，唯「恭謹無與比」，「過宮門闕，萬石君必下車趨，見路馬必式焉。子孫為小吏，來歸謁，萬石君必朝服見之，不名。子孫有過失，不譙讓，為便坐，對案不食。然後諸子相責，因長老肉袒固謝罪，改之，乃許。」其長子石建「為郎中令，書奏事，事下，建讀之，曰：『誤書！「馬」者與尾當五，今乃四，不足一。上譴死矣！』甚惶恐。」其少子石慶「為太僕，御出，上問車中幾馬，慶以策數馬畢，舉手曰：『六馬。』慶於諸子中最為簡易矣，然猶如此。」可是這一家子卻討得漢高祖、漢文帝、漢景帝、漢武帝四代皇帝的喜歡，皆官至二千石，石慶還官至丞相。這就深刻地揭露了當時官場重用的是些什麼人了。這些小故事本身並非關係社會發展的重大事件，卻反映出社會的某些本質，對刻畫人物謹慎小心的特點更是入木三分。

4、通過重大鬥爭以表現人物各自的性格特徵

《史記》寫人物還有一個重要特點，它既不是平鋪直敍地介紹梗概，也不是靜止地介紹人物言行，而是通過許多緊張鬥爭的場面，將人物置於複雜的矛盾衝突的尖端，讓人物在緊張的鬥爭中，表現他們各自的長處和弱點，表現他們各自的性格特徵。如《鴻門宴》，故事一開始就寫出項羽的聲威和劉邦的岌岌可危，揭示出尖銳的矛盾衝突。接著引出項伯充當和事佬來往勾通，戰爭陰雲暫時掃去，緊張氣氛為之一弛。然「旦日不可不早自來謝項王」一語，點明鬥爭並未結束，引出鴻門宴的場面。劉邦謝罪，項羽留宴，矛盾似乎解決。突然范增「數目項王」，劉邦又命在垂危，然而「項王不應」，氣氛又緩和一下。這是第一波折。范增又召項莊舞劍，意在沛公，劉邦又危在頃刻，而「項伯亦拔劍

起舞，常以身翼蔽沛公」，驚險之狀又稍得舒緩。這是第二波折。當此驚險萬狀之時，張良召樊噲闖入軍門，這是突起的奇峯，宴會上所有人物皆將注意力轉向樊噲身上，舞劍也只得自動收場，於是殺與不殺的矛盾又趨解決，把情節從高潮導向結局。逃宴，留謝，雖係尾聲，但仍緊張複雜。「沛公起如廁」，想趁機逃走，而又有「都尉陳平召沛公」，氣氛又一緊。終於「謝罪」的客人已去，宴會也只得收場，剩下一點范增破玉斗、君臣不歡的餘波。最後，沛公「立誅曹無傷」，暗示鬥爭並未結束。整個故事，鬥爭尖銳，矛盾複雜，而在司馬遷筆下卻寫得井井有條，一波未平，一波又起，前後相因，騰挪跌宕，把當時的鬥爭形勢，用藝術的畫面再現出來，各個人物的形象，如項羽的驕傲自大，坦率輕信；劉邦的善於聽取意見和籠絡人；張良的沈著機智，從容不迫；范增的老謀深算，居尊自用；樊噲粗豪勇猛，臨危不懼，無不在這場鬥爭中得到充分的表現。

又如《魏其武安侯列傳》中竇嬰、田蚡請宴的兩個場面，寫竇嬰得知田蚡要來那受寵若驚的樣子，寫田蚡傲慢無理的言行舉止，衆賓客趨炎附勢、冷暖炎涼的神情，特別是灌夫使酒罵座時那內含盛怒而面帶笑容的神態，那詞含諷刺、指桑罵槐的口吻，無不鮮明地呈現在我們眼前。故事化的手法和生動的場面描寫，使《史記》的人物傳記饒有波瀾，人物形象各具特徵，因而成爲文學與史學相結合的典範著作。

㈡在選擇人物和事件上所體現的「愛奇」特色

司馬遷選擇怎樣的人、怎樣的事寫入傳記，這體現著司馬遷獨特的審美標準和審美趣味。揚雄在《法言・吾子》篇中說：「多愛不忍，子長也。仲尼多愛，愛義也；子長多愛，愛奇也。」「愛奇」，的確是司馬遷的重要審美標準。由於「愛奇」，使

《史記》表現出不同於其他史傳文學的特點。

首先，表現在對歷史人物的選擇。

《史記》記事上下近三千年，這個時期的歷史人物成千上萬，而它爲之立傳的人物（包括類傳中可指數的人物）只有一百四十餘個。可見其入選條件之嚴。司馬遷說：「古者富貴而名摩滅，不可勝記，唯倜儻非常之人稱焉。」（《報任安書》）可見其入選者必須是倜儻非常之人。這種條件具體到《史記》中，大致可以分爲三類。

第一類是對歷史發展有重大影響，而個人品質又特別卓異，或遭遇異常不幸而又不屈服於命運安排的人物，如項羽、陳涉、張良、陳平、魏無忌、藺相如、屈原、李廣、汲黯、朱家、郭解等。他們各人表現雖千差萬別，社會地位也有高低不同，但都有與衆不同的品行或表現。這類人佔入選人數的大多數。

第二類是對歷史發展雖有某些貢獻，但品質不好的人物，如張儀、蘇秦、商鞅、李斯、叔孫通，《酷吏列傳》中的酷吏等，這類人物在《史記》中也佔很大比重。

第三類人物在歷史上談不上有什麼進步或破壞作用，本是碌碌平庸之輩，但憑著他們某些特殊表現，博得統治者的歡心而取得尊官厚祿。如石奮父子並無能耐，只憑「恭謹無與比」，官皆至二千石，石慶還官至丞相。又如鄧通，「無他能，不能有所薦士，獨自謹其身以媚上而已」，但深得漢文帝的賞識，官至上大夫，鄧氏錢遍天下。對這類人物作者以鄙薄的態度寫出其人品的卑下。

總之，司馬遷選擇歷史人物入傳，不只看其歷史功績，更不只看其顯赫地位，著眼點在一個「奇」字。

其次，表現在對歷史題材的提煉。

有非常之人，必有非常之事。司馬遷對入選人物不是有事必錄，而是加以提煉，突出其非常之事。《史記》被指責爲「甚多疏略」，原因即在於此。如《管晏列傳》，管仲是春秋時著名政治家，輔佐齊桓公「霸諸侯，一匡天下」，《左傳》載其事迹甚詳，而太史公全不取，獨載鮑叔分金之事。晏子亦爲齊國名相，事靈公、莊公、景公，多所規諫，《左傳》亦詳其事，且有《晏子春秋》專載其事迹，而太史公多不取，獨取選拔越石父和薦舉其御二事。並明確指出，凡是「世多有之」的事，他就「不論」，而只「論其軼事」。所以《史記》雖是「採經摭傳」，「整齊百家雜語」，但有很多材料，從今存的經傳和百家雜語中找不到根據，是司馬遷根據傳聞而寫成的軼事。這些軼事就體現著司馬遷「愛奇」的特點。

第三，表現在故事情節的安排。

《史記》選擇的是「倜儻非常」的奇人，論的是不同尋常的「軼事」，故在故事情節的組織安排上，也必使之帶有傳奇色彩。如《鴻門宴》、《竊符救趙》、《完璧歸趙》、《荊軻刺秦王》等，情節安排的曲折生動，場面描寫的動人心魄，藝術效果的扣人心弦，無不體現著司馬遷「愛奇」的匠心。

《史記》在語言上最大的持色是善於用符合人物身分的語言來表現人物的神情和性格特點。《史記》所寫人物，各有不同性格，也各有不同語言。如劉邦、項羽在起義前都見過秦始皇，都說了一句表達其觀感的話。項羽說：「彼可取而代也。」語氣坦率，表現了他强悍直爽的特點。而劉邦卻說：「嗟乎，大丈夫當如是也！」說得委婉曲折，表現了他沈著蘊藉的特點。又如《陳涉世家》中寫陳涉故人來訪，見陳涉宮殿豪華闊氣，驚訝地說：「夥頤！涉之爲王沈沈者！」「夥頤」爲楚地方言，多的意思。「沈沈」爲闊綽之意。一句話，充分表現了故人驚訝的神情和樸質的本質。有時還直用口語，如《張丞相列傳》中，寫周昌諫阻漢高祖更換太子，漢高祖不聽，周昌又氣又急又口吃，說：「臣口不能言，然臣期期知其不可！陛下雖欲廢太子，臣期期不奉詔。」這既表現了周昌急切中說話口吃的態度，又表現了周昌戇直的性格。

㈢《史記》的語言特色

《史記》描寫人物的動作、神態，也極精確傳神，往往用極少的語言，就生動有力的渲染出環境氣氛或人物的情態心理。如寫荊軻刺秦王未成，反被秦王刺傷，這時，司馬遷描寫荊軻「倚柱而笑，箕踞以罵」，八個字畫出一個俠義之士視死如歸、英勇不屈的悲壯情景。又如《鴻門宴》寫樊噲帶劍擁盾，闖入軍門，「披帷西向立，瞋目視項王，頭髮上指，目眥盡裂」，這一筆描繪，把樊噲這個赳赳武夫的一腔怒火盡呈於紙上。《史記》的人物形象寫得那麼生動鮮明，與語言的形象生動是分不開的。

《史記》在敍述和議論中，常常引用民謠、諺語和俗語。如《淮南王列傳》引用民謠「一尺布，尚可縫；一斗粟，尚可舂；兄弟二人不相容」來諷刺漢文帝與諸王兄弟之間的傾軋。《李將軍列傳》引用「桃李不言，下自成蹊」來表彰李廣「木訥少言」而受人尊敬，都很精練深刻。此外，如「千金之子，不死於市」，「天下熙熙，皆為利來；天下攘攘，皆為利往」（《貨殖列傳》），「以權利合者，權利盡而交疏」（《鄭世家》）「利令智昏」（《平原君列傳》）等，都是對舊社會的深刻揭露。《史記》引用古代史書，如《尚書》，也把古奧難懂、「詰屈聱牙」的古語，改寫成漢代通俗的書面語言，表明司馬遷在語言上贊成通俗化，反對復古，從而保證了《史記》語言風格的統一。因此，直至今天，讀來基本上還是明白曉暢的。

㈣《史記》對後世影響

正因爲《史記》在藝術上取得了巨大成就，因此，它對中國文學的發展產生過巨大影響。

《史記》是我國古代散文的典範，對後世散文發展影響深遠。唐宋以來的散文家無不推崇《史記》，奉爲圭臬。並就其性之所近，加以學習和吸收。如韓愈爲文，注意氣勢，即深有得於《史記》，他的《張中丞傳後敍》、《毛穎傳》等文章很明顯是學《史記》人物傳記的寫法。歐陽修散文的簡練流暢、紆徐唱嘆的特點，亦深得《史記》神韻，《五代史・伶官傳序》的格調，尤與《史記・伯夷列傳》十分相似。而且古文家如唐代韓愈、柳宗元和明代歸有光等，均常以《史記》爲旗幟來反對綺靡繁縟或艱澀古奧的文風。

《史記》對我國古典小說影響巨大。

首先，《史記》以人物傳記的形式塑造人物形象，爲我國古典小說，特別是唐人傳奇如《柳毅傳》、《鶯鶯傳》、《李娃傳》、《南柯太守傳》等所承襲，其不同，只在一是歷史的眞人眞事的提煉，一是虛構的故事情節而已。

其次，《史記》組織故事，安排情節，刻畫人物，鋪敍場面，描寫細節，也都給後世小說提供了寶貴的藝術經驗。

《史記》也是我國古典戲曲題材的重要來源。

《史記》極善於提煉歷史題材，把許多歷史故事，描寫得騰挪跌宕，充滿著矛盾衝突，具有強烈的故事性和戲劇性，極易改編爲戲曲。因此，我國古典戲曲，無論元人雜劇、明淸傳奇，還是現在地方戲的傳統劇目，故事取材於《史記》的極多，如《浣紗記》、《千金記》、《追韓信》、《鴻門宴》、《霸王別姬》、《將相和》等皆是。

第五節　《漢書》

㈠《漢書》的成書過程

《漢書》是繼《史記》之後，我國封建時代的又一部紀傳體史學名著。它的作者主要是班固。其父班彪約於漢光武帝建武二十三年（公元 47 年）左右調任司徒掾，班固隨父入洛陽太學讀書。班彪也是東漢初著名學者，他感於「《史記》所書，年止漢武，太初以後，闕而不錄」，劉向、劉歆、揚雄諸人的續作，他又「以爲其言鄙俗，不足以踵前史」，「於是採其舊事，旁貫異聞，作後傳六十五篇」（劉知幾《史通·古今正史》）。班彪去世後，班固於明帝永平元年（公元 58 年）爲太傅東平王劉蒼的幕府，乃在其父《後傳》基礎上著手寫作《漢書》。永平五年（公元 62 年），以私改國史被人告發入獄。其弟班超上書解釋，漢明帝讀了他的初稿，認爲他很有才華，赦出召爲蘭臺令史，第二年升爲郎，典校祕書，並命他繼續寫作《漢書》、漢章帝建初三年（公元 78 年），班固升爲玄武司馬。次年，漢章帝親自召集諸儒於白虎觀主持討論五經異同，由班固總結寫成《白虎通德論》。至建初七年（公元 82 年），《漢書》經班固二十餘年的努力基本完成。班固死後，《漢書》未完成的《天文志》和八表，和帝令其妹班昭和同郡人馬續補寫，至此全書才告成功。

㈡《漢書》的思想內容

《漢書》體例基本上沿襲《史記》，只是改「書」爲「志」，廢「世家」併入「列傳」，全書由十二紀、八表、十志、七十列傳四部分一百篇組成，記載了西漢一代從漢高祖元年（公元前 206

年）到王莽地皇四年（公元 23 年）共二百二十九年的歷史。《漢書》是我國第一部紀傳體斷代史，爲後來各朝正史開創了新的體例。

東漢之初，儒家思想在思想界已居統治地位，班固接受正統儒學的影響較深；他又出身於世代仕宦家庭，其姑祖是西漢成帝的婕妤，與漢王朝關係密切；加上《漢書》是奉旨修撰，必須遵循最高封建統治者的旨意，因此《漢書》的唯心主義天命論和封建正統思想比較濃厚。班固之所以要撰寫《漢書》，出於兩個原因：

第一，他根據陰陽五行家的五德終始學說，認爲漢承堯運，漢王朝與唐堯同居火德，是非常神聖的正統王朝，而司馬遷的《史記》是通史，把漢王朝放在歷代王朝之後，「編於百王之末，廁於秦項之列」，不能突出漢王朝的正統地位。而且照此下去，漢光武帝也必然編於王莽之末，廁於更始（劉玄的年號）、龍興（公孫述的年號）之列，這是東漢統治者絕對不能容許的。因此，班固根據東漢統治者這一要求，專取西漢一代作爲斷代史而撰寫《漢書》，以突出漢王朝的地位。

第二，班固認爲司馬遷評價歷史事件和歷史人物的標準跟孔子的觀點相違背，「其是非頗謬於聖人，論大道則先黃老而後六經，序遊俠則退處士而進奸雄，述貨殖則崇勢利而羞貧賤，此其所蔽也」（《漢書・司馬遷傳》）。他要用儒家的觀點作一番重新評價。因此，《漢書》的鬥爭精神和進步觀念遠不如《史記》。

《漢書》對漢武帝以前的史實，多抄錄《史記》原文，但對《史記》中一些表明司馬遷觀點的論贊則作了修改。如《史記・貨殖列傳》的序論中，司馬遷肯定好利求富是人的本性，「天下熙熙，皆爲利來；天下攘攘，皆爲利往」。因此，統治者首先要滿足人的這種物質欲望，「故善者因之，其次利道之，其次教誨之，其次整齊之，最下者與之爭」。這個序論，《漢書》全部刪去重寫，強調統治者要「貴義而賤利」。只有世道衰微，禮義大壞，才出現「奸夫犯害而求利」。班固寫《貨殖傳》的目的是「列其行事，以傳世變」。又如《史記・游俠列傳》的序論，肯定游俠的行爲「蓋亦有足多者焉」。《漢書》亦將這個序論刪去重寫，指責游俠「以匹夫之細，竊殺生之權，其罪已不容於誅矣」。

從上述比較中我們就可以看到，《漢書》評價歷史事件和歷史人物的標準是根據正統儒學的政治觀點和倫理道德觀念，因此，《漢書》缺乏《史記》那種深刻的見識和大膽的批判精神。在藝術上，《漢書》喜用古字，語言傾向駢偶，文字艱深，故《漢書》自問世之初，即被認爲是難讀之書，連當時的大學者馬融也「伏於閣下，從昭受讀」（《後漢書・班昭傳》），遠不如《史記》之運用口語的生動活潑，通俗易懂。

㈢《漢書》的成就

但是，《漢書》也有其獨特的成就。

第一，班固對史實的記載詳盡嚴謹。

《漢書》比《史記》記載了更多更有價值的史料，甚至與《史記》重疊的部分也作了許多補充，如《史記・屈原賈生列傳》把賈誼僅僅寫成一個落魄文人，傳中只收錄了他的《弔屈原賦》、《鵩鳥賦》。《漢書・賈誼傳》則收集了他的《陳政事疏》等一些重要論文，將賈誼寫成一個政治家。此外，如淮南厲王劉長、晁錯、中山王劉勝、公孫弘等人的傳記，以及新增加的如長沙王吳芮、蒯通、伍被等人的傳記，都補充了不少史料。

《漢書》除對《史記》的重疊部分作了有價值的補充之外，還新寫了漢武帝以下七篇帝紀，創作了一百多個人物的傳記，志表中增加《百官公卿表》、《刑法志》、《食貨志》、《地理志》、《藝文志》等，對西漢一代的官制和刑法制度，財政經濟、政治地理以及西漢的學術源流、著作目錄作了系統的敍述和記錄。

《漢書》還有一個特點，就是在人物傳記中，喜歡全文收錄歷史人物的奏疏、辭賦等作品，幾乎成爲西漢文章總滙，保存了許多政治、文學史料，這也是它的史料價值的重要方面。故作爲文學，《漢書》雖比《史記》遜色；作爲史學，《漢書》則比《史記》嚴謹詳盡。

故文學家看重《史記》，史學家則推崇《漢書》⑦，即說明《漢書》在史學上的突出成就。

第二，班固根據儒家的政治觀點和倫理道德觀念，對西漢統治者的荒淫殘暴作了暴露，對一些仁惠愛民的統治者作了歌頌。如《外戚傳》中寫了宮闈中的種種穢行，尤其是寫漢成帝和趙昭儀親手殺死許美人兒子的一段，充分暴露了統治者殘忍陰毒的本質。《霍光傳》揭發了外戚專橫肆虐及其爪牙魚肉人民的罪行，字裡行間表示了對他們的譴責。《東方朔傳》中抨擊了漢武帝微行田獵和擴建上林苑而擾害人民、破壞農業生產的行爲，對東方朔的懷才不遇寄予了同情。在《酷吏傳》中對酷吏的殘酷凶暴作了斥責。而在《循吏傳》中對人民「困於飢寒而吏不恤」，不得不鋌而走險，寄寓了深切的同情，對那些能體恤人民疾苦的循吏如龔遂等特爲表彰。這也是《漢書》值得肯定的地方。

第三，《漢書》作爲史傳文學，也有不少傳記寫得很出色。

如《朱買臣傳》寫朱買臣在失意和得意時的不同精神面貌和人們對他的不同態度，充分揭露了封建社會人情世態的炎涼冷暖。《陳萬年傳》通過陳咸頭觸屏風的細節，揭露陳萬年諂媚權貴、卑鄙無恥的醜態，十分深刻。最著名的是《蘇武傳》，蘇武奉漢武帝之命出使匈奴，被匈奴無辜牽連而拘留。匈奴脅迫他投降，始則派衞律進行威逼利誘，蘇武不爲所動；繼而「置武大窖中，絕不飲食」，又「置北海上無人處」，從生活上進行種種折磨，但蘇武，「臥齧雪與旃毛並嚥之」，「廩食不至，掘野鼠去屮實而食之」，忍受了種種非人的待遇，表現出驚人的忍耐力；最後匈奴又派李陵勸降，李陵先向蘇武宣揚貪生怕死的叛徒哲學，又以蘇武家破人亡，挑撥其與漢武帝的關係，勸其歸降匈奴，但蘇武堅決拒絕，明確表示，為國家民族，絕非「空自苦亡人之地」，而是一個有沒有氣節的問題，使李陵也感到自慚形穢。蘇武在匈奴堅持鬥爭達十九年之久，最後終於光榮地回到漢朝，受到漢王朝特殊的優寵。《蘇武傳》具體記述了蘇武拘留匈奴十九年的艱苦卓絕的鬥爭生活，塑造了蘇武不畏強暴、不為利誘、受盡折磨而寧死不屈的英雄形象，表揚了他堅貞不屈的民族氣節和高貴品質。「杖漢節牧羊，臥起操持，節旄盡落」，「武留匈奴凡十九歲，始以強壯出，及還，鬚髮盡白」，這些看似平平的敍述，充滿了作者的讚譽之情，文章也寫得情文並茂，千載之下讀來，仍覺得大義凜然。蘇武這一歷史人物形象塑造的成功，標誌著《漢書》在藝術上所取得的巨大成就。因此，歷來《史》、《漢》並稱，又與《後漢書》、《三國志》合稱四史⑧，成為我國封建正史的名著，是有道理的。

第六節　漢代的雜史雜傳

(一)雜史、雜傳的內涵及其在漢代的發展

漢代的歷史散文，除《史記》、《漢書》等正史之外，尚有荀悅《前漢紀》、班固等《東觀漢紀》一類的別史和另一類雜史和雜傳。《前漢紀》屬編年體史書，係抄撮《史》、《漢》而成。《東觀漢紀》係後漢紀傳體史書，由班固直到蔡邕等數十名史官經百餘年陸續編撰而成，今僅存殘卷。這些別史體制與正史相同，重史輕文，文

學價値不如《漢書》。文學價値較高的是雜史雜傳。

雜史、雜傳之名見於《隋書・經籍志》，這類書乃「自後漢以來，學者多抄撮舊史，自爲一書，或起自人皇，或斷之近代，亦各其志，而體制不經。又有委巷之說，迂怪妄誕，眞虛莫測」。「蓋率爾而作，非史策之正也」。雜傳，《史通》稱爲別傳，宋以後多稱爲傳記，其實也是雜史。所不同者，據明焦竑《國史經籍志》說：「雜史、傳記，皆野史之流，然二者體裁自異。雜史，紀志編年之屬也，紀一代若一時之事。傳記，列傳之屬也，紀一人之事。」因此雜史「大抵皆帝王之事」（《隋書・經籍志》），而雜傳則爲諸色人物的生平事迹。

雜史、雜傳在先秦就已產生，《國語》、《戰國策》，後人多目之爲雜史。《穆天子傳》、《晏子春秋》，實開雜傳之首。由於這類書可長可短，可詳可略，體制比較自由；其作者不必身居史官之位，也非著意於修史，故不斤斤於史實，不重實錄而尚新奇，還可以大量採摭奇聞軼事而不必考慮其眞僞。這種靈活、隨意、新穎的形式引起了文人的注意，後又受到《史記》、《漢書》成就的影響，故兩漢的雜史、雜傳著述極爲繁富。一些作家競相操觚，較著名的雜史有已佚的陸賈《楚漢春秋》和現存的趙曄《吳越春秋》、袁康、吳平《越絕書》，雜傳則有劉向《列女傳》、《列士傳》等，均見《隋志》著錄。此外，尚有雖非此類，而性質與雜史相近的韓嬰《韓詩外傳》和劉向《新序》、《說苑》等。

《吳越春秋》、《越絕書》

趙曄，字長君，會稽山陰（今浙江紹興）人。生卒年不詳，約爲東漢明帝、章帝時人。少嘗爲縣吏，以不屑其職，便去官至犍爲資中從大經學家杜撫學韓詩，積二十年不歸。杜撫死後，回家鄉，州召補從事，不就，卒於家。《吳越春秋》舊稱十二卷，今存十卷。

《越絕書》舊稱子貢作，《四庫總目》據書末《敍外傳記》的隱語，定爲「會稽袁康所作，同郡吳平所定」⑨《崇文總目》稱此書舊有紀八篇，外傳十七篇，今本僅十九篇，蓋有散失。

二書內容均爲記述春秋時吳越二國史實，特別是吳越爭霸的前後過程，主要根據《國語》兼採《左傳》、《史記》中有關記載敷衍而成。二書文風都顯得「縱橫漫衍」，有不少夸飾及虛構之處。而《越絕書》更爲「博麗奧衍」，「多雜術數家言」（《四庫總目》）。但就敍事的細膩生動，情節線索的清晰合理，人物性格的鮮明突出來看，《吳越春秋》都超過《越絕書》，它比較集中地敍述了伍子胥奔吳和破楚復仇以及勾踐奮發圖强最後滅吳雪恥這兩段歷史。基本輪廓雖本之史傳，但也吸收了不少傳說。如下面這則故事：

> 椒丘訢者，東海上人也，為齊使於吳，過淮津，欲飲馬于津。津吏曰：「水中有神，見馬即出，以害其馬，君勿飲也。」訢曰：「壯士所當，何神敢干！」乃使從者飲馬於津。水神果取其馬，馬沒。椒丘訢大怒，袒裼持劍，入水中求神決戰，連日乃出，眇其一目。（卷二《闔閭內傳》）

與水神決戰顯係民間傳說，卻有助於表現人物性格。《吳越春秋》所刻畫的人物性格，如伍子胥的忠直明察，范蠡的深謀遠慮，勾踐的忍辱負重都比較鮮明突出。特別是伍子胥，作者把他描寫爲貫穿吳國興亡的中心人物。他因父兄被害，逃難奔吳，以客卿身分爲吳王闔閭出謀畫策，終於破楚復仇，使吳國稱霸於諸侯，顯示了他卓越的政治軍事才能。後來夫差繼位，剛愎自用，伍子胥强諫不從，終於飲恨自殺，吳國也隨之滅亡。其中寫到越兵攻城時伍子胥頭顱鬚髮盡張，後又託夢范蠡指示攻城路線，以及驅水爲濤等事，皆不經之談。其目的還是爲了突出他那孤忠激切的性格。這種史實與幻想雜糅，注意人物性格完整而不考慮史實嚴謹的寫法，乃是在史傳文學中「參錯小說家言」（王芑孫《惕甫未定稿》），它實質上在歷史和小說之間架起了橋樑。

《列女傳》、《列士傳》

漢代著名雜傳有劉向《列女傳》和《列士傳》。劉向是西漢著名學者，留下的著作亦不少，大多爲整理先秦典籍時搜集抄錄古史而成。《列士傳》著錄於《隋書・經籍志》及《新唐書・藝文志》，今已佚，僅存殘篇。其中傳誦人口的有羊角哀、左伯桃生死友誼的故事（見《後漢書》卷二十九注引），述左伯桃死後受荊軻欺壓，乃託夢羊角哀，羊自殺以死相從。這些地方也體現了歷史的虛化。

《列女傳》共七卷，每卷記十五人，共一〇五人的事迹。每人傳後均有頌，對歷代婦女的奇節異行、聰明才智加以讚揚。劉向表彰這些婦女是以封建倫理道德爲準則的，但不少篇章也肯定了婦女的社會作用，尤其是下層婦女的優秀品質，或褒譽其節義，或讚揚其才智，如孟母三遷、緹縈救父、醜女無鹽說齊宣王、杞梁妻哭而城爲之崩，這些故事都有啓發教育意義。

這類雜傳，作者撰寫的目的不在於傳史實之眞，而在於記述史不及書的流風遺迹。因此，它重視表現人物的性格及品質，常通過民間傳說、遺聞佚事以展示人物的內心世界，故一般都有較高的文學價值。

《新序》、《說苑》

劉向《新序》、《說苑》則屬於另一性質的雜史。《吳越春秋》等雜史以史爲綱，《列女傳》等雜傳以人爲綱，《新序》、《說苑》則以事爲綱。

《新序》，《隋書・經籍志》著錄爲三十卷，今僅存十卷，以記述春秋戰國時史實爲多。劉向編定《新序》以後，又將「其餘者淺薄不中義理」的別爲一集，名爲《說苑》，原本二十卷，七百八十四章，北宋時僅存五卷。後經曾鞏搜集，復爲二十卷。這兩部書均屬於遺聞佚事性質，係「採傳記百家之言，掇其正辭美義，可以勸戒者」（《崇文總目》），即具有一定教育意義的故事，用「以類相從」的辦法，按題材性質編在一起，類似於分類故事集。其中確有不少故事傳誦人口，如《說苑》中的「東海孝婦」，《新序》中的「葉公好龍」、「季札掛劍」等。像下面這則故事：

> 吳起為魏將，攻中山，軍中有病疽者，吳子自吮其膿。其母泣之。旁人曰：「將軍於而子如是，尚何為泣？」對曰：「吳子吮此子父之創，而殺之於注水之戰，戰不旋踵而死。今又吮之，安知是子何戰而死？是以哭之矣。」（《說苑》卷六《復恩》）

寥寥數十言，就把吳起及病疽者之母的主要特徵表現出來：吳起作爲戰國時名將，愛兵如子，故戰鬥時士卒勇於用命。而此母站在母親立場，預爲子泣，也體現了一個母親的心情。這類小故事大多爲正史所不載，卻可以因小見大，察微知著。篇幅雖然短小，但文辭簡潔平易，對話傳神而又頗有哲理。這兩書所載的故事也包含不少傳說成分，如「葉公好龍」中的眞龍出現，「東海孝婦」中的三年不雨，這些都不可以考信，反映了歷史向小說轉化的軌迹。

《韓詩外傳》

與此相近的還有西漢韓嬰的《韓詩外傳》。歷來史志、書目的將此書列入經部。但它的主要內容也是雜述古事古語，其目的在引《詩》以證事，而非引事以明《詩》，與《詩經》本義無關。因此，也可以歸入以事爲綱的雜史一類。作者韓嬰，漢初燕人，曾撰《內傳》四卷、《外傳》六卷。南宋後僅存《外傳》，今本爲十卷，已非原貌。其主要內容也是記載一些史傳所不載的遺聞軼事，篇末多引《詩經》中文句以闡明大義。如：

> 齊桓公見小臣，三往不得見。左右曰：「夫小臣，國之賤臣也。君三往而不得見，其可已矣。」桓公曰：「惡！是何言也！吾聞之，布衣之士不欲富貴，不輕身於萬乘之君；萬乘之君不好仁義，不輕身於布衣之士。縱夫子不欲富貴可也，吾不好仁義不可也。」五往而得見也。天下諸侯聞之，謂桓公猶下布衣之士，而況國君乎？於是相率而朝，靡有不至。桓公之所以九合諸侯，一匡天下，此也。《詩》曰：「有覺德行，四國順之。」（卷六）

《外傳》引詩，大都斷章取義，觸類引申，以詩句點明故事大義，而不著眼於訓詁。《外傳》擅長於用對話發議論，露神情，並寫得「文辭清婉，有先秦風」（晁公武《郡齋讀書志》）。其中的一些歷史故事，多爲史傳所不錄的短小事件，有的並爲《新序》、《說苑》、《列女傳》所採錄。《韓詩外傳》實際上成了上承先秦諸子寓言故事、下啓《說苑》等書的一個中間環節，並成爲魏晋以後軼事小說的先導。

㈡漢代雜史、雜傳向志怪、傳奇的轉化

雜史、雜傳的這種發展演進，正反映了史傳文學向小說轉化的趨勢。明陳言《穎水遺編・說史中》說：「正史之流而爲雜史也，雜史之流而爲類書、爲小說、爲家傳也。」這一分流在兩漢時期就已經開始。上述的一些雜史、雜傳體例雖仍同史作，但內容多採民間傳說，虛化現象比較明顯。故亦可稱之爲半小說性質的雜史。但漢代尚有另一類如《燕丹子》、《飛燕外傳》、《列仙傳》、《漢武故事》、《蜀王本紀》等，怪異成分更加多，甚至成爲書中主要內容。儘管這些書仍然使用了某些歷史人物的姓名和一定的時代背景，但它們實際上已經是志怪和傳奇，而不能歸入雜史的範圍。

《燕丹子》、《飛燕外傳》

《燕丹子》三卷，《隋書・經籍志》始著錄於子部小說家之首。作者不詳⑩。但東漢王充《論衡》曾引其事，故至遲應爲東漢作品。書中主要內容爲記述燕太子丹自秦逃歸，並遣荊軻謀刺秦王等事，與《戰國策》、《史記》所載大略相同，卻增添了烏白頭、馬生角、橋機不發、膾千里馬肝、截美人手之類遠離史實的情節。故歷來被視爲「當是古今小說雜傳之首」（胡應麟《少室山房筆叢・四部正譌下》）。

《飛燕外傳》舊題西漢末伶玄撰。內記趙飛燕、合德姊妹同事漢成帝故事，多寫宮幃中事，描述曲折細緻，粗具人物形象，能形象地暴露帝王的淫侈生活及醜惡本質。後人認爲「實傳記之類，然爲小說家言」（《四庫提要》），或認爲「傳奇之首也」（《少室山房筆叢・九流緒論下》）。

上述二書均以史實爲基本構架，但記敍描寫多用小說手段，

以求得情節的生動完整。如《燕丹子》寫燕太子丹自秦逃歸一段說：

> 燕太子丹質於秦，秦王遇之無禮，不得意，欲求歸。秦王不聽，謬言：令烏白頭，馬生角，乃可許耳。丹仰天嘆，烏即白頭，馬生角。秦王不得已而遣之。為機發之橋，欲陷丹。丹過之，橋為不發。夜到關，關門未開。丹為雞鳴，眾雞皆鳴，遂得逃歸。

這一段確實寫得情節緊湊，衝突頗富戲劇性，形象也比較鮮明，卻遠離史實，帶有明顯的小說性質。這類作品在一些重大史實方面仍與歷史保持一致，而《列仙傳》、《蜀王本紀》、《漢武故事》等作品則不受史實約束，以虛幻成分作爲它的主要內容了。

《列仙傳》

《列仙傳》二卷，晋葛洪《神仙傳序》及《新唐書》、《宋史》均稱劉向撰。宋以後多有懷疑者，但均不足以推翻舊案。今本共記述七十人，其中既有傳說人物，如黃帝、王子喬、赤松子，也有一些歷史人物，如老子、呂尚、介子推、范蠡、東方朔等。他們大多能餐霞飲露，不食五穀，善煉形屍解，能積火自焚，飛舉昇天，死而復生，甚至返老還童。他們或遊戲人間，或隱居海外仙山。充分展現了人們對仙人仙境充滿神祕色彩的幻想。像下面這則故事：

> 蕭史者，秦穆公時人也，善吹簫，能致孔雀、白鶴于庭。穆公有女字弄玉，好之，公遂以女妻焉。日教弄玉作鳳鳴。居數年，吹似鳳聲，鳳凰來止其屋，公為作鳳臺，夫婦止其上，不下

數年，一旦皆隨鳳凰飛去。故秦人為作鳳女祠于雍，宮中時有簫聲而已。

這則故事情節很美，是後代文人喜歡引用的掌故。像這類把愛情引入志怪之中的故事在書中還有不少，如《江妃二女》寫鄭交甫逢二仙女，彼此賦詩交談，互通情愫。《赤松子》記炎帝少女追赤松子仙去，《犢子》記酒家女傾心仙人犢子，共牽黃犢而去。這類故事或人神相愛，或由愛而仙，其重點不在於描寫愛情，而在於傳達出仙凡相通的觀念。愛情既是登入仙界的階梯，又是用以說明仙境美好的象徵物，因而在後世獲得廣泛的流傳。

《列仙傳》每篇故事篇幅短小，筆調質樸，較少細節描寫，從體裁到文風，都是六朝志怪小說的先聲。

《蜀王本紀》

《蜀王本紀》，揚雄作，已佚，今僅存殘篇。其內容爲記述秦前古蜀國歷代君王如蠶叢、魚鳧、望帝、開明等的神話傳說，語多不經。常璩在《華陽國志・序志》中指責此書「言蜀王、蠶叢之間周回三千歲，又云荊人鱉靈死尸化西上，後爲蜀帝，周萇宏之血變成碧珠，杜宇之魂化爲子鵑……」可見此書乃借雜史體裁所寫成的志怪小說。

《漢武故事》

《漢武故事》本爲二卷，今存一卷，舊題班固作，後人多有懷疑者。然難確指爲何時何人所作，姑仍其舊。此書寫漢武帝一生逸事，特別是漢武帝求仙的故事。著重描述了漢武帝、東方朔、鉤弋夫人、李少君和西王母等或人或仙、或半人半仙的事迹。它能使歷史成分與幻想成分緊密結合，雖然也借助某些歷史人物與歷史事實，但在一些具體描寫中多爲幻想情節。故前人謂其「所言亦多與《史記》、《漢書》相出入，而雜以妖妄之語」（《四庫總目》）。在寫法上與《燕丹子》同一機軸。整個故事都圍繞漢武帝這一中心人物、求仙這一中心事件以組織材料，形成長篇結構。因而得以擺脫初期小說所謂「叢殘小語」的格局，對後代傳奇小說頗有影響。其文筆亦簡潔雅緻，摹景狀物、渲染氣氛、記述對話，都比較生動。故魯迅稱其「文亦簡雅，當是文人所爲」（《中國小說史略》）。

附　註

①關於司馬遷生年有兩種說法。《史記・太史公自序》「卒三歲而遷爲太史令」句下《索隱》引《博物志》說：「太史令茂陵顯武里大夫司馬遷，年二十八，三年六月乙卯除，六百石。」據此推算，司馬遷生於漢武帝建元六年（公元前 135 年）。主此說者有李長之、郭沫若等。又《自序》「五年而當太初元年」句下《正義》說：「案遷年四十二歲。」據此推算，司馬遷生於漢景帝中元五年（公元前 145 年）。主此說者有王國維、梁啓超、張鵬一、鄭鶴聲、朱東潤、季鎮淮等。兩說各有依據，迄今尚無定論，本書暫依後說。

②司馬遷《報任安書》說：「上計軒轅，下至于茲，爲十表、本紀十二、書八章、世家三十、列傳七十，凡百三十篇。」這裡所說的體例與篇數與今本《史記》相符合，僅將「表」排列在「本紀」之前與今本排列次序不同而已。而《報任安書》約作於太始四年（公元前 93 年），故知此時《史記》已大體完成。

③關於張晏提出的《史記》亡缺篇目，歷代學者提出了種種看法：

㈠僅亡武紀說。宋呂祖謙首倡此說。他在《大事記解題》卷十說：「以張晏所列亡篇之目校之《史記》，或其篇具在，或草具而未成，惟亡武紀一篇耳。」

(二)亡書七篇說。此說爲梁玉繩提出。他在《史記志疑》卷七說：「蓋《史記》凡缺七篇，十篇乃七篇之訛。故兩《漢書》謂十篇無書者固非，而謂九篇具存者尤非也。七篇者，《今上本紀》一，《禮書》二，《樂書》三，《曆書》四，《三王世家》五，《日者傳》六，《龜策傳》七。」

(三)十篇俱在並未亡缺說。此說首倡於吳承志。他在《橫陽雜記》卷九說：「《禮》、《樂》二書並有『今上』之文。《兵書》即《律書》，末有太史公贊語，今本誤與《曆書》連台。《日者傳》志司馬季主，條例亦具於贊。《孝景紀》、《將相表》、《傅靳傳》並爲班書所取，《將相表》有附續之文，與《高祖功臣侯者年表》有附續之文無異。十篇似俱非亡佚。」

(四)亡四存六或亡一殘三存六說。此說首倡於今人張大可。他在《史記研究》一書說：「張晏所列十篇無書篇目，實際亡缺四篇，即《武紀》、《禮書》、《樂書》、《兵書》。」「且《禮》、《樂》、《律》三書篇首之序，我們認爲是補缺者所搜求的《太史公書》亡篇之逸文，也可以說這三篇均是殘而非全亡。」

④張晏所說亡缺的十篇今本《史記》皆的然俱存，那麼爲誰所補？後世學者亦有種種推測：張晏說褚先生補了四篇：「元成之間，褚先生補缺，作《武帝紀》、《三王世家》、《龜策》、《日者列傳》，言辭鄙陋，非遷本意也。」（《史記・太史公自序集解》引）。司馬貞說褚先生補了七篇：「《景紀》取班書補之，《武紀》專取《封禪書》，《禮書》取荀卿《禮論》，《樂》取《禮・樂記》，《兵書》亡，不補，略述律而言兵，遂分歷述以次之。《三王世家》空取其策文以緝此篇，何率略且重，非當也。《日者》不能記諸國之同異，而論司馬季主。《龜策》直太僕所得占龜兆雜說，而無筆削之功，何蕪鄙也？」（《史記・太史公自序索隱》）張守節說十篇皆褚先生補。他說：「《史記》至元成間十篇有錄無書，而褚少孫補《景》、《武紀》、《將相年

表》、《禮書》、《樂書》、《律書》、《三王世家》、《蒯成侯》、《日者》、《龜策列傳》。《日者》、《龜策》言辭最鄙陋，非太史公之本意也。」按褚少孫所補《史記》均冠以「褚先生曰」四字，未冠「褚先生曰」者，不可輕信爲褚少孫所補。

⑤關於《報任安書》的寫作時間，比較通行的說法有兩種：

(一)太始四年說。首倡此說者爲王國維。他在《太史公行年考》中說：「按公《報益州刺史任安書》在是歲十一月。《漢書・武帝紀》：『是歲春三月，行幸太山；夏四月，幸不其；五月，還，幸建章宮。書所云『會東從上來』者也。又冬十二月，行幸雍，祠五畤。書所云『今少卿抱不測之罪，涉旬月，迫季冬，僕又薄從上上雍』者也。是《報安書》作於是冬十一月無疑。或以任安下獄坐受衞太子節，當在征和二年。然是年無東巡事。又行幸雍在次年正月，均與報書不合。《田叔列傳》後載褚先生所述武帝語曰：『任安有當死之罪甚衆，吾嘗治之。』是安於征和二年前曾坐他事。公報安書，自在太始末，審矣。」後梁啓超《史記解題及其讀法》、張鵬一《太史公年譜》、鄭鶴聲《司馬遷年譜》均主此說。

(二)征和二年說。主此說者最早爲趙翼。他說：「《報任安書》內謂安抱不測之罪，將迫季冬，恐卒然不諱，則僕之意終不得達，故略陳之。安所抱不測之罪，緣戾太子以巫蠱事斬江充，使安發兵助戰，安受其節而不發兵。武帝聞之，以爲懷二心，故詔棄市。此書正安坐罪將死之時，則征和二年間事也。」（《廿二史札記》卷一《司馬遷作史年歲》條）周壽昌亦云：「《劉屈氂傳》云，太子召北軍使者任安令發北軍，安已受節，閉軍門不肯應太子，後上聞，任安坐受太子節，懷二心，要斬。考《衞青傳》云，故人門下多去事去病，輒得官爵，獨安不肯去。（顏注云：『安，滎陽人，後爲益州刺史，即遺司馬遷書者。』據史公書，當即征和二年事。」（《漢書注補校》卷 41）今人程金造更從當時史實與報書內容申論趙氏、周氏之說，肯定』《報任安書》寫在征和二年十一月間是所不能懷疑的」（《論王國維考定《報任安書》的時代與內容》）。

二說各有依據，迄今尚未定論。今從王說。

⑥《費誓》是徐戎淮夷侵犯魯國，魯侯伯禽征之於費地而誓衆，故曰《費誓》。《秦誓》是秦穆公伐鄭，晋襄公帥師敗之於崤，秦穆公悔貪鄭取敗的自誓之詞。皆非周天子文告，而收入《周書》。僞孔傳解釋說：「諸侯之事而連帝王，孔子序書，以魯有治戎征討之備，秦有悔過自誓之戒，足爲世法，故錄以備王事，猶《詩》錄商魯之頌。」

⑦班馬優劣：首先提出甲班乙馬的是王充。據劉知幾《史通・鑒識》說：「王充著書，即甲班而乙馬。」自注云：「王充謂彪文義浹備，紀事詳贍，觀者以爲甲，以太史公爲乙也。」不過，王充說的班，指的是班固的父親班彪，他曾作《後傳》65 篇。晋人張輔則說：「遷之著述，辭約而事擧，敍三千年事，唯五十萬言；班固敍二百年事，乃八十萬言。煩省不同，不如遷一也。良史述事，善足以獎勸，惡足以鑒戒，人道之常。中流小事，亦無取焉，而班皆書之，不如二也。毀貶晁錯，傷忠臣之道，不如三也。遷旣創造，固又因循，難易益不同矣。又遷爲蘇秦、張儀、范雎、蔡澤作傳，逞辭流離，亦足以明其大才。故述辯士則辭藻華靡，敍實錄則隱核名檢，此所以遷稱良史也。」自此，班馬優劣成爲學者爭論不休的問題。

⑧四史：《三國志・蜀書・孟光傳》：「博物識古，無書不覽，尤銳意三史。」這裡的三史指《史記》、《漢書》與《東觀漢紀》。唐以後《東觀漢紀》失傳，則以《史記》、《漢書》、《後漢書》爲三史，見宋王應麟《小學紺珠》四《藝文》。至清代始有四史之說。如乾隆時史珥著《四史剿說》16 卷，即包括《史記剿說》4 卷，《漢書剿說》4 卷，《後漢書剿說》4 卷，《三國志剿說》4 卷。洪亮吉《四史發伏》10 卷，包

括《史記》2 卷，《漢書》4 卷，《後漢書》2 卷，《三國志》2 卷。張之洞《輶軒語・語學・讀史》說：「正史中宜先讀四史。全史浩繁，從何說起？四史爲最要：《史記》、《漢書》、《後漢書》、《三國志》。」

⑨關於《越絕書》的作者：《越絕書・敍外傳記》中說：「記陳厥說，略有其人，以去爲生（姓），得衣乃成。厥名有米，覆之以庚。禹來東征，死葬其疆。不直自斥，記類自明。寫精露愚，略以事類，俟告後人。文屬辭定，自于邦賢。邦賢以口爲姓，承之以天。楚相屈原，與之同名。明于古今，德配顏淵。時莫能與，伏竄自容。」《四庫全書總目提要》據此解釋說：「其云『以去爲姓，得衣乃成』，是袁字也。『厥名有米，覆之以庚』，是康字也。『禹來東征，死葬其疆』，是會稽人也。又云以『文詞屬定，自于邦賢，以口爲姓，承之以天』，是吳字也。『楚相屈原，與之同名』，是平字也。然則此書爲會稽袁康所作，同郡吳平所定也。」

⑩《燕丹子》的作者與成書年代：孫星衍《燕丹子序》說：「其書長于敍事，嫻于辭令，審是先秦古書，亦略與《左氏》、《國策》相似，學在縱橫、小說兩家之間。」又據書多古字古義，說「足證此書作在史遷、劉向之前，或以爲後人割裂諸書雜綴成之，未必然矣。」《文獻通考・經籍考》引《周氏涉筆》說：「燕丹、荊軻，事既卓佹，傳記所載亦甚崛奇。今觀《燕丹子》三篇，與《史記》所載皆相合，似是《史記》事本也。」宋濂《諸子辯》也說它「决爲秦漢間人作」，周中孚《鄭堂讀書記》卷 36 則說：「當是六國游士哀太子之志，綜其事迹，加之緣飾。」他們都認爲《燕丹子》是先秦或秦漢之間的古書，明胡應麟《少室山房筆叢》卷 32《四部正譌》則提出了不同看法。他說：「余讀之，其文采誠有足觀，而詞氣頗與東京類，蓋漢末文士因太史《慶卿傳》增益怪誕爲此書，正如《越絕書》等編，掇拾前人遺帙，而托於子胥、子貢云爾。」李慈銘《孟學齋日記》則認爲「要出於宋、齊以前高手」。近人羅根澤著有《燕丹子眞僞年代之舊說與

新考》，認爲此書爲晚出僞書，其時代蓋在蕭齊之世，「下不過梁」，可以庾仲容《子鈔》目錄爲證；而「上不過宋」，則因裴駰《史記集解》未曾引及。而魯迅《小說史大略》講義中說：「《隋志》之《燕丹子》今尚存，雖不見於《漢志》，而審其文詞，當是漢以前書。」可見此書之成書年代衆說紛紜，迄今尚無定論。要之，這個故事在漢代已基本定型，雖後人或有所刪改增飾，故姑附之於此。

第四章　漢樂府民歌

第一節　關於樂府

在文人詩壇繼續寫作四言詩與騷體詩的同時，在民間卻產生了一種新的詩歌——以雜言和五言爲主要形式的樂府民歌。這些樂府民歌，內容上繼承《詩經》「饑者歌其食，勞者歌其事」的寫實傳統，「感於哀樂，緣事而發」，廣泛地反映了平民社會的生活與情緒。形式上突破四言體與騷體，形成了在我國詩壇占有重要地位的雜言詩與五言詩。在表現手法上，敍事成分增加，出現了很多著名的敍事詩。它使我國詩歌邁入了一個新的時期。這些民歌由當時的樂府機關收集，故名樂府民歌，在我國詩歌史上是繼《詩經》、《楚辭》之後一個新的發展階段。

樂府原是西漢一個官署的名稱。秦及漢初，曾於太常所轄屬官中設太樂令（《漢書・百官公卿表》）一職，以掌管宗廟音樂。專職演奏之樂工均隸屬於太樂，其所奏之歌舞「大抵皆因秦舊事」。但由於高祖好楚聲，故也大量汲收楚歌，時有創編。至漢武帝時，爲「定郊祀之禮」，才在太樂之外，「乃立樂府」，專管宗廟之外的音樂歌舞，供祭祀天地諸神和「巡狩福應」之需，官屬少府。規定其職能除爲文人詩賦譜曲、訓練樂員、擔任演奏之外，還採集民歌以觀察風俗。《漢書・漢書・禮樂志》說：

至武帝定郊祀之禮，乃立樂府，採詩夜誦，有趙、代、秦、

> 楚之謳。以李延年為協律都尉，多舉司馬相如等數十人造為詩賦，略論律呂，以合八音之調，作十九章之歌。

《漢書・藝文志》也說：

> 自孝武立樂府而採歌謠，於是有趙代之謳，秦楚之風，皆感於哀樂，緣事而發，亦可以觀風俗，知厚薄云。

當時樂府採集的民歌共有一百三十八首，採地有吳、楚、汝南、燕、代、邯鄲、河間、齊、鄭、淮南、河東、洛陽及南郡，幾遍及全國①。這些流傳民間的口頭詩歌得以寫定集中，是樂府的功績。樂府，到漢哀帝建平元年（公元前6年）裁減了一次。史載當時新樂大興，鄭聲尤甚，「哀帝自爲定陶王時疾之，又性不好音，及即位」，就將有八百二十九人的樂府職員，裁去了掌管俗樂的樂員四百四十一人，只留下三百八十八人掌管郊廟燕享之樂。但當時朝廷上下，宮廷內外，皆好新聲俗曲，上層統治者以此滿足聲色之樂，而「百姓漸漬日久，又不制雅樂有以相變，富豪吏民湛湎自若」，俗樂民歌並未因此中絕。這種樂府新聲漸次替代雅樂，並促進詩歌的發展，終於導致五言俗體取代了四言雅體的正統地位。

東漢時期，音樂官署的名稱與職掌均有改變。太常屬官大予樂令，掌伎樂，所轄「樂人八佾舞三百八十六人」（《後漢書・百官志》及注）；少府屬官承華令，「典黃門鼓吹一百三十五人，百戲師二十七人」（《唐六典》「鼓吹署令」注）。記載未全，大略可見它們純屬宮廷禮儀、祭祀、宴樂服務的御用音樂官署，未見有採風的記載。但東漢民間歌謠異常活躍。這與東漢聽風觀政的用人政策有關。《後漢書・循吏傳序》記載光武帝劉秀曾

「廣求民瘼，觀納風謠」，《季部傳》記載和帝劉肇曾「分遣使者，皆微服單行，各至州縣，觀採風謠」，《劉陶傳》記載靈帝劉宏也曾「詔公卿以謠言舉二千石爲民蠹害者」（注云：謠言，謂聽百姓風謠善惡而黜陟之也）。由此可以推想當時歌謠必有序錄，樂工採以入樂也就很方便了。故今存漢樂府民歌以東漢爲多。

兩漢採集的民歌後世大都重又散失。據宋郭茂倩《樂府詩集》和元左克明《古樂府》等書統計②，今存者不過六十餘首，主要保存於《樂府詩集》的《鼓吹曲辭》、《相和歌辭》和《雜曲歌辭》之中。

「樂府原是官署之名，後人乃以樂府所採之詩名之曰樂府。」（顧炎武《日知錄》卷二十八）這些詩歌，漢人原本稱之爲「歌詩」。因是樂府所採集，又可入樂演唱，至魏晋南北朝時期，人們就將其稱爲「樂府」。樂府就由官署名稱演變爲一種詩體的名稱。自曹操「借古樂府寫時事」之後，文人多採用樂府舊題寫作，這些詩有的不一定入樂歌唱，因它用了樂府舊題，因此也稱之爲樂府。《文心雕龍》除《明詩》以外，另有《樂府》，說「樂府者，聲依永，律和聲也」，即入樂演唱的詩。《文選》除「詩」之外，也另立「樂府」一類，說明樂府已成爲與詩並列的一種詩體的名稱。

總之，樂府原是官署之名，後演變爲一種詩體，包括文人樂府與樂府民歌兩部分。樂府民歌則僅指樂府中的民歌，即樂府機關採集的入樂歌唱的各地民間詩歌而已。

第二節　漢樂府民歌的思想內容

漢樂府民歌是「漢世街陌謠謳」，即廣大農村和城市中下層民眾的創作（其中也有少數是下層文人或樂工的作品）。它廣泛地反映了廣大民衆的生活與情緒。它以題材廣泛，生活氣息濃厚，反映社會生活本質深廣，成爲我國古典詩歌的珍品。

㈠反映人民悲慘生活和鬥爭精神

漢代雖是一個强大的封建王朝，正處於封建社會的上升階段，但廣大民衆仍生活於貧窮困苦之中，過著牛馬般的生活，「貧民常衣牛馬之衣，食犬彘之食」，「賣田宅，鬻子孫以償債」（《漢書・食貨志》）。漢樂府民歌對民衆這種窮苦生活作了眞實的反映，對他們所受的迫害作了血淚的控訴。《婦病行》就展現了這樣一副生活畫面：

> 婦病連年累歲，傳呼丈人前，一言當言，未及得言，不知淚下一何翩翩。「屬累君兩三孤子，莫我兒饑且寒，有過愼莫笪笞，行當折搖，思復念之。」
>
> 亂曰：抱時無衣，襦復無裏。閉門塞牖，捨孤兒到市。道逢親交，泣坐不能起。從乞求與孤兒買餌。對交啼泣，淚不可止。「我欲不傷悲不能已。」探懷中錢持授交。入門見孤兒，啼索其母抱。徘徊空舍中，「行復爾耳！棄置勿復道。」

詩歌選擇了兩個生活場面，妻子臨終的囑託和妻死後丈夫和孤兒的貧困潦倒，表現了他們饑寒交迫的悲慘情景，深刻地反映了封建社會裡下層人民的生活。豪門富戶的殘酷性，也表現在對親人的壓榨剝削上。而《孤兒行》就寫出了兄嫂將弱小的弟弟視同奴隸，盡量役使他，從他身上榨取每一滴血的事實。這個孤兒要出外經商，又要承擔家中的生產與家務勞動：挑水、燒飯、看馬、養蠶、種瓜，而在嚴寒的冬天裡卻連雙草鞋也穿不上：

> 孤兒生，孤子遇生，命獨當苦。父母在時，乘堅車，駕駟馬。父母已去，兄嫂令我行賈。南到九江，東到齊與魯。臘月來歸，不敢自言苦。頭多蟣虱，面目多塵。大兄言辦飯，大嫂言視馬。上高堂，行取殿下堂，孤兒淚下如雨。使我朝行汲，暮得水來歸。手為錯，足下無菲。愴愴履霜，中多蒺藜。拔斷蒺藜腸肉中，愴欲悲。淚下渫渫，清涕纍纍。冬天複襦，夏無單衣。居生不樂，不如早去，下從地下黃泉。春氣動，草萌芽，三月蠶桑，六月收瓜。將是瓜車，來到還家。瓜車反覆，助我者少，啗瓜者多。願還我蒂，兄與嫂嚴，獨且急歸，當興校計。亂曰：里中一何譊譊，願欲寄尺書，將與地下父母，兄嫂難與久居。

這是多麼辛酸的生活！簡直與當日富豪家中奴婢的生活完全一樣。他受不住欺壓的痛苦，情願死去。在這些文字裡，呈現出一副下層社會的生活圖畫，提出了一個嚴峻的社會問題，表面上是寫兄嫂的狠毒，實際上是揭露剝削者的凶狠面目。從中可以看到，私有制是怎樣使一個家庭分化成弱肉強食的兩部分。這就是《孤兒行》的深刻意義。

《平陵東》更揭露了當時官府怎樣憑藉權勢對百姓進行法定之外的掠奪和榨取：

> 平陵東，松柏桐，不知何人劫義公。劫義公，在高堂下，交錢百萬兩走馬。兩走馬，亦誠難，顧見追吏心中惻。心中惻，血出漉，歸告我家賣黃犢。

官吏無故綁架義公到高堂之下，逼迫他「交錢百萬兩走馬」。這位義公顧見追吏，心中害怕，只得「歸告我家賣黃犢」。這是無辜的受害者對官吏貪暴、壓榨良民的悲憤控訴。《樂府解題》說：

「《平陵東》，漢翟義門人所作也。義爲丞相方進少子，爲東郡太守，以王莽篡漢，舉兵誅之，不克而見害，門人作歌以怨之也。」這殊與詩意不合。

由於破產，大批農民不得不離鄉背井，四出謀生，飄泊異鄉，有家歸不得。樂府民歌有不少篇章抒發他們的悲哀：「兄弟兩三人，流宕在他縣。故衣誰當補？新衣誰當綻？」（《艷歌行》）「男兒在他鄉，焉得不憔悴！」（《高田種小麥》）《悲歌》更寫出了一個有家歸不得的漂泊者的百結愁腸：

> 悲歌可以當泣，遠望可以當歸。思念故鄉，鬱鬱累累。欲歸家無人，欲渡河無船。心思不能言，腸中車輪轉。

只能以遠望當作歸家，望鄉的心情多麼急切！

寓言詩《烏生》、《枯魚過河泣》、《蜨蝶行》，通過烏鴉、枯魚和蜨蝶的曲折遭遇，同樣表達了受迫害者的悲憤心情。如《烏生》寫道：

> 烏生八九子，端坐秦氏桂樹間。唶我！秦氏家有遊遨蕩子，工用睢陽彊、蘇合彈。左手持彊彈兩丸，出入烏東西。唶我！一丸即發中烏身，烏死魂魄飛揚上天。阿母生烏子時，乃在南山岩石間。唶我！人民安知烏子處？蹊徑窈窕安從通？白鹿乃在上林西苑中，射工尚復得白鹿脯。唶我！黃鵠摩天極高飛，後宮尚復得烹煮之。鯉魚乃在洛水深淵中，釣鉤尚得鯉魚口。唶我！人民生各各有壽命，死生何須復道前後？

詩寫烏鴉將烏雛藏在「南山岩石間」，還是被秦氏家的「遊遨蕩子」用彈丸打死。大烏鴉在悲痛之餘，想到上林西苑的白鹿，摩天高飛的黃鵠，深藏洛水的鯉魚，都難免一死，只好將生死委之天命。詩用寓言的形式，表達了詩人對世路艱險、生死難測的嘆息，是一曲人生憂懼的哀歌。

漢樂府民歌也反映了民衆的掙扎反抗。《東門行》就是這一主題的代表作。詩寫一位貧民「盎中無斗米儲，還視架上無懸衣」，挨凍受餓的日子逼得他只好「拔劍東門去」。詩歌只截取了一個生活片斷，把他的內心矛盾（一出一入），把他受壓迫剝削的悲憤，把他不甘忍受而終於「拔劍東門去」的反抗精神，都集中到臨行前這一瞬間來寫，將人物性格浮雕似的凸現於讀者眼前：他愛妻兒，本不願去觸犯法網，但無衣無食的生活，終於迫使他鋌而走險。這就揭示了他這一行爲的必然性。詩歌還通過他妻子的規勸，表現了中國農民很大的忍耐性，但主人公實在忍無可忍。這就更突出了他這一行爲的正義性。詩歌歌頌了一個自發者的反抗。它的戰鬥性引起了統治者的驚恐，晋樂所奏就作了篡改，加上「今時清廉，難犯教言」，「白髮時下難久居」也改爲「平愼行，望君歸」，戰鬥性就大大削弱了。

㈡揭露戰爭與徭役帶來的災難

漢代自武帝開始，頻繁地發動戰爭。這些戰爭，有些是必要的防禦戰爭，但也有不少是窮兵黷武的侵略戰爭。進行這種戰爭，需要抽調大批兵力，抽調大批勞動力爲戰爭後勤服務，從而造成人員的大批傷亡，使很多幸福家庭遭到破壞，引起勞苦大衆的不滿。《饒歌》十八曲③中的《戰城南》就反映了這一主題：

> 戰城南，死郭北，野死不葬烏可食。為我謂烏：「且為客豪！野死諒不葬，腐肉安能去子逃！」水深激激，蒲葦冥冥；梟騎戰鬥死，駑馬徘徊鳴。梁築室，何以南？何以北？禾黍不穫君

何食？願為忠臣安可得？思子良臣，良臣誠可思：朝行出攻，暮不夜歸！

詩歌沒有正面描寫戰鬥場面，而是選擇戰後荒涼淒慘的戰場進行描寫。一開篇就寫出屍陳荒野，任憑烏鴉啄食的淒慘情景。詩人希望烏鴉在啄食之前嚎叫幾聲權作招魂以安慰亡靈。這一奇特的構想，深刻地反映了戰死者的可憐，有力地控訴了戰爭的罪惡。接著渲染戰場的荒涼淒厲和禾黍不穫，必然導致饑饉薦臻的可怕結果，寓有對戰爭發動者的警告意味。最後寫那些僥倖活著的人反而羨慕死者死得痛快，「朝行出攻，暮不夜歸」，活著的人反而求生不能，求死不得，進一步突出了戰爭的災難。詩歌通過淒慘荒涼的戰場的描寫，揭露了戰爭的殘酷和窮兵黷武的罪惡。

《十五從軍征》則揭露了當時兵役制度的不合理。「十五從軍征，八十始得歸」，強烈的時間反差，一下就抓住了讀者，揭示了這個老兵的悲慘遭遇。詩歌接下來沒有寫他六十五年的軍旅生涯，而是就「歸」字著筆，寫他回家後的淒慘情景：家人死盡，家境荒涼，「兔從狗竇入，雉從梁上飛，中庭生旅穀，井上生旅葵」，六十五年的軍旅生涯，不僅消盡了他的年華，也破壞了他的家庭，更不見有人來撫恤，他只能「出門東向望，淚落沾我衣」，多麼驚心觸目的現實！詩歌通過這個老戰士回鄉後無家可歸的自述，揭露了戰爭與兵役給家庭和社會帶來的災難。它以白描手法勾勒出來的這一圖景，正表達了人民大衆強烈的抗議與悲憤的控訴。

《古歌》則寫了一個流落胡地的士兵的思鄉之情。詩歌寫道：

秋風蕭蕭愁殺人，出亦愁，入亦愁，座中何人，誰不懷憂？令我白頭！胡地多飆風，樹木何修修。離家日以遠，衣帶日以緩。心思不能言，腸中車輪轉。

漢代長期對胡用兵，詩中提到「胡地」，顯然與對胡戰爭有關。這些戰士沒入胡中，有家歸不得，強烈的思鄉之情，使他愁腸百結。詩歌以胡地的景物，烘托出淒清的氣氛，戰士那無止境的飄泊，無法排遣的煩憂，有力地控訴了戰爭或徭役帶給他的痛苦。

《東光》則反映了士兵戰鬥情緒的低落，實際是厭戰情緒的反映：

東光乎，蒼梧何不乎？蒼梧多腐粟，無益諸軍糧。諸軍遊蕩子，早行多悲傷。

這首詩反映的可能是漢武帝征伐南越的戰爭。元鼎五年（公元前112年），漢武帝出兵征伐南越，行軍所經多卑濕之地。南方的瘴霧，不是土著人，是很難習慣的。人民多不願意從事這場戰爭，激不起對戰爭的熱情。詩歌一開篇就說，東方亮了，蒼梧爲什麼不亮？寫出瘴霧濃厚，不見天日的情景，也寫出了士兵對這種瘴霧的害怕心理。接著寫蒼梧糧食雖多，但對諸軍無益，因爲士兵不願意作戰。最後點明主題：原來諸軍中多爲離鄉背井的士兵，在早晨的瘴霧裡行軍，一個個心底充滿悲傷。強迫人民去從事侵略戰爭，人民當然是不會有戰鬥熱情的。

㈢反映愛情婚姻及其他婦女問題

歌唱愛情是民歌的重要主題，漢樂府民歌也是如此。不過，由於封建禮教的加強，漢樂府民歌對愛情的描寫，已缺少《詩經》中那種表現愛情的歡快喜悅的詩，而往往籠罩著一層不幸與悲傷的氣氛。如《有所思》就描寫了一位女子在突然聽到情人變心時的複雜痛苦的心情，寫出了一個直率而多情的女子在愛情受到挫折時的複雜心理：她準備贈給情人的禮物是「雙珠瑇瑁簪」，還「用玉紹繚之」；但一「聞君有他心」，即「拉雜摧燒之」，還「當風揚其灰」。這種加重形容的寫法，寫出了她愛之深亦恨之極的强烈感情。但轉念一想，回憶起他們幽會時那「雞鳴狗吠，兄嫂當知之」的情景，使她又害怕又留戀，因而藕斷絲連，不忍割捨。這種複雜心理，既眞實，又典型，將抒情主人公的情感活脫脫地凸現出來了。

《上邪》則通過一個女子向情人的自誓，表達了她對愛情的無限堅貞：

> 上邪！我欲與君相知，長命無絕衰。山無陵，江水為竭，冬雷震震，夏雨雪，天地合，乃敢與君絕！

詩歌連用天地間不可能出現的五種自然現象來表達她至死不渝的愛情，想像奇特，構思新穎，感情眞摯熱烈。但這種表白意味著他們的愛情正承受著外界的巨大壓力，恐怕正有人要拆散他們，她才「之死矢靡他」的。

一個封建家庭，婦女的地位最爲可悲。不僅有「三從」、「四德」的束縛，且有「七出」之條來保障男權④。因此，表現棄婦的思想感情在漢樂府民歌中也是重要主題。《白頭吟》、《怨歌行》、《塘上行》、《上山採蘼蕪》、《孔雀東南飛》，都描寫了這類婦女的悲劇命運。

《白頭吟》描寫了一個被遺棄的婦女對用情不專的男子的決絕，寫得淒惻動人，表現了這類婦女的不幸與痛苦。「淒淒復淒淒，嫁娶不須啼，願得一心人，白頭不相離」，表達了這位被棄婦女的美好願望。《西京雜記》認爲本詩是卓文君所作。《宋書·

樂志》則作「古辭」，歸入「漢世街陌謠謳」一類，似較爲合理。

《怨歌行》是詠團扇的詩，實際上是以扇喻人：

> 新裂齊紈素，皎潔如霜雪。裁為合歡扇，團圓似明月。出入君懷袖，動搖微風發。常恐秋節至，涼飆奪炎熱。棄捐篋笥中，恩情中道絕。

這個女子雖如團扇一般「出入君懷袖」，被寵幸歡愛，但她戰戰兢兢，如履薄冰，常恐被捐棄。團扇的託喻是很貼切的，寫出了古代婦女的可悲的命運。

《孔雀東南飛》⑤是這類詩中最傑出的代表作，也是樂府中最傑出的詩篇。這首詩描寫了漢末建安中劉蘭芝與焦仲卿的愛情婚姻悲劇，有力地控訴了封建禮教、封建家長制的罪惡，熱烈地歌頌了蘭芝夫婦寧死不屈的反抗封建惡勢力的叛逆精神，深刻地表現了廣大人民爭取婚姻自由的必勝信念。

這首詩在藝術上的傑出成就是成功的人物塑造。這些人物既性格鮮明，又有典型意義。劉蘭芝勤勞、善良、美麗，而最可寶貴的性格特徵是具有反抗封建家長統治的堅强意志。她不能忍受焦母的虐待，寧肯犧牲個人幸福，主動要求離開焦家：「非爲織作遲，君家婦難爲。妾不堪驅使，徒留無所施，便可白公姥，及時相遣歸」。她不能順從阿兄的擺布，不爲富貴所動，不爲强暴所屈：「我命絕今日，魂去屍長留。攬裙脫絲履，舉身赴淸池。」以死表明了她的反抗。這種倔强的性格和不妥協的鬥爭精神，使之成爲古代反封建家長制的婦女的典型。焦仲卿忠於愛情，站在蘭芝一邊，與焦母抗爭，還回絕了焦母關於「東家有賢女」的引誘。他起初對焦母抱有希望她回心轉意的幻想，不如蘭芝清醒；對蘭芝的處境也不夠理解，對蘭芝有過「賀卿得高遷」的嘲諷。但殘酷的現實使他認清了鬥爭的不可調和，最後也以死表明了他的抗爭，他也是一個反封建家長統治的正面人物。焦母是封建家長制的代表。她虐待兒媳，訓斥兒子，冷酷無情，專橫跋扈，橫蠻地拆散了一對恩愛夫妻，是這一悲劇的主要製造者。阿兄同樣殘忍專橫，而且趨炎附勢，眼光勢利，也是這一悲劇的製造者之一。這兩個反面人物，作者著筆不多，人物形象卻躍然紙上。例如下面這個細節：「阿母得聞之，槌牀便大怒。小子無所畏，何敢助婦語。吾已失恩義，會不相從許！」一個動作，一句對話，一個潑婦的形象就如在眼前。

全詩緊緊圍繞劉蘭芝夫婦與封建家長的矛盾衝突開展故事，從矛盾已經激化開始寫起，將鬥爭的時間集中在二十天左右，寫了四個回合的鬥爭，寫到殉情自殺戛然而止。故事有發生發展，高潮結局，剪裁得當，結構緊嚴，最後一個浪漫的結尾，表現了人民的美好願望。這是此詩提煉題材方面的特點。

詩歌主要是通過人物的語言行動來刻畫人物性格。人物語言個性化，動作描寫生動傳神，是這首詩語言方面的重要特色。如阿兄這個人物在作品中是著墨不多的重要人物，只有幾筆描寫：

> 阿兄得聞之，悵然心中煩。舉言謂阿妹：「作計何不量！先嫁得府吏，後嫁得郎君，否泰如天地，足以榮汝身。不嫁義郎體，其往欲何云？」

一個「悵然心中煩」，一個「足以榮汝身」，就既寫出他的專橫跋扈，容不得阿妹自作主張；也寫出他對太守家權勢的垂涎三尺而趨炎附勢的市儈嘴臉。一個封建家長、勢利小人的形象便刻畫得入木三分。時或插入抒情性的詠嘆，以加强悲劇氣氛，是這首詩語言的又一特點。如寫到蘭芝夫婦第一次分手時，插入「舉手常勞勞，二情同依依」；寫蘭芝夫婦生死訣別時，插入「生人作死別，恨恨哪可論。念與世間辭，千萬不復全」。這種離開情節發展的抒情性描寫，使人讀了，欲悲欲哭，更加强了悲劇氣氛的渲染。

鋪陳描寫是民歌常用的藝術手法。這首詩也多次運用了這種手法，在一些重要地方，大段鋪敍。如「新婦起嚴妝」一段，寫蘭芝遭遇到如此的不幸，但仍然濃妝艷抹，鎮定自若，這就突出了蘭芝性格的堅强。太守家迎親一段寫得熱鬧非凡，從迎親的車船、迎親的彩幣到迎親的隊伍，細細敍寫，不厭其煩，這就既烘托了悲劇的氣氛，又表現了蘭芝不慕榮利的品德。可見該略時，作者惜墨如金；而該詳時，則是潑墨鋪寫。這些都表現了高度的藝術技巧。

對婦女的迫害，不僅來自家庭，也來自社會。封建統治階級的荒淫，經常給婦女帶來侮辱與不幸。《陌上桑》就描寫了這樣一個故事。羅敷是位年輕美貌的採桑女，被一個巡行郡縣的使君看中，欲行非禮，被羅敷嚴詞拒絕。詩歌熱情歌頌了羅敷不畏强暴、蔑視權貴的高貴品質與善於臨機應變的機智勇敢，揭露了上層統治者的荒淫無恥。詩歌的傑出成就就在於它塑造了羅敷這一堅貞機智的正面形象。作品一開始就用正面鋪敍與側面烘托的手法，突出羅敷的美，以引出下文使君垂涎的情節，同時用外貌美來陪襯她的心靈美。接著寫使君的調戲與羅敷的反抗，話說得義正詞嚴。尤其是誇耀夫婿一段，寫得痛快淋漓。羅敷有沒有這樣的夫婿，無須考證。她的誇耀是用以對付使君，捍衞自己尊嚴的鬥爭策略，是她機智的表現。這種喜劇性的結尾，含蓄說明羅敷一定是勝利者。全詩以羅敷爲中心，以羅敷的對話爲描寫重點，將使君放在愚蠢可笑的被戲弄的地位，構成一種喜劇衝突，更增強了它的藝術效果。漢代，權貴們生活荒淫，「妖童美姬，塡乎綺室」（《後漢書・仲長傳統》），還常搶奪民女，人民對此十分憤恨。這首詩在當時是很有現實意義的。

㈣表達對生命短促、人生無常的思考

生命短促，是人類永遠無法改變的事實。對有限生命的熱愛，對死亡的恐懼和哀傷，乃是無論富貴貧賤所有人的共同感情。大約產生於西漢初年的兩首喪歌，就是這樣的作品：

> 薤上露，何易晞！露晞明朝更復落，人死一去何時歸？（《薤露》）

> 蒿里誰家地？聚歛魂魄無賢愚。鬼伯一何相催促；人命不得少踟躕！（《蒿里》）

前一首感嘆生命就像草上露水那樣很快就要消失，露水明朝又將降落，而生命卻不能重複。後一首慨嘆在死神催促之下，無論貴賤賢愚，都必將成爲塚中枯骨。人生僅僅在這一點上是絕對平等的。然而，在對待生命的態度上，卻並不一致。有的提倡趁死亡到臨之前盡情享受生命的歡樂，如《西門行》中就主張：「人生不滿百，常懷千歲憂；晝短苦夜長，何不秉燭遊！」《怨歌行》也提倡：「當須蕩中情，遊心恣所欲。」都採用及時行樂，盡情享受，以淡化對死亡的恐懼。有的則嚮往遊仙，如《善哉行》就歌唱道：「歡日尙少，戚日苦多。何以忘憂，彈箏酒歌。淮南八公，要道不煩。參駕六龍，遊戲雲端。」詩人已經覺悟到：享受生活，亦無法逃脫死亡；只有借助於求仙飛擧這一幻想形式，才可以擺脫生命的短暫。這兩種對待生命的態度都是消極的，實質上

是對生命短促這一客觀事實的逃避。而另一首樂府詩《長歌行》雖然也是從這種對生命的感傷出發，表達的卻是不同的人生態度，它所强調的不是消極享樂而是奮發有爲：

> 青青園中葵，朝露待日晞。陽春布德澤，萬物生光輝。常恐秋節至，焜黄華葉衰。百川東到海，何時復西歸。少壯不努力，老大徒傷悲。

朝露易晞，春華秋落，百川到海，不復西歸，都藉以比喻生命的短促，且不再返回。詩人得出的結論卻與前面幾首完全相反，不是及時行樂，而是把握現在，努力奮進，利用有限的生命，創造出更大的業績，以此來作爲對生命的禮讚。這是一首勵志詩，孕含著一個富有啓發性的哲理，激勵人們奮發上進。「少壯不努力，老大徒傷悲」已成爲傳頌至今的警句。

熱愛生命，描寫生命的歡樂，還見之於描寫以江南採蓮女子勞動小曲《江南》：

> 江南可採蓮，蓮葉何田田。魚戲蓮葉間：魚戲蓮葉東，魚戲蓮葉西，魚戲蓮葉南，魚戲蓮葉北。

這不僅是記述水鄉女子採蓮勞動中的歡快氣氛，也不單描繪他們三五成羣，輕舟飄蕩，出沒於綠荷掩映的水面這一優美的畫面。更重要的是由人到魚，借魚寫人，表達了對青春活力、生命歡樂的由衷歌頌。這顯然是一首樂府民歌，與上述悲觀主義的生命意識和人生態度是完全絕緣的。

除以上幾方面外，漢樂府中還有一些揭露、諷刺封建統治者淫侈腐敗的作品，如《相逢行》、《長安有狹斜行》都對世胄子弟倚仗權勢加以諷刺。而另一首《雁門太守行》則對東漢和帝時洛陽令王渙爲官清廉勤政表達了由衷的歌頌，表現出廣大民衆愛憎分明。另一些樂府詩則對下層文士奔走仕途、困頓他鄉的命運表示同情，如《高田種小麥》以高田不宜種小麥爲喻，寫出「男兒在他鄉，焉得不憔悴」的辛酸。《枯魚過河泣》以寓言形式揭露世途中處處都有險惡，告誡遊子「相教愼出入」，以免陷入羅網。而《猛虎行》則以「饑不從猛虎食，暮不從野雀棲」以砥礪遊子潔身自愛，不爲違法非禮之事。這些在當時都有一定的積極意義。

總之，從漢樂府詩歌中，我們可以看到當時各個方面社會生活的畫面，可以聽到當時包括下層文士在內廣大民衆自己的心聲，兩漢樂府應該是兩漢社會全面眞實的反映。

第三節　漢樂府民歌的藝術成就和影響

漢樂府民歌有獨特的藝術成就，是繼《詩經》、《楚辭》之後我國詩歌發展的重要階段。它不僅給漢代詩壇增添了異彩，對後世詩歌發展也產生過重大影響。

第一，漢樂府民歌眞實地反映了當時的社會生活與人民大衆的愛憎，是對《詩經》開創的寫實傳統的繼承與發揚。

從建安時代起，凡以詩歌抨擊時政黑暗、反映民生疾苦而取得成就的詩人，大都從漢樂府民歌中汲取藝術養料。如建安作家的「借古樂府寫時事」的古題樂府，鮑照的「悲涼跌宕，曼聲促節」的擬樂府歌行，唐代杜甫的「即事名篇，無復依傍」和元稹、白居易的「爲君、爲臣、爲民、爲物、爲事而作」的新題樂府，晚唐聶夷中、杜荀鶴、皮日休等人的詩歌創作，就是與這一傳統一脈相承的。他們自覺地繼承這一傳統，面對現實人生，運用詩歌來反映現實，干預現實。《燃燈記聞》說：「唐人樂府，惟有太白《蜀道難》、《烏夜啼》，子美《無家別》、《垂老別》，以及元、白、張、王諸作，不襲前人樂府之貌，而能得其神者，乃眞樂府也。」王士禎說：「樂府者，繼《三百篇》而起者也，唐人惟韓之《琴操》最爲高古。李之《遠別離》、《蜀道難》、《烏夜啼》，杜之《新婚》、《無家》諸別，《石壕》、《新安》諸吏，《哀江頭》、《兵車行》諸篇，皆樂府之變也。降而元、白、張、王，變極矣。元次山、皮襲美補古樂章，志則高矣，顧其離合，未可知也。」（《師友詩傳錄》）這些評論雖未必盡當，然都說明了漢樂府民歌對後世詩歌的深遠影響。

第二，漢樂府民歌中，敍事詩數量多，藝術性高，標誌著我國敍事詩的成熟。

《詩經》中已有敍事性的作品。但有的缺乏對一個中心事件的集中描寫，如《豳・七月》就只對農奴生活作了流水賬式的記錄，既沒有一個完整的故事，也沒有一個貫穿篇中的人物；有的如《邶風・谷風》、《衞風・氓》，雖有一個粗具規模的故事與貫穿作品的人物，但也只是作品中抒情主人公的自我傾訴，表現的是抒情主人公的自我形象，只能說是帶有敍事成分的抒情詩。《生民》、《公劉》諸詩已是敍事詩，但描寫比較簡單樸質。這說明《詩經》中的敍事詩還處於萌芽狀態。到漢樂府民歌，詩歌中就出現了一些由第三者敍述的故事。這些故事，有的是截取生活中的一個片斷，如《東門行》是截取丈夫「拔劍東門去」的這一瞬間來寫，《平陵東》是截取義公被綁架到高堂上這一片斷來寫；有的則是有頭有尾的完整故事，如《孔雀東南飛》是寫蘭芝夫婦的愛情悲劇，《陌上桑》是寫羅敷與使君的鬥智鬥勇，這些故事都波瀾曲折，引人入勝。詩中出現了貫穿全篇的中心人物，如《病婦行》中的病婦與丈夫，《孤兒行》中的孤兒，《陌上桑》中的羅敷，《孔雀東南飛》中的蘭芝與焦仲卿，這些人物形象都比較鮮明，有一定的性格特徵。詩中加强了人物的對話與動作的描寫，有些還寫得很有個性化特點，如《病婦行》寫病婦臨終前的囑託：「傳呼丈人前，一言當言，未及得言，不知淚下一何翩翩：『囑累君兩三孤子，莫我兒饑且寒。有過愼莫笪笞，行當折搖，思復念之！』」一個動作，幾句囑咐，把病婦的善良、溫柔與眞摯的母愛表現得多麼眞切動人！特別是出現像《孔雀東南飛》這樣傑出的長篇敍事詩，更是我國敍事詩成熟的標誌。

第三，形式自由多樣，有雜言詩，並逐漸趨向五言而出現成熟的五言詩。

《詩經》中已有雜言詩，如《江有汜》、《伐檀》即是。但《詩經》中的雜言詩變化較少，數量也不多。漢樂府民歌中的雜言詩，首先是變化多，有一言、二言，乃至八言、九言、十言，長短隨意，整散不拘，如《東門行》即是。其次，數量多，今存近六十首樂府民歌中，雜言詩即有二十餘首，占總數三分之一還多。魯迅《漢文學史綱》說：「詩之新制，亦復蔚起。騷雅遺聲之外，遂有雜言，是爲樂府。」這種長短隨意的雜言詩，到唐代發展成自由奔放的歌行體。尤其是五言詩的出現是詩歌史上値得大書特書的事。我國古代歌謠從二言發展到《詩經》的四言，四言乃是二言的重複延長。到了《楚辭》，基本句式除四言外就是六言，又是在四言的基礎上加一個雙音節，是四言的重複延長，句式比較單調，故《楚辭》中的六言難以固定而是長短參差。五言則打破二言的節奏，由兩個雙音節詞和一個單音節詞組成，音節錯落，旣不似四言單調，又較《楚辭》整齊。旣便於記誦，又便於表現複雜的事物與感情。因此，五言詩極富生命力，自漢代產生直到淸以後，古典詩歌中五言乃是最重要的形式。而完整的五言詩首先出現於漢樂府民歌，可見其對我國詩歌發展的重大意義。

第四，漢樂府民歌所創造的多種多樣的藝術表現手法，給後世作家積累了豐富的創作經驗。

如生動樸質的語言，繁簡得當的剪裁，個性化的人物語言，正面鋪陳、側面烘托的表現藝術，生活素材的提煉，無不給後世作家提供了學習的榜樣。如漢樂府民歌最善於根據表現的需要，截取生活中最能激動人心的生活片斷，而不作流水賬式的生活過程的記錄。這一提煉題材的藝術經驗就哺育過後世許多作家。例如王粲《七哀詩》、陳琳《飲馬長城窟行》都明顯地受到這種影響。唐代杜甫的《三吏》、《三別》，白居易的諷諭詩，除繼承漢樂府民歌的寫實精神之外，那種對生活素材的提煉，那些生活片斷的截取，那種情節人物的安排，無一不是從漢樂府民歌中吸取藝術經驗。可以說，漢樂府民歌長遠地影響中國詩歌的發展，更直接哺育了建安詩歌。

附　註

①漢代人稱樂府詩爲「歌詩」。據《漢書・藝文志・詩賦略》著錄，當時收集的各地民間歌詩有：吳楚汝南歌詩 15 篇，燕代謳雁門雲中隴西歌詩九篇，邯鄲河間歌詩 4 篇，齊鄭歌詩 4 篇，淮南歌詩 4 篇，左馮翊秦歌詩 3 篇，京兆尹秦歌詩 5 篇，河東蒲反歌詩 1 篇，雒陽歌詩 4 篇，漢南周歌詩 7 篇，周謠歌詩 75 篇，周歌詩 2 篇，南郡歌詩 5 篇，合共 138 篇。

②《樂府詩集》，宋郭茂倩編。它收集從漢代至唐代的全部樂府詩，按音樂的性質分爲 12 類：㈠郊廟歌辭。㈡燕射歌辭。㈢鼓吹曲辭。㈣橫吹曲辭。㈤相和歌辭。㈥清商曲辭。㈦舞曲歌辭。㈧琴曲歌辭。㈨雜曲歌辭。㈩近代曲辭。（十一）雜歌謠辭。（十二）新樂府辭。包括歷代的文人樂府與樂府民歌，爲收集樂府詩最爲完備的一部著作。而《古樂府》則爲元代左克明編。它收集上自三代歌謠，下

至陳隋樂府，分爲8類：(一)古歌謠。(二)鼓吹曲(三)橫吹曲。(四)相和歌。(五)淸商曲。(六)舞曲。(七)琴曲。(八)雜曲。

③《樂府詩集・鼓吹曲辭・饒歌》18曲，包括《朱鷺》、《思悲翁》、《艾如張》、《上之回》、《擁離》、《戰城南》、《巫山高》、《上陵》、《將進酒》、《君馬黃》、《芳樹》、《有所思》、《雉子斑》、《聖人出》、《上邪》、《臨高臺》、《遠如期》、《石留》。這些詩，時代不一，內容龐雜。其中有敍戰陣者，有記祥瑞者，有表武功者，也有關涉男女私情者；有武帝時詩，也有宣帝時詩；有文人製作，也有民間歌謠。但大都產生於西漢時期。

④三從：《儀禮・喪服傳》：「婦人有三從之義，無專用之道，故未嫁從父，既嫁從夫，夫死從子。」亦見《禮記・郊特牲》。四德：《周禮・天官・冢宰》：「九嬪，掌婦學之法，以教九御：婦德、婦言、婦容、婦功。」後世即以此爲婦人之四德，見《後漢書・后妃傳》「九嬪掌教四德」注。鄭玄《周禮》注：「婦德，謂貞順；婦言，謂辭令；婦容，謂婉娩；婦功，謂絲枲。」七出：即「七去」。《大戴禮・本命》：「婦有七去：不順父母，去；無子，去；淫，去；妒，去；有惡疾，去；多言，去；竊盜，去。」《儀禮・喪服》「出妻之子爲母」疏：「七出者，無子，一也；淫泆，二也；不事舅姑，三也；口舌，四也；盜竊，五也；妒忌，六也；惡疾，七也。」

⑤此詩沈約《宋書・樂志》不載，其題目與性質皆有異說，徐陵《玉臺新詠》題作「古詩無名人爲焦仲卿妻作」，蓋視爲失名文人所作之詩。《史記・刺客列傳》「家大人召使前擊筑」下，司馬貞《索隱》引此詩「三日斷五匹，大人故嫌遲」二語，亦稱「古詩」。至郭茂倩《樂府詩集》始收入《雜曲歌辭》稱爲「古辭」，題作《焦仲卿妻》。近人則多取此詩首句，題曰《孔雀東南飛》。至其性質，則或從徐陵，或遵郭茂倩，適無定論，本書暫取較流行的看法，將它列爲樂府，

並題作《孔雀東南飛》。又此詩創作時代亦有異說，據《序》，故事發生在建安中，可能詩即作於此時，然亦有據詩中六朝人風俗習慣而定爲六朝人作者，北京大學中國文學史教研室編選之《兩漢文學史資料》認爲「此詩基本上當成於漢末，」在流傳中「有增附潤飾的可能」，其說較通達，故本書仍列之於漢末。

第五章　漢代文人詩

第一節　漢代文人詩的狀況

漢代文人五言詩興起之前，詩壇是比較寂寞的，這表現在沒有出現過在文學史上有影響的詩人及詩作，其形式和內容也大都是沿襲《詩經》的雅頌與屈原的楚騷，沒有新的創造與發展。這是漢代詩歌總的發展趨勢。

㈠漢代的四言詩

漢代四言詩比較著名的作品有韋孟《諷諫詩》、《在鄒詩》，韋玄成《自劾詩》、《戒子孫詩》。

韋孟，西漢初彭城（今江蘇徐州）人。曾爲楚元王、楚夷王及楚王戊之傅。楚王戊荒淫無道，韋孟作詩諷諫。楚王戊不聽，乃辭官遷家至鄒（今山東鄒縣），作《在鄒詩》。這兩首詩都寫得古奧典雅，從內容到形式都是《詩經・變雅》的延續，惟篇章結構較爲嚴密而已。《文心雕龍・明詩》稱其「匡諫之義，繼軌周人」。

韋玄成，韋孟六世孫，韋賢之子，襲父爵爲侯，官河南太守。坐事免官失侯，乃作詩自劾責。後宣帝召爲淮陽中尉。元帝時，遷太子太傅，至御史大夫。代于定國爲丞相，封侯故國，榮於當世。韋玄成復作《戒子孫詩》。這兩首詩與韋孟詩一樣，都是《詩經》雅詩的翻版。

漢代較好的四言詩是朱穆的《與劉伯宗絕交詩》和仲長統的《述志詩》。

朱穆，字公叔，後漢南陽宛（今河南南陽）人。桓帝時，官至冀州刺史，爲人剛正不阿。其《絕交詩》云：

> 北山有鴟，不潔其翼。飛不正向，寢不定息。飢則木攬，飽則泥伏。饕餮貪汚，臭腐是食。填腸滿嗉，嗜欲無極。長鳴呼鳳，謂鳳無德。鳳之所趨，與子異域。永從此訣，各自努力。

詩中朱穆將富貴驕奢的劉伯宗比作北山的鴟，而自比爲鳳鳥，表現了他對權貴的蔑視。

仲長統亦因有志不達，懷才不遇，憤世疾俗，乃作《述志詩》二首以明志。詩表現了他對現實的憤慨，對儒家傳統思想的不滿，是漢末士人苦悶徬徨的寫照。其第二首說：

> 大道雖夷，見幾者寡。任意無非，適物無可。古來繞繞，委曲如瑣，百慮何為，至要在我。寄愁天上，埋憂地下。叛散五經，滅棄風雅。百家雜碎，請用從火。抗志西山，遊心海左。元氣為舟，微風為柂。遨翔太清，縱意容冶。

作品所描寫的「抗志西山，遊心海左」的高大的抒情主人公的自我形象，正是作者鄙視庸俗的反抗精神的表現。

㈡漢代的擬騷之作

漢代模仿屈原的擬騷之作，僅王逸《楚辭章句》收錄的就有賈誼《惜誓》、淮南小山《招隱士》、東方朔《七諫》、嚴忌《哀時命》、王褒《九懷》、劉向《九嘆》、王逸《九思》。這些作品，除極個別如

《惜誓》、《招隱士》而外，大都模仿太過，缺乏眞情實感。但漢代的騷體詩也有個別的好作品。如劉邦於漢十二年（公元前 195 年）擊敗黥布叛軍回師途中回到故鄉沛時所作的《大風歌》：

大風起兮雲飛揚，威加海內兮歸故鄉，安得猛士兮守四方。

全詩雖只有三句，二十三字，但語言樸質，氣度宏遠，體現了帝業的恢宏，表達了劉邦的理想與願望。宋蕭巖肖《庚溪詩話》評論說：「漢高祖《大風歌》，不事華藻，而氣概遠大，眞英主也。」

劉徹《秋風辭》、《瓠子歌》也是難得的佳作。如《秋風辭》云：

秋風起兮白雲飛，草木搖落兮雁南歸。蘭有秀兮菊有芳，懷佳人兮不能忘。泛樓船兮濟汾河，橫中流兮揚素波。簫鼓鳴兮發棹歌，歡樂極兮哀情多，少壯幾時兮奈老何！

詩歌寫的雖只是人生易老的感慨，但作品以秋景起興，寫出這種感慨產生的具體環境，而且境界蒼茫闊大，情調悲涼慷慨，藝術上是很成功的。魯迅評爲「纏綿流麗，雖詞人不能過也」（《漢文學史綱》），不爲過譽。

梁鴻的《五噫歌》則是楚騷的變體：

陟彼北芒兮，噫！顧覽帝京兮，噫！宮室崔嵬兮，噫！民之劬勞兮，噫！遼遼未央兮，噫！

梁鴻，字伯鸞，扶風平陵（今陝西咸陽西北）人。一生隱居不仕。他因事路過洛陽，看到帝王宮室的富麗，感嘆人民的勞苦，遂作此詩，字裡行間，充滿了對帝王窮奢極欲的譴責，對人民苦難的深切同情。清張玉穀《古詩賞析》評云：「無窮悲愁，全在五個『噫』字托出，眞是創體。」梁鴻還有《適吳詩》與《思友詩》，皆爲騷體，或感嘆事業蹉跎，指責讒言得勢，是非顚倒，感傷「哀茂時兮逾邁，愍芳草兮日臭」，或思念舊友，皆頗有屈騷遺風。他的詩富有現實性，反映了東漢前期一部分士人的不滿情緒和反抗精神。

張衡的《四愁詩》也是楚騷的變體。這首詩的寫作背景，詩的序言說是「時天下漸弊，鬱鬱不得志，爲《四愁詩》」。詩抒寫他「思以道術相報，貽於時君，而懼讒邪不得以通」的苦悶，表現了他的政治抱負與失志的憂傷，寫得意緒纏綿，興寄幽深，頗能動人。詩採用比興手法，寫他對所思美人的懷念，象徵他對理想的追求；追求過程中所遇到的險阻艱難，象徵著小人的阻撓；追求不遇而產生的憂傷，正是他對時局憂傷的比擬。這是《詩經》、《楚辭》比興手法的繼承與發展；形式上也突破騷體的格局，以七言爲主，成爲七言詩的一種初步形態。

梁鴻、張衡的詩雖爲騷體，但不是死板機械的模仿，而是能融化舊體，創意創調，音節諧美，具有民歌特色，不失爲佳作。只是在漢代文人詩中，這種佳作太少而已。

文人樂府詩中，唐山夫人的《安世房中歌》十七章，司馬相如等人的《郊祀歌》十九章，內容上完全承襲《詩經》的雅詩頌詩，以歌功頌德爲能事，但形式上，有些詩能突破四言與騷體，三言或三、四、五、六、七言交錯使用，這對雜言詩的形成有較大影響。

第二節　五言詩的興起

關於五言詩產生的時間，曾有過幾種不同的說法。有起於枚乘說。《文心雕龍・明詩》說：「古詩佳麗，或稱枚叔。」徐陵的《玉臺新詠》卷一即將《西北有高樓》等九首古詩題爲枚乘《雜詩》①。有起於李陵、蘇武說。蕭統的《文選》有李陵詩三首，蘇武詩四首。鍾嶸的《詩品》則於古詩之後，列李陵爲第一家。有始於卓文君說。《西京雜記》說：「相如將聘茂陵人女爲妾，卓文君作《白頭吟》以自絕，相如乃止。」有始於班婕妤說。《文選》收有班婕妤的《怨歌行》，《詩品》亦於上品李陵之後列漢班婕妤詩。

這些說法大概起於南朝齊梁之際，當時就只是一種推測，沒有確鑿有力的根據。劉勰說：「古詩佳麗，或稱枚叔。」又說：「至成帝品錄，三百餘篇，朝章國采，亦云周備，而辭人遺翰，莫見五言，所以李陵、班婕妤見疑於後代也。」鍾嶸也說：「古詩眇邈，人世難詳。」顏延之《庭誥》更肯定地說：「逮李陵衆作，總雜不類，元是假託。」（《太平御覽》）後世學者經多方考證，證明在西漢時期不可能有如此成熟的五言詩。它的產生還要遠在後代。蘇軾《答劉沔都曹書》中說：「李陵、蘇武贈別長安，而詩有江漢之語。及陵與武書，詞句儇淺，正齊梁間小兒所擬作，決非西漢文，而（蕭）統不悟。」他將這些詩與李陵《答蘇武書》定爲齊梁小兒擬作，爲時太晚，但說非西漢時期的作品，則是正確的。至於卓文君的《白頭吟》，《宋書・樂志》明說是古辭，即「街陌謠謳」一類的民間歌詞。《西京雜記》說卓文君《白頭吟》，但未見著錄其詞。至宋末黃鶴注杜詩，始據《西京雜記》的記載，把《宋書》著錄的《白頭吟》古辭附會在一起，定爲卓文君作。明馮惟訥編《詩紀》，亦根據黃鶴的附會，將《白頭吟》歸屬卓文君。可見這是一個誤會，明馮舒《詩紀匡謬》已明辨其誤。在西漢時期，文人不可能有這樣的五言詩。

其實，五言詩最初起源於民間。《詩經》中早已有「誰謂雀無角，何以穿我屋？誰謂汝無家，何以速我獄」（《詩・召南・行露》）這樣的五言詩句。據《水經・河水注》引楊泉《物理論》載，秦始皇時也已有「生男愼勿舉，生女哺用脯。不見長城下，屍骸相支拄」這樣完整的五言民歌。至漢代則產生了大量的五言樂府民歌，不過這些樂府民歌產生的具體年代難以考定，但《漢書・五行志》所載成帝時的童謠也是完整的五言：「邪徑敗良田，讒口害善人。桂樹華不實，黃雀巢其顚。故爲人所羨，今爲人所憐。」可見五言詩在民間早已趨向成熟。只是一般文人認爲五言只用於「俳諧倡樂」，「雅音之韻，四言爲正，其餘雖備曲折之體而非音之正也」（摯虞《文章流別論》）。因此，他們恥於使用五言，故很長時期內不見文人創作。直至東漢前期的班固才模仿五言做了一首《詠史》：

三王德彌薄，惟後用肉刑。太倉令有罪，就逮長安城。自恨身無子，困急獨煢煢。小女痛父言，死者不可生。上書詣闕下，思古歌雞鳴。憂心摧折裂，晨風揚激聲。聖漢孝文帝，惻然感至情。百男何憒憒，不如一緹縈。

這首詩歌詠漢文帝時緹縈救父的故事。詩只敍述故事原委，缺乏形象描繪，《詩品》評爲「質木無文」，只是一種嘗試，但已是文人創作的五言詩。班固是東漢著名文學家，影響所及，風氣漸開。至東漢中後期，作者遽增。今存詩有姓名可考者，即有張衡《同聲歌》、酈炎《見志詩》、秦嘉《贈婦詩》、趙壹《疾邪詩》①、蔡邕《翠鳥詩》，這些詩頗具情采，說明五言詩已有長足的進步。如秦嘉《贈婦詩》說：

人生譬朝露，居世多屯蹇。憂艱常早至，歡會常苦晚。念當奉時役，去爾日遙遠。遣車迎子還，空往復空返。省書情淒愴，臨食不能飯。獨坐空房中，誰與相勸勉。長夜不能眠，伏枕獨輾轉。憂來如循環，匪席不可卷。

秦嘉歲終爲郡上計簿使赴洛陽，曾寫《贈婦詩》三首爲赴洛時留別妻子徐淑之作，這是第一首。詩以議論開篇，强調歡會的珍貴，爲寫別情作好鋪墊。接著寫想迎回妻子而「空往復空返」的惆悵。最後鋪張渲染沒有見到妻子而悲傷至極的心理活動，寫得語極質樸而情極深厚。沈德潛《古詩源》評爲「詞氣和易，感人自深」，正指出了東漢末年文人抒情詩的特點。辛延年的《羽林郎》還明顯表現出文人五言詩從樂府歌辭脫胎而來的痕迹：

昔有霍家姝，姓馮名子都。依倚將軍勢，調笑酒家胡。胡姬年十五，春日獨當壚。長裾連理帶，廣袖合歡襦。頭上藍田玉，耳後大秦珠。兩鬟何窈窕，一世良所無。一鬟五百萬，兩鬟千萬餘。不意金吾子，娉婷過我廬。銀鞍何煜爚，翠蓋空踟躕。就我求清酒，絲繩提玉壺。就我求珍肴，金盤膾鯉魚。貽我青銅鏡，結我紅羅裾。不惜紅羅裂，何論輕賤軀。男兒愛後婦，女子重前夫。人生有新故，貴賤不相踰。多謝金吾子，私愛徒區區。

詩寫豪門權貴的家奴仗勢調戲賣酒的女子胡姬，胡姬不畏强暴，爲維護自己的人格尊嚴作了堅決反抗。全詩故事的梗概，情節的安排，人物的塑造，表現的手法，都與樂府民歌《陌上桑》相似。辛延年，身世不詳，大概是下層文人，對樂府民歌是很熟悉的。而宋子侯的《董嬌嬈》也學習樂府民歌，卻已臻圓熟的境地：

洛陽城東路，桃李生路傍。花花自相對，葉葉自相當。春風東北起，花葉正低昂。不知誰家子，提籠行採桑。纖手折其枝，花落何飄颺。「請謝彼姝子，何為見損傷？」「秋高八九月，白露變為霜。終年會飄墮，安得久馨香？」「秋時自零落，春月復芬芳。何時盛年去，歡愛永相忘？」吾欲竟此曲，此曲愁人腸。歸來酌美酒，挾瑟上高堂。

這首詩假設桃李與採桑女的問答，抒發詩人盛年不再、當及時行樂的人生感慨。環境的描寫，對話的運用，語言的樸質，都接近民歌風格，但其重點不是刻畫採桑女子，「正意全在『吾欲竟此曲』四句，見歡日無多，勸之及時行樂耳」（《古詩源》）。這種寫法與《古詩十九首》中「西北有高樓」一首相近，說明漢詩正在由樂府民歌的敍事向抒情的方向轉變。

除這些有作者名的詩之外，還有一批無名氏的古詩。這些古詩，據鍾嶸《詩品》說，有「陸機所擬十四首」，「其外《去者日已疏》四十五首」，總數至少也有五十九首。今存者尚有：《文選》所載《古詩十九首》，李陵《與蘇武詩》三首，《蘇子卿詩》四首，《玉臺新詠》卷一所載《古詩八首》中的「四座且莫喧」、「悲與親友別」、「穆穆清風至」、「蘭若生春陽」四首，《古詩類苑》所載「橘柚垂華實」、「新樹蕙蘭葩」、「步出城東門」三首，《古文苑》所載李陵《錄別詩》八首，蘇武《答李陵詩》三首，《古文苑》所載孔融《雜詩》二首（據逯欽立《先秦漢魏晋南北朝詩》一書考證，此二詩應屬李陵《錄別詩》）。據上述記載，今存完整的古詩尚有四十六首。經古今學者考證，這些詩內容風格相近，大抵都產生於東漢末年桓、靈之世的下層文人之手，已是很成熟的文人五言詩。如舊題李陵《與蘇武詩》三首之一說：

良時不再至，離別在須臾。屏營衢路側，執手野踟躕。仰視浮雲馳，奄忽互相踰。風波一失所，各在天一隅。長當從此別，且復立斯須。欲因晨風發，送子以賤軀。

詩抒寫朋友離別時的惆悵思緒，由「屏營」、「踟躕」的依依惜別之狀，寫到「浮雲」、「風波」設喻的依依惜別之情，再寫到「晨風」聯想的依依惜別之神，感情跌宕起伏，曲折地表達出依依不捨的深情，寫得眞摯、纏綿，情深意切，藝術高超，形式完美。沈德潛說：「一片化機，不關人力，此五言詩之祖也。音極和，調極諧，字極穩，然自是漢人古詩，後人摹仿不得，所以爲至」（《古詩源》），恰好指出了它的藝術成就與時代特點。這些古詩中成就最高最能代表漢代文人五言詩成就的是《古詩十九首》。

第三節　《古詩十九首》的思想內容與藝術成就

㈠「古詩」之得名及其作者之推定

《古詩十九首》最早見於蕭統《文選》，包括漢代無名氏所作的十九首五言詩。約在魏末晉初，流傳著一批魏晉以前文人所作的五言詩，既無題目，也不知作者，其中大抵是抒情詩，具有相近的表現手法與藝術風格，被統稱爲「古詩」。晉宋時，這批「古詩」被奉爲五言詩的典範。西晉陸機曾逐首逐句地摹仿了其中的十二首（《詩品》說有十四首，今存者只有十二首），東晉陶淵明、宋代鮑照等，都有學習「古詩」手法、風格的《擬古詩》。到梁代，劉勰《文心雕龍》、鍾嶸《詩品》從理論上總結評論了「古詩」的藝術特點和價值，探索了它們的作者、時代及源流。同時，蕭統《文選》、徐陵《玉臺新詠》又從詩歌分類上確定了「古詩」的範圍：凡無明確題目的作品，有作者姓名的稱「雜詩」，無名氏的爲「古詩」。因此，梁陳以後，「古詩」已形成一個具有特定涵義的專類名稱。它與兩漢樂府歌辭並稱，專指漢代無名氏所作的五言詩，並且發展爲泛指具有「古詩」藝術特點的一種詩體。而《古詩十九首》便在文學史上占有「古詩」代表作的地位，這個標題也成爲一個專題名稱。

關於這種詩的作者及產生年代，前人有過許多臆測。《文心雕龍・明詩》謂或以爲枚乘作，「其《孤竹》一篇，則傅毅之詞」。《玉臺新詠》則將「西北有高樓」等八首直接題作枚乘《雜詩》。此說不可信，已如前述。鍾嶸《詩品》說「舊疑是建安中曹（植）、王（粲）所制」，亦屬臆測。據詩中寫到當時的洛陽是「長衢羅夾巷，王侯多第宅。兩宮遙相望，雙闕百餘尺」，這些詩當產生於漢獻帝初平元年（公元 190 年）董卓焚燒洛陽之前，而此時王粲才十三歲，曹植尚未降生。現在一般研究者認爲，這些詩非一時一人之作，約產生於東漢末年桓、靈之世，其作者姓名已佚。

㈡《古詩十九首》的內容

《古詩十九首》的內容主要是反映當時中下層士人的生活和思想感情，思想比較複雜，大抵可分爲兩類：

一類是寫遊子思婦的相思離別之苦。

東漢末年，外戚宦官相繼把持朝政，士人的隊伍也迅速擴大，太學生發展到三萬餘人，士人入仕的路子越來越窄。他們不得不離鄉背井，或投奔權貴，或進謁州郡，以圖謀取一官半職。於是他們「或身歿於他邦，或長幼而不歸，父母懷煢獨之思，室人抱東山之哀，親戚隔絕，閨門分離」（徐幹《中論・譴交》）。這就是這些遊子思婦之詩產生的社會背景。加上這些士人文化修養較高，詩都寫得纏綿婉轉，眞切動人。如《行行重行行》一詩，就將思婦對久別不歸的丈夫的思念與怨情寫得非常細膩。首二句追敍初別，直抒哀怨的起因，撫今追昔，籠罩全篇。「相去萬餘里」六句申言路遠難會，並用胡馬越鳥爲喩，責備丈夫不知留戀家鄉，用比興手法，寫出她的一片怨情。「相去日以遠」六句承上轉入寫自己思念之深，蹉跎歲月之苦，「浮雲蔽白日」喻有所惑，「遊子不顧反」點出負心，更表露出她們的怨意。末二句一筆帶轉，以勉強寬慰自己作結。這種强解正寫出她無可奈何的怨情之深。詩歌用淺近無華的語言，委曲盡致地寫出了這個思婦的相思牽掛。全詩沒有出現「怨」字，但她對丈夫久出不歸的一片怨情卻滲透紙背。

又如《明月何皎皎》一首，寫遊子久客思家，夜不成寐的情景，也歷歷在目。詩歌通過特定的環境——皓月當空、夜涼如水的渲染和詩人的特定情緒——徘徊戶牖、夜不成寐的描寫，把他思家的感情，表現得那樣具體而深切，使抽象的感情也變得可見可觸了。

《古詩十九首》寫遊子思歸內容的詩還有《青青河畔草》、《去者日已疏》、《凜凜歲云暮》、《孟冬寒氣至》、《客從遠方來》。此外，《涉江采芙蓉》、《庭中有奇樹》寫對親人的思念，也可歸入此類。

另一類是寫追求功名富貴的强烈願望與仕進失意的苦悶哀愁。

中國封建士人的奮鬥目標就是「學而優則仕」，這時期的士人也是如此。《古詩十九首》就唱出了他們的這種强烈願望：「人生非金石，豈能長壽考？奄忽隨物化，榮名以爲寶」（《回車駕言邁》）；「何不策高足，先據要路津。無爲守貧賤，轗軻長苦辛」（《今日良宴會》）；追求榮名、難耐貧賤的願望表現得非常坦率。但當時政治黑暗，仕途阻滯，想求得一官半職豈是易事！

因此，《古詩十九首》中充滿了士人沈淪失意的哀愁和對世態炎涼的憤懣。他們感嘆知音難遇：「不惜歌者苦，但傷知音稀。願爲雙鴻鵠，奮翅起高飛」（《西北有高樓》），在那你爭我奪的社會裡，這是詩人的切身體驗。他們責難朋友不與提攜：「昔我同門友，高舉振六翮。不念攜手好，棄我如遺跡」（《明月皎夜光》），由於競爭激烈，使友情也發生了變化，堅如磐石的友誼成了虛名，這不僅反映人際關係的複雜，也揭露了封建道德的虛僞。由於仕途失意，他們立德立功，治國平天下的理想幻滅了，於是他們從儒家提倡的「內聖外王」的人生價值觀念的束縛下解脫出來，開始注意個人生存的意義和價值。他們驚人地發現，人的生命太短促了，如不及時把握，就會稍縱即逝。而「榮名」、「要路津」對他們來說已是希望渺茫，因此一種人生短暫、當及時行樂的情緒就油然而生，什麼「極宴娛心意，戚戚何所迫」（《青青陵上柏》），什麼「蕩滌放情志，何爲自結束」（《東城高且長》），什麼「人生忽如寄，壽無金石固。不如飲美酒，被服紈與素」（《驅車上東門》），什麼「生年不滿百，常懷千歲憂。晝短苦夜長，何不秉燭遊」（《生年不滿百》），就是這種情緒的眞實流露。這種情緒全無昂揚向上的進取精神，當然是消極、沒落的。但是，這種情緒又是當時政治黑暗的一種反映，是對當時社會的一種消極反抗，有其特定的歷史背景與現實意義。

《古詩十九首》無論抒遊子思婦思念之情，或發人生短促、功名難遂之嘆，實際上都反映了中國封建社會中一般文人士子共同的世俗情感。它既不以政治功利爲目標，也不是社會動亂的產物，而是封建社會中文人個體自我意識覺醒的結果。它的產生，標誌著中國文人詩創作道路的一個重要轉折，開創了一個突破「詩騷美刺」傳統，以抒寫文人士子自身命運、世俗情懷爲主的新的詩歌創作領域。同時，也開創了一種新體詩，即具有眞摯質樸而又文雅自然的藝術風格、雅俗兼賅的文人五言詩新體。這在客觀上也標誌著中國詩歌發展進入了一個新時代，即以文人五言詩創作爲主的時代，爲魏晋六朝詩歌的發展創造了條件，爲唐詩的繁榮作出了一定的貢獻。

㈡《古詩十九首》的藝術成就

《古詩十九首》的藝術成就是非常突出的。鍾嶸《詩品》說它「文溫以麗，意悲而遠，驚心動魄，可謂幾乎一字千金」。沈德潛《古詩源》評價說：「十九首大率逐臣棄妻、朋友闊絕、死生新故之感，中間或寓言，或顯言，反覆低徊，抑揚不盡，使讀者悲感無端，油然善入，此國風之遺也。」它歷來受到人們的重視，正是因爲其獨特的藝術成就。

融情入景、借景抒情是《古詩十九首》的重要抒情手法之一。其中許多景物與環境的描寫，都是詩人主觀感情的極好烘托與渲染。如《明月皎夜光》一首：

> 明月皎夜光，促織鳴東壁。玉衡指孟冬，眾星何歷歷。白露霑野草，時節忽復易。秋蟬鳴樹間，玄鳥逝安適？昔我同門友，高舉振六翮。不念攜手好，棄我如遺跡。南箕北有斗，牽牛不負軛。良無盤石固，虛名復何益！

詩的內容是寫詩人於深秋季節見物換星移，時序轉變而產生的朋友相交不終、世態炎涼的感嘆。詩一開篇即描寫秋夜景色的淒清，襯托出失意士人的孤獨與惆悵。「明月」二句用《詩經·陳風·月出》的「月出皎兮，佼人僚兮，舒窈糾兮，勞心悄兮」的詩意，既是寫眼前之景，也暗示著詩人有悄悄的勞心。「玉衡」二句描寫由月出到月落，暗示秋夜漫漫，詩人愁不成寐的情景。「白露」二句寫節序推移、功名不就的慨嘆，這和人情今昔冷暖的變化在詩人內心感受上投下的陰影是分不開的。秋蟬沒落向盡，玄鳥去寒就暖，兩相對比，更進一步聯想起自己與「同門友」的現實處境。這些都是寫景，卻處處關合著作者的感情變化。經過這番烘托渲染，才跌宕出詩的主旨：友情淡薄。詩中的景物描寫無一不是用以表現作者的主觀心情，情與景是緊密結合的。這種情景相生的寫法，《古詩十九首》中比比皆是。如《迴車駕言邁》開頭四句寫春天野外「東風搖百草」的淒涼景色，正襯托出詩人空虛無聊的悲哀；《孟冬寒氣至》寫孟冬的凜冽寒氣，北風的慘厲淒苦，衆星的清冷孤寂，月缺月圓的無窮變化，都暗示出女子空閨獨守的寂寞，懷人念遠的離愁。這些都是依靠情景交融的手法增强了詩歌的抒情效果。

選擇某些生活細節來抒寫作者的內心感情，使抒情詩帶有敍事成分，這是《古詩十九首》抒情的又一特色。如《西北有高樓》一首就寫了一位女子在高樓彈琴的事情，用以抒發作者知音難遇的感慨；《迢迢牽牛星》一首也敍述了織女織布的神話故事，用以表現詩人「盈盈一水間，脈脈不得語」的苦悶；《凜凜歲云暮》一首寫了抒情女主人公夢中會見丈夫的情節，更襯托出她孤獨無聊的感情。《古詩十九首》中這種敍事成分與敍事詩是不同的。敍事詩敍的事是人物性格成長的歷史，多以事件的自然順序爲敍述的線索。而《古詩十九首》的敍事是爲了表達感情的需要，是按詩人感情的起伏來剪裁事件，是以情融事，指事寫懷，重在意象而不在事件本身。這樣的事件只是觸發詩人感情的媒介，又是表現詩人感情的憑藉，是情與境會的一種表現，也就是一種抒情手法。

運用比興是《古詩十九首》抒情的又一手法。比興是《詩經》開創的一種表現手法，它言近而旨遠，含蓄蘊藉，餘味無窮。如《冉冉孤生竹》一首，先以竹結根山阿，比喻婦人託身於君子，已很貼切。接著又用「菟絲附女蘿」比喻新婚夫婦感情的纏綿，更深入了一層。然後以「菟絲生有時，夫婦會有宜」蕩開一筆，引出夫婦遠離，怨女曠男，會合失宜，人不如物之會合有期的感慨。這裡人、物、情三者交替描寫，充分表達了女主人公的滿腔怨情。接著又描寫蕙蘭花當春煥發的容光和過時不採的怨艾，更把主人公的怨情和盤托出。這裡寫的是物？是人？是景？是情？是比喻？是象徵？讀者已不暇思索，只覺心情震蕩，爲女主人公扼腕痛惜。這說明《古詩十九首》運用比興之高妙。這種比興《古詩十九首》運用得很多，如「胡馬依北風，越鳥巢南枝」，「浮雲蔽白日」（《行行重行行》），「南箕北有斗，牽牛不負軛」（《明月皎夜光》），無不清新貼切，富有風騷意味。

明白曉暢、淺近自然而又精練豐富、情味雋永，是《古詩十九首》語言的重要特色。如「客從遠方來，遺我一書札。上言長相思，下言久離別。置書懷袖中，三歲字不滅。一心抱區區，懼君不識察。」（《孟冬寒氣至》）如同口語，而一種眞摯深厚的感情卻如可觸及。謝榛《四溟詩話》說：「《十九首》平平道出，且無用工字面，若秀才對朋友說家常話。」陸時雍《古詩鏡》說：《十九首》「深衷淺貌，短語長情。」可見前人對其語言稱道之高。

《古詩十九首》是我國詩歌史上文人五言詩的第一批豐碩成果，有其獨特的藝術成就和重要的地位。劉勰稱其爲「五言之冠冕」③，鍾嶸稱其「驚心動魄」，「一字千金」，歷來受到人們推重。它的出現標誌著文人五言詩的成熟，揭開了我國詩歌發展新的一頁。

附　註

①《玉臺新詠》將《古詩十九首》中的《西北有高樓》、《東城高且長》、《行行重行行》、《涉江采芙蓉》、《青青河畔草》、《庭中有奇樹》、

《迢迢牽牛星》、《明月何皎皎》8首題爲枚乘《雜詩》。《玉臺新詠》中枚乘《雜詩》有九首，除上述8首之外，另一篇爲《蘭若生朝陽》。又《古詩十九首》中的《凜凜歲云暮》、《冉冉孤生竹》、《孟冬寒氣至》、《客從遠方來》四篇，《玉臺新詠》亦收入，題爲《古詩》。

②趙壹《疾邪詩》即《刺世疾邪賦》後藉秦客和魯生所作的兩首五言詩。

③劉勰《文心雕龍・明詩》說：「觀其結體散文，直而不野，婉轉附物，怊悵切情，實五言之冠冕也。」

第三篇

魏晉南北朝文學

（公元189～589年）

概　說

魏晉南北朝文學，上起建安，歷三國、兩晉、南北朝，終於隋統一。如從東漢末獻帝永漢元年（公元 189 年）算起，至陳後主禎明三年（公元 589 年）隋文帝滅陳止，中間正好四百年。

㈠魏晉南北朝的歷史發展

這個時期的基本特點是分裂多於統一，混亂多於安定。政治、經濟發展不平衡、不穩定，文學的發展也不平衡。董卓廢少帝劉辯立獻帝劉協，從洛陽遷都長安，以袁紹為盟主的關東諸郡起而討之，繼之而來的是董卓死後又有李傕、郭汜之亂，討董盟軍各懷野心，軍閥混戰，國無寧日。曹操在混戰中勢力得到發展，乃以勤王為名，挾持獻帝，遷都許昌，改元建安（公元 196 年），逐漸占有北方廣大地區。至建安二十五年（公元 220 年），曹丕代漢自立，建立魏國，都於洛陽；劉備隨之建蜀（公元 221 年），都於成都；孫權建吳（公元 222 年），都建業，三國鼎立的局面形成。建安中，曹操曾打擊豪強，抑制兼併，施行屯田，提倡刑名之術，唯才是舉，且雅好文學，故政治、經濟、文學均得以發展，「三曹」、「七子」、蔡琰、楊修、吳質，皆聚於曹氏，彬彬稱盛。此後，魏於三國之中，文學最為發展，而吳、蜀均不得擅場。魏明帝曹叡死，齊王曹芳八歲即位，改元正始（公元 240 年），輔政的曹爽與司馬懿明爭暗鬥，結果司馬氏逐漸成了魏政權的實際掌握者。司馬氏以專殺為政，故正始間文人多以韜晦自全、佯狂避世爲事，但作者仍多，以「竹林七賢」最爲有名。

魏元帝景元四年（公元 263 年）滅蜀，兩年後（公元 265 年）司馬炎代魏自立，建立晉朝，都洛陽，史稱西晉。至太康元年（公元 280 年）滅吳，天下始歸統一。西晉初也採取了一些措施來穩定政治、發展經濟，如招集流亡、罷州郡兵、勸課農桑、修訂法律等，這些都起到了相應的效果，太康前後出現了短暫的繁榮安定局面。這個時期作者很多，以張華、傅玄，「三張」、「二陸」、「兩潘」、「一左」最爲有名。但西晉推行分封制，大封宗室，導致了「八王之亂」，前後持續達十六年（公元 291～306 年）之久。此時居於北方內遷的一些少數民族首領也趁機起兵，至建興五年（公元 316 年），北漢劉淵攻陷洛陽，擄愍帝，西晉終於滅亡。從此，以淮河爲界，進入了南北分裂時期。在這個由動亂走向大分裂的過渡期間（即西、東晉之際），文士或夭折，或南北飄零，作品很少傳下來，僅劉琨、郭璞等留下一些作品，反映了這段充滿憂患的歷史。

西晉亡後，司馬睿逃至建業即位，史稱東晉（公元 316～420 年）。東晉偏安一隅，共歷十一帝，至恭帝元熙二年（公元 420 年）劉裕篡晉而亡。劉裕建宋，歷八帝凡六十年，至順帝昇明三年（公元 479 年）爲蕭道成取代。蕭道成建齊，歷七帝凡二十四年，至和帝中興二年（公元 502 年）爲蕭衍取代。蕭衍建梁，歷四帝五十六年，至敬帝太平二年（公元 557 年）爲陳霸先取代。陳氏建陳，歷五帝三十三年而亡。東晉、宋、齊、梁、陳，均都建康，史稱南朝。自東晉至陳，南方雖處於偏安局面，但除了梁末的侯景之亂與江陵之變外，社會相對安定，農業、手工業均得到發展，商業經濟活躍，出現了許多繁榮的商業城市。各朝文學也都有所發展，出現了像陶淵明、謝靈運、鮑照、沈約、謝朓、庾信等許多大家。同時，民間文學也相當興旺，樂府採集民歌，一直沒有間斷過。

北中國從匈奴族劉淵建立北漢（公元 304 年）至北魏拓跋部統一北方（公元 439 年），一百三十五年間，匈奴、鮮卑、羯、氐、羌五個少數民族和漢族前後更替，共建立了十六個割據政權，史稱五胡十六國①。北魏（公元 386～534 年，都平城，即今山西大同），歷十四帝凡一百四十八年，至孝武帝永熙三年（公元 534 年）滅亡。其後分裂爲東、西魏。東魏（公元 534～550 年，都鄴，今河北臨漳西南）帝元善見爲高歡所立，十七年（公元 550 年）後高歡子高洋代之，建北齊（公元 550～577 年，都鄴），凡二十八年，爲北周所滅。西魏（公元 534～557 年，都長安）帝元寶炬爲宇文泰所立，凡二十三年，爲宇文泰之子宇文覺取代，建北周（公元 557～581 年，都長安），凡二十五年而楊堅代之。楊堅建隋，於開皇九年（公元 589 年）滅陳。至此，南北分裂始告結束。北朝政權更替的次數，戰爭的頻仍，都甚於南朝；經濟的破壞，民生的困苦，自然也比南方嚴重。北朝的文學發展也遠不及南朝。其樂府民歌成就可觀，但數量較少。文人除了由南入北的幾位大家如庾信、顏之推、王褒等人外，其他如溫子昇、邢邵等，成就均不及南朝作家。

從上面的簡述中大致可以看出，魏晉南北朝文學發展的不平衡主要表現在：在建安時代，北方比南方興盛；在三國時代，魏比吳、蜀興盛；在兩晉時代，西晉比東晉興盛；在南北朝時代，南朝比北朝興盛。南北文學還表現出鮮明的地域性特點，大抵北方以剛健質樸爲特色，南方則比較華美柔婉。

㈡文學自覺的時代

從整個文學史的發展看，魏晉南北朝文學是上承先秦兩漢、下啓唐宋的一個重要階段。這種重要性不僅在於作家空前增多、作品也空前增多②，更重要的還在它已進入了文學自覺的時代。這種自覺性主要表現在如下六個方面：

第一，作家的創作意識更加明確，在創作過程中能更加敞開情懷，顯示自己的靈感與個性，文學本身固有的特色即抒情性，因此更加鮮明突出。這主要體現在詩、賦等文學作品抒情性的加强上。

在先秦兩漢，主要的文學形式是詩賦。先秦的《詩經》、《楚辭》，奠定了中國古代抒情文學的道路，達到了很高的水平。但《詩經》多是集體口頭創作，尚未能充分顯示出作家個人的性靈和特色；《楚辭》已顯示出作家的性靈和個性，但抒情範圍主要限於政治方面，漢代的抒情文學主要是賦，其次才是詩。漢賦有自己的發展道路，但從抒情文學的發展看，漢大賦以體物爲主，難見性情；一些抒情賦雖也個性鮮明，但數量並不多，多數作品或追步楚騷，或理性色彩太重，作爲文學的生命的人的生動的情感在一定程度上被削弱了。漢樂府民歌是能上繼《詩經》傳統並有所發展，但對當時對文人創作影響不大。至東漢末文風始一變，古詩十九首和一些抒情小賦開始向先秦詩賦的抒情性回歸，從而開啓了魏晉南北朝文學的抒情風氣。

建安文學基本上繼承了漢樂府民歌、古詩十九首、漢末抒情小賦的創作精神並加以發展。建安詩中的直面現實的精神，顯然是漢樂府民歌精神的繼續，而對人生價值、生命意義的思考和探索，又顯然與古詩十九首精神一脈相承。建安的抒情賦則是沿著東漢末抒情小賦向楚辭回歸的道路，結合自己的時代精神加以開拓的。由於這個時代的現實基礎不同，對傳統思想又有很大的突破，故作家的眼界和心胸比前人要開闊得多。這些體現在詩賦當中，就是它沈重的憂時傷亂情緒，深厚的人道主義精神和强烈的社會責任感；它的高昂的建功立業精神和對自我價值、人生價值的充分肯定。它充滿悲涼，同時也激昂慷慨，洋溢著積極向上的奮發精神。而且此時的作家，均能敞開胸懷，無拘無束地抒寫自我，所以形諸詩文，均能見出性靈，寫出個性。

當然，從魏晉南北朝抒情詩文的整個發展歷程看，中間並不是沒有曲折的。正始時代由於政治的黑暗和玄學的興起，詩賦中的理性色彩有所加强，但這時的理性並沒能損傷抒情的深度。如阮籍以立意遙深見長，嵇康則以淸峻見稱，他們都有自己獨特的抒情道路。西晉一些作家的詩賦抒情性已有所減弱，但很多作家仍能獨抒情愫，自顯性靈。如潘岳善寫哀情，左思則善於詠史；劉琨善爲淒厲之詞，自有淸拔之氣；郭璞則善以遊仙形式，坎壈詠懷。西晉末至東晉，玄言詩占領詩壇，辭意平泰，可以說是魏晉南北朝抒情文學走向低俗的階段。但到南朝，文學的抒情性又加强了，而且變得比以往任何時候都更爲突出。這時的作家都重視自我感情的發抒，情之所動，就援翰寫心，並不掩飾。即使同是一情，也能寫出各種細微差別。例如同是「恨」，江淹的《恨賦》就寫出了各種「恨」狀；同是「別」，《別賦》就寫出了種種「別」情。儒家的「發乎情，止乎禮義」的觀念在此時幾乎已被淡忘了。由於人們都在搖蕩性靈，除了文人詩更加抒情化以外，駢文、辭賦、樂府等各種文體也都更加抒情化，連一些散文也成了優美的抒情散文。作家抒發自己出自內心的情感，寫出了獨特的情感內蘊。陶淵明寫他鄙薄官場、嚮往眞淳之情，謝靈運寫他「進德智所拙，退耕力不勝」的矛盾；鮑照抒發他的豪邁與憤懣，庾信寫他的沈痛與哀傷；宮體詩人也宣稱「文章且須放蕩」，要盡情顯示自己的眞情實感。

第二，發現了許多新的審美對象，開掘了許多新的文學題材，使這一時期的文學作品在內容方面顯得更加多姿多彩。

這一時期文學的題材範圍十分廣泛，後世盛行的各類題材幾乎都在此時濫觴或發展盛行。以詩而論，感時傷亂、揶揄世態、詠史詠懷、遊仙談玄、男歡女愛、閨情閨怨、出塞從軍、交遊留別、山水田園、宮廷園囿、風花雪月等等，都是當時寫得較多的題材，辭賦也大體如此。在這些題材當中，最值得注意的有四類：即山水、田園、神仙、人體。

把山水作爲審美對象，前代已經濫觴，詩賦中時或有之，至魏晉南北朝則蔚爲大國。曹操的《步出夏門行》（東臨碣石）已是一首完美的山水之作；晉代王羲之等二十餘人所作《蘭亭詩》中，亦有不少怡情山水之作；至東晉末謝混，更大力寫作山水詩；其後謝靈運、沈約、謝脁、何遜、陰鏗諸人，都以寫作山水詩著稱。山水不僅作爲詩的題材，也作爲駢文和賦的題材之一。文人大量寫作山水作品，完全是出於一種陶冶性靈、寄託情懷的需要，一種審美的需要。所以左思《招隱詩》說：「何必絲與竹，山水有清音。」王羲之《蘭亭詩》也說：「雖無絲與竹，玄泉有清聲；雖無嘯與歌，詠言有餘馨。」作家們認爲山水之中包含著「道」，山水是「道」的一種外化的形式。這個「道」既是人生的法則，又是審美的極致。

田園被當作審美對象，是從陶淵明發端。在他的作品中，田園是作爲與混濁黑暗的世俗社會相對立的、完全詩化的存在，是一個高度理想化的審美境界，它不僅包含著自然美本身，同時也包含著豐富的社會內容。山水田園這些審美對象的發掘，不僅直接影響到唐代山水田園詩派的形成和發展，而且一直影響到唐以後的各個歷史時代，是一個長盛不衰的文學題材。

神仙，作爲一種審美對象，在楚辭漢賦中早已有之，它是文學浪漫傳統的一項重要內容。但大量地寫作，則在魏晉南北朝。曹操、曹植、阮籍、嵇康、傅玄、張華、陸機、張協、庾闡、郭璞、鮑照以及梁代君臣都寫有遊仙詩。它也是六朝志怪小說的一項重要內容。作家們把神仙作爲文學題材，除了包含某些宗教信仰外，最主要的還是出於審美的需要。因爲在神仙身上，不僅包含著養生的理想，更包含著人情，包含著人類企圖超越現存社會的强烈意識。神仙境界往往與現實相對照，成爲人們不滿現實、追求理想的象徵。後世的詩文、小說、戲劇都不乏這一內容，其源頭往往可以追溯到六朝。

對人體美注意得較多的是宮體詩人，其描寫較多的是女子的容貌體態。盡管這些作家在創作中可能帶有某些消閑享樂的動機和貴族文人的審美情趣，但他們的寫作態度還是相當認眞的，所謂猥褻之作並不多見。從客觀上講，它對於開發人體這一審美題材有積極意義，也爲後世的人物描寫提供了可資借鑒的藝術經驗。

第三，在文學語言的運用方面，這時的作家或注意語言的對稱美、辭采美、韻律美，或注意語言的自然天成之美，極大地開拓了語言的藝術表現力，豐富了語言藝術寶庫。

在先秦，《詩經》大抵以樸素自然爲特色，但除了賦、比、興、重章迭句等基本表現方法外，還有排比、誇張、烘托等多種表現方法，楚辭則弘博雅麗，比《詩經》進了一大步。漢大賦在文學辭彙的運用方面已取得突出的成就。魏晉南北朝作家在借鑒前人經驗的基礎上又作了深入的探索，取得了更加引人矚目的成就。其發展大致有兩條線索：

一是注意語言的對稱美、辭采美、韻律美。

建安時，曹植的詩賦已特別講究語言技巧，講究對偶，以「辭采華美」著稱。至西晉時，張華、陸機等人，又在語言的對稱美、辭采美方面費了很大的力氣加以開掘，以逞其才。講究文辭華美，一時蔚爲風氣，至西晉末始漸歸平淡。但至宋初，一些作家又逐漸向西晉復歸，而且更趨繁華。劉勰說「宋初文詠……儷採百字之偶，爭價一句之奇；情必極貌以寫物，辭必窮力而追新」（《文心雕龍・明詩》），正是對此風作的高度概括。至齊梁以後，由於對漢語四聲的發現，作家們更加自覺地注重文學的韻律之美。詩出現了新體，駢文、駢賦則轉而以四六爲主。這時的作家在文學語言方面的努力方向，就是如何把對稱美、辭采美、韻律美三者有機地結合起來。

二是注意語言的質樸自然、渾然天成之美。

建安時的多數作家，語言都比較自然本色，「造懷指事，不求纖密之巧；驅辭逐貌，唯取昭晰之能」（同上）是當時的基本趨向。正始文人的作品語言雖不乏文采，但也多以自然質樸爲主。在阮籍、嵇康的一些詩作之中，語言雖然樸素自然，但卻能寫出一種境界，表現出很高的語言錘煉工夫。太康文人雖然在總體上追求麗采，但潘岳、張協諸人之作，都比較省淨，並不以堆砌雕鑿爲能。至西晉末，玄言詩興起，語言則趨於平淡。這種平淡，相對於太康是走向了另一個極端，從某種意義上說，是對太康文學語言的一種矯枉過正。但東晉末宋初的陶淵明順承了玄言詩的語言發展方向，在文學的總體形象，構圖的明晰完美，感情的眞切深沈方面下功夫，並以這種追求整體渾成完美的審美標準反過來指導語言的錘煉，於平淡之中見出遣詞造句的深厚功力，盡管千錘百煉而始終不露痕迹。前人每稱陶淵明的詩「質而實綺，癯而實腴」（蘇軾《與蘇轍書》）、「外枯中膏，似淡而實美」（《津逮祕書》卷一《東坡題跋》）、「本色自然，天衣無縫」，都道出了它的美學特點。由於陶淵明所處的時代主導風氣是追求對稱、辭采、韻律之美，陶淵明的這種語言追求沒有受到足夠的重視。但到了後世，這種追求就有了極多的追步者。在後世的文學史上，追求文采和追求本色還形成了不同的流派，其源頭都可追溯到魏晉南北朝。

第四，從作家的風格說，由於這一時期的作家已進入自覺的創作，多數人都有自己的追求方向，因而促進了作家各自獨特風格的形成。

這一時期的文學風格也是絢麗多彩的。以建安而論，曹操如幽燕老將，氣韻沈雄，曹丕則如幽閨思婦，流麗婉轉；曹植骨氣奇高，詞采華茂；劉楨則高風跨俗，挺拔清秀；王粲捷而能密，蒼涼悲慨；蔡琰則長於敍事，淒婉深長。建安以下，不勝枚舉。如阮籍之遙深，嵇康之清峻，潘岳之省淨，陸機之華美，左思之雄邁，劉琨之悲壯，陶淵明之恬淡，謝靈運之典麗，鮑照之俊逸，庾信之清新，均各不相師，自成一家。這種風格多樣化的形成，正是文學自覺的突出表現。與此相應，當時的一些文學批評家都對文學風格的形成進行了探討，對各個作家的風格特點進行了總結。由於作家們都有較多的藝術經驗積累，也就爲後世提供了師法的模範，後世學陶淵明的代有其人，就是一例。

第五，對於文學體式作了深入的探索，形成了許多新的文學體式。

傳統的文體主要是詩、賦和散文。

詩，東漢末已發展至五言。魏晉南北朝詩人大量寫作五言詩，使之更加臻於成熟和完善，成爲「衆作之有滋味者」（鍾嶸《詩品序》）。五言之外，七言古詩和樂府歌行也形成和成熟於此時。曹丕的《燕歌行》已是完整的七言詩；至鮑照，對七言歌行又加以改革，使之更適合於抒發豪邁奔放的思想感情，爲唐以後詩人開拓了自由抒情的一條新路子。由於對漢語句格和韻律的深入研究，齊永明間又創造出一種新詩體，其後宮體詩人更大量地寫作五言四句的小詩，並使七言詩體隔句用韻的規律固定化，對絕句和律詩的基本程式有了一個初步的構架，爲近體詩的形成鋪平了道路。一些傳統的詩體，如四言、六言、雜言等，此時的詩人也在繼續探討，曹操、嵇康、陶淵明等都在四言詩的寫作方面取得了新的成就。

賦這種傳統文學樣式到魏晋南北朝時期也有了新的發展。除了散體、七體、對問、騷體之外，駢賦已成爲引人注目的新品種，出現了大量優秀作品。齊梁以後，小賦空前發展，並與詩結合日緊。其時的一些小賦與詩十分接近。散文這一傳統文體一部分保持它奇句單行的本色，繼續走它自己獨特的發展道路，另一部分則受詩賦的影響而演變爲駢文，成爲聲律和駢偶相結合的產物。這一時期是駢文的興盛時期，也出現了很多優秀作品，以致後世有人稱之爲「一代之文學」。小說這種文學樣式這時也開始繁榮發展，志怪和軼事兩類小說都有優秀作品。

這一時期文學樣式的開拓和發展，爲唐代百花競開的繁盛局面開了先路，對後代也影響至遠。

第六，由於文學創作實踐的自覺，人們對文學本體的認識也加深了，文學理論也大大地提高並達到了很高的水平，一些文學選本也在此時產生，由此進一步推動了文學的獨立和發展。

從先秦到兩漢，文學理論一直在不斷發展，人們對文學本體的認識也在不斷深化。《尚書·堯典》中「詩言志」的說法，已指出了詩歌的抒情作用，漢人也指出辭賦有「麗」的特點，表明他們開始看到文學的形象性特徵③。這些都已對文學的本體有了初步的認識。但直至漢末，人們一直未能擺脫把它作爲教化工具的觀念，文學一直居於經學的附庸地位而未能獨立發展。至魏晋南北朝時，人們的文學觀念已相當明確。《宋書·謝靈運傳論》說：「至於建安，曹氏基命，二祖、陳王，咸蓄盛藻，甫乃以情緯文，以文被質。」說明從建安開始，人們已明確文學的特性。曹丕作《典論·論文》，根據各種文體的創作實踐加以分類，指出

「奏議宜雅，書論宜理，銘誄尚實，詩賦欲麗」，對詩賦「麗」的特性作出了明確的概括；而且他還運用「氣」的理論，對作家各自不同風格的形成作出了自己的解釋。其後陸機作《文賦》，進一步指出「詩緣情而綺靡，賦體物而瀏亮，碑披文以相質，誄纏綿而淒愴，銘博約而溫潤，……」對各種文體的風格特點區分更爲細緻，對詩賦的文學特性概括更爲全面，他還對創作過程的思維進行了研究，指出了文學創作過程中「情曈曨而彌鮮，物昭晰而互進」的形象思維特點。南朝人對文體的分類較之魏晉有更明確的認識，對於文學與非文學的劃分也更具有概括性。宋初已有了「文」、「筆」的概念。至梁代，文學理論更爲發展，劉勰寫出了《文心雕龍》這樣體大思精的文學理論專著，鍾嶸也寫出了《詩品》這一非常重要的詩歌批評專著。當時對「文」、「筆」的界說更爲明確。《文心雕龍・總述》說：「今之常言，有文有筆，以爲無韻者筆也，有韻者文也。」蕭繹對「文」有更明白的概括：「至於文者，惟須綺縠紛披，宮徵靡曼，唇吻遒會，情靈搖蕩。」（《金樓子・立言》）他結合當時的創作實踐，指出「文」應當具有情靈、文采和韻律三大要素。與此同時，蕭統開始根據自己的理解編輯《文選》，他選文以「事出於沈思，義歸於翰藻」爲標準，將經、子、史排除在外，這樣就將文學與著述完全區分開來，使文學從經史的附庸獨立出來。當然，從今天的觀點看，《文選》所列的三十七類文體並非全屬文學，但它基本上確立了中國古代的文學觀念，對後世影響極爲深遠。後來徐陵又編出了《玉臺新詠》這樣的詩歌總集，從另一個角度展示南朝的文學觀念。

㈢魏晉南北朝文學在中國文學史上的地位

魏晉南北朝時期確實是文學的自覺時代，也是我國文學史上一個承先啓後的、重要而必不可少的階段。如果沒有魏晋南北朝文學的自覺和獨立，沒有這四百年的文學創作實踐和文學理論的積累，就不可能有唐代文學的全面繁榮。當然唐代文學對魏晋南北朝文學也有個批判繼承的問題。從陳子昂開始，晋宋以後的文學多次遭到批評。陳子昂曾說「漢魏風骨，晋宋莫傳」，「齊梁間詩，彩麗競繁，而興寄都絕」（《與東方左史虬修竹篇序》），後來李白也說「自從建安來，綺麗不足珍」（《古風》其一），白居易更爲激烈，直稱「陳、梁間率不過嘲風雪、弄花草而已」（《與元九書》），連謝朓的名句「餘霞散成綺，澄江靜如練」都遭到了他的抨擊。古文運動興起，韓愈竟宣稱「非三代兩漢之書不敢觀」（《與李翺書》）。對唐人的這種批評，後人每每加以誇大，於是鄙薄六朝者往往而有，六朝文學得不到應有的重視。其實，唐人批判六朝，是爲了反對一種傾向、提倡另一種傾向而發，對此時的作家、作品，並不是不加區別地一概否定。他們一邊在批判六朝，一邊又在繼承六朝。陳子昂不僅肯定「正始之音」（《與東方左史虬修竹篇序》），而且還效法庾信。李白對謝靈運、謝朓等人可謂推崇備至，於鮑照尤多所取法。白居易和韓愈都推崇陶淵明。唐人對六朝文學的成就看得比較清楚的是杜甫，他讚揚過許多六朝詩人，在創作中也力求轉益多師，博採衆長。元稹稱他的詩「上薄風騷，下該沈宋，古傍蘇李，氣奪曹劉，掩顏謝之孤高，雜徐庾之流麗，盡得古今之體勢，而兼人人之所獨專」（《唐故檢校工部員外郎杜君墓繫銘並序》），其中就包括對六朝文學的大量繼承。我們既應當看到唐人對六朝文學的批判，更應看到包括李白、杜甫在內的唐代詩人在文學創作中對六朝文學成就和經驗的繼承和發展。

魏晋南北朝的詩文總集主要有張溥編的《漢魏六朝百三名家

集》，其中除收入兩漢及隋代作家二十三家集外，其餘八十家集均爲這個時期的作品。近人丁福保編的《全漢三國晉南北朝詩》，清人嚴可均的《全上古三代秦漢三國六朝文》，今人逯欽立編的《先秦漢魏晉南北朝詩》。分別收錄了魏晉南北朝的文和詩，後兩種尤較完備。

附　註

①五胡十六國，計有匈奴建立的漢（公元 304～329 年）、夏（公元 407～431 年）、北涼（公元 401～439 年），氐建立的前蜀（公元 304～347 年）、前秦（公元 351～394 年）、後涼（公元 386～403 年），漢族建立的前涼（公元 301～376 年）、西涼（公元 400～420 年）、北燕（公元 407～436 年），羯建立的後趙（公元 319～350 年），鮮卑建立的前燕（公元 337～370 年）、後燕（公元 384～407 年）、西秦（公元 385～431 年）、南涼（公元 397～414 年）、南燕（公元 398～410 年），以及羌建立的後秦（公元 384～417 年）。

②譚正璧《中國文學家大辭典》共收魏晉南北朝作家 800 人。嚴可均《全上古三代秦漢三國六朝文》共收入作家 3496 人，收錄這個時期的作品共 523 卷，凡 2247 人。而逯欽立《先秦漢魏晉南北朝詩》收錄這個時期的詩歌共 106 卷。

③類似「詩言志」的說法尚有《毛詩序》：「詩者志之所之也。」這裡的「志」與「情」是一致的，故《毛詩序》又說：「情動於中而形於言。」孔穎達《左傳昭公二十五年正義》：「在己爲情，情動爲志，情志一也。」又：漢代揚雄提出「詩人之賦麗以則，辭人之賦麗以淫」（《法言・吾子》）。《西京雜記》卷二記司馬相如與其友盛覽論賦說：「合綦組以成文，列錦繡而爲質，一經一緯，一宮一商，此賦之迹也。賦家之心，苞括宇宙，總覽人物，斯乃得之於內，不可得而傳。」這些都體現出魏晉以前人們對文學本質的看法。

第一章　建安詩人

第一節　建安文學的繁榮

建安（公元 196～220 年）是漢獻帝的年號。建安時期，政治、思想和文學諸方面都產生了急遽變化，呈現出新的面貌。特別是詩歌，打破了兩漢辭賦獨盛和文人詩相對沉寂的局面，「三曹」、「七子」、蔡琰等人創作出一大批作品，形成了我國古代文學史上第一個文人詩的創作高潮，爲五言詩的發展奠定了堅實基礎。因而，古代文學史往往把建安畫爲一個獨立的階段，作爲魏晉南北朝文學的開端。這個時期的文學以曹魏集團爲中心，與之鼎立的蜀漢、孫吳集團文學成就都不高，詩歌方面尤其如此。

㈠建安文學繁榮的原因

建安文學得到蓬勃發展不是偶然的，而是有著孕育它的種種因素。

一是建安作家經歷了漢末的大動亂，許多人捲入了戰亂的漩渦，有的甚至被推到社會底層。

曹操固不必說，他的大半生在戰爭中渡過，曹丕、曹植也都有過戎馬生活的經歷。王粲曾舉家被迫由洛陽遷徙長安，後來又被迫流寓荊州，親眼見到了人民流離失所的慘象。女詩人蔡琰的命運更苦，在董卓之亂中被擄，陷身胡地十餘年。這些廣泛的社會經歷，使文人們擴大了視野，體察了民情，故其詩歌具有較充實的社會內容和作者的眞情實感。《文心雕龍・時序》云：「觀其時文，雅好慷慨，良由世積亂離，風衰俗怨，並志深而筆長，故梗概而多氣也。」

二是社會大動蕩的時代，往往也是思想大解放的時代。

由於正統思想統治被削弱，獨立人格追求在士人心理上得到提高。人生價値、人生信仰、行爲準則、生活方式以至思維方式，都在重新探索、重新確定。正是這種較爲自由的時代氛圍，對建安文學的發展有著更直接的推動意義。與此相聯繫，建安作家對文學價値的新的體認，作家間以詩文相互競爭又相互切磋的文學批評風氣的形成，包括曹丕把文章當作「經國之大業，不朽之盛事」，確實表現出高度的「文學自覺」精神，也極大地促進了建安文學的繁榮。正因爲如此，建安作家在強烈追求建功立業於當世的同時，又不遺餘力於詩文創作上競雄鬥奇。他們不僅大力從事詩歌創作，僅僅用幾十年時間就創作出也許比兩漢四百年文人詩作還要多的篇章，而且還能將表現題材從傷時憫亂，抒寫建功立業的雄心壯懷，擴展到懷古、傷別、遊覽、詠物、侍宴、羽獵、娛戲等各個方面，出現了將日常生活普遍「詩化」的奇觀。

三是受漢樂府民歌的影響。

現實生活是文人創作的土壤，民間文學是文人創作的重要養料。漢樂府民歌的寫實精神以及敍事抒情的藝術技巧，大大吸引了建安詩人。曹操首開向漢樂府民歌學習的風氣，他的詩「被之管弦，皆成樂章」（《魏志・武帝紀》），建安作家的詩歌幾乎沒有不受漢樂府民歌影響的。

四是曹氏父子的倡導和帶頭創作。

曹氏父子既是政治上的權勢人物，又是文學愛好者。他們獎勵文學，招攬文士，如「七子」，楊修、繁欽、蔡琰等人都被招致鄴下，形成一個富有生氣的文人集團①。劉勰說：「建安之末，區宇方輯。魏武以相王之尊，雅愛詩章；文帝以副君之重，妙善辭賦；陳思以公子之豪，下筆琳琅。並體貌英逸，故俊才雲蒸。」（《文心雕龍・時序》）鍾嶸也說：「降及建安，曹公父子，篤好斯文；……劉楨、王粲，爲其羽翼。次有攀龍託鳳，自致於屬車者，蓋將百計。彬彬之盛，大備于時矣。」（《詩品・總論》）劉勰、鍾嶸的評價，足以說明「三曹」的提倡與建安文學繁盛局面的密切關係。

㈡建安文學的基本特徵

在這樣的條件下培育出來的詩歌，自然能眞實反映時代面貌，具備自己的特徵。

從內容方面來說：

一是反映了當時社會的離亂和人民的疾苦。像曹操的《蒿里行》、《苦寒行》，曹植的《送應氏》，王粲的《七哀詩》（其一），陳琳的《飲馬長城窟行》以及蔡琰的《悲憤詩》等，都眞實地反映了董卓之亂使社會遭到的破壞和人民的苦難，堪稱「詩史」。

二是表達了詩人建功立業的要求和統一天下的宏偉抱負。如曹操的《短歌行》、《步出夏門行》（神龜雖壽）及曹植的《白馬篇》等。

從藝術方面來說，意境宏大、筆調明朗、抒情直接，形成一種悲涼慷慨、剛健有力的風格。

以上思想和藝術兩方面結合起來，就是後人所說的「建安風骨」②。「風骨」本指人的風神與骨骼，用在品評人物和文學方面，有時也與今日「風格」相近。但是，我國古代文學家和批評家所提倡的「風骨」，不是指一般的「風格」，而是特指那種意氣駿爽、情志飛揚而辭義又遒勁有骨力的風格，劉勰所評的建安文學「志深而筆長」、「梗概而多氣」(《文心雕龍·風骨》)便是「風骨」的基本含義。建安風骨的這一特點,反映了那些積極干預生活的詩人在文學風格上的要求,所以它成了我國文學史上一個進步的傳統,並對後世有深遠的影響。

第二節　曹操、曹丕

㈠曹操

1、曹操的生平和作品

曹操(公元 155～220 年)。字孟德,小字阿瞞,沛國譙(今安徽亳縣)人。祖父曹騰是個宦官,父親曹嵩是曹騰的養子。曹操二十歲舉孝廉進入仕途,先後任洛陽北部尉、頓丘令、濟南相、典軍校尉等職。黃巾起義,他參與平定。董卓亂起,他加入討卓聯軍。後來收編黃巾,壯大了力量。建安元年(公元 196 年)迎獻帝都許昌,從此他「挾天子以令諸侯」,成爲北方的實際統治者。建安十三年(公元 208 年)進位丞相,後封爲魏公,進號魏王。死後尊爲武帝。

曹操是漢末傑出的政治家和軍事家。鑒於漢末階級矛盾激化,他實行了抑制豪強兼併的政策,其《收田租令》云:「無令彊民有所隱藏而弱民兼賦也。」他採取屯田等措施發展生產,提倡刑名法術之學,以法治軍治國,主張任人唯能、禁絕淫祀等等,這些政策和措施都具有進步意義。

曹操的著述,據清姚振宗《三國文藝志》考證,有《魏帝集》三十卷、《逸集》十卷、《兵書》十三卷等十餘種,然多已亡佚,今存者唯《孫子注》。明代張溥輯散見詩、文等一百六十篇爲《魏武帝集》,收入《漢魏六朝百三名家集》中。丁福保《全漢三國晉南北朝詩》中也有《魏武帝集》四卷，所收作品略多於張溥輯本。一九五九年，中華書局據丁福保本加以整理補充，增入《孫子注》，一九七四年再次增訂，成爲現今最詳備的本子。近人黃節《魏武帝詩注》（與曹丕詩注合刊）考釋頗詳，並選錄前人評語，可供參考。

2、曹操詩歌作品的思想內容

曹操「外定武功，內興文學」，又是建安文學新局面的開拓者。他愛好文學，尤長於詩歌，就是在戎馬倥偬的軍旅生活中，也常寄興風雅，正如元稹說的：「鞍馬間爲文，往往橫槊賦詩」（《唐故工部員外郎杜君墓誌銘並序》），在這種特殊環境中的吟詠，自然更能反映社會風貌，體現詩人的眞實感情。他的詩歌存留至今的只有二十多首（中華書局出版的《曹操集》收二十二首，其中《謠俗詞》來歷不明，《壙上行》或以爲文帝甄后作），數量雖少，卻能顯示其獨特成就，體現一代詩風。這些詩歌就其內容來說，大致可以歸納爲下面三類：

一類是反映漢末社會動亂和民生疾苦的詩。

《薤露行》寫何進企圖借助四方軍閥力量消滅宦官，結果自己先被宦官誅滅，又招來董卓作亂洛陽。《蒿里行》則直接寫關東州郡推袁紹爲盟主，起兵討伐董卓繼而互鬥的情況：

> 關東有義士，興兵討羣凶。初期會盟津，乃心在咸陽。軍合力不齊，躊躇而雁行。勢利使人爭，嗣還自相戕。淮南弟稱號，刻璽於北方。鎧甲生蟣虱，萬姓以死亡。白骨露於野，千里無雞鳴。生民百遺一，念之斷人腸。

《軍譙令》云：「舊土人民，死喪略盡，國中終日行，不見所識，使吾悽愴傷懷。」詩中「白骨露於野，千里無雞鳴」正是這種慘象的概括，表現了作者傷時憫亂的感情。明鍾惺評此詩爲：「漢末實錄，眞詩史也。」（《古詩歸》）《苦寒行》、《卻東西門行》，寫了艱難的軍旅生活：「行行日已遠，人馬同時饑。擔囊行取薪，斧冰持作糜。」「戎馬不解鞍，鎧甲不離傍。冉冉老將至，何時反故鄉。」征人的饑困之苦、思歸之情都寫得至爲感人。

另一類是表現作者理想、懷抱和積極進取精神的。

《度關山》和《對酒》直接描繪了他的社會理想。在這個理想社會裡，君明臣良，愛民如子，路不拾遺，人壽年豐，是封建社會一些政治家、思想家所憧憬的太平盛世。但這兩首詩都寫得枯燥，也缺乏個人的特色。在這類詩歌中較能體現曹操本人的思想情懷及其詩歌藝術風格的，是《短歌行》、《步出夏門行》（觀滄海、神龜雖壽）。

《短歌行》是一篇歷來膾炙人口的詩篇：

> 對酒當歌，人生幾何？譬如朝露，去日苦多。
> 慨當以慷，憂思難忘。何以解憂？唯有杜康。
> 青青子衿，悠悠我心。但為君故，沉吟至今。
> 呦呦鹿鳴，食野之苹。我有嘉賓，鼓瑟吹笙。
> 明明如月，何時可輟？憂從中來，不可斷絕。
> 越陌度阡，枉用相存。契闊談讌，心念舊恩。
> 月明星稀，烏鵲南飛。繞樹三匝，何枝可依？
> 山不厭高，水不厭深。周公吐哺，天下歸心。

此詩以四句爲一解。一、二解感嘆時光易逝，功業無成，只好以高歌和美酒來解除憂愁；三、四解引《詩經》中《子衿》和《鹿鳴》表示思賢之苦和得賢之樂；五、六解亦寫思賢和得賢的不同心境，「心念舊恩」句蓋有所指，故反複言之而意境不同；七、八解即景抒情，表示要效法周公廣納賢才以安定天下，從而揭示全詩的主旨。這是一篇用於飲宴的歌辭，包含有感傷亂離、懷念賢才故舊、嗟嘆時光易逝和希望得到賢才幫助建功立業的意思。詩歌充滿深沉的憂鬱，表現了當時創業的艱難和實現理想的急切願望。由於詩人的博大胸懷和高遠志向，即令在深沉的憂鬱中也激盪著一股慷慨激昂的感情。這種感情隨著心潮起伏，幾經迴旋，終於得到全部抒發。因而就全詩看，仍顯得「有風雲之氣」，能給人一種積極奮發的印象，詩篇的藝術成就主要在於把這種複雜的心情和深沉的感慨，通過似斷似續、低迴沉鬱的筆調表現出來，體現了建安文學「志深筆長，梗概多氣」的特點。同時，全詩聲音鏗鏘，換韻自由，襲用《詩經》原句，不著痕迹，體現了詩人高超的藝術功力。

《觀滄海》當是建安十二年（公元 207 年）曹操北征烏桓回師經碣石觀海時所作（一說爲出征途中作），通過寫景表現了詩人的豪情壯志。此前，曹操已基本上掃除了北方的軍閥割據，這次北征烏桓又一戰而勝，北中國的統一已成現實。面對無邊無際的大海及其吞吐日月、含孕羣星的洪波，詩人自然心情激盪、浮想聯翩。但詩人並未把他的感情直接加以描繪，而是將其包舉宇內、囊括四方的宏偉壯志和橫溢的豪情融合在海的壯濶圖景中，讓讀者自己去體會。故沈德潛認爲此詩「有吞吐宇宙氣象」（《古詩源》）。像這樣全篇借景抒情的詩，此前殊未見。漢賦中雖有專以自然景物爲描寫對象的，如枚乘《七發》中的「觀潮」、班彪的《覽海賦》，但以體物爲主。而在詩中完整地刻畫某一自然景物，並滲透作者的思想感情，本篇是一個開端，這是藝術表現方法的一個發展。

《神龜雖壽》是一首抒情哲理詩。全詩主旨在於强調人生的主觀能動作用，表現了詩人老當益壯的襟懷。「情」與「理」的緊密結合是本篇寫作上的一個重要特點。「老驥伏櫪，志在千里，烈士暮年，壯心不已」四句是全詩的主幹。它不獨突出了詩的主旨，同時振起了全篇，使前後兩個層次對人生哲理的探討，大大增添了積極進取的感情色彩。

曹操的第三類詩歌是遊仙詩。

如《氣出唱》、《精列》、《陌上桑》、《秋胡行》等，篇幅占了他現存詩歌的三分之一。曹操本不信天命鬼神，爲何寫了這麼多游仙詩？秦皇、漢武在功成之後，都求仙訪道，幻想長生不老；曹操在事業取得一定成功之後，或有這種想法，亦未可知。有人以爲別有寄託，然玩詩意，殊難得出這種結論。

3、曹操詩歌的藝術成就及其影響

曹操詩歌在藝術上的顯著特色，一是質樸自然，語言不事雕琢，形式比較自由。二是比較直率地敞露了他這位亂世英雄兼詩人的複雜的內心世界，形成一種悲涼、沉雄的風格。鍾嶸《詩品》稱：「曹公古直，頗有悲涼之句。」敖陶孫《詩評》稱：「魏武帝如幽燕老將，氣韻沉雄。」皆評論精當。

曹操的詩就體裁來說，幾乎全部是樂府詩。其中有五言、四言，也有雜言，除少數遊仙詩外，其共同的特點是用樂府古題寫時事，沈德潛說：「借古樂府寫時事，始於曹公。」（《古詩源》）從現存漢魏詩歌來看，沈氏的評論是正確的，這是曹操對詩歌發展的重大貢獻。據《魏志・武帝紀》，曹操很懂音樂，「及造新詩，被之管弦，皆成樂章」。他不受樂府舊題的約束，只借用它來抒發懷抱，因而不僅開啓了樂府歌詩創作的新風，推動了當時詩歌的發展，也給後來樂府歌詩的進一步發展以重要的啓示。不過曹操樂府詩中的雜言，大都寫得太粗，少詩味，顯得不成熟，他的成就主要在五言詩和四言詩。其五言詩善於將敘事、描寫與抒情融爲一體，爲當時及後世寫時事的詩歌提供了可貴的經驗，如《蒿里行》、《苦寒行》等，即爲後世大詩人如杜甫等所繼承和發展。他的四言詩則有助於四言詩的復振。《詩經》以後，四言詩已經中衰，曹操繼承「國風」和「小雅」的抒情傳統，創造出一些動人的篇章，使四言詩重放光彩，對後來嵇康、陶淵明等人寫出有成就的四言詩產生過積極影響。

㈡曹丕

1、曹丕的生平

曹丕（公元 187～226 年），字子桓，曹操次子。建安十六年（公元 211 年）爲五官中郎將、副丞相。建安二十二年立爲魏太子。建安二十五年（公元 220 年）嗣位爲丞相，襲封魏王。這年冬受漢禪稱帝，在位七年，死後謚爲魏文帝。

曹丕與他父親一樣，也愛好文學，與鄴下文人相處融洽，並成爲這個集團的核心人物。他在《與吳質書》中說：「昔日游處，行則連輿，止則接席，何曾須臾相失。每至觴酌流行，絲竹並奏，酒酣耳熱，仰而賦詩。」說明曹丕與他們建立了深厚的友誼。不過，也正是較長時間生活在這種比較安定的環境裡，生活圈子狹小，限制了他詩歌創作的內容，缺乏風雲氣度。

2、曹丕的詩歌內容

曹丕的詩歌流傳至今的有四十多首，大都爲鄴下之作。這些詩歌有寫自己作爲貴公子的歡娛生活的，有寫求賢征伐、反映政治軍事內容的，但是，分量最重而且表現出藝術特色的，還是描寫征夫行役、夫婦別離的詩篇。這類詩工於言情，寫得細膩，在一定程度上表現了下層人民的思想感情。如《燕歌行》其一：

秋風蕭瑟天氣涼，草木搖落露為霜，羣燕辭歸雁南翔。念君客游思斷腸，慊慊思歸戀故鄉，何為淹留寄佗方。賤妾煢煢守空房，憂來思君不敢忘，不覺淚下霑衣裳。援琴鳴弦發清商，短歌微吟不能長。明月皎皎照我牀，星漢西流夜未央。牽牛織女遙相望，爾獨何辜限河梁！

這是一首反映女子思念丈夫的詩。漢末社會動亂，許多人或爲生計，或因行役，被迫離鄉背井，流蕩遠方，致使夫妻分離，難於團聚。詩人對這種較爲普遍的現象給予關注，也表現了對下層人民的同情。這首詩在藝術上有兩點値得注意：一是對思婦的心理感受描寫得細膩眞切，有直抒胸臆的，有借景言情的，特別是將秋景夜色來襯托思婦的心情，更添淒涼的色彩。一是完整的七言詩，句句有韻，一韻到底。後傳漢武帝在柏梁臺與羣臣聯句的《柏梁詩》即此體，故稱爲「柏梁體」。然漢武帝等人的詩，後人或疑其爲假託，未有定論。又《漢書・東方朔傳》載東方朔亦曾作七言上下篇，劉向亦有七言，但今均僅餘殘句。今存漢以前完整的七言，除《柏梁詩》外，惟有《吳越春秋》所載《窮劫曲》（此詩至晚當作於東漢），然不甚爲人所知，因而有稱曹丕此詩爲「七言之祖」。這個說法雖不確切，但它對後世七言詩的發展確有較大的影響。

除思婦遊子外，曹丕詩的個別篇還直接寫到了勞動人民的貧窮和苦難。如《上留田行》揭示了「富人食稻與粱」、「貧子食糟與糠」的對立現象；《見挽船士兄弟辭別詩》描繪了縴夫離別家人的慘景：「妻子牽衣袂，抆淚霑懷抱；還附幼童子，顧托兄與嫂。」寫得眞切。作者在這些詩中，不能認識到造成苦難的根源，只能在兩詩的結尾分別提出這樣的疑問：「今爾嘆息，將欲誰怨？」「誰令爾貧賤？」但是，能夠在詩裡寫到他們的苦難，也是可貴的，說明曹丕對當時苦難中的人民是同情的。

3、曹丕詩歌的藝術成就

曹丕的詩歌在藝術上的特色和成就主要有下列四點：

一是由於內容大多寫游子思婦，讀來如泣如訴，所以形成一種柔和婉轉的風格。《文心雕龍・才略》評：「子桓慮詳而力緩。」《古詩源》評：「子桓詩有文士氣，一變乃父悲壯之習矣！」這些評論是頗爲中肯的。

二是致力於學習漢樂府民歌，故其語言格調平易清淺，無刻意雕琢之迹。鍾嶸批評其「率皆鄙直如偶語」，恰好說明他詩歌通俗化的優點。

三是善於以景物烘托，起到借景抒情的作用。除前所談《燕歌行》、《雜詩》外，再如《秋胡行》（泛泛綠池）、《丹霞蔽日行》、《寡婦詩》等都有一定寫景成分。

四是形式多種多樣。四言、五言、六言、七言、雜言，無所不有。

曹丕亦擅長辭賦及文。《隋書・經籍志》著錄有集二十三卷，又有《典論》五卷，《列異傳》三卷，後皆散佚。明代張燮在所編《七十二家集》中輯有《魏文帝集》，張溥（《漢魏六朝百三名家集》）中亦收入。近人黃節《魏文帝詩注》是較好的注本。

第三節　曹植

㈠曹植的生平和著作

曹植（公元 192～232 年），字子建，曹丕弟。他是建安時期最負盛名的作家，《詩品》稱之爲「建安之傑」。他的作品流傳至今的，詩有八十多首，辭賦、散文完整的與殘缺不全的共四十餘篇，其文學成就確爲建安作家之冠。

曹植的生活和創作以曹丕稱帝（公元 220 年）爲界，明顯地分爲前後兩期。前期與曹丕一樣，大部分時間是在鄴城比較安定的環境裡度過的。他愛好文學，富有文學才華，自謂「言出爲論，下筆成章」（《魏志・曹植傳》），與曹丕同爲鄴下文人集團的核心人物。在鄴下的十多年中，主要是以貴公子的身分與鄴下文人宴飲遊樂，詩賦唱和，過著極盡歡娛的生活。但他從小也有過「生乎亂，長乎軍」（《陳審舉表》）的經歷，加上其父的薰陶和影響，故一貫關心國事，在風雲變幻中確立了建功立業的理想，希望「戮力上國，流惠下民，建永世之業，流金石之功」（《與楊德祖書》）。這種可貴的政治熱情，貫注他的終身，即使後來道途坎坷也沒有衰減。由於他少懷大志，又具備出衆的文學才華，加上身邊還有丁儀、丁廙、楊修等人爲之翼輔，曹操在很長一段時間中曾想立他爲太子，認爲他是「兒中最可定大事」者。可是，曹植缺乏政治家的氣質，不善於審時度勢，爭取曹操的信任，而是「任性而行，不自彫勵，飲酒不節」，再加上曹丕「御之以術」（見《魏志》本傳），太子之位終於被曹丕爭得。

曹植雖未取得太子位，但仍以其才名而受到曹操鍾愛，並因此遭到曹丕的嫉恨。在曹丕即位及其子曹叡在位時，均受到殘酷迫害，後期的政治處境更發生了根本變化。《世說新語・文學》所傳曹丕逼曹植七步成詩的故事③，足以說明他後期的情況。曹丕在位時採取抑制宗室的政策，把同宗諸王（包括曹植）全都遣往封地，不准互通聘問，並派出「監國使者」限制諸王行動。曹植在諸王中則更受苛待：監國使者灌均疏奏曹植「醉酒悖慢，劫脅使者」，結果被交百官議罪，險些喪命。曹植在封地本是「股肱弗置，有君無臣」（《責躬詩》），可曹丕、曹叡深怕他在一地待久了會結成黨羽，總是不斷更換他的封地，「十一年中三徙都」（鄄城、雍丘、陳）。後期的曹植，名爲侯王，實爲未著枷鎖的囚徒，常抑鬱悲憤，終於在四十一歲時死去。謚曰思，以其最後封地在陳，故後世稱之為「陳思王」，亦稱「陳王」。

曹植的著作，《隋書・經籍志》著錄有集三十卷，又《列女傳頌》一卷、《畫贊》五卷。然而原集至北宋末散佚。今存南宋嘉定六年刻本《曹子建集》十卷，乃宋人重新輯錄，共錄詩、賦、文共二百零九篇。明代郭雲鵬、汪士賢、張溥諸人各自所刻的《陳思王集》，蓋據南宋本稍加釐定而成。清代丁晏《曹集詮評》補收《逸文》一卷，《附錄》一卷，有校刊評注。近人黃節有《曹子建詩注》專注其詩（共收詩七十一篇，可疑及譌誤、殘缺者不錄），並選附前人評語。

㈡曹植的詩歌特容

曹植前期詩歌內容大致有三個方面：

一是寫宴飲遊樂。如《公宴》、《侍太子坐》等，都是當時他和曹丕等人奢靡生活的眞實寫照。如《名都篇》即對富貴子弟的遊蕩生活作了細緻描繪。他們成日鬥雞走馬、射獵飲宴，「雲散還城邑，清晨復來還」。日復一日地消磨時光。這當然也包括曹植的生活情趣。

二是寫友人之間的眞摯感情。在今存詩中，他對徐幹、應瑒、王粲、丁儀、丁廙都有贈詩。這些詩語氣委婉，情意纏綿，如《贈徐幹詩》就是一篇較好的作品。

三是詩人抒發懷抱、表現理想的詩篇。如《鰕䱇篇》：「駕言登五岳，然後小陵丘；俯觀上路人，勢利惟是謀。」「撫劍而雷音，猛氣縱橫浮。」眞是超塵脫俗，氣概不凡。《白馬篇》是他前期的一篇代表作。

白馬飾金羈，連翩西北馳。借問誰家子，幽并游俠兒。少小去鄉邑，揚聲沙漠垂。宿昔秉良弓，楛矢何參差。控弦破左的，右發摧月支。仰手接飛猱，俯身散馬蹄。狡捷過猴猿，勇剽若豹螭。邊城多緊急，虜騎數遷移。羽檄從北來，厲馬登高堤。長驅蹈匈奴，左顧陵鮮卑。棄身鋒刃端，性命安可懷。父母且不顧，何言子與妻。名在壯士籍，不得中顧私。捐軀赴國難，視死忽如歸。

詩中描寫一位精於騎射的游俠兒在北地邊境爲國屢立戰功，表彰他捐驅赴難、視死如歸的精神。詩人後來在上給曹叡的《求自試表》中自陳：「雖未能禽權馘亮」，也願「身分蜀境、首懸吳闕，猶生之年也」。可見詩中的游俠兒，正是詩人的自我寫照。

曹植詩反映時事的不多，這是他整個詩歌的弱點。不過，前期也有個別篇如《泰山梁甫行》、《送應氏》（其一）從一個側面對當時社會作了揭露，值得珍視。《泰山梁甫行》大約作於建安十二年（公元 207 年）隨曹操北征烏桓的途中。這次出征他有機會來到海邊，邊民的貧苦生活給詩人留下了很深的印象：

八方各異氣，千里殊風雨。劇哉邊海民，寄身於草野。妻子象禽獸，行止依林阻。柴門何蕭條，狐兔翔我宇。

詩中明顯地表現了作者對「邊海民」的同情。《送應氏》二首作於建安十六年（公元 221 年）。第一首寫洛陽一帶經過漢末的動亂，二十年後作者見到的景象仍是「垣牆皆頓擗，荊棘上參天」，「中野何蕭條，千里無人煙」，一片劫後餘燼，毫無生機。詩人對此產生極大的悲憤，簡直是「氣結不能言」了。這首詩與曹操的《蒿里行》、王粲的《七哀詩》（其一）、蔡琰的《悲憤詩》等同爲漢末實錄。

曹植後期的詩歌，主要是訴說自己懷才不遇、壯志難遂的苦悶和抒發備受壓抑的悲憤。前者以《雜詩》為代表，後者以《贈白馬王彪並序》為代表。

《雜詩》六首皆見於《文選》。前四首或言遊子思婦之苦，或吁紅顏薄命之嘆，籠罩著抑鬱哀傷的氣氛，風格哀婉纏綿，與《七哀》、《美女篇》一樣，都寄寓了作者的身世淒苦之感。第五首是：

> 僕夫早嚴駕，吾行將遠遊。遠遊欲何之？吳國為我仇。將騁萬里塗，東路安足由？江介多悲風，淮泗馳急流。願欲一輕濟，惜哉無方舟。閑居非吾志，甘心赴國憂。

這篇一反前四篇的低徊嗚咽，發出大聲呼喊：「閑居非吾志，甘心赴國憂」，不甘「禽息鳥視」，徒作「圈牢之養物」，字裡行間激盪著一股慷慨激昂的情緒，與前期的《白馬篇》並無二致，只是受當時環境的壓抑，詩裡明朗樂觀的氣氛有所不及罷了。

《贈白馬王彪並序》寫於黃初四年（公元 223 年）。這一年五月，鄄城王曹植同任城王曹彰、白馬王曹彪一同到京城洛陽朝見，任城王突然死去，這對遭忌刻最甚的曹植來說，刺激尤為強烈。七月諸王回國，曹植與曹彪因封地相近，故結伴同行。但監國使者為逢迎曹丕，斷然下令：「宜異宿止。」曹植在被迫分手時寫成此詩，用以揭露骨肉相殘的罪行，抒發積於胸中的悲憤。這種悲憤盡管是屬於個人的，卻能讓人們認識到統治階級中萁豆相煎的殘酷性。

這首詩寫作上很有特色：

第一，從各個角度表現了詩人豐富而複雜的感情，具有強烈的抒情性。

一、二章寫初離洛陽時的留戀和孤獨；三章寫讒巧離間激起胸中的悲憤；四章感物傷懷，更添淒涼色彩；五章回顧任城王的暴死，感到哀傷憂懼；六章寫臨別前故作强解語。陳祚明說：「人情至無聊之後，每有此强解語。强解者，其中正有不能解之至情也。」（《采菽堂古詩選》）末了「倉卒骨肉情」二句，正是不能解之至情的敞露。七章寫帶著絕望的心情作別。此時詩人已失去了人生的任何依託：天命旣不可信，求仙本就荒唐，面對禍福無常的現實，愈感到前途莫測，「百年誰能持？」因而「王其愛玉體，俱享黃髮期」的祝願，只能是無可奈何的寬解。詩篇的感情基調是悲憤，然而隨著事態的發展，感情也跌宕流轉，紛呈迭出，具有震撼人心的力量。

第二，抒情中夾以敍事和寫景。

一章交代了離別洛陽，三章點明讒巧離間，有了敍事，感情便有了依據。二、四章主要寫景，特別是四章的秋晚景色，秋風、寒蟬、原野、落日、歸鳥、孤獸，無不渲染著哀愁、淒厲、孤獨、寂寞的氣氛，有了景物，感情便更爲鮮明。誠如陳祚明所評：「此首景中有情，甚佳，凡言情至者必入景，方得動宕；若一於言情，但覺絮絮，反無味矣。」（《采菽堂古詩選》）

第三，章法、句法具有民歌風味。

除一章外，後六章都是首尾相銜的承接法，前人謂之「連環體」，這種蟬聯加强了各章的連貫性，「可以分一篇而七，可以合七篇而一」（寶香山人《三家詩》）。此體《詩經》中已有之（如《大雅》中《文王》、《旣醉》），曹植此詩則用得最爲自然入化。又此詩中自問自答的句子較多，用來提出新的內容，增加感情色彩，也是民歌的特色。

《野田黃雀行》和《吁嗟篇》也是曹植後期詩歌中的重要作品。《野田黃雀行》表現了他對迫害的憤怒和反抗：

> 高樹多悲風，海水揚其波。利劍不在掌，結友何須多！不見籬間雀，見鷂自投羅？羅家得雀喜，少年見雀悲。拔劍捎羅網，黃雀得飛飛。飛飛摩蒼天，來下謝少年。

曹丕登極後，凡與曹植親近的人都遭到迫害，這便是此詩的背景。詩中假黃雀投羅爲喻，抒寫了對友人的遭遇無法救援的心情，同時刻畫了一個慷慨救難的少年形象，用以表現作者的理想和反抗。詩歌語言明白自然，未加雕飾，富有民歌風味。《吁嗟篇》假轉蓬飄忽不能自主爲喻，形象地表現了他「十一年中三徙都」的生活處境和痛苦心情，與《雜詩》其二（轉蓬離本根）相類，只是情調更爲淒苦。

㈢曹植詩歌的藝術成就

曹植的詩歌取得了很高的藝術成就，在文學史上產生過很大影響。他是第一個大量寫作五言詩的詩人。現存詩八十多首，其中雖也有些四言和雜言，但大多數是五言詩。由於他的詩歌的藝術力量，大大吸引了後來的詩人，推動了五言詩的發展。他還是第一個使樂府詩文人化的作家，他的詩歌脫胎於漢樂府和《古詩十九首》，但也有自己的創造和發展。他使古樸明朗的漢樂府經過他的改造完全適合於文人抒情詠事，這種文人化的趨勢表現在：

第一，利用樂府形式廣泛地抒發作者自己的感情，使以敍事爲主的樂府轉爲以抒情爲主。

如《美女篇》是模仿《陌上桑》的，但《陌上桑》在於敍事，主要寫採桑女機智地反抗使君的要挾。而《美女篇》則突出採桑女心慕高義以致盛年未嫁，從而寄託詩人自己懷才不遇的感慨，抒情的成分大爲加强。

第二，他以華美的詞藻，改變了漢樂府古樸的語言風格。

如以上兩篇爲例：

頭上倭墮髻，耳中明月珠。緗綺為下裙，紫綺為上襦。（《陌上桑》）

攘袖見素手，皓腕約金環。頭上金爵釵，腰佩翠琅玕。明珠交玉體，珊瑚間木難。羅衣何飄飄，輕裾隨風還。（《美女篇》）

以上兩段都直接描寫採桑女的美，但是前者的語言仍顯得樸實，後者則辭彩繽紛了。

行者見羅敷，下擔捋髭鬚。少年見羅敷，脫帽著綃頭。耕者忘其犁，鋤者忘其鋤。來歸相怒怨，但坐觀羅敷。（《陌上桑》）

顧盼遺光彩，長嘯氣若蘭。行徒用息駕，休者以忘餐。（《美女篇》）

前者鋪敍旁人的反映以烘托羅敷的美，後者則約繁爲簡，語言提煉得十分典雅了。

第三，他在寫作方法及技巧方面也比較講究。

他的詩善用比喻，常是全篇爲比，用得多而貼切，如《吁嗟篇》。他的詩還注意對偶、煉字以及聲色的配合，如「明月澄淸景，列宿正參差。秋蘭被長坂，朱華冒綠池。潛魚躍淸波，好鳥鳴高枝。」（《公宴詩》）連續三聯對偶，「被」、「冒」兩字煉得精當。他的詩還多用警句開頭，如「高樹多悲風，海水揚其波」、「八方各異氣，千里殊風雨」，即大筆如椽，籠罩全篇，故沈德潛云：「陳思最工起調。」（《古詩源》卷五）曹植雖重視形式技巧和詞藻的華麗，但由於內容的充實，並不顯得矯飾和纖弱，達到了形式和內容的統一。

曹植詩歌的風格，鍾嶸概括為「骨氣奇高，詞采華茂」（《詩品》），方東樹概括為「意厚詞贍，氣格渾雄」（《昭昧詹言》），都比較確切，既有別於曹操的古直沉雄，也有別於曹丕的柔和婉轉。

曹植是建安傑出的詩人，由於他的遭遇坎坷及其在創作上有重視形式美的趨向，深得南朝文人的嘉許。《詩品》說：「陳思之為文章也，譬人倫之有周孔，鱗羽之有龍鳳。」謝靈運也很佩服他，曾說：「天下才共有一石，曹子建獨得八斗，我得一斗，自古及今同用一斗。奇才敏捷，安有繼之？」（李翰《蒙求集注》引）這些過份的推崇，說明曹植的詩風中「詞采華茂」的一面對南朝產生的深遠影響。

曹植除詩歌以外，辭賦和文都很出色。他的賦今存四十餘篇，數量在漢魏作者中為第一。散文包括頌讚、銘誄、碑文、哀辭、章表、令書、序論、雜說等多種體裁，今存較完整者近百篇。

第四節　建安七子及蔡琰

㈠建安七子

「七子」之稱，首見於曹丕《典論・論文》：

今之文人，魯國孔融文舉，廣陵陳琳孔璋，山陽王粲仲宣，北海徐幹偉長，陳留阮瑀元瑜，汝南應瑒德璉，東平劉楨公幹。

> 斯七子者，於學無所遺，於辭無所假，咸以自騁驥騄於千里，仰齊足而並馳，以此相服，亦良難矣。

七子中孔融（公元 153～208 年）年輩最高，與曹操是朋友，但政治態度與曹操不一致，終被殺害。從現存的作品來看，他主要以文見長，詩僅存七首④，殊少特色，惟《雜詩》「遠送新行客」，寫悼念幼子之情，頗爲悲切。其他六人，先後依附曹操，王粲給魏訂立制度，陳琳、阮瑀爲曹操掌管文書，並爲重要僚屬。七子的著述，除徐幹《中論》尚存外，各家文集均已佚。明人張燮曾輯錄孔融、王粲、陳琳三家的作品收入《七十二家集》中，張溥復補輯劉楨、阮瑀及應瑒與其弟應璩之作，加張燮所輯，分別編爲《孔少府集》、《陳記室集》、《王侍中集》、《阮元瑜集》、《劉公幹集》及《應德璉休璉集》，收入《魏晉六朝百三名家集》中。清楊建啓復增徐幹之作，合編爲《建安七子集》。此外，清嚴可均輯《全上古三代秦漢三國六朝文》、近人逯欽立輯《先秦漢魏晉南北朝詩》，對七子詩文亦分別搜輯殆盡。從現存作品來看，孔融之外，其他六人的文學成就相互間大有差異，風格也各有不同。

王粲（公元 177～217 年）在七子中文學成就最高，《文心雕龍・才略》稱他爲「七子之冠冕」。他詩賦並茂，《七哀詩》和《登樓賦》都是很有名的作品。劉楨（公元 ？～217 年）以詩見長，曹丕稱「其五言詩之善者，妙絕時人」。後來對建安詩人多以「曹（植）劉（楨）」或「曹（植）王（粲）」並稱，說明劉楨的詩與曹植、王粲享有同樣聲譽。他的詩以《贈從弟》三首爲代表。陳琳（公元 ？～217 年）、阮瑀（公元 ？～212 年）皆長於公牘文書。陳琳避亂冀州依附袁紹時寫的《爲袁紹檄豫州》和阮瑀的《爲曹公作書與孫權》皆具有鋪張揚厲的特色，且多用排比對偶，顯示了駢化的趨勢。詩歌方面，陳琳的《飲馬長城窟行》是一篇優秀作品。阮瑀的《駕出北郭門行》寫後母虐待孤兒，情至酸楚，與《孤兒行》相類。徐幹（公元 171～218 年）善寫情詩，《室思》很有名。他另有學術著作《中論》傳世。應瑒（？～公元 217 年）沒有留下什麼出色的作品。

王粲的《七哀詩》、劉楨的《贈從弟》及陳琳的《飲馬長城窟行》代表了「七子」詩歌的最高成就，體現了建安詩歌的共同特色。

《七哀詩》其一：

> 西京亂無象，豺虎方遘患。復棄中國去，委身適荊蠻。親戚對我悲，朋友相追攀。出門無所見，白骨蔽平原。路有饑婦人，抱子棄草間，顧聞號泣聲，揮涕獨不還：「未知身死處，何能兩相完！」驅馬棄之去，不忍聽此言。南登霸陵岸，回首望長安。悟彼《下泉》人，喟然傷心肝。

董卓死後，其部將李傕、郭汜又接連火拼，長安遭到如同洛陽一樣的劫亂。王粲爲了避亂，投奔荊州劉表，這首詩寫了他剛離開長安時的經歷和感受。詩中通過「白骨蔽平原」的概括描寫和饑婦棄子場面的具體描寫，清楚地揭示出當時軍閥混戰給人民帶來的深重災難，景象淒慘，使人怵目驚心。末四句表現了詩人的悲憤和理想，特別是「南登霸陵岸」二句，只寫一登一望，卻有無窮思緒，詞淺而意深，成爲傳誦的名句。

劉楨《贈從弟》其二：

> 亭亭山上松，瑟瑟谷中風。風聲一何盛！松枝一何勁！冰霜正慘淒，終歲常端正。豈不罹凝寒，松柏有本性。

這一詩題有詩三首，分別以蘋藻、松、鳳凰為吟詠對象，以物喻人，頌揚了一種堅貞高潔的品格。這首詩寫松樹不畏風寒、傲然挺立的本性，正是詩人「眞骨凌霜，高風跨俗」（《詩品》）的品格的體現。

陳琳《飲馬長城窟行》假借秦代築長城的事，深刻地揭露了繁重的徭役給人民帶來的痛苦和災難。這是一首典型的敍事詩，作者沒有留下一點按斷表明詩的旨意，只是通過人物的反複對話來展開情節，突出人物的心理活動，從而揭露徭役的罪惡。這首詩直接繼承了漢樂府民歌的藝術手法。

(二)蔡琰

1、蔡琰的生平

蔡琰（生卒年不詳），字文姬。漢末著名學者蔡邕之女。她自幼受到很好的文化教養，史稱「博學有才辯，又妙於音律」。最初嫁給河東衞仲道，夫早亡。董卓之亂中被擄入胡，流落匈奴十二年，嫁給胡人，生二子。建安十二年，曹操贖之回，再嫁董祀。

2、蔡琰的文學成就

以蔡琰的名義留下來的作品只有三篇，即五言《悲憤詩》、騷體《悲憤詩》和《胡笳十八拍》。前兩篇均見於《後漢書・列女傳・董祀妻》，後一篇見於朱熹據北宋晁補之《續楚辭》和《變離騷》所編《楚辭後語》。三篇中《胡笳十八拍》明顯為後人依託⑤，騷體《悲憤詩》尚待進一步研究，只有五言《悲憤詩》一篇可以肯定為蔡琰的作品。不過，即憑此一篇，也足以表明她是我國古代傑出的女詩人。

這首詩是蔡琰被贖回國、重嫁董祀之後寫的。全詩以詩人的親身經歷為線索，貫串被擄入胡、別兒歸國、還鄉再嫁三個重要情節，概括了詩人十多年流離轉徙的痛苦生活，是一篇近似自傳性的作品。詩歌的主旨在於訴說個人的不幸遭遇以抒發悲憤，但從一個側面揭露了軍閥的罪惡，反映了當時人民遭受的巨大災難，因而是一篇具有强烈現實精神的作品。

這首詩一個突出的藝術成就，是它成功地結合敍事來抒情，推動了文人敍事詩的發展，成爲文人五言敍事詩新的里程碑。建安詩人在繼承漢樂府傳統的方面，有著兩種不同的趨勢：一是沿著《古詩十九首》已開闢的途徑，主要繼承和發展漢樂府詩的抒情藝術，大力創作抒情詩，曹植及當時許多詩人都主要在這方面努力，並取得了重大成就，開拓了五言抒情詩的廣闊道路。一是吸取漢樂府透過敍事方法來抒情，即通過描述詩人自己的經歷以反映現實，抒發感慨，這由曹操的《薤露行》、《苦寒行》、王粲的《七哀》等開其端，蔡琰此詩則作了重大的開拓和發展，其展開的生活畫面更廣闊，敍事更曲折多姿，因而形成了借個人經歷來反映時事一體。這種詩體的產生，同時也受到漢代征行一類的賦（如劉歆《遂初》、班彪《北征》）的影響。從詩歌本身來說，則是漢樂府的一種變化，它對後來杜甫等反映時事的詩題（如《自京赴奉先縣詠懷五百字》、《北征》等）影響甚大。

其次，此詩在心理描寫方面也表現了很高的藝術技巧。「別兒」這一情節的描寫就極爲感人：

> 邂逅徼時願，骨肉來迎己。己得自解免，當復棄兒子。天屬綴人心，念別無會期，存亡永乖隔，不忍與之辭。兒前抱我頸，問母「欲何之？人言母當去，豈復有還時！阿母常仁惻，今何更不慈？我尚未成人，奈何不顧思！」見此崩五內，恍惚生狂癡。號泣手撫摩，當發復回疑。

詩人久久盼望回鄉，不知經歷過多少次希望和失望的波動，現在竟然成了現實：「骨肉來迎己」了。可是，詩人這種喜悅是短暫的，立即爲更深的愁苦所代替，她意識到歸漢就意味著拋棄自己的孩子。然而，歸漢與否，又是詩人的大節大義所在，兩者之間毫無選擇餘地，於是她毅然承受了骨肉分離的痛苦。可是，「天屬綴人心」，當天眞的孩子向母親抱頸責問時，她能向孩子們說什麼呢？既無法解釋，也無法安慰，只能將內心激起的摧肝裂膽的悲痛，化爲如癡如狂、號泣撫摸的外在表現。母親的行爲，勝過了語言的表達。詩人對這種矛盾心情及毅然承擔痛苦的自我克制，描寫得既細緻，又眞實。這個情節的描寫，爲全篇增添了感人的藝術力量。

附　註

①曹植《與楊修書》云：「昔仲宣獨步於漢南，孔璋鷹揚於河朔，偉長擅名於青土，公幹振藻於海隅，德璉發迹於此魏，足下高視於上京。當此之時，人人自謂握靈蛇之珠，家家自謂抱荊山之玉。吾王於是設天網以該之，頓八紘以掩之，今悉集茲國矣。」

②「風骨」作爲文學評論的標準之一，首先由劉勰提了出來。他說：「『詩』總六義，風冠其首，斯乃化感之本源，志氣之符契也。是以怊悵述情，必始乎風，沈吟鋪辭，莫先於骨。故辭之待骨，如體之樹骸；情之含風，猶形之包氣。結言端直，則文骨成焉；意氣駿爽，則文風淸焉。」「故練於骨者，析辭必精；深乎風者，述情必顯。捶字堅而難移，結響凝而不滯，此風骨之力也。」（《文心雕龍・風骨》）近人對「風骨」一詞的解釋，說法紛紜，僅錄有影響的幾家以作參考。

黃侃說：「風骨，二者皆假於物以爲喩，文之有意，所以宣達思理，綱維全篇，譬之於物，則猶風也。文之有辭，所以攄寫中懷，明顯條貫，譬之於物，則猶骨也。必知風即文意，骨即文辭，然後不蹈空虛之弊。或者捨辭意而別求風骨，言之愈高，即之愈渺，彥和本意不如此也。」（《文心雕龍札記・風骨》）

劉永濟說：「風者，運行流暢之物，以喻文之情思。骨者，樹立結構之物，以喻文之事義也。」（《文心雕龍校釋》）

郭紹虞說：「『風骨』一般地是指人的精神和體貌。沈約《宋書・武帝紀》：『劉裕風骨不恆，蓋人傑也。』『風』謂風采，『骨』謂骨相，一虛一實，組合成詞。『風骨』作爲文學理論的專門術語，也還是從這個意思引伸出來的，不過在用法上卻有所區別。如稍後於劉勰的魏收在《魏書・祖瑩傳》說的『文章須自出機杼，成一家風骨』，這裡的『風骨』，是泛指風格而言。可是劉勰在本篇裡則作了更進一層的解釋，賦予以獨特的涵義。」「風能動物，猶文章之有感染力。沒有成熟的思理和蘊結於中的眞實的生活感受，是不可能有風的。故曰：『怊悵述情，必始乎風。』……骨是形體方面的東西，體待骨而樹立，肉附骨而成體，故曰：『沈吟鋪辭，莫先於骨。』」「『風骨』是思想性和藝術性的統一體，它的基本特徵，在於明朗健康，遒勁而有力；和『索莫乏氣』，『瘠義肥辭』的文學是冰炭不相容的。」（《中國歷代文論選》第一冊）

③《世說新語・文學》載：「文帝嘗令東阿王七步中作詩，不成者行大法。應聲便爲詩曰：『煮豆持作羹，漉菽以爲汁。萁在釜下然，豆在釜中泣。本自同根生，相煎何太急？』帝深有慚色。」又，明馮惟訥《詩紀》作「煮豆燃豆萁，豆在釜中泣。本是同根生，相煎何太急。」（見《先秦漢魏晉南北朝詩》）

④孔融詩今存七首。逯欽立《先秦漢魏晉南北朝詩》收錄六首，其中一首只有兩句，當屬殘篇。此外《古文苑》、《廣文選》、《詩紀》並載有孔融《雜詩》二首，但《文選》李善注累引作李陵詩。屬無名氏古詩，還是孔融詩，疑莫能定，今且歸於孔融名下。逯欽立將二詩編入古

詩《李陵別錄詩》中。他認爲「原本《古文苑》此二詩與《李陵別錄詩》等均在第四卷。李陵以後，即爲孔融，以此毗近，故易有此竄亂耳。」（見《先秦漢魏晋南北朝詩》注）

⑤《胡笳十八拍》曲調的作者可能是蔡琰。蔡琰精通音樂。李賢等在蔡琰的傳注中引劉昭《幼章傳》云：「邕夜鼓琴，弦絕。琰曰第二弦。邕曰偶得之耳。故斷一弦，問之。琰曰第四弦，並不差謬。」唐詩亦云：「蔡女昔造胡笳聲，一彈一十有八拍」（李頎《聽董大彈胡笳聲兼語弄寄房給事》），「文姬留此曲，千載一知音」（劉長卿《鄂渚聽杜別駕彈胡琴》）。《樂府詩集》引《琴集》曰「大胡笳十九拍小胡笳十九拍，並蔡琰作。」因此，認爲《胡笳》曲調是蔡琰作，應是可信的。《胡笳十八拍》詩的作者，今人有兩種不同的意見：一種意見認爲非蔡琰之作。理由大致是：第一，詩的內容與史實和南匈奴的地理環境不合；第二，從東漢末年到唐的幾百年時間不見著錄、論述和徵引；第三，風格體裁與漢末不同等等。第四、有人根據此詩之用韻多爲唐韻，其第一拍所用之爲、衰、離、時、危、悲、虧、宜、誰、知等十字全屬《平水韻》中「四支」；第二拍所用之家、涯、遐、沙、蛇、奢、嗟等七字全屬《平水韻》中「六麻」。等等。蔡文姬乃建安時人，她寫詩怎麼可能嚴格按照五百年以後唐官韻來處理韻腳呢？很可能爲唐以後人所擬。故亦不見於唐以前古籍。（見劉盼遂《談〈胡笳十八拍〉非蔡文姬所作》）另一種意見以郭沫若爲代表，認爲屬蔡琰之作。他說：「這實在是一首自屈原的《離騷》以來最值得欣賞的長篇抒情詩。」「是用整個的靈魂吐訴出來的絕叫。」「沒有那種親身經歷的人，寫不出那樣的文字來。」（見 1959 年中華書局出版的《胡笳十八拍討論集》）

第二章　魏末與晉代詩歌

從齊王曹芳正始年間（公元 240～249 年）至司馬氏代魏（公元 265 年）的這段時間中，以正始文學最具代表性。由於司馬氏專權所造成的恐怖氣氛，當時出現了「竹林七賢」這樣的隱士集團。以阮籍、嵇康爲代表的詩歌創作，其內容多抒發憂生懼禍、高蹈遺世之情，藝術風格也多曲折幽深、清峻超拔的特色，與建安的慷慨悲涼不同。西晉初，著名作家有傅玄、張華等人，至太康（公元 280～289 年）、元康（公元 291～299 年）間，天下暫時趨於安定，文士漸多，三張、二陸、兩潘、一左，擅美一時。此時詩風漸趨華靡，慷慨之氣、幽深之思頗不足，但藝術形式美較建安、正始有所發展。其中張協、陸機、潘岳、左思諸家之作，都各有特色，尤以左思成就最爲突出。西晉末懷帝永嘉（公元 307～313 年）以後至東晉末，是玄言詩興起並占主導地位之時。玄言詩雖「辭意夷泰」，「理過其辭」，卻培養了文人高曠的心志，其中也孕育著山水詩的幼芽。永嘉時，劉琨以淸剛之氣上追建安，郭璞則發展了以遊仙的形式詠懷的獨特表達方式，在遊仙詩方面成就突出。東晉末至劉宋初，陶淵明在田園詩方面獨闢異境，成爲晉、宋之際最著名的大詩人。

第一節　正始詩人阮籍和嵇康

正始時期，曹芳年幼，輔政的是宗室曹爽與舊臣司馬懿。曹爽以宗室之重，曾擅權一時，起用了一批名士，如何晏、夏侯玄等以爲羽翼。何晏、夏侯玄和同時的傅嘏、荀粲及後輩王弼皆以善談名理著稱。何、荀均好《老》、《莊》，王弼則精於《老》、《易》，此外，阮籍、嵇康、向秀等亦以善談名理著稱，玄學因而興起。其要點是：在哲學方面講本體論；在政治方面則調和儒道，雖崇尚無爲而又强調儒家的「名分尊卑」（王弼《老子》三十二章注）；在人生方面則追求玄遠自然，神思超絕。

與曹爽一起輔政的司馬懿是一位老謀深算的人。經過幾番明爭暗鬥，他終於取勝，於嘉平元年（公元 249 年），誅滅了曹爽及其周圍的一大批名士如何晏、夏侯玄等。司馬懿死後，司馬師、司馬昭相繼掌權，同樣以殺戮手段淸除異己，造成一種高壓恐怖氣氛以懾服人心。同時又虛僞地提倡名教，宣稱「以孝治天下」。阮籍在《大人先生傳》裡說，當今之世，「君立而虐興，臣設而賊生，坐制禮法，束縛下民，欺愚誑拙，藏智自神。……假廉而成貪，內險而外仁」。在這種政治局面之下，當時的許多士大夫都採取了避世自全的態度。其中「竹林七賢」是最著名的隱士集團。《三國志・魏書・嵇康傳》裴松之注引《魏氏春秋》說：「（嵇）康寓居河內之山陽縣，……與陳留阮籍、河內山濤、河南向秀、籍兄子咸、琅琊王戎、沛人劉伶相與友善，游於竹林，號爲七賢。」七賢當中，有些人放浪形骸，如劉伶就縱情飲酒，毫無檢束。當然，也有一些人後來到司馬氏門下做了官，如山濤、王戎、向秀①。其中最有影響的是阮籍和嵇康。

㈠阮籍

1、阮籍的生平和思想

阮籍（公元 210～263 年），字嗣宗，陳留尉氏（今屬河南）人。他是阮瑀之子，早年「好《詩》、《書》」，「有濟世志」，又「博覽羣籍，尤好《莊》、《老》」。他生活在魏晉易代之際，既看到了官場的黑暗與危殆，又不能不時時應付統治者的籠絡與拉攏，因而總是採取一種與當權者若即若離的態度。曹爽曾召他爲參軍，他託病推辭。司馬氏掌權時，他曾爲從事中郎。高貴鄉公曹髦即位時，他被封爲關內侯，徙散騎常侍。但他對司馬氏也多有不合作之舉。他平生爲人不拘禮法，常以「自然」來傲視禮俗。《晉書・阮籍傳》載：「籍嫂嘗歸寧，籍相見與別。或譏之，籍曰：『禮豈爲我設耶！』」「籍又能爲青白眼，見禮俗之士以白眼對之……由是禮法之士嫉之若仇。」表面上違背禮俗，實際上他認爲這才是把握了禮法的眞精神。他在《樂論》中說：「尊卑有分，上下有等，謂之禮；人安其生，情意無哀，謂之樂。」又說：「道德平淡，故無聲無味。」「道德平淡」也是何晏、王弼等玄學家共同追求的一種道德精神，其主旨就在於反對煩瑣禮學，反對虛文。故他的種種看似與名教相抗的舉動，實則並不與禮的精神相悖。他在母喪時雖飲酒食肉，然「舉聲一號」，竟「吐血數升」，眞可謂「至孝」。但阮籍畢竟與禮法之士有原則的區別，也與何、王等人有異。那些禮法之士，多是僞君子。王弼說「聖人五教，不言爲化」，企圖把自然與名教統一起來，故亦不爲矯異之行。而阮籍則任情自然，以與虛僞的名教相抗。不過阮籍又與嵇康不同，他深諳《莊子》「與世逶迤」的處世之道，「發言玄遠，口不臧否人物」，在政治上尤爲審愼，和司馬氏始終保持若即若離的關係，故他能在名士少有自全的時代免於殺戮，活到了五十四歲。但他的內心是痛苦的，據說他「常率意獨駕，不由徑路，車迹所窮，輒痛哭而返」，可知其苦悶達到何種程度。

2、阮籍詩歌的內容

阮籍的作品，《隋書・經籍志》說有詩文集十三卷。今存的集子，以明嘉靖間陳德文、范欽刻的二卷本《阮嗣宗集》爲最早。一九八七年中華書局出版的陳伯君的《阮籍集》則是較完備的校注本。又清嘉慶間蔣師爚有《阮嗣宗詠懷詩注》四卷，一九二六年黃節以蔣注爲基礎，撰有《阮步兵詠懷詩注》一卷，較蔣注詳細，並附各家評語，可資參考。

《詠懷詩》八十二首是阮籍詩歌的代表作②。這些作品並非作於一時一地，思想比較複雜。其中最突出的內容是表現了詩人內心的極度矛盾、寂寞、痛苦乃至憤懣。如其三十三：

> 一日復一夕，一夕復一朝。顏色改平常，精神自損消。胸中懷湯火，變化故相招。萬事無窮極，知謀苦不饒。但恐須臾間，魂氣隨風飄。終身履薄冰，誰知我心焦。

詩中寫的是一種在動蕩不定、變幻無常的社會背景下形成的哀傷、焦慮、憂憤的心境。「胸中懷湯火」、「終身履薄冰」深刻地揭示了他內心的焦慮和憂懼。這樣的作品在八十二首中占相當數量。又如其一：

> 夜中不能寐，起坐彈鳴琴。薄帷鑒明月，清風吹我襟。孤鴻號外野，翔鳥鳴北林。徘徊將何見？憂思獨傷心。

詩人長夜難寐，只得起牀。起牀獨坐，又覺寂寞，於是彈琴以消憂；但彈琴也不能解憂，只得釋琴而徘徊；徘徊也無法稍釋憂懷，反而更使人傷心。在詩人的一系列舉動中，我們可以看到他是如何地萬痛攻心，憂思難解。

《詠懷詩》還表現了詩人爲了解除內心的苦惱和矛盾，追求超脫現實、遺世高蹈的情懷。在這些詩中，往往雜有遊仙的內容，通過對神仙的追求來表現對黑暗現實的鄙棄，對理想的自由生活的嚮往。如其二十三寫自己進入仙界與神仙「逍遙晏蘭房」；其三十二寫自己「願登太華山，上與松子遊」，以仙遊來逃避「世患」等等。其八十一則說：

> 昔有神仙者，羨門及松、喬。噏習九陽間，升遐嘰雲霄。人生樂長久，百年自言遼。白日隕隅谷，一夕不再朝。豈若遺世物，登明遂飄飖。

這種遺世長存的神仙境界，本來是一種虛幻的憧憬，但歷史上很多人都是把它作爲一種同現實對立的美好理想來追求的。通過這種追求，表現了他們對自由境界的嚮往和對自身生命價值的肯定。正始時期包括阮籍在內的很多名士都是這樣。劉勰《文心雕龍・明詩》說：「正始明道，詩雜仙心。」也指出了這種現象。

《詠懷詩》的另一重要內容是對黑暗政治的揭露，並暗示時局的動蕩不安。阮籍並不是一味「發言玄遠」的人，他對現實的揭露在一些作品中是顯然可見的。如其三以「秋風吹飛藿，零落從此始。繁華有憔悴，堂上生荊杞」來暗示社會的變亂，其三十一對魏明帝晚年的荒淫誤國給予了無情的披露。又如其十六：

> 徘徊蓬池上，還顧望大梁。綠水揚洪波，曠野莽茫茫。走獸交橫馳，飛鳥相隨翔。是時鶉火中，日月正相望。朔風厲嚴寒，陰氣下微霜。羈旅無儔匹，俛仰懷哀傷。小人計其功，君子道其常。豈惜終憔悴，詠言著斯章。

這首詩應寫於嘉平六年（公元 254 年）九、十月之間。何焯說：「嘉平六年二月，司馬師殺李豐、夏侯泰初等；三月，廢皇后張氏；九月甲戌，遂廢帝爲齊王，乃十九日；是月丙辰朔，十月庚寅，立高貴鄉公，乃初六日；是月乙酉朔，師既定謀而後白於太后，則正日月相望之時。」（黃節《阮步兵詠懷詩注》引）可見這首詩正是反映司馬師等殺名士、廢齊王曹芳以操縱魏室大權這一重大歷史事件。

阮籍也有少量表現要求建功立業，情調慷慨激昂的篇章。如其三十八寫壯士「彎弓挂扶桑，長劍倚天外，泰山成砥礪，黃河爲裳帶」，就顯得極爲豪壯動人。其三十九也說：

> 壯士何慷慨，志欲威八荒。驅車遠行役，受命念自忘。良弓挾烏號，明甲有精光。臨難不顧生，身死魂飛揚。豈為全軀士，效命爭戰場。忠為百世榮，義使令名彰。垂聲謝後世，氣節故有常。

詩中刻畫了一位有志於爲國家安邊定遠、臨危赴難、視死如歸的愛國英雄形象，與曹植的《白馬篇》十分相似，從中我們可以看到建安文學精神之餘緒。

3、阮籍詩歌的藝術成就

阮籍的詩在內容方面主要以抒發憂生懼患、遺世高蹈之情爲主而兼有其他方面的內容，而在寫法上則多用比喻、象徵和歷史、神話典故。他的詩往往可以從總體上體味其意，卻無法一一鑿實。因而其風格顯得曲折幽深，鍾嶸《詩品》把它概括爲「言在耳目之內，情寄八荒之表」、「厥旨淵放，歸趣難求」。造成這種風格的原因，《文選》李善注說：「嗣宗身仕亂朝，常恐罹謗遇禍，因茲發詠，故每有憂生之嗟。雖志在刺譏，而文多隱避，百代之下，難以情測。」這是政治方面的原因。另一原因是阮籍的美學追求。他的《淸思賦》說：「余以爲形之可見，非色之美；音之可聞，非聲之善。……是以微妙無形，寂寞無聽，然後乃可以睹窈窕而淑淸。」這是對《老子》所說的「大音希聲」和《莊子》所說的「天地有大美而不言」的美學思想的繼承發展。這種美學觀反映在他的詩作中，就表現爲「厥旨淵放，歸趣難求」。這種美學觀對於中國古代文學特別是詩歌理論和創作影響極爲深遠，形成了一種追求言外之意、弦外之音的傳統。

阮籍的詩歌創作已脫離了建安文人模仿樂府民歌的陳軌，大量創作五言詩，對五言詩的發展起了很大的推動作用。他還開創了「詠懷」這種隨意所致、不拘一事一題的獨特抒情體式。後世如陶淵明的《飮酒》，庾信的《擬詠懷》，陳子昂、張九齡的《感遇》，李白的《古風》等都在一定程度上受到它的影響。

阮籍另有四言《詠懷詩》十三首，影響遠不及五言。

㈡嵇康

1、嵇康的生平和思想

嵇康（公元223～262年），字叔夜，譙郡銍（今安徽宿縣西）人。他系魏宗室姻親，曾爲魏中散大夫，故後世稱爲嵇中散。像阮籍一樣，他也酷愛《老》、《莊》，且精通音樂。處於魏、晋易代之際，他心存警惕，力圖恬靜寡欲，含垢匿瑕，韜晦自全。阮籍縱情於飮酒，他則著意於服藥。曾與道士孫登、王烈交往，又曾著《養生論》，認爲神仙稟性自然，非積學所得，只要導養得法，即可長生久視。在反對虛僞禮教方面，他與阮籍也頗爲一致。但在理論上更成體系，態度更爲明確、堅決。他指出：「六經以抑引爲主，人性以從欲爲歡」，因而要「以明堂爲丙舍，以諷誦爲鬼語，以六經爲蕪穢，以仁義爲臭腐……於是兼而棄之，與萬物爲更始」（《難自然好學論》），又提出要「越名教而任自然」（《釋私論》）。這是公然要拋棄名教，與阮籍在理論上對名教還採取某種兼容態度有所不同。嵇康的個性也與阮籍不同，他「剛腸疾惡，輕肆直言，遇事便發」，終於得罪了鍾會之類的權貴，特別是在《與山巨源絕交書》中公開地「非湯武而薄周孔」，影射想效法湯武「革命」奪取魏政權的司馬昭。司馬昭在鍾會的慫恿下，藉故殺害了他③。當時有三千太學生請願，求之爲師，也無濟於事。

嵇康今存文十四篇，賦一篇，詩六十首。較早的版本爲明吳寬叢書堂藏抄校本《嵇康集》。魯迅有輯校本《嵇康集》，戴明揚有《嵇康集校注》，都比較完備，後者且有集評，可以參看。

2、嵇康的詩歌內容

嵇康的詩有四言、五言、六言，也有樂府、騷體。但衆體當中，五言缺少婉轉，六言、樂府、騷體均嫌直露，以四言成就爲最高。其四言詩句式短促，「文約意廣」（《詩品》）。漢以後隨著社會生活的日趨繁複和詩歌表現形式的不斷更替，能像曹操那樣寫出優秀的四言詩的作家已寥若晨星，嵇康是繼曹操之後在四言詩創作方面取得成功的人。其代表作是《贈秀才入軍》十八首和《幽憤詩》。

《贈秀才入軍》

《贈秀才入軍》十八首是詩人送其兄嵇喜入司馬氏軍幕而作。表現了兄弟離別的痛苦與思念，也包含著對人生的慨嘆與追求。這些詩，或矯健超邁，或淸麗婉轉，雖多仿效《詩經》的體格，而謀篇布局，獨具匠心，傳神寫態，尤多會心獨到之語，如其十四：

> 息徒蘭圃，秣馬華山。流磻平皋，垂綸長川。目送歸鴻，手揮五弦。俯仰自得，游心太玄。嘉彼釣叟，得魚忘筌。郢人逝矣，誰可盡言。

此詩回憶過去與嵇喜遊覽、隱居的生活，抒寫惜別之情，情韻悠遠，是前代四言詩中所絕無的。以「目送歸鴻，手揮五弦」狀忘情世務、悠然神遠之態，尤爲千古名句。又如其九：

> 良馬既閑，麗服有暉。左攬繁弱，右接忘歸。風馳電逝，躡影追飛。凌厲中原，顧盼生姿。

此詩想像嵇喜從軍時倜儻豪邁的風姿，亦描繪入神。邵長蘅稱之爲「清思峻骨，別開生面」。又說：「脫去風雅陳言，自有一種生新之致。」（《文選評》）陳祚明曰：「叔夜之詩實開晋人之先，四言中饒雋語，以全不似三百篇，故佳。」（《采菽堂古詩選》）嵇康四言詩之務去陳言，戛戛獨造，於此可見一斑。

《幽憤詩》

《幽憤詩》是詩人因牽連入獄後所作。詩中所揭示的詩人自己的性格與思想矛盾具有相當的複雜性。詩人自稱其人生宗旨是「托好老莊，賤物貴身，志在守樸，養素全眞」。但自己剛烈耿直的性格又必然不允許緘默不言，遇事必得要「顯明臧否」。他對自己不幸身陷囹圄頗爲後悔，說：「昔慚柳惠，今愧孫登。」因孫登曾勸過他：「子才多識寡，難乎免於今之世矣。」臨末他重申了莊子的意見：「古人有言：『善莫近名。』奉時恭默，咎悔不生。」在黑暗的專制時代，有才能而又剛直的知識分子往往雖欲「守樸」「養素」而不可得，終陷於悲劇結局，嵇康就是一個典型。這首詩追溯平生，直抒所懷，深刻地揭示了他這種悲劇的命運。全詩語句簡勁而委曲詳盡，幽憤之情溢於言表，千載之下猶可想見。

3 、嵇康詩歌的藝術成就

嵇康的詩，劉勰評曰「清峻」，鍾嶸評爲「峻切」，都是結合他的個性所下的切中肯綮的評語。嵇康的爲人，特爲後世人所欽敬，對他的詩，雖然評價不一④，但多數人是肯定的。黃庭堅認爲嵇康的詩「豪壯清麗，無一點塵俗氣」（《書嵇叔夜詩與侄榎》），從中也可看出其詩歌的影響。

第二節　陸機、潘岳、左思與西晉詩人

(一)西晉初期的詩人

西晉初曾有一個短暫的安定繁榮時期，文人的詩歌創作也比較活躍。傅玄、張華是當時較早的著名作家，他們都留下了一些有價值的詩篇。

傅玄

傅玄（公元 217～278 年），字休奕，北地泥陽（今陝西耀縣）人。他既是文學家，又是哲學家。爲人「剛勁亮直」，仕魏爲弘農太守，封鶉觚男。入晉後，官至司隸校尉，進爵鶉觚子。有《傅子》、《傅玄集》，均佚。明人張溥輯有《傅鶉觚集》，淸人方濬師的輯校本比較完備。

傅玄以樂府詩見長。所作樂府除一部分爲朝廷宗廟歌功頌德之作外，大部分都有比較充實的社會內容，而寫婦女題材者尤爲引人注目。其《豫章行苦相篇》、《秋胡行》、《秦女休行》、《西長

安行》等都有較高質量，繼承了漢樂府與建安文學的精神。他對詩歌體式也作過多方面的嘗試，所作有四言、五言、六言、七言及雜言，還有一些語簡情深、淸麗可喜的小詩。其詩歌的總體特點是古樸健勁，但一些作品模擬之迹太顯，缺乏創造性，對後來的擬古之風有一定的影響。

張華

張華（公元 232～300 年），字茂先，范陽方城（今河北固安南）人。曾力勸晋武帝排除異議，定滅吳之計，官至司空。後因拒絕參與趙王司馬倫、孫秀的篡權而被殺。張華以博聞强記著稱，著有《博物志》十卷。其文集原有十卷，已散佚，後人輯爲《張司空集》一卷。

張華的詩今存三十二首。鍾嶸認爲「其體華艷，興托不奇，巧用文字，務爲妍冶」，「兒女情多，風雲氣少」（《詩品》中），評價不高。他所說的「兒女情多」，可能是指《情詩》一類作品。實則張華的這類詩寫情比較動人，表現也自然眞切。如「居歡惜夜促，在戚怨宵長，拊枕獨嘯嘆，感慨心內傷」、「巢居知風寒，穴處識陰雨，不曾遠別離，安知慕儔侶」等句子，都是體貼入微的心理描寫。講他「風雲氣少」，似乎也不盡然。他的《游俠篇》、《壯士篇》、《博陵王宮俠曲二首》都頗有豪俠健邁之氣，如「生從命子游，死聞俠骨香」、「壯士懷憤激，安能守虛沖」等語，直與建安要求建功立業、慷慨悲涼的情懷相接，而與當時的談玄風氣相左。他的《游獵篇》、《輕薄篇》對士族的盤遊侈靡也有警誡之意。但他的詩在藝術上確如鍾嶸所言，有「務爲妍冶」而「托興不奇」的特點。好鋪排對偶，堆砌典故、詞藻，而筆法比較單調。故雖有佳句佳篇，從總體上則過於雕琢而少生動之趣。

㈡太康、元康時期的詩人

西晉文學最爲繁榮的時期是太康（公元 280～289 年）、元康（公元 291～299 年）年間。鍾嶸稱：「太康中，三張、二陸、兩潘、一左，勃爾復興，踵武前王，風流未沫，亦文章之中興也。」（《詩品・總序》）太康間最活躍的詩人正是張載、張協、張亢和陸機、陸雲，潘岳、潘尼與左思。宋人嚴羽《滄浪詩話・詩體》根據這時作家作品的風格，稱之爲「太康體」⑤。太康詩風，大致如劉勰所說，「采縟於正始，力柔於建安」（《文心雕龍・明詩》），「體情之制日疏，逐文之篇愈盛」（《文心雕龍・情采》，即詩歌創作多追求形式華美，而內容則比建安、正始時期較爲貧弱。出現這種情況是由於社會暫時呈繁榮安定景象，許多文人爲之歡欣鼓舞，禁不住攀龍附鳳，歌功頌德，這就使他們的詩歌內容受到局限。也正是由於社會暫時穩定，文人們才有時間和精力來深入研究文學創作問題。如陸機作《文賦》專論爲文之道，對形式技巧問題也加以探討；左思花了十年時間製作《三都賦》，考證名物不遺餘力。同時，從曹丕的時代起，文學已開始逐漸從經學的附庸地位中獨立出來，進入自覺發展的軌道。建安文人如曹植就已相當重視詞彩的華茂，講究形式技巧，太康詩人沿著這一軌道加以發展，也是文學發展的趨勢使然。太康詩人追求形式華美，從積極的角度說，可以說是文學更加自覺的一種表現。其缺點是未能正確地處理好文學形式與內容的關係，這種傾向一直延續到南北朝之末。盡管如此，這一時期的詩歌創作還是有成就的。就作家而言，陸機、潘岳、張協及左思的成就較高。

陸機

陸機（公元 261～303 年），字士衡，吳郡（今江蘇蘇州）人。祖父陸遜，曾爲東吳丞相；父陸抗，爲吳大司馬。吳亡時，陸機二十歲，曾閉門讀書十年。太康末，與弟陸雲入洛陽，大爲當時文壇領袖張華所賞識，並說：「伐吳之役，利在二俊。」（《晉書・陸機傳》）陸氏兄弟以文才傾動一時，時稱「二陸」。又出入賈謐門下，爲「二十四友」之一⑥。陸機曾官平原內史，故世稱「陸平原」。後成都王司馬穎與河間王司馬顒起兵討長沙王司馬乂，任命他爲後將軍、河北大都督。兵敗，爲宦人孟玖等構陷，被殺，年四十三。陸機的詩文原有集，已散佚，今傳《陸士衡集》十卷爲宋人所輯，近人郝立權有《陸士衡詩注》。

陸機現存詩歌一百多首，超過同時期的各個作家。包括樂府、擬《古詩十九首》、贈答、酬唱、賜宴、紀遊、自抒胸臆等。他的樂府詩，十之八九係擬作，加上擬《古詩十九首》，可以說擬古之作在他的詩中占了一半以上的比重。其中只有少量作品比較有眞情實感，如《門有車馬客行》寫出了作者對故鄉的懷念之情和對吳亡之後邦族親友零落衰亡的慨嘆；《君子行》描寫了世道艱險、人情翻覆的世態，抒發了一種憂生懼禍之感；《猛虎行》寫自己志趣高潔卻「亮節難爲音」，只得「眷我耿介懷，俯仰愧古今」的憤懣等等。擬《十九首》也有少數成功之作，如《擬明月何皎皎》：

> 安寢北堂上，明月入我牖。照之有餘輝，攬之不盈手。涼風繞曲房，寒蟬鳴高柳。踟躕感節物，我行永已久。遊宦會無成，離思難常守。

陸機的一些自抒胸臆之作是寫得較好的。如《赴洛道中作》二首的第二首：

> 遠遊越山川，山川修且廣。振策陟崇丘，案轡遵平莽。夕息抱影寐，朝徂銜思往。頓轡倚嵩巖，側聽悲風響。清露墜素輝，明月一何朗。撫枕不能寐，振衣獨長想。

這裡寫了自己離別親人鄉土的痛苦和孤獨，也寫了踏上仕途之後隨之而來的迷茫感與危機感，此情此景，讀來確實頗能動人。

但是，陸機的大量擬作及應酬贈答之作藝術上都缺乏獨創性，故受到後世的尖銳批評。如清初陳祚明說：「士衡詩束身奉古，亦步亦趨，在法必安，選言亦雅，思無越畔，語無溢幅。造情既淺，抒響不高。……大較衷情本淺，乏於激昂者矣。」（《采菽堂古詩選》）這個批評大體上是正確的。陸機自己也是個文學批評家，他的《文賦》是一篇很重要的文學理論著作。其中說「詩緣情而綺靡」，強調詩要「緣情」；又說「雖杼軸於予懷，怵他人之我先」，反對因襲模擬，這些無疑都是正確的。看來他的創作實踐與理論主張有相當的距離。當然他也曾說：「每自屬文，尤見其情，恆患意不稱物，文不逮意，蓋非知之難，能之難也。」這證明他對創作實踐與理論主張的難於一致是有切身體會的。

陸機的詩文在藝術上有一個總的傾向，就是形式的精美。鍾嶸說他「源出於陳思，才高詞贍，舉體華美」（《詩品》上），他的確受到曹植講究詞藻富贍、造語工麗的影響。但曹植既有「詞采華茂」的一面，又有「骨氣奇高」的一面，比較講究精美的藝術形式與充實的思想感情的有機統一。陸機沿著曹植注重藝術形式美的方向進一步探索，但卻忽視了「骨氣奇高」的一面，不能不說是一個重大的失誤。他追求辭藻的繁富、對偶的工整，顯然也有太過分的地方。如《贈尚書郎顧彥先詩二首》的「大火貞朱光，積陽熙自南；望舒離金虎，屏翳吐重陰」，這四句無非說：時令正當夏天，太陽南移，天氣熱起來了；天色變了，快要下雨了。本來很簡單的意思，卻偏要刻意求深，炫弄學問。《折楊柳行》的「邈矣垂天景，壯哉奮地雷」，對偶也斧鑿過度。陸機自己也曾說過，作文須「理扶質以立幹，文垂條而結繁」（《文賦》），但他自己並沒有處理好文與質的關係。前人指出陸的詩文有「深蕪」的毛病⑦。劉勰說：「陸機才欲窺深，辭務索廣，故思能入巧，而不制繁。」（《文心雕龍・才略》）陸機創作中所出現的偏重繁麗、雕章琢句的傾向，對後來陳梁的詩文有消極影響。

潘岳

潘岳（公元 247～300 年），字安仁，滎陽中牟（今屬河南）人。少時以才思敏捷見稱於鄉里，號爲「奇童」。二十多歲時名氣已經很大。加上長得很英俊秀美，外出時常遇婦人擲果，滿載而歸，因此被稱爲「擲果潘安」。曾任河陽令、著作郎、給事黃門侍郎等職，後世稱「潘黃門」。他也是賈謐門下「二十四友」之一。司馬倫專政時，爲其親信孫秀所誣殺，夷三族。所作詩文原有集十卷，已散佚，明人張溥輯爲《潘黃門集》一卷，收入《漢魏六朝百三名家集》中。

潘岳與陸機齊名，並稱「潘陸」。鍾嶸《詩品》說：「陸才如海，潘才如江。」潘岳工於言情，所作賦誄在當時最負盛名。其詩今僅存十八首，《悼亡詩》三首是他的代表作。這是其妻子去世一年後所寫。專以「悼亡」爲詩題哀悼亡妻者，這是最早的一組。詩中所表達的對亡妻的悼念之情相當眞切動人。如其一：

荏苒冬春謝，寒暑忽流易。之子歸窮泉，重壤永幽隔。私懷誰克從？淹留亦何益！僶俛恭朝命，迴心反初役。望廬思其人，入室想所歷。幃屏無彷彿，翰墨有餘迹。流芳未及歇，遺掛猶在壁。悵怳如或存，周遑忡驚惕。如彼翰林鳥，雙棲一朝隻；如彼游川魚，比目中路析。春風緣隟來，晨霤承簷滴。寢息何時忘，沈憂日盈積。庶幾有時衰，莊缶猶可擊。

冬春代謝，寒暑流易，是寫時間的變化；望廬入室，從幃屏翰墨、流芳遺掛到晨霤簷滴，是言空間的推移。詩人正是從時空的變化推移寫出了物是人非之感，表達了對亡妻深沈而持久的思念。此詩善用比喻，語淺情深，一情一景流於肺腑，現於目前，富於深永的感染力。與此詩相類者還有《內顧詩》二首及《楊氏七哀詩》。其他作品值得注意的還有《河陽作》二首和《在懷縣作》二首，表達了一些關懷人民、爲官盡職的心願，當作於詩人爲河陽、懷縣縣令時；四言體《關中詩》反映了晉王朝與氐、羌民族的矛盾，比較深刻地揭露了戰禍給人民帶來的饑疫災患：「哀此黎元，無罪無辜，肝腦涂地，白骨交衢，夫行妻寡，父出子孤。」

同陸機相比，潘岳的詩抒情性較強，文體也較朗暢。他不像陸機那樣跟在樂府、古詩後面學步，而基本上能獨抒機軸，從胸中自然流出，這是他勝過陸機之處。對他們的高低，孫綽的評價是：「潘文淺而淨，陸文深而蕪」，「潘文爛若披錦，無處不善；陸文若排沙簡金，往往見寶。」（《世說新語・文學》）這是晉朝人對他們的看法，顯然是揚潘抑陸。後世也有持這種看法的，甚至說「安仁有詩而陸機無詩」（陳祚明《采菽堂古詩評選》卷十一）。這話雖有偏激，然不爲無據。當然，潘岳的詩也有缺點，即思想內容比較單薄，一些詩作剪裁也欠精當，有繁冗之累。

張協

張協（公元 255～307 年？），字景陽，安平（今屬河北）人。官至河間內史，後見天下大亂，便棄絕人事，屏居草澤。永嘉初（公元 307 年），徵爲黃門侍郎，託疾不就，終於家。原有集四卷，已佚，明人張溥輯有《張景陽集》。今存詩十餘首。

《雜詩》十首是他的代表作。《雜詩》內容包括閨情閨怨，遊宦鄉愁，感時嘆世，自傷懷抱等情思。怊悵敍情，與《古詩十九首》一脈相承；造語清新警拔，與太康、元康之繁縟詩風不同。例如《雜詩》其一：

> 秋夜涼風起，清氣蕩暄濁。蜻蛚吟階下，飛蛾拂明燭。君子從遠役，佳人守煢獨。離居幾何時，鑽燧忽改木。房櫳無行迹，庭草萋以綠。青苔依空牆，蜘蛛網四屋。感物多所懷，沈憂結心曲。

這首詩寫思婦感時懷遠之情，十分細膩、眞切。它並沒有用多少華美的詞藻，而是極力抓住生活中的一些細節加以鋪敍，烘托出思婦的煢獨身境，沈鬱心曲。鍾嶸說他的詩「文體華淨，少病累，又巧構形似之言」，「詞采葱蒨，音韻鏗鏘，使人味之，亹亹不倦」（《詩品》），並將他的詩列爲上品。但他的詩內容比潘、陸還要單薄一點。若僅從藝術上看，鍾嶸的評價也有一定道理。

左思

左思（生卒年不詳），字太沖，臨淄（今屬山東）人。父左雍由小吏做到殿中侍御史。晉武帝泰始（公元 265～274 年）年間，妹左棻被選入宮，為武帝貴嬪，他移家到洛陽，官秘書郎。惠帝時曾為賈謐門下「二十四友」之一。後謐被誅，他退居宜春里，專意於典籍。齊王冏命為記室督，不就。太安（公元 302～303 年）中，移家冀州，數年後去世。所著詩文原有集，已佚，明人張溥輯為《左太沖集》一卷。

左思當時以《三都賦》聞名，然其成就最大者在詩。在競尚繁縟的西晉詩壇上，他可說是獨立不倚、出類拔萃的一個。

左思存詩僅十四首。《詠史》八首是其代表作。根據第一首中「左眄澄江湘」、「志若無東吳」等語推斷，當作於太康元年（公元 280 年）晉滅吳之前。《詠史》是一組詩，它主要抒發自己遠大的政治抱負和功成身退的人生理想。像歷史上很多知識分子一樣，左思也把人生價值的實現寄託在政治方面。他希望能為統一全國的大業作出貢獻。如其一云：「長嘯激清風，志若無東吳，鉛刀貴一割，夢想騁良圖，左眄澄江湘，右盼定羌胡。」這種氣度與胸襟是非常豪壯動人的。他仰慕歷史上段干木、魯仲連等能藩衛國家、為人排患解紛的豪俠作風，尤其稱賞他們那種高潔灑落的氣度：「功成恥受賞，高節卓不羣，臨組不肯緤，對珪寧肯分，連璽耀前庭，比之猶浮雲。」（其三）他認為最理想的人生途徑就是《老子》所說的「功成身退」。嚮往著：「功成不受爵，長揖歸田廬。」（其一）這是一種很高的思想境界，同時也是歷史上無數志士仁人所追求的理想人格。

《詠史》八首的另一個重要內容是：表達對門閥制度壓抑人才的憤懣。左思之父雖官侍御史，其妹身為貴嬪，但在門閥制度森嚴的晉代仍屬寒門。他的仕途和家境都不如意：「外望無寸祿，內顧無斗儲。親戚還相蔑，朋友日夜疏」（其八），這使他對現實產生了強烈的不滿。《詠史》詩中抒發得最多的，便是這種感情。如其二：

鬱鬱澗底松，離離山上苗，以彼徑寸莖，蔭此百尺條。世冑躡高位，英俊沈下僚。地勢使之然，由來非一朝。金張籍舊業，七葉珥漢貂。馮公豈不偉，白首不見招。

詩人思想的深刻性在於：他不僅看到了個人所受的壓抑，而且能從現實和歷史的高度，冷靜地縱觀古今，指出封建時代等級制度、門閥制度壓抑人才的普遍性，揭示出寒士不遇的根本原因。進而表現了對士族權貴的蔑視和鄙棄，以及自己不阿附權貴的高尚品質。如：

濟濟京城內，赫赫王侯居。冠蓋蔭四術，朱輪竟長衢。朝集金張館，暮宿許史廬。南鄰擊鍾磬，北里吹笙竽。寂寂揚子宅，門無卿相輿。寥寥空宇中，所講在玄虛。言論准宣尼，辭賦擬相如。悠悠百世後，英名擅八區。（其四）

皓天舒白日，靈景耀神州。列宅紫宮裡，飛宇若雲浮。峨峨高門內，藹藹皆王侯。自非攀龍客，何為欻來游？被褐出閶闔，高步追許由。振衣千仞岡，濯足萬里流。（其五）

兩詩都是抒發詩人對京城權貴豪奢生活的蔑視，而命意稍不同。前者是以學者揚雄窮困著書，而能享名百世與之對比，以暗示權貴們的腐朽。後一首則是以追步隱士許由的高尚情趣與之對比，以嘲笑權貴們精神的猥瑣。「振衣」、「濯足」兩句境界宏闊，情志高揚，歷來之寫隱逸情趣者，少見有此種襟懷和筆力，故成為千古傳誦的名句。又如其六：

荊軻飲燕市，酒酣氣益震。哀歌和漸離，謂若傍無人。雖無

> 壯士節，與世亦殊倫。高眄邈四海，豪右何足陳！貴者雖自貴，視之若埃塵；賤者雖自賤，重之若千鈞。

此詩與上兩首不同。它是藉歷史人物荊軻那種高視一世、睥睨四海的精神以展現自己的胸襟和膽魄，同時也寫出了與權豪勢要截然相反的人生觀。

《詠史》詩最早起於班固，但班詩純爲客觀敍述，且「質木無文」；其後三曹、孔融等都在詩歌中詠及史事，王粲、阮瑀、張協都有《詠史詩》，雖較班固之作提高了一些，但或者所詠史事不足以激動人心，或者作者的感情不足以激發人們的思考，因而未能造成較大的影響。左思的詠史詩對後世影響甚大，原因之一是他對詠史這種題材有很深的開拓。他的詠史詩「或先述己意，而以史事證之；或先述史事，而以己意斷之；或止述己意，而史事暗合；或止述史事，而己意默寓。」（張玉谷《古詩賞析》），總能在對史的歌詠中體現自我，體現自己的思想感情、個性與人格，形成了一種以史事抒懷的具有獨創性的表達方式。但左思之所以能「拔萃於詠史」（劉勰《文心雕龍・才略》），更爲主要的原因是他藉史事所抒的情感，不僅對當時有抱負的寒門之士來說是很典型的，是一種時代的呼聲，就是在後世，他所抨擊的現實和所表現的情感也有一定的典型性，因而能引起很多士人的共鳴。此外，他的筆力雄健蒼勁，情調高亢慷慨，與建安風骨一脈相承，故前人有「左思風力」之稱。這也是他的詠史詩取得成功並爲後世所讚美的原因之一。

左思還有《招隱詩》二首，其一云：「非必絲與竹，山水有清音；何事待嘯歌，灌木自悲吟。」表現了以山水寄託自己思想情懷的見解，也代表了當時人們對山水的怡情養性作用的認識，是山水文學即將興起的預示。《嬌女詩》描繪二女天眞爛漫的兒童生活，極富詼諧幽默情趣，這對當時的重男輕女的陋習是一種抨擊。

第三節　劉琨、郭璞與東晋玄言詩人

西晋經過太康、元康的短暫繁榮和安定之後，即因八王之亂而開始分崩離析。至懷帝永嘉年間（公元 307～313 年），更因北方少數民族的入侵而陷於紛爭割據的局面。此後北方長期爲少數民族先後建立的十六國所統治，晋室則南遷，在江南建立偏安的政權，史稱東晋，歷一百零二年（公元 317～419 年）才爲劉宋所取代。從永嘉起至東晋滅亡這一百餘年間是所謂「玄言詩」占統治地位的時期。鍾嶸《詩品序》曰：「永嘉時貴黃老，稍尚虛談，於時篇什，理過其辭，淡乎寡味。」說的即是玄言詩的興起及其基本特點。但永嘉時的玄言詩今殊罕見，在東、西晋之際（即從永嘉至東晋元帝時），詩壇的代表作家是寫了悲歌慷慨之詩的劉琨和以寫遊仙詩著稱的郭璞，而以寫玄言詩著稱的孫綽、許詢等人活動、創作的年代則均在東晋比較穩定的時期。東晋末年（義熙前後），政權再度動蕩，玄言詩也趨於衰落，而原本附麗於它的山水詩和田園隱居詩則代之而興。但其代表詩人均已跨晋、宋兩代了。

㈠劉琨

1、劉琨的生平

劉琨（公元 271～318 年），字越石，中山魏昌（今河北無極東北）人。出身士族，少時即以俊朗雄豪著名。與石崇、陸機等均爲賈謐門下「二十四友」之一。晋懷帝永嘉元年（公元 307 年）出任并州刺史，召募流亡與劉淵、劉聰對抗，兵敗，爲段匹礶所害。他年輕時受魏晋玄風的影響很深，生活比較放縱。但在國家面臨危亡之際，他轉而投向保家衞國的戰爭，在憂患和鬥爭中他逐漸培養了自己的愛國情操，他和祖逖聞雞起舞的故事成了後人奮發向上的範例。他曾說過「常恐祖生（祖逖）先我著鞭」的話，後來也成了人們用以自勵的著名格言。劉琨的著作原有集，已佚，明人張溥輯爲《劉中山集》。

2 、劉琨詩歌的成就

劉琨今存詩僅三首，都是他後期的作品。《扶風歌》作於永嘉元年（公元 307 年）出任并州刺史途中：

> 朝發廣莫門，莫宿丹水山。左手彎繁弱，右手揮龍淵。顧瞻望宮闕，俯仰御飛軒。據鞍長歎息，淚下如流泉。繫馬長松下，發鞍高岳頭。烈烈悲風起，泠泠澗水流。揮手長相謝，哽咽不能言。浮雲為我結，歸鳥為我旋。去家日已遠，安知存與亡。慷慨窮林中，抱膝獨摧藏。麋鹿游我前，猿猴戲我側。資糧既乏盡，薇蕨安可食。攬轡命徒侶，吟嘯絕巖中。君子道微矣，夫子故有窮。惟昔李騫期，寄在匈奴庭。忠信反獲罪，漢武不見明。我欲竟此曲，此曲悲且長。棄置勿重陳，重陳令心傷。

他這年九月末出發，募得千餘人，邊戰邊進，辛苦備嘗，才到達并州治所晋陽（今太原附近）。然朝廷並無抗戰之心，後援難繼，前途極爲黯淡。詩中抒寫了艱難的歷程，表達了對京都的眷念，對前途事業的憂慮和對「忠信反獲罪」的激憤。「烈烈悲風起，泠泠澗水流」、「浮雲爲我結，歸鳥爲我旋」數語，寫景極爲悲涼，有力地烘托了他深廣的憂憤。成書倬雲評此詩云：「蒼蒼莽莽，一氣直達，即此便不可及，更不必問其字句工拙。」（《多歲堂古詩存》卷四）

劉琨的《答盧諶》爲四言體，也抒發了家國覆亡的慘痛之情，極爲悲切。後來他與石勒交戰兵敗，投奔幽州刺史鮮卑人段匹磾，竟爲段匹磾所拘。他自知必死，寫了《重贈盧諶》。詩中歷擧太公望、鄧禹、陳平、張良等先賢事迹，希望有能人重振國家。但他也看到自己山窮水盡，無力再起，只得沈痛地嘆道：「功業未及建，夕陽忽西流。時哉不我與，去乎若雲浮。……何意百鍊鋼，化爲繞指柔！」後果然爲段匹磾所害。王世貞說：「余每覽劉司空『豈意百鍊鋼，化爲繞指柔』，未嘗不掩卷酸鼻也。嗚呼！越石已矣，千載而下，猶有生氣。彼石勒段磾，今竟何在？」（《藝苑卮言》卷三）可見此詩感人之深。

劉琨的詩中蘊含著强烈的愛國熱情，情調又非常慷慨悲壯。後世對他評價很高。劉勰稱他的詩「雅壯而多風」（《文心雕龍・才略篇》），鍾嶸稱他「善爲凄戾之詞，自有淸拔之氣」（《詩品》中）。元好問《論詩絕句》說：「曹劉坐嘯虎生風，四海無人角兩雄。可惜并州劉越石，不教橫槊建安中。」（《論詩絕句》）將他與曹植、劉楨相比，意謂其詩可直追建安風骨。劉熙載稱其詩的特點爲「悲壯」，他說：「劉公幹、左太沖詩壯而不悲，王仲宣、潘安仁悲而不壯，兼悲壯者，其惟劉越石乎？」（《藝概・詩概》）

㈡郭璞

1、郭璞的生平

郭璞（公元276～324年），字景純，河東聞喜（今屬山西）人。博學有高才，好古文奇字，曾注《穆天子傳》、《山海經》、《楚辭》，是一位有成就的學者。西晉滅亡，隨晉室渡江，當過殷祐和王導的參軍，因作《南郊賦》遷著作佐郎，再遷尙書郎。後爲王敦記室參軍，因反對王敦謀反，被殺。原有集，已佚。明張溥輯有《郭弘農集》二卷。文學作品有《江賦》、《登百尺樓賦》、《流寓賦》等賦作，詩二十餘首，以《遊仙詩》十四首爲代表。

2 、郭璞的遊仙詩

遊仙詩的產生與道家避世、養生、長生的思想有一定的聯繫，尤與道教的神仙憧憬有關。在道教形成之前期，一些作品中已有遊仙的內容，如《楚辭・遠遊》。東漢末道教形成以後，遊仙詩也隨之興盛。魏晋以來，寫遊仙詩的人不少。曹操、曹植、嵇康、何劭、張協等都曾寫過這類題材。但主旨卻略有不同，一種是以養生延年、希求飛昇爲目的，例如曹操的《氣出唱》、《精列》之類。一種是因困於現實沒有出路，想借遊仙以遺世高蹈，甚至藉以抒發人生失意的苦悶，曹植的個別遊仙詩已有此傾向，正始時期阮籍、嵇康等人的「詩雜仙心」之作，這種傾向已十分明顯。它反映道家思想與道教既有區別又相聯繫的複雜狀況。郭璞的創作從思想和藝術方面之所以能取得引人矚目的成就，就是在這個基礎上進一步發展的結果。

郭璞的遊仙詩，既有道家憤世嫉俗的成分，又富於道教服食飛仙的色彩，是二者奇異的結合，而後者尤較突出，這與他喜好陰陽五行、曆算卜筮等道教方術有關。他在詩中以道士自稱（「青谿千餘仞，中有一道士」），又頗有對道教養生術的闡發，即反映其對道教的愛好。但其基調則是憤世與求仙的結合，如「朱門何足榮，未若托蓬萊」、「嘯傲遺世羅，縱情在獨往」、「呼吸玉滋液，妙氣盈胸懷」之類，這與當時談玄、談佛理的玄言詩並沒多少不同。從這個角度說，遊仙詩也可謂玄言詩的一種表現形式。故《續晋陽秋》把郭璞歸入玄言詩人，說：「郭璞五言，始會合道家之言而韻之。」但郭璞與一般山林之士和後來的玄言詩人又有所不同，他是個想在政治上有所作爲的人。他主張：「懷遠以文，濟難以略。……方恢神邑，天衢再廓。」（《與王使君》）但他一直蹭蹬下僚，這就使他內心無法平靜。他曾作《客傲》以抒憤懣，其他詩作中也多慨嘆哀傷之辭，《遊仙詩》也包含著這樣一種內容，具有把哲理與抒情結合起來的特徵。例如第五首：

> 逸翮思拂霄，迅足羨遠遊。清源無增瀾，安得運吞舟。珪璋雖特達，明月難闇投。潛穎怨青陽，陵苕哀素秋。悲來惻丹心，零淚緣纓流。

詩開頭寫超越人間去遊仙，去尋找神仙的自由境界。接著寫由於人間黑暗無法施展其才，自己又不能與之同流合汚，明珠暗投。最後四句寫出由「怨」到「哀」、到「悲」、到「零淚」的情感變化過程。這與正始時阮籍、嵇康的一些雜有「仙心」的詠懷之作並無二致。

郭璞遊仙詩的形象性也很強。神仙世界本是一種虛幻的存在。但在詩人筆下卻成了與黑暗現實截然對立的理想世界。故此，對色彩繽紛的神仙世界的渲染和謳歌，實際上也是一種對理想的歌頌，它可以把人們帶進一種賞心悅目的境界，如第三首中描繪：

> 翡翠戲蘭苕，容色更相鮮。綠蘿結高林，蒙籠蓋一山。中有冥寂士，靜嘯撫清弦。放情凌霄外，嚼蕊挹飛泉。赤松臨上游，駕鴻乘紫煙。左把浮丘袖，右拍洪崖肩。借問浮游輩，寧知龜鶴年。

郭璞的遊仙詩歷來很受重視，評論家都力圖把它與玄言詩、甚至與一般企慕成仙的遊仙詩區別開來。鍾嶸說郭璞的詩「文體相煇煇輝，彪炳可翫」，「詞多慷慨，乖遠玄宗」，「乃是坎壈詠懷，非列仙之趣也」（《詩品》中）⑧。劉勰這樣評論他在兩晉之際文學史上的地位：「江左篇製，溺乎玄風。嗤笑徇務之志，崇盛亡機之談。袁（宏）、孫（綽）已下，雖各有雕采，而辭趣一揆，莫與爭雄。所以景純《仙篇》，挺拔而爲俊矣。」（《文心雕龍・明詩》）又說：「景純艷逸，足冠中興。」（同上《才略》）這些評論是符合實際的。

㈢東晉玄言詩的發展

1、遊仙詩與玄詩之異同

遊仙詩與隨之興起的玄言詩，兩者既有聯繫也有區別。就聯繫而言，兩者都有對道家（包括道教）思想的闡發，都與當時玄學所討論的主題、追求的理趣有關。因而兩者常常會出現交錯的現象；玄言詩中可能雜有「仙心」，甚至包含養生術的內容；而遊仙詩中也可能融入玄理，表現了一種濃厚的哲理思致。區別在於，遊仙詩著力歌詠的是道教的服食、餌藥、長生和神仙方術，往往藉遊仙的形式來抒發高蹈遺世之情，從本質上說是一種抒情詩。玄言詩則重在闡發哲理（主要是老、莊思想，也包括佛理），通過對哲理的闡發來表達對宇宙人生問題的某些思考和體悟，從本質上說是一種哲理詩。

玄言詩的代表作家據《詩品序》說有「孫（綽）、許（詢）、桓（溫）、庾（亮）諸公」，最有代表性的是孫綽、許詢。至於這種詩的產生，鍾嶸追溯到永嘉，《續晉陽秋》則追溯至正始。該書說：「正始中，王弼、何晏好老、莊玄勝之談，而世遂貴焉。至過江佛理尤盛，故郭璞五言，始會合道家之言而韻之。（許）詢及太原孫綽，轉相祖尚，又加以三世之辭，而詩騷之體盡矣。

詢、綽並一時文宗，自此作者悉體之。至義熙中謝混始改。」（《世說新語・文學》注引）這兩種說法都不爲無據。因爲玄言詩本是玄學興盛的產物，正始時嵇、阮之後，中間隔著陸機、潘岳、左思等一批詩人，他們的詩都較少與玄學發生交涉，故鍾嶸斷自永嘉始也是對的。不過，嵇、阮等的詩，就基調說實與東晋的玄言詩不同。他們的詩雖帶玄理，但充滿著激情，基本上仍是抒情詩。東晋的玄言詩則是「辭意夷泰」，「詩必柱下之旨歸，賦乃漆園之義疏」（《文心雕龍・時序》），是「理過其辭」，「皆平典似《道德論》」（《詩品・總序》），即是一種以闡發老、莊思想爲基本內容的純粹的哲理詩。孫、許的詩即大體如此。

孫綽（公元 320～377 年），字興公，太原中都（今山西平遙南）人。祖孫楚，惠帝時任馮翊太守。後孫綽與兄孫統過江，居於會稽。初任著作郎，襲爵長樂侯。歷任尚書郎、廷尉卿、著作郎等職。許詢（生卒年不詳），字玄度，高陽（今河北蠡縣南）人。父許歸，西晋時任琅邪太守，過江後任會稽內史，因此家居山陰（今浙江紹興）。許詢好山水泉石，元帝、明帝時累徵不就。兩人皆「一時名流」，《晋書》說：「時人或愛詢高邁，則鄙於綽；或愛綽才藻，而無取於詢。」可見各有千秋。孫綽自認爲才藻勝過許詢。支遁（道林）曾問：「君何如許？」孫答：「高情遠致，弟子早已服膺；然一詠一吟，許將北面矣。」許詢今存詩僅三首，孫綽存十三首，多係四言。

他們的詩的確反映了相當濃厚的老、莊思想。如孫綽的《答許詢》首章：

仰觀大造，俯覽時物。機過患生，吉凶相拂。智以利昏，識由情屈。野有寒枯，朝有炎鬱。失則震驚，得必充詘。

這裡講的吉凶、智識、情利、得失之理，都是玄學家們經常討論的哲學題目。與許詢、孫綽大體同時的一些作者如王胡之（有詩十六首）、郗超（有詩六首）、張翼（有詩七首）、孫放（有詩一首）等人的詩也有這種以玄學入詩的傾向。

不過，東晉時的玄學與正始時的玄學有所不同。當時佛教的般若學盛行，士大夫也謂之玄理，故此時的玄言詩除闡揚老、莊思想外，也雜有佛理。孫綽和許詢即都是佛教信徒。孫綽曾寫過《名德沙門論目》、《喻道論》等爲佛教張目的著作，許詢則捨山陰永興之宅改建寺院，以家資作爲費用，他們都與名僧支遁有交往。支遁，字道林，二十五歲出家，爲佛教即色宗的創始人。他雖是僧人，但善於談玄，他從即色宗的角度爲《莊子・逍遙遊》獨標新理，在當時的士大夫中影響極大。他也作詩，今存詩有《詠懷詩》等近二十首，其中一部分就是玄言詩。《續晉陽秋》說當時的詩中「又加以三世之辭」，這說明玄言詩中也滲入了部分佛教關於前世、現世和來世的內容。

2 、玄言詩的藝術成就及影響

後人對玄言詩的評價不高。鍾嶸說它「理過其辭，淡乎寡味」，可以說是一個最有影響的評價，後人多從其說，因而對玄言詩的研究很少。但玄言詩作爲一個詩歌潮流盛行了那麼長的時間，本身就是一個值得注意的文學現象。玄言詩的產生雖與當時的哲學思潮有關，但最根本的還是與當時的社會歷史條件有關。從正始以來，政治上的動蕩變亂時起時伏，文人面臨的是異常險峻的人生考驗。現實社會中沒有出路，促使他們逐步到哲學領域中去尋找安身立命的天地。正始時期的阮籍、嵇康等人更多的還是沒有找到出路的焦慮和痛苦，而在東晉玄言詩興起的時代，文人們則相對地找到了一條能使自己逃避那個時代的精神道路。他們的精神境界與現實恰好形成一種鮮明的反差：一邊是山河分裂，變故叢生；一邊卻是飄逸高邁，恬然清明。這種精神境界從消極的方面說當然與苟安的現實相應，而與歷史的使命極不相稱。但從積極的意義來說，它卻擴大了文人的眼界和心胸，表現了他們頑強的生存意識和生命意識，體現了他們特有的達觀情調。而這種達觀情調，又正是文學藝術賴以存在和發展的重要心理基礎。

正由於上述的心理基礎，另一種新型的文學——山水文學就正在孕育發展。左思的《招隱詩》曾說：「何必絲與竹，山水有清音。」就指出了山水對寄寓玄理的重要作用。王羲之也曾說：「雖無絲與竹，玄泉有清聲；雖無嘯與歌，詠言有餘馨。」（《蘭亭詩》）蘭亭，是諸多文士薈萃之處，也是山水詩孕育的地方。孫綽、許詢都與王羲之有交往。孫綽有《蘭亭詩》二首，其《三月三日》、《秋日》等詩，都不乏寫景生動之處。孫綽有一首殘詩，所餘兩句就是寫景的。寫玄言詩的作者也寫山水詩，這是一個頗值得注意的現象。山水，是玄理所寄託的物質對象，由玄言到山水，是一個很自然的轉化；更準確地說，玄言詩本身就孕育著山水詩的幼芽。《續晉陽秋》說「至義熙中謝混始改」，是不準確的，應該說，山水詩經過玄言詩的長期滋育，到謝混時更加茁壯，更加引人注目了。此外，以陶淵明為代表的田園隱逸詩人的興起，也與玄學及玄言詩的盛行有密切聯繫，這些在陶詩的內容和形式上都有所反映。

附　註

①竹林七賢中，向秀（公元 227？～272 年），字子期，河內懷縣（今河南武陟）人。嵇康被殺後，他入洛，途中作《思舊賦》。後官至散騎常侍。山濤（公元 205～283 年），字巨源，河內懷縣人。司馬懿之親戚。歷任吏部尚書等職。王戎（公元 234～305 年），

字濬沖，琅琊臨沂（今屬山東）人。惠帝時官至司徒、尚書令。劉伶（生卒年不詳），字伯倫，沛國（今安徽宿縣）人。曾爲建威將軍。性嗜酒，曾作《酒德頌》。阮咸（生卒年不詳），字仲容，阮籍之侄。與籍並稱「大小阮」。官至散騎常侍。

②關於阮籍詠懷詩的數量，陳（德文）、范（欽）本收其詠懷詩 81 首，其中一首係江淹擬作，誤入，僅 80 首，但第 27 首實乃兩首合成，故仍爲 81 首。明天啓間張燮《七十二家集》本、馮惟訥《古詩紀》本、張溥《漢魏六朝百三名家集》本，均補上陳范本漏刻的「幽蘭不可佩」（今第 22 首）一首，故總共 82 首。

③嵇康事迹見《晉書》本傳、《三國志・魏書・王粲傳》及《世說新語》等書。其被殺事，《文選》卷十六《思舊賦》引干寶《晉書》云：「嵇康，譙人；呂安，東平人。與阮籍、山濤及兄巽友善。康有潛遁之志，不能被褐懷寶，矜才而上人。安，巽庶弟，俊才，妻美。巽使婦人醉而幸之。醜惡發露，巽病之，告安謗己。巽於鍾會有寵，太祖遂徙安邊郡。遺書與康，『昔李叟入秦，及關而嘆』云云，太祖惡之，追收下獄。康理之，俱死。」《三國志・魏書・嵇康傳》引《魏氏春秋》：「初，康與東平呂昭子巽及巽弟安親善。會巽淫安妻徐氏，而誣安不孝；囚之。安引康爲證，康義不負心，保明其事。安亦至烈，有濟世志力。鍾會勸大將軍因此除之，遂殺安及康。」所敍細節稍有不同。

④嵇康的詩，前人或認爲不如文，也比不上阮籍。如王世貞說：「嵇叔夜土木形骸，不事雕飾，想於文亦爾。如《養生論》、《絕交書》，類信筆成者，或遂重犯，或不相續，然獨造之語，自是奇麗超逸，覽之躍然而醒。詩少涉矜持，更不如嗣宗。吾每想其人，兩腋習習風舉。」（《藝苑卮言》卷 3）

⑤「三張二陸兩潘一左」中：張載（生卒年不詳），字孟陽，安平（今屬河北）人。曾爲長沙王記室督，官至中書侍郎。今存詩 10

餘首，文數篇，有《張孟陽景陽集》，與張協同集。張亢（生卒年不詳），張載弟，字季陽。官至散騎常侍。才藻不及張載、張協。陸雲（公元 262～303 年），字士龍，陸機弟。曾爲清河內史。有《陸清河集》。潘尼（公元 250？～311 年？），字正叔，潘岳侄。太康間秀才，歷任尚書太常卿等。存詩 20 餘首，賦 10 餘篇，有《潘太常集》。關於太康體，嚴羽說：「以時而論，則有太康體。」下注：「晋年號。左思、潘岳、三張、二陸諸公之詩。」（《滄浪詩話・詩體》）對太康體的特色，他沒作進一步概括。

⑥二十四友之說，出《晋書・賈謐傳》：「謐好學，有才思。既爲充嗣，繼佐命之後，又賈后專恣，謐權過人主，乃至鏁繫黃門侍郎，其爲威福如此。負其驕寵，奢侈踰度，室宇崇僭，器服珍麗，歌僮舞女，選極一時。開閣延賓，海內輻湊，貴游豪戚及浮競之徒，莫不盡禮事之。或著文章稱美謐，以方賈誼。渤海石崇、歐陽建，滎陽潘岳，吳國陸機、陸雲，蘭陵繆徵，京兆杜斌、摯虞，琅邪諸葛詮，弘農王粹，襄城杜育，南陽鄒捷，齊國左思，清河崔基，沛國劉瓌，汝南和郁、周恢，安平牽秀，潁川陳眕，太原郭彰，高陽許猛，彭城劉訥，中山劉輿、劉琨皆傅會於謐，號曰二十四友，其餘不得預焉。」

⑦對陸機的樂府詩與擬古詩，前人評價很不一致。劉熙載說：「士衡樂府，金石之音，風雲之氣，能令讀者驚心動魄。雖子建諸樂府，且不得專美於前，他何論焉。」（《藝概・詩概》）這是全面肯定。黃子雲說：「平原五言樂府，一味排比敷衍，間多硬句；且踵前人步伐，不能流露性情，均無足觀。」（《野鴻詩的》）這是持否定態度。對其擬古，肯定者如鍾嶸說：「士衡擬古，……斯皆五言之警策者也，所以謂篇章之珠澤，文采之鄧林。」（《詩品序》）王夫之也說：「平原擬古，步趨如一，然當其一致順成，便爾獨舒高調。一致則淨，淨則文，不問創守，皆成獨構也。」（《古詩評選》卷

4）不同者如李重華說：「陸士衡擬古詩，名重當世，余每病其呆板。」（《貞一齋詩說》）

⑧按鍾嶸的評價郭璞的詩「非列仙之趣」，實是將他的《遊仙詩》與一般遊仙詩區別開來，將它歸入詠懷詩之列，並非批評郭璞。但後來很多人說這是譏彈他。如何焯說：「景純《遊仙》，當與屈子《遠遊》同旨。蓋自傷坎壈，不成匡濟，寓旨懷生，用以寫鬱。鍾嶸《詩品》譏其無列仙之趣，此以辭害義也。」（《義門讀書記》）姚範說：「景純《遊仙》本屈子《遠遊》之旨，而擴其意，遂成此制。……余謂屈子以時俗迫厄，沈濁汚穢，不足與語，托言己欲輕舉遠遊，脫屣人羣，而求與古眞人爲侶，乃夷、齊《西山》之歌，《小雅》病俗之旨，孔子浮海之志，非眞欲服食求長生也。至其所陳道，要司馬相如《大人賦》且不能至，何論景純。若景純此詩，正道其本事。鍾、李乃譏之，誤也；義門更失之矣。」（方東樹《昭昧詹言》卷 1 引）何、范對郭璞《遊仙》詩的實質的把握與鍾嶸並無二致，卻說鍾嶸是譏彈郭璞，實是對鍾嶸原義的誤解。

第三章　陶淵明

第一節　陶淵明的生平和思想

(一)陶淵明的生平

陶淵明（公元 365～427 年），字元亮，一說名潛，字淵明①，潯陽柴桑（今江西九江東南）人。他去世後，友人私謚爲靖節，故後世稱「陶靖節」。又因曾任彭澤縣令，後人稱爲「陶彭澤」。在當時人的心目中，陶淵明是一位人格高潔的隱士，而其詩文則不甚有名。自梁昭明太子蕭統爲之編輯詩集並作序之後，他的詩文才逐漸爲人們所重視，而且越到後來影響越大。他可以說是魏晉南北朝時期對後世影響最大的作家，在中國文學史上占有重要的地位。

陶淵明的一生大致可以分爲三個時期：二十九歲以前爲家居讀書時期，二十九歲至四十一歲爲時官時隱時期，四十一歲至六十三歲爲隱居不仕時期。

陶淵明的曾祖陶侃以軍功官至大司馬，封長沙郡公；祖父陶茂官至武昌太守，父親（陶逸？）曾任安城太守，但去世很早。外祖父孟嘉爲征西大將軍桓溫長史。至陶淵明時家道已經衰落。他自己的詩文也曾言及「少而貧苦」（《與子儼等疏》），「弱年逢家乏」（《有會而作》）。年輕時他曾學琴書，讀過儒家的六經，也喜歡山水田園的自然風光。這時他的思想中已形成了兩種互相矛盾的傾向：一種傾向是想幹一番事業，所謂「猛志逸四海，騫翮思遠翥」（《雜詩》其五）者即是；另一種傾向是想清高自守，不與世俗同流，所謂「少無適俗韻」（《歸園田居》其一），「少學琴書，偶愛閑靜」者即是。這種矛盾，一直到四十一歲時才算解決，退隱田園以保持高潔人格的思想占了上風。

二十九歲至四十一歲這一階段他曾三次出仕：東晉孝武帝太元十八年（公元 393 年）出爲江州祭酒，不久即自行解職歸家，州里召他爲主簿，他也不去。居家務農，積勞成疾。東晉安帝隆安四年（公元 400 年），他三十六歲，再出爲荊州刺史桓玄幕僚，充任軍職，約兩年時間。桓玄是個有政治野心的軍閥，陶淵明對此可能有所覺察，因此決心歸隱，避免自己捲進去。《庚子歲五月中從都還阻風於規林》說「江山豈不險，歸子念前途」，即暗示了仕途風波之險。又說：「久遊戀所生，如何淹在茲。靜念園林好，人間良可辭。」決心就這樣下定了，恰好這時他的母親去世，他可以藉故離開。東晉安帝元興二年（公元 403 年）桓玄果然發動叛亂，至元興三年才被劉裕等平定下去。這一年陶淵明四十歲，他第三次出仕，先後做過鎮軍將軍劉裕的參軍、建威將軍劉敬宣的參軍，時間都不長。四十一歲那年，他當了彭澤令。在官八十餘日，即自免去職。去職的原因，《宋書・陶潛傳》說：「郡遣督郵至縣，吏白：『應束帶見之。』潛嘆曰：『我不能爲五斗米折腰向鄉里小人！』即日解印綬去職，賦《歸去來》。」從此以後，他一直隱居，不再出仕。安帝義熙末，朝廷曾徵他爲著作郎，不就。宋文帝元嘉四年（公元 427 年）逝世，享年六十三歲。

㈡陶淵明的思想與人格

陶淵明是一位著名的隱士。歷史上士大夫歸隱的原因不外這麼幾個方面：

㈠因爲官僚世襲、門閥制度的存在，造成了虛假的「人才過剩」，許多賢良正直的士大夫雖然能勉强躋入仕途，但長期得不到晋升，只能沈屈下僚，他們又不願逢迎長官，於是憤而隱退。

㈡因爲處於亂世，特別是改朝換代之際，士大夫擔心誤入歧途，給自己招來不測之禍，所以要退隱自全，保持個人名節。

㈢由於受傳統儒家「窮則獨善其身」、道家「以自隱無名爲務」思想的影響，因而鄙薄功名利祿，不願仕進。

㈣因爲功成名就，又怕晚節不保者，往往也退而隱居。

㈤借隱居之名，行招搖之實，「身在江海之上，心在魏闕之下」，走「終南捷徑」者。

魏晋南北朝隱士極多，上述各種情況都有。陶淵明歸隱的原因，大致與前三者相合。在隱士當中，他是人格人品最高潔的一個。陶淵明性格中最爲後世稱道的有兩點：一是他的剛直，他自己也稱：「性剛才拙，與物多忤。」（《與子儼等疏》）不爲五斗米折腰的精神正是他剛直性格的集中體現。二是他的眞率。眞率與虛僞是相對立的。陶淵明極端痛恨虛僞，他稱他所處的時代爲「眞風告逝，大僞斯興」（《感士不遇賦》），要與之決裂，即導源於他的追求眞率。眞率的人也是熱愛生活、善於發現生活中眞善美的人，他面對大自然，讚嘆「此中有眞意」，即是如此。眞，是一種人格追求，也是一種美學追求，陶淵明正是把兩種追求結合起來的人。他所追求的人生境界，是一種充滿詩意的人生境界與審美境界的結合。

陶淵明的一生是非常坎坷的。他五十四歲時所作的《怨詩楚調示龐主簿鄧治中》中說：「弱冠逢世阻，始室喪其偏。炎火屢焚如，螟蜮恣中田。風雨縱橫至，收斂不盈纏。夏日長抱饑，寒夜無被眠。造夕思雞鳴，及晨願烏遷。」各種天災人禍，他可以說都遭遇到了。完全隱居之後，他的處境更爲艱難。在艱難困躓之中，他從古代的貧士和隱士那裡尋找過精神支柱，更從酒、琴、田園與友誼中尋找過精神寄託，但對他最有意義的是親自參加了勞動。在他晚年構思的桃花源理想境界中，他既要求「春蠶收長絲，秋熟靡王稅」，也要求「相命肆農耕，日入從所憩」。他希望人人都參加勞動，自食其力，人與人之間和諧相處，沒有爾虞我詐、巧取豪奪，更沒有階級和等級制度。這種理想，顯然與小生產者的利益相一致。

陶淵明對儒、道兩家思想都有所繼承。從儒家方面說，他接受過儒家積極用世的思想，曾一度希望建功立業，有所成就。《讀史述九章・屈賈》：「進德修業，將以及時；如彼稷契，孰不願之！」但他也接受過儒家獨善其身的思想。《有會而作》：「斯濫豈攸志，固窮夙所歸。」隱居之後，獨善其身的思想是他始終堅持理想、堅持獨立人格的重要精神支柱。相對而言，他受道家的影響，特別是受莊子的影響更多一些。他的追求眞樸的人生理想和審美理想，他的鄙棄官場、傲視世俗的爲人作風，他的高逸飄灑、簡靜閑淡的人品格調，他的無君理想，甚至他思想中始終充溢著的强烈的生命悲劇意識，都與莊子有關。莊子這些方面的思想，魏晋的士大夫特別是玄學家們都有所繼承，經過他們的吸收消化，然後作爲一種時代風尚影響到陶淵明。

陶淵明的思想是十分複雜、充滿矛盾的。他思想中消極的東西也不少。比如樂天安命的思想，及時行樂的思想，「人生似幻化，終當歸空無」（《歸園田居》其四）的虛無主義思想等等，都是值得愼重分析對待的。

第二節　陶淵明詩歌的思想內容與藝術特色

陶淵明今存詩歌凡一百二十多篇，辭賦、散文凡十一篇。最早爲陶淵明編集並作序的是蕭統，爲八卷本；後北齊陽休之增補爲十卷本，但混入了他人之作。北宋宋庠重新刊定刻行十卷本，爲陶集的最早刊本。以上各本均未能流傳下來。今天能看到的最早版本是南宋至元初的刊本。最早爲陶集作注的有南宋湯漢的《陶靖節詩注》四卷。較爲流行的有宋巾箱本、李公煥的《箋注陶淵明集》十卷，收入《四部叢刊》。淸人陶澍的《靖節先生集注》十卷較爲完備，收入《四部備要》②。

陶淵明雖寫過一些膾炙人口、傳誦不衰的辭賦和散文，但其主要成就是在詩歌方面。他歷來都是以一個詩人的身分被載入文學史的。陶淵明的詩歌題材包括：哲理，如《形影神》；贈別，如《與殷敬安別》、《贈羊長史》等；家訓，如《命子》、《責子》等；其中最重要的是田園詩和詠懷、詠史詩。

㈠陶淵明詩歌的內容

陶淵明田園詩的內容主要包括對田園優美的自然風光的描繪、對自己勞動生產的體驗和閑居交遊、讀書飲酒等三個方面。

陶淵明以描寫田園自然風光爲主的作品有一個基本的特點，就是他把田園自然風光看成是一種人生的安身立命之所，看成一種與黑暗現實、混濁官場完全對立的另一理想境界，因而他竭力把自己的社會政治理想、人生人格理想對象化，使田園與自我精神融匯爲一。例如《歸園田居》其一：

少無適俗韻，性本愛丘山。誤落塵網中，一去三十年（當作十三年）。羈鳥戀舊林，池魚思故淵。開荒南野際，守拙歸園田。方宅十餘畝，草屋八九間。榆柳蔭後簷，桃李羅堂前。曖曖遠人村，依依墟里煙。狗吠深巷中，雞鳴桑樹巔。戶庭無塵雜，虛室有餘閒。久在樊籠裡，復得返自然。

詩人稱現實社會、官場爲「俗」，把它比作「塵網」、「樊籠」，可見對此憎惡之深。但這種對現實和官場的否定，不只是一種情感的否定，同時也是一種理性的否定。詩人看到了，在那種庸俗、卑污、沒有人身自由的環境裡，人已經喪失了自己天眞純樸的本性，失去了人之所以爲人的眞善美屬性。這是陶淵明把追求目標轉向田園的根本思想原因。其實，在現實生活中，田園也並不是那麼充滿詩情畫意的，這一點詩人並不是沒有看到，而且也在詩中寫到過。《歸園田居》其四云：「久去山澤遊，浪莽林野娛。試攜子姪輩，披榛步荒墟。徘徊邱壠間，依依昔人居。井竈有遺處，桑竹殘朽株。」這可能是詩人看到的田園眞相。如果以這一幅畫面來權衡田園生活，則田園未必就眞能成爲人性解放的理想世界。陶淵明的可貴就在這裡，他不是以悲觀主義的態度來對待社會和人生，而是以理想主義、樂觀主義來對待它。因而在詩人眼中，那宅旁的十餘畝田地，八九間草屋，房前屋後的榆柳桃李，遠處的裊裊炊煙，近處的雞鳴狗吠之聲，是那樣的充滿無限生機，又是那樣的恬靜和諧。它使人心靈得到解脫，並由此獲得一種不可名狀的愉悅。人的本性，就在這種至眞至美的審美境界中得到恢復。又如《飲酒》其五：

結廬在人境，而無車馬喧。問君何能爾？心遠地自偏。採菊東籬下，悠然見南山。山氣日夕佳，飛鳥相與還。此中有真意，欲辯已忘言。

「心遠地自偏」正是詩人能從苦難的現實中找到詩意的原因。陶淵明正是憑著一種心靈的超越才昇華出詩的。「採菊」兩句歷來爲詩歌評論家所激賞。蘇東坡想像陶淵明的情境是：「本自採菊，無意望山，適舉首而見之，故悠然忘情，趣閑而累遠。」（晁補之《雞肋集》卷三十三《題陶淵明詩後》）這種想像最爲近情。陶淵明稱自己所發現的詩意爲「眞意」。所謂「眞」，即《莊子・漁父》所云：「眞者所以受於天也，自然不可易也。」就是人與萬物的自生自成、自在自爲性，是一種眞樸無僞之美。陶淵明是帶著一種哲學與美學的眼光來看待田園風光、田園生活的。在田園中他領悟到一種最佳的審美境界，卻無法以語詞或概念表達出來。

陶淵明的田園詩還有一個特點：就是他特別强調勞動對人生、對自己堅持隱居的重大意義。作爲一個不再追慕榮利、依賴官府供給的士大夫，他最可貴之處莫過於自食其力。爲了堅持他退隱獨善的理想，他對孔子「憂道不憂貧」的態度是有所改變的。《癸卯歲始春懷古田舍》說：「先師有遺訓：『憂道不憂貧。』瞻望邈難逮，轉欲志常勤。」他決心老老實實去種地了。《歸園田居》其三寫他去爲豆苗除草：

> 種豆南山下，草盛豆苗稀。晨興理荒穢，帶月荷鋤歸。道狹草木長，夕露沾我衣。衣沾不足惜，但使願無違。

《庚戌歲九月中於西田穫早稻》寫他去搞收割：

> 人生歸有道，衣食固其端。孰是都不營，而以求自安！開春理常業，歲功聊可觀。晨出肆微勤，日入負耒還。山中饒霜露，風氣亦先寒。田家豈不苦，弗獲辭此難。四體誠乃疲，庶無異患

干。盥濯息簷下，斗酒散襟顏。遙遙沮溺心，千載乃相關。但願長如此，躬耕非所歎。

從這兩首詩中我們可以看出：詩人始終是把勞動與堅持隱居的理想聯繫在一起的。勞動是艱辛的，而且勞動所得未必就眞能豐衣足食。陶淵明就是在力圖自食其力卻仍然「夏日長抱饑，寒夜無被眠」（《怨詩楚調示龐主簿鄧治中》）甚至於乞食（見《乞食》詩）的田園生活體驗中，認識了「田家豈不苦」這一田園生活眞相的。封建時代有很多士大夫也因爲種種原因隱居，但他們大多不願意或者不屑於親自去參加勞動。如謝靈運就曾慨嘆：「進德智所拙，退耕力不任。」（《登池上樓》）陶淵明的可貴就在於他不僅親自參加了勞動，而且還在於他能承受勞動生活的痛苦。陶淵明的這一部分田園詩正如《詩經》、漢樂府一樣，「饑者歌其食，勞者歌其事」，具有歌食歌事兩方面的內容。

陶淵明還有相當一部分田園詩是寫閑居交遊、飲酒賦詩等生活的。例如《遊斜川》、《諸人共遊周家墓柏下》、《連雨獨飲》等。《和郭主簿》描寫他閑居時的生活狀況是：

藹藹堂前林，中夏貯清陰。凱風因時來，回飆開我襟。息交遊閑業，臥起弄書琴。園蔬有餘滋，舊穀猶儲今；營己良有極，過足非所欽。舂秫作美酒，酒熟吾自斟。弱子戲我側，學語未成音。此事真復樂，聊用忘華簪。遙遙望白雲，懷古一何深。

這裡寫到了自己的文化生活和家庭生活。書和琴是他的主要文化生活。史稱：「潛不解音聲，而畜素琴一張，無弦，每有酒適，輒撫弄以寄其意。」從他的詩來看，他是相當善於捕捉生活的韻律節奏的。酒也是他詩中常寫的。蕭統《陶淵明集序》稱：「有疑陶淵明之詩，篇篇有酒；吾觀其意不在酒，亦寄酒爲迹也。」家庭生活方面，他寫到了小孩在他身邊嬉戲，呀呀學語。這些文化生活和家庭生活都是他的精神寄託。從這裡我們可以看到他內心感情的豐富，看到他對生活的熱愛，同時也可以體味到他內心的矛盾和苦悶。《移居》寫到了他與隱士、農民朋友的交往：「鄰曲時時來，抗言談在昔；奇文共欣賞，疑義相與析」，「農務各自歸，閑暇輒相思，相思則披衣，言笑無厭時。」這種眞誠坦率、不拘形式的自由交往、談吐，與官場那種勾心鬥角、裝腔作勢的生活相比，誰更接近人性是再清楚不過的。

陶淵明的《桃花源詩並記》可以說是在上述各類田園詩基礎上的一個昇華。其中所描寫的「土地平曠，屋舍儼然，有良田美池桑竹之屬」，「荒路曖交通，雞犬互鳴吠」，這種景象正是他詩中經常出現的恬靜和諧的田園風光的概括。它所表現的是人類與自然溶爲一體的理想。而「相命肆農耕，日入從所憩」，「黃髮垂髫，並怡然自樂」，「童孺縱行歌，斑白歡遊詣」，則進而描繪出一個人人勞動、生活富裕且愉快的理想社會，以與骯髒的塵世相對立，「直於汚濁世界中另闢一天地」（清丘嘉穗《東山草堂陶詩箋》）。而且在這個理想社會中，「春蠶收長絲，秋熟靡王稅」，勞動成果不受統治者的剝削與掠奪；甚至沒有帝王，也沒有王朝的更迭，「不知有漢，無論魏晋」。這一桃花源已經不僅僅是隱士躬耕的小天地，而且多少體現了農民小生產者要求自食其力、不受剝削的理想和對勞動者不得食的現實社會的否定。當然，桃花源理想也受到過莊子、阮籍、鮑敬言等前輩思想家的影響③。同時也表現了小生產者和詩人自己的某些侷限，如否定智慧，小國寡民和復古傾向。

陶淵明的詠懷、詠史詩有《雜詩》、《詠貧士》、《詠二疏》、《詠三良》、《詠荊軻》、《讀山海經》等。詠懷詩中一些作品表現了他內心的矛盾苦悶。如《雜詩》其二：

> 白日淪西阿，素月出東嶺。遙遙萬里輝，蕩蕩空中景。風來入房戶，夜中枕席冷。氣變悟時易，不眠知夕永。欲言無予和，揮杯勸孤影。日月擲人去，有志不獲騁。念此懷悲悽，終曉不能靜。

這裡所表現的孤獨、悲憤心境，顯然與阮籍《詠懷》詩相接近。封建時代，士大夫都以出仕為建功立業的唯一途徑。隱居，除了一些人把它當作做官的捷徑外，多數人顯然是出於不得已。隱居以後，他們常常會引起一種人生價值的失落感，並同時會激起一種強烈的生命悲劇意識，陶淵明正是這樣。《雜詩》中幾乎篇篇都在慨嘆人生易老，壯志難酬。「盛年不重來，一日難再晨」（其一），「古人惜寸陰，念此使人懼」（其五），「人皆盡獲宜，拙生失其方；理也可奈何，且為陶一觴！」（其八）情調是極其悲愴的。讀陶淵明的一些田園詩，我們會覺得他內心很平靜，很達觀；一讀他的詠懷詩，才知道達觀與平靜只是一種表面的，或暫時的現象，悲愴他才是的眞實內心。

陶淵明的詠史詩中頗有金剛怒目式的作品。《詠荊軻》寫荊軻刺秦王之事，極其慷慨悲壯。朱熹曾評：「陶淵明詩，人皆說平淡，據某看，他自豪放，但豪放得來不覺耳。其露出本相者，是《詠荊軻》一篇。平淡底人如何說得這樣言語出來。」（《朱子語類》卷一四〇）其實，陶淵明的性格本來就有剛烈的一面，他並不是一位缺少鬥爭精神的人。《讀山海經》歌頌「精衞銜微木，將以塡滄海；刑天舞干戚，猛志固常在」，這種詩在晉、宋文人中是很難看到的。

㈡陶淵明詩歌的藝術成就

陶詩的藝術風格前人已有定評，多概括爲平淡自然。這同東晉玄言詩人所倡導的淸淡文風有一定的聯繫。但陶詩的平淡不是思想內容平淡，而是思想內容貼近生活，富於眞情實感，語言平易，不假雕飾，且意境鮮明，耐人尋味，與玄言詩根本不同。他的詩尤其注意對意象的整體把握，注意構圖的和諧統一，因而能創造出一種似淺而實深的意境，給讀者再創造的餘地。例如前面提到的《歸園田居》其一，《飲酒》其五即是如此。這是一種很高的藝術造詣。劉勰曾稱宋初的文風是「儷采百字之偶，爭價一句之奇；情必極貌以寫物，辭必窮力而追新」（《文心雕龍·明詩》）。文人創作，多好錘煉個別句子，而未能從整體著眼去加以把握，結果產生「有名句而無名篇」的現象，如謝靈運的一些詩即是如此。陶淵明則不然，一切都以他所要表達的意境爲目標，而不以雕章麗句爲能事。他寫的都是平平常常、眼見耳聞的事物，發自內心深處的眞情實感，因而用的也是平平常常的生活語言、詞彙。例如「種豆南山下」（《歸園田居》）、「今日天氣佳」（《諸人同遊周家墓柏下》）之類。他也煉字，但目的也是爲了增强表現力，豐富內涵。如「藹藹堂前林，中夏貯淸蔭」（《和郭主簿》）的「貯」，「有風自南，翼彼新苗」（《時運》）的「翼」，「日暮天無雲，春風扇微和」（《擬古》）的「扇」等等，就都是能以少總多、增强形象性的平常的字眼。平淡自然本來就是一種美，而且是一種不易達到的美的境界，陶淵明所追求的就是這種美學境界。他的詩平淡中自有深厚，樸實中自有華彩。蘇東坡稱「其詩質而實綺，癯而實腴」（《與蘇轍書》），元好問稱其「豪華落盡見眞淳」（《論詩絕句》），都是這個意思。

陶淵明的詩中還常常帶著一種理趣，這與他喜歡對宇宙、社會、人生作哲學思考有關，也與魏晉玄學及玄言詩的發展影響有關。陶淵明詩中的理趣往往與景物、情感結合在一起，因而來得不覺，且絕無說教氣。詩是以情景爲主的，沒有情景的哲理詩必然淡乎寡味，令人生厭，一些玄言詩就是這樣。但一旦理趣與情景很好地結合起來，情況就大不一樣。它可以更好地誘導人們的理性和悟性，把人們引向深沈而高遠的境界，起到按之愈深、恢之愈廣的積極效果，這也是陶詩經得起咀嚼、涵詠的一個重要原因。

陶淵明還善於捕捉那些能表現自我、表現個性的景物來增強詩的內涵。詩中經常寫到孤松、秋菊、白雲、歸鳥，這些都帶有某種象徵意義，象徵著自己孤高傲岸、不拘世俗的品質與情懷，這是對楚辭的比興的吸取和發展。

陶淵明的詩有五言與四言兩種主要體式。從五言說，他繼承了古詩十九首的傳統，特別是對阮籍的詠懷傳統有所繼承和發展。從四言說，他上繼《詩經》，下繼嵇康而又有所發展。他的四言詩像他的五言詩一樣，以自然而有情韻爲特色。王夫之稱他的《停雲》、《歸鳥》爲「四言之佳唱，亦柴桑之絕調」（《古詩評選》卷三）。如從四言詩發展的歷史看，嵇康以後，淵明之作確可稱爲絕調。但四言的表現力畢竟不及五言，故就陶詩的整體看，還是以五言詩的成就爲高。

第三節　陶淵明對後世的影響

陶淵明對後世的影響是多方面的。

陶淵明不爲五斗米折腰、寧願窮困也不肯屈事權貴的精神在當時就已爲人所稱道。

蕭統《陶淵明傳》說：「時周續之入廬山事釋慧遠，彭城劉遺民亦遁匡山，淵明又不應征命，謂之潯陽三隱。」詩人顏延之所作《陶征士誄》，主要就是從他光明峻潔的人格角度來緬懷他的。陶淵明可以說爲後世士大夫樹立了一個耿介正直、孤高偉岸的人格模範。唐代詩人高適不願拜迎長官，李白不願摧眉折腰事權貴都與陶淵明精神一脈相承。陶淵明的眞率性格對士大夫也影響極大，他那種不拘形式上的禮儀、講求眞情實感的生活作風常成爲後世士大夫效法的榜樣。這種眞率性格表現在文學作品中往往就是一種豪放超邁的風格。當然，它多少也助長了士大夫的隱逸心理，把一些人帶進逃離現實生活即所謂「獨善」的精神世界之中。

陶淵明的桃花源社會政治理想對後世的影響更大。

唐末的《無能子》、南宋康與之的《昨夢錄》、鄧牧的《伯牙琴》中都曾憧憬過相類似的理想境界。《昨夢錄》中所描繪的異姓一家，計口授地，衣服飲食牛畜絲纊麻枲之屬皆公有均分的思想，尤與桃花源境界相似。後世文人對桃花源的性質的理解雖有不同，或以爲是仙界④，或以爲其中「雖有父子無君臣」（王安石《桃源行》），但都把它看成一種美好的理想境界則是共同的。歷史上很多詩人如王維、韓愈、劉禹錫、王安石、汪藻、趙孟頫、王惲等，都曾根據他們對桃花源的理解作詩加以讚美。他們都把桃花源理想境界看成是一種與現實社會對立或不同的社會加以憧憬，本身就具有否定黑暗現實的意義。

陶淵明的文學成就在當時沒能受到應有的重視。

宋齊唯鮑照、江淹稍效其體。鍾嶸《詩品》稱陶淵明爲「古今隱逸詩人之宗」，並認爲他的詩具有「協左思風力」，「文體省淨，殆無長語；篤意眞古，辭典婉愜」等特點，但卻只把他的詩列爲中品，顯然不公允。劉勰作《文心雕龍》，竟對他隻字未提。他的詩受到重視，是在蕭統爲他編集並作序之後，這時已離他死後八九十年了。蕭統說：「其文章不羣，辭采精拔，跌蕩昭章，獨起衆類，抑揚爽朗，莫之與京。橫素波而傍流，干青雲而直上。語時事則指而可想，論懷抱則曠而且眞。……嘗謂有能讀淵明之文者，馳競之情遣，鄙吝之意祛，貪夫可以廉，懦夫可以立。」這個評價就比較符合實際了。

陶淵明是田園詩的開派者。

唐代的王維、孟浩然及韋應物、柳宗元都是田園山水詩的優秀繼作者，世稱山水田園詩派。宋以後山水田園一直是歷久不衰的詩歌題材。田園生活是後代許多士大夫都曾經歷或接觸過的實際生活的一個重要方面，陶淵明的貢獻就在於他第一次大量地發掘這一生活素材，並在藝術上卓有成效。經過他的發掘，人們才眞正認識到田園生活的確有著世俗生活所沒有的那種特殊的美感，並繼續致力於對這一領域的開掘。

陶淵明在藝術上的巨大成功也是使他歷代影響不衰的重要原因。

從南朝鮑照、江淹開始，歷代「擬陶」、「和陶」相沿成風。許多著名詩人都以陶淵明創造的藝術境界爲追求的目標之一。如杜甫說：「焉得詩如陶謝手，令渠述作與同遊。」（《江上值水如海勢聊短述》）陸游說：「我詩慕淵明，恨不造其微。」（《讀陶詩》）又說：「學詩當學陶。」（《自勉》）陶詩對後世的影響是多方面的。沈德潛曾說：「陶詩胸次浩然，其中有一段淵深樸茂不可到處。唐人祖述者：王右丞（維）有其淸腴，孟山人（浩然）有其閒遠，儲太祝（光羲）有其樸實，韋左司（應物）有其沖和，柳儀曹（宗元）有其峻潔，皆學焉而得其性之所近。」（《說詩晬語》卷上）但影響最爲深遠的還是他那種平淡自然的美學追求，後代很多人都認爲這是一種難以企及的最高境界。明人許學夷講自己的學陶體會說：「靖節詩甚不易學，不失之淺易，則傷於過巧。予少時初學靖節，終歲得百餘篇，率淺易，無足採錄。今間一為之，又不免類白、蘇矣。因遂絕筆，不復為也。」(《詩源辨體》卷六）唐順之概括說：「陶彭澤未嘗較聲律，雕句文，但信手寫出，便是宇宙間第一等好詩。何則？其本色高也。」(《答茅鹿門知縣》）這些都可謂會心之論。

附　註

①關於陶淵明的名字，歷來說法很多：

㈠名潛，字淵明。見《宋書．隱逸傳》、《南史．隱逸傳》、《蓮社高賢傳》。蕭統《陶淵明傳》作「或云」。

㈡名淵明，字元亮。見蕭統《陶淵明傳》。《宋書．隱逸傳》作「或云」。

㈢名潛，字元亮。見《晉書．隱逸傳》。

㈣名元亮，字深明。《南史．隱逸傳》引「或云」，「深」字係避唐高祖李淵諱改。

㈤先名潛字淵明，後改名淵明字元亮，以「自別於晉、宋之間」。見吳仁杰《陶靖節先生年譜》引葉夢得說（葉說今不見其著作）。

㈥名淵明，字元亮，一名潛。見晁公武《郡齋讀書志》。或以為名潛為入宋所改。見上吳仁傑年譜，張縯《吳譜辯證》。

㈦名淵明，字元亮，小名潛，梁啓超《陶淵明年譜》疑其如此；古直《陶靖節年譜》引羅翽雲說，名潛字元亮，小名淵明。

②今存的陶集注本主要有：宋湯漢《陶靖節詩注》4 卷（清《拜經樓叢書》本）、宋李公煥《箋注陶淵明集》10 卷（《四部叢刊》影印宋刊巾箱本）、明何孟春《陶淵明集注》10 卷（明刊本）、明黃文煥《陶詩析義》4 卷（崇禎刊本）、明張子烈《箋注陶淵明詩集》6 卷（崇禎五年刊本）、清蔣薰《評閱陶淵明詩集》4 卷（同文山房刊本）、清丘嘉穗《東山草堂陶詩箋》5 卷（乾隆間丘步洲重校刊本）、清吳瞻泰

《陶詩匯注》4 卷（康熙間拜經堂刊本）、清馬墣《陶詩本義》4 卷（與善堂刊本）、清溫汝能《陶詩匯評》4 卷（嘉慶丁卯刊本）、清陶澍注《靖節先生集》10 卷（文學古籍刊行社 1956 年版）。陶本在年代、本事、名物、典制、詩義、字義等方面的考訂，多有可取之處，比同類注本高明一些。1979 年中華書局出版逯欽立校注的《陶淵明集》，以李公煥本爲底本，參以他本，校訂精審，可以參看。

③鮑敬言，東晉人，經歷不詳。曾寫過《無君論》，已佚。但他的思想主張還保存在《抱朴子・詰鮑》篇中。他歌頌無君社會：「曩古之世，無君無臣，穿井而飲，耕田而食，日出而作，日入而息，泛然不繫，恢爾自得，不競不營，無榮無辱。」認爲這種社會的人民「身無在公之役，家無輸調之費，安土樂業，順天分地，內足衣食之用，外無勢利之爭」。這些思想對桃花源理想的提出有一定影響。

④《桃花源記》最早被視爲仙境者當爲《搜神後記》。此書舊題陶潛作，余嘉錫《四部提要辯證》說「自梁已然，遠在《隋志》之前」。可能是梁以前假託陶潛所作。宋吳子良《荊溪林下偶談》卷二說：「淵明《桃花源記》，初無仙語，蓋緣詩中有『奇蹤隱五百，一朝敞神界』之句，後人不審，遂多認爲仙。如韓退之詩（《桃源圖》）云：『神仙有無何渺茫，桃源之說誠荒唐。』劉禹錫（《桃源行》）云：『仙家一出尋無蹤，至今流水山重重。』王維（《桃源行》）云：『初因避地去人間，及至成仙遂不還。』又云：『春來遍是桃花水，不辨仙源何處尋。』王逢原亦云：『惟天地之茫茫兮，故神仙之或容。惟昔王之制治兮，惡魅魑之人逢，逮後世之陵夷兮，因神鬼之爭雄。』此皆求之過也。惟王荊公詩與東坡《和桃源詩》所言最爲得實，可以破千載之後如惑矣。」

第四章　南北朝詩人

南北朝指從東晋滅亡到隋統一（公元 420～589 年）的一百七十年時間。這時，南朝相繼爲宋、齊、梁、陳；北朝則自北魏統一北中國（公元 439 年）起，後分裂爲東魏、西魏，又相繼爲北齊、北周所代，最後均爲隋所統一。這個時期是中國詩歌史上一個重要的發展階段，特別是南朝文人詩歌，其成就遠遠超過北朝，並成爲唐詩全面繁榮的必要準備和過渡階段。

南朝文人詩歌的發展大體上可分爲三個階段。

劉宋時期是第一階段，即山水詩逐漸從東晋以來的玄言詩中獨立出來，並蔚成風氣的階段。這個變化以東晋晚期的殷仲文、謝混等人爲先導，而完成於謝靈運。代表作家有謝靈運、顏延之和鮑照，被稱爲「元嘉三大家」。其中「才秀人微」的鮑照，不僅創作了雄健豪放的詩作，而且爲七言、雜言詩的發展與繁榮開拓了道路。

齊及梁初爲第二階段，即「永明體」形成、興起的階段。當時的著名詩人沈約、謝朓等人，將聲韻學的成果運用到詩歌領域，遂形成講求格律、對偶的永明新體詩。

梁中葉到陳末爲第三階段，即以梁簡文帝蕭綱、梁元帝蕭繹爲代表的「宮體詩」興盛的階段。「宮體詩」多描寫女性和宮廷生活，風格輕綺柔靡，但在詩歌形式的發展上仍有一定積極意義。

北朝文人詩相對南朝遠爲遜色。後來，由於北人學南與南人入北的雙向努力，北朝詩壇才有所變化，特別是庾信入北朝之後，心懷屈仕敵國、思念故土的雙重悒鬱，詩風由前期的綺麗轉向剛健，體現了南北詩風的初步融合。

第一節　謝靈運與山水詩

晉、宋之際，山水詩大量出現，並逐漸替代玄言詩而取得重要地位。這是南朝詩歌的一個顯著變化。

㈠山水詩興起的原因

山水詩在此時的興盛有多種原因。首先，它是文人士大夫崇尚山林隱逸生活的反映。士人隱居避世、托身山林，由來已久，魏晉興起的隱逸之風，更是延續不衰。士大夫無論在朝在野、得勢失勢，大都以隱逸爲清高，以山林爲樂土，因而在詩歌中描寫山水之美，藉以寄託自己的某種情懷。其次，它也是當時相對安定的社會環境的產物。東晉以來，南方社會經濟有較大發展，南渡的世族地主，在江南修建園林別墅，過著優遊山水的生活。秀麗宜人的自然景物、閑適安逸的生活狀況，使士族文人有條件更多地注意並欣賞自然美。同時，它又是文學自身發展的必然結果。漢賦中已有專寫山水的篇章，魏晉以來五言詩的成熟和民歌中描寫自然的藝術經驗，更爲山水詩的興起做好了形式上的準備。東晉以來盛行的玄言詩，也往往借助自然山水來表現玄思理致，因而本身就包含著一定的山水成分，如孫綽的《蘭亭》詩、《秋日》詩，或寫春景，或繪秋色，表現出一種以外物爲描寫對象的趨勢。到東晉後期謝混的《遊西池》，玄言色彩較淡，已較集中地刻畫山水景物，令人耳目一新了。此外，「平典似道德論」的玄言詩，淡乎寡味，已不能滿足人們的審美要求。因此，當謝靈運爲排遣政治上的失意而寫下大量的山水詩時，立刻被人們所接受並模仿。於是，山水描寫終於從玄言詩中獨立出來，一個嶄新的詩歌領域出現在人們面前。而謝靈運便是確立山水詩派的第一位著名詩人。

㈡謝靈運

1、謝靈運的生平

謝靈運（公元385～433年），祖籍陳郡陽夏（今河南太康），晉室南渡後世居會稽（今浙江紹興）。他是謝玄之孫，十八歲襲爵爲康樂公，人稱「謝康樂」。他出生後不久便寄養在錢塘杜家，一直到十五歲，故小名「客兒」，後世又稱之爲「謝客」。謝靈運出自高門世族，青年時代接受過良好的教育，很有才名，亦熱衷於政治。劉裕代晉建立宋朝後，實行抑制世族的政策，將謝靈運的封爵降爲康樂侯，他內心非常不滿，據《宋書・謝靈運傳》，他「自謂才能宜參權要，旣不見知，常懷憤憤」。永初三年（公元422年），他出爲永嘉（今浙江溫州）太守，於是「肆意遨遊，遍歷諸縣，動逾旬朔，民間聽訟，不復關懷。所至輒爲詩詠，以致其意焉」。後他辭官隱居始寧（今浙江上虞），並常常出入深山幽谷之間，探奇攬勝，出遊時從者動輒數百人。元嘉八年（公元431年），宋文帝派他擔任臨川內史，因被人彈劾謀反，流放廣州。他在《臨川被收》一詩中寫道：「韓亡子房奮，秦帝魯連恥。本自江海人，忠義感君子。」表示了他的憤激與反抗。元嘉八年，他在廣州被殺。其著作多種，已佚。今存《謝康樂集》四卷，係明嘉靖間沈啓原所輯，包括賦十四篇、詩九十一首、雜文二十四篇。其詩有近人黃節注本。

2、謝靈運山水詩的內容

謝靈運的文學成就主要表現在對山水景物的成功刻畫上。他的山水詩大多作於出任永嘉太守之後。在這些詩中，他帶著一種高門士人的閑散情調，用富麗精工的語言，描繪了永嘉、會稽、彭蠡湖等地的自然風光，給人以清新之感。如「白雲抱幽石，綠筱媚清漣」（《過始寧墅》），用擬人的手法寫山間美景，雲石相依，筱漣互映，白綠兩色點綴其間，構成一幅極有層次的動人圖畫，並從中透出一種蕭散、淡遠的氛圍。又如「春晚綠野秀，巖高白雲屯」（《入彭蠡湖口》）寫暮春的素雅；「野曠沙岸淨，天高秋月明」（《初去郡》）寫秋夜的曠遠；「明月照積雪，朔風勁且哀」（《歲暮》）寫冬天的寒峭等等。這些散見於各篇中的「名章迥句」，清新流暢，確「如初發芙蓉，自然可愛」（《南史·顏延之傳》引鮑照語），體現了作者在刻畫景物方面超越前人的巨大成功。

然而，謝靈運詩雖多名句，卻較少佳篇。主要是他的一些詩仍不免藉山水以談玄理（包括佛理），而其談玄之處，常不免顯得滯重或迂拙。我們可以從他的代表作《登池上樓》中窺見他山水詩的基本模式與風格：

> 潛虯媚幽姿，飛鴻響遠音。薄霄愧雲浮，棲川怍淵沈。進德智所拙，退耕力不任。徇祿反窮海，臥痾對空林。衾枕昧節候，褰開暫窺臨。傾耳聆波瀾，舉目眺嶇嶔。初景革緒風，新陽改故陰。池塘生春草，園柳變鳴禽。祁祁傷豳歌，萋萋感楚吟。索居易永久，離羣難處心。持操豈獨古，無悶徵在今。

此詩作於永嘉任上。全詩先敘官場失意的牢騷，次描繪春天景色，最後寫決意隱居的願望。其中「池塘生春草，園柳變鳴禽」兩句，描寫細膩自然，歷來爲後人所激賞。據他自己說，是因夢見從弟謝惠連而得。結束處既寫到離羣索居之苦，忽又以《周易》

中「遁世無悶」的哲理自遣，意似曲折，其實頗不自然。不過，謝靈運的山水詩也有情景渾然一體的，如《石門巖上宿》之類即是。

劉宋詩壇，不再有建安詩人建功立業的激情和正始詩人憂懼禍患的苦悶，況且謝靈運又具有高門士族、玄學之士和佛教徒的三重身分。這就決定了他的詩作內容單薄、感情平緩，十分典型地反映了南朝高等士族文人的精神風貌。

3、謝靈運山水詩的藝術特色

謝靈運山水詩在藝術上有自己的特色：他以自然山水爲獨立、客觀的描寫對象，而不是將它作爲主觀感情的載體。它不像陶淵明的詩歌那樣，把主體情感傾注到所寫景物中去，而是對山水進行客觀的細緻刻畫，力求形似逼眞。可以說，陶詩側重寫意，謝詩偏於寫實。由此導致的結果必然是前者情景統一，後者情景多不免割裂。其次，從藝術表現上看，謝詩善於抓住景物特徵，進行精雕細刻的描繪，尤擅長寫靜態畫面，往往以精練準確的動詞出之，故靜而不壅，生動形象，給人以美的享受。以上所引名句和「密林含餘淸，遠峯隱半規」（《游南亭》）、「林壑斂暝色，雲霞收夕霏」（《石壁精舍還湖中作》）等均是如此。但由於語言上過分雕琢，追求新奇、對偶和用典，故就整篇而言，存在冗繁生僻的弊病。劉勰在《文心雕龍・明詩》中概括宋初山水詩的特點曰：「儷採百字之偶，爭價一句之奇。情必極貌以寫物，辭必窮力而追新。」謝靈運正是這種詩風的代表。謝靈運山水詩通常還採取「記出遊——寫景物——抒理思」的三段式結構，單一而少變化。前後兩部分往往枯燥乏味，有價值的主要是中間的寫景部分。這樣的結構必然帶來有名句而無名篇的缺陷。謝靈運山水詩的總風格是富艷精工，典麗厚重。

山水詩以外，謝靈運還寫過一些詠懷詩和贈答詩，其中有些不乏眞情實感的流露。如《楊柳行》其一和《白雲巖下經行田》都以沈痛、憤激的筆觸寫農民的痛苦生活，《酬從弟惠連》五首表現他與謝惠連之間的眞摯情誼，均有較强的情感力量。他還學習南朝樂府民歌，寫過像《東陽溪中贈答》二首那樣的愛情小詩，也雋永可誦，並起了某種開風氣的作用。

總之，謝靈運是扭轉玄言詩風，開創山水詩派的第一位詩人，他開闢了詩歌表現的新領域。當時和後世的不少詩人如謝惠連、謝莊、湯惠休、謝朓、唐代的王維等，都曾受過他的深刻影響。同時，他極貌寫物和窮力追新的作風，客觀上提高了描情狀物的能力和詩歌創作的藝術技巧，爲永明新體詩的形成打下了一定的基礎。從這個意義上說，鍾嶸稱之爲「元嘉之雄」（《詩品》）是有道理的。

㈢顏延之

在宋代，與謝靈運齊名的詩人有顏延之，世稱「顏謝」，然其詩的內容與風格均與謝靈運不同。顏延之（公元 384～456 年），字延年，祖籍琅邪臨沂（今屬山東）。因宋文帝時曾任光祿大夫，故後世又稱「顏光祿」。其集已佚，明人張燮輯有《顏光祿集》五卷，在《七十二家集》中，張溥《漢魏六朝百三家集》亦有《顏光祿集》。

顏延之今存詩二十九首，除應詔之作外，多爲朋友贈答與即事詠懷之作，未見有山水詩，其成就亦不如謝靈運。語言雕琢，喜好用典是他詩歌的主要特點，所以《詩品》引湯惠休語曰：「謝詩如芙蓉出水，顏如錯采鏤金。」其詩較爲人所稱道的是《五君詠》，分別吟詠阮籍、嵇康等五位反抗世俗的不羈之士，以寄寓自己遭讒被黜的怨憤之情，自有一種淸拔深沈之氣。此外，長達九十句的敍事詩《秋胡行》描寫細緻，刻畫生動，在同類題材的諸多作品中較有特色。

第二節　鮑照與七言詩

㈠鮑照的生平和作品

鮑照（公元 414？～466 年），字明遠，東海（今山東郯城）人。他出身「孤賤」，少有才名，且功名心很强。二十多歲時，他爲了謀求官職，曾向臨川王劉義慶獻詩言志，獲得賞識，任國侍郎。後又出爲中書舍人、秣陵令等職。大明五年（公元 461 年），擔任臨海王劉子頊的參軍。後劉子頊被賜死，鮑照也死於亂軍之中。其著作現存《鮑參軍集》十卷，今人錢仲聯有注本。其中詩歌兩百多首，《擬行路難》（十八首）等爲代表作。

鮑照一生在政治上很不得志，但他的作品當時頗負盛名，尤以詩歌成就最高。他的樂府詩不僅數量多，而且內容充實，剛健昂揚，是對建安文學傳統的很好繼承。

㈡鮑照的詩歌內容

鮑照詩歌一個最重要的內容，是對門閥制度壓抑人才的强烈不滿和憤慨。如《擬行路難》：

> 寫水置平地，各自東西南北流。人生亦有命，安能行歎復坐愁！酌酒以自寬，舉杯斷絕歌《路難》。心非木石豈無感？呑聲躑躅不敢言！（其四）

> 對案不能食，拔劍擊柱長嘆息。丈夫生世會幾時，安能蹀躞垂羽翼！棄置罷官去，還家自休息。朝出與親辭，暮還在親側。

弄兒牀前戲，看婦機中織。自古聖賢盡貧賤，何況我輩孤且直！（其六）

這兩首詩抒發了作爲寒士的詩人在仕途中倍受壓抑的痛苦，語言質樸，情感激憤。特別是後一首，拔劍擊柱的動作、丈夫垂翼的呼號、歸家隱居的嚮往、貧賤孤直的感嘆，一氣呵成，將作者壓抑、奔放、悠閑、悲愴的情緒變化表現得細緻淋漓。悲哀而不頹唐，失望而不消沈，自有一種雄逸豪放的風格，反映了作者憤慨不平而又自尊孤傲的精神狀態。

鮑照有些詩歌反映了邊塞戰爭和征人生活，表現了他建功立業的願望和强烈的進取精神。如《代出自薊北門行》：

羽檄起邊亭，烽火入咸陽。徵騎屯廣武，分兵救朔方。嚴秋筋竿勁，虜陣精且強。天子按劍怒，使者遙相望。雁行緣石徑，魚貫渡飛梁。簫鼓流漢思，旍甲被胡霜。疾風沖塞起，沙礫自飄揚。馬毛縮如蝟，角弓不可張。時危見臣節，世亂識忠良。投軀報明主，身死為國殤。

詩歌開頭渲染敵軍入侵的緊張氣氛，中間描寫行軍途中的嚴寒艱苦，最後讚揚將士們爲國捐軀的英勇氣概。郭茂倩《樂府詩集》收此詩入「雜曲歌辭」，於題下引曹植《艷歌行》「出自薊北門，遙望湖池桑，枝枝自相植，葉葉自相當」四句，可知鮑照這首詩是模擬曹植的，「代」即擬之意。這堪稱一首出色的邊塞詩，特別是「疾風沖塞起，沙礫自飄揚。馬毛縮如蝟，角弓不可張」四句，寫邊地苦寒景象，語言奇警，描寫精粹，唐代岑參等詩人深受其影響。此外，《代東武吟》、《代苦熱行》等寫征人在戰爭中歷盡艱辛，最終卻得不到統治者顧惜的不幸遭遇：「少壯辭家去，窮老還入門。腰鐮刈葵藿，倚杖牧雞豘。昔如韝上鷹，今似檻中猿。徒結千載恨，空負百年怨。」（《代東武吟》）流露出對朝廷薄情寡恩的不滿與怨恨。

反映黑暗現實、同情百姓疾苦的詩篇，鮑照也寫了不少。《代貧賤愁苦行》寫貧賤之士屈意就人的悒鬱沈痛，《代白頭吟》寫「人情賤恩舊，世議逐衰興。毫髮一爲瑕，丘山不可勝」的炎涼世態，均反映了當時下層士人倍受壓抑的痛苦。而《擬古》其六則不僅寫他自己的農耕生活，抒發他不能施展才能的憤懣，也流露了對人民的深切同情：

> 束薪幽篁裡，刈黍寒澗陰。朔風傷我肌，號鳥驚思心。歲暮井賦訖，程課相追尋。田租送函谷，獸藁輸上林。河渭冰未開，關隴雪正深。笞擊官有罰，呵辱吏見侵。不謂乘軒意，伏櫪還至今。

鮑照還有些詩歌反映了遊宦之苦和鄉關之愁。前者有《行京口至竹里》，後者有《還都道中》三首等。此外，他還創作了一些學習南朝民歌的小詩（五言四句），如《吳歌》三首、《采菱歌》七首等，較謝靈運的此類小詩，更覺淸俊而有情致，對齊梁以後小詩的大量出現有重要影響。其《中興歌》十首亦此體，不過，它是替統治者粉飾太平、歌功頌德的，沒有什麼價値。這是詩人思想中庸俗一面的反映。

「才秀人微」（《詩品》）是對鮑照一生最準確、最簡練的概括。劉宋時期，雖然對高門士族有所抑制，但社會上仍然注重門第出身。作爲一介寒士，要想憑才能長期得到重用，是極爲困難的，故鮑照在《瓜步山揭文》中感嘆道：「才之多少，不如勢之多少遠矣！」壯志抱負與嚴峻現實之間的深刻矛盾，使詩人感到壓抑、痛苦和憤激，因而在詩歌中抨擊門閥制度，抒發憤慨不平。又由於富有功名心的詩人生活在南北長期對峙的形勢之下，既關心國事，又嚮往通過軍功得到重用，故以充沛的激情描寫邊塞戰爭，歌頌將士的愛國情懷。同時，出身的寒微與自身的不幸，使鮑照不同於養尊處優的高等士人，因而能較多地關注下層百姓的苦難，並在詩歌中寄予深切的同情。當然，其中有時也難免夾雜著不太健康的情緒，如《擬行路難》中「君不見柏梁台」、「諸君莫嘆貧」諸首即流露了人生無常、及時行樂的思想，但在鮑照詩中不占重要地位。故總的說來，鮑照與謝靈運詩歌中的貴族情調不同，它是當時寒士生活、心態的典型反映。

㈢鮑照詩歌的藝術成就

筆力雄肆，感情充沛，音節錯綜，是鮑照詩歌主要的藝術特色。明人陸時雍《詩鏡總論》評鮑詩曰：「材力標舉，凌厲當年，如五丁鑿山，開人世之所未有。當其得意時，直前揮霍，目無堅壁矣。駿馬輕貂，雕弓短劍，秋風落日，馳騁平岡，可以想此君意氣所在。」鮑照確實善於用自由豪放的筆調，傾訴自己如火的激情，形成一種震撼人心的氣勢。《擬行路難》十八首、《代出自薊北門行》等作品便是典型的代表。此外，他還工於寫景狀物，造語奇特瑰麗，因而形成了俊逸豪放、剛健凌厲的藝術風格。杜甫在《春日憶李白》中讚曰「俊逸鮑參軍」，正是就此風格而言的。鮑詩是建安詩風的隔代嗣響，在頗以文采著稱的劉宋詩壇上顯得那麼卓然超拔，風骨不凡。

鮑照在文學史上具有重要地位。這不僅是因爲他朗健奇矯的詩歌繼承建安以來詩歌反映現實、抒寫眞情的優良傳統，代表著詩歌發展的健康方向，也不僅因爲他描寫邊塞戰爭的詩歌對後世邊塞詩的發展產生了較大影響，更重要的是，他汲取民歌的豐富養料，創造了一批內容充實、形式漸趨成熟的七言樂府詩，為後來七言歌行的發展奠定了良好的基礎。

㈣七言詩的發展

我國七言詩的發展有一個漫長曲折的過程。先秦、兩漢時已有七言韻語。荀子的《成相篇》就是模仿民謠寫成的七言、雜言體韻文。《漢書》載東方朔、劉向均作有《七言》（今尚存殘句），又該書所記《樓護》、《上郡吏民為馮氏兄弟歌》亦為七言，可見它在西漢即已初步成型。東漢以後，文人開始創作七言詩。張衡《四愁詩》是趨向完整的七言抒情詩，但各章首句還是參用了騷體句式。《吳越春秋》所依託的《窮劫曲》、《河梁歌》亦大體與之相類。建安時期，曹丕《燕歌行》兩首則可算我國現存最早、最完整的七言詩。以後很長時間，除北方民歌中時有出現外，文人並不重視，傅玄曾仿張衡作《四愁詩》，還說七言是一種「體小而俗」的形式。鮑照在學習民歌的過程中，不僅以豐富的內容充實了這種形式，而且變曹丕的逐句用韻為隔句用韻，並可以自由換韻，這就為七言詩的發展開拓了寬廣的道路。從他以後，七言體就在南北朝文人詩歌中逐漸繁榮起來。

第三節　沈約、謝朓和新體詩

㈠新體詩的產生

齊梁時期，我國詩歌形式出現了重要變化，產生了新體詩。所謂新體，意指新的形式，是相對於比較自由的古體詩而言的，其最大的特點是開始講究對偶與格律。對偶詩句，《詩經》中就已存在，後經曹植、陸機等歷代詩人的運用和張揚，這種風氣至南朝大盛。魏晋以後，我國的音韻學也有了新的發展，曹魏時李登作《聲類》十卷，晋呂靜作《韻集》五卷，二書均已失傳。據考證，它們雖未區分韻部，但已用宮、商、角、徵、羽五聲來區分字音。另有曹魏時孫炎作《爾雅音義》，初步創立了反切。齊永明年間，周顒在前人音韻學的基礎上，發現了漢字平、上、去、入四種聲調，著《四聲切韻》（今佚）。詩人沈約等人，又根據四聲和雙聲疊韻來研究詩句中聲、韻、調的配合，指出平頭、上尾、蜂腰、鶴膝、大韻、小韻、旁紐、正紐八種毛病必須避免①，力求做到「一簡之內，音韻盡殊；兩句之中，輕重悉異」。「四聲八病」之說，雖或失之煩苛，又不夠完整，難以遵行；但其强調音韻的和諧變化，說明已開始掌握了漢語語音的某些規律，在詩歌的格律化上邁出一大步，因而使詩的韻律呈現出一種新的體貌。《南史·陸厥傳》曰：「永明時，盛爲文章，吳興沈約、陳郡謝朓、瑯琊王融以氣類相推轂，汝南周顒善識聲韻，約等文皆用宮商，將平、上、去、入四聲，以此制韻……世呼爲永明體。」可見，永明體是指南朝齊代永明年間由謝朓、沈約等詩人所創造的一種講究對偶、聲律的詩體。後來，王闓運《八代詩選》卷十二至卷十四，專選齊至隋百餘年中的這類詩歌，名曰「新體詩」，因此，後人又稱永明體爲新體詩。永明詩人大膽對詩歌形式進行探索和革新，表現出可貴的創新精神。

永明新體詩的出現，揭開了我國詩歌史上從比較自由的古體詩向格律嚴謹的近體詩轉變的嶄新一頁，爲唐代格律詩的最後形成和發展在形式上奠定了基礎。

㈡新體詩代表詩人

新體詩的代表詩人是沈約、謝朓、王融。

王融

王融（公元 468～494 年），字元長，琅邪臨沂（今屬山東）人。《詩品》稱其「有盛才，詞美英淨，至於五言之作，幾乎尺有所短」。從後人所輯《王寧朔集》中的存詩來看，他的詩確如鍾嶸所說，詞句精美簡淨，但內容較貧乏，情韻亦不足，殊不及其文。至於沈、謝二人，則沈在理論上的貢獻較大，謝的創作成就較高。

沈約

沈約（公元 441～513 年），字休文，吳興武康（今屬浙江）人。他歷仕宋、齊、梁三朝。梁時封建昌縣侯，官至尚書令，領太子少傅，諡曰隱，故後世稱「沈隱侯」。有《沈隱侯集》輯本二卷，收入《漢魏六朝百三家集》中。沈約是齊代及梁初文壇領袖。齊永明中竟陵王蕭子良好文學，立西邸招文學之士，沈約與謝朓、王融、蕭琛、范雲、任昉、陸倕、蕭衍（即梁武帝）皆從之遊，號「竟陵八友」。（見《梁書・本紀第一》）沈約在詩歌理論上的主要貢獻是倡導前面已提到的聲律說，對一代詩風和文風有深刻的影響，並爲隋唐以後律詩的形成開拓了道路。除八病說外，其《宋書・謝靈運論》、《答陸厥書》都是影響深遠的重要文獻。此外，沈約還提出了有名的「文章當從三易」的論點，即「易見事」、「易識字」、「易讀誦」（見《顏氏家訓・文章篇》引）。這當是針對劉宋顏延之等人過於雕琢其章，好用冷僻典故（雖謝靈運亦不免），不注意文詞的朗暢與音節的流利而提出的，對當時和後世的詩風、文風影響頗大。齊梁以後，雖出現過以穠麗爲尚的徐庾體，但就總的趨勢來說，無論是詩和文的語言都是向清新流利的方向發展。前人往往因沈約提倡聲律對偶，而對他在這方面的理論注意不夠，是失於考察的。

沈約論詩文，亦頗注意內容，强調繼承風騷和建安時期的「以情緯文，以文被質」的傳統。但他同魏晋以來的許多文人一樣，都不注意文學的諷諭和教化的功能；加之他早年長期爲地方大僚掌書記，後又長期在宮廷任職，與民衆接觸少，故其詩多爲抒發個人的情愫和朋友之情，此外則爲寫景、詠物與應詔、應制之作，缺乏深刻的社會內容。然其抒情之作亦頗有佳篇，如《別范安成》：

生平少年日，分手易前期。及爾同衰暮，非復別離時。勿言一樽酒，明月難重持。夢中不識路，何以慰相思？

對朋友的殷切之情，溢於言表。鍾嶸《詩品》稱其詩「長於淸怨」，當指此類詩而言。

謝脁

倡導永明體諸詩人中，成就最高者當推謝脁。

謝脁（公元 464～499 年），字玄暉，陳郡陽夏（今河南太康）人。與謝靈運同族，故有「小謝」之稱。他曾任南齊諸王的參軍、功曹等職，得到過隨郡王蕭子隆、竟陵王蕭子良的賞識。建武三年（公元 495 年）擔任宣城太守，故又稱爲「謝宣城」。後遷尚書吏部郎，因事牽連，下獄而死。其作品現存《謝宣城集》五卷，包括賦九篇、樂歌八首、四言詩二十八首、鼓吹曲三十首、五言詩一百零二首。近人郝立權曾作《謝宣城詩注》四卷。

謝脁詩歌的主要成就是發展了山水詩。他的作品繼承謝靈運而更趨成熟。如他的名作《晚登三山還望京邑》：

灞涘望長安，河陽視京縣。白日麗飛甍，參差皆可見。餘霞散成綺，澄江靜如練。喧鳥覆春洲，雜英滿芳甸。去矣方滯淫，懷哉罷歡宴。佳期悵何許，淚下如流霰。有情知望鄉，誰能鬒不變？

這首詩開頭用王粲望長安、潘岳望洛陽的典故，引出自己回顧建業、留戀京城的心情，中間描繪長江夕景，最後抒寫離鄉遠去、還歸無望的傷感。中間部分寫春江暮色，色調鮮明，動靜結合，境界開闊，堪稱大手筆。「餘霞散成綺，澄江靜如練」兩句，更爲歷代所傳誦。

和謝靈運一樣，謝脁也有不少寫景名句。如「天際識歸舟，雲中辨江樹」（《之宣城郡出新林浦向板橋》）寫天邊疏淡的歸帆樹影；「魚戲新荷動，鳥散餘花落」（《游東田》）寫魚游鳥飛的初夏景色；以及「寒城一以眺，平楚正蒼然」（《宣城郡內登望》）、「餘雪映青山，寒霧開白日。曖曖江村見，離離海樹出」（《高齋視事》）等，清新淡遠，如同一幅幅水墨畫，給人以極大的美感。

謝脁的山水詩學習謝靈運，刻畫景物都細緻逼眞。但相比而言，謝脁的山水詩又有所發展，並形成自己的特色。這主要表現在：

第一，大謝詩中的山水與官場生活是背離的，他往往有意地去尋找山水，以忘情世事；小謝詩中的山水卻總是與主體情感的抒發相統一，殿閣池榭與自然景物的描寫往往彼此交融。鍾惺在《古詩歸》中說「玄暉以山水作都邑詩」，便是指的這種情趣。

第二，大謝的山水詩總是在記遊、寫景之後，抒寫理思，拖著一條玄言尾巴；小謝的山水詩則完全擺脫了玄言詩的影響，使山水詩達到了比較完整的藝術境界。

第三，與大謝詩的富艷精工、典麗厚重不同，小謝詩較少繁蕪的詞句，形成一種自然平秀、清新流麗的藝術風格。

謝朓的詩歌也缺乏深刻的社會內容，他的《永明樂》十首、《夜聽妓》二首，便是典型的諂上、無聊之作。此外，《觀朝雨》、《答王世子》等篇，還明顯地存在鍾嶸所說「善自發端，而末篇多躓」、有「意銳而才弱」的缺點。

謝朓主張「好詩圓美流轉如彈丸」（《南史·王曇首傳附王筠傳》），這一觀點貫徹在他的詩歌創作中，使他的詩歌能做到「調與金石諧，思逐風雲上」（沈約《傷謝朓》），聲調和諧，音韻鏗鏘，詞藻秀美，對仗工整，體現了新體詩的基本特點。他新體詩中多篇幅短小的精品，尤以模仿南朝民歌的五言四句式小詩值得注意。如《玉階怨》：「夕殿下珠簾，流螢飛復息。長夜縫羅衣，思君此何極？」詩寫宮女的孤獨幽怨，語言精練，流轉圓美。又如《王孫游》：「綠草蔓如絲，雜樹紅英發。無論君不歸，君歸芳已歇。」《同王主簿有所思》：「佳期期未歸，望望下鳴機。徘徊東陌上，月出行人歸。」等等，藝術上比樂府民歌有所提高。他的這類新體詩，對唐代絕句的形成有一定影響。嚴羽《滄浪詩話》說：「謝朓之詩，已有全篇似唐人者。」唐代一些著名詩人很重視謝朓的詩，特別是李白，更是多次稱引其佳句，故有人稱李白「一生低首謝宣城」（王士禎《論詩絕句》），可見謝朓詩影響之深。

第四節　梁、陳詩人和宮體詩

梁、陳兩代的詩，以梁武帝中大通三年（公元 531 年）昭明太子蕭統逝世、蕭綱繼爲太子而分爲前、後兩個階段。前一階段基本上沿宋、齊餘風。蕭統集文士劉孝綽等編《文選》，所錄詩歌大體皆以雅麗爲準，於冶艷、綺靡之作，不論是民間歌詩或文人創作皆擯而不錄，雖反映蕭統本人的文學觀，也反映當時的詩風。上節已講過的沈約及江淹、吳均、何遜等是這時的主要作家。後一階段，則由於蕭綱及其東宮文人徐摛、庾肩吾等的提倡，盛行輕靡、冶艷的宮體。蕭綱令徐陵編《玉臺新詠》，廣收漢以來描寫女性生活的詩歌，雖不遺雅正之作，而靡麗、冶艷之作皆大量收入，即標示他們所提倡的趨向。這對梁後期及陳代詩壇的影響頗大。

㈠梁前期詩人

梁前期詩人中，江淹以模擬著名，何遜及晚於他們的陰鏗則以山水詩成就最高，而吳均則既善寫景，也善模擬，特別是對樂府古詩的擬作，尤爲人們所稱道。

江淹

江淹（公元 444～505 年），字文通，濟南考城（今河南蘭考東）人。歷仕宋、齊、梁三朝，有《江文通集》十卷。他入梁時間很短，主要活動在宋末和齊代。江淹是以善於模擬著稱的詩人，其《雜體詩三十首》分別摹擬了自漢代《古離別》到劉宋湯惠休的三十家詩體，並能做到形神頗肖。如《劉太尉傷亂》寫出了劉琨的愛國憂憤，《陶征君田居》擬陶淵明的田園詩，深得陶詩意境。另外，他的《效阮公詩十五首》摹擬阮籍《詠懷詩》，不僅風格近似阮籍，而且還在表現阮籍的矛盾痛苦中寄託了自己的身世之感。

江淹的擬古詩立足於學習古代詩歌遺產，構成了這一時期詩歌史發展的另一側面。同時，也在一定程度上形成了自己的特色，如《遊黃蘗山》、《銅爵妓》等作品，便顯得筆力矯健，氣調高古。此外，「雲色被江出，煙光帶海浮」（《從蕭驃騎新亭》）、

「山川吐幽氣，雲景抱長懷」（《冬盡難離和丘長史》）等，情味悠長，均爲寫景名句。

吳均

吳均（公元 469～520 年），字叔庠，吳興故鄣（今浙江安吉）人。仕梁爲郡主簿，又被建安王蕭偉引爲記室，後被任爲奉朝請，有《吳朝請集》。他出身貧寒，詩文有淸拔之氣。文名雖盛，但鯁直不阿的性格卻爲統治者所不容。梁武帝就曾說：「吳均不均，何遜不遜。」（《南史・何遜傳》）因此，他的詩多寫失意士人的不平。如《贈王桂陽》：

> 松生數寸時，遂為草所沒。未見籠雲心，誰知負霜骨！弱幹可摧殘，纖莖易凌忽。何當數千尺，為君覆明月？

這首詩表現了寒賤之士的雄心與骨氣，沈鬱憤激，明顯受左思、鮑照的影響。他的詩還有樂府《行路難》等，已似後代七言歌行。

何遜

何遜（？～公元 518 年），字仲言，東海郯（今屬山東）人。曾仕梁爲尙書水部郎，著有《何遜集》二卷。他的一些山水詩和抒情小詩，描繪入微，講究聲律，頗得謝朓的風致。如《相送》：「客心已百念，孤遊重千里。江暗雨欲來，浪白風初起。」寫與友人惜別的憂慮與惆悵，主要通過景物描寫來表現對朋友的深摯情感，平易自然而又韻味深長。何遜也有許多寫景佳句，如「岸花臨水發，江燕遶檣飛」（《贈諸游舊》）、「游魚亂水葉，輕燕逐風花」（《贈王左丞僧孺》）、「幽蝶弄晚花，淸池映疏竹」（《答高博士》）、「野岸平沙合，連山遠霧浮」（《慈姥磯》）等。故葉矯然《龍性堂詩話》初集讚曰：「何仲言體物寫景，造微入妙，佳句實開唐人三昧。」

陰鏗

陰鏗（？～公元565年？），字子堅，武威姑臧（今甘肅武威）人。仕梁爲湘東王蕭繹法曹參軍，入陳後官至員外散騎常侍，著有《陰常侍集》一卷。他年輩雖較江、吳、何等人爲晚，但其詩與何遜齊名，風格也接近，世稱「陰何」。陰鏗詩歌以寫景見長，尤善於鍛鍊字句，如「山雲遙似帶，庭葉近成舟」（《閑居對雨》）、「鶯隨入戶樹，花逐下山風」（《開善寺》），都是在修辭、聲律方面頗見匠心的寫景佳句。故沈德潛認爲他「專求佳句」（《說詩晬語》）。但他也講求謀篇布局，注意通篇的完整。如《江津送劉光祿不及》：

> 依然臨江渚，長望倚河津。鼓聲隨聽絕，帆勢與雲鄰。泊處空餘鳥，離亭已散人。林寒正下葉，釣晚欲收綸。如何相背遠，江漢與城闉。

此詩寫江邊送別友人，因遲到未及相見，佇立遠眺，心情惆悵，於滿目蕭索中見出眞情，堪稱佳作。

何遜、陰鏗既是謝靈運、謝朓之後著名的山水詩人，同時多運用新體詩的形式，在斟酌音韻、鍛鍊詞句、開拓意境上用過苦功。他們的一些新體詩，已接近唐人律詩，如陰鏗《晚出新亭》：「大江一浩蕩，離悲足幾重。潮落猶如蓋，雲昏不作峯。遠戍惟聞鼓，寒山但見松。九十方稱半，歸途詎有蹤？」基本上已是一首合格的五律。杜甫曾說：「李侯有佳句，往往似陰鏗。」（《與十二白同尋范十隱居》）又說：「頗學陰何苦用心。」

（《解悶十二首》）可見其對陰、何的推重。

㈡梁後期至陳之宮體詩人

1、宮體詩的興起

從梁後期到陳代（公元 531～589 年）詩壇上，特別在貴族和宮廷中流行著一種風格輕艷柔靡的詩體，時人號之曰「宮體」。「宮體」之名，始於梁簡文帝蕭綱為太子時，「宮」即太子所居之東宮。《梁書．簡文帝紀》載蕭綱自言：「余七歲有詩癖，長而不倦。然傷於輕靡，時號『宮體』。」《梁書．徐摛傳》則說，徐摛作詩「好為新變」，他任蕭綱的太子家令時，其「文體既別，春坊盡學之，宮體之號，自斯而起」。可見宮體詩是一種「新變」的文體，具有「輕靡」的特點。至於其具體內容，《隋書．經籍志》說蕭綱之詩「清辭巧制，止乎衽席之間，雕琢蔓藻，思極閨闈之內。後生好事，遞相放習，朝野紛紛，號為宮體」。可見，宮體詩主要指梁陳時期以描繪女性體態與生活為重要內容、風格綺麗輕柔的宮廷詩。後來，由於遞相模仿，陳、隋以致唐初的同類詩作，習慣上就也稱為宮體了。

宮體詩主要是南朝君主、貴族聲色娛樂生活的反映。劉宋時，謝靈運、湯惠休乃至鮑照都寫過艷情詩，永明體作家沈約、王融、謝朓等人，更寫過不少艷情之作，如沈約《夢見美人》、《夜夜曲》，謝朓《夜聽妓》二首之類。在齊時即開始詩歌創作的梁武帝蕭衍也有此類作品。永明體的講究對偶聲律和刻畫精細，則為宮體詩人提供了相應的形式。宮體詩的興起，與南朝描寫男女戀情的民歌也有密切聯繫，《玉臺新詠》多收民間情歌及文人擬作，即反映了它們之間的聯繫，但民歌質樸自然，宮體卻頗多彩飾；民歌感情眞摯潑辣，宮體則不免帶上貴族文人的生活情趣和審美觀念，有的甚至流於浮薄駘蕩，這是其不同之處。

2、宮體詩代表作家

宮體詩的代表作家有梁簡文帝蕭綱、梁元帝蕭繹（公元508～555年，有《梁元帝集》）及其周圍的文人庾肩吾（公元487～553年？）、庾信父子，徐摛（公元474～551年）、徐陵（公元507～583年）父子，陳後主陳叔寶（公元553～604年）及其侍從文人也可歸入此類。庾氏父子和徐氏父子的詩作又被稱爲「徐庾體」。

蕭綱

蕭綱（公元503～551年），字世纘，梁武帝第三子，因長兄蕭統早夭，被立爲太子，並繼位爲簡文帝，後爲侯景所害。今傳有《梁簡文集》輯本，在《七十二家集》及《漢魏六朝百三家集》中。蕭綱曾說：「立身之道與文章異，立身先須謹重，文章且須放蕩。」（《誡當陽公大心書》）「放蕩」即無拘檢之意。從現存二百多首詩來看，雖於主觀感情和所寫人、物都刻意描繪，然其病多在內容單薄，情韻不足。就是所作艷情詩，也多比較含蓄，故其《烏棲曲》中「芙蓉作船絲作笮」、「浮雲似帳月成鈎」兩首甚至爲頗有道學氣的王夫之所激賞，稱之有「遠思遠韻」、「不入情事自高」（《古詩選》）。但他確有一部分艷詩寫得比較「放蕩」，如《詠內人晝眠》、《倡婦怨情》、《詠舞》、《美人晨妝》等即屬此類，至於個別詩如《孌童詩》之類，則就不只是放蕩，而是表現封建文人腐朽的生活情趣了。現舉《詠內人晝眠》爲例：

> 北窗聊就枕，南簷日未斜。攀鈎落綺障，插捩舉琵琶。夢笑開嬌靨，眠鬟壓落花。簟文生玉腕，香汗浸紅紗。夫婿恆相伴，莫誤是倡家。

寫女性的睡態，文辭艷靡，描繪精緻，體現了某些宮體詩的特點。宮體詩爲後人所詬病，正是指這類詩而言。

宮體詩發展到陳代，更趨輕靡，如陳後主《玉樹後庭花》、《烏棲曲》，江總（公元 519～594 年）《宛轉歌》、《閨怨篇》等，都顯得內容空虛，風格浮艷。

宮體詩雖然格調不高，但它的出現，作爲詩歌發展史中的一環，也有其歷史必然性和一定的意義。例如，它對人體美的集中描繪與表現，就拓展了審美對象的領域，對後代文學，特別是宋詞有相當大的影響。又如，宮體詩人對美的細膩感受和精微表現，也是超越前人、啓迪來者的。至於它繼永明體之後，使格律、對偶等詩歌形式更趨圓熟，從而推進了由古體向近體的轉變，那更是不可否認的。據統計：宮體詩中符合律詩格律的約占百分之四十左右，基本符合的就更多了。宮體詩對於後來律詩、特別是五律的形成，起了重要的推動作用②。

第五節　北朝詩人與庾信

南北朝時期，北朝文人詩歌遠不如南朝。北魏末至北齊時，出現了號稱「北朝三才」的溫子昇（公元 496～547 年）、邢邵（公元 496 年～？）、魏收（公元 505～572 年）等人，他們的詩歌模仿南朝詩風，學習沈約等人對偶、用典的詩歌形式技巧，盡管還十分稚拙，但他們的探索與努力，畢竟朝南北文學融合的方向邁開了第一步。王褒、庾信由南入北，則不僅給北朝詩壇帶來了轉機，而且大大推進了南北文學融合的歷史進程。其中尤以庾信的影響和作用最大。

㈠庾信

1、庾信的生平

庾信（公元 513～581 年），字子山，祖籍南陽新野（今屬河南），西晉末徙居江陵（今屬湖北）。他是梁朝著名宮廷詩人庾肩吾之子。自幼聰慧，博覽羣書，尤好《左傳》。十五歲作昭明太子蕭統的東宮講讀，十九歲作蕭綱的東宮抄撰學士，深得蕭綱寵信。侯景之亂，他任建康令，全軍潰退，逃奔江陵。梁元帝承聖三年（公元 554 年），西魏滅梁，他正出使西魏，被扣留在長安，屈身仕魏。後又仕北周，官至驃騎大將軍開府儀同三司，故後人稱爲「庾開府」。他地位雖高，卻時常懷念故國，內心非常悲苦，最終老死於北方。他的詩文集《庾信集》二十卷，係北周滕王宇文逌所編定，但後來散佚。今存者均爲明人重輯本，最早的有正德十六年（公元 1521 年）《庾開府詩集》四卷本，收錄不全，且無文集。較完備者有萬曆間屠隆校《庾子山集》十六卷本，後收入張燮《七十二家集》及張溥《漢魏六朝百三名家集》中，並有《四部叢刊》影印本。爲庾信集作注者有清吳兆宜《庾開府全集箋注》十卷及倪璠《庾子山集注》十六卷。吳注較簡略疏漏，倪注引徵豐富，體例詳密，後收入《四部備要》。今人許逸民校點的《庾子山集注》，集前人注釋精華，並附收佚文，可供參考。

2、庾信詩歌的藝術成就

庾信是南北朝最後一位重要作家，是總結魏晋六朝傳統並「啓唐之先鞭」（楊愼《升菴詩話》）的著名詩人。他在把南方詩歌創作的藝術成就帶到北方的同時，又吸取了北方文化中剛健的精神，創造了新的風格，在一定程度上體現了南北文學合流的趨勢。

庾信今存詩二百五十多首，其中少數作品如《詠舞》、《奉和示內人》等，是他前期作爲宮體詩人創作的，形式綺麗，內容貧弱。他現存詩歌絕大部分是後期作品，其中雖也不乏奉和應酬、歌功頌德、宮體艷情之作，如《周祀宗廟歌》、《和趙王看妓》之類，但那些抒寫身世之悲、仕北之痛、故國之思、鄉關之愁的詩作，才眞正反映他後期詩歌的面目和成就。《擬詠懷》二十七首是他的代表作。其二十六寫道：

> 蕭條亭障遠，悽慘風塵多。關門臨白狄，城影入黃河。秋風蘇武別，寒水送荊軻。誰言氣蓋世，晨起帳中歌。

前四句描寫北國景色，蕭索而闊大；後四句抒寫一己愁懷，沈鬱而悲壯。詩中運用別蘇武、送荊軻和項羽自刎三個典故，表達了故國難歸的悲痛心情。這正是庾信後期詩歌的中心內容，在許多篇章中都有所表現，只是表達的方式不同。如「榆關斷音信，漢使絕經過。胡笳落淚曲，羌笛斷腸歌」（《擬詠懷》之七），「還思建業水，終憶武昌魚」（《奉和永豐殿下言志》之八），「回頭望鄉淚落，不知何處天邊。胡塵幾日應盡，漢月何時更圓」（《怨歌行》）。可謂觸事即發，無時或忘。孫元晏《詠庾信詩》曰：「苦心詞賦向誰談？淪落咸陽志豈甘！可惜多才庾開府，一生惆悵憶江南。」對庾信後期的心境和詩賦作了高度的概括。這些抒寫故國鄉關之思的作品，是他詩歌中最感人、最有價值的部分。

由於思想內容的變化和北方文化的薰染，庾信後期詩歌的藝術風格也發生了根本性的轉變，由前期的綺艷貧弱變爲蒼涼悲壯、剛健深沈。如「陣雲平不動，秋蓬轉欲飛」、「輕雲飄馬足，明月動弓弰」（均見《擬詠懷》）；「胡笳遙警夜，塞馬暗嘶羣」（《和趙王送峽中軍》）等詩句，都是南朝詩中罕見的。庾信還善於用典，能貼切而不露痕迹，起到了擴大詩歌容量，啓發讀者聯想的效果。運用對偶也是他的詩歌的特點，如上引詩句及「直虹朝映壘，長星夜落營」（《擬詠懷》之十一）等，就是工整而自然的對句。這在他的詩作中隨處可見。

庾信對新體詩進行了多方面的探索，取得了突出成就，因而成爲唐代格律詩的直接開啓者。如：

促柱繁弦非《子夜》，歌聲舞態異《前溪》。御史府中何處宿，洛陽城頭那得棲？彈琴蜀郡卓家女，織錦秦川竇氏妻。詎不自驚長淚落，到頭啼烏恆夜啼。（《烏夜啼》）

淒清臨晚景，疏索望寒階。濕庭凝墜露，摶風捲落槐。日氣斜還冷，雲峯晚更霾。可憐數行雁，點點遠空排。（《晚秋詩》）

陽關萬里道，不見一人歸。唯有河邊雁，秋來南向飛。（《重別周尚書二首》之一）

前二者已近於唐人七律、五律之體，後一首則已具唐人五絕格局。故劉熙載在《藝概・詩概》中說：「庾子山《燕歌行》開唐初七古，《烏夜啼》開唐七律。其他體爲唐五絕、五律、五排所本者，尤不可勝舉。」

總之，庾信是集南北朝文學之大成的作家。他繼往開來，初步融合南北詩風，爲唐詩的繁榮作了必要的準備。杜甫讚曰：「庾信文章老更成，凌雲健筆意縱橫。」（《戲爲六絕句》）「庾信平生最蕭瑟，暮年詩賦動江關。」（《詠懷古迹》）都是對庾信後期作品的正確評價。

㈡王褒

與庾信命運相同，亦由南入北的另一位重要作家王褒，也以其文筆遒勁、情調悲涼的作品，提高了北朝詩歌的水平，促進了南北詩風的交融。

王褒（？～公元 572 年或 577 年），字子淵，祖籍琅邪臨沂（今屬山東），生長於建康（今江蘇南京）。曾仕梁至吏部尚書、左僕射，有《王司空集》一卷。庾信到北朝不久，他也因江陵城破被西魏擄至長安，後仕北周，累遷至太子少保、小司空。在北朝文壇上頗有聲名。他的名作《渡河北》寄寓了他的故國之思：

> 秋風吹木葉，還似洞庭波。常山臨代郡，亭障繞黃河。心悲異方樂，腸斷《隴頭歌》。薄暮臨征馬，失道北山阿。

風格質樸剛健，和他在南朝時的作品頗不相同。另如《關山月》、《飲馬長城窟》等，語意豪壯，骨勁氣寒，表現出意義深長的變化。

附　註

①據《詩人玉屑・詩病》，所謂「平頭」，指一聯之中，第 1、2 字不得與第 6、7 字同聲。如「今日良宴會，歡樂難具陳」中，「今」與「歡」皆平聲。上尾，指第 5 字不得與第 10 字同聲。如「青青河畔草，鬱鬱園中柳」中，「草」與「柳」皆上聲。蜂腰，指一句之中，第 2 字不得與第 5 字同聲。如「聞君愛我甘，竊欲自修飾」中，「君」與「甘」皆平聲。鶴膝，指兩聯之中，第 5 字不得與第 15 字同聲。如「客從遠方來，遺我一書札。上言長相思，下言久別離」中，「來」與「思」皆平聲。大韻，指「聲」、「鳴」爲

韻，上九字不得用「驚」、「傾」、「乎」、「榮」等字。小韻，指除本字外，9字中不得有兩字同韻。旁紐與正紐，10字內兩字疊韻爲「正紐」，若不共一紐而有雙聲，爲「旁紐」。如「流」「久」爲正紐，「流」「柳」爲旁紐。八種聲病以「上尾」、「鶴膝」最忌。

「八病」一詞最早見於唐朝人的記載，因而有人懷疑沈約本人並未明確提出這一說法，但據郭紹虞先生的考訂，認爲唐人把「八病說」的首創者歸於沈約是有根據的。關於「八病」的具體內容，後人解釋頗有不同，以上只是《詩人玉屑》中的一說。「八病說」對詩歌格律的規定十分繁細，實際上，無論是沈約本人，還是「永明體」的代表詩人謝朓，都未能完全做到。

②「宮體詩」產生之後，一直受到後世評論者的普遍非議，五十年代以後尤其如此。八十年代，許多學者從不同角度對「宮體詩」重新加以審視，提出了一些新的看法，也引起了一些爭論。其中，章培恆與劉世南的論爭比較惹人注目：章培恆在《復旦學報》1987年第1期發表《關於魏晉南北朝文學的評價》一文，認爲魏晉南北朝文學在一定程度上表現了對個人價值的新的認識和對違背傳統道德觀念的個人慾望的肯定，因而文學呈現出新的特色，其中的一個重要方面，就是美的創造，「遭人詬病的宮體詩，就是這樣一種致力於創造美的文學」。並以蕭綱《詠內人晝眠》爲例，說它「比較眞切地傳達了一種美的印象，因而是一種進步」。文章刊出後，劉世南於《復旦學報》1988年第1期發表《究竟應該怎樣評價魏晉南北朝文學——與章培恆同志商榷》，對章文提出全面反駁，認爲章文「抽掉了人的政治性亦即階級性」，因而「誤入岐路」。爾後，章培恆又寫了《再論魏晉南北朝文學的評價問題——兼答劉世南君》（《復旦學報》1988年第2期），劉世南寫了《二論魏晉南北朝文學評價問題——答章培恆君》（《江西師大學報1989年第1期》），對包括宮體詩在內的許多問題展開了討論，較有代表性。

第五章 東晉、南北朝樂府民歌

第一節 東晉、南朝樂府民歌①

㈠東晉及南朝樂府的類別

東晉及南朝樂府民歌主要保存在郭茂倩《樂府詩集》中，大部分屬清商曲辭②。在清商曲辭中，它們又可分爲三類：

㈠吳聲歌曲，凡三百二十六曲；㈡神弦歌，十八首；㈢西曲歌，凡一百四十二首。據後人考證，神弦歌中所涉及到的一些地名（如青溪、白石、赤山湖等）多在吳聲歌曲產生的中心地建業（今南京市）附近，所以概括地說，東晉、南朝樂府民歌的主體是吳聲歌與西曲歌。這些歌辭絕大部分來自民間，其中小部分可能出自文人之手或經過他們加工潤色。

吳歌主要產生在長江下游地區，以建業爲中心。《樂府詩集》說：《晉書・樂志》曰：『吳歌雜曲，並出江南，東晉以來，稍有增廣，其始皆徒歌，既而被之管弦。』蓋自永嘉渡江之後，下及梁陳，咸都建業，吳聲歌曲，起於此也。」建業是從東晉到南朝各朝的首都，樂府機關就近採集這一帶的民歌，加工整理，配上音樂，就是吳聲歌曲。吳聲歌有相當一部分來自鄉村，但更多的可能來自城市小市民之口，因而部分地具有市民文學的特色。

吳歌曲目，《古今樂錄》載有十種，郭茂倩《樂府詩集》中又補其所見九種。《古今樂錄》所載曲調，不少曲調的歌詞已經失傳。

現在保存在《樂府詩集》中的吳聲歌曲歌詞共計二十六種。其中篇數最多的是《子夜》、《讀曲》。《子夜歌》共四十二首，《讀曲歌》八十九首。《子夜》據《宋書・樂志》云：「晉孝武太元（公元 376～396 年）中，琅琊王軻之家有鬼歌《子夜》。」可見它只是曲調的名稱。後來《唐書・樂志》說：「《子夜歌》者，晉曲也。晉有女子名子夜，造此聲，聲過哀苦。」說子夜是女子名，可能是根據傳說。子夜的變曲很多，《樂府解題》說：「後人乃更爲四時行樂之詞，謂之《子夜四時歌》。又有《大子夜歌》、《子夜警歌》、《子夜變歌》，皆曲之變也。」今《樂府詩集》存《子夜四時歌》七十五首，此外還有許多文人之作；《大子夜歌》存二首，《子夜警歌》二首，《子夜變歌》四首。《讀曲》，《玉臺新詠》載其中一首，題作「獨曲」。《宋書・樂志》云：「《讀曲歌》者，民間爲彭城王義康所作也。」可能本非艷曲，後來發展爲以之寫艷情。《子夜》、《讀曲》以外，《七日夜女歌》、《碧玉歌》、《懊儂歌》、《華山畿》等所存篇數都比較多。

《神弦歌》可能是巫師祠神的樂章，與《楚辭・九歌》相類似。

西曲產生於長江中游和漢水兩岸地區，以江陵爲中心。《樂府詩集》說：「按《西曲歌》出於荊（今湖北江陵）、郢（今江陵東北）、樊（今湖北襄樊）、鄧（今河南鄧縣）之間，而其聲節送和，與吳歌亦異，故因其方俗而謂之西曲云。」《古今樂錄》說，西曲之曲調有《石城樂》、《烏夜啼》、《莫愁樂》、《估客樂》、《襄陽樂》等三十四曲。其中有些是舞曲，有些是倚歌。今存於《樂府詩集》的《西曲歌》中，不少出自梁簡文帝、劉孝綽、庾信、徐陵等文人之手，相當一部分屬無名氏所作。在無名氏所作的作品中，可能有一些民歌。

㈡東晉、南朝樂府民歌的內容及特色

東晉、南朝民歌的基本內容是表現愛情。雖然不少寫情之作可能受了當時統治階級追求聲色享樂生活的影響，但總的傾向是健康的。在吳聲歌中，有相當一部分作品寫情極爲纏綿悱惻，婉轉動人。如《子夜歌》：

始欲識郎時，兩心望如一。理絲入殘機，何悟不成匹？

夜長不得眠，明月何灼灼。想聞散喚聲，虛應空中諾。

上首寫苦戀而不能成爲眷屬的沈痛，下首寫苦戀以致於出現幻覺的癡情，主人公的心情聲態，表現得何其維妙維肖！如非親身所歷，定不能道得如此眞切。也有不少作品是表明主人公對愛情的堅貞的。如《子夜四時歌》：

淵冰厚三尺，素雪覆千里。我心如松柏，君情復何似？

前人云：歲寒然後知松柏之後凋。主人公自己忠於愛情、矢志不渝，他希望自己的心上人也志如松柏，經得起嚴酷現實的考驗。有些作品則表現了對封建禮教的抗爭，以致於以死殉情。如《華山畿》：

華山畿，君既為儂死，獨生為誰施？歡若見憐時，棺木為儂開！

懊惱不堪止，上牀解要繩，自經屏風裡。

這很容易使人聯想起《孔雀東南飛》劉蘭芝與焦仲卿的愛情悲劇故事。

當然，也有寫愛情如願的歡樂與執著的。如《讀曲歌》：

> 憐歡敢喚名，念歡不呼字。連喚歡復歡，兩誓不相棄！

> 打殺長鳴雞，彈去烏臼鳥。願得連冥不復曙，一年都一曉！

這是何等的熱烈和大膽！

《神弦歌》當是民間祭歌，故寫人神戀愛，充滿了人情味，與傳統樂府中那種莊嚴典雅的祭歌不同。如《嬌女詩》：

> 北游臨河海，遙望中菰菱。芙蓉發盛華，淥水清且澄。弦歌奏聲節，彷彿有餘音。

> 蹀躞越橋上，河水東西流。上有神仙居，下有西流魚。行不獨自去，三三兩兩俱。

這是從遊客的角度去觀察嬌女的處境，推測她追求凡俗愛情的心情，爲她的寂寞無侶感到遺憾與惆悵。近似的作品如《青溪小姑》：「開門白水，側近橋梁。小姑所居，獨處無郎。」朱熹評《楚辭・九歌》說：「比其類，則宜爲《三頌》之屬，而論其詞則反爲《國風》再變之鄭衞。」（《楚辭集注・楚辭辯證》）《神弦歌》正是上承《九歌》的傳統。它所祭的神多係「雜鬼」，而且祭神的目的是爲了娛神，女巫們載歌載舞向神表達情愫，在歌舞中很自然地就把世俗的美好情感融會進去。

同吳聲的纏綿悱惻相比，西曲則更多一點調諧幽默的氣息。

如《那呵灘》：

> 聞歡下揚州，相送江津灣。願得篙櫓折，交郎到頭還！
>
> 篙折當更覓，櫓折當更安。各自是官人，那得到頭還？

這是男女對唱之詞。前首女子希望男子再來相聚，卻不肯直說，開個玩笑說但願他中途篙折櫓斷，只得倒頭回來。後首男子解釋說，自己正當官差，身不由己，即使篙折櫓斷，也不敢倒頭回來。這種傳情的方式表面上很詼諧，但內在的感情卻是極眞摯懇切的。

西曲中有些作品可能是寫妓女生活的。如《尋陽樂》：「雞亭故儂去，九里新儂還。送一卻迎兩，無有暫時閑。」表現了妓女屈辱痛苦的生活，反映了城市商業經濟興起後人際關係的商品化。

同吳歌一樣，西曲中也不乏寫情婉轉深沉之作。如《拔蒲》：

> 朝發桂蘭渚，晝息桑榆下。與君同拔蒲，竟日不成把。

這與《詩經・卷耳》中的「采采卷耳，不盈頃筐，嗟我懷人，置彼周行」有異曲同工之妙。又如《作蠶絲》：

> 春蠶不應老，晝夜常懷絲。何惜微軀盡，纏綿自有時。

東晉南朝樂府民歌內容雖然比較單調，但由於所寫之情極其眞實，多從肺腑流出，所以讀來仍令人不厭其復。藝術上的成功也是它們富於永久魅力的重要原因。具體說來，有如下幾個方面值得重視：

第一，篇幅都比較短小，絕大部分係五言四句，類似於五言絕句。

這種體式，與《詩經》民歌多用四言加重章疊句與漢樂府民歌多用雜言的效果顯然不同。由於篇幅短小，寫情可以比較集中，每一首突出一個最富於孕育性的情感焦點，不拖沓，不煩冗，點到即止，易於收到含蓄蘊藉、明潔空靈的效果。這種體式後來固定下來形成絕句，原因就是因爲它最適合抒寫剎時的感情片斷，能機動靈活地記錄人們隨時隨地產生的感情火花。

第二，語言明白曉暢，清新自然。

《大子夜歌》說：「歌謠數百種，子夜最可憐。慷慨吐清音，明轉出天然。」「絲竹發歌響，假器揚清音。不知歌謠妙，聲勢出口心！」其實不僅《子夜》如此，東晉、南朝民歌普遍都有此特點。這些民歌大部分都是用來演唱的，聽衆可能有貴族，但更多的是普通民衆。唱的既是民衆自己的心聲，用的自然也是民衆自己的語言，所以其中有不少俚語、俗語。沈德潛曰：「晋人《子夜歌》、齊梁人《讀曲》等歌，俚語俱趣，拙語俱巧。」（《古詩源》）正說出了這一特點。

第三，修辭手法相當巧妙。

南朝民歌用得最多的修辭是雙關。雙關又有同音異字與同音同字兩種。前者如《子夜歌》：「今夕已歡別，合會在何時？明燈照空局，悠然未有棋！」以「棋」諧「期」；《懊儂歌》：「我有一所歡，安在深閤裡。桐樹不結花，何由得梧子？」以「梧子」諧「吾子」。後者如《子夜四時歌》：「自從別歡後，嘆音不絕響。黃蘗向春生，苦心隨日長。」以黃蘗樹的「苦心」諧自己相思的苦心；《讀曲歌》：「相憐兩樂事，黃作無趣怒。合散無黃連，此事復何苦？」「散」本是藥名，這裡諧「聚散」之散。南朝樂府中用諧音相關的例子比比皆是，俯拾即得。由於大量運用雙關，就避免了直接抒說，將難言之隱、難寫之情以隱語出之，令人回味無窮。另外，比喻、烘托也是它們常用的手法。例如《估客樂》：「莫作瓶落井，一去無消息！」《三洲歌》：「願作比目魚，隨歡千里游！」都用了新穎而別緻的比喻。《長樂佳》：「紅羅復斗帳，四角垂朱璫，玉枕龍須席，郎眠何處牀？」前三句全係環境描寫，最後一句才點出相見時的喜悅之情，顯然具有烘托作用。

㈢南朝樂府代表作——《西洲曲》

東晉、南朝樂府民歌的代表作是《西洲曲》：

> 憶梅下西洲，折梅寄江北。單衫杏子紅，雙鬢鴉鶵色。西洲在何處？兩槳橋頭渡。日暮伯勞飛，風吹烏臼樹。樹下即門前，門中露翠鈿。開門郎不至，出門採紅蓮。採蓮南塘秋，蓮花過人頭。低頭弄蓮子，蓮子青如水。置蓮懷袖中，蓮心徹底紅。憶郎郎不至，仰首望飛鴻。鴻飛滿西洲，望郎上青樓。樓高望不見，盡日欄杆頭。欄杆十二曲，垂手明如玉。卷簾天自高，海水搖空綠。海水夢悠悠，君愁我亦愁。南風知我意，吹夢到西洲。

此詩最早見於今傳徐陵所編《玉臺新詠》（宋本未錄），題爲江淹作。郭茂淸《樂府詩集》將它歸入「雜曲歌辭」，題爲《古辭》。明、淸人的選本或以爲晉辭或題梁武帝作。它大概本爲民歌，而經文人修改、加工而成。詩的內容是寫一女子對心上人的相思。它與一般寫相思的作品不同之處在於：它寫出了女主人公自與男子幽會之後長期的相思心理，是一篇以寫愛情心理細膩具體見長的抒情佳作。

在藝術上它有三個方面值得注意：

第一，在結構方面，它善於運用景物來暗示時間季節的推移，在一篇之中寫出四季相思，毫無牽合、拼湊痕迹。

開頭「憶梅下西洲，折梅寄江北」，從冬春之際寫起，以回憶自然領出。「日暮伯勞飛，風吹烏臼樹」暗暗過渡到夏天；「出門採紅蓮」由夏天轉入秋天，而以秋天爲描寫重點。這樣的結構方法，在以前的詩歌中是很少見的。寫景在詩中不僅具有暗示時間的作用，而且具有烘托主人公心情的作用。「日暮伯勞飛」，以伯勞好單棲襯托她的孤寂；「採蓮」的描寫有物我相憐之意；「憶郎郎不至，仰首望飛鴻」寫出她的期待與盼望；「捲簾天自高，海水搖空綠」寫出她無限的悵惘與空虛。沈德潛評此詩「續續相生，連跗接萼，搖曳無窮，情味愈出」（《古詩源》），正道出了它的特點之一。

第二，善於以動態描寫來表現人物的心理變化。

詩中的主人公有一系列的活動：首先是「憶」，憶中的情事有「下西洲」；接著是相思，由相思而折梅寄贈。以下有開門、出門、採蓮、弄蓮、置蓮、望飛鴻、上青樓、徘徊欄杆頭，入夢送夢諸動作的描寫，這樣就寫出了主人公從春到秋，從白天到黑夜，從醒到夢都在追求不已的心理歷程，寫出了她追求的執著，對愛情的忠貞不二。

第三，運用了豐富的修辭手法。

其中最多的是接字鉤句、諧音雙關、比喻等方法。接字鉤句即修辭學上所謂「頂眞（針）」、「聯珠」格，如「風吹烏臼樹，樹下即門前」。上述幾種手法往往是綜合運用的，如「低頭弄蓮子，蓮子青如水，置蓮懷袖中，蓮心徹底紅」就即有頂眞，又有雙關和比喻：「蓮子」諧「憐（愛）子」、「蓮心」諧「憐（愛）心」；「青如水」喻愛情之純潔，「徹底紅」喻愛情之赤誠。這些修辭手法的運用，既能使作品連貫流暢，環環相扣，又能使表達深厚、含蓄。

第四，節奏明快，韻律和諧。

全詩五言到底，四句一換韻，且韻腳平仄相間，讀來琅琅上口，具有極優美的音樂效果。

東晉、南朝樂府民歌大量的寫情之作，對後世愛情詩的發展有深遠的影響。它們巧妙的修辭手法，爲詩歌修辭寶庫增添了新的內容，也爲後世提供了豐富的可資利用的藝術源泉，它們短小靈活的抒情體式，爲五言絕句的發展開了先路。當時就有不少文人在學習它、模仿它，後世文人學它、模仿它的更代有其人。《樂府詩集》中除收錄了南朝文人的大量作品外，還收有張若虛、王翰、王維、李白、李賀、劉禹錫、溫庭筠、陸龜蒙等唐代詩人學習它們的大量作品，僅此就可看出它們在文人心目中的地位了。

第二節　北朝樂府民歌

㈠關於北朝樂府

北朝樂府民歌主要保存在《樂府詩集》的《梁鼓角橫吹曲》中。《樂府詩集・橫吹曲辭》云：「橫吹曲，其始亦謂之鼓吹，馬上奏之，蓋軍中之樂也。北狄諸國，皆馬上作樂，故自漢已來，北狄樂總歸鼓吹署。其後分爲二部，有簫笳者爲鼓吹，用之朝會、道路，……有鼓角者爲橫吹，用之軍中，馬上所奏者是也。」故知鼓角橫吹曲是當時北方民族所作的用於馬上演奏的軍樂，因爲所配樂器有鼓有角，所以才稱爲「鼓角橫吹曲」。前面的「梁」

字，爲《古今樂錄》作者釋智匠所加。今存六十六首。另外《雜曲歌辭》和《雜歌謠辭》中收有四首，共計七十首。今存的北朝樂府民歌大多是北魏時期所傳，其中也有部分爲十六國時的作品。當時有相當一部分是用鮮卑族和其他北方民族語言創作的，後來才譯成漢語，所以《折楊柳歌》中有「我是虜家兒，不解漢兒歌」之語。也有一部分可能原來就是用漢語創作的。據《南齊書・東昏侯紀》、《南史・茹法亮傳》的有關記載，以及梁武帝和吳均所作《雍臺》詩，可知北朝鼓角橫吹曲曾先後輸入齊、梁，並由梁樂府保存下來。

㈡北朝樂府民歌的內容及特色

北朝樂府民歌的內容比南朝樂府民歌要豐富得多，而且詩的情調也迥然不同。

第一，南朝樂府民歌大多產生於長江流域，那裡山明水秀，風光綺麗，所以詩中景物也多秀美清麗，具有江南秀媚的特點。北朝樂府大多產生於北方平沙大漠、草原曠野之地，所以詩中景象多具北方雄渾的特點。如《敕勒歌》：

> **敕勒川，陰山下。天似穹廬，籠蓋四野。天蒼蒼，野茫茫，風吹草低見牛羊。**

敕勒，是當時居於朔州（今山西北部）的一個民族。這首歌爲北齊人斛律金所唱③。本爲鮮卑語，翻譯爲漢語演唱，故長短不齊。詩中所描繪的景象，典型地反映了西北地區的地方特點。那蒼茫遼闊的草原，隨風起伏的牧草，時隱時現的牛羣和羊羣，都顯出一種雄渾的氣勢，有力地烘托出北方民族開闊爽朗、樂觀豪邁的胸襟和氣質，這是南方樂府民歌所沒有的。

第二，在南北對峙的數百年中，南方相對比較安定，城市經濟相對發展，統治者多沈緬於征歌買醉、尋歡作樂之中，民間也多溫柔善媚之風，故詩中多以情愛爲主。北方則長期戰爭不斷，人民生活痛苦不堪，故詩中多反映動亂帶來的淒苦之音。如：

男兒可憐蟲，出門懷死憂。屍喪狹谷中，白骨無人收。（《企喻歌辭》第四首）

兄在城中弟在外，弓無弦，箭無栝，食糧乏盡若為活？救我來！救我來！（《隔谷歌》）

「屍喪狹谷中，白骨無人收」的景象，在建安詩歌中我們屢屢可以看到，北朝樂府民歌在反映亂離方面與建安時期的詩歌相通。後一首寫士兵弓絕食盡、孤立無援之際呼天搶地求救的情景，讀之令人心神震顫不已。

《隴頭歌》三首抒寫人民離鄉背井、流離失所的苦痛，尤爲深沉感人：

隴頭流水，流離山下，念吾一身，飄然曠野。

朝發欣城，暮宿隴頭。寒不能語，舌卷入喉。

隴頭流水，鳴聲嗚咽。遙望秦川，心肝斷絕！

歌中極言行役飄泊之苦，千載之下，讀來仍不禁令人神傷。

北方民族的游牧生活以及長期不息的戰爭狀態，培養了人們勇敢剛毅的性格，也造就了他們的尚武精神。這種尚武精神在詩中屢有反映。如：

> 健兒須快馬，快馬須健兒。跸跋黃塵下，然後別雄雌。（《折楊柳歌辭》第四首）

> 新買五尺刀，懸著中梁柱。一日三摩娑，劇於十五女。（《琅琊王歌辭》第一首）

> 男兒欲作健，結伴不須多。鷂子經天飛，羣雀兩向波。（《企喻歌辭》第一首）

> 前行看後行，齊著鐵裲襠。前頭看後頭，齊著鐵鉉鉾。（同上，第三首）

胡應麟曾批評南朝樂府「了無一語丈夫風骨」，而稱賞北朝樂府的「剛猛激烈」（《詩藪・雜編》卷三），雖然話說得比較偏激，但是對它們的特點是概括得很準確的。

第三，同是愛情詩，南北樂府民歌也有不同。大抵南方言愛情多委婉含蘊，意在表現一種溫情，動人處常在纏綿悱惻、凄苦執著之間。北朝樂府民歌言愛情則多爽快直露，意在表現一種坦誠，動人處常在不遮不掩、乾脆俐落之時。如：

> 門前一株棗，歲歲不知老。阿婆不嫁女，那得孫兒抱？（《折楊柳枝歌》第二首）

> 敕敕何力力，女子臨窗織。不聞機杼聲，只聞女嘆息。問女何所思？問女何所憶？「阿婆許嫁女，今年無消息！」（《折楊

柳枝歌》第三首)

姑娘年紀到了，想要出嫁，她毫不掩飾自己的想法，將心腹事和盤端出。又如：

驅羊入谷，白羊在前。老女不嫁，踏地呼天！(《地驅歌樂辭》第二首)

誰家女子能行步，反著裌禪後裙露。天生男女共一處，願得兩個成翁嫗！(《捉搦歌》)

月明光光星欲墮，欲來不來早語我！(《地驅樂歌》)

這種對待婚姻和男女情愛的態度是何等的直率、開放！

當然，其中少數作品也比較婉轉：

腹中愁不樂，願作郎馬鞍。出入擐郎臂，蹀座郎膝邊。(《折楊柳歌》)

心中不能言，腹作車輪旋。與郎相知時，但恐傍人聞。(《黃淡思歌》)

這種寫法，可能受了南朝民歌的影響，但仍較南朝樂府民歌直露、顯明。

北朝樂府民歌還有一些南朝樂府民歌所沒有的內容。如反映貧富對立的：「快馬常苦瘦，勦兒常苦貧。黃禾起羸馬，有錢始作人！」(《幽州馬客吟歌辭》)「雨雪霏霏雀勞利，長嘴飽滿短嘴饑！」(《雀勞利》，也有寫漢人反抗匈奴貴族的，如《雜歌謠辭》中的《隴上歌》，就是漢族人民歌頌陳安為反抗匈奴貴族劉曜而壯烈犧牲的作品。

北朝樂府民歌在藝術上也有自己不同的特色。大致說來，它的風格以古樸蒼勁、悲涼慷慨為主，質直中顯出粗獷，坦率中顯出豪邁，與南朝的艷麗柔媚形成鮮明的對比。在體裁方面，它除了五言四句的形式之外，還有七言四句的七絕體，並發展了七言古體和雜言體。這是它比南朝樂府民歌更有創造性的地方。

㈢北朝樂府的代表作——《木蘭詩》

北朝樂府民歌的代表作是《木蘭詩》。這首詩在《樂府詩集》中屬「梁鼓角橫吹曲」。陳釋智匠所撰《古今樂錄》中已有著錄，因此，其創作時代不會晚於陳代，可以肯定為北朝樂府民歌④。從它的修辭情況看，它也可能經過文人的潤色和加工。

詩的主人公木蘭是一個極有光彩的女性形象。她不僅勤勞能幹，而且深明大義，勇敢頑強。在國家面臨強敵、徵兵文書接連傳來的時候，在父老弟幼的情況下，她女扮男裝，代父從軍，表現出崇高的自我犧牲精神。從軍十二年，身經百戰，出生入死，成了一位功勳卓著的「壯士」，表明她能征善戰，不僅武藝超羣，而且智慧非凡。尤其可貴的是，凱旋歸來以後，面對高官重爵、榮華富貴，她視之若浮雲，義不受賞，只願「送兒還故鄉」。這表明她從軍的目的只是為了抵禦外患，保家衛國；她的理想是與家人團聚，過和平安定的勞動生活。這樣的思想境界，眞正是光明磊落，可歌可頌。詩的結尾說「雄兔腳撲朔，雌兔眼迷離，雙兔傍地走，安能辨我是雄雌！」對木蘭以一女子而能與男子並肩感到無比自豪。木蘭這一形象，成功地顯示了婦女自身的能力和智慧，有力地批判了傳統的重男輕女的陋習。在她身上，展示了婦女要求平等、要求獨立解放的光明前途。

從藝術的角度說，這首詩有如下兩個方面值得重視：

第一，它是一首成功的敍事詩，在我國古代敍事詩的發展史上有重要地位。

《木蘭詩》與《孔雀東南飛》可以說是我國詩歌史上的「雙璧」，兩者異曲同工，前後輝映。《孔雀東南飛》的敍事線索基本上採取雙線，尤重場面的精細鋪排，擅長於營造悲劇氣氛。此詩則全用單線，著重於木蘭的經歷，情節騰挪跌宕，出人意表。它也有精彩的場面描寫，但下筆大刀闊斧，粗獷健邁，擅長渲染一種喜劇情調。《孔雀東南飛》讀來使人悲不能禁，此詩讀來則使人情志昂揚。千百年來，它們始終膾炙人口，決不是偶然的。

第二，語言修辭豐富多彩，富於韻律美。

從語言角度看，此詩既有古樸自然，似信口道出的口語（如開頭「問女何所思，問女何所憶」，「東市買駿馬，西市買鞍韉，南市買轡頭，北市買長鞭」等，均極本色），又有華麗工穩、精妙絕倫的律句（「朔氣傳金柝，寒光照鐵衣，將軍百戰死，壯士十年歸」等），既多五言，又間以雜言，這些都非常和諧地統一起來，造成一種活潑明快、流暢自然的語言風格。從修辭角度說，它運用了多種修辭手法，有誇張（如「萬里赴戎機，關山度若飛」）、有比喻（如「雄兔腳撲朔，雌兔眼迷離，雙兔傍地走，安能辨我是雄雌」）、有頂針（如「軍書十二卷，卷卷有爹名」、「歸來見天子，天子坐明堂」）、有對偶（如「策勳十二轉，賞賜百千強」、「當窗理雲鬢，對鏡貼花黃」）、有鋪排（如「爹娘聞女來，出郭相扶將；阿姊聞妹來，當戶理紅妝；小弟聞姊來，磨刀霍霍向豬羊」）等等。運用了如此多的修辭手法，卻未見雕琢斧鑿之痕，未失古樸剛健、本色自然的特色，可見其修辭功夫是很深的。本詩的押韻也體現了民間歌謠押韻的特色，它不避重字，通篇除開頭數句押仄韻外，其餘都平韻相轉，而且轉得很自然，讀起來也覺鏗鏘諧和，具有音樂美，這也是它具有永久魅力的原因之一。

北朝樂府民歌對後世的影響也是很深遠的。它慷慨悲涼、剛健豪壯的藝術風格很爲文人所稱道。元好問詩云：「慷慨歌謠絕不傳，穹廬一曲本天然。中州萬古英雄氣，也到陰山敕勒川。」（《論詩絕句三十首》其七）他的《岐陽》詩中有「岐陽西望無來信，隴水東流聞哭聲」，後句就是化用《隴頭歌辭》寫成。其中影響最大的是《木蘭詩》。木蘭這個光彩照人的巾幗英雄形象，一直到現在還英氣勃勃地出現在戲曲舞台上，成爲鼓舞人民積極向上的精神力量。《木蘭詩》中的一些表現方法，也常爲後世文人所取法。

附　註

①過去的一些文學史，都只提「南北朝樂府民歌」，這實際上是不夠準確的，今存南朝樂府最大的一個品類，即吳聲歌曲，《樂府詩集》明確指出：「蓋自永嘉渡江之後，下及梁陳，咸都建業，吳聲歌曲，起於此也。」《宋書·樂志》也說：「吳歌雜曲，並出江東，晋宋以來，稍有增廣。」這都說明南朝樂府是自東晋以來由於城市經濟繁榮而逐步形成的。吳聲歌曲中最重要者爲「子夜歌」，《唐書·樂志》說：「子夜歌者，晋曲也。晋有女子名子夜，造此聲，聲過哀苦。」正由於南朝樂府開始於晋室南渡，北朝樂府在五胡十六國時期亦已濫觴。今存北朝樂府中「梁鼓角橫吹曲」不少樂曲乃十六國時代的產物，如《企喻歌辭》、《瑯琊王歌辭》等。「這些胡曲則當是隨了諸少數民族而入漢的新聲」（鄭振鐸《中國文學史》）。

②關於清商曲辭，郭茂倩說：「清商樂，一曰清樂。清樂者，九代之

遺聲。其始即相和三調是也，並漢魏已來舊曲。其辭皆古調及魏三祖所作。自晋朝播遷，其音分散，苻堅滅涼得之，傳於前後二秦。及宋武定關中，因而入南，不復存於內地。自時已後，南朝文物號爲最盛，民謠國俗，亦世有新聲。故王僧虔論三調歌曰：『今之淸商，實由銅雀。魏氏三祖，風流可懷。京洛相高，江左彌重。而情變聽改，稍復零落。十數年間，亡者將半。所以追餘操而長懷，撫遺器而太息者矣。』後魏孝文討淮漢，宣武定壽春，收其聲伎，得江左所傳中原舊曲《明君》、《聖主》、《公莫》、《白鳩》之屬，及江南吳歌、荊楚西聲，總謂之淸商樂。至於殿庭饗宴，則兼奏之。遭梁、陳亡亂，存者蓋寡。及隋平陳得之，文帝善其節奏，曰：『此華夏正聲也。』乃微更損益，去其哀怨，考而補之，以新定律呂，更造樂器。因於太常置淸商署以管之，謂之『淸樂』。開皇初，始置七部樂，淸商伎其一也。大業中，煬帝乃定淸樂、西涼等爲九部。而淸樂歌曲有《楊伴》，舞曲有《明君》、《并契》。樂器有鍾、磬、琴、瑟、擊琴、琵琶、箜篌、筑、箏、節鼓、笙、笛、簫、篪、塤等十五種，爲一部。唐又增吹葉而無塤。隋室喪亂，日益淪缺。唐貞觀中，用十部樂，淸樂亦在焉。至武后時，猶有六十三曲。其後歌辭在者有《白雪》……等三十二曲……通前爲四十四曲存焉。長安已後，朝廷不重古曲，工伎寖缺，能合於管弦者唯《明君》、《楊伴》、《驍壺》、《春歌》、《秋歌》、《白雪》、《堂堂》、《春江花月夜》等八曲。自是樂章訛失，與吳音轉遠。開元中，劉貺以爲宜取吳人，使之傳習，以問歌工李郎子，郎子北人，學於江都人俞才生。時聲調已失，唯雅歌曲辭，辭典而音雅。後郎子北人，學於江都人俞才生。時聲調已失，唯雅歌曲辭，辭典而音雅。後郎子亡去，淸樂之歌遂闕。」（《樂府詩集》）依此，淸商樂爲漢、魏以來舊曲，至唐開元後聲調漸亡。蕭滌非說：「故此時所謂《淸商曲》，實爲一淸、平、瑟三調之混合物。即如《吳歌》、《西曲》，果各屬何調？已

無法指實。」(《漢魏六朝樂府文學史》第 5 編第 2 章)

③《樂府詩集》引《樂府廣題》說:「北齊神武(高歡)攻周玉璧,士卒死者十四五,神武恚憤疾發。周王下令曰:『高歡鼠子,親犯玉璧,劍弩一發,元凶自斃。』神武聞之,勉坐以安士衆,悉引諸貴,使斛律金唱《敕勒歌》,神武自和之。其歌本鮮卑語,易爲齊言,故其句長短不齊。」事在東魏孝靜帝武定四年(公元 546 年)。

④按《木蘭詩》的寫作年代與作者,北宋以後至近代說法極多,或以爲魏曹植作(魏泰《臨漢隱居詩話》引當時傳說),或以爲唐韋元甫作(《文苑英華》),或以爲南朝人作(張蔭嘉《古詩賞析》),或以爲隋朝人作(姚大榮,見《東方雜誌》23 卷 2 號)。胡適之《白話文學史》、陸侃如《詩史》、張爲麒《木蘭詩時代辯疑》(《國學月報》2 卷 4 號)。蕭滌非《漢魏六朝樂府文學史》認爲以屬北朝爲允。列爲六條理由。其第一條最爲有力:「《樂府詩集》引《古今樂錄》云『木蘭不知名。』按《玉海》一百五引《中興書目》:『《古今樂錄》十三卷,陳光大二年(公元五六八年)僧智匠撰。起漢迄陳。』《樂錄》雖未載其詩,然已錄其題,足見作於陳以前。如爲隋唐作,則智匠不得預爲此語。」游國恩主編的《中國文學史》也採用此說,可從。

第六章　魏晉南北朝辭賦

第一節　魏晉南北朝辭賦的特點

魏晋南北朝是我國辭賦發展的一個重要轉變時期。這個時期的辭賦作家與辭賦作品，據嚴可均輯《三國六朝文》和陳元龍輯《歷代賦匯》統計，有作品保存至今的作家二百八十四人，作品（包括殘缺）一千零九十五篇。其總數爲今存漢賦的六倍。而且辭賦作品在五十篇以上的作家有曹植（五十八篇）和傅玄（五十六篇），這也是以前未曾有過的盛況。這個時期辭賦的發展具有下述特點。

第一，抒情化的復歸，並有明顯的詩賦合流的趨勢。

先秦辭賦雖也有闡理與體物的內容，但以屈原作品爲代表的先秦辭賦，抒情化是其主導傾向，具有作家鮮明的個性特點。漢賦雖也有抒情之作，但只是涓涓細流，主導傾向是以體物爲主的散體大賦。自東漢末年開始，以抒情詠物爲主的小賦逐漸增多。魏晋南北朝時期，雖仍有散體大賦，但詠物抒情小賦占了較大的比重，成爲這個時期辭賦的主流。它們或表現對人生的執著追求，或反映現實人生的困苦，或描寫自己命運的坎坷，或敍述田園山水的樂趣，或歌唱自己的生活情趣，或描繪日常生活中的各種事物以寄託情思。一般篇幅短小，語言華美，表現出鮮明的個人特色。不僅內容逐漸詩化，形式也逐漸融入五、七言詩句。隨著永明新體詩的產生，詩句逐漸律化，融入辭賦的詩句也逐漸律化。辭賦出現這種抒情化與詩賦合流的趨勢，是當時哲學思想和文學觀念演變的結果。

漢代是一個儒學統治的時代。儒學特別重視的是人的羣體意識。隨著東漢帝國統治的動搖，儒學思想的統治也隨著動搖。至魏晋時期，老莊哲學逐漸取代儒學的統治地位，成爲主要的意識形態。老莊，尤其是莊子，重視個體，强調個人意識的重大作用。受這種思潮影響，文學也要求著重表現個人、表現自我，著重抒發作家個人的思想感情和生活欲望。從漢末開始，隨著社會思想意識的轉變，整個文學都在向表現自我的抒情化的方向發展，非獨辭賦爲然。同時，魏晋是我國文學的自覺時代。人們逐漸認識文學不同於學術著作，曹丕率先提出「詩賦欲麗」，陸機在《文賦》中又提出「詩緣情」的主張。「欲麗」與「緣情」就成爲文學的基本要求，進而提出「文」與「筆」的區別。始則謂「有韻者文也，無韻者筆也」（《文心雕龍・總術》），再則提出，「至於文者，惟須綺縠紛披，宮徵靡曼，脣吻遒會，情靈搖蕩」（蕭繹《金樓子・立言》）。要求文學必須描寫和表現人的感情。辭賦是「文」的主要形式之一，當然更要求「情靈搖蕩」。這樣，出現辭賦的抒情化與詩賦合流的趨勢就是必然的了。

第二，語言趨向駢偶化，出現辭賦的一種新形式——駢賦。

駢賦的基本特徵就是語言駢偶。駢偶是魏晋南北朝辭賦的主導傾向。這個時期的一些大賦，如何晏《景福殿賦》，謝靈運《山居賦》，沈約《郊居賦》，庾信《哀江南賦》，都是駢賦。

第三，藝術風格由漢代散體大賦的堆垛板滯轉變爲清深綺麗。

漢代散體大賦的特點之一是「鋪采摛文」，但漢人理解的「文采」，只局限於文字的華美。因此，漢賦的語言風格往往是羅列名物，堆砌雙聲疊韻形容詞。漢大賦的另一特點是「體物」，而漢人理解的「體物」，就是「極聲貌以窮文」，只求形似，一般不注意情景交融。魏晉南北朝時期的辭賦一般都語言清新活潑，尤其在描寫方面，往往藉物抒情，托物言志，細膩地描寫作者或作品中人物的不同心理狀態，深入地揭示出人物的內心世界，很少枯燥板滯的鋪敍和奇僻字的堆垛，而是情景相生，情與境會，具有鮮明的藝術形象，寄寓著作者的人生理想，或者是對現實中某種現象的諷刺。

第四，辭賦題材有較大的開擴。

漢大賦的題材，大都以宮殿、遊獵、京都、歌舞爲主，詠物賦也多是寫帝王貴族身邊之物。東漢以後，稍有變化，然其範圍仍然狹小。到魏晉南北朝，辭賦的題材就大大擴展，抒情、說理、詠物、敍事，各種內容都出現；登臨、憑弔、悼亡、傷別、遊仙、招隱，各種題材都寫到。其中最多的是詠物賦。飛禽、走獸、奇花、異草，天地、風雲、江河、湖海，都是辭賦描寫的對象；柑橘、芙蓉、春桃、秋菊、蝙蝠、螳螂、燕鵲、龜鱉都可以入賦。這類賦，有些側重於「體物」，但有寄興者不少，或托物言志，或借物抒情，或托物以諷，如張華《鷦鷯賦》、謝惠連《雪賦》、謝莊《月賦》、鮑照《飛蛾賦》、元順《蒼蠅賦》、盧元明《劇鼠賦》，就不是一般的詠物賦，而是高度形象化的詠物抒情賦或詠物諷刺賦。

這個時期，又是寫景抒情的紀遊辭賦發展的時期。這類紀遊辭賦以作者遊蹤爲線索，寫景抒情，一般都寫得情景交融，是很優美的山水文學。這個時期的辭賦還有一項重要題材，就是以作者的身世經歷爲線索，廣泛聯繫作者所經歷的歷史事件，反映時代風雲的變幻①。反映這一題材的賦，不僅本身有其重要的歷史價值與藝術價值，它對唐代詩歌發展的影響也是巨大的。

劉師培在《論文雜記》中說：「建安之世，七子繼興，偶有撰述，悉以排偶易單行，即非有韻之文，亦用偶文之體，而華靡之作，遂開四六之先，而文體復殊於東漢。」他指出，建安曹魏時期，是我國文風轉變的重要時期。隨著整個文風的轉變，辭賦也處於重大的轉變之中，正是這個時期辭賦發展的重要特點。

第二節　建安和正始辭賦

這個時期包括從漢獻帝初平元年到晉武帝泰始元年（公元190～265年），前後共七十五年。這個時期有辭賦作家五十人，今存辭賦作品（包括殘缺）共二百四十九篇。這些作家大都生活於曹氏政權的卵翼之下（蜀國只有郤正作了一篇《釋譏》，東吳也只有楊泉、胡綜、閔鴻等人寫了賦），軍閥混戰與曹氏政權內部的爭權鬥爭，他們都首當其衝。這個時期的散體大賦爲數不多，且大都殘缺，完整的只有何晏的《景福殿賦》。抒情小賦的數量則明顯增加，而且大都繼承楚辭的抒情傳統，或描寫他們在鄴下的清閑生活，或表達他們憂生念亂的情懷，一般篇幅短小，句式以六言居多，語言也變漢賦之濃麗爲楚辭之清深，而且駢偶的趨向更加明顯。這個時期傑出的辭賦作家有王粲、曹植和阮籍、嵇康等人。

(一)王粲

王粲是建安時期的著名詩人，也是著名的辭賦作家。曹丕在《典論·論文》中說：「王粲長於辭賦」，「如粲之《初征》、《登樓》、《槐賦》、《征思》」，「雖張蔡不過也。然於他文，未能稱是。」據此，知曹丕認爲王粲在辭賦方面的成就超過他的詩歌。王粲辭賦今存二十五篇，但大都殘缺，有的僅存殘句，有的尚可辨其意趣所在。完好無缺者僅《登樓賦》一篇。

《登樓賦》

《登樓賦》是王粲在荊州依附劉表時所作。所登之樓，或以爲在江陵，或以爲在襄陽，《文選》李善注引盛弘之《荊州記》以爲是當陽縣城樓。從賦中「北彌陶牧，西接昭邱」來看，以當陽城樓近是。王粲流落荊州，得不到劉表的重視，深抱懷才不遇的感慨；又眼見兵燹日熾，國家離亂，有家難歸，內心充滿悲憤與憂懼。故藉登樓騁望之機，寓情於景，寫下這篇小賦。一開始描繪荊州的險要與富庶，想「聊暇日以銷憂」，然而「雖信美而非吾土兮」，郊野的美景更引發了故鄉阻隔的情懷。接著抒寫對故鄉的思念之情，把眼前之景與欲歸不得的憂思聯繫起來，揭示了當時南北「壅隔」的政治背景。最後進一步抒發時難未平、壯懷莫展的感慨。賦描寫了傷感亂離，思念故鄉與自悲不遇三種感情。作者將這三種感情交織起來，展現了廣闊的社會背景，揭示了流落他鄉，寄人籬下，匏瓜徒繫，井渫莫食的那種壯志難伸的悲憤，很好地表達了亂世中失意士子慷慨悲涼的情懷。作者本想假登樓以銷憂，結果反而「氣交憤於胸臆」，以致「夜參半而不能寐兮，悵盤桓以反側」。情感如谷中溪流，斗折蛇行，以舒緩深沈的筆調委婉曲折地表達出來，達到了情景融爲一體的藝術效果。

㈡曹植

曹植不僅是建安時期最傑出的詩人，也是最傑出的辭賦作家。今存賦（包括殘文逸句）五十一篇，加上「七」體如《七啓》、《七咨》和賦體文如《髑髏說》之類爲五十八篇。他的賦大都是「觸類而作」（《前錄自序》），他的平生遭際，從個人的升沈哀樂，親友的歡會離別，直至軍國大事，無不形之於賦。這些賦，情之所至，或慷慨悲歌，或低迴詠嘆，或奮發激昂，或抑鬱愁苦，或文采繽紛，或淺近如話，顯示出多樣的風格。而最著名、最能代表其藝術成就的是《洛神賦》。

《洛神賦》

《洛神賦》據賦序說作於「黃初三年，余朝京師，還濟洛川」之時。考史載，曹植於黃初三年（公元 222 年）無朝京師之事，「三」或爲「四」之誤，或爲作者故意假託之辭。

賦序稱「感宋玉對楚王神女之事，遂作斯賦」，知此賦的寫作是受到宋玉《神女賦》的啓發。它以浪漫手法，通過幻想境界，描寫了一個神人相戀，而又無法結合，終於含恨分離的悲劇故事，充滿著抒情氣氛與神奇色彩。作者將一位端莊秀麗的美女形象刻畫得十分生動傳神。

> 其形也，翩若驚鴻，婉若遊龍，榮曜秋菊，華茂春松。髣髴兮若輕雲之蔽月，飄颻兮若流風之迴雪。遠而望之，皎若太陽升朝霞；迫而察之，灼若芙蕖出淥波。穠纖得衷，脩短合度。肩若削成，腰如約素。延頸秀項，皓質呈露，芳澤無加，鉛華弗御。雲髻峨峨，脩眉聯娟。丹脣外朗，皓齒內鮮。明眸善睞，靨輔承權。瓌姿艷逸，儀靜體閑。柔情綽態，媚於語言。奇服曠世，骨像應圖。披羅衣之璀粲兮，珥瑤碧之華琚。戴金翠之首飾，綴明珠以耀軀。踐遠遊之文履，曳霧綃之輕裾。微幽蘭之芳藹兮，步踟躕於山隅。

特別是寫她將至未至的神情，更畫出了水上女神的特點，給人以若眞若幻的感覺：「體迅飛鳧，飄忽若神。凌波微步，羅襪生塵。動無常則，若危若安；進止難期，若往若還。」這種描寫，其成就遠非宋玉《神女賦》可以比擬。關於這篇賦的主題，《文選》李善注引《感甄記》，以為是曹植為感念甄后而作。此純係小說家言，殊不足信②。而何焯《義門讀書記》則認為：「植既不得於君，因濟洛以作為此賦，托詞宓妃以寄心文帝，其亦屈子之志也。」此較舊說為勝。然從與此賦同時所作的《贈白馬王彪》一詩看，曹植對其兄曹丕絕無好感，用如此美麗多情的神女去比曹丕，似不合情理。此賦或為作者有所寄託而作，只是無從得知其所寄託的具體內容了。但不管主題如何，它所描寫的神人戀愛的故事是十分優美動人的。故後世作家多採用它作題材進行藝術創作。

㈢阮籍

阮籍是「正始之音」的代表作家之一，他的辭賦也頗有特色，是「正始之音」的重要組成部分。阮籍賦今存七篇。他的詩「厥旨淵放，歸趣難求」，其賦也多閃灼其辭，不直接涉及時事，但其憤世疾俗之情，卻隨時借題噴發，且辛辣尖刻。其諷世之尤切者為《獼猴賦》與《大人先生傳》。

《獼猴賦》

《獼猴賦》以物喻人，對那些干謁求進、巧言僞詐的奸佞之徒作了尖銳的諷刺與嘲笑。賦中寫道：

> 體多似而匪類，形乖殊而不純。外察慧而無度兮，故人面而獸心。性褊淺而干進兮，似韓非之囚秦。揚眉額而驟呻兮，似巧言而偽真。

這種描寫將那些人面獸心的干進之徒的醜惡嘴臉刻畫得淋漓盡

致。

《大人先生傳》

《大人先生傳》在體制上融合問答體文賦與騷體賦兩種體格，以問答展開辯論，以騷體進行描寫，在賦體中是一種創格。賦所著力表現的人物是大人先生。他鄙視現實，神遊四海之表、天地之外，「應變順和，天地爲家，運去勢隤出，魁然獨存，自以爲能足與造化推移，故默探道德，不與時同」，這就是他應付亂世的方式方法。這位大人先生正是作者的自況。這個形象雖然是《莊子》書中所描寫的眞人、神人的形象化，但也是作者憤世嫉俗的感情的表露。阮籍通過這位大人先生之口，對弱肉强食的社會現實和虛僞透頂的社會風習作了强烈抗議：「君立而虐興，臣設而賊生，坐制禮法，束縛下民，欺愚誑拙，藏智自神，强者睽眠而凌暴，弱者憔悴而事人，假廉而成貪，內險而外仁，罪至不悔過，幸遇則自矜。」深刻地揭示了現實生活中一切罪惡的社會根源。賦中還借大人先生之口將那些禮法之士比作褌中的虱子，說：

> 汝獨不見夫虱之處於褌之中乎？逃乎深縫，匿乎壞絮，自以為吉宅也。行不敢離縫際，動不敢出褌襠，自以為得繩墨也；饑則嚙人，自以為無窮食也。然炎邱火流，焦邑滅都，羣虱死于褌中而不能出。汝君子之處寰區之內，亦何異夫虱之處褌中乎！

這種比喻極爲生動巧妙，筆鋒可謂辛辣之至。而這正是阮籍憤世嫉俗之情的深刻表述。

㈣向秀

向秀，字子期，河內懷（今河南武陟）人，生卒年不詳，官至散騎常侍。他和嵇康、呂安是好友。嵇康、呂安被司馬昭殺害後，向秀經過山陽舊居，聽到鄰人吹笛，就寫了這篇《思舊賦》。

《思舊賦》

思舊，即懷念嵇康、呂安。賦的序言十分優美，簡明的記述，眼前景物的點染，使人倍覺情韻凄切。賦文亦極簡潔含蓄，只簡要敍其因行役而經山陽舊居，想起二子「形神逝其焉如」；又聞鄰笛，因「援翰而寫心」。對嵇康、呂安的死因一字未曾述及，只用「黍離」、「麥秀」二典暗示歷史環境的變換。賦寫得情韻凄惻，對朋友的惋惜與對時勢的憂憤溢於言表，歷來爲人嘆賞。「山陽聞笛」也成爲悼念朋友的典故。魯迅在《忘卻的紀念》一文中指出這篇賦「剛開了頭卻又煞了尾」，其原因是當時政治極端黑暗和恐怖，對向秀寫作此賦時的處境作了深刻的分析。

第三節　晉代辭賦

這個時期從晉武帝泰始元年到晉恭帝元熙二年（公元 265～420 年）劉裕代晉，共一百五十五年。這是魏晉南北朝辭賦最發達的時期。這時有作品存留至今的辭賦作家有一百一十九人，今存辭賦作品（包括殘缺）五百二十一篇，占魏晉南北朝辭賦總數的將近一半。這時辭賦的發展又可分爲西晉和東晉兩段。西晉時期，大賦的數量有所增加，如左思《三都賦》、成公綏《嘯賦》、木華《海賦》、郭璞《江賦》，都屬於這一類。這些賦，雖各有一定可取之處，但未能脫出漢大賦的規模。這時有成就的賦仍然是詠物抒情之作。而且詞采華美，駢偶已成爲主要傾向。如同駢文在這時正式形成一樣，駢偶也在這時正式形成。陸機、潘岳、左思是西晋著名詩人，也是著名辭賦作家。

(一)陸機

陸機賦今存二十九篇，其中較著名的是《嘆逝賦》、《豪士賦》與《文賦》。

《嘆逝賦》

《嘆逝賦》作於陸機四十歲時，是爲悼念亡故的親友而作，頗有「憂生之嗟」，情調十分悲涼。這正是當時險惡的政治環境的反映。

《豪士賦》

《豪士賦》是爲諷諫齊王冏而作。司馬冏輔政期間，自矜其功，驕恣日甚，有篡奪之心。陸機便作了此賦以諷諫。賦前有長序，說明乘時立功之易，功過其實之可危。又以周公與成王，霍光與漢宣帝的故事，反複闡明君臣嫌隙之難免，人臣居功之不易，如不及時引退，必致身敗名裂。賦則進一步加以發揮，指出驕盈必然招致失敗，及時引退，尚可以免禍。如果「擁爲山而自隕，嘆禍至於何及！」賦與序配合，說理明白透闢，發人深省。可惜司馬冏執迷不悟，終於失敗被殺。

《文賦》

《文賦》是繼曹丕《典論・論文》之後一篇重要的文學理論批評著作。它對文章的構思過程及作文的艱苦，作了細緻的描摹，對各體文章的不同風格作了具體的說明，在文學批評史上有著不可磨滅的功績。作品對許多抽象的理論問題作了形象的描繪。如描寫作家的藝術構思說：「其始也，皆收視反聽，耽思旁訊，精騖八極，心游萬仞；其致也，情曈曨而彌鮮，物昭晰而互進」，充分發揮了賦「體物」的特點，在藝術上也是有特色的。

(二)潘岳

潘岳賦今存二十四篇（包括《哀永逝文》與《弔孟嘗君文》等賦體文）③。其賦以長於抒情見稱，《秋興賦》、《西征賦》、《閑居賦》是其頗負盛名的代表作。

《秋興賦》

《秋興賦》是潘岳三十二歲時所作。潘岳少年得志，泰始四年（公元 268 年）即以《藉田賦》而受人推重。但因才高而招致怨恨，遂棲遲十年，不得升遷。他沈淪下僚，內心苦悶，就寫了《秋興賦》。他對滯官不遷，牢騷滿腹，對官場周旋亦感厭倦，眼見夏去秋來，年華流逝，不禁感慨萬千，淒清的秋景，勾起心中無限惆悵，喚起了他掙脫羈絆、躬耕東皋、逍遙川澤的願望。賦將他的情懷描寫得十分恬淡，其實，潘岳是一個熱衷仕宦的人，這種高情只不過是他宦海浮沈、落拓失意的牢騷而已。賦寫得精美而清婉，麗而不繁，柔而不靡，別具一種清麗的風格。

《西征賦》

《西征賦》是他赴任長安令時所作。賦首敍楊駿事件，接著寫自己攜家帶小、西投長安時的行迹與心境。賦中詳細記述了他沿途所經之地的山川形勝、人物古迹及關中風土人情，寄寓了他對現實的感慨。此賦是前代述行賦的繼續，但體制更大，徵引更博，筆端彷彿繚繞著一股驅不散的愁緒，落筆之處觸景傷情，表現出一種凄婉的風格。劉勰稱其「鍾美於《西征》」，可見其讚賞之至。

《閑居賦》

《閑居賦》作於元康六年（公元296年）潘岳五十歲閑居洛陽之時。他回顧三十年的宦海生涯，「八徙官而一進階，再免，一除名，一不拜職，遷者三而已矣」，可謂坎坷不平。因而心灰意冷，認爲是「拙」，不免滿腹牢騷，想退出官場，優遊山林。賦展現出一幅封建京城和市郊封建莊園及其主人安樂生活的圖景，描寫了潘岳幽靜高雅的養拙生活，抒發了他「有道吾不仕，無道吾不愚，何巧智之不足，而拙艱之有餘」的不得志的牢騷。《晉書》本傳說「岳性輕躁，趨勢利」。此賦雖寫得瀟灑自然，心境恬淡，而熱中之情溢於言表，生動反映了封建士大夫冷外熱中的心態。

㈢左思

左思賦今存者不多，完整的僅《三都賦》、《白髮賦》。

《三都賦》

《三都賦》是左思精心構製的作品。賦假設西蜀公子、東吳王孫與魏國先生三人論難，分別描寫蜀都（四川成都）、吳都（建業，今南京市）、魏都（鄴，今河北臨漳）的山川城邑，物產習俗，田獵歌舞，典章制度。其特點在徵實，它所强調的眞，乃是物眞事眞，而非情眞意眞，所走的仍是漢大賦堆砌名物、鋪張揚厲的老路。描寫方面，除《蜀都賦》中描寫蜀地富饒及風俗兩段較爲警策外，大都缺乏精采生動之筆。故此賦雖然「豪貴之家，競相傳寫，洛陽爲之紙貴」（《晉書・左思傳》），但終因缺乏獨創性而文學價值不高。

《白髮賦》

他較有特色的賦是《白髮賦》。此賦以寓言的形式，寫「我」因生白髮而感到「穢我光儀」，要拔除它。於是白髮瞋目號呼：「二老歸周，周道肅清；四皓佐漢，漢德光明；何必去我，然後要榮？」最後「我」感嘆說：「曩貴耆耋，今薄舊齒。皤皤榮期，皓首田里。雖有二毛，河清難俟。」賦寫的是寓言故事，抒發的則是作者在門閥制度壓抑下不得意的牢騷。文字也生動活潑，通俗明白，雖是模仿揚雄《逐貧賦》，在西晉賦中仍是別開生面的。

㈣陶淵明

東晉賦無論數量和質量都不及西晉，而且「辭意夷泰」，風格恬淡，多「平典似道德論」。魯迅指出：「到東晉，風氣變了，社會思想平靜得多，各處都夾入了佛教的思想。再至晉末，亂也看慣了，篡也看慣了，文章便更和平。」（《魏晉風度及文章與酒及藥之關係》）這時比較傑出的辭賦作家有陶淵明。陶淵明的辭賦今存三篇：《歸去來兮辭》、《閑情賦》和《感士不遇賦》。其賦抒情坦率眞摯，風格平易自然，在魏晉時期獨樹一幟。其中，以《歸去來兮辭》最爲著名。

《歸去來兮辭》

本篇是陶淵明四十一歲辭去彭澤令退隱田園的第二年春天寫的。作品描寫了退隱田園時的愉快心情和隱居生活的樂趣，說明歸隱的原因是「世與我而相違」。作者將隱居生活寫得十分美好，以之與污濁的官場相對比，表示他對官場生活的厭棄。賦中雖雜有樂天知命的消極思想，但他不與當權者合流，退隱農村、潔身自好，這在當時是有積極意義的。賦以清新流利的語言描寫他淸幽恬淡的生活，將寫景、抒情、哲理熔爲一爐，以表現他厭棄官場、嚮往高潔的心情，達到渾然一體的境界，在藝術上已是爐火純青。歐陽修說：「晋無文章，惟陶淵明《歸去來辭》而已。」可見其對此賦的推崇。

《閑情賦》

《閑情賦》是陶淵明的一篇色彩濃麗、不同於詩文樸素淡遠風格的愛情賦。它描寫一個男子對一位艷麗賢淑的女子的熱烈追求，歌頌了純潔的愛情。它結合黃昏夜晚景色以描寫人物心理之細膩，「十願」設想之豐富，可謂前無古人。蕭統曾不滿此賦，說陶淵明「白璧微瑕，唯在《閑情》一賦」（《陶淵明集序》），而蘇軾則說：「淵明《閑情賦》，正所謂『國風好色而不淫』，正使不及《周南》，與屈宋所陳何異？」（《題文選》）兩家評論不同，原因在於他們對作品的認識不同④。

《感士不遇賦》

《感士不遇賦》是有感於董仲舒《士不遇賦》與司馬遷《悲士不遇賦》而作，是一篇描寫仕途險惡，抒發志士不遇的悲憤之作。賦序指出當時是一個「眞風告逝，大僞斯興，閭閻懈廉退之節，市朝驅易進之心」的時代。賦中首先描寫了當時賢愚顚倒的現實，表明這種現實使他對所謂「天道之無親」也產生了懷疑。最後表示了作者對這個社會的厭棄：「寧固窮以濟意，不委曲而累己。旣軒冕之非榮，豈縕袍之爲恥！」是我們了解陶淵明思想的重要資料。賦雖以議論爲主，不及前二賦之情景交融，而淺近通俗、不事鋪陳，則與前二賦是一致的。

第四節　劉宋辭賦

這個時期從宋武帝永初元年到宋順帝昇明三年（公元 420～479 年），共六十年。這時的辭賦同整個文壇一樣，風氣發生了明顯的變化，即變平淡爲綺麗，變典雅爲新奇，語不單行、文益藻繪，色彩更爲濃麗。宋代有作品存留的辭賦作家三十人，作品（包括殘缺）約八十篇。其傑出的辭賦作家首推鮑照，謝惠連《雪賦》、謝莊《月賦》也是辭賦史上的名篇。

(一)鮑照

鮑照賦今存十篇，這些賦有的抒情，有的詠物，跟他的詩歌一樣，都飽含著深沈而悲涼的人生感慨和志士失意的悲憤，風格雄渾沈摯，流蕩著一股慷慨之氣。《蕪城賦》是其最負盛名的代表作。

《蕪城賦》

這是一篇慨嘆歷史興衰變化的弔古之作。蕪城指廣陵（今揚州），廣陵至西漢時已成爲繁華都市。到劉宋時，連遭破壞。先有元嘉二十七年（公元 450 年）拓跋燾南侵，後有大明三年（公元 459 年）竟陵王劉誕據此謀反，討平後「帝命城中無大小悉斬」，被害者不少。鮑照大約於大明四年至廣陵，見其荒涼破敗，乃作此賦以抒發其今昔盛衰之感，故以「蕪城」命篇。

賦首先通過今昔盛衰的強烈對比，將一個「蕪」字刻畫得淋漓盡致。尤其描寫城市荒蕪一段更是淒清可怖，使人讀後產生無限的悲傷與惆悵。然後在此描寫的基礎上直抒胸臆，以蕪城之歌作結：

邊風急兮城上寒，井徑滅兮丘壠殘。千齡兮萬代，共盡兮何言！

華屋丘山，人生無常，盛極一時的城市，轉眼成爲殘敗丘壠，不能不使人感慨萬千。賦通過廣陵城的盛衰變化，對統治者的窮奢極欲，並「圖修世以休命」的妄想進了含蓄的諷刺，對亂後的荒涼破敗寄寓了深沈的感慨。據許槤《六朝文絜》說：「宋孝武時，臨海王子頊有逆謀，照爲參軍，隨至廣陵，見故城荒蕪，乃漢吳王濞所都。濞以叛逆被滅，照因賦其事諷子頊。」據此則此賦更是有所爲而發。這篇賦運用華麗典雅的詞藻，警策整齊的排句，清亮和諧的韻律，描寫抒情，寫得蒼勁悲涼，凝練哀切，表現出獨特的藝術風格，孫鑛評爲「情勝乎詞」（《文選評》），正指出了他的特點。

㈡謝惠連

謝惠連（公元 397～433 年），陳郡陽夏（今河南太康）人。他十歲能屬文，本州辟爲主簿，不就。元嘉七年，爲司徒彭城王義康法曹行參軍，故世稱「謝法曹」。其賦今存五篇，以《雪賦》最著稱。

《雪賦》

《雪賦》假設梁王跟鄒生、枚叟與司馬相如一起賞雪而命相如賦雪以展開描寫，扣住雪「因時興滅」的特點，寫出雪隨時入俗因物賦形的品格，將詠物與抒情結合起來。這是一首歌詠自然現象的賦，它擺脫了前人主要描寫其形狀及作用的寫法，著重寫人對雪的感受，將雪作爲聯繫人的某種思想感情的審美對象來寫。這在反映自然現象的文學作品中是一個很大的進展，是賦的詩歌化的重要演進，也是這篇賦藝術上的成功之處。

㈢謝莊

謝莊（公元 421～466 年），字希逸，陳郡陽夏（今河南太康）人。謝靈運族侄。歷仕宋文帝、宋孝武帝、宋明帝三朝，官至中書令，加金紫光祿大夫，故世稱「謝光祿」。今存賦四篇，以《月賦》最有名。

《月賦》

《月賦》假設陳王曹植與王粲月夜遊吟的故事以展開描寫，尤其以描寫皓月當空的一段最爲傳神：

> 若夫氣霽地表，雲斂天末，洞庭始波，木葉微脫。菊散芳於山椒，雁流哀於江瀨，升清質之悠悠，降澄輝之靄靄。列宿掩縟，長河韜映，柔祇雪凝，圓靈水鏡，連觀霜縞，周除冰淨。

那天邊的雲氣、洞庭的秋波、散芳的野菊、哀鳴的孤雁，以致於如雪的大地、如水的天空，無不渲染出皓月的光輝。無一字寫月，而無一字非月，別有一番迷人的境界。賦描寫了月「朒朓警闕，朏魄示冲」的美德和「連觀霜縞，周除冰淨」的潔白，抒發了作者思賢念友、懷想美人的情懷。它將「陳王初喪應劉」的悲愁，思賢念友的情懷，與皎潔的月色融和一起，孫鑛評爲「只寫月夜之情，非爲賦月也」，這是精到的體會，也是此賦的重要特色。

從謝惠連《雪賦》與謝莊《月賦》，可以看到這時詠物賦的一些重要變化。內容上，多寫人生悲感，善敘悲情，成爲南北朝辭賦的重要特色。結構上，雖仍用「述客主以首引」結構篇章，但已不是用來鋪排敍事，而是以之詠物抒情；不是用來結構宏篇巨制，而是以之結構精巧的短章。語言上華美濃麗，錘煉精工。因此，形成了獨特的藝術風格。

第五節　齊梁陳辭賦

這個時期從齊高帝建元元年到陳後主禎明三年（公元479～589年），共一百一十年。這是賦風的重要轉變時期。這時的賦，詞采更加艷麗，因受漢語音韻學發展的影響，不但追求對偶精切，而且講求聲律和諧，句式逐漸趨向駢四儷六，隔句作對；有的則較多的運用五、七言詩句，而且是律化的詩句，使賦更接近於抒情詩，出現詩賦合流的趨勢。這段時期共有辭賦作家五十五人，辭賦作品一百七十八篇。傑出的作家首推江淹，蕭綱、蕭繹在當時也比較有名。

㈠江淹

江淹是著名詩人，也是著名辭賦作家。今存賦二十八篇，是這時存賦最多的作家，以《恨賦》、《別賦》最爲著稱。這兩篇抒情短賦都有濃厚的感傷色彩，反映了那個社會裡士人失意的感傷情緒。

《恨賦》

《恨賦》以人生不可避免的結局——死亡作爲描寫對象。賦一開始就以濃厚的悲傷情調作總體的描寫：「試望平原，蔓草縈骨，拱木斂魂。人生到此，天道寧論！」然後分別以秦始皇、趙王遷、李陵、王昭君、馮敬通、嵇康爲代表，指出無論何人，不管志得意滿還是潦倒一生，到頭來都得魂歸丘壠，一死了之。最後概括說：

> 已矣哉！春草莫兮秋風驚，秋風罷兮春草生。綺羅畢兮池館盡，琴瑟滅兮丘壠平。自古皆有死，莫不飲恨而吞聲！

春去秋來，華屋丘山，任何人也逃脫不了，這是歷史發展的必然規律。這篇賦所表現的內容是東漢末年以來關於人的生命價值思考的概括。漢末時，人們開始發現生命的意義和價值。感慨人生短暫，詠嘆人生的價值，成爲文學描寫的重要主題。這篇賦對人生的這一必然結局作了形象的描繪和高度的概括，是對那些得意忘形者的警告，也是對失意者的安慰，是江淹對人生的深刻思考，也是他早年不得志的自我安慰。

《別賦》

《別賦》則以令人「黯然銷魂」的離情別緒爲描寫對象。賦通過對各種人離情別緒的描寫，刻畫了他們各自不同的心理狀態，表現了他們離別時的感傷。賦將人們生活中這種普遍存在的感情加以概括，又從各種人的生活經歷中體現出來，並顯示其各自的特徵，寫得比《恨賦》更細膩，更富感染力。別情是人生普遍存在的生活體驗，尤其在那個時代，社會動蕩不安，人情冷漠，世態炎涼，變故頻繁，生活不安定，使人感到離別隨時都可能發生。一別就後會無時，難以逆料，更易產生「黯然銷魂」之感。故賦所描寫的別情，反映了一定的社會內容。作者家在北方，寄居江左，已有流落他鄉之感。加以仕途失意，備嘗顛沛流離之苦，故此賦也概括了江淹自己的生活體驗，溶進了自己的眞實感情。

這兩篇賦傳誦不衰，還在於它的藝術成就。首先，以往的文學作品都是以具體的人物事件爲描寫對象，這兩篇賦則把一種抽象的、普遍的感情作爲描寫對象，從題材到寫法都很新穎別緻。其次，作者能運用多種藝術手法將抽象的感受具體化，使之成爲可感可見的藝術形象，如《恨賦》選擇歷史上有代表性的六個人以表現其不同的遺憾；《別賦》則概括了七種不同情境的離別以表現不同的別情。抽象的情感依附於具體的人或事。

在描寫上，有的突出各自的特點，如《恨賦》寫秦王之恨，就寫出了秦帝吞併天下的雄姿與雄圖未畢的遺憾。有的通過環境景物的渲染，以烘托出各色人物的心理：如《別賦》寫行子的別愁，連風雲車船都染上了感情色彩。有的用重彩描繪，如《別賦》寫夫妻之別，就細膩地描寫了思婦於春夏秋冬的不同感受，渲染了其空虛孤寂的心理；有的則用白描淡抹，如寫戀人之別，只用眼前的春草春水、秋露秋月稍加點染，人物的心理就含蓄地表現出來。有的多角度多層次地描寫，如《別賦》，或寫別後的思念；或以明媚的春光烘托，或以淒淸的秋景渲染；或只寫春秋，或四季俱寫，呈現出別情的多種姿態，使人讀來不感到單調重複。

就語言來說，詞采艷麗，音調低回，駢四儷六而又參差錯落，恰當地表現出那種淒神寒骨的內容。它成爲千古名作絕不是偶然的。

㈡蕭綱、蕭繹

江淹賦大都作於早期，風格於雕飾中呈蒼勁之氣，頗近晉宋賦而與齊梁賦不同。最能代表齊梁賦風的是蕭綱、蕭繹的賦。

蕭綱賦今存二十三篇，其中較有特色的是寫艷情的賦如《眼明囊》、《鴛鴦》和《采蓮》等。這種艷情賦雖涉及女性美，但大體上都寫得比較含蓄。如《采蓮賦》，就塑造出一幅江南採蓮圖。賦中的採蓮少女雖經貴族審美觀念的加工剪裁，已非勞動婦女，但作者的態度還比較莊重，多少描繪出了江南的景色和風俗。

蕭繹賦今存八篇，也較多涉及艷情。如《蕩婦秋思賦》：

> 蕩子之別十年，倡婦之居自憐。登樓一望，惟見遠樹含煙。平原如此，不知道路幾千。天與水兮相逼，山與雲兮共色。山則蒼蒼入漢，水則涓涓不測。誰復堪見鳥飛，悲鳴隻翼！秋何月而不清，月何秋而不明？況乃倡樓蕩婦，對此傷情。於時露萎庭蕙，霜封階砌。坐視帶長，轉看腰細。重以秋水文波，秋雲似羅，日黯黯而將暮，風騷騷而渡河。妾怨回文之錦，君思出塞之歌。相思相望，路遠如何！鬢飄蓬而漸亂，心懷愁而轉嘆。愁縈翠眉斂，啼多紅粉漫。已矣哉！秋風起兮秋葉飛，春花落兮春日暉。春日遲遲猶可至，客子行行終不歸。

這裡用各種景物來烘托蕩婦的心理，層層推進，字裡行間，彷彿有傾吐不盡的哀怨和幽憤。最後以春日尚可期，客子之歸不可期作結，尤見其善於設想。主人公雖名曰蕩婦，但只細寫其對客子的思念之情，實屬閨怨、閨情一類，亦未涉及淫穢。

從蕭綱、蕭繹賦可以看到，梁陳賦已完全擺脫漢大賦的鋪張揚厲，走向抒情化、駢偶化。這些賦文詞淸麗，情思綿渺，描寫細膩，有南朝民歌中風情小調那種輕巧流麗的韻味。作爲封建帝王，專門煞費苦心地在這種艷麗小賦上下工夫，難怪被後人指責爲「亡國之音」，但指責爲色情文學，則言過其實了。

第六節　北朝辭賦

晋室南渡後，北中國長期淪爲少數民族混戰的戰場，北方士族文人紛紛隨晉室南渡。那些少數民族當時文化比較落後，故北朝文學遠遠不及南方⑤。直到北魏孝文帝遷都洛陽，大力提倡漢化，才逐漸出現少量作品。至北齊、北周時，北朝文學才開始繁榮。北朝辭賦的發展大體也是如此。北魏孝文帝以後，辭賦作家逐漸增多⑥。他們的賦或諷刺現實，或反映政局的變化，或抒寫情懷，思想內容和藝術技巧都有一定成就。如袁翻的《思歸賦》，就抒發了作者仕途失意的苦悶，寫得情景交融，詞藻華美，音韻和諧，與南朝的一些抒情短賦十分相似，說明北魏後期的賦已達到一定的水平。北魏分裂爲東魏、西魏，不久又分別爲北齊、北周所代替。這時，梁朝發生侯景之亂，梁朝覆亡。南朝許多辭賦作家流入北朝，北朝也產生了一些辭賦作家，北朝辭賦因此繁榮起來⑦。這時比較著名的辭賦作家有顏之推和庾信。

㈠顏之推

顏之推（公元 531～590 年後），字介，祖籍琅琊臨沂（今屬山東），東晉以來世居金陵。初仕梁爲掌書記。元帝即位，官散騎常侍。西魏破江陵，被俘入關中，逃至北齊，官至黃門侍郎、平原太守。齊亡入北周，爲御史上士。入隋，太子召爲學士，不久病卒。

《觀我生賦》

顏之推的《觀我生賦》是一篇自傳性作品。他自注云：「在揚都，值侯景殺簡文而篡位；於江陵，逢孝元覆滅；至此而三爲亡國之人。」據此，知此賦約作於武平元年（公元 577 年）北齊滅亡入北周之時。顏之推由梁入北齊，又入北周，親見侯景篡弒，梁元帝與北齊後主覆亡。此賦對他所親身經歷的這一系列的歷史事變作了概要的敍述，充滿了對仇敵的憤怒，表現了作者對屈身事敵的羞愧和悔恨。能如此全面地反映重大的歷史事件，這在賦史上是罕見的。在藝術上，雖材料組織得不夠集中，結構也略嫌鬆散，但疏朗的文詞，遒勁的骨氣，自成一種風格。

㈡庾信

北朝最傑出的辭賦作家是庾信。

庾信賦今存十五篇。《春賦》、《七夕賦》、《燈賦》、《對燭賦》、《鏡賦》、《鴛鴦賦》、《蕩子賦》等七篇爲在梁時作，而《三月三日華林園馬射賦》、《小園賦》、《枯樹賦》、《傷心賦》、《象戲賦》、《竹杖賦》、《邛竹杖賦》、《哀江南賦》等八篇則爲在西魏、北周時作。

他在梁時的賦大多描寫宮廷生活，用典較多，對仗工穩，辭藻華美，音節和諧，構思精巧，喜用五、七言詩句入賦，有纖弱之弊。到北方以後的賦，因受北朝文風的薰陶，於綺艷之中夾入慷慨之氣，形成慷慨悲涼的新風貌。內容則著重表現其國破家亡之痛和故國鄉關之思，感情眞摯，都是血淚迸溢之作。其最傑出的代表作是《哀江南賦》。

《哀江南賦》

《哀江南賦》作於何時，目前尚難論定。倪璠《庾子山集注》定爲周武帝天和年間（公元 566～571 年），大體可信。庾信親身經歷了侯景之亂與梁朝的覆亡，又長期羈留北方，屈仕北朝。他作此賦的目的是「傷身世」，但更主要的是「哀江南」，即哀悼梁朝的覆亡。他有意總結梁朝滅亡的歷史教訓，故全賦對梁朝滅亡前後的歷史巨變敍述得較爲詳細，使此賦成爲一軸規模空前的歷史畫卷。賦前有用駢文寫的長序，敍述侯景之亂與江陵敗亡的經過及自己在此期間流離顛沛的經歷，以說明作賦的意圖，抒發其羈留北國的痛苦與對故國的思念。序重在抒情，賦則重在論史，著重寫了自己的家世及其在侯景之亂前的經歷，敍述了侯景之亂的背景、發展過程及其平定的經過。還概述了江陵敗亡和陳氏篡梁的歷史。最後回顧了自己播遷的經歷，抒發了鄉關之思。全賦以個人身世爲線索，以歷史事件爲中心，深刻地揭露了梁朝覆亡前後的歷史巨變。以如此巨大的篇幅反映如此深刻的歷史內容的作品，在賦史上實屬罕見。賦中所寫梁武帝時文恬武嬉，軍政廢弛，梁武帝本人好大喜功，梁元帝自私忌刻、置國難家仇於不顧而大肆殘殺異己的醜惡面目，均可補史書之略。其中描寫梁朝君臣文恬武嬉的一段說：

於時朝野歡娛，池臺鐘鼓。里為冠蓋，門成鄒魯。連茂苑於海陵，跨橫塘於江浦。東門則鞭石成橋，南極則鑄銅為柱。橘則園植萬株，竹則家封千戶。西賮浮玉，南琛沒羽。吳歈越吟，荊艷楚舞。草木之遇陽春，魚龍之逢風雨。五十年中，江表無事。班超為定遠之侯，王歙為和親之使，馬武無預於甲兵，馮唐不論於將帥。豈知山嶽闇然，江湖潛沸。漁陽有閭左戍卒，離石有將兵都尉。天子方刪詩書，定禮樂，設重雲之講，開士林之學。談劫燼之灰飛，辨常星之夜落。地平魚齒，城危獸角。臥刁斗於滎陽，絆龍媒於平樂。宰衡以干戈為兒戲，縉紳以清談為廟略。

《哀江南賦》不僅內容豐富，其藝術構思與描寫技巧也達到很高的水準。它以敍述爲主，又注意於敍述之中穿插描寫與抒情，使虛實相生，疏密相間，文采富麗，情韻蒼涼，形成既沈鬱濃麗，又頓挫有致的藝術風格。

《小園賦》

《小園賦》也是庾信羈留北方、思歸故國而不可得時所寫的一首悲涼蒼勁的抒情短賦。賦一開始就敍述自己本爲長安羈旅，只求有容身之所，不求有高堂華屋，表示自己屈仕北朝，並非本意。接著寫小園的自然景色，將其描繪得清新可喜，表現出庾信似乎安於恬淡的閑適心情。但賦中反複强調其心情凄苦，以致園中任何景色，均喚不起他愉悅的心情，說明他的閑適只不過是喪失生機後的痲木，寫出了他滿腹的愁苦。最後庾信將自己的愁苦心境與身世遭遇聯繫起來，抒發自己被迫羈留北方的苦痛，把滿腔的家國之恨傾瀉出來，詞情極其凄苦。庾信熱愛故鄉故國，深以屈事異邦爲恥，盼望南歸。但北周始終留住他不放，使他極爲痛苦。此賦正表達出這種心情。倪璠說：「《小園賦》者，傷其屈體魏周，願爲隱居而不可得也。其文既異潘岳之《閑居》，亦非仲長之《樂志》，以鄉關之思，發爲哀怨之詞者也。」（《庾子山集注》）正指出了這篇賦內容上的特色。這是一篇駢賦。辭采華麗，對仗工整，而且駢四儷六，隔句作對。全文用典多而不顯得堆砌，尤其是將口語寫進駢儷的句子，別具風味。如「一寸二寸之魚，三竿兩竿之竹」，「敧側八九丈，縱橫數十步」，「榆柳兩三行，梨桃百餘樹」。這種語言清新自然，於華艷中又現清淡的色彩。

庾信是南北朝辭賦的集大成者。《北史・文苑傳》指出當時南北不同的文風說：「江左宮商發越，貴於清綺；河朔詞義貞剛，重乎氣質。」南朝與北朝辭賦同樣有這種差異。而庾信則融合南北賦風爲一體。他的賦既具南朝賦的發越清綺，又具北朝賦的貞剛氣質，從而形成一種綺麗蒼勁、發越悲涼的風格。他是賦史上最傑出、最重要的辭賦作家之一。

附　註

①這種賦始於潘岳《西征賦》。此賦雖仍是一段述行賦，但寫到了他這次西征的原因是楊駿在宮廷政變中被殺，他亦被牽連而免職。接著是謝靈運《撰征賦》。此賦以謝靈運於晉安帝義熙十年奉命至彭城慰勞劉裕時於沿途所見所感爲線索。但所寫史實以晉事爲主，比潘岳賦之涉及時事者進了一步。此後，沈約《愍國賦》反映宋齊或齊梁之際統治者爭奪政權的鬥爭，蕭綱《圍城賦》反映侯景圍攻建業的情況，蕭詧《愍時賦》敍寫西魏攻江陵，擄掠人民，封他爲梁王的前後經過。沈炯《歸魂賦》描寫了侯景之亂，江陵之陷等重大事件。顏之推《觀我生賦》敍述了他親眼所見之侯景篡弒、梁元帝與北齊後主覆亡的事變，庾信《哀江南賦》更全面反映了梁朝興亡的歷史，張纘《南征賦》串穿著東吳、東晉下迄齊梁的史實，李諧《述身賦》反映了北魏宣武帝以後政局的變化。

②此賦《文選》將之歸入賦中情類，很可能認爲它不過是一般寫情之作。但宋尤袤的《李注文選》刻本中，有李善注引《記》說：「魏東阿王（植）漢末求甄逸女，既不遂，太祖回與五官中郎將（丕）。植殊不平，晝思夜想，廢寢與食。黃初中入朝，帝示植甄后玉鏤金帶枕，植見之不覺泣。時已爲郭后讒死，帝亦尋悟，因令太子留宴飮，仍以枕賚植。植還，度轘轅，少許時，將息洛水上，思甄后，忽見女來，自云：『我本托心君王，其心不遂。此枕是我在家時從嫁。前與五官中郎將，今與君王。遂用薦枕席，懽情交集，豈常辭能具？……』言訖，遂不復見。所在遣人獻珠於王，王答以玉珮。悲喜不能自勝，遂作《感甄賦》。後明帝見之，改爲《洛神賦》。」世遂有此賦爲感甄而作之說。但前人多懷疑這一說法的可靠性。因其他版本之李善注均無這條注釋，可能不是李善的原注。而且事件本身不符史實。因甄后三歲失父，後袁紹納爲中子袁熙之妻；曹操平

冀州，丕納之於鄴下，並無曹植曾求爲妻之事。何況，從曹丕、曹植間的兄弟關係來看，更不可能有示枕賚枕之事。

③潘岳賦在當時比較有名，《文選》曾選錄潘岳的八篇賦，即：《藉田賦》、《射雉賦》、《西征賦》、《秋興賦》、《閑居賦》、《懷舊賦》、《寡婦賦》、《笙賦》，加上賦體文《哀永逝文》則共有九篇。

④蕭統認爲《閑情賦》主題在於寫情，並從封建正統觀的角度加以批評。類似看法尚有宋俞文豹所說：「淵明作《閑情賦》，蓋尤物能移人，情蕩則難返，故防閑之。」（《吹劍四錄》）清代方熊亦曰：「此自比，言情不可止。」（《陶靖節集評》）今人周振甫、許延坦、楊魯溪等均贊成寫情說，但不持否定態度。另一些研究者則認爲此賦非言情之作，而是有所寄託。如明張自烈提出：「或云此賦爲睠懷故主作。」（《箋注陶淵明集》）清丘嘉穗說：「如《離騷》『怨美人之遲暮』，亦以美人目其君也。此賦正用此體。」（《東山草堂集陶詩箋》）清劉光蕡說：「此篇乃淵明悟道之言……身處亂世，甘於貧賤，宗國之覆既不忍見，而又無如之何，故托爲閑情。」（《陶淵明閑情賦注》）今人許結、李健、王振泰、高光復均撰文贊成比興寄託之說。這些爭論實質上是承不承認這是一篇單純的寫情之作。今人黃瑞雲認爲「它是一篇正大光明的愛情賦」，並提出陶淵明自己「說不定他會賞識蕭統，而反對劉光蕡。因爲蕭統把作品讀懂了，只是不贊成；而劉光蕡的說法刻意求深，離眞實反覺更遠」（《歷代抒情小賦選》）。

⑤自五胡十六國至北魏孝文帝時期，存留至今的北方辭賦作家作品，僅有西涼的建立者李暠的《述志賦》，北魏初年張淵的《觀象賦》，高允的《鹿苑賦》，思想內容和藝術價值均不高。

⑥從北魏孝文帝至北魏末，有賦存留至今的辭賦作家有：元順《蠅賦》、盧元明《劇鼠賦》、李騫《釋情賦》、陽固《演賾賦》、袁翻《思歸賦》、李諧《述身賦》。

⑦北魏末至北齊、北周時，北朝辭賦作家比較著名的有：邢劭（存《新宫賦》）、魏收（存目5）、顏之推（存《觀我生賦》與《稽聖賦》殘文）、蕭大圜（存《竹花賦》）、蕭慤（存《春賦》）、盧思道（存《納涼賦》、《孤鴻賦》）、盧世基（存《講武賦》）、薛道衡（存《宴喜賦》）、釋眞觀（存《愁賦》、《夢賦》）。其傑出的作家是北周庾信。

第七章　魏晉南北朝駢文與散文

第一節　駢文的特點與形成

魏晉南北朝是我國文章由散文逐漸向駢文轉變，駢文取代散文，成爲「一代之文學」、幾乎獨占文章園地的時期。

駢文，即駢儷文，也叫駢偶、四六等①。兩馬並駕曰駢，兩人並耕曰偶②。以兩兩相對的句子構成的文章，就叫駢文。所謂相對，首先是指句意的排比，然後發展爲句法上的對仗和音韻上的對襯與協調。在句法方面，駢文多用平行的兩句話兩兩相配，貫串全文。當然，初期的駢文以及後來一些駢散兼行的作品並不十分講究工整，甚至可以在駢偶中參雜一些散句。在聲律方面，駢文一般要求兩兩相對的句子平仄相對，聲韻相協。駢文往往還以數典爲工，以博雅見長。通過典故的廣泛運用，擴大作品的藝術容量，收到詞約而意博的結果。

駢文和散文是相對立而存在的。散文是一種比口語精煉，而又不受形式約束的自由體文章；駢文則是一種以對偶爲主的規範化、格律化的文體。他們不僅有不同的體制要求，而且有各自的特色，情調和風格有明顯的差別：散文講求伸縮離合之法，以錯綜變化爲能；駢文則强調句式的對仗，以整齊工巧爲美。駢文著重聲律詞采的排比，使其上抗下墜，鏗鏘有聲；散文則往往用氣勢取代聲律，用開合頓挫的方法，以形成磅礴的氣勢。散文以簡練、樸質、平淡、本色爲高；駢文則以典雅、含蓄、凝練、濃麗爲貴。散文長於敍事析理，駢文則便於寫情狀物。

駢文的這種體制和它的特色有一個漫長的形成過程，有一個從自發到自覺的發展階段。

駢文的淵源可以上溯至先秦時期。駢偶，作爲一種修辭手法，幾乎是與我國文學同時出現的。但在西漢以前，還未達到作家自覺地刻意經營的階段③。漢代辭賦盛行。辭賦講求「麗靡」。所謂「麗靡」，指「侈麗宏衍之詞」，也就是語言富艷華美。因而駢偶作爲一種增加語言對稱美的修辭手法，被辭賦家逐漸著意追求，著意雕琢。於是駢偶就在辭賦中被普遍使用，並率先出現駢賦。這股駢偶之風也逐漸影響到一般文章。東漢文章中的駢偶句也逐漸增多，「自揚馬張蔡，崇盛麗辭，如宋畫吳冶，刻形鏤法，麗句與深采並流，偶意共逸韻俱發」（《文心雕龍·麗辭》）。

至魏晉時期，人們進一步認識到文學的重要特點就是詞采華麗，駢偶也就更被文人大量地自覺地運用，從而使駢文與散文分道揚鑣，各自發展。駢文於是正式形成。不過，魏晉駢文，對偶聲律都不甚嚴格。比較嚴格的駢文，始自任昉、庾信以後。

概言之，駢文濫觴於漢魏，形成於兩晉，盛行於南北朝。韓柳古文運動以後，駢文獨霸文壇的統治局面開始動搖。至清代，還有過號稱駢文中興的局面。直至「五四」運動，白話文興起，這種「選學妖孽」才與「桐城謬種」一道受到抨擊而銷聲匿迹。

第二節　建安曹魏時期的駢文與散文

建安曹魏時期是我國散文史上一個開風氣的時代。這時期文章的一個顯著的變化：即趨清峻，尚通脫。劉師培《論文雜記》說：「兩漢之世，戶習七經，雖及子家，必緣經術。魏武治國，頗雜刑名，文體因之，漸趨淸峻，一也。建武以還，士民秉禮。迨及建安，漸尙通侻。侻則侈陳哀樂，通則漸藻玄思，二也。」所謂淸峻，就是文章要簡約嚴明，反對煩瑣迂腐；所謂通脫，即隨便之意，就是寫文章想說什麼便說什麼，不矯揉做作。這時期文章的另一個變化是抒情化和駢偶化。曹氏兄弟及建安七子的文章大都駢散兼行而以偶句爲主，加上這個時期的作家「志深而筆長，梗概而多氣」（《文心雕龍・時序》），文章更是筆帶感情，一唱三嘆，慷慨悲涼，於整飭中帶著淸剛疏朗之氣，形成一種獨特的藝術風格。這個時期散文的代表作家爲三曹、諸葛亮、七子中的孔融、陳琳、阮瑀與嵇康、阮籍，此外，如繁欽、楊修、吳質及陸凱、韋昭等人的文章也都寫得頗有情致。

㈠曹操

曹操，魯迅說他是「改造文章的祖師」，「文章從通脫得力不少，做文章時又沒有顧忌，想寫的便寫出來」（《魏晉風度及文章與酒及藥之關係》）。他的文章確實具有豪爽、坦率、自然、通脫的風貌。如他在《讓縣自明本志令》中訴說了自己的心曲之後說：

> 今孤言此，若為自大，欲人言盡，故無諱耳。設使國家無有孤，不知當幾人稱帝，幾人稱王。或者人見孤強盛，又性不信天命之事，恐私心相評，言有不遜之志，妄相忖度，每用耿耿。

魯迅說：「這幾句話他倒並沒有說謊。」因爲當他建安十五年（公元 210 年）作此文時，三國鼎峙之勢初定，北方尙在用兵，曹操雖已有相當勢力，卻尙非躊躇滿志，正當用人之秋，所以肯推心置腹。張溥說：「《述志》一令，似乎欺人，未嘗不抽序心腹，慨當以慷也。」(《漢魏六朝百三家集》)這「抽序心腹」就使文章顯得自然。他的《遺令》也不依舊有格式，內容竟講到遺下的衣服和婢妾伎人的處置，發自肺腑，有動人心脾之處，反映了他臨終時的思想感情。他的《舉賢勿拘品行令》說得更加大膽：

> 今天下得無有至德之人放在民間，及果勇不顧，臨敵力戰；若文俗之吏，高才異質；或堪為將守，負汙辱之名，見笑之行；或不仁不孝，而有治國用兵之術；其各舉所知，勿有所遺。

魯迅說：「曹操徵求人才時也是這樣說，不忠不孝不要緊，只要有才便可以，這又是別人所不敢說的。」

曹操的文章敢言無忌，形式自由隨便，語言樸質自然，不尚華詞，開創了清峻、通脫的建安文風。

(二)曹丕

曹丕的文章語言漸趨華美，駢偶的氣息重，抒情的氣氛濃，代表著文章由質趨華的傾向，如《與朝歌令吳質書》就能以整齊的語句，華麗的詞藻，寫摯友的深情。吳質是曹丕的下屬，但文章並無盛氣凌人之意，只是抒情敍舊，而且抒情的氣氛還非常濃厚，寫得文情並妙。這種文章在此之前是罕見的。即使議論文章他也寫得情致纏綿，一唱三嘆。如《典論・論文》：

> 蓋文章經國之大業，不朽之盛事。年壽有時而盡，榮樂止乎其身，二者必至之常期，未若文章之無窮。是以古之作者，寄身於翰墨，見意於篇籍，不假良史之辭，不托飛馳之勢，而名聲自傳於後。故西伯幽而演《易》，周旦顯而制禮，不以隱約而弗務，不以康樂而加思。夫然則古人賤尺璧而重寸陰，懼乎時之過已。

而人多不強力，貧賤則懾於饑寒，富貴則流於逸樂，遂營目前之務，而遺千載之功。日月逝於上，體貌衰於下，忽然與萬物化遷，斯志士之大痛也。

這段文章駢偶中帶著散文的氣勢，以感慨發端，論述文學事業的歷史地位，不裝腔作勢，只是款款道來，是說理也是抒情，極富感染力量。他的文章代表著建安文風駢偶化、抒情化的特色。

㈢曹植

曹植的文章與其兄風格相近，而且更加靡麗恣肆。如《與吳季重書》：

前日雖因常調，得為密坐，雖燕飲彌日，其於別遠會稀，猶不盡其勞積也。若夫觴酌凌波於前，簫笳發音於後，足下鷹揚其體，鳳嘆虎視，謂蕭曹不足儔，衛霍不足侔也。左顧右盼，謂若無人，豈非吾子壯志哉？過屠門而大嚼，雖不得肉，貴且快意。當斯之時，願舉太山以為肉，傾東海以為酒，伐雲夢之竹以為笛，斬泗濱之梓以為箏，食若填巨壑，飲若灌漏巵。如上言，其樂固難量，豈非大丈夫之樂哉？然日不我與，曜靈急節，面有逸景之速，別有參商之闊。思欲抑六龍之首，頓羲和之轡，折若木之華，閉蒙汜之谷，天路高邈，良久無緣，懷戀反側，如何如何！

文章詞如泉湧，文采煥發，表現了吳質的豪情與自己對吳質的思念，寫得極爲恣肆，已近乎有意爲文了。他的《與楊德祖書》是一封專門論文的書信，敍述鄴下文人集團的形成，討論文學批評的弊病，傾吐自己的抱負和壯志，也充滿抒情的韻味。語言則有駢有散，整齊而不板滯，讀來確有唱嘆之妙。他的表章，如《求自試表》抒寫其「擒權馘亮」、「殺身靖亂」的願望與抱負，《求通親親表》敍述其「婚媾不通，兄弟永絕」的孤獨和「願陛下沛然垂詔，使諸國慶問，四節得展」的哀求，都寫得很動感情。文章以駢散兼行的語句，抒寫其受迫害的哀聲，富有眞情實感，這種文字即使在魏晉南北朝也不可多得。

㈣孔融

七子之首的孔融，曹丕稱其「體氣高妙，有過人者」（《典論・論文》）。他的文章今存者不多，且多爲節錄，但確實寫得「氣揚采飛」，文情並妙。如《與曹操論盛孝章書》，敍述當時名士盛孝章的危困處境，從友情出發呼籲曹操給予拯救，並舉燕昭王爲例，說明凡有爲之君，一定要招賢納士，延攬人才，希望曹操對盛孝章加以援引。文章語言懇切，詞意委婉，感情眞摯，作者的精神氣質亦溢於言表。他的幾篇和曹操開玩笑的書札更可看到他的精神面貌。如《又難曹公禁酒書》，列出事實揭穿曹操禁酒的目的是「但惜穀耳」，雖帶有開玩笑的性質，但實在寫得鋒芒畢露，痛快淋漓。曹丕說孔融「不能持論，理勝乎詞，以致於雜以嘲謔」，大概就是指這類文章。

㈤陳琳、阮瑀

陳琳、阮瑀是以表章書記著稱的，曹丕稱「孔璋表章殊健，微爲繁富」，「元瑜書記翩翩，足致樂也」（《又與吳質書》），從今存陳琳、阮瑀的一些表章書記來看，確實有「殊健」、「翩翩」的特點。陳琳《爲袁紹檄豫州》、《爲袁紹與公孫瓚書》、《檄吳將校部曲》、阮瑀《爲曹公作書與孫權》，都是以洋洋灑灑的詞藻，誇張形勢，引證今古，陳說利害，具有很大的威懾力量。如

《爲袁紹檄豫州》，文章一方面宣布曹操的罪惡，以表明袁紹討伐的正義性；一方面宣揚袁軍實力的强大，曹操部衆的弱點，以顯示袁軍的必勝；以便爭取與曹操相鄰州郡的響應，完全符合「振此威風，暴彼昏亂」的要求。《文心雕龍·檄移》說：「陳琳之檄豫州，壯有骨鯁。雖奸閹攜養，章密太甚；發邱摸金，誣過其虐，然抗辭書釁，皦然露骨矣。」這種文章確實是「壯有骨鯁」，體現了建安文章「慷慨以任氣，磊落以使才」的特點。

㈥諸葛亮

諸葛亮（公元 181～234 年），字孔明，琅邪陽都（今山東沂水）人。早年避難荊州，躬耕隴畝，後應劉備禮聘，聯吳拒曹，西取益州，建立蜀漢，奠定三分局面，並拜爲丞相。備卒，受遺詔輔佐劉禪，「事無巨細，皆決於亮」。曾五次出師伐魏，未能成功，病死軍中，謚忠武。有《諸葛亮集》。

諸葛亮的文章以《出師表》最負盛名。此表作於建興五年（公元 227 年）第一次出師北伐之時。主要勸導劉禪要廣開言路，勵精圖治，嚴明賞罰，舉賢使能，以完成劉備沒有完成的統一事業，表明自己「興復漢室」的堅定意志，表現了諸葛亮忠懇勤恪、賢明正直的思想性格和對蜀漢的無限忠誠，受到歷代的推重。文章敍事詳切著明，說理透徹曉暢，字裡行間，感情充溢，宛如一位長者向後輩諄諄教導，表現出對後輩的無限關切。特別是文中十三次提到先帝，流露出對劉備的深厚感情，中間寫知遇之恩一段，更是感人肺腑。全文以散句爲主，插入一些駢句，使文章介於駢散之間，整齊而有變化；語言樸質，語氣舒緩；周詳懇切，與文章的感情色彩十分協調。它成爲千古名作，絕非偶然。

㈦嵇康

曹魏正始以後，玄學勃興。玄風影響文風，文章從想說什麼便說什麼演變爲「善言名理」。以何晏、王弼爲代表的玄學家，主張「貴無」、「無爲」，以適應世家豪族的政治需要。阮籍、嵇康也講老莊，但反對當時的政教，對司馬氏政權提倡的禮法名教表現了強烈的不滿。而最爲激烈的是嵇康。

嵇康的文章，魯迅稱其「思想新穎，往往與古時舊說反對」。如西周初年的管叔、蔡叔，一向公認是壞人。嵇康作《管蔡論》，卻說他們是忠賢之人。他們懷疑周公「將不利於成王」，是因爲不了解情況。這種見解確實很新穎。嵇康最著名的文章是《與山巨源絕交書》。這是嵇康公開和司馬氏決裂的宣言書。信中詳盡地說明了他不願作官是爲了全身遠禍，並非清高不慕榮利，提出做官「有必不堪者七，甚不可者二」：

> 臥喜晚起，而當關呼之不置，一不堪也。抱琴行吟，弋釣草野，而吏卒守之，不得妄動，二不堪也。危坐一時，痺不得搖，性復多虱，把搔無已，而當裹以章服，揖拜上官，三不堪也。素不便書，又不喜作書，而人間多事，堆案盈几，不相酬答，則犯教傷義；欲自勉強，則不能久，四不堪也。不喜弔喪，而人道以此為重，己為未見恕者所怨，至欲見中傷者；雖瞿然自責，然性不可化；欲降心順俗，則詭故不情，亦終不能獲無咎無譽如此，五不堪也。不喜俗人，而當與之共事，或賓客盈坐，鳴聲聒耳，囂塵臭處，千變百伎，在人目前，六不堪也。心不耐煩，而官事鞅掌，機務纏其心，世故煩其慮，七不堪也。又每非湯武而薄周孔，在人間不止，此事會顯，世教所不容，此甚不可一也。剛腸疾惡，輕肆直言，遇事便發，此甚不可二也。以促中小心之性，

統此九患，不有外難，當有內病，寧可久處人間邪！

這樣的文章，不但通脫，而且恣肆，近乎無所忌憚，實際是公開和司馬氏集團對抗，其不容於「世教」是必然的。文章亦駢亦散，以散文的氣度，帶動駢句，語勢靈活，足以代表這個時代駢文的成就和特色。這個時期，駢文還只要求語句大體整齊，並不講求對偶的工整，語言也大都樸質自然，想怎麼說便怎麼說，與建安文風的通脫是一脈相承的。

第三節　晉代的駢文與散文

㈠西晉的駢散文

晉代的駢文漸趨凝練，散句逐漸少見，對偶追求工整，語言力求典雅，用典日趨繁富，標誌著駢文的成熟。這時駢文的代表作家首推陸機、潘岳。此外，李密雖非大家，但其《陳情事表》卻爲千古名篇。而散文作家則以《三國志》作者陳壽影響最大。

陸機

陸機駢文的代表作爲《弔魏武帝文》、《豪士賦序》等。

《弔魏武帝文》前有序。序文先敍說致弔的原因是由於在祕閣看到《遺令》，於是慨嘆曹操一代雄傑，在死亡面前卻無可奈何，以致臨死的表情與其生平大不相稱。接著概略地敍說了《遺令》的內容，指出曹操臨終對無能爲力的家庭瑣事的繫情留戀，喪失了應有的明智。弔文前半從曹操翦滅羣雄，建立朝廷綱紀寫起，著重介紹了他的功勳業績。後半寫他爲進一步建立功業而於西征途中得病及臨終以致身後的事情，表現了一個英雄臨死的癡愚，對他臨死還纓情於物累表示了極大的惋惜與同情。文章好像在諷刺曹操面對死亡的癡愚，實際上它著重表達的是對短促人生的無可奈何的慨嘆。這是漢末以來對個體生命價值的一種自覺，是對生死問題的强烈關注，所以是一篇內容十分深刻的抒情文。語言基本整齊，屬對大體工整，整飭凝練，已初具駢文的規模。

《豪士賦序》則排偶屬對整齊，闡述事理和用典也較前繁密，建安時期那種駢散兼行、隨勢變異的疏暢諧婉之氣正在逐漸消失，「大體圓析，有似連珠，但嫌舒緩耳，然自是對偶文章之先聲」（見孫批胡刻《文選》）。說明駢文正在向嚴密凝滯的方向發展。

潘岳

潘岳以「尤善爲哀誄之文」（《晉書》本傳）著稱，其代表作是《馬汧督誄》。此文所哀悼的汧督馬敦，元康六年（公元 296 年）在氐羌族首領齊萬年圍攻下，苦守汧陽，後卻以小嫌受屈而死。誄文以大量的篇幅眞實地描繪出當時羌中的危急形勢，馬敦在激烈的防守戰中的忠勇果敢和機智，這個爲歷史家所不注意的小人物的事迹，在這裡得到具體的記錄。作者最後以深切的同情，深刻揭示了現實的不合理，表現了潘岳强烈的正義感。潘岳集中有哀誄之文近十篇④，大都是爲已死的統治者諛墓的應酬之作，只有這篇誄是一篇有現實意義的作品。張溥說：「予讀安仁《馬汧督誄》，惻然思古義士，猶班孟堅之傳蘇子卿也。」（《漢魏六朝百三家集題辭》）文章屬對不甚工整，也不以氣勢跌宕見長，而以語句的整練取勝，表現出駢文與散文的不同風格。

李密

李密（公元 224～287 年），字令伯，一名虔，犍爲武陽

（今四川彭山）人。幼孤，由祖母撫養成人，仕蜀為州從事、尚書郎等職。入晉，官至漢中太守。《陳情事表》作於晉武帝泰始三年（公元 267 年）。時晉武帝立太子，徵密為太子洗馬，密以祖母劉氏年高病重，無人撫養，上書陳情。文中陳述自幼與祖母相依為命，暫時不能奉詔的苦衷，把個人處境與祖孫間的深厚感情寫得婉轉淒惻，孫鑛評為「一片至情，從肺腑中流出，令人心動」（孫批胡刻《文選》）。文章以偶句為主，對偶似整非整，有駢文的整飭，亦具有散文的疏暢，讀來別有情韻；語言樸質生動，詞眞意切，如「煢煢孑立，形影相弔」、「日薄西山，氣息奄奄」等已成為成語。這些使它與諸葛亮《出師表》同為天地間之至文。

陳壽

這時值得一提的散文著作是陳壽《三國志》。陳壽（公元 233～297 年），字承祚，巴西安漢（今四川南充北）人。仕蜀為觀閣令史。入晉，舉孝廉，除著作佐郎，累官至治書侍御史。《三國志》共六十五卷，分魏、蜀、吳三書，在斷代史中獨創一格。《三國志》文筆簡潔，「時人稱其善敍事，有良史之才」（《晉書・陳壽傳》）。如《蜀書・諸葛亮傳》中的《隆中對》一段就寫得很精彩。這段文章語言簡練，描寫生動，尤其記諸葛亮的答辭，分析形勢，提出興復漢室的具體辦法，表現出諸葛亮的遠見卓識，寫得虎虎有生氣，逼近史遷。《三國志》的傳論，於散體中略帶駢偶，已不同於《史》、《漢》。如《諸葛亮傳論》說：「諸葛亮之為相國也，撫百姓，示儀軌，約官職，從權制，開誠心，布公道；盡忠益時者雖讎必賞，犯法怠慢者雖親必罰，服罪輸情者雖重必釋，游辭巧飾者雖輕必戮；善無微而不賞，惡無纖而不貶；庶事精練，物理其本，循名責實，虛偽不齒。」這種文章不僅句法趨於整齊，而且詞義亦趨於整齊排對，已具有駢文的基本特徵。只是語言質樸，音節自然，屬對不嚴，於整齊的語句中保存著散文的氣勢而已。

㈡東晉的駢散文

東晉文風與西晉不同。西晉尚繁縟、東晉則尚淡遠。惟[illegible]淡遠，故語句雖多駢，卻不尚華美而以情韻取勝；或以散句爲主，不尚氣勢而以情致見長。王羲之的《蘭亭集序》與陶淵明的文章就分別代表這兩種情況。

王羲之

王羲之（公元 321～379 年），字逸少，會稽（今浙江紹興）人，祖籍琅琊（今山東臨沂）。官至右軍將軍，會稽內史，世稱「王右軍」。以書法著稱，亦有較深的文學造詣，現存輯本《王右軍集》。其《蘭亭集序》最爲世所推重。晉穆帝永和九年（公元 353 年）三月三日，王羲之與謝安、孫綽等會於會稽蘭亭，臨流暢飲，賦詩書懷。這篇序即爲此而作。序文記述了宴集的盛況，並即事抒懷，對人生聚散無常、年壽不永發出深沈的慨嘆。通篇著眼於「生死」二字，雖情調有些低沈，卻表現了時人對個體生命價值的强烈關注。文章雖大體駢偶，但清新疏朗，情韻綿渺，以樸質平淡的語言直抒胸臆，於蒼茫慨嘆之中，自有無窮逸趣，正代表著東晉駢文清淡的風貌。

陶淵明

陶淵明文今存者不多，但都寫得眞淳淡泊，全無師心使氣之感。如《五柳先生傳》：

> 先生不知何許人也，亦不詳其姓字，宅邊有五柳樹，因以為號焉。閑靜少言，不慕榮利。好讀書，不求甚解，每有會意，便欣然忘食。性嗜酒，家貧不能常得。親舊知其如此，或置酒而招之。造飲輒盡，期在必醉；既醉而退，曾不吝情去留。環堵蕭然，不蔽風日，短褐穿結，簞瓢累空，晏如也。常著文章自娛，頗示己志。忘懷得失，以此自終。贊曰：黔婁有言「不戚戚於貧賤，不汲汲於富貴」，其言茲若人之儔乎！酣觴賦詩，以樂其志。無懷氏之民歟？葛天氏之民歟？

文章不到二百字，以省淨的語言，平淡的筆調，描繪出自己和平恬靜的性格和與眾不同的興趣愛好。語句長短參差，疏密相間，是一篇獨具一格的自傳。此外，《與子儼等疏》追述平生的思想和經歷，告誡兒子要互相友愛，諄諄教誨，筆端飽蘸感情，寫到家人父子之情，尤爲深至。《自祭文》對自己一生行事，毫無悔恨之意，表現了陶淵明的骨氣。《祭陳氏妹文》也寫得凄惻動人。陶淵明用平易淺顯的散文，敍述故事，描繪形象，抒寫他清靜恬淡的胸懷和傲岸不馴的骨氣，代表著東晉散文清淡的風貌。

第四節　南朝的駢文與散文

南朝文章的發展，總的趨勢是由質趨文，更向駢偶發展，具體的特點有：

第一，駢偶日嚴，對仗日工，而且駢四儷六，隔句作對，出現「四六」之體。文章由散體向駢體發展，至此趨於完成。吳訥《文章辨體序說》曰：「至晉陸士衡輩《文賦》等作，已用俳體。流至潘岳，首尾絕俳。迨沈休文等出，四聲八病起，而俳體又入於律矣。徐庾繼出，又復隔句對聯，以爲駢四儷六；簇事對偶，以爲博物治聞。有辭無情，義亡體失；此六朝之賦所以益遠於古。」這裡批評的是駢賦。其實駢文的發展與之是同步的。

第二，數典用事，更趨繁密，也是駢文發展的趨向。鍾嶸在《詩品序》中說的，這個時期「文章殆同書抄」。是就用典多的弊病而言。實際上恰當用典，也可豐富文章的表現力。駢文句必成雙，有時更不能不借助於這種修辭方法以表情達意。故用典成爲一種時代風尚。

(一)宋代駢散文

宋代是文風轉變的重要時期，駢文講求詞采與用典就是從這時開始的。宋代駢文重要作家有顏之推、鮑照等。

顏延之

顏延之的詩文就以用事繁密、詞采雕飾著稱，鮑照評其爲「鋪錦列繡」，「雕繢滿眼」（《宋書・顏延之傳》）。他的《三月三日曲水詩序》就幾乎是「句無虛語，語無虛字」，雕章琢句，文藻富麗。但詞浮於意，不見眞情實感。這類文章多爲奉命而作的應酬文字。他也有富於眞情實感的好文章，《陶徵士誄》即是代表。此文係爲哀悼他的好友陶淵明而作。誄前的序文讚美了高隱之士的難能可貴，爲歌頌陶作鋪墊。然後描寫陶淵明「少而貧病，居無僕妾，井臼弗任，藜菽不給」的淸苦生活，歌頌他「道不偶物，棄官從好」，「心好異書，性樂酒德，簡棄煩促，就成省曠」的閑適性情，刻畫出陶淵明的精神面貌。誄文則以精美的文筆，著力描繪陶淵明棄官歸隱後的生活情況，描繪出一幅精美的山林隱逸圖，顯現出陶淵明樂尚自然的精神境界和高尚人品。整篇文章句法駢整，語言精雅，感情眞摯，有詞情並茂之美。譚獻評曰：「予嘗言文詞不外事理，而運動之者情也。似此事理情交至，六經九流而外，此類文字，古今數不盈百。」（譚獻評《駢體文抄》）「事理情交至」，確實道出了這篇文章的特點。

鮑照

鮑照的《登大雷岸與妹書》也是這個時期一篇有獨創性的駢文，又是文學史上今存較早的一篇用駢文寫成的家書，開駢文體書信的先河。鮑照於元嘉十六年（公元 439 年）秋從建康出發，經水路赴江州任所，到今安徽望江縣大雷岸時，寫了這封信給其妹鮑令暉。鮑照長途跋涉，備歷辛苦，對山川景物頗有親切感受。文章以錘煉精工的筆力，烘染大雷岸四周的景色，呈現出無限奇突壯偉的氣勢，簡直是一幅非常生動的重巒疊嶂圖。其描寫遠望廬山的一段非常傳神：

> 西南望廬山，又特驚異。基壓江潮，峯與辰漢相接。上常積雲霞，雕錦縟，若華夕曜，巖澤氣通，傳明散綵，赫似絳天，左右青靄，表裡紫霄。從嶺而上，氣盡金光。半山以下，純為黛色。信可以神居帝郊，鎮控湘漢者也。

這幅望中所見的廬山壯美畫景，許槤《六朝文絜》評爲「煙雲變滅，盡態極妍，即使李思訓數月之功，亦恐畫所難到」，一點也不爲過譽。書信之文，如此以寫景爲主，以前是沒有的。謝靈運寫了山水詩，鮑照寫了山水文，開拓風氣，從此山水詩文就多起來了。

范曄

宋代文章以駢文爲主，散文值得一提的只有范曄的《後漢書》。

范曄（公元 398～445 年），字蔚宗，宋順陽（今河南淅川）人。博涉經史，善爲文章，通曉音律，官至太子詹事。後因謀立彭城王劉義康爲帝，事洩被殺。《後漢書》是范曄刪削自東漢至宋十幾家後漢史籍整理而成。全書紀十卷，列傳八十卷，共九十卷。《後漢書》的成就雖不及《史記》、《漢書》，但整理剪裁之功，不在班固之下。范曄不滿現實，不肯媚事權貴，表現在《後漢書》中，則「貴德義，抑勢利，進處士，黜奸雄；論儒學則深美康成，褒黨錮則推崇李杜；宰相多無述，而特表逸民；公卿不見采，而惟尊獨行」（王鳴盛《十七史商榷·范蔚宗以謀反誅》條），說明其進步傾向鮮明。范曄於書中首立《文苑傳》，記載了後漢許多作家的事迹，說明范曄對文學創作的重視。有些人物傳記也寫得眞切動人，如《范滂傳》寫范滂臨刑前訣別母親與兒子的情況：

> 其母就與之訣，滂白母曰：「仲博（滂弟）孝敬，足以供養，滂從龍舒君（滂父）歸黃泉，存亡各得其所。惟大人割不可忍之恩，勿增感戚。」母曰：「今汝得與李杜（李膺、杜密）齊名，死亦何恨！既有令名，復求壽考，可兼得乎？」滂跪受教，再拜而辭。顧謂其子曰：「吾欲使汝為惡，則惡不可為；使汝為善，則我不為惡。」行路聞之，莫不流涕。

這段文章以參差錯落的散句敍述故事，寫得慷慨悲涼，頗有悲劇色彩。范曄最自負的是書中的序論，這些序論確有特色。它們與傳記部分不同，都是用駢文寫成。其次，見解精闢，寫得「精意深旨」，筆勢放縱，屬於踵事增華之文。如《宦者傳論》能綜核史實，全面地總結東漢王朝宦官篡權亂政的歷史教訓，細緻地分析了宦官易於得寵的種種原因，憤怒地斥責了宦官權勢煊赫、氣焰囂張、生活驕奢的種種罪惡。全文以議論爲主，大量使用形象性的描寫；語言以駢儷爲主，間雜散句，音節瀏亮，使痛快淋漓的氣勢寓之於整齊密麗的句法之中，最末一段描寫宦官的驕奢和造成的危害，尤爲酣暢。《後漢書》的序論《文選》選入較多⑤，這不是偶然的。

㈡齊梁陳駢文

齊梁至陳是駢文發展的鼎盛時期。這時除敍事和議論領域還給散文保留了一點地盤之外，其他領域幾乎都用駢文，駢文成爲「文之正宗」而占據了整個文章園地，甚至連《文心雕龍》這種大型的學術著作也是用駢文寫成。與此同時，駢四儷六，隔句作對，平仄相間也逐漸定型化。因爲「四字密而不促，六字格而非緩」（《文心雕龍・章句》），四、六言最適宜行文遣句、敍事抒情。爲避免文章板滯，四、六相間，隔句作對，再加上平仄相間，音韻鏗鏘，就顯得搖曳多姿，和諧悅耳了。

駢文的這種發展，與當時整個文學的發展是緊密相關的。永明年間，四聲的發現和被運用於文學創作，促使人們重視駢文的聲律。文學觀念的進一步加强，使作家們認識到文學必須是「事出於沈思，義歸乎翰藻」（蕭統《文選序》），也影響到駢文作家對詞藻的自覺追求，進而向駢四儷六發展。此外，這時的文人大都出身於高級士族，過著養尊處優的豐厚生活，又有博覽羣書的深厚的文化修養，因此，往往借駢文這種精巧玲瓏的形式來掩蓋其內容的貧乏，這也助長了駢文的四六化。

這個時期的駢文，正如整個文學領域一樣，基本傾向是形式華美而內容貧乏，大都是書啓銘誄之類的應酬之作，多諛美之詞。但也有一些較有成就的駢文作家與形式完美、內容充實的駢文作品。丘遲的《與陳伯之書》、孔稚珪的《北山移文》乃是膾炙人口的佳作，而任昉、陶弘景、吳均、蕭綱、徐陵等人，都是這個時期的駢文高手。

丘遲

丘遲（公元 464～508 年），字希範，吳興烏程（今浙江吳興）人。初仕齊，官至殿中郎，後仕梁，官至司空從事中郎。有《丘中郎集》。

陳伯之原任梁江州刺史，後叛降北魏，天監四年（公元 505 年）領兵與梁軍相抗。時丘遲爲梁軍統帥蕭宏記室，乃作書勸其歸降。丘遲在信中先指出陳伯之投降北魏的錯誤，再申述梁朝寬大爲懷，既往不咎的政策，以解除陳伯之歸降的顧慮；接著分析南方兵威之盛，北魏衰敗即將滅亡之勢，給陳伯之指明出路；然後描寫江南的優美風光，從感情上喚起陳伯之的故國之思。文章還利用當時的民族矛盾，處處注意用民族自尊心去激勵陳伯之，使他意識到屈膝於異族的可悲。全文說之以理，曉之以義，動之以情，寫得委曲盡情。其中「暮春三月，江南草長，雜花生樹，羣鶯亂飛」數語，將江南春景與陣前故國軍容結合，更是令人移情。陳伯之得信，即從壽陽率衆八千歸降，其中當然有實際的利害關係，但這封信起了一定的推動作用是可以肯定的。

孔稚珪

孔稚珪的《北山移文》是一篇有辛辣諷刺意義的作品。

孔稚珪（公元 440～501 年），字德璋，南齊會稽山陰（今浙江紹興）人。官至太子詹事，加散騎常侍。博學能文，愛山水，不樂世務。有《孔詹事集》。文中所寫周顒，據五臣注《文選》呂向注：「鍾山在都北。其先周彥倫（周顒的字）隱於此山，後應詔出爲海鹽令，欲卻過此山。孔生乃假山靈之意移之，使不許得至。」考《南齊書・周顒傳》，顒曾爲剡令、山陰令，未嘗爲海鹽令，一生仕宦不絕，未嘗有隱而復出之事。其在鍾山立隱舍，乃供暇日休息之用。呂向所說，不符史實。其實，這篇文章乃是一篇朋友間調笑戲謔的遊戲文字。但文章藉北山山靈口吻，揭露了那些「身在江湖，心懸魏闕」的假隱士的虛僞面目，反映了當時一般士大夫趨名嗜利的醜惡現象。文章對周顒暫隱北山時裝出的大隱士的神氣和「鶴書赴隴」以後「志變神動」的庸俗官僚的醜態作了鮮明對比。

然後以擬人化的手法，對北山草木進行細緻刻畫，使它們都具有嘻笑怒罵的聲響和姿態，使文章嚴肅而又詼諧，充滿幽默的情趣，確爲我國古代一篇著名的諷刺雜文。

任昉

任昉也是這個時期著名的駢文作手。

任昉（公元 460～508 年），字彥昇，樂安博昌（今山東壽光）人。仕宋齊梁三代。梁時任御史中丞、祕書監等職。爲官清正，文思敏捷，與沈約齊名，有「沈詩任筆」之稱。他善長表奏書啓，今存文亦多爲駢體應用文告及疏奏之類，有文采而又顯得淵博。如《奏彈曹景宗》就是一篇有名的疏奏。文章作於天監三年（公元 504 年）任御史中丞時，主要揭露郢州刺史曹景宗奉命率步騎三萬救援義陽，卻中途逗留三關，按兵不進，致使義陽陷落，三關失守。這篇文章就是彈劾曹景宗畏敵不前，延誤軍機的罪行的。文章雖用典很多，語句排偶，詞采敷設，但寫得義正詞嚴，氣勢勁健壯盛，具有威懾的力量，而不覺有綺靡繁縟的弊病。孫鑛評之「筆下遒勁，彈事能手，應推彥昇」（孫批《文選》），譚獻評爲「可謂筆挾風霜，駿邁曲折，氣舉其詞」（見

《駢體文抄》），不爲過譽。

陶宏景

這個時期還有許多描寫自然美景的駢體書信，更是山水文學中的珍品。這種書信還有其獨特的藝術風格，即語言清新，以駢爲主，但只求語意對稱，不求對偶工整，讀來清新峻拔，別具風味。如陶宏景的《答謝中書書》：

> 山川之美，古來共談。高峯入雲，清流見底。兩岸石壁，五色交輝。青林翠竹，四時俱備。曉霧將歇，猿鳥亂鳴。夕日欲頹，沈鱗競躍。實是慾界之仙都。自康樂以來，未復有能與其奇者。

陶宏景（公元 456～536 年），字通明，自號華陽隱居，丹陽秣陵（今南京）人。仕齊爲奉朝請，後隱居句容的句曲山。梁武帝遇有朝廷大事總是向他諮問，時人稱爲「山中宰相」。他好道術，愛山水，詩文描寫山川景物，有一定成就。有《陶隱居集》。這封信只有六十八字，描寫山水卻有動有靜，色彩明麗，歷來被視爲描寫山水的名文。

吳均

吳均的文章也具有這種特點。他善於以駢文寫書信，今存《與施從事書》、《與顧章書》、《與朱元思書》三篇，俱以寫景見長。特別是他的代表作《與朱元思書》，這封生動地渲染了自富陽至桐廬一帶流水的澄澈湍急，山勢的巍峨險峻，特別是通過蟬鳴鳥噪，更襯托出山間的幽靜深邃。文章音韻和諧，語言流暢，觀察細緻，描寫入微，風格清新，意境高遠，宛如一幅非常優美的深山絕谷圖，表明作者對自然美的欣賞和描寫都達到了很高的水準。《梁書・吳均傳》稱「均文體清拔有古氣，好事者或學之，謂之吳均體」。這是駢文的一種清新峻拔的風格。它對蕭綱等人的駢文頗有影響。

蕭綱

蕭綱的詩賦以「艷情」著稱，而其駢文則清新秀麗，眞樸自然，詞采雅淡，感情眞摯，寓疏朗於駢儷之中，清雋而挺拔，實是抒情妙品。他的書信和一部分銘誄哀辭大都具有這種特點。如《與湘東王令悼王規》：

> 威明昨宵，奄忽殂化，甚可傷痛！其風韻遒上，神采標映，千里絕迹，百尺無枝，文辯縱橫，才學優贍。跌宕之情彌遠，濠梁之氣特多，斯實俊民也。一爾過隙，永歸長夜。金刀掩芒，長淮絕涸。去歲冬中，已傷劉子；今茲寒孟，復悼王生。俱往之傷，信非虛說。

在這寥寥短章之中，敘述了王規才學情性之美，表達了對王規之死的痛惜，抒寫了其生死契闊、幽冥永隔的哀傷，寫得眞情顯露。全文用典不多，詞采也不華麗，只是款款道來，卻情意純厚，與吳均山水文有同工異曲之妙。

徐陵

與這種清拔風格相對立的是徐庾體的穠麗。徐指徐陵，庾指庾信。徐陵（公元 507～583 年），字孝穆，東海郯（今山東郯城一帶）人。梁時官至東宮學士，陳受禪，累遷尚書左僕射，中書監，領太子詹事。有《徐孝穆全集》六卷。在梁時，他與庾信同爲「宮體」作家，「文并綺艷，故世號爲徐庾體焉」（《周書・庾信傳》）。他的文章今存者不少，且多長篇大論。其最著者爲《玉臺新詠序》。這是一篇最能代表徐庾體風格的文章。文中描繪了一位艷妝麗質的貴族婦女，在「絳鶴晨嚴，銅蠡晝靜」的時刻，她「無怡神於暇景，惟屬意於新詩」，於是「燃脂冥寫，弄筆晨書，撰錄艷歌，凡爲十卷」。這已是穠艷之極。而全文幾乎全用典故來敍寫，語言極其華美，且復駢四儷六，隔句作對，與吳均的駢文呈現完全不同的藝術風格。

第五節　北朝的駢文與散文

(一)北朝的駢文

溫子昇等

北朝文章的作手向稱溫子昇、邢邵、魏收三大家。溫子昇（公元 495～547 年），字鵬舉，濟陰冤句（今山東菏澤）人。曾仕北魏，累遷散騎常侍、中軍大將軍等職。東魏時因事被捕，餓死於晉陽獄中。邢邵（公元 496 年～？），字子才，河間鄚（今河北任丘）人。初仕北魏，官中書侍郎、國子祭酒。入北齊，授特進。魏收（公元 505～572 年），字伯起，小字佛助，鉅鹿（今河北平鄉）人。仕東魏爲定州大中正，北齊時累官尚書右僕射。他們的著作，除魏收《魏書》之外，存者不多，且多模仿南朝文風。據《北史・魏收傳》載：「始收與溫子昇、邢邵稍爲後進。邵既被疏出，子昇以罪幽死，收遂大被任用，獨步一時，議論更相訾毀，各有朋黨。收每議陋邢文。邵又云：『江南任昉文體本疏，魏收非直模擬，亦大偷竊。』收聞乃曰：『伊常於沈約集中作賊，何意道我偸任？』」《北史・溫子昇傳》亦載濟陰王暉業嘗稱溫子昇文足以「陵顏轢謝，含任吐沈」。這說明他們的文章多模仿顏延之、謝靈運、任昉、沈約。如溫子昇《寒陵山寺碑》：

> 既考茲沃壤，建此精廬，砥石礪金，瑩珠琢玉，經始等於佛功，制作同於造化。息心是歸，淨行攸處，神異畢臻，靈仙總萃。鳴玉鸞以來游，帶霓裳而至止。翔鳳紛以相嗺，飛龍蜿而俱躍。雖復高天銷於猛炭，大地淪於積水，固以傳之不朽，終亦記此無忘。

對仗工致，詞藻華麗，與南朝沈、任的駢文相差無幾。

庾信

北朝最傑出的駢文大家是北周庾信。《四庫提要》說：「其駢偶之文，則集六朝之大成，而導四傑之先路，自古迄今，屹然爲四六宗匠。」可見其在駢文史上地位之重要。《庾子山集》中駢文共有十卷，數量豐富。但大量作品是表啓碑銘之類，是庾信與北周貴族周旋應酬之作，雖形式精美，但價値不大。比較有意義的還是那些寄寓故國之思的作品，《哀江南賦序》、《思舊銘并序》是其代表作。

《思舊銘》是爲傷悼梁觀寧侯蕭永而作。蕭永是梁宗室，西魏攻破江陵時，與庾信同時羈留北方，後餓死異域。庾信遇此國破友亡之變，十分傷感，就寫了此銘悼念他。序先追溯了在故國破亡之際兩人的共同遭遇及在羈旅之中又與之長絕的悲傷，形象地描繪出在國家重大變故中貴賤同歸於盡的可悲情景：

> 河傾酸棗，杞梓與樗櫟俱流；海淺蓬萊，魚鱉與蛟龍共盡。

焚香複道，詎假游魂？載酒屬車，寧消愁氣？芝蘭蕭艾之秋，形殊而共瘁；羽毛鱗介之怨，聲異而俱哀。所謂天乎，乃曰蒼蒼之氣；所謂地乎，其實摶摶之土。怨之徒也，何能感焉！

通過對朋友的傷悼，抒發了作者故國淪亡、身世飄零之痛，寫得聲淚俱下，感情眞摯。全文用典繁密，句式四六，平仄相間，音韻鏗鏘，標誌駢文發展進入一個新時期。但這種駢文在形式上實則還是南朝徐庾體的繼續。

(二)北朝的散文

北朝的散文則比南朝發達，產生了《水經注》、《洛陽伽藍記》、《顏氏家訓》這三部著名的散文著作。不過這些著作也受到駢文的影響，與漢魏散文風格頗不相同。

《水經注》

《水經注》四十卷，作者酈道元（？～公元 527 年），字善長，北魏范陽涿（今屬河北）人。官至御史中丞。《水經》原是三國時人寫的一部記載全國水道的地理書，原書十分簡略。酈道元經過許多實地考察和參考他所收集的四百餘種資料，對原書作了大量的闡述與補充。同時，因水及山，因地及人，記載了水道兩岸的名勝古蹟、神話傳說和風土人情，寫成《水經注》，全書共三十萬字，十倍於原作。這部書突出的成就是對各地秀麗的山川景物、自然風光作了生動的描述，是魏晉南北朝山水散文中的佳作。如三十四卷記三峽的一段，就是自古傳誦的名篇：

自三峽七百里中，兩岸連山，略無闕處。重岩疊嶂，隱天蔽日，自非停午夜分，不見曦月。至於夏水襄陵，沿泝阻絕。或王

> 命急宣，有時朝發白帝，暮到江陵，其間千二百里，雖乘奔御風，不以疾也。春冬之時，則素湍綠潭，回清倒影。絕巘多生怪柏，懸泉瀑布，飛漱其間，清榮峻茂，良多趣味。每至晴初霜旦，林寒澗肅，常有高猿長嘯，屬引凄異，空谷傳響，哀轉久絕。故漁者歌曰：「巴東三峽巫峽長，猿鳴三聲淚沾裳！」

這段文章先描寫兩岸高山重疊，江流奔騰湍急，以說明山勢的雄偉。後描寫「春冬之時」和「晴初霜旦」的淒清幽寂，以表現不同季節不同時間的景色特徵。全文僅一百五十餘字，卻以精練的語言，生動的描寫，把壯麗的山河突出地呈現於讀者眼前，使人對三峽奇景產生嚮往之情。此外，「黃牛灘」一節寫「如人負刀牽牛，人黑牛黃，成就分明」的巖石，用「三朝三暮，黃牛如故」以形容紆回的江水，也非常樸素生動。《河水注》「孟門山」一段，寫黃河「崩浪萬尋，懸流千丈，渾洪贔怒，鼓若山騰」，那雄偉的氣勢，也躍然紙上。書中這種簡潔精美的描寫，比比皆是，對後世遊記文學的發展影響很大。書中還引用了大量的民歌民謠及神話傳說，也是這部書取得很好藝術效果的重要原因。

《洛陽伽藍記》

《洛陽伽藍記》五卷，作者楊衒之，北平（今河北遵化）人，生卒年不詳。仕北魏爲撫軍府司馬、期城郡太守等職。伽藍是梵語的音譯，即寺廟之意。北魏孝文帝太和十九年（公元 495 年）遷都洛陽，大量修建寺廟園林，到孝靜帝天平元年（公元 534 年）因被高歡所逼而遷都於鄴，這些建築大都毀於兵火。東魏孝靜帝武定五年（公元 547 年），楊衒之因行役至洛陽，見到「寺觀灰燼，廟塔丘墟」，因產生「黍離之悲」而寫了這部書。作者寫這部書的目的，據《廣弘明集》說：「見寺宇壯麗，損費金碧，王公相競，侵漁百姓，乃撰《洛陽伽藍記》，言不恤衆庶也。」的確，楊衒之寫這部書，目的不是爲了宣揚佛敎，而是通過敍述佛寺園林的盛衰經過，揭露統治者「侵漁百姓」的罪惡。首先，它揭露了北魏王公貴戚窮奢極欲的腐朽生活。如《城西・王子坊》一節描寫了河間王元琛極爲奢侈豪華的生活。他公開宣稱：「晉室石崇乃是庶姓，猶能雉頭狐掖，畫卵雕薪，況我大魏天王，不爲華侈！」他的奢侈以致「立性貪暴，志欲無極」的章武王元融見了，也「不覺生病，還家臥三日不起」。其次，揭露了統治者的貪婪本性，如《王子坊》一節寫到胡太后賜百官絹帛，任其自取，而元融與陳留侯李崇「負絹過任，蹶倒傷踝」，一筆勾勒，人物的貪婪本性暴露無遺。第三，揭露了統治階級內部的互相殘殺。如《城內・永寧寺》一節記述了爾朱榮之亂，所記史實詳盡周備，可補正史記載之不足。此外，書中還記載有不少民情風俗，神異故事，而且描寫生動，形象鮮明，比粗具梗概的志怪小說《搜神記》和軼事小說《世說新語》，讀來更加快意，可以看作是六朝筆記小說到唐人傳奇的中間過渡。全書語言明快簡潔，散體略帶駢偶，描寫細膩生動，常常寥寥數語，給人深刻印象。

酈道元《水經注》、楊衒之《洛陽伽藍記》的產生皆非偶然。兩晉以來，記山水地理風俗之作勃興。僅《隋書・經籍志》所載，除《山海經》、《水經》等十餘種爲晉以前人所作之外，屬晉以後人所作者約有一百三十來種⑥。酈、楊二書蓋爲集大成之作而已。《水經注》借引前人之處更多，共計達四百多種。如「江水注」所引就有盛弘之（著有《荊州記》）、袁山松（未知所著書名）、未知撰人的《宜都記》等。甚或包括酈道元本人的撰述亦多爲約取他人文字而成。因爲他並未到過江南，而《水經注》書寫山水卻最多最好。

總之，二書文筆之佳均無可否認，然從文學史的角度來看，則實有賴於前人在技巧上的積累，是一時風氣的產物。

《顏氏家訓》

《顏氏家訓》二十篇，顏之推著。這是一部以儒家思想訓誡子弟如何立身治家的書，「古今家訓，以此爲祖」（王三聘《古今事物考》），在封建時代影響很大。從總的思想傾向來說，該書並無多少可取之處。然而，由於作者學識淵博，閱歷豐富，所以，在對當時社會習俗的記載中，於士族風尚亦有所揭露。如《教子篇》舉北齊一士大夫公然對人說：「我有一兒，年已十七，頗曉書疏。教其鮮卑語及彈琵琶，稍欲通解。以此伏事公卿，無不寵愛。」《名實篇》寫一個「近世大貴」在居喪服禮時，竟以「巴豆塗臉，遂使成瘡，表哭泣之過」。《勉學篇》載：「貴游子弟，多無學術，至於諺云：上車不落則著作，體中何如則祕書。」以上這些描繪著墨不多，但人物那無恥、虛僞和不學無術的面目已躍然紙上。此外，《文章》、《書證》及《音辭》等篇，在文論、訓詁、音韻諸方面都留下了一些重要的資料和見解。顏之推指出文章要以內容爲本，以形式爲末，但「並須兩存，不可偏棄」；還肯定當時文學的進步，認爲「賢於往昔多矣」；這些見解無疑都是很正確的。

附　註

①駢文、駢儷文的名稱，出現較晚，大約在唐以後。南北朝時，只有「文筆」之分。《文心雕龍．總術》：「今之常言，有文有筆，以爲無韻者筆也，有韻者文也。」故清代李兆洛《駢體文鈔序》說：「自秦迄隋，其體遞變，而文無異名；自唐以來，始有古文之目，而目

六朝之文爲駢儷。而爲其學者，亦自以爲與古文殊路。」到了宋代，通篇爲四、六句的駢文更加普遍，故宋代一般又稱駢文爲「四六文」。

②駢，《說文》曰：「駕二馬也。從馬并聲。」段玉裁注：「併駢皆從并，謂并二馬也。」又《說文》云：「偶，桐人也，從人禺聲。」段玉裁注云：「偶者寓也，寓於木之人也。字亦作寓，亦作禺，同音假借耳。按木偶之偶與二枱并耕之耦義迥別。凡言人耦、射耦、嘉耦、怨耦，皆取耦耕之意，而無取桐人之意也。今皆作偶，則失古意矣。」據此則知偶當爲耦之假借字，取其兩人並耦之意。駢、偶皆爲兩兩相對之意。故以兩兩相對的句子構成的文章叫駢偶文。又《說文》云：「麗，旅行也。」段玉裁注云：「《周禮》：『麗馬一圉，八麗一師』，注曰：『麗，耦也。』《禮》之儷皮，《左傳》之伉儷，《說文》之驪駕，皆其義也。兩相附則爲麗，《易》曰『離，麗也，日月麗乎天，百穀草木麗乎土』，是其義也。」據此，則知儷即麗字，兩相附麗之意，故駢偶文又叫駢儷文。

③《文心雕龍・麗辭》篇說：「唐虞之世，辭未極文，而皋陶贊云『罪疑惟輕，功疑惟重』，益陳謨云『滿招損，謙受益』。豈營麗辭？率然對爾。……至於詩人偶章，大夫聯辭，奇偶適度，不勞經營。」

④潘岳的誄文今存完整者尚有《世祖皇帝誄文》、《楊荊州誄》、《楊仲武誄》、《馬汧督誄》、《太宰魯武公誄》、《夏侯常侍誄》、《南陽長公主誄》、《皇女誄》，另有殘缺的誄文 6 篇。參看嚴可均編《全晉文》92 卷、93 卷。

⑤《文選》選錄的《後漢書》序論有：《皇后紀論》、《後漢二十八將論》、《宦者傳論》、《逸民傳論》。參看《文選》卷 49、卷 50。

⑥《隋書・經籍志二》著錄有「地理記」共 139 部，1432 卷。並於序錄中說：「隋大業中，普詔天下諸郡，條其風俗物產地圖，上於尚書。故隋代有《諸郡物產土俗記》151 卷，《區宇圖志》129 卷，《諸州

圖經》100 卷，其餘記注甚衆。」可見至隋時這類書籍甚多。參看《隋書・經籍志二》。

第八章　魏晉南北朝小說

第一節　小說溯源

「小說」一詞，最早見於《莊子・外物篇》：「飾小說以干縣令，其於大達亦遠矣。」這裡的「小說」與「大達」對舉，顯然是指一些不合大道的瑣屑言論，與我們今天的小說概念不同。東漢桓譚《新論》說：「小說家合叢殘小語，近取譬論，以作短書，治身理家，有可觀之辭。」（《文選》江淹《李都尉從軍》李善注引）開始肯定了小說也是一種書面著作，使小說一詞初步具有了文體學上的意義。其後班固《漢書・藝文志》中有了「小說家」之稱，並說：「小說家者流，蓋出於稗官，街談巷語，道聽塗說者之所造也。」把民間流傳的奇事異聞、神話傳說等看作小說，無疑又跨進了一步，較接近後來的小說了。

我國古代小說有一個漫長的形成過程，其源頭可追溯到遠古的神話和傳說。魯迅在《中國小說史略》中說中國小說「探其本根，則亦猶他民族然，在於神話傳說」。神話故事以神爲中心，歷史傳說雖有現實人物爲根據，但也往往被塗上神異的色彩，它們是我國志怪小說的最初源頭。先秦典籍中記載神話傳說較多的《山海經》和《穆天子傳》，與託名東方朔的《神異經》、《十洲記》，以及託名班固的《漢武故事》、《漢武帝內傳》等志怪小說，便有明顯的承傳關係。

然而，由於我國特殊的文化環境，遠古神話不很發達，較零散。我國古代不僅沒有產生彙集神話的宏篇巨制，而且現存大多爲較原始的神話，神的自然屬性强而社會屬性弱，不夠成熟，因此很難像西方那樣，直接成爲敍事性文學的土壤。從遠古神話傳說這個源頭到小說的正式形成之間，有一個中間環節，這就是中國特別發達的史傳文學。

中國在秦漢以前，基本上是一種史官文化，史學著作數量多，包羅也極豐富。它不僅將古代哲學、文學、地理、博物、農醫等門類納入自己的體系，而且還搜羅、記載了大量的神話傳說、靈怪異事。如《左傳·昭公元年》載有高辛氏二子不合，上帝使之變成參商二星的神話，而《國語》則更多誣怪之語。把詭祕荒誕的神話與確鑿可靠的歷史事實溶爲一體，這是我國古代史書的一大特色。惟其如此，古代史書才成爲後代志怪小說的孕育者，甚至成爲後代小說的先導。同時，史學與文學，大體上都以人物、事件爲中心，兩者頗多相通之處。先秦歷史散文如《左傳》、《國語》、《戰國策》等，對於人物、事件已有較生動的記述；而《論語》、《孟子》、《莊子》、《晏子春秋》等先秦諸子散文，也多爲對孔子、孟子、莊子、晏子及其門徒生平言行的紀實，帶有一定的傳記色彩。到太史公的《史記》開創「以人繫事」的紀傳體，更是運用多種藝術手段，通過複雜的事件來表現生動的人物形象，實際上已具備了敍事性文學的特徵。這些都給魏晋小說提供了一定的經驗。

《史記》之後，隨著紀傳體成爲我國正史的主要體例，一大批雜史雜傳也逐漸興起。班固《漢書·藝文志》載小說十五家，共一千三百八十篇①，魯迅認爲「托人者似子而淺薄，記事者近史而悠繆」（《中國小說史略》）。《漢志》中所載，雖已散佚，但這類似子非子、近史非史的雜史雜傳，我們仍可以看到。如陸賈的《楚漢春秋》（輯本）、劉向的《新序》、《說苑》、《列女傳》、《列士傳》、韓嬰的《韓詩外傳》和袁康的《越絕書》、趙曄的《吳越春秋》等。這類作品不像正史那麼嚴謹，大量採錄奇聞軼事，並雜以虛誕怪妄之說，情節更曲折，描寫更細緻，頗富小說意味。顯然，這些雜史、雜傳，是我國史傳走向小說的一種過渡形式②。

魏晉南北朝是我國古代小說形成並逐漸繁榮的時期。這個時期的小說作品數量較多，內容豐富，出現了前所未有的盛況。從內容看，大略可分為兩大類：一類是談鬼神怪異的「志怪小說」③，一類是記錄人物軼聞瑣事的「軼事小說」，或稱「志人小說」④。

第二節　志怪小說與《搜神記》

㈠志怪小說興起的原因

魏晉南北朝時期志怪小說的大量產生，除了上述文學自身的條件外，與當時社會上宗教迷信的盛行也有著必然的聯繫。戰國晚期至西漢，方士神仙之說盛行，至東漢逐漸形成道教；而佛教亦漸入中土。漢末以來，社會動蕩不安，戰亂頻仍。面對人生的種種磨難，人們或信佛教，以求精神上的解脫；或崇道術，妄想羽化登仙，長生不老。釋道二教大行於世，而神鬼怪異之事，亦為人們所樂道。魯迅在《中國小說史略》中說：「中國本信巫，秦漢以來，神仙之說盛行，漢末又大暢巫風，而鬼道愈熾；會小乘佛教亦入中土，漸見流傳。凡此，皆張皇鬼神，稱道靈異，故自晉迄隋，特多鬼神志怪之書。」當時有些志怪小說，就直接出自宗教徒之手，如道士王浮的《神異記》、佛教徒王琰的《冥祥記》等。而文人作品如張華《博物志》、干寶《搜神記》等，雖不同於直接的宗教宣傳，但也大多相信「人鬼乃皆實有」，具有濃厚的迷信色彩。

釋、道二教不僅刺激了志怪小說的興起，同時還極大地影響著它的內容和形式。如葛洪《西京雜記》、王嘉《拾遺記》等，就多煉丹服藥、長生久視、白日升天的內容；而當時許多流傳甚廣的佛教故事，其基本結構、主要情節，也常爲志怪小說所採用。

㈡魏晉南北朝志怪小說的類型

這個時期志怪小說數量很多，據統計不下八十種（參見程毅中《古小說簡目》）。但至今大多散失，基本保存或保存少數片段的尚有三十餘種，其中東晉干寶的《搜神記》較爲完整，影響最大，代表著魏晉志怪小說的最高成就。除此之外，較重要的有如下幾種類型的作品：

第一類是承《吳越春秋》、《列女傳》等而來的雜史雜傳體志怪小說，以《列異傳》、《拾遺記》爲代表。

《列異傳》，託名魏文帝曹丕撰（一作張華），記述鬼物怪異之事。魯迅《古小說鈎沈》輯五十條，他並據文中所記，推測「或後人有增益，或撰人是假託」，斷定爲魏晉人作。其中《望夫石》寫婚姻愛情悲劇，《宋定伯捉鬼》（亦見於《搜神記》）寫捉鬼賣鬼的有趣故事，均爲後人所稱道。

《拾遺記》，作者王嘉，字子年，隴西安陽（今甘肅渭源）人。《晉書·王嘉傳》云王嘉「著《拾遺記》十卷，其記事多詭怪，今行於世」。此書記載了自庖羲、神農至東晉的許多逸事，帝王的傳說及名人異事，前九卷完全按照歷史朝代分篇，記錄正史以外的遺聞。卷十記崑崙等九座仙山。文筆靡麗，常爲後人所引用。

第二類是承《山海經》、《括地圖記》等而來的地理方物體志怪小說，以《博物志》爲代表。

《博物志》，晉張華撰。今本十卷，凡三百二十三條，今人范寧《博物志校正》輯得佚文二百十二條。此書主要記載「異境奇物及古代瑣聞雜事，皆刺取故書，殊乏新異」（《中國小說史略》）。其中《弱水西國香》記異域奇香，《天河與海通》一條載人乘浮槎往天河的故事，頗爲奇異。

第三類是宗教色彩較濃的志怪小說。佛教盛行之後，志怪與宣揚宗教迷信、因果報應之說合流，小說被作爲宗教宣傳的一種手段。

這類小說，如《幽明錄》、《冥祥記》以宣揚佛教爲主，而《神異記》、《神仙傳》則以宣揚道教爲主。

《幽明錄》，宋劉義慶撰，已佚，《古小說鈎沈》輯錄二百六十五條。此書內容包羅萬象，博採廣收，主要記載鬼神怪異之事，故事性較强，敍述描寫委婉有致，顯示了小說藝術的進步。其中《龐阿》、《賣胡粉女子》記述青年男女的愛情悲劇，客觀上揭露了封建禮教的罪惡。《劉晨阮肇共入天台山》則寫了一個人仙戀愛的動人故事，對後代小說影響頗大。劉義慶的志怪小說還有《宣驗記》。

《冥祥記》，齊王琰撰，原書已佚，《古小說鈎沈》輯錄一百三十一條。書中多記因果報應的故事，主旨在勸人崇奉佛教，是一部自神其教的宗教宣傳作品。

《神異記》，晉王浮撰。王係道士，故此書主要記載神仙之事。已散佚不存。《古小說鈎沈》僅輯得三則。

《神仙傳》十卷，作者東晉葛洪（公元284～364年），字稚川，丹陽句容（今屬江蘇）人。年少時即以儒學知名，尤好神仙導養之法。此書係模仿劉向《列仙傳》而作，全書共記錄神仙八十餘人，充滿煉丹服藥、隱形變化、長生不老、白日飛昇等迷信內容。藝術水平不高，但對後世神魔小說有一定影響。

第四類爲不含或基本不含史地宗教等其他內容的、比較單純的志怪小說，這是六朝志怪小說的主流。

它的出現，正反映了古小說對史傳文學依附性的減弱和自身特點的增強。因此，這類志怪的成就一般比較高，主要以《齊諧記》、《續齊諧記》、《異苑》、《搜神記》、《搜神後記》爲代表。

《齊諧記》，宋散騎侍郎東陽無疑撰，佚於宋，故陳振孫《直齋書錄解題》卷十一於吳均《續齊諧記》下云：「《唐志》又有東陽無疑《齊諧記》，今不傳。」

《續齊諧記》，梁吳均撰，僅十七條，多從舊書古籍中取材。由於作者爲著名作家，敍述故事、刻畫人物均有較高的藝術技巧。其中《屈原投汨羅》記端午節的由來，《陽羨鵝籠》的故事奇詭曲折，引人入勝。

《異苑》十卷，宋劉敬叔撰，已佚，後人輯錄。雖非原書，但大體完整。記述從先秦至劉宋的各種怪異之事，尤以晋代事爲多。共三百八十二則，題材廣泛，內容豐富。就書名及按異事類型分卷編排的體制來看，作者顯然在有意模仿劉向《說苑》。惟記述簡略，描寫較粗糙。但也記錄了不少晋宋名人異聞，如溫嶠「牛渚燃犀」的故事及杜甫詩中所引陶侃胡奴之事，均出此書。

《搜神後記》十卷，題陶淵明撰。今存一百十六條。大多採自當時的傳聞異事，民間色彩較濃。不少故事新鮮優美，生動有趣。如丁令威學道化鶴歸遼的故事，謝端因恭謹而得到白水素女幫助的故事，都流傳廣泛，影響很大。但此書也有部分條目係宣揚佛法和感應，標明了佛教思想對志怪小說的侵蝕。

㈢干寶《搜神記》

這個時期的志怪小說，以干寶的《搜神記》最具代表性。干寶（？～公元 336 年），字令升，晋新蔡（今屬河南）人。他少年時勤奮學習，廣閱典籍，頗有學問，是著名的史學家。西晉末以才器召爲佐著作郎，因平杜弢有功，賜爵關內侯。東晉元帝時，曾任史官。後任山陰令，遷始安太守、散騎常侍。著有《晉記》二十卷，當時稱爲「良史」。另著有《春秋左氏義外傳》等。

干寶喜愛陰陽術數，搜集了許多「古今神祇靈異人物變化」的故事，撰成《搜神記》三十卷，至遲在南宋時已失傳。《搜神記》今本二十卷，總計四百六十四則，爲明人所輯。據《自序》，干寶撰《搜神記》的目的是「發明神道之不誣」，以證明鬼神之實有。可見，他主觀上是想通過此書宣揚迷信思想。但由於作者撰述態度較嚴謹，故事來源廣泛，故不少優秀的民間故事和神話傳說得以保存下來，而且客觀上曲折地反映了勞動羣衆的感情與願望，具有較廣泛的社會意義。

以《搜神記》爲代表的志怪小說，其積極意義在於：它們借助神異題材，反映出廣大人民的思想和願望。具體內容包括下列幾個方面：

一、反映統治階級的凶惡殘暴和人民的反抗鬥爭。

《搜神記》中的《范尋》記載扶南王范尋飼養猛虎、鱷魚，有犯罪者，投與虎、鱷，不噬，乃赦之。荒謬殘暴，令人髮指。《東海孝婦》，《淳于伯》等故事，也對刑罰妄加、吏治黑暗的現實作了深刻的揭露。表現人民反抗鬥爭的作品則以《干將莫邪》（又作《三王墓》）和《韓憑夫婦》爲代表。前者記述楚國巧匠干將莫邪爲楚王鑄劍，三年方成，卻被楚王殺害，其子赤日夜思報殺父之仇。此時楚王夢見有人找他報仇，便以千金購赤之頭。爲報仇，干將莫邪之子赤毅然自刎，將頭交給「山中行客」。接著，在作者的筆下出現了驚心動魄的一幕：

客持頭往見楚王，王大喜。客曰：「此乃勇士頭也，當於湯

> 鑊煮之。」王如其言煮頭，三日三夕不爛。頭踔出湯中，躓目大怒。客曰：「此兒頭不爛，願王自往臨視之，是必爛也。」王即臨之。客以劍擬王，王頭隨墮湯中；客亦自擬己頭，頭復墮湯中。三首俱爛，不可識別。乃分其湯肉葬之，故通名「三王墓」。今在汝南北宜春縣界。

情節離奇怪誕，但卻十分形象地揭露了楚王的凶殘暴虐，表現了人民大衆不畏強暴的反抗精神和豪俠重義的可貴品格。

《韓憑夫婦》記述宋康王霸占韓憑的妻子何氏，韓憑被囚自殺，何氏亦從高臺跳下身亡。何氏在遺書中要求將她與韓憑合葬，楚王大怒，將兩人分葬。「宿昔之間，便有大梓木，生於二冢之端，旬日而大盈抱，屈體相就，根交於下，枝錯於上。又有鴛鴦，雌雄各一，恆棲樹上，晨夕不去，交頸悲鳴，音聲感人。宋人哀之，遂號其木曰相思樹。」這個故事曲折完整，哀婉動人。其中對統治者無恥罪行的怨憤、對韓憑夫婦生死不渝愛情的讚揚，無疑體現了下層人民的思想傾向。

二、反映封建社會青年男女要求婚姻自主的願望。

如《搜神記》中，《父喻》（一作《文喻》）寫父喻與王道平相愛，訂立婚約。王出征九年不歸，父喻被父母逼迫出嫁他人，「結恨致死」。三年後王道平歸，哭於父喻墳前，父喻復活，兩人結爲夫妻。《吳王小女》記吳王夫差的小女紫玉與韓重相愛，吳王不許，紫玉氣結而死。韓重到墓前弔唁，與紫玉魂魄相會，入冢三日三夜，盡夫婦之禮。這些故事，客觀上揭露了封建婚姻的罪惡，也通過爲情而死、因情復生等離奇情節，謳歌了青年男女堅貞的愛情。此外，其他志怪小說如《幽明錄》中的《龐阿》寫石女靈魂離體與龐阿相會，《搜神後記》中的《李仲文女》寫人鬼戀愛，《續齊諧記》中的《青溪廟神》寫人神戀愛等，都曲折地反映了青年男女對自由愛情的嚮往。

三、反映人民不怕鬼怪、鏟除妖魅的無畏精神。

《宋定伯捉鬼》（另見《列異傳》）記述宋定伯夜行遇鬼，毫不畏懼，並且從容鎮定地麻痺它，最後捉住了鬼所變成的山羊，賣掉後得錢千五百。《搜神記》中類似這樣捉狐殺鬼的故事還有好幾則，它們大多生動有趣，盡管作品並未否認鬼魅的存在，但客觀上反映了人民的機智勇敢，以及正義必然戰勝邪惡的信念，具有積極意義。《李寄》更是一篇斬殺妖魅、爲民除害的著名故事：越閩東部山區有條大蛇危害人民，「或與人夢，或下諭巫祝，欲得啖童女年十二三者」，當地各級官吏竟年年索取少女祭蛇，已送掉了九位無辜少女的生命。一位名叫李寄的平民少女挺身而出，決心爲民除害。

> 寄乃告請好劍及咋蛇犬。至八月朝，便詣廟中坐，懷劍將犬。先將數石米餈用蜜麨灌之，以置穴口。蛇便出，頭大如囷，目如二尺鏡，聞餈香氣，先啗食之。寄便放犬，犬就嚙咋，寄從後斫得數創。瘡痛急，蛇因踴出，至庭而死。寄入視穴，得九女髑髏，悉舉出，咤言曰：「汝曹怯弱，為蛇所食，甚可哀愍！」於是寄女緩步而歸。

作品塑造了一個機智勇敢、氣概非凡的少女形象，對官吏的昏庸殘忍也有所針砭。最重要的是它有著鼓舞人民與妖邪展開鬥爭的客觀效果。

此外，《搜神記》中還保存了一些美麗動人的民間傳說。如《嫦娥奔月》、《董永》等，充滿著勞動人民的生活理想與美好願望，千百年來一直爲人們所喜愛。

志怪小說處於我國小說發展的初期。從創作主體看，並不是自覺地進行小說創作；從作品的藝術形式看，一般篇幅短小，寫法上重事件敍述而不重人物刻畫，只是粗陳梗概而已。當然也有些作品的技藝已經比較成熟，如《干將莫邪》、《韓憑夫婦》、《李寄》等，結構完整，描寫生動，人物性格刻畫比較成功，並能運用細節描寫等手法，顯得簡短精悍，已初步具備了短篇小說的規模。

㈣志怪小說對後世的影響

魏晉南北朝志怪小說對後世小說的發展產生了巨大而深遠的影響。

首先，它給後代的小說創作提供了豐富的素材。如唐代傳奇小說、沈旣濟的《枕中記》就源於《幽明錄》中的《焦湖廟祝》，明清以後的小說和戲曲，都從六朝志怪小說中吸取了不少故事題材和情節。

其次，中國小說史上說狐道鬼這一流派的形成，也肇始於這個時期的志怪小說，如宋代洪邁的《夷堅志》、清代蒲松齡的《聊齋志異》等，均與之有一脈相承的關係。

第三節　軼事小說與《世說新語》

㈠軼事小說的興起與作品

以記錄人物軼聞瑣事爲主要內容的軼事小說，脫胎於以人物爲中心的史傳文學，尤與《新序》、《說苑》等雜史一脈相承。這類小說在魏晉南北朝的盛行，社會原因是多方面的。其中最主要的原因是漢末、魏晉以來品評人物、崇尚淸談的社會風尚。軼事小說就是世族人物玄虛淸淡和奇特擧動的記錄。故魯迅在《中國小說史略》中指出「漢末士流，已重品目，聲名成毀，決於片言。魏晉以來，乃彌以標格語言相尚，惟吐屬則流於玄虛，舉止則故爲疏放……終乃汗漫而爲清談。渡江以後，此風彌甚……世之所尚，因有撰集，或者掇拾舊聞，或者記述近事，雖不過叢殘小語，而俱爲人間言動，遂脫志怪之牢籠也。」同時，那些貴族子弟要想求取聲名仕進，也必須學習名士的言談、風度，故《世說新語》之類小說就成爲當時必讀的「教科書」。有些帝王新貴也頗重此道，梁武帝就曾敕命殷芸編撰《小說》。在這樣的社會環境下，文人學士以熟悉故事爲學問，競相炫耀，以示淵博，編撰小說乃蔚成風氣。

這個時期的軼事小說，大都已散佚，比較完整、流傳至今的主要有劉宋時的《世說新語》，它是魏晉軼事小說的集大成之作，是這類小說的代表作品。在此之前，主要有如下幾種。

《笑林》，三國魏邯鄲淳撰。原書已佚，《古小說鉤沈》輯有二十九則。它是我國最早的一部笑話專集，主要記載一些短小的諷刺性笑話，開後世俳諧文學之端。其中有的優秀作品，文筆犀利，生動有趣，發人深思。如《儉嗇老》一則，刻畫出一個慳吝者的形象，筆墨簡練，入木三分。

《西京雜記》，東晉葛洪撰（託名漢劉歆撰）。此書內容龐雜，記述西漢人物軼事僅是其中的一個方面，且「意緒秀異，文筆可觀」（《中國小說史略》）。如《鸕鸘裘》記司馬相如和卓文君當壚賣酒、以恥卓王孫的故事，《王嬙》描述王昭君遠嫁匈奴的故事，文筆生動，並成爲後世小說、戲曲經常採用的題材。

《語林》，東晉裴啓撰。此書記錄漢魏以來「言語應對之可稱者」（《世說新語》注引《續晉陽秋》），在當時流行甚廣。後漸散佚。《古小說鉤沈》輯有一百多條。

《郭子》，東晉郭澄之撰。內容與《語林》相似。今亡佚。《古小說鈎沈》輯有八十餘條。

㈡《世說新語》

《世說新語》，原名《世說》，唐時稱《世說新書》。其編纂者劉義慶（公元 403～444 年），彭城（今江蘇徐州）人，宋武帝劉裕的侄子，封臨川王，官至尚書左僕射、中書令。《宋書・劉道規傳》說他「爲性簡素，寡嗜欲，愛好文義」，「招聚文學之士，近遠必至」。此書大約是劉義慶與門下文人共同編纂而成。全書按內容分類記事，共有德行、言語、政事、文學等三十六篇，記述從後漢到東晋間名士們的遺聞軼事。其中一些故事取自《語林》、《郭子》，文字也間或相同。梁代劉孝標爲之作注，廣徵博引，涉及四百多種古書，因而後來受到人們的珍視。

《世說新語》中有些作品反映了當時豪門世族的奢侈和殘忍，下面是《汰侈》中的兩段記載：

> 石崇每要客燕集，常令美人行酒。客飲酒不盡者，使黃門交斬美人。王丞相與大將軍嘗共詣崇，丞相素不能飲，輒自勉強，至於沈醉。每至大將軍，固不飲以觀其變。已斬三人，顏色如故，尚不肯飲。丞相讓之，大將軍曰：「自殺伊家人，何預卿事！」

> 武帝嘗降王武子家，武子供饌，並用瑠璃器。婢子百餘人，皆綾羅絝襬，以手擎飲食。蒸㹠肥美，異於常味。帝怪而問之，答曰：「以人乳飲㹠。」帝甚不平，食未畢便去。王、石所未知作。

石崇殺人勸酒，王敦冷觀殺人，以此爲豪闊，眞是駭人聽聞。王武子用人乳餵豬，連皇帝也甚感不平。可見這些高門士族、皇親國戚的生活到了何等豪奢的程度，而他們的本性又是多麼冷酷凶殘！

《世說新語》中有大量作品描寫名士們不同常人的言行與風度。如《任誕》寫劉伶縱酒放達，脫衣裸形於屋中，別人譏笑他，他卻說：「我以天地爲棟宇，屋宇爲幝衣，諸君何爲入我幝中？」同篇記畢茂世的話：「一手持蟹螯，一手持酒杯，拍浮酒池中，便足了此一生。」縱酒放達，任誕不羈，即爲名士風度，甚至傲慢不遜也成爲一種清高的美譽，如《雅量》中寫道：

> 顧和始為揚州從事，月旦當朝。未入頃，停車州門外。周侯詣丞相歷和車邊，和覓虱夷然不動。周既過，反還，指顧心曰：「此中何所有？」顧搏虱如故，徐應曰：「此中最是難測地。」周侯既入，語丞相曰：「卿州吏中有一令僕才。」

顧和在周侯面前搏虱而談，竟被視爲有令僕才，可見當時評價人的標準。另如謝安的鎮定大度，嵇康、阮籍的曠放脫略與不拘禮法等，書中都有生動的記述。由於魏晉以來政治黑暗，一般士人不敢直接議論朝政，只好在縱酒放蕩中求平衡，在悟玄清談中求解脫。因此，透過《世說新語》中所記載的名士們瀟灑飄逸的魏晉風度，正可以窺見他們痛苦憂憤的心靈。

値得注意的是，《世說新語》中還記載了一些有意義的片斷，如《言語》寫王導克復神州的主張，《桓公入洛》一則中寫桓溫「神州陸沈」之嘆，均表現出一種可貴的愛國精神。又如《德行》記管寧因蔑視富貴與華歆割席而坐，《自新》記周處的悔過自新等，直至今天仍有一定的積極意義。此外，《世說新語》中所記，往往以自然對抗名教，注重個人才情與能力，從而在一定程度上反映了擺脫封建禮教束縛、爭取人格獨立的時代精神和歷史發展趨向。

《世說新語》基本上是客觀地記載人物、事件，一般是用大筆勾勒，較少刻意描繪。其中有些作品在藝術上有較高成就，《中國小說史略》說它「記言則玄遠冷雋，記行則高簡瑰奇」，準確而精練地概括了它在藝術上的總特點。具體說來，《世說新語》的藝術成就表現在如下幾個方面：

第一，它往往通過記述片言隻語或簡單事件來表現人物性格。《世說新語》每一則少的十五、六字，多的不過三四百字，一般在百字左右，卻能抓住中心，刻畫對象的性格特徵。如《企羨》中寫孟昶見王恭「乘高輿被鶴氅裘」，乃嘆曰：「此眞神仙中人！」僅此一語，便傳神地寫出了他羨慕富貴的心理狀況。又如《忿狷》中寫道：

> 王藍田性急，嘗食雞子，以箸刺之，不得；便大怒，舉以擲地。雞子於地圓轉未止，仍下地以屐齒蹍之，又不得。瞋甚，復於地取內口中，齧破，即吐之。

在短短的篇幅中，作者用一連串的動作，繪聲繪色地描寫出藍田侯王述的性急，給人留下深刻印象。

第二，作者善於攝取富有特徵性的細節，通過對比的手法，突出人物性格。

如前文所說的「管寧割席」的故事。又如《雅量》中「謝安泛海」的故事，用孫綽等人的慌亂，反襯謝安從容鎮定的雅量。

第三，語言簡潔生動，雋永傳神。

《世說新語》的敍事語言，通常能抓住關鍵，三言兩語便表達得淸楚明白。如《儉嗇》：「王戎有好李，賣之恐人得其種，恆鑽其核。」一件事僅三句話十六字，便寫出了王戎自私吝嗇的本性。此外，《世說新語》中的人物語言也大多能符合人物的身分與個性。如《言語》記王導在新亭對泣的氣氛中慷慨陳詞：「當共戮力王室，克復神州，何至作楚囚相對！」很好地體現了這位號稱「江東（管）夷吾」的宰相的身分和氣概。而《汰侈》中所記「自殺伊家人，何預卿事」的話，也只有王敦這樣性格殘忍的人才說得出來。再次，《世說新語》中既保留了大量口語，也從中提煉出許多含意雋永的文學語言，大大增強了作品的生動性。如「阿奴」、「老賊」、「登龍門」、「阿堵」等通俗流暢、明白如話的口語俯拾皆是，而「難兄難弟」、「拾人牙慧」、「咄咄怪事」等成語也不少見。明代胡應麟《少室山房筆叢》說：「讀其語言，晉人面目氣韻，恍然生動，而簡約玄澹，眞致不窮。」《世說新語》的語言，確實具有簡潔雋永，經久彌新的活力。

魏晉南北朝的軼事小說中，《世說新語》對後代的影響最大。唐代王方慶的《續世說新語》、宋代王讜的《唐語林》、孔平仲的《續世說》、明代何良俊的《何氏語林》、清代吳肅公的《明語林》等，都是對《世說新語》的仿效之作。直到民國初年，還有易宗夔作《新世說》。同時，《世說新語》還給後世的小說、戲曲提供了豐富的素材，如《三國演義》中「望梅止渴」、「七步成詩」等情節，皆取自此書。

附　註

①班固《漢書・藝文志》所載小說 15 家，包括漢以前的 9 家：即《伊尹說》（27 篇）、《鬻子說》（19 篇）、《周考》（76 篇）、《青史子》（57 篇）、《師曠》（6 篇）、《務成子》（11 篇）、《宋子》（18 篇）、《天乙》（3 篇）、《黃帝說》（40 篇）。漢以後的有6家：即《封禪方說》（18 篇）、《待詔臣饒心術》（25 篇）、《待詔臣安成未央術》（1 篇）、《臣壽周紀》（7 篇）、《虞初周說》（943 篇）、

《百家》（139 卷）。以上諸書，除《青史子》今存佚文 3 則，言胎教及祭法，毫無小說意味，餘均不存。據考證，諸書大多爲野史雜傳及子書之流。如《周考》爲「考周事也」、《青史子》爲「古史官記事也」（班固原注）。章太炎亦認爲：「周秦西漢之小說，似與近世不同；如《周考》七十六篇，《青史子》五十七篇……與近世雜史相類。」（《諸子學略說》）明代胡應麟亦指出：「雖曰街談巷語，實與後世《博物》、《志怪》等書迥別，蓋亦雜家者流，稍錯以事耳。」（《少室山房筆叢・九流緒論下》）

②以上說法可參看《文學遺產》1987 年第 5 期黃鈞《中國古代小說的起源和民族傳統》。

③「志怪」一詞，亦首見於《莊子・逍遙遊》：「齊諧者，志怪者也。」成玄英疏曰：「志，記也……齊諧所著之書多記怪異之事。」故魏晉小說多以「志怪」爲名。如祖台之、孔約、曹毗等各有《志怪》，殖氏有《志怪記》，佚名有《志怪錄》、《志怪傳》及《許氏志怪》等書。梁元帝蕭繹《金樓子》亦有《志怪篇》。「志怪」終於從動詞性詞語一變而爲書名專稱。至晚唐段成式才第一次在《酉陽雜俎序》中明確提出「志怪小說之書」，將「志怪」與「小說」聯繫在一起，揭示出志怪書的小說本質。至明代胡應麟在《少室山房筆叢・九流緒論下》中將古小說分爲 6 類，第一類即爲「志怪」或「志怪小說」，進一步賦予「志怪」以小說分類學上的確切含義。故清代以後之治文學史者，雖偶有稱此類書爲「志怪」、「語怪小說」、「神怪小說」者，但大多數均採用「志怪小說」一詞。

④軼事一詞，首見於《史記・管晏傳贊》：「至其事，世多有之，是以不論，論其軼事。」軼事，同逸事，主要指史書中失載之瑣事。但「軼事小說」（或「軼事類小說」）的提出，大約始見於近代。儘管以《世說新語》爲代表的這類作品，從《隋書・經籍志》到新舊《唐書・藝文志》，始終都列目於「小說家」一類中，但具體提法則不

同：劉知幾《史通・雜述》稱之爲「瑣言」。胡應麟《少室山房筆叢》歸入小說家類「雜錄」一體。而紀昀《四庫總目》則列之於「小說家類事之屬」。均未提及「軼事小說」。故魯迅又從「志怪小說」進而推衍出「志人小說」一詞，用以概括這類小說。

文學類叢書 I027

中國古代文學史 1——先秦、魏晉南北朝

主　　編　馬積高　黃鈞
責任編輯　吳家嘉

發 行 人　林慶彰
總 經 理　梁錦興
總 編 輯　張晏瑞
編 輯 所　萬卷樓圖書(股)公司
排　　版　浩瀚電腦排版(股)公司
印　　刷　百通科技(股)公司

發　　行　萬卷樓圖書(股)公司
臺北市羅斯福路二段 41 號 6 樓之 3
電話　(02)23216565
傳真　(02)23218698
電郵　SERVICE@WANJUAN.COM.TW
大陸經銷
廈門外圖臺灣書店有限公司
電郵　JKB188@188.COM
香港經銷
香港聯合書刊物流有限公司
電話　(852)21502100
傳真　(852)23560735

ISBN 957-739-174-5
2020 年 9 月初版七刷
1998 年 7 月初版
定價：新臺幣 540 元

如何購買本書：
1. 劃撥購書，請透過以下帳號
帳號：15624015
戶名：萬卷樓圖書股份有限公司
2. 轉帳購書，請透過以下帳戶
合作金庫銀行　古亭分行
戶名：萬卷樓圖書股份有限公司
帳號：0877717092596
3. 網路購書，請透過萬卷樓網站
網址　WWW.WANJUAN.COM.TW
大量購書，請直接聯繫，將有專人為您服務。(02)23216565　分機 610

如有缺頁、破損或裝訂錯誤，請寄回更換

國家圖書館出版品預行編目資料

中國古代文學史 1 / 馬積高、黃鈞編.
-- 初版. -- 臺北市 : 萬卷樓, 民 87
面 ;　公分.
ISBN 957-739-174-5(第一冊：平裝)
1.中國文學 － 歷史
820.9　　87007700